कारे जहाँ दराज़ है

संस्मरणात्मक एवं आत्मकथात्मक उपन्यास

क़ुर्रतुलऐन हैदर की अन्य कृतियाँ

शीशे के घर (प्रथम कहानी संग्रह)
सितारों से आगे (कहानी संग्रह)
यह दाग़ दाग़ उजाला (कहानी संग्रह)
पतझड़ की आवाज़ (कहानी संग्रह)
रोशनी की रफ़्तार (कहानी संग्रह)
स्ट्रीट सिंगर्स ऑफ़ लखनऊ एण्ड अदर स्टोरीज़
मेरे भी सनमखाने (प्रथम उपन्यास)
हाउसिंग सोसाइटी (उपन्यास)
आग का दरिया (उपन्यास)
सफ़ीन–ए–ग़मे दिल (उपन्यास)
आख़िरे शब के हमसफ़र (उपन्यास)
गर्दिशे–रंगे–चमन (उपन्यास)
चाँदनी बेग़म (उपन्यास)
चार नावेलेट (जीवनी–उपन्यास)
सीता हरन (जीवनी–उपन्यास)
दिलरुबा (जीवनी–उपन्यास)
चाय के बाग़ (जीवनी–उपन्यास)
अगले जनम मोहे बिटिया न कीजो (जीवनी–उपन्यास)
क्लासिकल गायक बड़े गुलाम अली ख़ाँ की जीवनी (सह लिखित)
छुटे असीर तो बदला ज़माना था (रिपोर्ताज़)
कोह–ए–दमावंद (रिपोर्ताज़)
गुलगश्ते जहाँ (रिपोर्ताज़)
ख़िज़्र सोचता है (रिपोर्ताज़)
सितम्बर का चाँद (रिपोर्ताज़)
दकन सा नहीं ठार संसार में (रिपोर्ताज़)
क़ैदख़ाने में तलातुम है कि हिन्द आती है (रिपोर्ताज़)
जहान–ए–दीगर (रिपोर्ताज़)
पिक्चर गैलरी (चरित्र विवरण)

कारे जहाँ दराज़ है

संस्मरणात्मक एवं आत्मकथात्मक उपन्यास

क़ुर्रतुलऐन हैदर

अनुवाद

इरफ़ान अहमद

वाणी प्रकाशन

वाणी प्रकाशन
4695, 21-ए, दरियागंज, नयी दिल्ली 110 002

फ़ोन : +91 11 23273167 फ़ैक्स : +91 11 23275710

शाखाएँ

अशोक राजपथ, पटना 800 004, बिहार

कॉफ़ी हाउस कैम्पस, महात्मा गांधी मार्ग, इलाहाबाद 211 001, उत्तर प्रदेश

महात्मा गांधी अन्तरराष्ट्रीय हिन्दी विश्वविद्यालय, वर्धा 442 001, महाराष्ट्र

सुल्तानिया रोड, मोतिया पार्क, भोपाल 462 001, मध्य प्रदेश

www.vaniprakashan.com
marketing@vaniprakashan.in
sales@vaniprakashan.in

KAARE JAHAN DARAAZ HAI-3
by Qurratulain Hyder
Translated by Irfan Ahmad

ISBN : 978-93-89012-49-1
Fiction

प्रथम संस्करण 2020

सम्पूर्ण सेट मूल्य : ₹ 6000

यश प्रिंटोग्राफ़िक्स, नोएडा-201 301 (उ.प्र.) में मुद्रित

वाणी प्रकाशन का लोगो मक़बूल फ़िदा हुसेन की कूची से

बीते युग और आज की यह कहानी मैं अपने भाई सैयद मुस्तफ़ा हैदर की होनहार औलाद नूरुल एन, शहनाज़, नाहीद, जलाल हैदर (तीन बहनें और एक भाई जिन्होंने सी.एस.पी. प्रतियोगिताओं में सफल होकर नया रिकॉर्ड बनाया) और उनसे छोटे अदनान, मनसूर और सज्जाद हैदर के नाम समर्पित करती हूँ। इक्कीसवीं सदी ज़्यादा दूर नहीं। यह बच्चियाँ और बच्चे आज़ादी के बाद जन्म लेने वाली उस नस्ल में शामिल हैं, जो 'कारे जहाँ' (सांसारिक कार्य) सँभाल चुकी है या सँभालने वाली है। हम लोगों ने और हमसे पहले वालों ने दुनिया को अपने-अपने समय के विचार से और अपने-अपने दृष्टिकोण से देखा था। यह नये लोग इक्कीसवीं सदी में पहुँचकर, ऐतिहासिक प्रभावों को शायद हमसे बेहतर तौर पर समझ सकें।

क़ुर्रतुलऐन हैदर

ख़ुदावन्दे अकबर समीअम्बसीरा
ब क़ुदरत अला कुल्लिशैइन क़दीरा
दही मोमिनाँ रा इकराम वाफ़िर
ब जन्नत नईमंव्व मुल्कन कबीरा
ब मिस्ले कलामत कि गुफ़्तन तवानद
व लौ काना बाअज़न लिबाअज़न ज़हीरा
कसे रा कि नामश दही बर ज़मीनश
ब लुत्फे तहासब हिसाबंय्यसीरा
कमाले हुसैनी बसा जुर्म दारद
तुई अफ़्वकुन या लतीफ़न ख़बीरा

ख़ुदावन्द (तू) बड़ा है, देखता और सुनता है। हर चीज़ पर क़ादिर है। मोमिनों को बहुत इकराम (इज़्ज़त) बख़्शता है (उन्हें) नेअमतों वाली जन्नत और बड़ा मुल्क देता है। तेरे कलाम की तरह किसी का कलाम नहीं हो सकता, चाहे कोई एक दूसरे की मदद को ही क्यों न आ जाए। जब तू इस दुनिया में नामवरी बख़्शता है तो अपने करम से उसके हिसाब को आसान कर देता है। कमाल हुसैनी की ख़ताएँ बहुत ज़्यादा हैं (जिसे) तू ही मुआफ़ करने वाला है, ऐ पाक सबकी ख़बर रखने वाले।

अल्लाह के नेक बन्दों ने उसकी तारीफ़ और दुआओं, इबादतों और उसके बन्दों की ख़िदमत में ज़िन्दगियाँ गुज़ार दीं। न दुनिया बदली, न इसके झंझट कम हुए और फ़रिश्ते हैं कि लिखे चले जा रहे हैं। बस, पकड़वा देते हैं, पलट कर मिट्टी के बने इंसान से नहीं पूछते कि मियाँ तुम अशअरिया[1] थे या मोअतज़िला[2] या ला अदरी[3], जबरिया[4] हो या क़द्रिया[5], मोमिन[6] हो या मुशक्किक[7] क्योंकि कोई फ़र्क़ नहीं पड़ता और एक मूविंग फ़िंगर है, जो लिखकर आगे सरक जाती है। क़लम हाथ में दे दिया काग़ज़ नहीं।

1962 ई. की बरसात में, मोहल्ला सादात सै दरी नहटौर, ज़िला बिजनौर (उत्तर प्रदेश) के वीरान खण्डहर, पुश्तैनी मकान बारिश की झड़ी में धड़ाधड़ गिरते जा रहे थे, जब मेरे ज़हन में ऊपर लिखे ख़्यालात आए जिनका मलफ़ूज़ाते[8]-कमालिया में कहीं ज़िक्र न था।

ग़ैबी फ़रिश्ते ने आवाज़ दी, इन मकानों के वासी जो बड़े पारखी थे, सरहद पार आलीशान बस्तियाँ आबाद कर चुके, रंज न कर। फिर वाक़या नवीस[9] ने तीन सौ बरस पुराने क़िला महमूदपुर (ज़िला मुरादाबाद) को

---

1. धर्म में अबुलहसन अश्अरी के अनुयायी।, 2. मुसलमानों का एक समुदाय, जो क़ुरआन शरीफ़ को प्राणी मानता है और ऐसा मानता है कि अल्लाह का एक होना बुद्धि से ही मालूम हो सकता है इसलिए ईश्वर के संदेश बिना ही बुद्धिमान विद्वान एकेश्वर पर ईमान ला सकते हैं। ख़लीफ़ा मामून रशीद के काल में यह सरकारी धर्म बन गया था।, 3. धर्म का जिन्हें कुछ मालूम नहीं।, 4. जो यह माने कि मनुष्य मजबूर है, कुछ भी करने पर अर्थात पाप या पुण्य करने पर मनुष्य का अधिकार नहीं।, 5. जो यह माने कि मनुष्य कोई भी काम करने या न करने की स्वयं शक्ति रखता है।,6. जिसका अल्लाह और उसके रसूल मोहम्मद मुस्तफ़ा (स०) पर ईमान और इस्लाम धर्म पर ईमान हो।, 7. जो धर्म के विषय में एक मत न हो बल्कि संदेह में पड़ा रहे।, 8. कमाल नामक बुज़ुर्ग की प्रवचनावली।, 9. वृत्तांत लिखने वाली अर्थात क़ुर्रतुलऐन हैदर।

धराशायी होते देखा। उसके बाद दो सौ बरस पुराने 'बड़े दरबार' नहटौर का दूसरा फाटक गिरा और झील के किनारे खड़ी बूढ़ी पिलखन बारिश और हवाओं के तूफ़ानों की भेंट चढ़ गई। मालूम हुआ कि यू.पी. और बिहार के ज़्यादातर पुराने फ़्यूडल क़स्बों का फ़िलहाल यही नक़्शा है।

आख़िरकार आवाज़ आई, उठ! नहटौर, लाँकड़ी, महमूदपुर, शाहजहानी लश्कर के इन तीन गुमनाम वीरान खेमों की दास्तान लिखा बुनकर! फ्यूडल समाज अपने लोगों को Delusions of Grandeur से ग्रस्त रखकर, अपनी प्राकृतिक उम्र को पहुँच कर किस तरह ख़त्म हुआ। आँख खोल! और इसी मोहल्ला सादात सै दरी में सदियों से दबे कुचले बुनकरों और कारीगरों के नए स्वाभिमान और ख़ुशहाली को ज़रा देख! कि यह नए परिवर्तन का सुंदर प्रतीक है।

मुग़न्नी कुजाई कि वक़्ते गुल... (गाने वाला कहाँ है कि फूलों की रूत...)

'यह परिवर्तन' मैंने बात काटी 'बहुत धीरे-धीरे होता है और अधूरे प्रतीक काफी नहीं। मुझे चीज़ों को जानने की हमेशा टोह रही। मीर साहिब, ख़ान साहिब और नवाब साहिब उच्च श्रेणी के क्यों थे, और अकारण चोट जुलाहा क्यों खाता था, वजह मालूम है। इसके अलावा सरदारी अब भी मौज़ूद है।'

लेकिन सत्य की दूसरी दिशाओं और गहराइयों की तलाश के लिए एक मशअल जला, तहखानों में उतर और समय की अंदरूनी तहें खोल, इस मुश्किल काम को करने का बीड़ा उठा। तो इन खण्डहरों के तहखानों में से प्रवचनावलियों, ऐतिहासिक वृत्तांत और वंशावलियों के ढेर बरामद हुए और हैरत हुई कि ऐतिहासिक समय से इबरानी अरबी परम्पराओं के उत्तराधिकारी नाम और घटनाओं को रिकॉर्ड करने के कितने शौकीन, माहिर और आदी थे।

740 ई. के कूफ़े[1] में हज़रत ज़ैद अलवर्द (Zaid the rose) को, जिनका चेहरा गुलाब की तरह ताज़ा था, शहीद करने से पहले ख़लीफ़ा[2]-ए-वक़्त ने उन से कहा था - 'ज़ैद! तुम बहुत हसीन कहलाते हो, तुम्हारे लिए मौत भी हसीन और गुरलंग (फूलों जैसे रंग वाली) तलाश करूँगा।'

जनाब ज़ैद शहीद (रज़ी०) की औलाद और अधिक प्रासिक्यूशन से बचने के लिए जार्जिया तक तितर बितर हुई, जो केवल एक और ऐतिहासिक संयोग था। सम्भव था कि कुछ बुज़ुर्ग एसटैबलिशमेंट में सम्मिलित हो जाते, तो 750 ई. के बाद उनको बनू अब्बास[3] के प्रासिक्यूशन से बचने के लिए उमवी पार्टी[4] के दूसरे लोगों के साथ स्पेन भागना पड़ता और आज हमलोग रोमन कैथोलिक स्पेनियर्ड होते। यह प्वाइंट ग़ौर करने लायक़ है।

और विद्रोही गुटों में जमे रहने का अंजाम भी ज़ाहिर है। 1216 ई. में इब्ने अस्फ़न्दयार ने तारीख़-ए-तिब्रिस्तान (अनुवाद : प्रोफेसर एडवर्ड जी. ब्राउन) में लिखा था कि 'खलीफा-अल-मुतवक्कल बिल्लाह अब्बासी (847-861 ई.) के अत्यंत अत्याचार से बचने के लिए, सैयद (अली के वंशज) वीरानों और खण्डहरों में सिर छुपाते फिरते थे। उस समय उन्होंने बहुत दूर अलबर्ज़ पर्वतमाला का रुख़ किया।

हज़रत उमर अशरफ़ पुत्र इमाम ज़ैनुलआबिदीन की औलाद ने केस्पियन सागर के तटीय क्षेत्रों तिब्रिस्तान व गीलान पर अपना शासन स्थापित कर लिया। इमाम ज़ैनुलआबिदीन के पुत्र ज़ैद शहीद की संतान के कई लोगों ने, जिनमें सैयद हुसैन अबू अब्दुल्लाह मुहद्दिस शामिल थे, तिरमिज़ को अपना वतन बनाया। अब इन बुज़ुर्ग की संतान में सैयद कमालुद्दीन पुत्र सैयद उसमान तिरमिज़ी ने अगर 1180 ई. में तुर्कमानिया से हिन्दुस्तान की ओर प्रस्थान न किया होता, तो आज हम लोग सोवियत रूस के कम्युनिस्ट नागरिक होते। यह प्वाइंट भी ध्यान देने योग्य है।

---

1. मुल्क शाम (सीरिया) का एक शहर।, 2. उस समय का बादशाह।, 3. मोहम्मद साहब (स०) के चाचा हज़रत अब्बास के वंशज जिनकी हुकूमतें रहीं थीं।, 4. उमैयद ख़लीफ़ा।

आज लगभग दस वर्ष होते हैं कि इस दास्तान के लिए काम शुरू किया। बूढ़े मामू मेजर सैयद आले हसनैन मरहूम (देहांतः1975 ई.), प्रोफ़ेसर सैयद तहव्वर अली नक़वी (अल्लन मामू), जो हसनैन मामू की तरह इस कहानी का एक पात्र हैं (देहांत : 1969 ई.), फूफी ज़ाद बहन और भाई बेगम फ़ातिमा अलताफ़ हुसैन व सैयद उसमान हैदर (एक और पात्र और सुनी हुई दास्तान सुनाने वाले), मखदूम ज़ादा सैयद मोहम्मद यासीन और उनके अतिरिक्त सैयद तनज़ीम हुसैन ज़ैदी ने कराची से पत्रों के द्वारा दोनों कुनबों और उनकी पुरानी रस्मों आदि के बारे में कुछ महत्वपूर्ण सूचनाएँ दीं।

शाही फ़रमान सैयद शमीम हुसैन ज़ैदी ने, नहटौर में प्रदान किये। नवाब ज़ादा सैयद हिदायत अली ख़ाँ और सैयद हुसैन मेहदी रिज़वी ने प्राचीन दस्तावेजें, महमूदपुर और मुरादाबाद से भेजीं। कुछ तस्वीरें ज़हरा हैदर (इलाहाबाद), सैयद इफ़्तिख़ार हैदर, सैयद अमीर हैदर (नहटौर), प्रोफ़ेसर सैयद मुख़्तार हुसैन नक़वी (अमरोहा), नूरुलएन हैदर, सैयद उस्मान हैदर, सैयद इम्तियाज़ हैदर और हुस्ना लुक़मान हैदर (कराची) ने उपलब्ध कराई।

इन सभी बुज़ुर्गों और सम्बंधियों के बहुमूल्य सहयोग की आभारी हूँ। दास्तान के शेष ऐतिहासिक व सामाजिक विवरणों की जानकारी मेरी अपनी खोज और तहक़ीक़ का फल है।

प्रामाणिक, परन्तु अत्यधिक बैक ग्राउंड मैटेरियल को बेरहमी से एडिट करते हुए कुछ रोचक बातें सामने आईं, उदाहरणतः यह कि ई.ए. प्रिंसिप, जिनके बनाये हुए भूमि के क़ानून में मीर क़ायम अली ने 1857 ई. के बाद पंजाब में सुधार व संशोधन किया। आनरेबल ईस्ट इण्डिया कम्पनी की सिविल सर्विस के वे पहले पूर्वी भाषाओं और विद्या के विद्वान और विशेषज्ञ थे, जिनकी प्रसिद्ध इंग्लिश-संस्कृत वोकैबलरी हेली बरी कॉलेज के प्रकाशकों ने हर्टफ़र्ड में ग़दर से बहुत पहले प्रकाशित की थी।

कहीं-कहीं पर औलिया[1] के वृत्तांत व लोक कथाओं के प्रसंग एक दूसरे को चिन्हित करते मिले। पृथ्वी राज रासो के अनुसार 'बुख़ारी सैयद' भी युद्ध में सम्मिलित थे और मलिक इब्राहीम (कमालुद्दीन तिरमिज़ी के पुत्र) 'निशानची लश्कर शहाबुद्दीन ग़ौरी और उनके साथियों की शहादत का विवरण' विभिन्न प्रसंगों में मौजूद था।

जैसा कि मालूम है कि उसी ज़माने में यूरोप के संत, पादरी, देहात के किसान, शहरों के कारीगर और बेरोज़गार ग़रीब, बच्चे-बूढ़े, मनचले अमीरज़ादे सब अपने-अपने बादशाहों की सेनाओं में भर्ती होकर सलेबी[2] झण्डे और घोड़े उड़ाते मुल्क शाम (सीरिया) की धरती पर पहुँच रहे थे और वहाँ शहीद होकर आसमानी बादशाहत प्राप्त करने में व्यस्त थे। एज आफ फ़ेथ (Age of faith) की इन लड़ाइयों में काम आने वाले सेन्ट, नाइट (Knight), ग़ाज़ी, बादशाह और राजा मध्य युग के पश्चिम व पूर्व के लिए युद्धों के विवरण पत्र, बेलेड और श्रृंखलाबद्ध कहानियों का एक रोमांचित भण्डार उपलब्ध करा गये।

वर्तमान दास्तान, पश्चिमी एशिया से हिन्दुस्तान पहुँचकर, इसी वीरता के युग में शुरू होती है लेकिन सामाजिक दृष्टि से यह युग इसलिए भी अधिक महत्वपूर्ण है कि उसी समय हमारी मिली-जुली संस्कृति, भाषा और साहित्य की जड़ें जमना प्रारम्भ हुईं।

एज ऑफ फ़ेथ की सामाजिक परम्परा और रोमांस में एक नर्तकी चित्रलेखा मिली, जिस पर शहाबुद्दीन ग़ौरी के भाई साहब आशिक़ हो गए थे। और पृथ्वीराज की लड़की सुश्री 'अनिका देवी' से मुलाक़ात हुई, जो अपनी दासियों के साथ 'तालाब एकानेर' पर स्नान के लिए आई। विदेश से नये-नये आए वली उपदेशक मीर कमालुद्दीन तिरमिज़ी को देखा। उनकी शिक्षाओं से प्रभावित होकर 'मन ही मन इस्लाम स्वीकार' किया और उस पवित्र स्त्री का मज़ार ख़्वाजा बख़्तियार काकी (क़ुतब साहब) की ख़ानक़ाह से लगा हुआ 'लाट' के नज़दीक प्रकाशमान और विदित है।

---

1. अल्लह वाले लोग।, 2. क्रास बने हुए अर्थात ईसाई।

जानना चाहिए कि उत्तरी भारत पर तूरानी सैनिक अधिकार के प्रथम चरण में तुर्किस्तान व ईरान के बुज़ुर्ग और मिलिट्री एडवंचरर्स झुण्ड के झुण्ड यहाँ पहुँच रहे थे और इस देश की फ़्यूडल राजपूत सोसाइटी उलट-पलट हो रही थी। इन असुरक्षित और कंपायमान दिनों में मुसलमान और हिन्दू जनता के लिए, इन दरवेशों और तुर्क और राजपूत फ़ौजी सरदारों का कल्चर हीरो और फोक हीरो बनना अति आवश्यक था। इस Traumatic युग की याद देर तक रह जाने वाली है।

मालूम होना चाहिए कि उत्तर प्रदेश के बहुत से बूढ़े हिन्दू, अपने पड़ोसी मुसलमानों को आदत के तौर पर आज तक 'तुर्क' कहते हैं। और सालार मसूद ग़ाज़ी, अमीर हमज़ा (रह०)[1] आदि के अक्ल को हैरान कर देने वाले कारनामे मुसलमान किसान चौपालों और क़स्बों की बैठकों में आज भी श्रद्धा और तन्मयता से सुनते हैं।

उर्दू को आजकल Grass Roots से रिक्त केवल शहरों की भाषा कहा जा रहा है, और यू.पी. और बिहार के उन सैकड़ों अर्धग्रामीण क़स्बों को बिल्कुल नज़रअंदाज़ कर दिया गया है, जो विद्या और साहित्य के केंद्र रह चुके हैं। और जहाँ की जनता भी यही भाषा बोलती है। उससे ज़्यादा यह कि ज़िला बिजनौर, उत्तर प्रदेश का वह अकेला ज़िला है, जहाँ के नब्बे प्रतिशत जनमानस वह उर्दू बोलते आए हैं, जिसे केवल 'खड़ी बोली' नहीं कहा जा सकता। ज़िला मुरादाबाद की बोली कानों में रस घोलती है कि वहाँ की जनता बहुत ही पल्लवित चटख़ारेदार उर्दू बोलती हैं।

अवध और पूरब यानी भाषाओं के इलाक़ों के विपरीत पश्चिमी यू.पी. के क़स्बों में बहुत हद तक वह प्राचीन उर्दू बोली जाती है, जो इस नई उर्दू से भिन्न है, जो शहरों में उन्नीसवीं सदी में बोली जानी प्रारम्भ हुई।

एन्थ्रोपोलोजी की भाषा में जिसे 'कल्चरल पर्सनालिटी' कहा जाता है, भाषा और उसे बोलने का तरीक़ा उसका महत्वपूर्ण भाग है। उत्तर पश्चिमी दोआबे के लोगों की इस कल्चरल पर्सनालिटी की एक हल्की

1. रहमतुल्लाह अलैह (उन पर अल्लाह की रहमत हो)।

सी झलक शायद आपको एक क़स्बे नहटौर की कहानी में नज़र आ सके, हालाँकि यह कहानी केवल प्राचीन इतिहास और क़स्बा नहटौर पर आधारित नहीं, 740 ई. के दमिश्क[1] से प्रारम्भ होकर देस देस होती हुई 1976 ई. तक पहुँचती है।

अप्रसिद्ध यलदरम[2] की ज़िंदगी इस दास्तान का एक महत्वपूर्ण हिस्सा है, उन्होंने नाम, प्रसिद्धि, पुरस्कार और प्रशंसा से बेपरवाह एक ख़ामोश व संतुष्ट लेकिन बेहद रंगारंग ज़िंदगी गुज़ारी। वे एक ऐसे साहित्यिक अग्रगामी और रचनात्मक साहित्यकार थे, जिनको हमारे अधिकतर बड़े आलोचक और साहित्यिक इतिहासकार व साहित्यकार केवल 'तुर्की कहानियों के अनुवादक' कहकर, सरसरी तौर पर बात टाल देते हैं। सच तो यह है कि उर्दू आलोचना व इतिहास लेखन ने मुझे हमेशा आश्चर्यचकित किया। इसके अलावा ख़ुद अलीगढ़ मुस्लिम यूनिवर्सिटी की ओर से इस विश्वविद्यालय के जो भारी भरकम इतिहास अंग्रेज़ी में लिखवाए जा रहे हैं, उनमें यलदरम का ज़िक्र भूले से भी नहीं मिलता। इस दुनिया का दस्तूर ही कुछ ऐसा है।

इस घटनाओं पर आधारित उपन्यास के विभिन्न स्रोतों में स्वर्गीय माताजी का लिखित काग़ज़ों का वह भंडार भी सम्मिलित है, जिसमें से अल्लामा इक़बाल, मौलाना मोहम्मद अली, नवाब नसीर हुसैन ख़याल, शैख़ अब्दुल क़ादिर, मुंशी नारायण निगम, डॉक्टर मुख़्तार अहमद अंसारी और जाने किन किन मशहूर लोगों के पत्र शामिल थे, जो 1947 ई. की तबाही में बर्बाद हो गये। जो शेष रहे गये, उनमें से कई इस दास्तान में शामिल हैं।

बहुत से अध्याय नज़्र सज्जाद हैदर के 'रोजनामचे' और 'अय्यामे गुज़िश्ता' जो तहज़ीबे निसवाँ लाहौर में 1942 ई. से 1947 ई. तक और 'इस्मत' कराची में 1950 ई. से 1965 ई. तक, समय-समय पर प्रकाशित होते रहे और यलदरम नम्बर पत्रिका 'पगडंडी' (जो मुबारज़ुद्दीन मरहूम ने क्रमबद्ध की) से लिये गए हैं।

---

1. सीरिया की राजधानी।, 2. सज्जाद हैदर यलदरम का जीवन। यह लेखिका के पिता थे।

डॉक्टर आबिद रज़ा बेदार, निदेशक खुदा बख़्श ओरिएंटल लायब्रेरी पटना ने शमसुल उलमा मौलवी सैयद मुमताज़ अली मरहूम को एक लेख (जून 1912 ई. के तहज़ीबे निसवाँ में प्रकाशित) और जनाब अकबर अली ख़ाँ अर्शीज़ादा एडिशनल डायरेक्टर रज़ा लायब्रेरी रामपुर, डॉक्टर गोपी चन्द नारंग, डॉक्टर शमीम हनफ़ी और क़मर रईस साहब ने यलदरम के कुछ नायाब लेखों की प्रतियाँ उपलब्ध कराईं।

तारीख़े 'सरकशी-ए-ज़िला बिजनौर', हिन्दुस्तानी संस्करण जो शराफ़त हुसैन मिर्ज़ा ने क्रमबद्ध की है और जो जनाब अर्शीज़ादा ने प्रेषित की है, उसमें सैयद अहमद ख़ाँ का मीरबंदे अली तिरमिज़ी के नाम ख़त मिला जो इस किताब के पाकिस्तानी संस्करण में मौजूद नहीं और न मकातीब-ए-सर सैयद में शामिल है, और जो सम्भवतः सर सैयद का प्राचीनतम (5 मार्च 1858 ई.) प्रकाशित पत्र है। सर सैयद अहमद के दूसरे पत्र जो मीर बन्दे अली के नाम थे बहुत दिन हुए नष्ट हो चुके।

'आजकल' मासिक दिल्ली में 'कारे जहाँ दराज़ है' के कुछ प्रारम्भिक अध्याय प्रकाशित होने के बाद इस पत्रिका के एक पाठक जनाब उबैदुर्रहमान हामिद साहब ने स्वयं ही स्वर्गीय सैयद जलालुद्दीन से सम्बंधित कुछ घटनाएं मुझे टोंक से लिखकर भेजीं। डॉक्टर मोईनुर्रहमान ने अपनी पुरस्कृत नवीन रचना 'मुतालिआ-ए-यलदरम' लाहौर से भेजी।

सरदार ख़ुशवन्त सिंह 'सम्पादक इलस्ट्रेटेड वीकली ऑफ़ इण्डिया' ने (सीताराम की क्रमबद्ध की हुई) रिकॉर्ड्स ऑफ ख़ालसा दरबार की टोह दी। भाई अमीर हैदर और डॉक्टर ज़ोय अंसारी ने कुछ पुराने लेख पढ़े। जनाब जगन्नाथ आज़ाद ने 'ज़िक्रे-इक़बाल' का एक पैराग्राफ़ उपलब्ध कराया। मैं उन सभी मेहरबानों की बहुत आभारी हूँ।

स्वर्गीय चाचा मुश्ताक़ अहमद ज़ाहिदी की पोती और हिन्दुस्तान की एकाकी चित्रकार अमीना अक्स (पुत्री जनाब नूरुद्दीन अहमद देहलवी मरहूम) ने जो स्वयं इस दास्तान में शामिल हैं गर्दपोश (पुस्तक का कवर)

का Assemblage न्यूयार्क से तैयार करके भेजा, जहाँ वे पिछले दिनों अपने बनाए हुए चित्रों की प्रदर्शनी के सिलसिले में गई हुई थीं।

स्लेड स्कूल आफ आर्ट लंदन से प्रशिक्षित और सात भाषाएं जानने वाली अमीना बेगम ने मिर्ज़ा ग़ालिब के अतिरिक्त रूस के एलेसियन और अख़मतोवा के शे'र भी चित्रित किये हैं और उनके चित्रों की प्रदर्शनियाँ मास्को, न्यूयार्क, लंदन, पेरिस, क्राइस्टचर्च (न्यूज़ीलैंड), बैंकाक और नई दिल्ली में आयोजित हो चुकी हैं। कुछ वर्ष पूर्व न्यूयार्क में उनकी 'राग माला सीरीज़' और 'शीराज़ साइकिल' की ख़ासतौर पर बहुत धूम मची और ऐसा होना चाहिए था। बचपन में हम लोगों ने भी यही तय किया था।

पश्चिम में किसी साहित्यकार या कवि का नाम लीजिए। हरबर्ट रीड, वर्जीनिया वुल्फ, शेन ओकेसी, विलियम प्लोमर, स्रावज़बर्ट सेटवेल, एलिज़ाबेथ बूदन, स्पेंडर, एशरवुड, सार्त्र, सिमोन द बोउवा, (जोज़ेफ़ होन हेस्कथ पीयरसन, हरबर्ट गोरमैन आदि प्रोफ़ेशनल जीवनी लेखकों को अनदेखा करते हुए) और उनके लिखे हुए जीवनी लिखने सम्बन्धी साहित्य का ढेर आपको मिल जायेगा।

इस तरह की दर्जनों नवीनतम पुस्तकें हर महीने इंग्लैंड और अमेरिका में छप रही हैं। संयुक्त उपन्यास, राइटर्स नोटबुक और फ़ैमिली सागा इनके अतिरिक्त। हमारे यहाँ साहित्य की इन विधाओं पर बहुत कम ध्यान दिया गया है। विशेषकर फ़ैमिली सागा आजकल इंग्लैंड में बेहद लोकप्रिय है; क्योंकि वहाँ 'फैमिली' ख़त्म हो चुकी है।

हानसूयान, क्रांति से पहले के अपने चीनी संयुक्त परिवार का नक़्शा खींच चुकीं। अमेरिका में अश्कानाज़ी यहूदी परिवारों के क़िस्सों का ज़ोर है। अश्कानाज़ी यहूदी और एंग्लो-सेक्सन ईसाई दोनों समानांतर समाज अपनी-अपनी खोज में व्यस्त हैं। पुनः प्राप्ति का यह प्रयास जब समाज में उथल-पुथल हो, ज़्यादा मेहनत से किया जाता है।

निजी रूप से मेरा अधिकतर साहित्य प्रोस्तीन LE CHERHE DU TEMPS PERDU गुमशुदा ज़मानों की खोज पर आधारित है।

जैसे-जैसे यह कहानी आगे बढ़ती गई इसने मेरे लिए एक साहित्यिक एडवेंचर का रूप धारण कर लिया। बहुत दिन हुए जब राल्फ़ रसेल ने मुझसे कहा था कि मुझे एक 'लाइफ़ एण्ड टाइम्स' क़िस्म की चीज़ लिखना चाहिए। उस वक़्त इस किताब की कोई कल्पना मैंने नहीं की थी, लेकिन जब लिखने बैठिये तो तकनीक और साहित्य की विधा स्वयं ही बन जाती है। और वास्तविकता कहानी से बहुत अनोखी है। अतः एक 'जीवनियों पर आधारित उपन्यास!'

पाठकों की दिलचस्पी के लिए प्रथम पुस्तक में अपने माता-पिता के और द्वितीय पुस्तक में अपने मित्रों में से अधिकतर साहित्यिक व्यक्तियों की ही चर्चा की है।

पहली पुस्तक 1947 ई. पर समाप्त होती है और दूसरी पुस्तक (चित्रों सहित) 1948 ई. से 1961 ई. और 76 ई. तक की कहानी है। अब अध्यायों की सूची देखिए और फुट नोट्स की अनदेखी न कीजिए। धन्यवाद!

ड्रैगोमेन सज्जाद हैदर के ज़माने के विस्तृत अध्ययन से दिलचस्पी हो तो देखिये ब्रितानवी मिलिट्री अताशियों और ड्रैगोमेन के बड़े अध्याय से पत्र, पब्लिक रिकार्ड्स आफ़िस, लंदन। इसके अतिरिक्त -

The Last of the dragomans by Sir Andrew Ryan (London - 1951)

Dragomania - The Dragomans of the British Embassy in Turkey by Allan Cunningham (London - 1961)

Ref. The Young Turks - 1908-14 by Dr. Feroz Ahmed, Clarendon Press, Oxford, 1969.

—क़ुर्रतुलऐन हैदर

अनुवादक की ओर से

'कारे जहाँ दराज़' है का अनुवाद करते समय इस बात का विशेष रूप से ख़याल रखा गया है कि मूल कृति की आत्मा बनी रहे और पाठक को कठिनता का अहसास न हो। चूँकि इस कृति में फ़ारसी व अरबी शब्दों की भरमार है इसलिए यह प्रयत्न किया गया है कि मूल भावना को आहत किये बिना यथा सम्भव उसका सरलीकरण कर दिया जाए।

'कारे जहाँ दराज़ है' मूलतः तीन भागों में है परन्तु इसका अनुवाद करके पाठकों की सहूलियत को ध्यान में रखते हुए चार भागों में कर दिया गया है। कुर्रतुल ऐन हैदर जी 'कारे जहाँ दराज़ है' को अभी और विस्तार देना चाहती थीं, सम्भवतः उन्होंने कुछ कार्य किया भी था परन्तु वह उपलब्ध नहीं है।

'कारे जहाँ दराज़' है का अनुवाद करते समय इस बात का शिद्दत से अहसास हुआ कि लेखिका की भाषा पर पूरी गिरफ़्त थी, उन्होंने शब्दों का प्रयोग बड़ी सुन्दरता व महारत से किया है।

चूँकि हिन्दी उर्दू दोनों सगी बहनों की तरह हैं, इनमें मुहावरों, लोकोक्तियों आदि में बड़ी हद तक समानता है, इसके अतिरिक्त सांस्कृतिक रूप से भी दोनों भाषाएँ कुछ अधिक भिन्न नहीं है इसलिए अनुवाद करते समय एक सरलता व रोचकता का अनुभव हुआ। मुझे विश्वास है कि इस पुस्तक को पढ़ कर पाठक भी ऐसा ही महसूस करेंगे।

–इरफ़ान अहमद

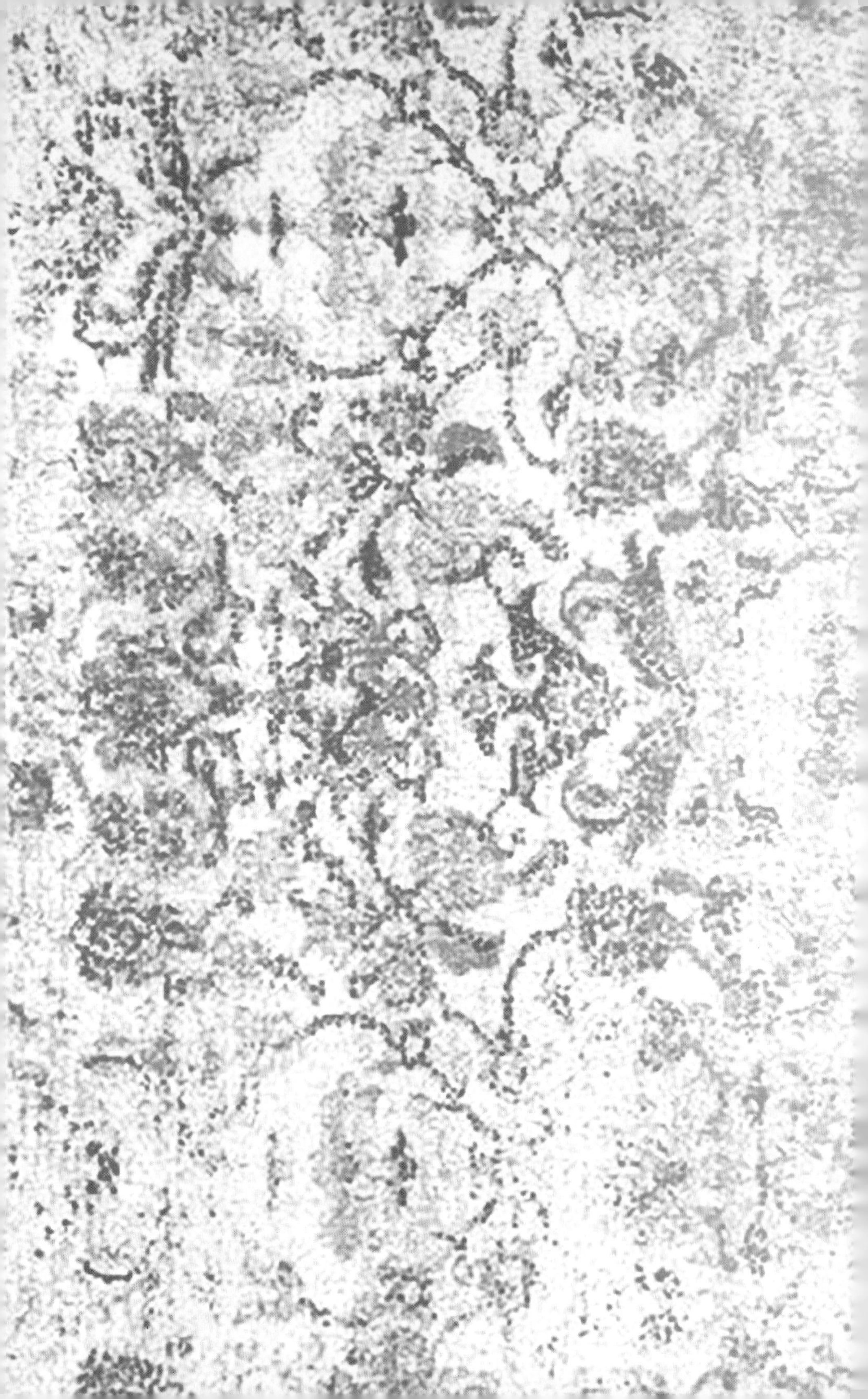

अनुक्रम

अध्याय पन्द्रह

अध्याय सोलह

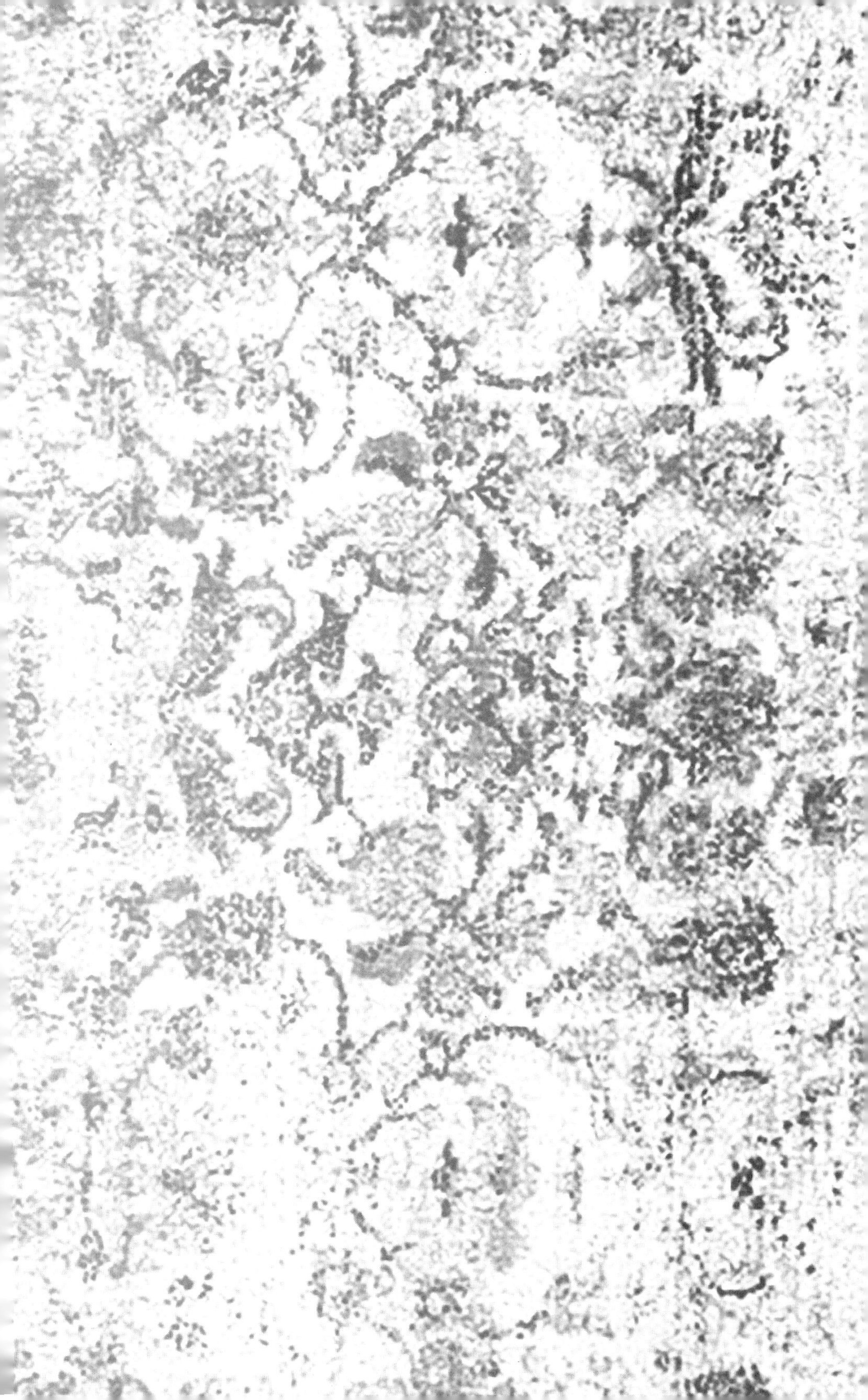

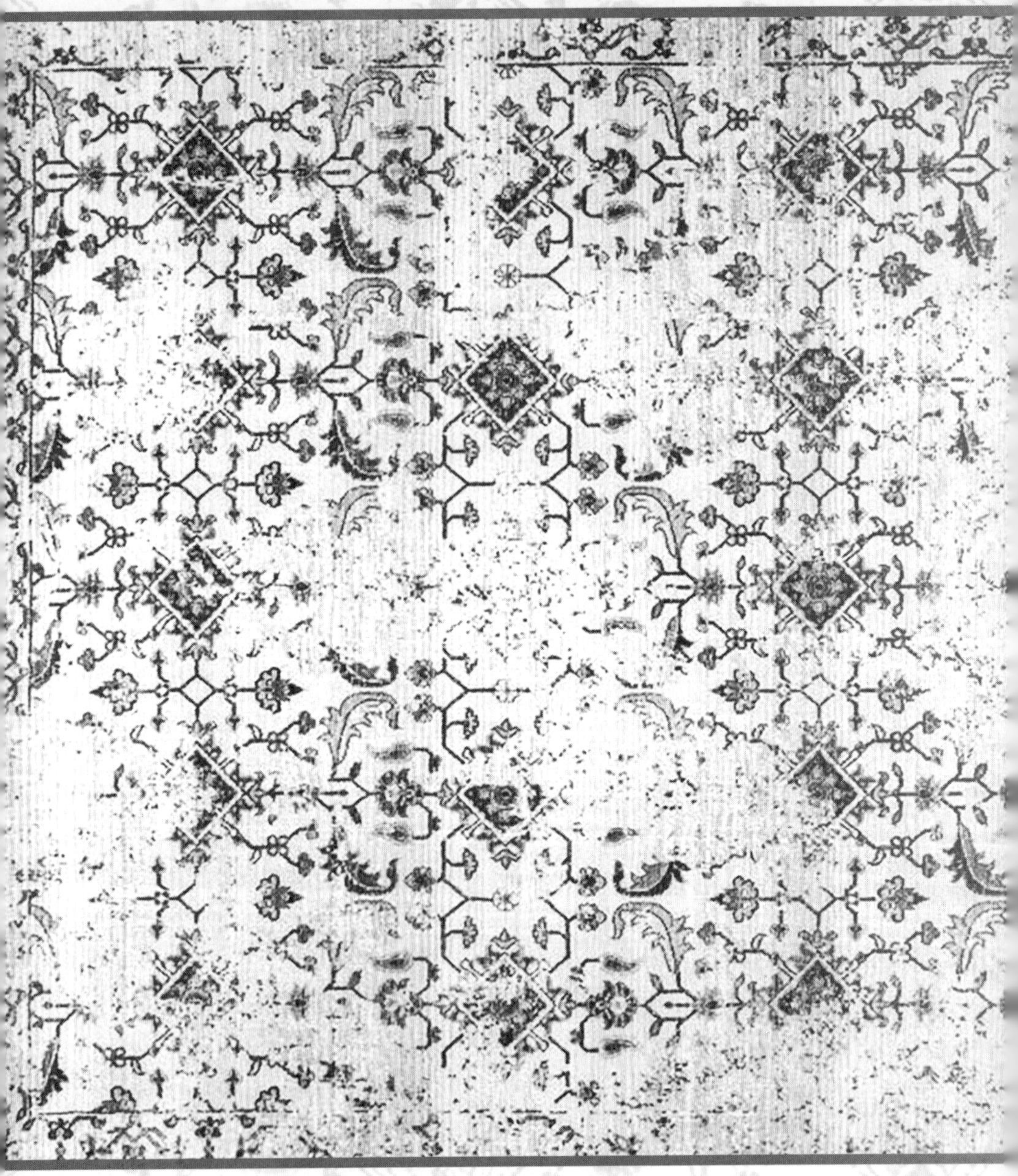

कारे जहाँ दराज़ है

12
अध्याय

तार-ए-हरीर-ए-दो रंग

दिसम्बर का मद्धम आफ़ताब (सूर्य) बहुत जल्द और अचानक ग़ुरुब (अस्त) हो जाता है, शफ़क़ (संधि प्रकाश) की रौशनी रात के अँधेरे में तब्दील हो चुकी थी और लाहौर के नीम तारीक (अर्ध अंधकारमय) बाल्टन एयरफ़ील्ड की लहरें मारती ऊँची घास, तेज़ सर्द हवा में हरे दरिया की तरह बह रही थी। हवाई अड्डे का सुर्मयी सपाट मैदान सुंसान पड़ा था।

हवाई जहाज़ से उतरकर सामान उठाये, मुख़ालिफ़ हवाओं के थपेड़े खाते हम चारों, दूर एक ज़र्द धब्बे की तरफ़ बढ़ने लगे; एक रौशन इमारत क़रीब आई, ओवर कोटों और मफ़लरों में लिपटे कुछ दराज़ क़द (लम्बे) आदमी इमारत की सीढ़ियों पर ख़ामोश खड़े थे; वह पश्चिमी पंजाब सरकार के अफ़सर थे और भारतीय सरकारी डेलीगेशन को लेने आये थे।

हम लोग अंदर पहुँचे, हॉल में और भी अजनबी चेहरे नज़र आये। उस वक़्त कस्टम, पासपोर्ट, वीज़ा, कोई पाबन्दी नहीं थी; बल्कि अभी शुरू भी नहीं हुई थी। हम लोग परेशान खड़े थे कि वाल्टन से शहर किस तरह पहुँचें। भाई से किसी ने कहा, बाहर एक कोच मौजूद है, वह हवाई जहाज़ के स्टाफ़ को लाहौर ले जाएगी, उसमें चले जाइए। एक पठान क़ुली ने डेकोटा से सामान लाकर सामने रखा। हम चारों हाल से निकल, चुपचाप कोच में जा बैठे। यह सब अजीब झूठे सपने सा लग रहा था। ऐसा सपना जो इन्तिहाई सर्द रात में अचानक नज़र आए।

इसी बीच परछाइयों की तरह चलता इण्डियन डेलीगेशन, अपने पाकिस्तानी मेज़बानों के साथ दो लम्बी मोटरों में सवार हुआ। मोटरें फ़र्राटे से धुंधलके में ग़ायब हो गईं। क़ाफ़ी देर बाद कोच का लम्बे क़द का पठान ड्राइवर कोहरे में से प्रकट हुआ। मूँछों पर हाथ फेरा, क्लीनर से बातें कीं, इंजिन स्टार्ट किया। हम लोग सब्र से अपनी सीटों पर बैठे खिड़की से बाहर देखते रहे, जहाँ पाला गिर रहा था; एक धचके के साथ कोच आगे बढ़ी और लाहौर जाने वाली ख़ामोश सड़क पर आ गयी।

अरे कोई वीरानी सी वीरानी थी, आसमान पर गहरी धुंध छा चुकी थी। धुंध में लिपटे राजमार्ग पर दोनों तरफ़ घने वृक्षों के नीचे गुदड़ीपोश शरणार्थियों (मुहाजिरों) के कुनबे सर्दी में ठिठुर रहे थे। कहीं-कहीं पर छोटे-छोटे अलाव सुलग रहे थे। अस्थाई चूल्हों पर खाना पक रहा था। पूर्वी पंजाब से आये हुए क़ाफ़िले; हज़ारों मुहाजिर, लौमड़ियों के भट हैं, परिन्दों के घोंसले। आदमी के सिर छुपाने को कहीं ठिकाना नहीं। उलूही, उलूही लिमा शतबक़नी।

वीरान, अँधेरी माल रोड पहुँचकर कोच एक बिल्डिंग के सामने रुकी। हम लोग उतरकर फ़ुटपाथ पर खड़े हो गये। भाई कुछ दूर पैदल जाकर दो ताँगे लाए और सोज़नियों में सिर मुँह छिपाये कोचवानों से कहा, 'भाई संतनगर कहाँ है, वहीं चले चलो।'

संतनगर की गलियों में मद्धम कंपायमान लैम्प रौशन थे। कुछ मकानों में मुहाजिर आबाद हो चुके थे। बावर्चीख़ानों का धुआँ कोहरे में तहलील हो (घुल) रहा था। भाई ने ओवरकोट की जेब से सैयद अहमद नवाब इनकम टैक्स अफ़सर का पता निकाला। दोनों ताँगे आगे पीछे टख़-टख़ चलते, अल्लन मामू के ब्रदर इन लॉ, आसिफ़ा मुमानी के छोटे भाई का मकान तलाश करते फिरे, जिन्होंने बम्बई से हिजरत (पलायन) करके यहाँ आने के बाद, संतनगर में मकान एलाट करवा लिया था।

घर ढूँढ़ते-ढूँढ़ते अचानक एक स्ट्रीट लैम्प की रौशनी में अल्लन मामू की बच्चियाँ नज़र आ गयीं, जो नौकर के साथ बनिये की दुकान से वापस आ रही थीं।

भाई अहमद नवाब के मकान का मालिक शायद कोई आर्यसमाजी ख़ानदान था। एक कमरे की अलमारी में तीन-चार अंग्रेज़ी किताबें और कुछ उर्दू आर्यसमाजी लिट्रेचर रखा हुआ था। कुलियात-ए-आर्य मुसाफ़िर और सत्यरथ प्रकाश वग़ैरह। एक अंग्रेज़ी नॉविल के अन्दर (जो शायद मकान मालिक के बेटे को इनाम में मिला होगा) चिपका हुआ था :

दयाल सिंह कॉलेज
नाम : विद्यानाथ सेठ

क्लास : फ़ोर्थ इयर
फ़र्स्ट इन म्यूज़िक
हस्ताक्षर : हंसराज
प्रिंसिपल
27-2-37

इसके अलावा रिसाला 'मस्त क़लन्दर' 'उन्नीसवीं सदी' और 'चित्रा' वीकली की कई प्रतियाँ और वार्षिकी नेरंग-ए-ख़याल सन् 26 ई.। मग़रिबी आर्ट (पश्चिमी कला) और चग़ताई की तस्वीरें 'इंग्लिस्तान का जदीदतरीन थियेटर' लेखक 'पतरस'। 'बाहिश्ती' लेखक प्रेमचन्द, 'आसेब-ए-उल्फ़त' (सम्पूर्ण नाविलिट) लेखक यल्दरम। 'दुख़्तर-ए-बाबुल' लेखक मोहम्मद दीन तासीर (सलोमी का अनुवाद) 'मौत का दरख़्त' लेखक ग़ुलाम अब्बास, 'चार्ली चैपलिन' लेखक दीवान आत्मानन्द 'शरद', 'चचा छक्कन' लेखक इम्तियाज़ अली 'ताज'।

मजलिस उलूम-ए-मशरिक़िया हिन्द के पाँचवें अधिवेशन की रिपोर्ट, जिसमें अध्यक्ष अरबी फ़ारसी विभाग डॉक्टर मिस्टर मोहम्मद इक़बाल और लाहौर के मशहूर किताब फ़रोश गुलाबसिंह अतरचन्द कपूर ने मेहमानों को मक़बरा जहाँगीर में टी पार्टी दी।

भाई अहमद नवाब अपने कर्णपुर देहरादून वाले ख़ानदान की तरह बेहद मज़हबी और बुराइयों से बचने वाले इंसान थे। 'उस मकान में बहुत क़ीमती सामान मौजूद था, सब मैंने बैतुलमाल (मालख़ाने में) भिजवा दिया।' उन्होंने बताया मकान वाक़ई ढंढार पड़ा था।

न जाने वह लोग कौन थे, मारे गये या ज़िन्दा दिल्ली पहुँच गये और विद्यानाथ सेठ आज सन् 1978 ई. में जाने कहाँ होंगे।

अल्लन मामू अभी जूनागढ़ में थे। आसिफ़ा मुमानी बच्चियों समेत भाई अहमद नवाब के पास लाहौर आ गई थीं। हसनैन मामू फ़ौज़ के बँटवारे के बाद नं. 9 जाट रेजिमेंट के हेड क्वार्टर्स मेरठ छावनी से नौशहरा छावनी पहुँच चुके थे, जहाँ किसी ज़माने में उनके चचा ख़ानबहादुर नज़रुल बाक़र मरहूम रहा

करते थे। चंदा मुमानी मुरादाबाद से आ गई थीं और लाहौर छावनी में हसनैन मामू के फ़ैज़ाबाद छावनी वाले दोस्त कर्नल अलताफ़ हुसैन के यहाँ रहती थीं। वह कुछ समय पहले ईरान से वापस आई थीं; दूसरे दिन वह भाई अहमद नवाब के यहाँ पहुँचीं। ईरानी चालूस का नीला ग़रारा पहने, हमेशा की तरह शान्त सहज-सहज चलती सीढ़ियाँ तय करके, दूसरी मंज़िल के सहन (आँगन) में दाख़िल हुईं और उस अजनबी माहौल में बहुत अनोखी और शक्तिदायक लगीं।

अम्मा के लाहौर आने की इत्तिला पर लोगों ने आना शुरू किया। इम्तियाज़ अली 'ताज', हिजाब भाभी, भाई हमीद अली और उनके लड़के सलीम मुमताज़ व नसीम मुमताज़ उर्फ़ कर्नल व मेजर। रेडियो पाकिस्तान के ग़ुलाम क़ादिर फ़रीद और शौकत थानवी, जो इम्तियाज़ भाई के साथ मिलकर रोज़ाना एक क़ौमी प्रोग्राम पेश करने में मसरुफ़ थे। (लखनऊ में बच्चों के प्रोग्राम में शौकत साहब 'चाचा' और ग़ुलाम क़ादिर फ़रीद 'बुद्धू' बना करते थे और मैं उनकी निहायत अक़ीदतमंद (श्रद्धालु) चेली)।

एक शाम अम्मा की तायाज़ाद बहन ख़ाला ख़ुर्शीद ज़हरा (पुत्री मीर फ़ैज़ुल अस्करी मरहूम) के साहबज़ादे (पुत्र) ज़िला झंग के रईस-ए-आज़म तशरीफ़ लाए। साढ़े छह फ़ुट क़द लहीम-शहीम (हृष्टपुष्ट) बेहद घेर की शलवार, ऊँचे तुर्रे वाली पगड़ी, बड़ी ज़बरदस्त मूँछें। बिल्कुल पंजाब के देहात की किसी कहानी के पात्र लग रहे थे।

मैंने आँखें फाड़ कर उन्हें देखा। ये भीमकाय हमारा कज़न था; और ऐसा भारी भरकम लम्बा चौड़ा शख़्स इतने नाज़ुक दिल का निकला। आँसू पोंछ-पोंछ कर वह हम सबसे मिले; शायद उन्हें यह आश्चर्य हो रहा होगा कि यह धान- पान लोग मेरे रिश्तेदार!

शाम के वक़्त सारे मेहमान ऊपर आकर, ऊपरी मंज़िल के बरामदे में बैठते और दंगों के दिनों की चर्चा करते और अपने-अपने तजुर्बे बयान करते। सामने जहाँ तक नज़र जाती, धुँधलके में पोशीदा (ढके हुए) शहर की मद्धम रौशनियाँ टिमटिमाया करतीं ...यहाँ से शहर को देखो।

एक सुबह सर्द धूप में तैरते हम लोग नम्बर 7 रेलवे रोड गये। दारुल इशाअत पंजाब की इमारत के फाटक के अन्दर, ग़ुलाम अब्बास सामने ही नज़र आये। गले में मफ़लर लपेटे, वह तहज़ीब-ए-निसवाँ के दफ़्तर से निकल रहे थे। बड़ी गम्भीरता से राइटर टू राइटर दरयाफ़्त किया, 'आज कल आप क्या लिख रही हैं?'

उसी गम्भीरता से जवाब दिया, 'एक नॉविल लिख रहे हैं, मेरे भी सनम ख़ाने।'

कहने लगे, 'दंगों की वजह से पब्लिशिंग का कारोबार बन्द पड़ा था; अब हालात नार्मल होते जा रहे हैं, आप नॉविल पूरा कीजिए, मैं किसी पब्लिशर से बात करूँगा।'

फाटक के अन्दर वह गहरा ड्राइंगरूम था, जहाँ बचपन में मैं प्यानो पर उंगलियाँ मारती थी और इम्तियाज़ भाई मना करते थे और इससे पहले सन् 1928 ई. में इसी कमरे के अन्दर, नाना नज़रुल बाक़र मरहूम का पलंग बिछाया गया था।

जब वह आर्केडिया देहरादून से डेरा इस्माइल ख़ाँ अपने आख़िरी सफ़र पर जाते हुए यहाँ ठहरे थे और इनामुल्लाह मामू मरहूम आधी रात को गंडेरियाँ ख़रीद कर लाए थे और यहीं इसी मकान में एक बार मुझे वह अजीबो-ग़रीब मरज़ हो गया और मेरे कथनानुसार हलक़ नहीं खुलता था और इसी लाहौर के मोमिनपुरा के क़ब्रिस्तान में ख़ालू मीर अफ़ज़ल अली मरहूम महवे-ख़्वाब (चिरनिद्रा में) थे।

हफ़ता भर बाद भाई ने ट्रेन में एक पूरा सेकण्ड क्लास कम्पार्टमेंट रिज़र्व करवाया और हम कराची रवाना हुए। अभी 'बर्तानवी ज़माने' को बीते केवल तीन महीने हुए थे और पुरानी रेलें चल रही थीं। दक्षिणी पंजाब और सिन्ध के रेगिस्तानों से गुज़रते हुए, लम्बा-चौड़ा डिब्बा गर्द व ग़ुबार से अट गया। अम्मा, भाई, भाभी और मैं खिड़कियाँ बन्द करके फिर बाहर देखने लगे। दूर-दूर तक जले हुए ठुँठ, थूहड़, नागफनी, कीकर और बबूल।

रेलवे स्टेशनों पर जहाज़ी साइज़ की डबल रोटियाँ और बड़े-बड़े नान सस्ते बेचे जा रहे थे। 'यहाँ ग़ल्ले की इफ़रात (बहुतायत) है' भाई ने कहा।...सिन्ध के सुनसान प्लेटफ़ार्म, इक्का-दुक्का सिन्धी-हिन्दू सफ़ेद बुर्राक़ धोती-कुर्ता पहने खड़ा नज़र आ जाता।

हैदराबाद सिन्ध के क़रीब ट्रेन पहुँची, मकानों पर लगे बादगीरों का जंगल सा उगा हुआ नज़र आया। कराची के नज़दीक ड्रग रोड पर खपरैल की छतों, हरी जाफ़रियों और सुर्मई ईंटों वाली दो मंज़िला कोठियों की पंक्तियाँ, डरावना हैंगर, जो जर्मन विमान ज़ेप्लिन के लिए बनाया गया था।

धूल में अंटी लम्बी ट्रेन रेलवे स्टेशन मैक्लोड रोड पर पहुँची। भाई ने बाहर आकर दो विक्टोरिया गाड़ियाँ कीं। एकाएक अम्मा ने कहा, 'सन् 29 ई. में दो-तीन बार इसी रेलवे स्टेशन पर उतरे थे, हम लोग बग़दाद जाते हुए...।'

मैंने चौंक कर उन्हें देखा, न जाने किस ज़माने की बात कर रही थीं।

लम्बी मेक्लॉड रोड पर, जनरल पोस्ट आफ़िस के आगे, गुलाबी रंग की एक छह मंज़िला इमारत के बराबर वाली दीवार पर, बड़े-बड़े शब्दों में 'ग्रान्ड होटल' लिखा नज़र आया; सड़क की ओर रिहायशी फ़्लैटों की खिड़कियाँ। इमारत के मुख्य द्वार पर पहुँचकर भाई ने गाड़ियाँ रुकवाईं। तीसरी मंज़िल पर जाकर फ़्लैट नं. 9 मेवचल बिल्डिंग के दरवाज़े का ताला खोला। विक्टोरिया गाड़ियों के हब्शी मूल के मकरानी कोचवानों ने सामान ऊपर पहुँचाया।

हम लोग फ़्लैट में दाख़िल हुए; ज़र्द टाइलों वाली पतली सी गैलरी, तीन छोटे कमरे, गैलरी के सिरे पर दो ग़ुसलख़ाने, बाहरी कमरे में एक ट्रंक पर बैठकर भाभी ने अपने बालों की गर्द झाड़ी, अम्मा ने रोज़मर्रा के इस्तेमाल के लिए जो बर्तन भाँडे लाहौर से ख़रीदे थे, उनका बक्स खोला।

हम लोग यू.पी. के मुहाजिर थे।

लखनऊ जाने से पहले भाई ने टेलीफ़ोन लगवा लिया था। दूसरे दिन सुबह से परिचित चेहरे नज़र आने शुरू हो गये।

'छब्बू मियाँ!' एक रिश्तेदार ने ताज्जुब से कहा, 'आजकल कराची के हिन्दू अपनी एक से एक नफ़ीस कोठियाँ और बढ़िया फ़्लैट छोड़कर बम्बई जा रहे हैं, आपको यही फ़्लैट दस्तयाब (उपलब्ध) हुआ?'

'बस हम जब लखनऊ से यहाँ आये तो जो जगह आसानी से फ़ौरन मिल गई वही ले ली; अब कौन दूसरे मकान के लिए दौड़ भाग करता फिरे।' भाई ने हमेशा की तरह इस्तग़ना (बेपरवाही) से जवाब दिया; क्योंकि 'दरवेशी' अब्बाजान से पैतृक सम्पत्ति के रूप में मिली थी। जल्दी-जल्दी चाय पीने के बाद वह 'डान' के दफ़्तर रवाना हो गये।

'अम्मा!' भाभी ने कहा, 'लिहाफ़ बिस्तर भी तो नहीं हैं।'

'आ जाएँगे' अम्मा ने इत्मीनान से जवाब दिया। 'मज़हर को फ़ोन करो; अब तक हमारा सामान सियालकोट से आ गया होगा। हाज़िर भाई बेचारे ने देहरादून में सही राय दी थी कि न जाने कब फ़ौरन पाकिस्तान जाना पड़ जाए, कुछ सामान सियालकोट भिजवा दो...' फिर रिश्तेदार से मुख़ातब होकर दोहराया (बे सरोसामानी की व्याख्या के लिए वह यह विस्तृत जानकारी हर आने-जाने वाले को देती थीं) 'मियाँ हम तो हवाई जहाज़ से आये; सिर्फ़ पहनने के कुछ कपड़े ही ला सके। अगस्त के महीने में मैंने आशियाने के गोदाम से कुछ चीज़ें निकालकर हाज़िर भाई के सामान के साथ देहरादून से सियालकोट रवाना कर दी थीं। दुल्हन! मज़हर को फ़ोन किया?'

'अम्मा, आज क्रिसमस और क़ायद-ए-आज़म की सालगिरह की छुट्टी है, हाज़िर साहब का दफ़्तर बन्द होगा। उनके घर का फ़ोन नम्बर मुझे मालूम नहीं।'

मौसूफ़ (वह) एक मार्कसिस्ट जर्नलिस्ट थे और दिल्ली से आकर केमाड़ी की एक इमारत में अपने एक पत्रकार दोस्त अहमद के साथ रहते थे, जो भोपाल से आये थे।

उन्होंने चन्द सिक्के और नोट जेब से निकालकर कहा, 'पाकिस्तानी करंसी आ गई है, मैंने बस में देखा महाजिर सिक्कों को चूमकर आँखों से लगा रहे थे।'

भाई अहमद नवाब ने वज़ीफ़ा ख़त्म करने के बाद, फ़ौरन बड़ी अक़ीदत से दो सिक्के अपने दोनों हाथों में लिये।

6 जनवरी के दंगे के दूसरे दिन अम्मा की एक पुरानी शनासा (परिचित) ख़ातून तशरीफ़ लाईं। 'बहन' उन्होंने बैठते ही कहा, 'चलिये क्लिफ्टन या जमशेद रोड पर आप को जिस हिन्दू की कोठी पसंद आये दिलवा दूँ। आप इस मामूली फ़्लैट में क्यों पड़ी हैं, ग़ज़ब ख़ुदा का आप भी तो इण्डिया में अपनी तीन कोठियाँ छोड़कर आई हैं। देहरादून, मुरादाबाद, गुरदासपुर, तीन-तीन कोठियाँ।'

ज़ीने पर उनकी मुठभेड़ अय्यूब भाई से हो गई; वह अन्दर आकर कहने लगे, 'यह यहाँ भी पहुँच गयी?'

हर नौमोलूद (नवोदित) मिडिल क्लास मुआशरा (समाज) इसी क़िस्म के करप्ट मौक़ापरस्त लीडर पैदा करता है। अय्यूब अहमद किरमानी पाकिस्तानी लेफ़्ट विंग की पहली-पहली आवाज़ों में से थे।

'अय्यूब भाई! आप हर चीज़ का मनफ़ी (नकारात्मक) पहलू ही देखते हैं, शुरू-शुरू की बात है, इंशाअल्लाह सब ठीक हो जाएगा।' भाई अहमद नवाब ने मुसल्ले पर बैठे हुए कहा, 'जब अमेरिका आज़ाद हुआ, वहाँ भी यही सब होता था।'

तीस जनवरी के रोज़ भाई अहमद नवाब बेहद घबराये हुए घर आये और कहा, 'गाँधीजी क़त्ल कर दिये गये। अजीब ट्रेजडी है, अजीब ट्रेजडी है।'

भाभी ने फ़ौरन रेडियो पर दिल्ली लगाया, जहाँ से रामधुन नश्र की जा रही थी। उसी रोज़ भाई और अय्यूब भाई अपने-अपने अख़बारों के दफ़्तरों में बेहद मसरूफ़ रहे। रात गये वह दोनों घर पहुँचे। अय्यूब भाई ने कहा, 'हाईकोर्ट के सामने चौक में गाँधी जी का गुजस्समा (मूर्ति) खड़ा है, अख़बारों में रोज़ाना माँग की जा रही थी कि उसे वहाँ से हटा दिया जाए। अभी मैं वहाँ से गुज़रा चौक में बिल्कुल सन्नाटा था; मुजस्समे को किसी ने गेंदे का हार पहना दिया था।'

हिन्दुस्तान से हिजरत (पलायन) करने वाले ज़्यादातर रिश्तेदार फ़्लैट नं. 9 में आकर टिकते। रात गये तक चाय का दौर चलता; बिल्कुल पिकनिक का सा माहौल था। एक रोज़ मुलाक़ाती ने अम्मा से कहा, 'छब्बू मियाँ आजकल क्या कर रहे हैं और इस फ़्लैट में...? देखकर ताज्जुब होता है और सज्जाद हैदर साहब मरहूम तो बरस हा बरस के क़ायद-ए-आज़म और नवाबज़ादा लियाक़त अली ख़ाँ और सारी लीग लीडरशिप के इतने क़रीबी दोस्त थे और ख़ुद उन्होंने मुद्दतों अपनी लगन और ख़ुलूस से लीग के लिए ज़हनी काम किया। छब्बू मियाँ को चाहिए कि जल्द क़ायद-ए-आज़म और नवाबज़ादा लियाक़त अली ख़ाँ से मिलें और उनको बताएँ कि वह किसके बेटे हैं और अपने लिए बढ़िया मुलाज़िमत और उम्दा मकान हासिल करें।'

अम्मा ने बेपरवाही से जवाब दिया, 'न इनके बाप की आदत थी कि सिफ़ारिशें हासिल करें, लोग उनकी सिफ़ारिशें हासिल करने आते थे और न बेटे की यह आदत है। जैसा कुछ है ठीक है।'

एक सुबह मैं और भाभी रोज़ की तरह हवाख़ोरी के लिए ज़रा बालकोनी में खड़े थे; जब नीचे फ़ुटपाथों पर बड़ा हुजूम खड़ा नज़र आया, मोटर साईकिल सवार दस्ता ट्रैफ़िक के बन्दोबस्त में मशग़ूल था। एक अंग्रेज़ ने पैदल सड़क पार करनी चाही, सब इंस्पेक्टर पुलिस ने डपट कर उससे कहा, 'वापस जाओ, वहाँ खड़े हो जाओ जहाँ सब खड़े हैं।'

'क्या बात है?' अंग्रेज़ ने पूछा।
'क़ायद-ए-आज़म गुज़रने वाले हैं।'
'ओ, काइडे आज़म! वेरी वेल।'

कुछ मिनट बाद एक लम्बी खुली कार सड़क पर से गुज़री, उसमें शाह जार्ज षष्टम के छोटे भाई डयूक ऑफ़ ग्लोसेस्टर के साथ क़ायद-ए-आज़म तशरीफ़ फ़रमा रहे थे। उन्होंने स्लेटी रंग का सूट पहन रखा था। सात साल पहले जब विक्टोरिया टर्मिनस बम्बई के प्लेटफ़ार्म पर क़ायद-ए-आज़म, अब्बाजान के साथ टहल रहे थे, तब भी स्लेटी रंग का सूट पहन रखा था और उस वक़्त और इस वक़्त के दरमियान बहुत बड़ा फ़ासिला था।

सिलसिला-ए-रोज़ो-शब

रात के सनसनाते सन्नाटे में फ़्लैट के पिछवाड़े कुछ दूर से रेलवे इंजिनों की शंटिंग और साँय-साँय की आवाज़ें आतीं और ग़ुसलख़ाने की खिड़की में से रेलवे यार्ड की नीली सर्द रौशनियाँ बहुत रहस्यमयी मालूम होती थीं। नीचे शफ़्फ़ाफ़ सुर्मई मेक्लॉड रोड पर से ख़ुशबाश स्याहफ़ाम हब्शी मूल की मकरानी औरतें और मर्द गधा गाड़ियों पर सवार दफ़ बजाते और सुरैया और शमशाद बेगम के ताज़ा फ़िल्मी गीत और ग़ज़लें अलापते गुज़रा करते।

सुबह मुँह अँधेरे से गधे, ऊँट और विक्टोरिया गाड़ियों और मोटरों का ट्रैफ़िक जारी हो जाता। दिन भर फ़ोन की घंटी बार-बार बजती और विभिन्न सगे सम्बंधी अपने आने की इत्तिला देते और ठहरने की जगह के पते बताते।

जैकब लाइंस, लॉरेंस रोड, इंटेलिजेंस स्कूल, मार्टिन रोड, पीर इलाही बख़्श कालोनी। ये सरकारी क्वार्टर युद्ध के दौरान तामीर किये गये थे और उनमें मुहाजिरों की एक रंगारंग दुनिया आबाद हो रही थी। लेकिन सरकारी गैस्ट हाउस बलोच मैस में जहाँ भाई लुक़मान हैदर (जो रिज़र्व बैंक ऑफ़ इण्डिया कलकत्ता से, स्टेट बैंक ऑफ़ पाकिस्तान आ गये थे) रहते थे। पक्का ब्रिटिश माहौल बाक़ी था।

लुक़मान भाई की अम्मा से बहुत गहरी छनती थी, दोनों दूसरों से ज़रा अलग दिमाग़ और मिज़ाजों के मालिक और Gracious living को बहुत अहमियत देने वाले लोगों में से थे। जिस शाम लुक़मान भाई अम्मा को बलोच मैस में डिनर पर ले गये, वह काफ़ी बरसों बाद ख़ुद को अपनी पुरानी तर्ज़े रिहाइश वाले माहौल में पाकर एक दम बहुत मुतमईन नज़र आईं। इंसान बड़ी मुश्किल से ख़ुद को डी क्लास कर पाता है।

विभाजन वर्गों के आधार पर हुआ था। इण्डिया व पाकिस्तान के फ़ौजी मैस, क्लब, पॉश शिक्षण संस्थाएँ फ़ौज, प्रशासन, सब अंग्रेज़ के बनाए हुए थे

और बिल्कुल एक जैसे थे। गवर्नमेंट ऑफ़ इण्डिया नई दिल्ली से आकर, भाई इताअत हुसैन, ज्वाइंट सेक्रेटरी, विदेश मंत्रालय, फ़्रेयर रोड, कराची की एक दो मंज़िला कोठी में रहते थे; उनके बच्चे सेंट कोलम्बस नई दिल्ली से आकर, सेन्ट पेट्रिक कराची में दाख़िल हो चुके थे, जो कॉन्वेंट और इंग्लिश पब्लिक स्कूल इण्डिया में थे, उन्हीं की शाखाएँ पाकिस्तान में मौजूद थीं।

दोनों मुल्कों में इन संस्थानों की इमारतों में शाह जार्ज षष्टम का पोर्ट्रेट उतार कर, उसमें गाँधी जी, पण्डित नेहरू, कायद-ए-आज़म जिन्नाह और लियाक़त अली ख़ाँ की तस्वीरें लगा दी गयी थीं और आज़ादी किस तरह हासिल की गयी, इसके दो विभिन्न वर्ज़न दोनों मुल्कों के स्कूलों में पाठों के रूप में पढ़ाए जा रहे थे।

नहटौरी और मुरादाबादी रिश्तेदारों को, जो सरकारी नौकर थे, सरकारी क्वार्टर और कोठियाँ मिल गयी थीं। चार पृष्ठों का ख़ानदानी ख़बरनामा 'मुरक़्क़ा-ए-नहटौर' जो हाजी ख़लील अहमद फ़ाउण्डर 'एक आना फ़न्ड लखनऊ' बरसों से लखनऊ से प्रकाशित करते थे; अब कराची से छपना शुरू हो गया था। उसमें सादात-ए-नहटौर बिरादरी के उन सैकड़ों सदस्यों के सम्बन्ध में सूचनाएँ दर्ज होतीं, जो हिन्दुस्तान से पलायन करके पश्चिमी और पूर्वी पाकिस्तान में आबाद हो रहे थे और किसी को उस वक़्त सान व गुमान भी न था कि 23 साल बाद पूर्वी पाकिस्तान से एक और ग़मनाक हिजरत (पलायन) करेंगे।

उन रिश्तेदारों में पूर्व ज़मींदार और जागीरदार साहब, बहादुर, मौलवी, धार्मिक विद्वान, उच्च अधिकारी, मामूली क्लर्क, अमीर, गरीब, सभी शामिल थे और सब एक दूसरे की ख़ैर ख़बर को उत्सुक और एक दूसरे की तलाश में थे और कराची में, महीने में एक-आध बार सब एक दूसरे के घरों में मिल बैठते थे।

नहटौर के त्यागी ब्राह्मणों की मान्यता अनुसार, उनके पुरखों ने मुसलमानों के आगमन से पहले, राजपूत गृहयुद्धों के दौरान राजस्थान में अपना गाँव त्याग कर, दिल्ली के क़रीब गाँगन के किनारे एक नया ठौर बसाया था, जो रफ़्ता-

रफ़्ता नहटौर कहलाने लगा। सन् 1947 ई. की हिन्दुस्तानी ख़ानाजंगी (गृहयुद्ध) में नहटौर त्याग कर पाकिस्तान जो लोग पहुँचे, वे मानो मे-फ़्लादर के पिलग्रिम फ़ादर्स में शामिल थे और अब यहाँ भी एक 'फ्रंटियर स्प्रिट' और 'पायनियर स्प्रिट' पैदा होती जा रही थी। औरतें और लड़कियाँ बाहर निकल रही थीं। पूर्व ज़मींदार व्यापार शुरू कर रहे थे; नौजवान नये-नये ज्ञान और कलाओं का प्रशिक्षण प्राप्त करने की कोशिश में लगे थे।

पाकिस्तान आए हुए नहटौरी रिश्तेदार बड़े अलग रंग ढंग वाले लोग थे। भाई मतलूब हुसैन, जो सादात-ए-नहटौर के पहले-पहले शौक़िया पायलेट थे, बहुत दिनों क़ायद-ए-आज़म के प्राइवेट सेक्रेटरी रहे थे और अब मिस्टर मतलूब एच. सैयद कहलाते थे। भाई मोहम्मद जमील एकाउन्टेंट जनरल पाकिस्तान के वालिद हाजी मोहम्मद ख़लील, हज़रत मौलाना फ़ज़्लुर्रहमान गंज मुरादाबादी के मुरीद, मौलाना हुसैन अहमद मदनी के अक़ीदत मंद (श्रद्धालु) और अपने ज़माने के ज़्यादातर उलमा व बुज़ुर्गान-ए-दीन से वाबस्ता रहे थे। वह एक अजीबोग़रीब निहायत क़ाबिल-ए-क़द्र हस्ती थे।

हज़रत मौलाना अबुल हसन अली नदवी के कथनानुसार ब्रिटिश इण्डिया में उनके बेटे सैयद मोहम्मद जमील आडिट ऑफ़ एकाउंट्स के इंटरव्यू के लिए जाने लगे, उनकी आर्थिक स्थिति उस वक़्त ऐसी थी कि नौकरी की उन्हें सख़्त ज़रूरत थी। लोगों ने कहा, 'मियाँ जमील की दाढ़ी तो सेलेक्शन में रुकावट बनेगी।' हाजी मोहम्मद ख़लील ने फ़रमाया, 'रज़्ज़ाक़ तो ख़ुदा है, सब कुछ उसके इख़्तियार में है, मैं एक औहदा हासिल करने के लिए इजाज़त नहीं दे सकता कि ख़ुदा और उसके रसूल की नाफ़रमानी की जाए।'[1]

भाई जमील दाढ़ी समेत नुमायाँ तरीक़े से कामयाब हो गये। चचा मोहम्मद ख़लील ने नहटौर और लखनऊ में कई दीनी मदरसे क़ायम किये थे। पाकिस्तान बनने के फ़ौरन बाद अब वे ढाका और कराची में पैदल घूमकर इस्लामी मदरसे खोलते फिर रहे थे और घोड़ा गली से मरी तक पैदल जाते थे।

---

1. हाजी मोहम्मद ख़लील नहटौरी के सम्बन्ध में विस्तारपूर्वक लेख मौलाना अबुल हसन नदवी की रचना 'पुराने चराग़' में मुलाहिज़ा फ़रमाइए।

यह शायद Throw Back था। मध्य युग के अल्लाह वाले और कमालुद्दीन तिरमिज़ी इसी तरह के बुज़ुर्ग रहे होंगे, जो 'फ़क़ीर को ताईद-ए-इज़दी काफ़ी है' (संत को अल्लाह का काफ़ी है) कहकर पैदल-पैदल देश-देश घूमकर इस्लाम धर्म का प्रचार करते फिरते थे।

धार्मिक विश्वास, वेश-भूषा, चाल-ढाल और जीवन शैली में किसी तरह की तब्दीली से बचते हुए क़ायम रखा जाता है। रोमन कैथोलिक, ग्रीक औरथोडौक्स और सीरियन चर्चों के पादरियों और संन्यासियों और इस्लामी विद्वानों की वेशभूषा में शताब्दियों से ज़रा सा भी अंतर नहीं आया। हाजी मोहम्मद खलील के बेटे, भाई जमील एकाउन्टेंट जनरल पाकिस्तान भी दाढ़ी रखे हुए और ज़बर्दस्त इस्लाम के प्रचारक थे। जब अम्मा से मिलने फ़्लैट नम्बर 9 आते तो वह उनकी मौलवियत और दाढ़ी पर खूब व्यंग्य करतीं; बड़ा दिलो-दिमाग़ को प्रसन्न करने वाला वाद-विवाद होता, जिसमें भाई दोनों तरफ़ से शामिल हो जाते। भाई और अम्मा दोनों तेज़ क़िस्म के सेंस ऑफ़ ह्यूमर के मालिक! ऊपर से अगर अय्यूब भाई आ जाएँ तो सोने पे सुहागा।

एक इतवार को भाई जमील आकर एक संदूक़ पर बैठे। भाई बालकोनी के दरवाज़े पर विराजमान थे। भाई अम्मा के पलंग के किनारे पर बैठे नीग्रो प्रेस ऑफ़ अमेरिका के लिए डिस्पैच टाइप कर रहे थे; टाइपराइटर अम्मा की दवाओं की मेज़ पर रखा था। कैम्पिंग का सा दृश्य था, मैं कुछ न करने में मसरूफ़ थी।

अम्मा ने कहा, 'पिण्डी से यह हौलनाक इत्तिला आई है कि जरी मियाँ ने भी दाढ़ी रख ली।'

'सुना है भाई जरी इटली से अरस्तू का एक नायाब मुजस्समा (मूर्ति) लाए हैं, वह ड्राइंगरूम के आतिशदान पर रखा है, दान्ते और इब्ने तेमिया दोनों को ओरिजनल में पढ़ते हैं, क्या आलम होगा!' ...मैंने कहा।

'पश्चिमी बुद्धिजीवी कट्टर कैथोलिक हो सकता है, हिन्दू इंटेलेक्चुअल वेदान्ती हो सकता है, मुसलमान इन्टेलेक्चुअल कट्टर मुसलमान हो जाए तो

आपको एतराज़ है।' भाई ने फ़ौरन आपा हम्मन के शौहर जरी अहमद सैयद की हिमायत में कहा।

'जमाअत-ए-इस्लामी की इन्टलेक्चुअलिज़्म हमें तो कभी-कभी बहुत अपील करती है।' मैंने कहा। मैं उन दिनों मौलाना अबुल आला मौदूदी को बहुत पढ़ रही थी।

'उग्रपंथ हमेशा पुरकशिश होता है, इससे भी ज़्यादा यह कि 'इक़बाल' का एक पहलू हमेशा आपको जमाअत-ए-इस्लामी की तरफ़ ले जाएगा ...मुझे है हुक्मे अज़ाँ ...ला इलाहा इल्लल्लाह।' अय्यूब भाई बोले।

हो बन्दा-ए-आज़ाद अगर साहिबे इलहाम
है उसकी निगह फ़िक्रो अमल के लिए महमेज़

मैंने कहा, 'लाइए 'ज़' का।' (यहाँ तत्पर्य 'ज़' अक्षर से कोई शे'र पढ़ने का आग्रह है)

ज़मिस्तानी हवा में गर्चे थी, शमशीर की तेज़ी' भाई ने नीग्रो प्रेस ऑफ़ अमेरिका स्थगित करके इरशाद किया। बैतबाज़ी (अंताक्षरी) शुरू हो गयी। बहुत जल्द भाईजान सीरियस होकर फ़ाउल पर उतर आए। चुपके-चुपके वह पलंग के नीचे झुक कर कुछ देखते जा रहे थे।

'मैं कहाँ हूँ, तू कहाँ है, ये मकाँ कि लामकाँ है
ये जहाँ मेरा जहाँ है कि तेरी करिश्मा साज़ी'

अय्यूब भाई बड़ी गम्भीरता से बोले, 'लाइये 'य' का।'

'यगर न दौड़ो, दिगर न दौड़ो।'

उठो वगर्ना हश्र नहीं होगा फिर कभी
दौड़ो ज़माना चाल क़यामत की चल गया।

भाई ने कहा।

भाभी ने फ़ौरन झुककर पलंग के नीचे से 'हुमायूँ' का पर्चा निकाला।

'मैं अन्दर आ सकती हूँ? दरवाज़े के बाहर से एक लहकदार आवाज़ आई। मामूली शक्लो-सूरत की एक नौजवान लड़की गैलरी में दाख़िल हुई। 'मैं ज़रा एक फ़ोन कर लूँ?' उसने पूछा।

'जी हाँ ज़रूर!' भाभी ने कहा। अम्मा माथे पर बल डालकर दूसरी तरफ़ देखने लगीं। वह लड़की दूसरे कमरे में जाकर फ़ोन पर बहुत देर तक ज़ोर-ज़ोर से बातें करती रहीं। अम्मा और भाभी दोनों नाख़ुश व बेज़ार नज़र आईं।

यह इमारत एक ऐसी कारवाँ सराय थी, जिसमें भारत से भाँति-भाँति के लोग आकर उतर रहे थे। यह ख़ातून एक नामवर प्रगतिशील साहित्यकार की बनाई हुई फ़िल्म की हीरोइन थीं। फ़िल्म फ़्लाप गयी; यह ख़ुद बम्बई से यहाँ आ गई थीं। दो-तीन बार फ़ोन करने आ चुकी थीं। अम्मा एक्टरसों से मेलजोल के मामले में इन्तिहाई क़दामतपरस्त (दक़ियानूसी) वाक़े हुई थीं और उनकी आमदोरफ़्त (आवागमन) नापसंद करती थीं।

कुछ मिनट बाद वह लड़की कमरे से निकलकर तेज़ी से सराय के बाहर चली गई।

कन्टरबरी के दो और पिलग्रिम फ़्लैट में दाख़िल हुए, अहमद हसन और फिरोज़ जबीं। फिरोज़ जबीं मेवचल बिल्डिंग से लगे ग्रान्ड होटल में ठहरी थीं। इन दोनों ने सन् 47 ई. में लखनऊ से उर्दू में एम.ए. किया था।

अहमद हसन कराची के एक अंग्रेज़ी अख़बार में काम कर रहे थे। फ़िरोज़ जबीं अलीगढ़ से आई थीं। इरादा था कि कराची में जर्नलिज़्म करेंगी। दोनों बेहद वामपंथी थे। भाई जमील से एक और बहस शुरू हो गयी।

फ़िरोज़ ने चुपके से मुझसे कहा, 'मैं तो अलीगढ़ वापस जा रही हूँ, वहाँ से लंदन चली जाऊँगी और शायद कभी इस उपमहाद्वीप में वापस न आऊँ।' (फिरोज़ ने ऐसा ही किया और आजतक लंदन में मौजूद हैं)

अहमद हसन और फिरोज़ जाने के लिए उठे, दरवाज़े में शाइस्ता अख़्तर सोहरवर्दी प्रकट हुईं।

शाइस्ता अख़्तर सोहरवर्दी के शौहर इकरामुल्लाह फ़ॉरेन सेक्रेटरी थे। वह क्लिफ़्टन पर रहती थीं, वह एक अजीब स्टाइल की ख़ातून थीं। देखने में मॉडर्न,

अन्दर से क़दामतपरस्त। आधी उम्र पश्चिम में गुज़ारी थी। लंदन यूनिवर्सिटी से सन् 40 ई. में पी.एच.डी. किया था और एक बार किंग्स्टन हाल लंदन में उर्दू साहित्य पर तक़रीर करते हुए, बहुत देर तक अम्मा के उपन्यासों पर प्रकाश डाला था। उनकी फ़ूफी ख़जिस्ता अख़्तर सोहरवर्दी के बेटे हुसैन शहीद सोरहवर्दी, अब मुल्क के मशहूर राजनीतिज्ञ और बँटवारे से पहले बंगाल के मुख्यमंत्री रहे थे। उनकी क़ानून पढ़ने के लिए विलायत रवानगी की इत्तिला उनकी वालिदा ख़जिस्ता अख़्तर[1] सोहरवर्दी ने सन् 1914 ई. में अम्मा को दी थी।

वक़्त पलक झपकते में कहाँ से कहाँ निकल गया था। शाइस्ता आपा अपने सोहरवर्दी ख़ानदान की पुरानी सांस्कृतिक और सदाचरण की परम्परा की बेहद कद्रदान थीं। संयुक्त राष्ट्र संघ न्यूयार्क में पाकिस्तान का प्रतिनिधित्व करती थीं (बाद में वह कई देशों में अपने देश की राजदूत रहीं और उनकी एक लड़की की शादी जार्डन के क्राउन प्रिंस से हुई।) सन् 48 ई. के उन अव्वलीन दिनों ही से 'बेगमात' का एक नए विचारों वाला तबक़ा (वर्ग) वजूद में आ चुका था, शाइस्ता आपा उस गिरोह से नाराज़ और उसमें शामिल नहीं थीं।

शाइस्ता इकरामुल्लाह भी एक संदूक़ पर बैठ गयीं। भाभी ने चाय बनाई; महफ़िल जारी रही।

ये महफ़िलें फ़्लैट नम्बर 9 के रोज़मर्रा में शामिल थीं। मौलाना राज़िक़ुल ख़ैरी, शाहिद अहमद देहलवी, समद शाहीन, मुमताज़ शीरीं, सहाब क़िज़िलबाश, क़ुदरतुल्लाह शहाब, ग़ुलाम अब्बास, सब आकर इसी तरह बक्सों पर स्टूलों पर बैठ जाते और अम्मा उसी बेसरोसामानी के आलम में मजलिसें सजातीं।

कुदरतुल्लाह शहाब जम्मू के रहने वाले थे और इण्डियन सिविल सर्विस के बिहार कैडर से पाकिस्तान आए थे। कुछ बरसों से अफ़साने लिख रहे थे। एक दिन उन्होंने अपना नॉविल 'या खुदा' अम्मा को पेश किया और बताया कि पहले उसका नाम 'तीन ख़ुदा' रखा था, मौलवियों के डर से बदल दिया।

1. मुलाहिज़ा कीजिए वाल्यूम - 1, अध्याय 5, 'हिल्टन लेन।'

अब्बाजान के ज़माने के अलीगढ़ यूनिवर्सिटी वाले जलील अहमद क़िदवाई (जो अब सूचना व प्रसारण विभाग में इनफ़ॉर्मेशन अफ़सर थे) दिल्ली से आकर फ़िलहाल ग्रैण्ड होटल में ठहरे हुए थे।

'सैयद हमीद लाहौर से आये हुए थे। कहने लगे, फूफी नज़्र निचली मंज़िल में हैं, आप लोग भी चलिए। जलील साहब की तो वह माँ की जगह थीं, मेरे लिए अलबत्ता एक लेखिका की हैसियत रखती थीं, हमको देखकर बेहद ख़ुश हुईं।

क्या नाम है आपका? जब तक मैं नाम बताऊँ दूसरा सवाल, 'किसकी बेटी हो?' अभी पहला जवाब न दे सकी थी, दूसरे का कैसे देती, इतने में तीसरा सवाल कर डाला, मैं दिमाग़ को हाज़िर करके सिलसिलेवार जवाब देने पर आमादा हो गयी। मगर मैं सुस्त रफ़तार वह बर्क़ रफ़तार! मेरा उनका क्या मुक़ाबला ...इस मुलाक़ात के बाद से फिर मैं उनसे मिलकर न घबराई बल्कि उनकी तेज़-तेज़ मगर मीठी-मीठी लच्छेदार बातों की कुछ चाट सी पड़ गई ...वह हस्बे आदत तेज़ी से विषय बदल देती थीं।[1]

रेडियो पाकिस्तान के रिसाले 'आहंग' के एडिटर होकर, ग़ुलाम अब्बास लाहौर से आ चुके थे। एक दिन वह 'मेरे भी सनमख़ाने' का मसव्वदा (पांडुलिपि) ले गये और वादे के मुताबिक़ उसे लाहौर प्रकाशक के पास भिजवा दिया। कुछ समय बाद कुल एक हज़ार रुपये का चैक (बतौर मकतबा जदीद लाहौर के लिए हमेशा के लिए अधिकार सुरक्षित) प्राप्त हुआ, जिसे मैंने मूर्खता के कारण स्वीकार किया।

एक दिन भाई अय्यूब अहमद किरमानी ने आकर अम्मा से कहा, 'यहाँ एक ख़ूबसूरत पुर फ़ज़ा (मनोरम) जगह है, गुजराती कालोनी। आमिल कालोनी जमशेद रोड की तरफ़। वहाँ एक कोठी का बन्दोबस्त हो सकता है, उसमें कराची मुस्लिम लीग का दफ़्तर था, वह कहीं और शिफ़्ट हो रहा है। फ़िलहाल वह कोठी दफ़्तर के नाम पर एलाट रहेगी, फिर अपने नाम करवा लीजिएगा।'

---

1. 'मोहतरमा नज़्र सज्जाद हैदर' लेखक रमज़ी जलील क़िदवाई 'इस्मत' जनवरी सन् 1968 ई.।

भाई इस दौरान 'डान' की मुलाज़िमत छोड़ चुके थे और सिविल एण्ड मिलिट्री गज़ट लाहौर और नीग्रो प्रेस ऑफ़ अमेरिका की नुमाइंदगी और कराची यूनियन ऑफ़ जर्नलिस्ट्स के कामों में लगे थे। कहने लगे, 'जी हाँ और न मालूम इसमें क्या शाख़साने (झगड़े) निकलें और यह फ़्लैट भी हाथ से जाए।'

'इस फ़्लैट में ताला लगा रखिए।' अय्यूब भाई ने कहा।

भाई इस क़िस्म के मामलों से बहुत घबराते थे। रिश्तेदारों के समझाने बुझाने पर मकान बदलने के लिए बहुत बेदिली से आमादा हुए। अब हम लोग डांडा डोला उठाकर जमशेद रोड पहुँचे।

गुजराती कालोनी की वह कोठी दौलतमंद सिन्धी हिन्दुओं के ख़ास सजावट के स्टाइल से सुसज्जित थी। दरवाज़ों में रंगबिरंगे शीशे, नक़्शीन अलमारियों में क़द्दे-आदम आईने। फ़र्श पर फूलदार टाइल्स, पथरीली दीवारों पर बेलबूटे, खिड़कियों में मज़बूत सलाख़ें, बाहर जड़ाऊ चबूतरा, लम्बा चौड़ा हाल।

अगस्त सन् 47 ई. तक इस मकान में गुजरातियों का क्लब घर था। अहाते में फूलों के दरख़्त सरसरा रहे थे और रोहतक का मुहाजिर माली हज़ारे से क्यारियाँ सींच रहा था। फाटक के सामने लक्ष्मीनारायण का मंदिर था, जो 6 जनवरी के दंगे और हिन्दुओं के निकलने के बाद से बन्द पड़ा था और उस पर पुलिस का पहरा था। मन्दिर की दूसरी तरफ़ एक दोमंज़िला सरकारी कोठी की निचली मंज़िल में बड़ी अम्मा व बेगम एजाज़ हैदर, उनकी बेटी और दामाद, आपा सिद्दीक़ा, भाई शाहिद अहमद देहलवी और उनके बच्चे कलकत्ता से आकर आबाद हो चुके थे।

नये मकान में पहुँचकर मैंने खुशी के मारे फ़ौरन माली से झाड़ू ली और फुलवारी की सफ़ाई शुरू कर दी। दो तीन दिन तक ख़ूब धूल फाँकी, चौथे दिन बुख़ार आया, टाइफ़ाइड की वजह से पलंग पकड़ लिया।

अल्लन मामू बहाउद्दीन कॉलेज जूनागढ़ से इस्तीफ़ा देकर कराची आ चुके थे। एक दिन वह ख़बर लाए, 'मैं मैकलोड रोड के फ़्लैट गया था, वहाँ दरवाज़े

के बाहर तुम्हारे नाम का एक सरकारी लिफ़ाफ़ा मिनिस्ट्री ऑफ़ फारेन अफ़ेयर्ज़ का जाने कब का आया पड़ा था; मैंने फ़ौरन खोलकर देखा। तुम्हें एक इन्टरव्यू के लिए बुलाया गया था, तारीख़ निकल गयी।'

'फ़ॉरेन सर्विस में तो लड़कियों का दाख़िला मना है। काहे के लिए बुलाया था?' मैंने बेपरवाही से पूछा।

मुलाज़िम सियाह बकरा लिए कमरे में दाख़िल हुआ, जो अम्मा ने सदक़े के लिए मंगवाया था। बकरा ज़ोर से चिल्लाया। अल्लन मामू ने फ़ौरन कोई दुआ पढ़ी और बोले, 'अच्छा पहले बकरे के सिर पर हाथ फेर दो।'

मैंने बकरे के सिर पर बाज़ाब्ता हाथ फेरा। 'मुमकिन है चौधरी ज़फरुल्लाह ने बुलाया हो।' अल्लन मामू ने सिलसिला-ए-कलाम (बातचीत) वहीं से शुरू किया, जहाँ से बकरे ने ख़त्म किया था।

'भाई ज़फरुल्लाह पर्दे के समर्थक और लड़कियों की नौकरी के ख़िलाफ़ हैं, वह क्यों बुलाने लगे।' अम्मा ने कहा।

'बाजी बकरे को सात दफ़ा मरीज़ के पलंग के गिर्द फिराना भी ज़रूरी है।' अल्लन मामू बोले और बकरे को चक्कर दिलाने में मसरूफ़ हो गये। उसने फिर फ़रियाद की।

'यह ख़त क्या रहस्य है, फ़ोन करके मालूम करना चाहिए। बेगम लियाक़त अली ख़ाँ अमेरिका जा रही हैं, सुना है साथ ले जाने के लिए एक पी.आर.ओ. लड़की चाहिए थी।' अल्लन मामू ने बकरे को तवाफ़ (वृत्त) कराते हुए विचार प्रकट किया।

'गोल कीजिए', मैंने करवट बदलकर कहा, फ़ौरन उसी वक़्त ग़ौर किया तो पता चला कि तबीयत में एक तरह की बेनियाज़ी और क़नाअत पसंदी (संतोषप्रियता) आती जा रही है। अल्लन मामू चिंतित होकर बोले, 'लेकिन मालूम तो कर लें क्या हर्ज है।'

इतने में अय्यूब भाई प्रकट हुए। अल्लन मामू ने इंटरव्यू के बुलावे के मुताल्लिक़ उन्हें बताया, 'कहने लगे, 'अरे पी.आर.ओ! वह तो मुक़र्रर कर ली गयी, ख़ोजा लड़की, मिस हाजी।'

'मैंने पहले ही कहा था, गोल कीजिए।' मैं इतमीनान से बोली।

अय्यूब भाई एक परेशानकुन इत्तिला लेकर आए थे 'यह मकान' उन्होंने अम्मा से कहा, 'छोड़ी हुई जायदाद नहीं है। इसका मालिक कस्टोडियन पर मुक़दमा दायर कर रहा है।'

'सामान बाँधिए और चलिए मैकलोड रोड वापस।' भाई फ़ौरन बोले। 'मैंने पहले ही कहा था, इस मकान में शाख़साने निकलेंगे; बस जैसे ही बीबी अच्छी हों यहाँ से कूच!'

अम्मा ने फ़ौरन रवानगी की तैयारी शुरू कर दी। शाम को आपा सिद्दीक़ा ने पड़ोस से आकर कहा, 'चची जान, मकान मालिक को किराया देती रहिए और यहाँ से न जाइए; इतनी माक़ूल कोठी मिल गई है।'

'बेटी!' अम्मा ने पुरानी आदत के मुताबिक़ जवाब दिया, 'मैं तो ख़ुद इस जगह से नाख़ुश थी, आते के साथ ही बच्ची बीमार पड़ी। जी.पी.ओ. से बच्चा रोज़ ख़बरें भेजता है, उसे रोज़ यहाँ से इतनी दूर मैकलोड रोड जाना पड़ता है। वह फ़्लैट ख़न्दूस सही, है तो डाकख़ाने के करीब। बीबी तुमको तो मालूम है, मैं देहरादून में आशियाना छोड़कर कॉलेज के करीब रही। लखनऊ में बनारसी बाग़ की मुफ़्त बड़ी कोठी छोड़कर, यूनिवर्सिटी के क़रीब कोठी ली और इतने बरसों उसका किराया अदा किया।'

चुनाँचे कुछ अर्से बाद विक्टोरिया गाड़ियों से लद-फंद कर दोबारा फ़्लैट नं. 9 मेवचल बिल्डिंग मैक्लोड रोड पहुँचे। अम्मा इस क़दर ख़ुश थीं मानो झोंपड़ा छोड़कर महल में वापस आ गई हों।

अल्लन मामू अपने एक भांजे बदर हसनैन के पास, मार्टिन रोड के एक क्वार्टर में रहते थे। बहाउद्दीन कॉलेज जूनागढ़ में इतिहास के प्रोफ़ेसर थे। यहाँ आकर सिन्ध के शिक्षा विभाग में नौकरी तलाश कर रहे थे। कराची में नफ़सी-

नफ़सी (आपा-धापी) थी। मुहाजिरों की रेलपेल। सब अपने-अपने पाँव जमाने की फ़िक्र में सरगर्दां थे। अल्लन मामू बेचारे सादा दिल, नेक ख़सलत भोले आदमी, बुरी तरह दौड़धूप कर रहे थे। रोज़ाना डॉक्टर दाऊद पोता से मिलने जाते, जो सूबा-ए-सिन्ध के शिक्षा विभाग के उच्च अधिकारी थे।

'यह तुम्हारा दाऊद पोता भी तुम्हें ज़ुल दे रहा है।' अम्मा जलकर कहतीं।

'नहीं, नहीं बाजी! दाऊद पोता मेरा बम्बई के ज़माने का दोस्त है।' अल्लन मामू जवाब देते।

'कल हिज़ हाईनेस भी मुझसे कह रहे थे, बस नक़वी साहब तुम फ़िक्र न करो, अल्लाह कारसाज़ है।'

'नवाब साहब जूनागढ़ तुमको 'तुम' कहते हैं।' मैंने दूसरे कमरे में जाकर भाभी को ये इत्तिला दी। वह फ़ौरन अम्मा के कमरे में आईं।

'अच्छा अल्लन मामू! नवाब साहब जूनागढ़ के कुत्तों का क़िस्सा सुनाइए।' भाभी ने पलंग पर बैठते हुए फ़रमाइश की।

'बस हर कुत्ते पर एक-एक गवर्नेंस मुक़र्रर थी और उनके दाँत सोने के ब्रश से साफ़ किये जाते थे।'

'ओफ़्फ़ोह...' भाभी बोलीं।

'शुरू हो गयी बकड़वाह।' अम्मा ने इज़हारे-ख़याल किया लेकिन अल्लन मामू फ़ौरन अपनी परेशानियाँ भूल जाते और गप्प शुरू हो जाती। अल्लन मम्मा अपने प्रोविडेंट फ़ंड का रुपया, जो हिन्दुस्तान से ट्राँस्फ़र हो चुका था, ख़र्च कर रहे थे, अल्लाह पर भरोसा किये गपास्टिक में मुनहमिक (तल्लीन) थे। बात करने की कला लाँकड़ी वालों का पुराना हुनर है। जो फ़न-ए-गुफ़्तगू और इल्म-ए-मजलिस तीन सौ साल में (कि थे हिन्द के मैख़ाने बन्द) उनके survival का कारण था।

जब हम लोग गुजराती कालोनी गये थे, भाई अहमद नवाब उस वक़्त फ़्लैट नम्वर 9 से बद्र के यहाँ रहने चले गये थे। उनके छोटे अली नवाब, जो अलीगढ़ में पारे के क्लास फ़ेलो और दोस्त थे, वहाँ से इंजीनियरिंग पास करके

आ पहुँचे और अब मिलिट्री एकेडमी काकुल में शामिल होने के लिए जाने वाले थे। कुछ अर्से के लिए मैं मार्टिन रोड गयी और बद्र के क्वार्टर में चौक सादात लाँकड़ी, मुरादाबाद, मकान डिप्टी असग़र अली मरहूम के तहख़ाने वाला, जैसा कि अम्मा कहती थीं 'अहदी क्लब' क़ायम हो गया।

वहाँ एक दिन इत्तिला मिली कि भाई फ़ुलाँ मोहल्ला सादात लाँकड़ी मुग़लपुरा अव्वल शहर मुरादाबाद से रावलपिण्डी पहुँच गये हैं। वहाँ पीरी मुरीदी शुरू कर दी है और अल्लाह की मेहरवानी से ख़ूब कमा रहे हैं।

भाई मुर्तज़ा हुसैन मैकश मुरादाबादी की ऊँटनी सहरा-ए-सिन्ध में पहुँचकर जैकबाबाद में बैठ गयी, जो दुनिया का सबसे गर्म इलाक़ा था। मुर्तज़ा भाई ने वहीं डेरा डालकर पहले की तरह अपने जासूसी नॉविल लिखना शुरू कर दिये। उनकी नवीन रचना 'शैतान का पंजा' मंज़र-ए-आम पर आ चुकी थी। जीवनयापन के लिए पीरी मुरीदी और जासूसी उपन्यासों की रचना और संकलन सबसे ज़्यादा समझदारी के काम थे।

अल्लन मामू की बड़ी बहन यानी अम्मा की प्यारी फूफी की हसीन महजबीं लड़की आलिया और उसके शौहर लेफ़्टिनेंट कर्नल नासिर (जो अल्लन मामू की सबसे बड़ी बहन के लड़के थे) मलेर छावनी में आ गये थे; अक्सर इतवार के दिन अहदी क्लब का अधिवेशन उनके यहाँ आयोजित होता।

11 सितम्बर की शाम हम लोग मार्टिन रोड क्वार्टर में दोपहर के खाने के बाद सुस्ताने में मसरूफ़ थे कि एकाएक पड़ोस के क्वार्टर से (उसमें भी मुहाजिर आबाद थे) रोने चिल्लाने की आवज़ बुलन्द हुई। अली नवाब छलांग भरकर बाहर गये। कुछ देर बाद वापस आकर इत्तिला दी।

'क़ायद-ए-आज़म का इन्तिक़ाल हो गया।' हम सब हड़बड़ा कर उठ बैठे। आसिफ़ा मुमानी दुपट्टे में मुँह छिपाकर ज़ारो-क़तार रोने लगीं।

दूसरे दिन हम लोग अहदी क्लब की खाट पर सुबह के अख़बार फैलाए, जनाज़े के जुलूस की तस्वीरें देखने में मशग़ूल थे। एक फ़ुल बैच फ़ोटोग्राफ़ में क़ायद-ए-आज़म का ताबूत एयरफ़ार्स के विमान से उतारा जा

रहा था। कंधा देने वालों में काली मातमी पट्टी बाँह पर बाँधे, एक एयरफ़ोर्स अफ़सर के क्लोज़-अप को देखकर अल्लन मामू ने अचानक कहा, 'अरे यह तो मियाँ ज़हूर मालूम होते हैं।'

दूसरी तस्वीर में वही अफ़सर गन कैरिज के साथ-साथ सिर झुकाए चल रहा था।

इतवार की सुबह (सवेरे) क्वार्टर के सामने एक कार आकर रुकी। फिर एक कड़कदार आवाज़ आई; 'प्रोफ़ेसर तहव्वर अली नक़वी साहब यहीं रहते हैं?' दूसरे लम्हे दरवाज़े की चिलमन उठाकर एक लम्बा तड़ंगा एयरफोर्स अफ़सर बाज़ू पर काली पट्टी बाँधे अन्दर दाख़िल हुआ।

'अरे भाई अल्लन चचा ...अस्सलाम अलैकुम!'

'अमाँ ज़हूर! ...मैंने तो कल तस्वीर में ही तुम्हें पहचान लिया था।' अल्लन मामू ने खुलकर कहा। 'फ़ौरन समझ गया था कि क़ायद-ए-आज़म के जनाज़े के साथ तुम ज़ियारत से आए होगे।'

'जी नहीं, अल्लन चचा! मैं यहाँ एयरफ़ार्स क्वार्टर्ज़ मारीपुर में पोस्टेड हूँ। भाई आले हसनैन के मुताल्लिक मालूम हुआ कि वह नौशहरा में हैं। उन्हें ख़त लिखा तो आप सबका पता चला। छब्बू मियाँ को टेलीफ़ोन किया। कल नज़्र बाजी से मिलने गया था; उन्होंने आपका पता बताया। आप सब ख़ैरियत से यहाँ पहुँचे? पार्टीशन के वक़्त मैं सिकन्दराबाद छावनी में था।'

ज़हूर मामू अपनी पीक कैप खाटपर रखकर इतमीनान से बैठ गये। अल्लन मामू ने उनका परिचय आसिफ़ा मुमानी से कराया, 'आसिफ़ी! यह मेरे भतीजे हैं; नज़्र बाजी के सगे तायाज़ाद भाई यानी भाई फ़ैज़ुल अस्करी मरहूम के लड़के। छब्बो बाजी से मिली हो ना? ...भाई अफ़ज़ल मरहूम की बीवी से...? उनके छोटे भाई।'

'आप लोगों के जटिल रिश्ते आजतक मेरी समझ में न आए।' आसिफ़ा मुमानी गड़बड़ाकर बोलीं। 'नज़्र बाजी और भाई हसनैन आपको चचा कहते हैं और उनकी औलाद आपको मामू पुकारती हैं।'

'यह सब लोग अम्मा से इतने छोटे हैं, इन्हें नाना कैसे कहें! बचपन में बहुत दिनों तक लड्डन मम्मा की दुल्हन को जवान नानी पुकारा करती थीं', मैंने कहा।

'अमाँ आसिफ़ी, कितनी बार समझा चुका हूँ कि नज्म़ बाजी आले हसैन और मियाँ ज़हूर उल अस्करी के दादा मीर मज़हर अली हमारे वालिद मरहूम के फर्स्ट कज़न थे।' अल्लन मामू ने फ़रमाया।

'तो शुरू के दादा कौन थे'? आसिफ़ा मुमानी ने उलझकर पूछा।

'नज्म़ बाजी की परदादी मीर क़ायम अली की बीवी उमराव बेगम और हमारे दादा मीर मुनव्वर अली सगे बहन-भाई थे, इतनी आसान बात है।' अल्लन मामू ने जवाब दिया।

'बेहद आसान!' ज़हूर मामू ने सिर हिलाया, फिर बोले, 'चलिए सब मारीपुर चलकर रहिए; मेरे यहाँ, मैंने नज्म़ बाजी से बहुत इसरार (आग्रह) किया है। मुझे मारी एयरफ़ोर्स स्टेशन पर बहुत बड़ा मकान मिला है। जब तक छब्बोजी बेहतर फ़्लैट तलाश करें, कम से कम तुम मेरे यहाँ आ जाओ। उन्होंने मुझे मुख़ातब किया।

'अमाँ यहाँ अहदी क्लब क़ायम है, मज़े से पड़े दिन भर गप ठोंकते हैं। कहाँ जाती फिरोगी मारीपुर। बहुत ज़्यादा हवाई जहाज़ों की रेलपेल, हंगामा, ख़तरनाक जगह होगी।' अल्लन मामू ने मुझसे कहा।

'अल्लन चचा आप सब तशरीफ़ लाइए। कम से कम वीकएंड के लिए ही आ जाया कीजिए, बड़ी शान्त पुरफ़ज़ा जगह है, अहदी क्लब के लिए आइडियल।'

हाँ, हाँ, वह तो ठीक है, मगर यह बताओ , 'बम्बार हवाई जहाज़ तुम ख़ुद उड़ाते हो?' अल्लन मामू ने बेहद फ़िक्रमंद होकर दरयाफ़्त किया। अल्लन मामू दुनिया की उन कामयाब हस्तियों में से थे, जिनका ख़मीर सिर्फ़ मोहब्बत और ख़ुलूस से तैयार होता है।

ख़ेमागाह-ए-उमर मारवी

मारवी मलेर गाँव की लड़की थी। उस गाँव की मेंहदी मशहूर थी। अट्ठारहवीं सदी में शाह अब्दुल लतीफ़ भटाई ने उमर मारवी के क़िस्से को कविताबद्ध किया, जो ससी-पनूं, हीर-रांझा, सोहनी-महिवाल, मिर्ज़ा-साहेबाँ की तरह पंजाब और सिन्ध के सूफ़ी शाइरों का एक और नग़मा-ए-मअरफ़त था। मलेर और भंभोरा और उमर कोट, सिन्धी जाम और शहज़ादे और मछेरनें और कुम्हारनें सब सूफ़ीवाद के प्रतीक थे।

अब भंभोरा एक खण्डहर था, आर्कयालोजिस्ट जिसकी खुदाई में मसरूफ़ थे। मलेर एक कन्टोनमेंट, मछेरनें दरअस्ल उस ग़रीबी और गंदगी में ज़िन्दा थीं कि उनसे किसी क़िस्म का रूहानी या रूमानी तसव्वुर वाबस्ता न किया जा सकता था। तसव्वुफ़ (सूफ़ीवाद) आज भी सिन्धी कल्चर का आधार था और शाह अब्दुल लतीफ़ के नग़मे घड़े और इकतारे बजाकर गाये जाते थे। मगर यह कल्चर कराची के हिंटर लैंड में छिपा हुआ था।

रात गये मारीपुर गाँव से सहरा की ओर जाते हुए अवश्य ही कोई सारबान, चान्दनी रात में उमर मारवी का कोई गीत अलापता होगा ...पीर पाँव दी साँ ...चवाँ दी साँ ...रही वंझ रात भंभोर में ...अल्लाह चहाँ दी साँ ...यह कल्पना अब्दुर्रहमान चग़ताई की किसी पेंटिंग की तरह जादूई और रोमांटिक थी, मगर असलियत में मारीपुर गाँव मछुआरों की एक गंदी ग़रीब बस्ती थी, जो कराची शहर से सात-आठ मील दूर, समुद्र के किनारे पर वाक़े (स्थित) थी और बर्तानवी मूल का मारीपुर एयरफ़ोर्स स्टेशन इससे एक बेइंतिहा अलग प्रकृति से ताल्लुक़ रखता था।

उमर और मारवी की नस्ल वालों के मारीपुर गाँव से कुछ मील के फ़ासले पर पाकिस्तान एयरफ़ोर्स हेडक्वार्टर्स की यह बड़ी और ख़ुशनुमा साफ़ सुथरी बस्ती ब्रिटिश इण्डिया में रायल एयरफ़ोर्स का केंद्र रह चुकी थी। दूसरे विश्व युद्ध के दौरान यहाँ अमेरिकी वायुसेना के अफ़सरों के अस्थाई रूप से ठहरने

के लिए दो मंज़िला अपार्टमेंट ब्लाकों का निर्माण किया गया था। हर ब्लाक में चार-चार बड़े-बड़े ख़ूबसूरत फ़्लैट, बीच में लम्बी चौड़ी गैलरियाँ, दोनों तरफ़ लम्बे चौड़े बरामदे।

सारी इमारतें एक दूसरे के साथ फ़र्लांगों तक लम्बे कोरीडोर्स के साथ लगी हुई थीं। एक तरफ़ समुद्र के किनारे ख़ुशमंज़र मैस। अमेरिकनों के इस अस्थाई रैन बसेरे को एयरफ़ोर्स अफ़सरों के रहने की जगह में तब्दील कर दिया गया था।

स्कवैड्रन लीडर सैयद ज़हूरुल अस्करी का ग्राउंड फ़्लोर फ़्लैट समुन्दर के सामने वाली एक इमारत में था। जब सूरज अरब सागर में डूबता, उसकी नारंगी किरणों से कमरे झिलमिला उठते और खाने के कमरे की मेज़ पर रखे चाय के बर्तन मद्धम अंगारों की मानिंद जगमगाने लगते और दूर साहिली रेत पर बिखरी नमक की सफ़ेद ढेरियाँ सुर्ख़ हो जातीं। एक दिन अल्लन मामू ने बतलाया कि शायद इसी जगह पर गाँधी जी ने अपना साल्ट मार्च किया था।

शनिवार की रात को अफसरों की बेगमें मैस के बालरूम में डांस करतीं, जो अभी इस फ़न से नावाक़िफ़ थीं। वे दिन में शहर जाकर बालरूम डांस के मदरसों में प्रशिक्षण प्राप्त कर रही थीं। शनिवार की शाम मंकी जैकेट पहने पाकिस्तानी एयरफ़ोर्स अफ़सर और सरसराते ग़रारे और साड़ियाँ पहने उनकी पत्नियाँ और कुछ एक अंग्रेज़ अफ़सर और ईवनिंग गाउन पहने उनकी मेमों के परे चमकीले ख़ामोश कॉरीडोर्ज़ में से गुज़रते मैस की तरफ़ रवाँ होते, जहाँ रात गये तक रक़्स होता।

ज़हूर मामू और रीहाना मुमानी (जो पेशावर के एक बुख़ारी सादात की लड़की थीं) बहुत कम जाती थीं। ज़हूर मामू मयनोशी और बालरूम रक़्स से बेख़बर एक क़दामत पसंद (पुराने विचारों के) इंसान थे, जो Genes के रहस्यपूर्ण प्रभाव की वजह से ख़ानदान-ए-सादात लाँकड़ी की तरह 'अहदी क्लब' की गपास्टिक को तरजीह (प्रधानता) देते थे। शनिवार और इतवार के दिन शहर से दोस्त और रिश्तेदार आ जाते। शाम को ही सब टहलते हुए जाकर एयरफ़ोर्स के सिनेमा हाउस में अंग्रेज़ी फ़िल्म मुलाहिज़ा करते।

Genes का सफ़र बहुत रहस्यपूर्ण रहा है। किसी सादा-दिल पुरखे की वजह से आर्थिक मामलों के सिलसिले में मुस्तक़िल ज़बरदस्त बेवक़ूफ़ियाँ मुझसे होती रहती हैं। एक सुबह दो दाढ़ी रखे हुए हज़रात मारीपुर तशरीफ़ लाए और कहा, 'हम नफ़ीस एकेडमी के पब्लिशर हैं और यलदरम की हुमा ख़ानम प्रकाशित करना चाहते हैं। आपकी इजाज़त चाहिए।' एक सादा काग़ज़ पेश किया। हस्बे आदत बेतकल्लुफ़ अंदाज़ में उस कोरे काग़ज़ पर दस्तख़त कर दिये; वह काग़ज़ लेकर चलते बने।

बहुत दिनों बाद जब मैंने इसका ज़िक्र किया, मिर्ज़ा मामूजान अफ़सुर्दगी से बोले, 'यह जो तुम spontaneous बेवक़ूफ़ी करती हो, इसका कोई इलाज नहीं है।'

न जाने वह सादा दिल बुज़ुर्ग कौन थे, शायद मीर अहमद अली रहे हों, जो फाँसी के तख़्ते पर चढ़ने को ख़ुशी से तैयार हो गये थे।

ज़हूर मामू के ऊपर के फ़्लैट में स्कवैड्रन लीडर आग़ा हबीब अहमद और उनकी बीवी डॉक्टर एजाज़ फ़ातिमा रहती थीं। अमेरिकन फ़िल्म स्टार लिंडा डार्फ़िन की हमशक्ल, एजाज़ के वालिद हकीम नैयर वास्ती बहुत ज़माने से लाहौर में रहते और हमारे नहटौरी क़रीबी सम्बंध वाले थे। एजाज़ के जेठ अब्दुल हमीद इण्डियन सिविल सर्विस से आए थे और वज़ीर-ए-आज़म लियाक़त अली ख़ाँ के प्राईवेट सेक्रेटरी थे। ननद ज़ुबैदा आग़ा नामवर आर्टिस्ट बनने वाली थीं। उन दिनों लाहौर से आई हुई थीं।

एक रोज़ उन्होंने मुझे अपनी एक तजरीदी (ख़याली) तस्वीर दिखाकर कहा, 'इसका नाम 'फ़िफ़्थ समफ़नी' है', मैंने ग़ौर से उसका अध्ययन करने के बाद पूछा, 'किया इसका नाम 'नाइंथ समफ़नी' नहीं हो सकता?'

ज़ुबैदा ने जो एक गंभीर और संयमशील महिला थीं, शार्ट में जवाब दिया, 'नहीं यह फ़िफ़्थ सिम्फ़नी है।'

'अच्छा, तुम कहती हो तो होगी।' मैंने मुँह लटकाकर जवाब दिया।

'अब्बा का औरंगाबाद से ख़त आया है। इण्डिया में ज़मींदारी ख़त्म होने वाली है, मुझे बड़ी फ़िक्र है। वह लोग अपना फ़्यूडल रहन-सहन किस तरह छोड़ेंगे; क्या होगा!' एजाज़ फ़ातिमा हबीब के ड्राईंग रूम में उसकी और मेरी नहटौरी कज़न ज़ाहिदा ने सोफ़े पर आलती-पालती मारकर बैठते हुए कहा। भाई अनवर रज़ा हैदर और भाई अतहर रज़ा हैदर दरीचे से बाहर समुन्दर को देख रहे थे। ज़ाहिदा शायद उस वक़्त औरंगाबाद ज़िला बुलंदशहर पहुँची हुई थी। ज़ाहिदा अब्बाजान की फ़र्स्ट कज़न फूफी सईदा (पुत्री सैयद ग़ुलाम हैदर मरहूम) की लड़की थी। उसके वालिद ज़िला बुलन्दशहर के बहुत बड़े ज़मींदार थे।

पचास गाँव की जागीर औरंगाबाद में सुबह शाम चालीस-पचास आदमी उनके साथ दस्तरख़्वान पर बैठते थे। कराची आकर ज़ाहिदा एक बिल्कुल अलग माहौल में अपने शौहर के साथ पीर इलाही बख़्श कालोनी के एक क्वार्टर में रहती थी और बहुत मुतमईन (संतुष्ट) थी मगर औरंगाबाद वाले वहीं रहकर इस तब्दीली को किस तरह क़बूल करेंगे?

'सोसायटी बहुत मोबाइल होती जा रही है। बदलते हुए हालात से समझौता कर रहे हैं।' मैंने कहा भाई बहाउद्दीन का ख़याल करो।'

भाई बहाउद्दीन के वालिद फूफा ज़मीरुल हसन दंगों के ज़माने में चलती ट्रेन में क़त्ल कर दिये गये थे। भाई बहाउद्दीन मीर सादुल्लाह आलमगीरी के पैतृक सम्पत्ति वाले आम के बाग़ संभाले नहटौर में अकेले बैठे थे। मीर सादुल्लाह ने अट्ठारहवीं सदी की अराजकता देखी थी।

मिसेज़ मार्ग्रेट शमसी निटिंग करती एजाज़ के ड्राइंग रूम में दाख़िल हुईं। यह जर्मन बीबी और उनके शौहर ज़हीर शमसी, क़रौल बाग़ दिल्ली से आए थे और एजाज़ के पड़ोस में अपनी लड़की फ़ातिमा और दामाद विंग कमांडर चीमा के यहाँ रहते थे, (दूसरी लड़की आमना के बेहद कम बोल शौहर ग्रुप कैप्टन असग़र ख़ाँ बहुत अर्से बाद रिटायर्ड एयर वाइस मार्शल असग़र ख़ाँ, विरोधी गुट के लीडर बनने वाले थे) फ़ातिमा और आमना बहुत सुन्दर और सीधी सादी लड़कियाँ थीं।

ज़ाहिदा कराची वापस जाने के लिए उठी। जब हम लोग ज़ीने से उतर रहे थे, उस वक़्त एक कार और सामान से लदे ट्रक सामने आकर रुके।

'अरे नसीमा मुमानी, मामूजान!' मेरे मुँह से निकला।

'देखो सब कराची में जमा होते जा रहे हैं। काश! सब लोग इण्डिया से यहाँ आ सकते। यह ख़लिश ही न रहती क्या Mass Migration मुमकिन नहीं?' ज़ाहिदा ने कराची रवाना होते हुए सवाल किया।

नसीमा मुमानी, मिर्ज़ा मामू हमारे ब्लाक की दूसरी मंज़िल के एक फ़्लैट में आकर उतरे। हसनैन मामू के दोस्त और अम्मा और चन्दा मुमानी के मुँह बोले भाई कर्नल वहाजुद्दीन अहमद मिर्ज़ा आई.एम.एस., जिनका पुश्तैनी वतन बनारस था और जिनकी शादी अम्मा ने सन् 43 ई. में लखनऊ में रावलपिंडी के जस्टिस मोहम्मद जान की लड़की नसीमा से करवाई थी।

विभाजन के समय सीतापुर में सिविल सर्जन थे। अब वह आर.पी.ए.एफ. के मेडिकल चीफ़ और विंग कमाण्डर होकर रावलपिण्डी से तशरीफ़ लाए थे। मिर्ज़ा मामू और नसीमा मुमानी के आने से अचानक बहुत चहलपहल हो गयी थी। इतवार के रोज़ कराची से अक्सर अल्लन मामू और दूसरे रिश्तेदार, ज़हूर मामू के यहाँ आ जाते।

आज़ादी के बाद तेहरान में ब्रिटिश इण्डियन कौंसिल ख़ाना बन्द हो चुका था। अल्लन मामू के बड़े भाई लड्डन मम्मा (ग़ज़नफ़र अली नक़वी) जो सन् 42 ई. से शार दी अफ़ेयर्ज़ थे, कराची आ गये थे और क्लिफ़्टन पर अपनी साली के शौहर सैयद काज़िम रज़ा के यहाँ ठहरे हुए थे, जो उन दिनों कराची के इंस्पेक्टर जनरल ऑफ़ पुलिस थे। सैयद काज़िम रज़ा भी अपने दोनों भाइयों सैयद आले रज़ा लखनवी और सैयद हाशिम रज़ा (आई.सी.एस.) की मानिन्द ख़ुशगो (अच्छा कहने वाले) शा'इर थे (और शाम कज्जन के नाम से ठुमरियाँ और दादरे भी लिखते थे।)

लड्डन मामू ने इण्डियन पुलिस से इस्तीफ़ा देकर कराची में टेक्सटाइल्स का कारोबार शुरू किया था और मान्चेस्टर में दफ़्तर क़ायम करने के लिए बड़े लड़के सहीब को इंग्लैण्ड रवाना कर चुके थे।

रॉयल पाकिस्तान एयरफ़ोर्स में अभी तक कई अंग्रेज़ अफ़सर मौजूद थे। एयर मार्शल भी अंग्रेज़ था लेकिन दूसरे फ़िरंगी अफ़सर जल्द ही इंग्लैण्ड कूच करने वाले थे। इतवार की सुबह एक अंग्रेज़ सामने चट्टानों पर चुपचाप खड़ा, अपना मॉडल विमान उड़ाया करता। नववर्ष की शाम को अंग्रेज़ों ने रात भर ग़ुलग़पाड़ा मचाया और एक डरावना फुटबाल सारे में लुढ़काते फिरे। मारीपुर एयरफ़ोर्स मैस में और कराची के क्लबों और फ़ाइवस्टार होटलों में धूमधाम की 'न्यू इयरर्ज़ इव' मनाई गई, ग़रारे और साड़ियाँ पहने सैकड़ों बेगमात रक़्स करने में मसरूफ़ थीं। कैसी नमाज़ बाल में नाचो जनाबे शैख़।

अकबर अपने ज़माने के ख़ुशबयान नहीं, ग़ैब की आवाज़ थे।

पाकिस्तान में पाश्चात्य और इस्लामी नवीकरण के बीच रस्साकशी शुरू हो चुकी थी। जमाअत-ए-इस्लामी की पत्रिकाएँ प्रकाशित हो रही थीं और एक छोटा सा पचीत मैदान में और कूद पड़ा था, 'लेफ़्ट विंग' जिसकी नुमाइंदगी हमारे यहाँ भाई अय्यूब अहमद किरमानी करते थे।

एक जनवरी सन् 49 ई. की सुबह अल्लन, लड्डन मम्मा, ज़हरा और सलोया और अय्यूब भाई मारीपुर आए। वे सब बरामदे में समुन्दर के रुख़ बैठे, धूप और ख़ुश्क मेवे खा रहे थे और कॉफ़ी पी रहे थे। बहुत पुरसुकून वक़्त था, जैसे जनरल तारिक़[1] के सारे जहाज़ किनारे पर पहुँच चुके हों। कुछ शानदार पंजाबी और पठान अफ़सर रप-रप करते सामने से गुज़रे। अचानक अय्यूब भाई ने सिर उठाकर उन्हें देखा और सिग्रेट का कश लगाकर बोले, 'अंग्रेज़ इस सब कोंटिनेंट की फौजें बना गया। क्या आपको अहसास है कि कश्मीर में अंग्रेज़ की तरबियत याफ़्ता फ़ौजें एक दूसरे से लड़ रही हैं!'

'आपका क्या मतलब है, अंग्रेज़ न रहा होता तो सब तीर कमान तलवारें लगाए हाथी पर सवार घूमते होते?' सलोया ने दरयाफ़्त किया।

'तलवारें तो नहीं अलबत्ता मिडिल ईस्ट के मुल्कों के शिकस्ता हाल ढीले-ढीले लश्कर देख लीजिए, अरबों को मुलाहिज़ा कीजिए, जो फ़लस्तीन में यूरोपियन यहूदियों से बराबर पिट रहे हैं।'

---

1. इस्लामी लश्कर का एक मशहूर जनरल।

'तो क्या कोलोनियल दौर ज़रूरी था?' सलोया ने पूछा।

'जिंगल बेल, जिंगल बेल जिंगल ऑल द वे' ज़हूर मामू की बेहद हसीन बच्ची लालारुख़ अपनी छोटी बहन शगुफ़्तारुख़ के साथ बजरी पर गाती फिर रही थी। फिर उन दोनों ने, 'हियर वी गो राउंड द मेलबरी बुश' शुरू कर दिया।

'कान खोलकर सुन लीजिए!' अय्यूब भाई ने कहा, 'पश्चिमी कल्चर यहाँ बाक़ी रहेगा, मुग़ल सभ्यता की तरह। इम्पीरियल सभ्यताओं के प्रभाव बहुत देर तक रहने वाले होते हैं। रोमन लॉ आजतक मौजूद हैं।'

'क्या पश्चिम हमसे वाक़ई बरतर है?' मैंने सवाल किया।

'हमसे ज़्यादा एफ़िशिएंट और साइंटिफ़िक है। सिर्फ़ इस जगह का डिसिप्लिन और सफ़ाई देख लीजिए, जो दो सौ बरस की बर्तानवी फ़ौजी तरबियत का नतीजा है और इसके विपरीत सिविलयन जगहों की गंदगी और लोगों की नाअहली पर ग़ौर फ़रमाइए।'

'यह तो फ़ौजी हुकूमत क़ायम करने का जवाज़ (औचित्य) हो गया।' मैंने कहा।

दूसरी तरफ लड्डन मम्मा ज़हूर मामू को मलिकुश्शोरा बहार के अशआर सुना रहे थे। आक़ाए बहार उनके गहरे दोस्त थे।

अय्यूब भाई ने फ़ौरन कान खड़े किए। 'ईरान में तूदा पार्टी का क्या हाल है?' उन्होंने लड्डन मम्मा की तरफ़ मुड़कर उनसे दरयाफ़्त किया।

अल्लन मामा रीहाना मुमानी से मुख़ातब थे। 'कल मुझे बन्दर रोड पर जूनागढ़ के एक शनासा (परिचित) मेमन सेठ मिले, मैले कपड़े, मुँह में बीड़ी। उनकी यह हालत देखकर मुझे बहुत अफ़सोस हुआ। ख़ैरियत पूछी रूखे स्वर में बोले, 'ख़ैरियत कहाँ नक़वी साहब, अक्खा माल बम्बई में रह गया, थोड़ा सा रोकड़ा ला पाया हूँ।' मैं समझा शायद दस पंद्रह हज़ार रुपये ला सके होंगे। आँखों में आँसू भर कर फ़रमाया, 'नक़वी साहब बहुत थोड़ा सा रोकड़ा, ख़ाली एक करोड़।'

'सेठजी का रोकड़ा मलिकुश्शोरा बहार से हमेशा ज़्यादा अहम रहेगा, इस नुक्ते को पहचान लीजिए।' अय्यूब भाई बोले।

'और अंग्रेज़ की कामयाबी की वजह थी कि वह बेहतरीन शायरी भी करता था और बेहतरीन बनिया भी था। हम महज़ शाइरी करते रहे हैं।' ज़हूर मामू ने कहा।

'कल मैं क़ुदरतुल्लाह शहाब का नॉविल पढ़ रहा था।' अल्लन मामू बोले, 'उसमें मुहाजिर, ग़ैर मुहाजिर, बंगाली, पंजाबी के अंतर पर अफ़सोस ज़ाहिर किया गया है, साल भर के अन्दर-अन्दर यह झगड़े।'

'लेनिन ने क़ौमियतों की समस्या इस तरह हल की।' अय्यूब भाई ने कहना शुरू किया।

अल्लन मामू ने अय्यूब भाई की बात में दख़्ल देते हुए कहा, 'बस पहुँच गये मास्को।'

'हालाँकि इस सिलसिले में थोड़े से कनफ्यूज़्ड थे मगर इस तरफ़ अल्लामा मरहूम ने भी एक नज़र डाली थी।' अय्यूब भाई ने जवाब दिया।

'हसनैन भाई का कोयटा से ख़त आया है।' मिर्ज़ा मामू एक लिफ़ाफ़ा लिए ज़ीने से उतरे। 'उनका तबादला नौशहरे से कोयटा हो गया है, हम सबको सर्दी मनाने वहाँ बुलाया है।'

अय्यूब भाई ने सिर उठाकर विंग कमांडर मिर्ज़ा को देखा और संजीदगी से बोले, 'आप लोगों के लिए अभी यहाँ स्काइंग वग़ैरह का इन्तिज़ाम नहीं किया गया?'

'वह भी हो जायेगा।' अल्लन मामू ने इतमीनान से जवाब दिया, 'आप जिस इनक़िलाब के ख़्वाब देख रहे हैं, वह यहाँ आने वाला नहीं। काय को ख़ाली पीली बुम मारता?' उन्होंने रोकड़ा वाले मेमन सेठ की भाषा में कहा।

'बाबर ब ऐशकोश।' रीहाना मुमानी ने चाँदी का क़हवादान उठाकर, सबके लिए स्पोडज़ चाइना की प्यालियों में कॉफ़ी बनानी शुरू की। इन

प्यालियों पर अट्ठारहवीं सदी के इंग्लैण्ड के शांतिपूर्ण पैस्ट्रोल दृश्य नक़्श थे। बाग़ में जार्जियन पवेलियन, विग्स और पिक्चर हैट पहने लार्ड्स और लेडीज़, बारीक शिकारी कुत्ते।

'अच्छा हुआ यह लोग खुशगवार वक़्त गुज़ार गये। अब यह दोबारा दुनिया में न आएंगे। इनका ज़माना इनके साथ ख़त्म हुआ।' ज़हूर मामू ने एक क्वार्टर प्लेट उठाकर ग़ौर से देखते हुए कहा। ज़हूर मामू गवर्नमेंट कॉलेज लाहौर में अंग्रेज़ी साहित्य के ज़हीन तालिब इल्म (विद्यार्थी) रह चुके थे।

'और अच्छा ज़माना भी चंद रोज़ा है।' मैंने कहा। मुझे अब्बाजान की एक नामुकम्मल नज़्म याद आई, जो उनके इन्तिक़ाल के बाद उनकी मेज़ की दराज़ से निकली थी। जिसका एक मिसरा था : 'रख याद तेरा वक़्त भी नापायदार है।'

न जाने क्यों, हालाँकि उस वक़्त तक इक़बाल को समझने की अक़्ल भी नहीं आई थी, जून सन् 43 ई. में नम्बर 21, फ़ैज़ाबाद रोड से घर बदलने से कुछ दिन पहले मैं सामने के बरामदे में लगातार गाती फिर रही थी; 'तेरे भी सनमख़ाने ...मेरे भी सनमख़ाने ...दोनों के सनम ख़ाकी ...दोनों के सनम फ़ानी...। जो अब्बाजान अक्सर गुनगुनाया करते थे।

भाई ने अपने कमरे से निकलकर मुझे आहिस्ता से मना किया था '...अम्मा के पास ताज़ियत (शोक जताने) के लिए लोग आये बैठे हैं और आप हैं कि गाती फिर रही हैं।'

अप्रैल सन् 49 ई. में 'मेरे भी सनमख़ाने' 'मकतबा जदीद' लाहौर में पहली बार प्रकाशित हुई। सबसे पहले चचा मुश्ताक़ अहमद ज़ाहिदी ने बेहद नाज़ाँ (गौरान्वित) होकर इस पर मज़मून लिखा। कुछ साल पहले क़रौलबाग़ दिल्ली में चचा ज़ाहिदी ही की हिम्मत अफ़ज़ाई पर मैंने लिखना शुरू किया था। वह मज़मून संयोग से मुझे एक रिसाले में नज़र आ गया। चचा बहुत दूर रहते थे और काफ़ी दिनों से उनसे मुलाक़ात नहीं हुई थी।

अगस्त के महीने में कराची में बारिशों की झड़ी लगी। समुन्दर बादलों में डूब गया, लोगों ने कहा, 'मुहाजिर अपने साथ बारिशें भी ले आए।'

शाह ईरान के आगमन ने फ़ैशनेबल वर्ग को बहुत व्यस्त रखा। शाह ने पाकिस्तान वीमेंज़ नेशनल गार्ड के मार्च पास्ट की सलामी ली। दस्ते की अगुवाई लखनऊ के पूर्व डायरेक्टर ऑफ़ एग्रीकल्चर, मिस्टर इमाम की परी जमाल बेटी रज़िया कर रही थीं। अम्मा किसी रिश्तेदार को बी.ओ.ए.सी. की फ़्लाइंग बोट पर पहुँचाने कोरंगी क्रेक गयीं। 'मैं हवाई जहाज़ को पानी में फच-फच करते उतरता देखना चाहती हूँ।'

उन्होंने कहा। जबसे उन्होंने तहज़ीब-ए-निसवाँ में बीसवीं सदी की नई दुनिया की एक नई लड़की की हैसियत से मज़मून निगारी शुरू की थी, उन्हें हर नई चीज़ को देखने और बरतने का इश्तियाक़ रहता था।

नौउम्री में इंसान नई दुनियाएँ खोजना चाहता है और शाइरी भी करता है। मिड सेंचरी की एक नई लड़की की हैसियत से अंग्रेज़ी भाषा में आधुनिक शाइरी करने में, मैं भी इन दिनों मसरूफ़ हूँ।

हाज़िर मामू के छोटे बेटे ख़्वाजा तौफ़ीक़ रिफ़अत[1] की तरह जिन लोगों का वैकेशन ही यह होता है, वह बाक़ायदा संजीदा शाइर बन जाते हैं। हम सिवाल कुछ दिनों तक टूँ-टाँ करके अपने छोड़-छाड़ देते हैं। तौफ़ीक़ जो गवर्नमेंट कॉलेज लाहौर से शिक्षा पूरी करके कराची आ चुका है; एक दिन मारीपुर आकर सामने चट्टान पर बैठकर समुन्दर को देखता रहता है।

नज़्म[2] लिखता है Beauty slides on rock face.

तौफ़ीक़ ने उम्रे रवाँ (जीवन) का सारा ट्रेजिक ड्रामा इस एक पंक्ति में बन्द कर दिया। हालाँकि अभी हम सबके Rock faces ज़ाहिर होने में बहुत मुद्दत पड़ी है और हम लोग मग्न हैं, और जो ज़िन्दगी की मुसाफ़तें तय करके आख़िरी फाटकों तक पहुँच रहे हैं, उनको हम समझ नहीं सकते और यह लाइलमी (अनभिज्ञता) ही बेहतर है।

उन दिनों ज़हूर मामू के यहाँ समुन्दर के रुख़ बरामदे में आराम कुर्सी पर बैठकर मैंने बेहद निटिंग की और बेहद नज़्में लिखीं। लम्बी, छोटी, इमेजिस्ट

1. 'डेमी पैराडाइज़'।, 2. यह नज़्म अब तक कई संग्रहों में सम्मिलित की जा चुकी है।

तजरीदी, अलामती (प्रतीकात्मक), आप सिन्फ़ (विद्या) का नाम लीजिए खट से नज़्म तैयार! आमद ही आमद है। उनमें से कुछ जो नष्ट होने से बची रहीं, पाकिस्तान टाइम्स और पाकिस्तान क्वार्टरली में प्रकाशित हुईं; उनके मिसरे कुछ यूँ थे :

There are the ghost flowers we'd gathered city of not life so busy defining culture Good bye Good bye to vapoury autumn nights.

और एक मैंने अर्ज़ किया था

I live with unattained hours spent unspent

आदि और एक मक़ता (अंतिम शेर) था

"Consider this my time is up. Measureable on lonely roads on lonely roads."

'तुम उन ख़ुशक़िस्मत लोगों में से हो, जो चाँदी का चमचा मुँह में लेकर पैदा हुए। हमेशा ख़ुशबाश और पुरआसाइश (ऐशभरी) ज़िन्दगी गुज़ारी। ख़ुद हर वक़्त क़हक़हे लगाती रहती हो। तुम एक ग़ैरमामूली तौर पर cheerful हो; मगर जो कुछ लिखती हो उर्दू में और अंग्रेज़ी में इसमें एक Romantic sadness मौजूद रहती है और यह उम्र का तक़ाज़ा है।' एक रोज़ ज़हूर मामू ने एक नज़्म पढ़कर फ़ैसला सादिर किया।

'या दिमाग़ का फ़तूर।' मैंने कहा।

'यू आर ए रोमांटिक।' ज़ुबैदा आग़ा ने सिर हिलाकर कहा।

'क्या एक रोमांटिक इश्तराकी (साम्यवादी) नहीं हो सकता? यह एक बुनियादी सवाल है।' मैं दरयाफ़्त करती हूँ।

'आप इश्तराकी किसी तरफ़ से नहीं हैं।' ज़हूर मामू ने जवाब दिया।

ये सुनकर मुझे बड़ी फ़िक्र हुई। लेकिन बहुत जल्द अंग्रेज़ी में शाइरी करने से तबीयत हट जाती है। हालाँकि जो लम्बी नई नज़्म पाकिस्तान क्वार्टरली में

शाया (प्रकाशित) हुई थी, उसकी बहुत तारीफ़ें हुई थीं। फिर मैंने डच मास्टर्ज़ और डच इंटीरियर्ज़ की दुनिया को डिस्कवर किया और एक डच मास्टर की एक तस्वीर की वाटर कलर में copy बनाई, जिसे रीहाना मुमानी ने ड्राईंग रूम के आतिशदान पर सजाकर कहा, 'अच्छा अब तुम संजीदगी से बैठकर तस्वीरें बनाओ; बाक़ायदा, बहुत वक़्त ज़ाया (नष्ट) कर लिया।'

लखनऊ आर्ट स्कूल में बनाई हुई तस्वीरें लखनऊ में रह गयीं। एकाएक जोश आता है, दूसरे दिन ज़हूर मामू, रीहाना मुमानी के साथ शहर जाकर आयल पेंटिंग का सामान ख़रीदती हूँ।

एक सुबह ज़हूर मामू कुछ कैनवस देखकर कहते हैं, "Flooded figures brooding" सबके सब और इतने डार्क ब्राउन!'

तब अचानक ख़ुद देखती हूँ, डार्क ब्राउन, सियाहीपन लिए नीले, सियाहीपन लिए सुर्ख़, सियाही मायल...

'मैं एक मेडिवल गोथक रूह हूँ।' मैं कहती हूँ।

'आप इस दुनिया में अभी महज़ एक नवागन्तुक की हैसियत रखती हैं। रफ़्ता-रफ़्ता दूसरे रंग भी इस्तेमाल करने लगेंगी।' ज़हूर मामू इतमीनान से कहते हैं; यह बड़े किस बुलंदी से बात करते हैं।

सलोया को भी बड़ों से यही शिकायत है। जब ज़हरा मुमानी के साथ सल्लो और मैं हसनैन मामू के पास कोयटा रवाना होते हैं, हम दोनों तय करते हैं कि अब कुछ अर्सा कोयटा में रहकर सिर्फ़ मार्कसिस्ट आलोचना का अध्ययन किया जायगा ताकि ज़हन में पुख़्तगी और रासिख़ुलअक़ीदगी (विश्वास में मज़बूती) आवे। लेकिन कोयटा अपने अन्दर एक और फ़ुसूँखेज़ (जादुई) दुनिया रखता है। जो डिस्कवर किये जाने के इन्तिज़ार में है।

फिर चराग़-ए-लाला (मालकोंस)

...से रौशन हुए, कोयटा छावनी में मेजर आले हसनैन का बड़ा बाग़ नीले-नीले, ऊदे ऊदे, पीले-पीले फूलों से भरा था और बादाम के दरख़्त और अंगूरों की बेलें। चन्दा मुमानी अंगूर का सिरका बनाने में मसरूफ़; पहाड़ियाँ टीले रौशन हुए, सुर्ख़ पहाड़ों पर धूप, ईरानी बलूचिस्तान से सर्द हवाओं के रेले। मुझको फिर नग़मों पे ...

रात के वक़्त अक्सर ईरानी कौंसिल और ख़ानम आकर 'शजर-ए-हयात' वाले ईरानी क़ालीन से सजे रौशन ड्राइंग रूम में क़हवा पीते और हसनैन मामू पेचवान गुड़गुड़ा कर ठेठ मुरादाबादी शैली में फ़ारसी में उनसे गुफ़्तगू करते।

ईरानी क़ालीन की कायनात; गुलबूटे, अशआर, चिनार के पत्ते, गुलेलाला, सर्वोसनोबर, पवेलियन, आबजू, (नदी) परिन्दे, शजर-ए-हयात (जीवन वृक्ष)। कमरे की चारों दीवारों तक फैली नर्म व गर्म निशात आगीं (सुखदायी) पुर तकल्लुफ़ महदूद (सीमित) दुनिया। मामू को ईरानी क़ालीन इकट्ठे करने का शौक़ है। ईरान से ला ला कर ढेरों क़ालीन मुरादाबाद में जमा कर डाले। अब यहाँ इनके ताया मीर नज़रुल बाक़र ने भी बहुत ईरानी क़ालीन जमा किये थे।

इंसान की ज़िन्दगी के मुक़ाबले में ऊन और रंगों का यह कमज़ोर ताना बाना कितना ज़्यादा मज़बूत होता है। मामू और अम्मा के बुज़ुर्ग, सुना है मशहद व नीशापुर से आए थे, जहाँ वह इमाम रज़ा के रौज़े (मकबरे) के कलीद बरदार (कुंजी के संरक्षक) थे। कुंजी किसके पास है, किसके पास नहीं लेकिन 'दिल के खुश रखने को ग़ालिब...'

शजर-ए-हयात पर बैठे परिन्दे फ़ुर-फ़ुर करके उड़ते जाते हैं। ईरानी क़ालीन में बने परिन्दे मौजूद, आदमी का हुनर उसकी जान से ज़्यादा क़ीमती है।

अलस्सुबह सहने-चमन में कोहिस्तानी (पहाड़ी) चिड़ियों की चहकार। चन्दा मुमानी बरामदे में नाश्ते का इन्तिज़ाम करवाते हुए सिर उठाकर पहाड़ों की तरफ़

देखती हैं। 'यहाँ से ज़ाहिदान, ज़ाहिदान से मशहद। इंशाअल्लाह मोहर्रम करने अबकी बार मशहद जाऊँगी।'

'यहाँ से ज़ाहिदान, ज़ाहिदान से ताशक़न्द।' मैं और सलोया अंगूर की बेल के पीछे छुप कर ख़ुफ़िया साज़िश कर रहे हैं। 'बस इन पहाड़ों के पीछे हिट एण्ड रन, हिट एण्ड रन।'

लेकिन सल्लो जो अच्छो की तरह बहुत प्रैक्टिकल मिज़ाज रखती थीं अचानक चौंक कर कहतीं। 'लेकिन वहाँ सर्दी में निमोनिया हो गया तो?'

नाश्ते के बाद हम दोनों एक सरो के नीचे ग़ालीचा बिछाते और उस पर बैठकर बड़ी आजिज़ी से 'अलविज़न एण्ड रियलिटी' और 'डान बहता रहा' की तिलावत (पाठ) शुरू कर देते, जो कराची से चलते वक़्त सल्लो की बेहद प्रोग्रेसिव ख़ाला हुमा अखलाक़ हुसैन ने इनायत की थीं।

'उकसाने लगा मुर्ग़े-चमन ...फिर मुझे नग़मों पे...'

मामू वर्दी पहनकर दफ़्तर रवाना हो जाते, कार रवाना होने की आवाज़ आती। दूसरे मोटरख़ानों में लड्डन मामू की रशो खड़ी थी, जो उन्होंने तेहरान से ज़ाहिदान के रास्ते वापस आकर हसनैन मामू के यहाँ रख दी थी।

'बलूचिस्तान के अवाम, मैं दरीचे से बाहर झाँक कर कहती, 'बर्फ़ पर नंगे पाँव घूम रहे हैं।'

'हिट एण्ड रन, हिट एण्ड रन।' सल्लो उसी साज़िशी अंदाज़ में दोहरातीं।

दोपहर के खाने के बाद चन्दा मुमानी, ज़हरा मुमानी, मुनव्वर मुमानी, शाहजहाँ और हसन अहमद मामू, जो हिन्दुस्तान से आ गये थे, अपने-अपने कमरों में आराम करते। उस वक़्त मैं और सल्लो ड्राइंगरूम में जाते, जिसके लम्बे दरीचे पर गुलाब की शाख़ें झुकी हुई थीं। सल्लो बड़ी अक़ीदत से पाल राबिन का कोई रिकॉर्ड ग्रामोफ़ोन पर लगातीं, उसके बाद और नीग्रो रूहानी नग़मे। उसके बाद 'वालगा बोट मैन' का गीत सुनते, जो बार-बार बजाया जाता।

ये सारे रिकॉर्ड अदरी के थे, जो सल्लो अपने साथ कोयटा से लाई थीं ताकि आलमी इन्क़िलाब से रूहानी राब्ता (सम्पर्क) क़ायम रहे। हम दोनों आँखें बन्द करके सोफ़े पर बैठ जाते और वालगा बोटमैन का गीत सुनते। पाल राबिन की पुरशिकोह आवाज़ से एक वलवला ख़ेज़ सनसनी जिस्म में पैदा होती। एक अजीब जादू भरी दुनिया तसव्वुर में आ जाती। मादर वालगा, डान डाकू, इन्क़िलाब।

सल्लो आँखें खोलकर दोबारा वही रिकार्ड लगातीं, हम दोनों निहायत बेवक़ूफ़ और नौउम्र इन्क़िलाबी थे, जो इस उम्र और इस ज़माने में सारी दुनिया में इस वक़्त मौजूद थे।

'और तुम जा रही हो मान्चेस्टर।' मुझे दफ़अतन (एकाएक) ग़ुस्सा आ जाता। 'ब्रिटिश इम्पीरियल सर्मायादारी का गढ़। ख़ैर तक़य्या[1] कर लेना।'

सलोया मुँह लटकाकर बैठ जातीं। फिर हम लोग पहलू के बरामदे में जाकर अंगूरों की बेल की तरफ़ अपनी तवज्जोह करते और शाम की चाय के वक़्त तक मुमानी की बेहद हसीन बच्ची सुरैया के साथ सीढ़ियों पर बैठकर अंगूर नोशजान करते (खाते)।

एक सुबह एक शरीफ़ आदमी साइकिल पर तशरीफ़ लाए। 'मेरा नाम शीन ज़हा है और मैं यहाँ कोयटा कॉलेज में पढ़ाता हूँ।' उन्होंने एक नज़्म पेश की जो शायद रिसाला माह-ए-नौ में छपी थी। 'यह मैंने 'मेरे भी सनम ख़ाने' पर नज़्म लिखी है; आपको कॉलेज मदऊ (आमंत्रित) करने हाज़िर हुआ हूँ।'

तब दफ़अतन याद आया कि मैं एक क़िस्म की अदीबा (साहित्यकार) भी बन चुकी हूँ। 'जी, बहुत अच्छा, ज़रूर हाज़िर हूँगी।' मैंने निहायत संजीदगी से जवाब दिया। सल्लो दरवाज़े के बाहर खड़ी हँस-हँस कर दोहरी हुई जा रही थीं। शरीफ़ आदमी के जाने के बाद मैंने बरामदे में आकर सल्लो से कहा, 'ख़ामोश रहो और बराए मेहरबानी हमेशा याद रखो कि हम राइटर हैं।'

'ओह! जीसस क्राइस्ट, दैट्स ऐक्सट्रीमली फ़नी।' सल्लो पर हँसी का एक और दौरा पड़ा।

1. वह बात जो डर के कारण की जाए।

'देखो!' मैंने उंगली उठाकर संजीदगी से कहा, 'तुम इन्क़िलाब के रास्ते पर मुल्क के दानिश्वर तबक़े को साथ लेकर चलना चाहती हो या नहीं?'

'ओह लार्ड जीसस क्राइस्ट! सल्लो ने फ़र्श पर लोट लगाई।'

और कोयटा कॉलेज में बेपर्दा लड़कियाँ लड़कों के साथ पढ़ रही थीं। विश्वासपूर्ण, गम्भीर, सफ़ेद शलवारें पहने सीधी सादी, शान्त, मैंने घर आकर बताया।

'दो साल के अन्दर-अन्दर इतनी तरक़्क़ी!' हसन अहमद मामू ने ख़ुशी से इज़हारे-ख़याल किया। ये सब बड़े क़ौमपरस्त लोग थे।

सामने मुस्लिम लीग लीडर क़ाज़ी मोहम्मद ईसा की कोठी से, उनकी अंग्रेज़ भावज मिसेज़ मोहम्मद मूसा बरामद होतीं और टहलती हुई हमारी तरफ़ आती दिखाई देतीं, वह अपने चुन्नटदार 'न्यूलक' फ्राक का घेर घास पर फैलाकर हमारे पास बैठ जातीं। 'हेलो बच्चियों! आज की सुबह तुम कैसी हो?' फिर वह सिरे से सवाल करतीं 'तुम दोनों के अंग्रेज़ी नाम क्यों हैं? सलोया अज़ सरे नौ (नये सिरे से) बतातीं, असली नाम तौफ़ीक़ सैयदा है, जब हम पैदा हुए, यूपी के अंग्रेज़ आई.जी. की बीवी हमारी गॉडमदर बनी थीं, उन्होंने अपने नाम पर हमारा नाम रखा था।'

'हाउ इन्टरेस्टिंग! शेक्सपियर ने Two gentlemen of verona में एक जगह सवाल किया है, 'व्हू इज़ सलोया?' और उस पर शोबर्ट एक नग़मा भी कम्पोज़ कर चुका है', मिसेज़ मूसा बतातीं।

'निहायत फ़लसफ़ियाना सवाल है।' सलोया मुँह लटकाकर कहतीं।

'और तुम्हारा नाम?' मिसेज़ मूसा पूछतीं।

'हमारा नाम अंग्रेज़ी नहीं अरबी है।' मैं दोबारा समझाती।

मिसेज़ मूसा के जाने के बाद मुनव्वर मुमानी कहतीं, 'मालूम है उनके मियाँ के मुताल्लिक़ एक उर्दू शाइर क्या कह गया है?'

'क्या कह गया है?'

जब वह विलायत जा रहे थे और जब उनको लेकर आए तो शाइर ने कहा, 'मूसा से ज़रूर आज कोई बात हुई है, जाते में क़दम और थे, आते में कदम और।'

'कोयटा है या कोहेतूर, क़ाज़ी मूसा, ब्रिगेडियर मूसा और जाने कौन-कौन मूसा,' मैं कहती। ब्रिगेडियर मूसा जो अक्सर हसनैन मामू के यहाँ आया करते थे, हज़ारे के शिया और शक्ल से बिल्कुल चीनी लगते थे।

और फ़ौज में बहुत से अंग्रेज़ अफ़सर मौजूद थे, जो जल्द ही इंग्लिस्तान कूच करने वाले थे और हसनैन मामू के यहाँ डिनर पर आते थे और फूलदार ग़िलाफ़ वाली विन्डो सीट पर टिककर या आतिशदान पर कोहनी टिकाकर बर्तानवी कामनवेल्थ के ख़ुशआयन्द (अच्छे आने वाले) मुस्तक़बिल (भविष्य) पर तबादला-ए-ख़यालात (वार्तालाप) करते थे। तन मेरा न मन! और अख़बार कश्मीर समस्या और हैदराबाद के पतन से भरे थे।

मैंने शैख़ो ब्राह्मण... और गवर्नर जनरल ख़्वाजा नाज़िमुद्दीन के आगमन पर हाकिम-ए-आला बलूचिस्तान के डिनर के लिए बर्तानवी हाईकमिश्नर और उनकी मेम कराची से आये और शामियाने के अन्दर दबीज़ सोफ़ों पर बैठे। नीचे जिनके नहरे बह रही थीं, सिरों पर अंगूर के ख़ोशे (गुच्छे) थे और सामने बलूच रेजिमेंट के ग़िलमान (सुन्दर लड़के) रक़्साँ! अलगोज़े के सुरों और दफ़ और ढोल की थाप पर रुमाल लहराते, चक्कर काटते बुलन्द व बाला नौजवान! वह ख़टक नाच एक वलवलाख़ेज़ पश्चिमी एशियाई रक़्स था और क़नातों के बाहर सर्द और तारीक, आसमान के नीचे गुदड़ीपोश मज़दूर बाल्टियों में दावत के बर्तन धोते थे और गुदड़ीपोश बच्चे मोटरों की क़तारों के परे खड़े उचक-उचक कर, अन्दर का नज़ारा देखने में मसरूफ़ थे।

जब ज़हूर मामू रीहाना मुमानी, अल्लन मामू, आसिफ़ा मुमानी, मिर्ज़ा मामू, नसीमा मुमानी सब इकट्ठे कराची से हसनैन मामू के यहाँ कोयटा आए, वह लोग पाईन बाग़ में लगे भुट्टे तुड़वाकर अंगीठी पर भूनते थे और धूप में बिछे

पलंगों पर बैठकर वह भुट्टे और इण्डिया में छोड़ी हुई अपनी जायदादों का ग़म खाते थे; आता है धन, जाता है धन।

और छावनी में हस्बे फ़रमाइश नसीमा मुमानी और मैं निहायत दिलजमई से और इतमीनान से गीता राय का 'मेरा सुन्दर सपना टूट गया' सुनाते थे, जो अच्छा ख़ासा फ़क़ीरों की आवाज़ मालूम होता था और मैं हलक़ में से निहायत बारीक 'अंग्रेज़ी आवाज़' निकालकर 'आई ड्रेम्ट, आई ड्वेल्ट इन मार्बल हाल्स' पेश करती।

कभी दोपहर को अंगूरों की बेल से छुपे बराबर वाले बरामदे में हसनैन मामू के ज़ख़ीरे के अंग्रेज़ी रिकार्ड ग्रामोफ़ोन पर बजाए जाते। उनके साथ नसीमा मुमानी और मिर्ज़ा मामू रक़्स करते, दोनों माहिर बालरूम डांसर थे और चंद रोज़ बाद वह दोनों और ज़हूर मामू और रीहाना मुमानी एयरफ़ोर्स के डेकोटा से कराची वापस चले गये। अल्लन मामू ने ज़ियारत चलने का प्रोग्राम बनाया।

और हसनैन मामू के यहाँ एक ऐसा रेफ़्रिजरेटर था, जो मिट्टी के तेल से खड़खड़ चलता था तो मैंने कहा, 'कमाल है। है तो फ़्रिज और चलता है मिट्टी के तेल से।' तो मुनव्वर मुमानी बोलीं, 'बहुत सी ज़िन्दगियाँ भी ऐसी होती हैं, बनावट में बढ़िया, जलाने को जुड़ता है मिट्टी का तेल और कभी इसके भी बरअक्स (विपरीत), ऐसा क्यों होता है?' मैंने पूछा।

'क़िस्मत'

'तो फिर नमाज़, रोज़ा, इबादत, दुआ, दुरुद सब बेकार है (नाउज़ूबिल्लाह) जो क़िस्मत में लिखा है, वह होगा', मैंने कहा।

'तौबा करो, तौबा! नमाज़ फ़र्ज़ है।' चन्दा मुमानी सुकून से कहतीं और अंगूरों का सिरका बनाने में मसरूफ़ रहतीं।

'जन्नत में चन्दा आपा (अंगूरों की इंचार्ज तो बनाई ही जाएंगी मगर यह वहाँ भी सारे अंगूरों का सिरका बना देंगी)' सल्लो कहतीं, 'ज़रा सोचो सारे जन्नती अबद (अनन्त काल) तक बैठे सिरका पी रहे हैं।'

फिर मैं और सल्लो घास पर बैठकर जन्नत व जहन्नुम, जज़ा व सज़ा वग़ैरह पर ग़ौरो-खौज़ करते और कुछ पल्ले न पड़ता। अक़ायद (विश्वास) और उनसे जुड़ी कल्पनाएँ, आइडिया और इमेज।

हिल स्टेशन ज़ियारत के सर्किट हाउस के इर्द-गिर्द फूल खिले हुए थे। ज़हरा मुमानी मौसम-ए-बहार में कोयटा आ चुकी थीं। कहने लगीं, 'कोयटा और ईरान का मौसम-ए-बहार देखकर ही ईरानी शाइरी की इमेजरी समझ में आई। यहाँ बहार की कैफ़ियत ही अलग है।'

'तो क्या आम खा के फ़ारसी शाइरी समझ में नहीं आ सकती।' मैंने चिंतित होकर पूछा।

'शाइरी को कितना ही युनिवर्सलाइज़ कर लो, उसकी क़ौमी बुनियाद बाक़ी रहेगी। मियाँजान ने अपने ख़त में एक बड़ी प्यारी बात लिखी है, ठहरो बताती हूँ ज़हरा मुमानी ने पर्स खोला। उनके वालिद चौधरी मोहम्मद अली रुदौली में तनहा रह गये थे और अपनी बेटियों को बड़े दिलआवेज़ ख़त लिखा करते थे, जिनका मजमूआ (संग्रह) हुमा बाजी 'गोया दबिस्तान खुल गया' के शीर्षक से प्रकाशित करने वाली थीं।

सुबह को फूलों की शबनम पर सूरज की किरणें पड़ीं। कुतुब ख़ाना-ए-गुल के एक अक्षर की व्याख्या। और अल्लन मामू एक दरीचे में खड़े शेव करते जाते और गुनगुनाते, 'वज़द बमर ग़ज़ार हा, हवाएँ नौबहार हा, न सर्द हा, चिनार हा, न सूफ़ियाँ क़ितार हा। (चमन में नई बहार की हवाएँ चल रही हैं, न सरो के दरख़्त, न चिनार के दरख़्त, न सूफ़ियों की पंक्तियाँ हैं।)

'पिछले साल क़ायद-ए-आज़म का इसी जगह इन्तिक़ाल हुआ था। कितनी जल्दी एक बरस गुज़र गया, समझो पाकिस्तान बने भी ढाई साल होने को आए।' मुनव्वर मुमानी ने कहा। हम लोग कारों में सामान भर कर वापस उतर रहे थे।

इनको सिर्फ़ ढाई साल का अफ़सोस है! अभी तो सारी ज़िन्दगी बाक़ी पड़ी है, मैंने सोचा। मगर बड़ों और नौजवानों का पैमाना-ए-वक़्त (समयमापन

यंत्र) भी मुख़्तलिफ़ होता है। कोयटे से वापस पहुँचकर, सल्लो कराची से इंग्लिस्तान रवाना होने वाली थीं, जहाँ लड्डन मामू उन्हें टेक्सटाइल टेक्नॉलोजी की तालीम के लिए भेज रहे थे।

कोयटे में शदीद सर्दी पड़ रही थी। एक सुबह ज़हरा मुमानी के साथ हम लोग माल रोड पर गये, सल्लो ने पासपोर्ट के लिए तस्वीर खिंचवाई और फिर सल्लो और ज़हरा मुमानी कराची चली गयीं। एक बार हसनैन मामू के यहाँ जाफ़र ताहिर मुझसे मिलने आए थे, जो बहुत ही संगीतमय ख़ूबसूरत अलिफ़ लैलवी केन्टो लिखते थे और शायद फ़ौज में नान कमीशंड अफ़सर थे। तो लोगों की ज़िन्दगी की यह स्टेप बाई स्टेप प्रोग्रेस, लम्हा ब लम्हा, हफ़्ता, महीना, साल, की रफ़तार से यानी केन्टोज़ का सिलसिलेवार होना।

और एक शाम जब सख़्त जाड़ा पड़ रहा था, बाहर एक कार आकर रुकी और भाई रशीद हैदर और आपा सिद्दीक़ा की लड़कियाँ, अनवर और क़ैसर और अनवर के शौहर कैप्टन अंसारी अन्दर आए। रशीद भाई दौरे पर कोयटे आए थे और कैप्टन अज़हर अंसारी का वहाँ तबादला हो गया था। अनवर ने कहा, 'नूरअफ़शाँ आपा ने भी एयरफ़ोर्स ज्वाइन कर ली है। मारीपुर पोस्टिंग हुई है। पिण्डी से अब तक मारीपुर पहुँच गयी होंगी।'

'ज़रा नहटौर और लाँकड़ी की लड़कियों को तो देखो, कोई फ़ौज में है, कोई टेक्सटाइल टेक्नॉलोजी के लिए विलायत गयी है।' हसन अहमद मामू ने इज़हारे-ख़याल किया।

'हमारे यहाँ औरतों की तालीम व तरक़्क़ी का यह पौधा अकबरी फूफी और नज़्रबाजी ने लगाया था। अब इस बात पर ग़ौर करो तो हैरत होती है।' हसनैन मामू ने पेचवान गुड़गुड़ाते हुए कहा।

इस वक़्त क़ालीन में बने 'शजर-ए-हयात' के फूल-पत्ते बिजली की तेज़ रौशनी में बहुत रौशन नज़र आ रहे थे और ज़िन्दगी का ताना बाना हैरतअंगेज़ था।

अब गुलाब के फूलों पर शबनम के क़तरे मुनजमिद हो जाते थे (इस मोती पे सूरज की किरन) और मैंने आतिशदान के आगे बैठकर अफ़साना 'कैक्टस लैण्ड'[1] लिखा और बाद में ख़ज़ाँ-रसीदा (पतझड़ के मारे) फूलों की रूहें आवारा हुईं।

और अंगूरों की बेलों पर सर्द ज़मर्रुदी रौशनी फैली और शहर के बाज़ारों में चीथड़े लपेटे सुर्ख़ गालों वाले पुरउम्मीद बच्चे चायख़ानों के सामने जमा हुए और जनवरी सन् 50 ई. में ईरान, बलूचिस्तान से सर्द हवाओं के रेले बहते हुए आकर चलतान के पहाड़ों से टकराये और बर्फ़ पड़ी तो...।

---

1. यह अफ़साना 'शीशे के घर' मकतबा जदीद लाहौर में शामिल है।

दर अहवाल-ए-अहफ़ाद मीर बन्दे अली बेतालपुर

भूरे दर्रे बोलान से गुज़रती, धुआँ उगलती बोलान मेल आकर कराची रेलवे स्टेशन के प्लेटफ़ार्म से लग गयी। मैं और भाई रशीद हैदर जो कोयटे से साथ आए थे, डिब्बे से बरामद हुए। सामने सईद भाई मौजूद थे।

'सलाँ अलैकुम!' कहने लगे। 'अच्छो, पारे, रम्मी, नूरअफ़शाँ को आपने पिछली बार कब देखा था?'

'सलाँ अलैकुम! चार-पाँच साल हुए, अलीगढ़ में पारे, जमालपुर के मुकाबले में बैठने वाले थे और नूरअफ़शाँ आगरा मेडिकल कॉलेज जा रही थीं।'

'अच्छा, अब एक करामत के ज़ोर से वह सब एक जगह जमा हैं और वहाँ आपका इन्तिज़ार कर रहे हैं।'

सफ़री सामान से लदी फंदी सईद भाई की ब्यूक, शहर से निकलकर कच्चे रास्ते पर गर्द उड़ाती साहिल-ए-समुंदर की तरफ़ चली। हाक्स बे की एक लकड़ी की कॉटेज के सामने वे सब मौजूद थे। कुछ हाइड पार्क कार्नर का सा जमघट मालूम होता था।

भाई अय्यूब अहमद किरमानी बाक़ायदा एक क्रेट पर चढ़े सियासी तक़रीर कर रहे थे। रेल की ढलवान से उतर कर दौड़ता हुआ हुजूम कार की सिम्त आया। गर्म पतलून, ओवरकोट, दस्तानों और मफ़लरों में मलबूस नौवारिद (नवआगन्तुक) ख़ातून को देखकर, वे सब ज़रा ठिठके, फिर अच्छो और नूरअफ़शाँ हँसते-हँसते लोटपोट हो गयीं।

पारे और आसिम साहिल पर सरपट भागते टीले पर पहुँचे। 'सलाँ अलैकुम!' पारे ने छूटते ही कहा, 'वह सामने जो मेम जा रही है, नूरअफ़शाँ ने शर्त लगाई थी कि जाकर उससे बात कर आएँ तो।'

'सलाँ अलैकुम' तो हम लोग उस मेम के पास आसिम ने कहना शुरू किया।

'वालैकुम अस्सलाम!' कौनसी मेम? मैंने पूछा।

वही जो ऊँट पर सवार हो रही है, सामने, उधर देखिए तो हम भागम भाग उसके पास पहुँचे और पारे मामू ने उससे कहा, 'मुआफ़ कीजिए, क्या आप पिछले साल 19 अप्रैल के रोज़ सिडनी में थीं?' उसने बड़ी हैरत से हमें देखा और कहा, 'जी नहीं।' पारे मामू बोले, 'क्या अजीब इत्तिफ़ाक़ है, मैं भी उस दिन वहाँ मौजूद नहीं था।'

'नूरअफ़शाँ बेगम, लाइए पाँच रुपये' पारे ने मुतालिबा किया।

'पारे, इधर देखना, जल्दी, वह देखो कौन आ रहा है' नूरअफ़शाँ ने घबराकर कहा।

'बोर सिद्दीकी' पारे ने इतमीनान से दोहराया 'लाइए पाँच रुपये।'

'कमाल हो गया।' आसिफ बोले, 'अलीगढ़ के कैफ़े डी फूँस में बोर सिद्दीक़ी आख़िरी बार जब मिले थे तो हमने उनसे अख़ालक़न कहा था कि किसी रोज़ पाकिस्तान में हमसे मिलने आइएगा।'

वह साहब जिनका लक़ब बोर सिद्दीक़ी था, पारे के क्लासफ़ेलो रह चुके थे और हाँपते-काँपते रेल का टीला चढ़ने में मसरूफ थे। नज़दीक आकर उन्होंने बा आवाज़े बुलन्द ऐलान किया, 'सलाँ अलैकुम, मैं जो हूँ साहब, मैं सीधा फ़्लाईंग ऑफ़िसर ज़ैदी के पते पर मारीपुर पहुँचा, ब्लाक नम्बर-61। मालूम हुआ, तमाम साहिबान जो हैं, वह हाक्स बे तशरीफ़ ले गये हैं। उसी टैक्सी पर बराहे-रास्त (सीधे) यहाँ हाज़िर हो रहा हूँ।' अचानक उनकी निगाह मुझ पर पड़ी और उन्होंने स्कीमो नुमा पोशक बड़े ग़ौर से देखा, नूरअफ़शाँ ने फ़ौरन उनका शुबा दूर किया। 'आप जो हैं, आप कोयटे से बराहे-रास्त यहाँ तशरीफ़ ला रही हैं।'

'सलाँ अलैकुम!' अब उन्होंने आसिम की तरफ़ तवज्जोह की; 'तो मियाँ आप जो हैं, आप फ़्लाइंग ऑफ़िसर हो गये, मुबारक हो।' आसिम से गर्मजोशी से हाथ मिलाया, फिर बोले, 'तू शाहीं है, परवाज़ है[1]...'

---

1. यह इक़बाल का मिसरा अधूरा है, पूरा शे'र इस तरह है : तू शाहीं है, परवाज़ है काम तेरा - तेरे सामने आसमाँ और भी हैं।

'मुआफ़ कीजिएगा क़तअे कलाम होता है' आसिम ने कहा, 'फ़्लाइंग ऑफ़िसर ज़ैदी वह सामने खड़ी निटिंग कर रही हैं।'

बोर सिद्दीक़ी ने नूरअफ़शाँ को आँखें फाड़कर देखा। उस रात जब मारीपुर की सुर्ख़ चट्टानों के नीचे समुन्दर ख़र्राटे ले रहा था और सर्दियों का सुनहरा चाँद अरब सागर पर रौशनी बिखेर रहा था। फ़्लाइंग ऑफ़िसर नूरअफ़शाँ ज़ैदी के कमरे में इन पाँच चुने हुए बन्दों की टोली पूर्वी पाकिस्तानी पटसन के रंगीन बोरिये पर जमा हुई।

'अजवातीन मचमड़ उतारकर आराम से बैठो और अछवालीन मकतर नोश करो।' उनमें से एक ने भाई छब्बो के शब्द दोहराए और छालिया का टीन बीच में शमा के रूप में धरा; और माजरा अपनी-अपनी सैर का सुनाने पर कमरबस्ता हुए। उस वक़्त नूरअफ़शाँ का छोटा भाई आसिम ज़ैदी, जो लाहौर शहर में कुछ दिन रह कर आ रहा था, दरीचे में खड़ा था, 'बारी ते खलोतियाँ, बारी ते खलोतियाँ', गाता था।

उसके बाद पहली बन्दी छालिया फाँक दोज़ानू (घुटने मोड़ कर) बैठी और अपनी सैर का क़िस्सा इस तरह बयान किया, 'हम मेडिकल कॉलेज आगरा में फ़ोर्थ इयर में थे, जब दंगा फ़साद शुरू हुआ और ज़ख्मियों के ट्रक भर-भर कर कॉलेज हास्पिटल लाए गए। हम स्टुडेन्ट डाक्टर्स की ड्यूटी लगी। ख़ून ख़राबा बढ़ा तो हम इकट्ठे लाहौर रवाना हुए, लाहौर से हमने सन् 48 ई. में एम.बी.बी.एस. किया। आपा हम्मन, भाईजान इण्डिया से पिण्डी आ चुके थे।

भाईजान[1] ने हमसे कहा, आर्म्ड फ़ोरसेज़ में डॉक्टर लड़कियाँ ली जा रही हैं, तुम भी फ़ौज में आ जाओ। चुनाँचे हम एयरफ़ोर्स में भरती हो गये। पिछले महीने यहाँ आए। अम्मी, अब्बा और सब बहन भाई इण्डिया से लाहौर आ गये थे। अब्बा को डेरा इस्माईल ख़ाँ में ज़मीनें एलाट हो गयी थीं। वह वहाँ पहुँचे तो मालूम हुआ वह ज़मीनें बंजर हैं। फिर वह सब हमारे पास यहाँ आ गये मारीपुर।' नूरअफ़शाँ ने बात ख़त्म की, फिर कुछ और छालियाँ फाँकीं।

---

1. जरी अहमद सैयद। इस वक़्त कंट्रोलर ऑफ़ मिलिट्री एकाउंट्स पाकिस्तान।

अब मख़दूम. ज़ादी अच्छो (जिसने पिछले साल ज्योगराफ़ी में फ़र्स्ट क्लास फ़र्स्ट एम.ए. अलीगढ़ मुस्लिम यूनिवर्सिटी से किया था) ने छालिया का डिब्बा अपनी ओर सरकाया और एक ठंडी आह भरी। जब उसके कहने की नौबत पहुँची, चारज़ानू होकर कहा, 'हम गर्ल्स कॉलेज में पढ़ा रहे थे।'

'जब एक रोज़ आप पर ज़ाहिर हुआ कि इन्क़िलाब[1] फ़ेल हो गया। पूँजीवादी सियासत जीत गयी। दोनों मुल्कों में मध्यमवर्गीय सर्मायादार हुकूमतें क़ायम हैं, मेरी बेटी! चाहे जहाँ रहो, कोई फ़र्क़ नहीं पड़ता।' नाचीज़ तज़किरा नवीस बन्दी (कुर्रतुल ऐन हैदर) ने अच्छो शाह की बात पूरी की।

इस पर ख़शगुलू (अच्छे कंठ वाले) आसिम ज़ैदी ने दरीचे में टिके-टिके जिगर साहब के तरन्नुम में शुरू किया

मैं चमन में चाहे जहाँ रहूँ
मेरा हक़ है फ़स्ले बहार पर,
बाक़ी गुदड़ीपोशों ने उसका साथ दिया।

'हिन्दुस्तान में कुनबे का आख़िरी सम्मेलन शिमला में हुआ था।' अच्छो ने उदासी के साथ फिर बात शुरू की 'सन् 47 ई. की गर्मियों में हम सब कालका रेलवे स्टेशन पर जमा हुए। अम्मीजान, आपा अज़रा, आपा हम्मन, आपा ज़हरा, ख़ाला नफ़ीसा, ख़ालू इताअत, इम्तियाज़ भाई, आपा जमीला और उन सबके बच्चे और बहुत सारे नौकर चाकर; पैंतीस लोगों का क़ाफ़िला। ट्रेन के कई डिब्बे रिज़र्व करा लिए गये थे, शिमले में दो कोठियाँ ली गयी थीं। शिमला पहुँचने के कुछ दिन बाद जर्रार भाई का अलीगढ़ से ख़त आया। हालात ख़तरनाक हैं, तुम लोग फ़ौरन वापस आ जाओ।

जब फ़साद शुरू हुए, आपा हम्मन और आपा ज़हरा स्लेक्स पहनकर वाइसराय के दफ़्तर गईं, जहाँ से वाइस रेगल कॉनवाय दिल्ली जाने वाला था। लेकिन वह लोग पहचान गये और कहा, हम आप की हिफ़ाजत की ज़िम्मेदारी नहीं ले सकते। अगर रास्ते में हमला हुआ, हम आपको वहीं उतार देंगे। कानवाय

1. देखिए वॉल्यूम - 1, अध्याय ग्यारह, 'शाह बलूत के साये'।

के साथ रवाना होने से पहले आपा हम्मन के बच्चों, मन्नन, मश्शन को सिखाया कि अम्मी, ख़ाला, अब्बू कहने की बजाय मम्मी, डैडी, आन्टी कहें ताकि हम सब को ईसाई समझा जाए। रास्ते भर यही फ़िक्र रही कि बच्चे ग़लती से अम्मी या ख़ाला कहकर किसी को न पुकारें, जान हथेली पर रखकर दिल्ली पहुँचे। भाईजान इटली से वापस आ चुके थे।

जंग के बाद पूना मिलिट्री एकाउंट्स में तैनात थे। वहाँ से उनका तबादला लखनऊ का हुआ; लखनऊ छावनी पहुँचकर चार्ज लिया। लेकिन दफ़्तर के स्टाफ़ ने पिन डाउन स्ट्राइक कर दी कि हम इनके मातहत काम नहीं करेंगे। लिहाज़ा वह दिल्ली से आपा हम्मन और बच्चों को लेकर रावलपिण्डी पहुँचे। शिमले से भागते वक़्त आपा हम्मन भी तुम्हारी तरह अपने ज़ेवरात और सामान वहीं छोड़ आईं, ऐसा अजीबोगरीब ज़माना था।'

'मैं आपा ज़हरा, जर्रार भाई के पास अलीगढ़ आ गई, अम्मी जान और अच्छे भाई भी वहीं थे। जर्रार भाई इतने बड़े क़ौमपरस्त हैं कि हिन्दुस्तान छोड़ने के लिए हरगिज़ तैयार नहीं हुए।'

'तुम्हें ज़की के मुताल्लिक़ मालूम है? भाईजान (जरी अहमद सैयद) का मँझला भाई जामिया मिल्लिया का ग्रेजुएट और उसे इस तरह दिल्ली से भागना पड़ा कि ट्रेन का डिब्बा लाशों से पटा पड़ा था और मुर्दों के अंबार में छुपकर उसने सारा सफ़र तय किया। कृष्णचन्द्र का पेशावर एक्सप्रेस और हम वहशी हैं, बिल्कुल जज़्बातियत नहीं हैं।'

अब अच्छो का छोटा भाई शाह प्यारे यानी सलाहुद्दीन हैदर मकैनिकल इंजीनियर कोट बाँधकर बैठा और अपनी सैर का बयान इस तरह करने लगा, 'साहबो! तुमको याद होगा, अर्सा तीन साल का हुआ, इस बंदे को रिज़्क़ (जीविका) खींचकर जमालपुर ले गया था, 'कम्पटीशन वाला' कहलाता था और ऐश करता था। जब पूरी होने पेशगोई शाह नेमतुल्लाह वली का वक़्त आया, ख़ुद को रेलवे वर्कशाप लाहौर में पाया।

अब शहर यार-ए-वक़्त (समय सम्राट) इंजन बराए पाकिस्तान रेलवे ख़रीदने मुल्क जापान भेजता है। अनक़रीब रवानगी है। दुआगो हूँ कि तुम सब से साथ ख़ैरियत वापस आकर मुलाक़ात करूँ हूँ। सुना है, अक़लीम जापान (जापान देश) अजीब तिलिस्म (जादू) है। पार्टनर अब तुम बताओ!'

मीर सुलतान हैदर ख़नग सवार यानी रम्मी शाह मुतहय्यर कामिल ज़मज़मे वाले ने मराक़बे (ध्यानमग्नता) से सिर उठाया और कहा, 'रातों की नींद उड़ गयी है, रात को नींद नहीं आती' सब गुदड़ीपोश ख़ामोश थे। रम्मी ने कहा '...बड़ी मुमानीजान (बेगम निसार हैदर ज़ैदी) ने नहटौर से लिखा है, एक साल हो गया मगर वह रात को सो नहीं सकती थीं।' कुछ देर में चली गयीं और बाहर देखने लगीं।

'पिछले साल अगस्त में', रम्मी की आवाज़ बुलंद हुई, 'वह और मामूजान नहटौर में थे और ख़ौफ़नाक ख़बरें पहुँच रही थीं। एक इत्तिला मिली कि शिमले से उतरते हुए सारा ख़ानदान मारा गया; फिर मालूम हुआ ख़बर ग़लत थी, दूसरी अफ़वाह नहटौर पहुँची कि देहरादून में आशियाना जला दिया गया और मुमानी नज़्र सज्जाद और ऐनी बीबी लापता हैं और क़रौलबाग़ दिल्ली में भाई छब्बू और भाभी बलवाईयों के नर्ग़े से निकल नहीं सके। कलकत्ते से इत्तिला आई कि लुक़मान भाई के घर पर हमला हो गया।

'लुक़मान भाई के घर पर हमले की खबर सही थी। रोज़ देसी बम और पत्थर आकर गिरते। खिड़कियों और दरवाज़ों के शीशे चकनाचूर हो गए। लुक़मान भाई दफ़्तर में होते थे, आपा हुस्ना बन्नो, पर्रो को लेकर एक कमरे में बैठी रहती थीं। आख़िर लुक़मान भाई ने अपना तबादला ढाका करवा लिया।

नहटौर में मुमानी हमीदा दहशतनाक खबरें सुन-सुन कर, रात-रात भर आँगन में टहला करती थीं। हालात बेहतर हो गये मगर अब वह रात को बिल्कुल नहीं सो पातीं।

'ग़दर सन् 1857 ई. में नहटौर में खौफ़ व दहशत का यही नक़्शा रहा होगा। क़िस्सा ख़ुद इस कमतरीन (तुच्छ) का बहुत मुख़्तसर (छोटा) है। क्या अर्ज़

करें अलावा इसके कि शहर कूफ़ा से मंज़िल ब मंज़िल यहाँ पहुँचे। ओरियन्ट एयरवेज़ के दफ़्तर में आबोदाना लिखा मिला। कल की ख़बर वह नीली छतरी वाला जानता है या...'

'मीर बन्दे अली तालपुर...' आसिम ने दरीचे में से कहा। 'मिर्ज़ा साहब के यहाँ आए हैं।'

उन्हीं के बाप दादों से सौ साल पहले अंग्रेज़ ने सिन्ध छीना था।' रम्मी ने एक सर्द आह खींची और बोले... 'I have sinned" सर चार्ल्स नेपियर ने जीतने के बाद शायद मलिका विक्टोरिया को इत्तिला दी थी।'

'देखें कैसे लगते हैं।' मैंने उत्सुकता से कहा। हम सब उठकर दरीचे में गये, बाहर एक बुज़ुर्ग बढ़िया सूट-बूट पहने, एक लम्बी तड़ंगी अमेरिकन महिला के साथ, एक लम्बी कार में से उतर रहे थे। महिला ने दर्पणों से सजी प्राचीन शैली की सिंधी शाही पोशाक पहन रखी थी।

'यह मेम साहिबा' नूरअफ़शाँ ने कहा, 'पाकिस्तान की सोश्योलॉजिकल रिसर्च के लिए आई हैं। नसीमा मुमानी बता रही थीं, उनको जिमखाने में मिलीं, उनसे कहा, किसी आरिस्टोक्रेट से मिलना चाहती हैं। मिर्ज़ा साहिब ने उन्हें मीरबन्दे अली तालपुर से मिलवा दिया। मीर साहब ने मालूम होता है कि मारे शराफ़त और सख़ावत के उनको अपने तोशाख़ाने से निकाल कर एक पुरानी तारीख़ी (ऐतिहासिक) पोशाक भी प्रेज़ेंट कर दी।'

'जो उन्होंने फ़ौरन पहन ली।'

'बर्डस ऑफ़ पैसेज ने पाकिस्तान आना शुरू कर दिया है।' रम्मी ने एक और ठंडी आह भरी।

'सोश्योलॉजिकल रिसर्च का क़ायदा है कि जो प्रोजेक्ट शुरू करो, उसी के मुताबिक़ लिबास पहनो' आसिम बोले।

'तो यह बीबी चटागाँग हिल ट्रैक्टस और नागालैण्ड जाएँ तो क्या करेंगी...?' अच्छो ने असमंजस से दरयाफ़्त किया। वह हमेशा इसी क़िस्म के सवाल करती थी।

'बाजी ...बाजी ...रेडियो पर बड़ी खौफ़नाक ख़बर आई है।' नूरअफ़शाँ के तीसरे भाई मुस्तफ़ा आलम[1] उर्फ मश्शन ने अन्दर आकर कहा। 'फ़ुलाँ साहब को कल सुबह दस बजे गोली मार के क़ब्रिस्तान में दफ़्न किया जाएगा।'

हम सब भौंचक्के रह गये।

'गोली मार...' अचानक आसिम ने नारा बुलंद किया 'कराची के एक इलाक़े का नाम है।'

'आर यू श्योर?' अच्छो ने फ़िक्रमंद होकर दरयाफ़्त किया।

बिल्कुल उसी वक़्त एक पठान अफ़सर की बेगम कमरे में दाख़िल हुईं; वह नूरअफ़शाँ से नुस्खा लेने आई थीं। नूरअफ़शाँ की वालिदा और हमारी तायाज़ाद बहन राज़िया ख़ातून (सैयद एजाज़ हैदर मरहूम की पुत्री) ने गैलरी में से आवाज़ दी '...चलो ...खाना लग गया।'

हम सब मेहमान समेत डाइनिंग रूम की तरफ़ चले। 'आप लोग...' खाने की मेज़ पर सरहदी ख़ातून ने कहा। 'फ़र्श पर दायरा बनाये उकड़ूँ क्यों बैठे थे? इस तरह तो हमारी तरफ़ क़लन्दर दरगाहों पर जमा होते हैं।'

'हम लोग इण्डिया से यहाँ पहुँचने का अपना-अपना अहवाल बयान कर रहे थे। रम्मी ने मुख़्तसरन (संक्षिप्त) जवाब दिया।

'बड़ी एडवंचरस जर्नी होगी।' उन्होंने कहा।

'जी हाँ।'

'ग़दर के दिनों में', आपा राज़िया ने कहना शुरू किया। 'जब मीर बन्दे अली झाँसी से चले।'

'मीर बन्दे अली इतने ज़ईफ़ तो नहीं मालूम होते।' ख़ातून ने ताज्जुब से आपा की बात काटी 'मैंने अभी अभी उन्हें विंग कमाण्डर मिर्ज़ा के यहाँ देखा।'

'यह एक और बुज़ुर्ग का ज़िक्र है।' रम्मी बोले।

'अच्छा, वह कौन थे जी?'

---

1. अब कैप्टन मुस्तफ़ा आलम ज़ैदी; कप्तान मर्चेंट नेवी।

'वह...?' नूरअफ़शाँ ने सोचकर जवाब दिया 'वह? ...मीर बन्दे अली बेतालपुर।'

'हाँय। अपने बुज़ुर्गों की शान में गुस्ताख़ी नहीं करते।' आपा राज़िया ने डपटा।

बेगम शहबाज़ ख़ाँ बहुत कनफ़्यूज़्ड नज़र आईं। दूसरे कमरे में फ़ोन की घंटी बजी। नूरअफ़शाँ के दूसरे छोटे भाई हातिम[1] ने आवाज़ दी।

'बाजी, आपकी काल आई है।' नूरअफ़शाँ खाना अधूरा छोड़कर अपने कमरे की तरफ़ दौड़ीं। 'आज रात से हमारी चौबीस घण्टे की ड्यूटी है।' उसने अपना सियाह बैग उठाकर पिछले बरामदे की तरफ़ भागते हुए इत्तिला दी। बाहर अस्पताल की जीप स्टार्ट होने की आवाज़ आई।

'अब हम फिर उस नान-ए-जवीं (जौ की रोटी) की तरफ़ मुतवज्जोह होते हैं जिस पर क़ुव्वते हैदरी (हैदरी शक्ति) का मदार (आधार) है।' रम्मी मियाँ ने इरशाद किया।

बेगम शहबाज़ ख़ाँ ने हैरत से उन्हें देखा।

आपा राज़िया ने फिर कहा। 'तुम लोग जवान हो और यहाँ नई ज़िन्दगियाँ शुरू करने वाले हो। ख़ुदा जिस हाल में रखे उसके शुक्रगुज़ार रहो और हालात बेहतर हों तब भी ग़ुरूर न करना, यही हमारे दादाजान की नसीहत थी।'

मुझे दादा जलालुद्दीन हैदर का नसीहतनामा[2] याद आया जो उन्होंने अपने चारों बेटों, बाजी राज़िया के वालिद, अब्बाजान और चचा नसीर, चचा वहीद के लिए लिखा था, जब वह तालीम पूरी करने के बाद अपनी नई ज़िन्दगियाँ शुरू करने वाले थे।

आपा राज़िया कहती रहीं 'मुझे याद है जब सन् 44 ई. में ज़हरा बीबी की शादी हुई थी, उन्हें दहेज़ में चाँदी का बहुत सारा सामान मिला था। शादी के बाद वह पहली बार अपने माँ बाप के यहाँ अलीगढ़ से टोंक गयीं। एक चाँदी

---

1. अब ब्रिगेडियर हातिम ज़ैदी।, 2. देखिए वॉल्यूम - 1, अध्याय ग्यारह, 'बूए गुल और रंग-ए-गुल होते हैं हवा दोनों।'

का गिलास साथ लेती गयी थीं। खाने की मेज़ पर अब्दुर्रहमान वह गिलास उनकी प्लेट के सामने रख दिया करता।'

चचा नसीर ने कुछ दिन तक यह देखा फिर बोले, 'ज़हरा बीबी आप चाँदी के गिलास में पानी क्यों पीती हैं?' वह हड़बड़ा गयीं। उन्हें इस बात का ख़याल ही न आया था। चचाजान मरहूम बेटी से कहने लगे, 'कभी चाँदी सोने के बर्तनों में खाना पीना नहीं चाहिए, इससे ग़ुरूर (घमण्ड) बढ़ता है।'

दूसरे रोज़ सुबह सवेरे एजाज़ फ़ातिमा हबीब ने ऊपरी मंज़िल से झाँककर मुझे आवाज़ दी... 'तुम्हारी दोस्त ईनिड लखनऊ से आ गयी है।'

'ईनिड? लखनऊ से ...मारीपुर ...? हम लोग समुन्दर के रुख़ वाले बरामदे में बैठे सुबह की चाय पी रहे थे। सामने पानी की सतह पर सफ़ेद परिन्दे चक्कर काट रहे थे। आसिम एयरोनाटिकल इंजीनियरिंग की भारी किताब के अध्ययन में मसरूफ़, आराम कुर्सी पर नीमदराज़ (आधा लेटा हुआ) था। मिर्ज़ा मामू और नसीमा मुमानी के बच्चे नादिरा, हनी और अली और आपा राज़िया के छोटे बच्चे रानी, गुड्डू, भैया सामने चट्टानों पर आँखमिचोली खेल रहे थे। इतने में ईनिड जिनको आख़िरी बार अप्रैल सन् 47 ई. में कैलाश होस्टल में शाह बलूत के नीचे ख़ुदा हाफ़िज़ कहा था, एक लम्बे क़द के ख़ूबसूरत पठान अफ़सर के साथ बजरी के रास्ते पर प्रकट हुईं।

फ़्लाईंग ऑफ़िसर ख़ुशहाल ख़ाँ जदोन ने सूचित किया, सन् 46 ई. में पेशावर से लखनऊ गये थे, एम.ए.,एल.एल.बी. करने। विभाजन के बाद लखनऊ से चलते वक़्त उस बीबी से मुलाक़ात हुई।

'हम लोग पागल की मिसाल लव में गिर गये।' ईनिड ने इरशाद किया। उनकी नानी अमेरिकन मिश्शनरी और माँ बाप कूमायूँ की पहाड़ियों के रहने वाले थे। लेकिन जब से कैलाश होस्टल में पर्शियन बोलने का रिवाज़ हुआ था, वह इसी क़िस्म की भाषा प्रयोग करती थीं।

ईनिड और जदोन चार ब्लाक आगे रहते थे। नूरअफ़शाँ का फ़्लैट इसी 'प्रायद्वीप' वाली इमारत में था, जिसमें पहले मामू ज़हूरूल अस्करी रहते थे, जो

कुछ महीने पहले ट्राँसफ़र होकर पेशावर जा चुके थे। हमारे ठीक ऊपर मिर्ज़ा मामू और नसीमा मुमानी का फ़्लैट था। नीचे कोने वाले बेडरूम में नूरअफ़शाँ, अच्छो और मैं ठहरे हुए थे।

एक शाम अच्छो बेडरूम के दरीचे में खड़ी समुन्दर का नज़ारा कर रही थीं। दफ़अतन फ़रमाया, (वह अक्सर इस क़िस्म की तहक़ीक़ात किया करती थीं) 'तुमने ग़ौर किया, यह ज़मीन का बिल्कुल आख़िरी सिरा है, जहाँ इस वक़्त हम लोग मौजूद हैं, इसी के आगे बक़ौल मजाज़ (मजाज़ शाइर के कथनानुसार) 'बस आबो हवा ही आबो हवा है।' सामने सुर्ख़ चट्टानें बिखरी हुई थीं। समुन्दर की एक छोटी सी खाड़ी दरीचे तक फैली हुई थी।

दूर क्षितिज पर कीमाड़ी बन्दरगाह के जहाज़ों के स्तम्भ और क्रेन नज़र आ रहे थे और मनोड़ा लाइट हाउस जो रात को रौशन हो जाता था। उस तरफ़ कस्टम हाउस का गुम्बद नज़र आता था। एक ओर लास बसीला की सुर्ख़ पहाड़ियाँ थीं, उसी के आगे क़लात था और उसके आगे बलूचिस्तान और उसके आगे ईरान और उसके आगे...।

'तुमने ग़ौर किया?' अच्छो ने ग़ौरो-फ़िक्र में डूबे हुए बात जारी रखी 'कि अगर हम इस खिड़की से निकल कर कव्वे की तरह उड़ें तो दो घंटे में सीधे तेहरान पहुँच जाएँ। यह कमरा ज़मीन का आख़िरी सिरा है। लैण्ड इज़ एण्ड।'

बाहर चट्टानों पर से नूरअफ़शाँ के चौथे छोटे भाई ख़ुर्शीद[1] ने आवाज़ दी, 'आइए कश्ती तैयार है।' ख़ुर्शीद कहीं से रबड़ की दो कश्तियाँ ले आए थे और सै पहर (शाम) से उनके इन्तिज़ाम में लगे थे। अक्सर हम लोग उन कश्तियों में बैठकर खाड़ी की सैर करते। कश्ती उलट जाती तो उथले पानी में इतमीनान से चलते किनारे पर आ जाते।

उस दिन हम लोग कश्ती के बाद चट्टानों पर से कूदते फाँदते घर आ रहे थे कि सामने से सैयद मज़हर इमाम की हडसन आती दिखलाई दी। वह

1. अब कमाण्डर ख़ुर्शीद ज़ैदी, डिफ़ेंस अताशी पाकिस्तान एम्बेसी, कोलम्बो।

आकर बजरी पर रुकी और मज़हर साहब, पारे और अय्यूब भाई बरामद हुए। (पारे, मियाँ, सईद भाई के यहाँ शहर में ठहरे हुए थे।) हडसन से उतरे हुए मज़हर साहब ने आवाज़ दी, 'हम लोग आपा सिद्दीक़ा के यहाँ से आ रहे हैं। मुबारक हो! रम्मी, किशवर की शादी तय हो गयी।'

रम्मी मियाँ यानी सैयद सुलतान हैदर दादा अकरम हैदर तिरमिज़ी के पोते, चचा ग़नी हैदर और फूफी अनवार फ़ातिमा के सपूत जाये, सैयद लुक़मान हैदर के होनहार छोटे भाई, सबसे आख़िर में हडसन में से उदित हुए। इनका ओरिजनल नाम रमज़ान हैदर था। अलीगढ़ स्कूल में 'रमज़ान शरीफ़ आ रहे हैं' का शोर मचा; उन्होंने नाम तब्दील करके सुलतान हैदर रख लिया। सुलतान हैदर सग़ीर उर्फ़ रम्मी मियाँ, यार बाश, ख़ूबरू (सुन्दर), ख़ुशगुलू, नौजवान फ़िलहाल अपनी वालिदा और भाई अहसान हैदर के साथ पीर इलाहीबख़्श कालोनी में रहते थे।

रम्मी मियाँ के हमजमाअत सहपाठी सैयद मज़हर इमाम गया के रहने वाले थे, मोतबर (विश्वसनीय) नेक तबीयत, नर्ममिज़ाज, होशमंद और बिहार की फ़्यूडल सभ्यता का एक पाकीज़ा और बुलन्द नमूना। वालिद उनके, सैयद हुसैन इमाम सदस्य राज्य सभा नई दिल्ली, अभी तक हिन्दुस्तान में मुक़ीम थे। साहबज़ादों ने कराची आकर बड़ा कारोबार शुरू कर दिया था, जो उनके बस का रोग नहीं था। मगर बड़ी बहादुरी से बिज़नेस में लगे हुए थे।

नसीमा मुमानी ऊपर अपने बरामदे में खड़ी थीं। रम्मी मियाँ के मुताल्लिक़ ख़ुशख़बरी सुनकर फ़ौरन नीचे आईं। किशवर जहाँ बेगम, नूरअफ़शाँ की ख़ालाज़ाद बहन और रम्मी मियाँ रिश्ते में नूरअफ़शाँ के मामू थे।

ड्राइंग रूम में दाख़िल होकर अपनी ख़ास कुर्सी पर बैठते हुए मज़हर साहब ने कहा, 'हमारे यहाँ बिहार में मामू से मज़ाक किया जाता है।'

'जैसे-जैसे पूर्व की तरफ़ जाइए मज़ाक़ के रिश्तों का दायरा शायद बढ़ता जाता है।'

'तो जापान में दादा से मज़ाक किया जाता होगा।' नसीमा मुमानी बोलीं।

आसिम ने खंकार कर कहना शुरू किया, 'हवाई द्वीप समूह में' अय्यूब भाई बोले, 'मुआफ़ कीजिए आपका क़तए कलाम होता है[1]। अय्यूब भाई, मुआफ़ कीजिए, आपके क़तए कलाम का क़तए कलाम होता है।' हातिम ने कमरे में आकर कहा। 'कराची से नूरुल्लाह भाई का फ़ोन आया है, जल्दी चलिए। ज़वाल-ए-हैदराबाद (हैदराबाद का पतन) शुरू होने वाला है।'

'ज़वाल-ए-हैदराबाद अब शुरू होने वाला है?' अय्यूब भाई ने ताज्जुब से पूछा।

उस रात जब हम लोग कराची की सिनअती (औद्योगिक) नुमाइश में 'ज़वाल-ए-हैदराबाद' नामी लोकप्रिय ड्रामा मुलाहिज़ा करके निकले, देखा कि एक तरफ़ ज़हीर काश्मीरी टहल रहे हैं। अय्यूब भाई ने तआरुफ़ (परिचय) कराया। वापसी में पारे ने कहा, आपने ग़ौर किया, ज़हीर काश्मीरी, सुर्ख़ दाढ़ी नीला सूट सलीम शाही जूते, बिल्कुल शेक्सपियर मालूम हो रहे थे।'

'शेक्सपियर सलीम शाही जूते कहाँ पहनता था।' नूरअफ़शाँ ने सोचकर कहा। मारीपुर के रास्ते में खारादर के मोड़ पर नूरुल्लाह ने कार रोक ली।

'एक साहब ने बीच सड़क के शामियाना लगा रखा है; आगे नहीं जा सकते' मैंने इत्तिला दी नूरुल्लाह काज़मी ने मुआयने की ग़रज़ से कार एक तरफ़ पार्क की। यह बन्दा-ए-ख़ुदा इलाहाबाद वाले ख़ानबहादुर असदुल्लाह काज़मी का लड़का और हम लोगों का बचपन का साथी और रम्मी, पारे का यारे-ग़ार (गहरा दोस्त) था।

हम लोग उसे याद दिलाना नहीं भूलते थे कि बकेट हाउस अल्मोड़े में वह अपने चपरासी के कंधे पर सवार होकर आता था और वह और पारे और इक़बाल रशीद सिद्दीक़ी जब बेहद शरारतें करते थे तो उनको सबसे ज़्यादा डाँट पड़ती थी। अब वह कराची आकर बिज़नेस कर रहा था, एक बहुत लम्बी चौड़ी कार ख़रीदी थी और खौफ़नाक मूँछें रख लीं थीं।

---

1. बातचीत में बाधा उत्पन्न होती है।।

'एक साहब की शादी हो रही है, चलो बारात में शामिल हो जाएँ। पहले ज़रा मौक़ा-महल देखकर आते हैं।' पारे ने कहा। वह और नूरुल्लाह कूदकर बाहर गये। कुछ देर बाद रम्मी ने बाहर झाँक कर कहा, 'पारे और नूरुल्लाह तो हँसी के मारे लोटन कबूतर बने जा रहे हैं। हम देखकर आएँ क्या माजरा है।'

वापस आकर नूरुल्लाह ने कार ज़रा आगे बढ़ाई शामियाने में गैस के हंडे के नीचे सड़क के बिल्कुल बीचोंबीच एक बेहद्दो हिसाब मोटा आदमी धारीदार स्लीपिंग सूट पहने मसरूफ़-ए-रक़्स (नृत्य में व्यस्त) था। वह चकफेरियाँ खाता जाता था और बग़ैर थके गा रहा था 'दूल्हा पाँच मन के, दुल्हन सात मन की, चले आना हमारे अँगना।'

अय्यूब भाई ने असमंजस से कहा, 'अब मुझे यह फ़िक्र हो गई कि एक और वाहियात गाना आप लोग गाया करेंगे।'

यमन कल्याण और मूनलाइट सोनाटा

'शहाना में पेश करते हैं।' नूरअफ़शाँ संजीदगी से शुरू करतीं; 'न कर हमनशीं बे ए वक़्र ऊफ़ी ई. की बा आतें एं।'

'मैं भूला नहीं हूँ ऊँ वक़्र फ़ी ई. की बातें।' मैं आवाज़ लगाती।

'तुम लोग बड़े आग़ा के यहाँ यह सीख रही हो?' मिर्ज़ा मामूजान ताज्जुब से पूछते।

'जी नहीं, हमने ख़ुद कम्पोज़ किया है।'

'अच्छा अब हम माल्कौस में कलाम-ए-इक़बाल सुनाएंगे।' नूरअफ़शाँ दूसरे नग़मे का आग़ाज़ करतीं। 'फिर चर आग़े लाला से ए रौ औशन हुए ए।'

'कोहो ओ दमन, अ आ आ आ...' मैं तान लगाती।

'फूल हैं... सहरा में यूँ, परियाँ क़तार अन्दर क़तार।'

हमारे स्टार सिंगर्ज़ रम्मी, पारे और आसिम थे, जिन्होंने बहुत ही सुरीली आवाज़ें पाई थीं और ख़ूब गाते थे। पक्के गाने के सिलसिले में रम्मी मियाँ तलमीज़ुर्रहमान[1] थे। उन्हें यह कमाल क़ुदरत ने अता किया था कि जिस राग या रागनी में गाना शुरू करते वह लामुहाला शंकरा में ख़त्म होता था। नसीमा मुमानी गाया करती थीं। ईनिड जो लखनऊ रेडियो से मुस्तक़िल गाया करती थीं, अब ईनिड जहाँआरा जदोन के नाम से रेडियो पाकिस्तान से 'हल्के-फुल्के नग़मे' ब्रॉडकास्ट कर रही थीं।

म्यूज़िक पार्टियाँ बेसाख़्ता और फ़ौरन बे सोचे होती थीं। इतवार के दिन सुबह नाश्ते के बाद डाइनिंग टेबल के चारों तरफ़ बैठकर घण्टों गाया जाता था। एक कज़न आपा नसीमा के शौहर अब्बासी भाई उस्ताद गुलूकार थे। कभी हम लोग रम्मी मियाँ के दोस्त फ़रहत सईद छतारी (जिनकी बिल्कुल अपने नामवर और मोहतरम वालिद की सी मूँछें थीं) के यहाँ कराची जाकर उनकी म्यूज़िक पार्टियों में शाहिद अहमद देहलवी से बेहद पक्के राग सुनते। शाहिद साहब पर दिल्ली की तबाही के बाद, वह पैग़म्बरी वक़्त पड़ा था कि वह गुज़रऔक़ात

1. गॉड गिफ़्टेड।

(जीविकोपार्जन) के लिए रेडियो पाकिस्तान से एस. अहमद के नाम से क्लासिकल संगीत ब्रॉडकास्ट करते थे और किसी न किसी तरह बहादुरी के साथ रिसाला 'साक़ी' निकाल रहे थे।

मारीपुर में हमारी संगीत की महफ़िलों का एक गेस्ट आर्टिस्ट ज़िया मोहीउद्दीन था, जो अफ़साने भी लिखता था और निहायत प्रोग्रेसिव इन्टेलेक्चुअल बातें करता था। भाईजान जरी अहमद सैयद के छोटे भाई, तक़ी अहमद सैयद के साथ रेडियो पाकिस्तान मरी में मुलाज़िम था, वहाँ से कराची आया था। इसके अलावा और म्यूज़िक पार्टियाँ सईद भाई, आपा अज़रा के यहाँ मेक्लॉड रोड पर आयोजित होती थीं।

सईद भाई बुलन्दशहर से आकर कराची इलेक्ट्रिक सप्लाई के डिस्ट्रीब्यूशन इंजीनियर हो गये थे और हसीन और पुरफ़ज़ा (मनोरम) और बहुत बड़ा फ़्लैट उन्हें कम्पनी की तरफ़ से मिला था, जो पहले अंग्रेज़ इंजीनियर का निवास स्थान था। उस फ़्लैट की एक ख़ूबसूरत लाउंज में आपा अज़रा की महफ़िले दानिश्वराँ (बुद्धिजीवियों की गोष्ठियाँ) आरास्ता होतीं, जिनमें फैज़ अहमद फैज़ जब कराची आते तो अपना ताज़ा कलाम सुनाते थे।

उस ज़माने में नमाज़ पढ़ने का मूड छाया हुआ था। पहली बार फ़ैज़ साहब से मुलाक़ात हुई, वह आपा अज़रा के यहाँ लाउंज में आये बैठे थे, किसी ने उनसे जाकर कहा, 'अभी आती हैं ज़रा नमाज़ पढ़ रही हैं।'

'नमाज़ पढ़ रही हैं?' फ़ैज़ साहब ने सुकून से कहा।

आपा ज़हरा अलीगढ़ से आई हुई थीं। मज़हर साहब के एक कज़न जो ऑक्सफ़ोर्ड के तालीमयाफ़्ता (शिक्षित) और फ़लसफ़ी (दार्शनिक) थे और साथ ही बिहार की किसी दरगाह के सज्जादानशीं भी, वह भी इण्डिया से आये हुए थे। उसी वक़्त मज़हर साहब के साथ वह तशरीफ़ ले आए। उस शाम मेटाफ़िज़िक्स, धर्म और फ़िज़िक्स (जिस्मानियत) पर बड़ी ज़बरदस्त रौशनियाँ डाली गयीं।

मज़हर साहब ने कहा, 'आपा! यह जो आपने अपने यहाँ अट्ठारहवीं सदी के फ़्रांस का सैलून आरास्ता कर रखा है। एक अवर्गीय समाज में

आपको इस ज़हनी ऐशो-इशरत (मानसिक भोग-विलास) की इजाज़त नहीं मिलेगी।'

'ख़ैर सैलून न सही, पैलेस ऑफ़ कल्चर ही सही।'

'और अगर जवाब उसमें भी न मिला तो?' ऑक्सफ़ोर्ड के सज्जादानशीं ने पूछा।

'बहरहाल एक बुनियादी हारमनी (Harmony) Subsist करती है, शायद।' मैंने कहा।

'हूँ', फ़ैज़ साहब ने इज़हारे ख़याल किया।

'बलि-बलि जाऊँ, मधुर सुर गाऊँ। अबकी बेर मोरे कृष्ण कन्हैया...' नूरअफ़शाँ अलहया बिलावल का सबक़ गुनगुनाती हुई, बराबर के कमरे से गुज़र गयीं।

'यह देख लीजिए, अब तक कृष्ण कन्हैया का विर्द (जाप) जारी है।' अय्यूब भाई ने कहा।

'यह भी एक बुनियादी सवाल है।' ऑक्सफ़ोर्ड के तालीमयाफ़्ता सज्जादानशीं ने कहा।

फ़्लाइट लेफ्टिनेंट नूरअफ़शाँ ज़ैदी उस वक़्त बड़े आग़ा के यहाँ से सीधी आपा अज़रा के यहाँ आई थीं। जिस रोज़ उनकी चौबीस घंटे की ड्यूटी नहीं होती थी, वह शहर आकर बड़े आग़ा से संगीत की शिक्षा ग्रहण करती थीं। बड़े आग़ा को नूरअफ़शाँ ने डिस्कवर किया था।

एक रोज़ उन्होंने शहर से घर वापस आकर मुझसे कहा, 'हम पैराडाइज़ सिनेमा के नज़दीक एक सड़क पर से गुज़र रहे थे। एक मकान पर 'म्यूज़िक स्कूल' का बोर्ड नज़र आया। हम अन्दर गये तो देखा कि एक बुज़ुर्ग एक सुनसान कमरे में दरी पर चुपचाप बैठे हैं। उन्होंने बताया कि कराची आने से पहले लखनऊ मैरिस कॉलेज के वाइस प्रिंसिपल थे। बेचारे कहने लगे कि यहाँ आकर यह स्कूल खोला मगर शागिर्द मयस्सर नहीं। बेटा, तुम क्या करती हो? हमने बताया कि डॉक्टर हैं। कहने लगे बिटिया हमारी लड़की को नर्सरी की ट्रेनिंग दिलवा दो ताकि घर का ख़र्च चल सके; हमारे ऊपर पैग़म्बरी वक़्त[1] पड़ा है।

1. जो वक़्त पैग़म्बरों पर पड़ता है, अर्थात कठिन समय।

शाम को नूरअफ़शाँ गाना सीखकर बस पर वापस आतीं और फ़्लैट से लगे सुनसान कोरीडोर में दाख़िल होकर घर के क़रीब पहुँचते-पहुँचते यमन कल्याण का 'मन्दिर मन लाए' गुनगुनाती पिछले बरामदे में दाख़िल होतीं। एक शाम अय्यूब भाई उसी वक़्त आकर उतरे, कहने लगे, 'आज आप कौनसा सबक़ गाती हुई आ रही थीं?'

'हम? ...वह वाला, मनहरवा मोहे हरी हरी चूरियाँ देइहो मंगाय। अलहया बिलावल, तीन ताल।'

'माशाअल्लाह! अगर आप युनिफ़ार्म और अपनी पीक कैप लगाकर उसके बाद यह गाना भी गाएँ तो बोर सिद्दीक़ी का क्या हाल हो। पहले उन्हें अपनी आँखों पर यक़ीन न आया था, अब कानों पर यक़ीन न आएगा।'

दिन के वक़्त मैंने बड़े आग़ा के यहाँ जाना शुरू कर दिया। एक उजाड़ से अहाते के मध्य में केवल एक कमरा खड़ा था, जो शायद किसी अधूरे मकान का हिस्सा था। अंदर एक दरी बिछी थी। म्यूज़िक इन्स्ट्रुमेंट्स दीवारों से लगे रखे थे। बड़े आग़ा एक गदेले पर दीवार के सहारे दिन भर चुपचाप बैठे रहते थे। मेरे और नूरअफ़शाँ के अलावा इक्का दुक्का शागिर्द और आ निकलता था।

एक बार एक साहब स्याह शेरवानी, सफ़ेद खड़खड़ाती शलवार पहने हुए, बड़े आग़ा से मिलने तशरीफ़ लाए। मैं बड़ी तन्मयता से भाँय-भाँय तानें उड़ाती रही। वह बेचारे बड़े अखलाक़ (शिष्टता) से ख़ामोश बैठे सुनते रहे। उनके जाने के बाद मैंने बड़े आग़ा से पूछा, 'यह कौन साहब थे?'

'उस्ताद बड़े ग़ुलाम अली ख़ाँ साहब के साहबज़ादे उस्ताद मुनव्वर अली ख़ाँ।'
'ओ माई गोश...' जहालत बड़ी रहमत है।

मैं बनारस यूनिवर्सिटी के हाईस्कूल के इम्तिहान के लिए उस्ताद सूरज बख़्श श्रीवास्तव की शागिर्दी में मैरिस कॉलेज लखनऊ का सेकण्ड इयर तक का कोर्स कर चुकी थी (उस ज़माने में नं. 21, फ़ैज़ाबाद रोड पर भाई भी उस्ताद इदरीस ख़ाँ से पक्के गाने की शिक्षा लिया करते थे) इसलिए थोड़ा बहुत ज्ञान

था। कुछ महीने बड़े आग़ा साहब से सीखा, मगर मुशताक़ अहमद ज़ाहिदी और एल.एम. सेन वाली बात एक बार फिर, कि पित्ता न मारा गया।

एक रोज़ बड़े आग़ा के यहाँ से लौटते में कुछ फ़ासले पर एक ऊँची बिल्डिंग की एक बालकनी पर 'एफ.एक्स. फ़रनांडीज़ प्यानो टीचर' का बोर्ड आवेज़ाँ नज़र आया। मारीपुर वापस आकर मैंने नसीमा मुमानी से कहा, 'क्यों न प्यानो सीखा जाय।'

ग्रुप कैप्टन नूरख़ाँ की हैदराबादी बेगम अपना तक़रीबन नया जर्मन प्यानो फ़रोख़्त कर रही थीं। दूसरे दिन उनसे वह प्यानो ख़रीदा और नसीमा मुमानी के साथ सदर में गवानी ईसाई पाड़े की म्यूज़िक शाप पर पहुँची। एक नीमतारीक (अर्धअंधकारमय) बोसीदा (जर्जर) हाल में तरह-तरह के नये व पुराने प्यानो और म्यूज़िक की किताबों के अंबार लगे हुए थे। एक प्यानो नसीमा मुमानी ने ख़रीद फ़रमाया।

अब हम दोनों ने रोज़ाना सुबह दस बजे मिस्टर फ़र्नांडीज़ से प्यानो सीखने जाना शुरू किया। देहरादून और लखनऊ के कॉन्वेंट स्कूलों में इस फ़िरंगी बाजे का आरम्भिक ज्ञान मैंने और प्रेज़ेंटेशन कॉन्वेंट रावलपिण्डी में उतनी ही जानकारी नसीमा मुमानी ने उसकी हासिल की थी। चन्द हफ़्तों में हम लोग 'चल निकले।' मारीपुर वापस आकर रोज़ाना घण्टों कठिन जानलेवा सरगमों की मश्क़ (अभ्यास) और दो दर्जन मेजर और माइनर keys की बारीकियों को ज़हननशीं करने के बाद कनसर्टिव, सोनाटा, फर्स्ट मूवमेंट फ़ार्म वग़ैरह-वग़ैरह का अध्य्यन करते और लिटिल 'एनी रोनी।' 'जिस आदमी ने मोन्टी कार्लो का बैंक लूटा।' 'बूढ़े सेब के दरख़्त के नीचे।'

'स्वानी', अमोरका डिक्सी लैण्ड के गीत, आयरिश और स्कॉटिश धुनें, इटालियन ओपेरा के नग़मे, वालगा बोटमैन का गीत, लाप्लोमा, पोलिश मज़दूर का वग़ैरह-वग़ैरह बजाते और शिष्ट श्रोतागण सिर धुनते। जब हम लोग वाग्ज़, शोपाँ, वेबर वग़ैरह के सरल किये हुए पाठों पर पहुँचे मिस्टर फ़र्नांडीज़ ने एक रोज़ मुझसे कहा, 'मिसेज़ मिर्ज़ा बहुत मेहनत से सबक़ याद करती हैं। अगर

तुम भी दिल लगाकर मेहनत करो चन्द साल बाद लन्दन के ट्रन्टी कॉलेज ऑफ़ म्यूज़िक का इम्तिहान दिलवा दूँगा।'

मैंने सिर उठाकर छत को देखा। भारतीय शास्त्रीय संगीत की तरह प्यानो ज्ञान सागर था और वक़्त बहुत कम। मिस्टर फ़र्नांडीज़ बेहद स्वीट इंसान थे, बड़े सब्र से सिखलाते थे। अक्सर हमारे साथ वायलन पर डुइट बजाते। उनकी बीवी और सात बच्चे श्रोताओं के तौर पर उनके सिटिंग रूम में जमा होकर हमारे कमालात सुनते और गिलास केस में रखी यीशु और मरियम (अ.) के ऊँचे मुजस्समे (मूर्ति) के सामने शमा जलती रहती।

रेडियो स्टेशन अभी इंटेलिजेंस स्कूल के एक पार्क में अस्थाई तौर पर क़ायम था। बाहर ज़मीन पर एक ओर कुर्सियाँ बिछाए मलिक हसीब अहमद और ज़ुल्फ़िक़ार अहमद बुख़ारी बैठे थे। अन्दर ईनिड अपना प्रोग्राम नश्र कर रही थीं। बुख़ारी साहब ने हाल ही में ठुमरी, दादरे निषिद्ध कर दिए थे। कहने लगे कि हमें दोनों मुल्कों के दर्मियान एक तहज़ीबी दीवार खड़ी करनी है।

मैंने कहा, 'तो फिर आपको दुर्गा, शंकरा, भैरों, भैरवी, शाम कल्याण, चन्द्रकोंस, वग़ैरह भी तब्दील करने होंगे। मिसाल के तौर पर शंकरा के बजाए अब्दुल शकूर, दुर्गा के बजाय दुर्दाना। अब आप दुर्दाना में एक ख़याल सुनिए!'

'हमें अपने अलैहदा कल्चर की तश्कील (रचना) करनी है।' बुख़ारी साहब ने दोहराया।

मैंने कहा, 'रूस समेत सारा यूरोप सारे पश्चिमी संगीत को अपनी साँझी धरोहर जानता है। ऐसा ही इस उपमहाद्वीप में क्यों नहीं हो सकता?'

'हमारे कल्चर का मसअला यूरोप के तहज़ीबी इर्तक़ा (सभ्यता की प्रगति) से बिल्कुल अलग है। हमें अपनी सभ्यता का सम्बन्ध मध्यपूर्व से स्थापित करना है,' उन्होंने कहा।

मैंने कहा, 'मशरिक़ी वुस्ता (मध्य पूर्व) से हमारा रिश्ता तो अमीर ख़ुसरो के वक़्त से क़ायम हो चुका है। इसके अलावा दोहल, तबला, तंबूरा, सरोद,

शहनाई सब वहीं की देन हैं। मगर हिन्दुस्तानी रागों को किस तरह छोड़ेंगे।' और फिर यह, बुख़ारी साहब कि मशरिक़ी पाकिस्तान में रोबिन्द्र शोंगीत के बग़ैर लोगों का खाना हज़्म नहीं होता।'

'लेकिन वहाँ का मुस्लिम लोक संगीत, नज़रुल गीती वग़ैरह अब पाकिस्तान की रिवायत में शामिल है।'

'बुख़ारी साहब, इन सबकी बुनियाद बंगाली क्षेत्रीय संगीत पर है। जैसे सिन्ध और पंजाब का क्षेत्रीय संगीत और ग्रामीण पंजाबी संगीत, पूर्वी पंजाब में भी।'

'आपने हमारे तहज़ीबी मसाइल (सभ्यता की समस्याओं) का बग़ौर मुतालिआ (अध्ययन) नहीं किया।' बुख़ारी साहब बोले। इतने में ईनिड कल्चर की जटिल समस्याओं से अनभिज्ञ और बेनियाज़ अपना प्रोग्राम ख़त्म करके हस्बे आदत शादाँ व फ़रहाँ (ख़ुशी-ख़ुशी) स्टूडियो से बाहर निकली। बुख़ारी साहब और मलिक हसीब अहमद को ख़ुदा हाफ़िज़ कहकर, हम लोगों ने आपा अज़रा के घर मेक्लॉड रोड का रुख़ किया। वहाँ लाउंज में उस वक़्त 'महफ़िले मोसीक़ी' (संगीत सभा) जारी थी और पारे रम्मी ज़ोरो-शोर से सुरैया का ताज़ातरीन गीत अलापने में मसरूफ़ थे।

रम्मी ने तान लगाई। 'दूर पपीहा बोले ...रात आधी रह गई ...मेरा जी है उदास जिया मन्द मन्द है ...बादलों के घेर में चाँद नज़रबन्द है।'

'सेफ़्टी एक्ट में...' अय्यूब भाई ने गिरह लगाई।

सेफ़्टी एक्ट ने एक आफ़त मचा रखी थी। अय्यूब भाई ने हम लोगों को मारीपुर में स्टालिन प्राइज़ याफ़्ता सोवियत नॉविलों और सोवियत रिसाले सोवियत लिट्रेचर के अंबार लाकर दे दिये थे। जब अय्यूब भाई पाकिस्तान टाइम्स ग्रुप के उर्दू दैनिक इमरोज़ के शायद असिस्टेंट एडिटर होकर लाहौर चले गये, हम लोगों ने उन्हें जो ख़त लिखा उसका एक पृष्ठ रूसीनुमा अक्षरों में अड़ंग बड़ंग शब्द लिखकर पूरा किया और हाशिये पर तीर का निशान बनाकर लिखा 'यह रूसी ज़बान में तहरीर किया है, आपकी ख़ुद ही समझ में आ जाएगा।'

चन्द हफ़्ते बाद अय्यूब भाई कराची आए, 'लाहौर में उन्होंने कहा, 'छापे पड़ रहे हैं; एक साहब के यहाँ ज़ीरोबम पकड़ी गयी। इंस्पेक्टर साहब ने पूछा यह किस क़िस्म का बम है, फिर वह मेरे मकान की तलाशी लेने आया। आप साहिबान का ख़त शामते-आमाल से मेरी मेज़ पर ऊपर ही पड़ा रह गया था, इसके पहले पृष्ठ पर वह न समझ में आने वाला रूसी और हाशिये का नोट देखकर उस मर्दे-ख़ुदा ने कहा 'अच्छा आपकी रूसियों से बाक़ायदा ख़तो किताबत भी है। ख़ुश किस्मती से मैं क़ैद होने से बाल-बाल बच गया।'

फिर अय्यूब भाई ने मिर्ज़ा तरसूनज़ादे वाला क़िस्सा सुनाया; मिर्ज़ा तरसूनज़ादे और दूसरे सोवियत अदीब (साहित्यकार) लाहौर तशरीफ़ लाए थे। यार लोगों ने उनके कपड़ों को छू-छूकर दरयाफ़्त किया, 'यह कोट पतलून आपकी निजी मिलकियत है या स्टेट प्रॉपर्टी?' मिर्ज़ा तरसूनज़ादे ने पूछा, 'आजकल कामरेड सज्जाद ज़हीर कहाँ हैं?' एक साहब ने फ़ारसी भाषा में जवाब दिया 'ज़ेरे ज़मीन' उनका मतलब था अंडरग्राउंड, मिर्ज़ा तरसूनज़ादे का चेहरा रंजो-ग़म से सफ़ेद पड़ गया, वह समझे बन्ने भाई का ख़ुदा न ख़्वास्ता इन्तिक़ाल हो गया।

मौलाना चराग़ हसन हसरत के ताज़ा तरीन चुटकुले उन्हीं के मख़सूस लहजे में सुनाने के बाद अय्यूब भाई बोले, 'यह तो आपको मालूम ही होगा कि नक़ूश, सवेरा और अदब-ए-लतीफ़ आपको बैन कर चुके हैं। आप मोहम्मद हसन अस्करी, मुमताज़ शीरीं और अज़ीज़ अहमद, सब निहायत रजअत पसंद (दक़ियानूसी) अदीब हैं।'

'मालूम है।' मैंने मुँह लटकाकर जवाब दिया। अय्यूब भाई और रम्मी मियाँ कराची वापस जाने के लिए उठे। अचानक आसिम ने घड़ी देखी और कहा, 'ज़रा ठहरिये' और आतिशदान में मुँह डालकर ज़ोर से चिल्लाए 'जागते रहो।'

'यह क्या बचपना है?' अय्यूब भाई ने कहा।

'देखिए अय्यूब भाई।' आसिम ने शारलोक होम्ज़ की तरह जवाब दिया 'आप यह आतिशदान देखते हैं? उसके और पड़ोसी के आतिशदान का साँझा स्पेस है।

'स्पेस सबका साँझा है!' रम्मी मियाँ ने चौंककर फ़लसफ़ियाना अंदाज में इरशाद किया, 'और ऊँची आवाज़ें सब दूसरी तरफ़ जाती हैं।'

'आवाज़ें सब दूसरी तरफ़ जाती हैं।' रम्मी मियाँ ने मेटाफ़िज़िकल अंदाज़ में गम्भीरता से फ़रमाया।

'तो ज़हूर मामू के पेशावर जाने के बाद जो अफ़सर उनके फ़्लैट में आये उनकी बीवी आपा राज़िया से कई बार शिकायत कर चुकी हैं कि आपके यहाँ रात गये तक शोर मचता है। आपा कई बार हमें डाँट चुकी हैं। हमने आपा से वादा किया है कि सिर्फ़ सनीचर की रात को शोर मचेगा। मगर आसिम ने चन्द रोज़ बाद से यह वतीरा इख़्तियार किया है कि ठीक ग्यारह बजे आतिशदान में मुँह डालकर 'जागते रहो' का नारा लगाते हैं।' मैंने आतिशदान के क़रीब बैठे-बैठे समझाया फिर बा आवाज़ें बुलन्द संजीदगी से दरयाफ़्त किया... 'अच्छा यह बताइए आप कब अंडरग्राउन्ड हो रहे हैं।'

अय्यूब भाई सरपट बाहर भागे।

उसी ज़माने का ज़िक्र है इतवार की एक सुबह मिर्ज़ा मामूजान, नसीमा मुमानी, आपा अज़रा, सईद भाई और मैं कराची बोट क्लब के बरामदे में बैठे कॉफ़ी पीते थे कि एक शान्त कोने में एक साहब घनी दाढ़ी, काला चश्मा, एक और साहब के साथ बैठे बियर से शग़ल करते नज़र आए। कुछ देर बाद वह दोनों उठकर चले गये।

अन्डर ग्राउन्ड होने का मतलब बहुत दिनों बाद समझ में आया। शायद सन् 65 ई. हौज़ ख़ास, नई दिल्ली के मकान में बन्ने भाई ने एक दफ़ा बातों-बातों में मुझसे कहा, जब हम पाकिस्तान में अन्डरग्राउन्ड थे; एक दिन अच्छी बियर पीने को जी चाहा, फ़ुलाँ साहब के साथ कराची बोट क्लब गये। वहाँ तुम्हें देखा था, तुम ज़ाहिर है हमें बिल्कुल नहीं पहचान सकीं। कराची में भी बहुत दिनों बाद अय्यूब भाई ने एक मर्तबा बताया था कि जब हम लोग गुजराती कालोनी, जमशेद रोड वाली कोठी में रहते थे; एक रात अय्यूब भाई ने चुपके से बन्ने भाई को लाकर कोठी के एक बाहरी कमरे में छुपाया था और सुबह मुँह अँधेरे वहाँ से निकाल ले गये थे।

अच्छो का ख़बरें पढ़ने का वक़्त और अंदाज़ दोनों बहुत पुर असरार (रहस्यमयी) थे। वह रेडियो पाकिस्तान की एक्स्टर्नल सर्विसेज़ में अंग्रेज़ी न्यूज़ कास्टर हो गयी थी और ठीक आधी रात को एक-एक लफ़्ज़ अलैहदा करके आहिस्ता-आहिस्ता ख़बरनामा पढ़ती थी।

'जनाब यह बाहर के लोगों के लिए है। विदेशी न्यूज़ एजेंसियों के लिए, ताकि उनकी समझ में आ जाए।' इस अंदाज से कहती जैसे बचपन में वह मुझ पर रौब डालती थी, जनाब हम इतनी ऊँची पहाड़ी से गिरे और जनाब हमारे हलक़ का आपरेशन किया जायेगा और मैं फ़ौरन तसव्वुर करती, सारी दुनिया के पत्रकार दूर-दूर मुल्कों में अपने-अपने रेडियो सेट से कान लगाए बैठे अच्छो के एक-एक लफ़्ज़ को नोट करते जा रहे हैं।

मैं जो रेडियो से नई विलायती अंग्रेज़ी किताबों पर तब्सरे (टिप्पणियाँ) या 'आधुनिक अंग्रेज़ी शायरी क्या है।' या 'तजरीदयत क्यों?' वग़ैरह अंग्रेज़ी में नश्र (ब्रॉडकास्ट) करती थी, वह अच्छो के इस अंतर्राष्ट्रीय प्रसारण के मुक़ाबले में बिल्कुल आतिशदान में मुँह डालकर 'जागते रहो' कहने के समान था और मैं हमेशा की तरह अच्छो को बड़ी श्रद्धा की दृष्टि से देखती।

25 दिसम्बर सन् 1950 ई. की सुबह सवेरे मैंने अच्छो और नूरअफ़शाँ से कहा, 'ईनिड की अपने माँ बाप से दूर यह पहली क्रिस्मस है, उसे होमसिक नहीं होने देना चाहिए।' ऊपर नसीमा मुमानी को फ़ोन किया, उन्होंने गर्मजोशी से कहा, 'ईनिड को क्रिस्मस सर्विस के लिए शहर के कैथडरल ले चलें। हम लोगों ने मुलाज़िम उसके घर भेजा कि बड़ा दिन हमारे घर आकर मनाये, उसके बाद हम लोग क्रिसमस की तैयारियों में जी जान से जुट गये। आसिम हातिम कैनटीन से काग़ज़ी रिबन, शीशे के रंग बिरंगे क़ुक़ुमें, क्रिसमस डेकोरेशन के दूसरे लवाज़िमात, एक अदद नन्हीं सी क्रिसमस ट्री समेत ख़रीदकर लाये। ड्राइंगरूम सजाया गया।

आपा राज़िया ने क्रिसमस केक तैयार करना शुरू कर दिया। नसीमा मुमानी, मामूजान अखलाक़ी इमदाद (शिष्टाचारिक सहायता) के लिए ऊपर से आ

गये। मैंने यीशू व मेरी का वाटर कलर जो लखनऊ आर्ट स्कूल में बनाया था, आतिशदान पर सजाया। उसके दोनों तरफ़ शमादान रौशन किये गये। नसीमा मुमानी ने म्यूज़िक की किताबें निकालकर केरल मुंतख़ब किये (चुने) और हम दोनों ने प्यानो पर जीसस के जन्म के नग़मे गाने शुरू कर दिये।

मिर्ज़ा मोहम्मद सईद के साहबज़ादे कमाण्डर हसन अस्करी, जो 'इब्ने सईद' के पेन नेम से अफ़साने लिखते थे, हमारे चण्डूख़ाने के एक अहम रुक्न (सदस्य) थे। उनको और उनकी हसीन महजबीं बीवी नफ़ीस को कराची फ़ोन किया गया। घण्टे भर में वह भी पहुँच गये। आधा बड़ा दिन गुज़र गया अच्छो ने तंग आकर कहा, 'हम लोगों ने इस क़दर क्रिस्मस ईनिड की ख़ातिर मनाली। अब इससे ज़्यादा सिर्फ़ यही और कर सकते हैं कि ख़ुद ईसाई हो जाएँ और वह है कि आ ही नहीं चुकती।'

शाम पड़े बेगम जहाँआरा जदोन तशरीफ़ लायीं। ड्राइंग रूम की आराइश देखकर ताज्जुब से पूछा, 'अरे यह यहाँ क्या हो रहा है?'

नूरअफ़शाँ ने ग़ुस्से से जवाब दिया, 'तुम्हारा सर हो रहा है। सुबह से नेटिव क्रिश्चियन बने-बने हालत तबाह हो गयी।'

'क्यों? अरे ...होली मेकरल ...मुझे याद ही न रहा था कि आज क्रिस्मस है।'

चचा नसीर मरहूम, फ़ैमिली फ़ैंसी ड्रेस के मुक़ाबलों में जज बना करते थे और ख़ुद भेस बदलते थे। कराची में एक ज़बर्दस्त फ़ैमिली फ़ैंसी ड्रेस पार्टी नववर्ष के दिन आपा नफ़ीसा, भाई इताअत के यहाँ आयोजित की गयी। अब लोगों ने आये दिन 'बाहर' जाना शुरू कर दिया था। भाई इताअत संयुक्त राष्ट्र संघ के इजलास (अधिवेशन) के लिए अक्सर न्यूयार्क जाते रहते थे। उस दिन एक कज़न महमूद ज़ैदी ने एनाउंस किया कि उच्च शिक्षा प्राप्त करने के लिए लंदन जाने वाले हैं। पिण्डी से इत्तिला मिली कि भाईजान जरी अहमद सैयद के छोटे भाई तक़ी सैयद, जो जामिया मिल्लिया दिल्ली से पढ़कर आये थे, इंग्लिस्तान जा रहे हैं।

'पेचीदा मसाइल[1] के लिए जाते हैं इंग्लैण्ड
जुल्फ़ों में उलझ आते हैं शामत है तो यह है।'

तक़ी मियाँ और महमूद मियाँ पोलिश जहाज़ बटोरी से इंग्लैण्ड रवाना होने वाले थे, एक दिन पहले मारीपुर के ड्राइंगरूम में क़ालीन पर बैठकर रात गये तक माओ लेफ़्ट विंग तक़ी मियाँ ने वर्तमान स्थिति पर बौद्धिक गम्भीरता से वार्तालाप किया। 'हम लंदन यूनिवर्सिटी में सर सैयद अहमद ख़ाँ और सन् 1857 ई. से सन् 1906 ई. तक की मुस्लिम राजनीति पर रिसर्च करने जा रहे हैं।' तक़ी मियाँ ने स्पष्ट किया। 'नई मुस्लिम बोज़वाज़ी (सर्मायादारी) का रोल।'

'तक़ी भाई माफ़ कीजिएगा ...एक मिनट।' आसिम ने घड़ी देखकर आतिशदान में सिर डाला और चिल्लाए 'जागते रहो' फिर महमूद मियाँ बोले, 'लंदन स्कूल ऑफ़ इक्नामिक्स के बाद ये सीधे अमेरिका।'

'और आपका क्या इरादा है?' तक़ी मियाँ ने पाइप सुलगाकर ऐनक के शीशों के पीछे से पूछा। 'सारी दुनिया' मैंने जवाब दिया। 'लंदन और अमेरिका जा रही है, इसी वजह से मैं बेल्जियम काँगो जाऊँगी।'

'बुरा ख़याल नहीं; अच्छा, अब आइन्दा मुलाक़ात आप सबसे।'

'टोटन हेम रोड के नुक्कड़ पर ठीक सवा पाँच बजे शाम।' आसिम ने गुड सोल्जर श्वेक की तरह कहा। उसके बाद हम लोगों ने अपना पसंदीदा 'अलविदाई' गीत शुरू किया :

'कल तो जाना ही है सफ़र पे मुझे
ज़िन्दगी मुंतज़िर है मुँह फाड़े।'

भाई मुस्तक़िल मिज़ाजी से फ़्लैट नं. 9 मेवचल हाउस मेक्लॉड रोड में मुक़ीम थे। एक छोटी सी कार ख़रीद ली थी। मकान में जगह की कमी और

1. उलझी हुई समस्याएँ।

मेहमानों की ज़्यादती की वजह से अपना एक मोबाइल दफ़्तर कार में बना लिया था। अक्सर फ़्लैट के नीचे वह कार खड़ी रहती।

अम्मा जो सारी उम्र नित नई कोठियाँ तलाश करके उनमें शिफ़्ट होते रहने की शौक़ीन थीं, अब हिम्मत हार चुकी थीं। वह ज़्यादातर भाई के यहाँ रहतीं या मारीपुर आ जातीं या नहटौरी या मुरादाबादी रिश्तेदारों के यहाँ सर्कुलेट करती रहतीं। जिस रिश्तेदार के यहाँ ठहरतीं उनकी बेइंतिहा आवभगत और ख़िदमत की जाती। हर रिश्तेदार आग्रह करता कि वह उसी के यहाँ रहें। कभी लालकुर्ती लखनऊ वाले मामू इब्राहीम ख़ाँ या भाई हमीद अली के यहाँ लाहौर हो आतीं।

वीज़ा की पाबन्दियाँ लग चुकी थीं। यूपी के मुसलमानों के तक़सीमशुदा ख़ानदानों का दुःख धीरे-धीरे स्पष्ट होना आरम्भ हुआ। ज़्यादातर बूढ़े माँ बाप हिन्दुस्तान में थे, औलाद पाकिस्तान आ गयी थी। अब बुज़ुर्गों की बीमारी और मृत्यु की ख़बरें आने लगीं।

सन् 1950 ई. की एक बारौनक़ शाम आपा अज़रा के जुगर-जुगर करते लम्बे चौड़े फ़्लैट की लाउंज में चची वहीदा ने (जो ख़ुद भी हाल ही में 'ख़याबान' कस्टोडियन के हवाले करके पाकिस्तान आ गयी थीं) अफ़सोस के साथ कहा, 'भाई आले हसनैन की वालिदा का मुरादाबाद में इंतिक़ाल हो गया।'

मुरादाबाद की नीमतारीक अटारी आले ज़हरा नानी का गोरा, रौबदार चेहरा निगाहों के सामने घूम गया। फ़र्शी पायजामे के पायंचे उड़से सहन में से गुज़रती आले ज़हरा इरफ़ानी, हसनैन मामू के पाकिस्तान आने के बाद से वह अटारी में वफ़ादार ख़ानाज़ाद (घर के पाले हुए) मुलाज़िम छुटवा के साथ अकेली रह रही थीं। हसनैन मामू फ़ौजी अफ़सर होने के कारण इण्डिया नहीं जा सकते थे। तनहाई में मौत आई। अटारी के पीछे अपने चचाज़ाद भाई और

समधी नवाब सैयद इब्राहीम हुसैन ख़ाँ मरहूम की क़ब्र के पहलू में आसूदा-ए-ख़ाक हुईं (दफ़नायी गईं)। एक रिश्तेदार ने क़तआ-ए-तारीख़ कहा :

हुक्म पे अल्लाह के आमिल हुईं
इसलिए जन्नत के वह क़ाबिल हुईं
ख़िदमते आले नबी (स.) के वास्ते
आले ज़हरा ख़ुल्द में दाख़िल हुईं
आले नबी उनके पिता का नाम भी था।

यह दाग़-दाग़ उजाला

फ़ैज़ साहब के मिसरे अफ़सानों के शीर्षक के रूप में अब उपर्युक्त हो चुके हैं। मेरा अफ़साना 'यह दाग़-दाग़ उजाला यह शब गज़ीदा सहर' इमरोज़ के किसी संडे एडीशन में सन् 49 ई. में छपा था।

'पानी[1] किनारे-किनारे बहता जा रहा है और पत्ते रहस्यमय बादबानी जहाज़ों की तरह सतह पर शान से बह रहे हैं और सब्ज़े (हरियाली) पर जो शिकस्ता (टूटी हुई) बेंच रखी है, उसके चारों ओर पुराने काग़ज़, सिग्रेट के टुकड़े और दूसरे राहगीरों की छोड़ी हुई चीज़ों के निशान पड़े हैं, जो ऐसी ही ठंडी रातों में यहाँ बैठकर सुस्ताए।

वह लोग जो यहाँ से गुज़रे थे, उनमें से कुछ मर चुके हैं और कुछ दुनिया के कोनों में घूम रहे हैं। कुछ अपने बिस्तरों पर ख़ामोश लेटे हैं। वक़्त बनावटी है और सर्द। सितारे तेज़ी से जलते हैं और लम्हे इस तरह ख़त्म होते जाते हैं, ...सिर्फ़ हम ज़िन्दा हैं और सिर्फ़ हमारा दिमाग़ और बारिश और लैम्प की ठंडी रौशनी और धुंध में लिपटी घास ...ज़िन्दगी की इस बिखरी हुई तस्वीर में क्या तुम्हें ख़ौफ़ नज़र आया है। जहाँ चारों तरफ़ घूमते हुए सय्यारे (नक्षत्र) हैं...लम्बी सुरंगें, जिनके रौशनदानों में से उजाले की तेज़ लकीरें तैरती हुई नीचे उतरती हैं।

फ़ौलाद के शेड, हुजूम, चीख़ती चिल्लाती मोटरें, प्रेमगाड़ियाँ धकेलती सुर्ख़ बालों वाली सफ़ेद फ़ाम औरतें, बाहर अँधेरा बढ़ता जा रहा है। मुझे हवा की आवाज़ साफ़ सुनाई दे रही है, जो समुन्दरों पर चल रही है। झाड़ियों का भीगापन, पत्थरों की महक, इन जगहों पर ख़ुदा की रूह रहती है और मैं उन ज़मानों को याद करती हूँ, जब सुबह की बर्फ़ समेटकर वह अन्दर आते। दरख़्तों पर धुन्ध जमी होती और लकड़ी के मकानों में से धुआँ उठता।

---

1. सारांश 'शीशे के घर' से, 'मकतबा जदीद' लाहौर।

दुनिया की आबादियों पर सुबह होती है। फ़ुटपाथों पर ख़ेमों के टुकड़ों से बने झोंपड़ों और फ़्लैट्स की अँधेरी क़तार अन्दर क़तार खिड़कियों पर, जो रहस्यमयी तरीक़े से खुलती और बन्द होती है। मेहरबानो, शहरबानो, ख़ुदा हाफ़िज़। अपनी अस्थाई पनाहगाहों, मकानों, फ़्लैटों को समेट लो, आसमान गिर रहा है, आसमान गिर रहा है।

ताब्लिस्तान के दूतावास का शारदाफ़ेर सुबह नौ बजे सोकर उठा। अपने मुल्क के अख़बारों पर सरसरी नज़र डाली और मैडम स्तोवस्की को फ़ोन पर सुबह बख़ैर कहने के बाद, दरीचे से बाहर नज़र डालकर उसने देखा कि केरल गाने वाले वापस जा चुके। उस वक़्त दिमाग़ पर ज़ोर डालकर उसने उस पुराने केरल को याद किया। एक लंगड़ी भेड़ मुक़द्दस (पवित्र) शहर की तरफ़ आहिस्ता-आहिस्ता बढ़ रही है ताकि वहाँ पहुँचकर दोबारा पैदा हो सके।

और मैं उन वक़्तों को याद करती हूँ, जब पलंग-पोश के नीले समुन्दर पर हम बेद की टोकरी के जंगी जहाज़ तैराते थे और सोफ़ों के पीछे छुपकर समुद्री डाकुओं की जंग होती थी और तब हमने रात को बाहर घास पर बैठे-बैठे सितारों की रौशनी में फूलों को बढ़ते देखा। लेडी बर्ड और होली हॉक्स की गुफ़्तगू सुनी और ऐनक लगाए उल्लू के फ़लसफ़ियाना वार्तालापों पर ग़ौर किया।

बहार के सुर्ख़ फूलों और पतझड़ की सुर्ख़ आग के दरमियान हम वक़्त गुज़ारते रहे। पानी उसी तरह रवाँ है और उन कुंजों की तरफ़ से आ रहा है, जहाँ बचपन में वह खेलते थे। दूसरे बच्चे बाग़ों में स्ट्रॉबेरी चुनने में व्यस्त हैं और समुद्री डाकुओं का खेल खेल रहे हैं और खिड़की के बाहर हवाओं के रेले में ज़माने का पुरअसरार मोसीक़ार (रहस्यमय संगीतज्ञ) आर्गन बजाता जा रहा है। हम पुराने मकानों में दाख़िल होते हैं और अँधेरे कमरे में गर्द-आलूद (धूल भरे) शाहबलूत की मेज़ों के गिर्द बैठकर शमा की रौशनी में बातें करते हैं और तैलीय चित्र उदासी से हमें देखते हैं।

पानी के किनारे सब्ज़े पर जो इंसान बैठा है, उसे देखो यह एक समाप्त होती संस्कृति से निकल कर यहाँ आया है। अँधियारे कमरों में घुसकर हमने

इन सब चीजों को देखा, पुराने क़ालीन जो तेहरान और मशहद में ख़रीदे गये। चीनी बर्तनों का अंबार जो पेटिस में जमा किया गया, रेशमी पर्दे जो शंघाई ...अल्लाहो अकबर, अल्लाहो अकबर किनारे की नमी में ब्राउन पत्ते जम गये हैं।

मेरे अज़ीज़ो! तो मेरा मर्सिया (दुःख भरी कविता) लिखोगे? मेरे बाप का मर्सिया, मेरे दादा का मर्सिया, सिगनल अप एण्ड सिगनल डाउन, दैट्स द वह टू लन्दन टाउन। ऐ मादा परस्तो! मैं रूह की ऐरिस्टोक्रेट हूँ। सिगनल अप एण्ड सिगनल डाउन।

अब आप साहिबान ग़म ग़लत करने के लिए एक कहानी सुनिए।

उल्लू और पूसी की कहानी

उल्लू और पूसी सब्ज़ रंग की कश्ती पर बैठकर समुन्दर की सैर के लिए गये; और अपने साथ शहद और टॉफ़ी लेते गये। उल्लू सितारों को देखता रहा और गिटार पर उसने गाया। 'ऐ मेरी प्यारी पूसी तुम कितनी ख़ूबसूरत हो।' और शादी की अंगूठी ख़रीदने वह तैरते-तैरते एक जंगल में पहुँचे, जहाँ एक विद्वान ज्ञानी पिग रहता था, जिसे उर्दू में सुअर कहते हैं, उसकी नाक में एक अंगूठी थी।'

हुआ यह कि इन्क़िलाब के बाद जो लड़कियाँ आईं, बहुत सी तो कॉलेजों में पढ़ा रही हैं। कुछ एक रिसालों पत्रिकाओं में ग़रारों के फ़ैशन और पुडिंग बनाने की तरकीबें लिखने में मसरूफ़ हैं। बाकी सब ज़नाना इमदादी (सहायतार्थ) फ़ौज में शामिल हो गयीं। दस फ़ीसदी उनमें मिलेजुले क्लबों में भी जाती हैं। इण्टलेक्चुअल लड़कियाँ एक हज़ार बल्कि इससे भी कम तादाद में थीं। उनको अपने मुताल्लिक़ बड़ी ज़बर्दस्त ख़ुशफ़हमियाँ थीं।

कामरेड्ज़ लगभग थी ही नहीं। यहाँ पर मिल्लत, इक़बाल और जिहाद में रुचि ज़्यादा छाई हुई थी ...बहुत से नौजवान समुन्दर पार गये हुए थे, उनके लिए ज़बर्दस्त अंदेशा था कि वहाँ से पत्नियाँ ले आएंगे। जो लड़कियाँ बाहर गयी हुई थीं, उनके मुताल्लिक किसी को अब तक ख़याल न आया था कि वह शौहर साथ ले आएंगी। हालाँकि इसकी भी सम्भावनाएँ हो सकती हैं।

पानी के किनारे पर अँधेरा बहुत नीचे उतर आया है और बाग़ का यह दीवाना सब्ज़ा ढलान पर पहुँचकर रात के इन्तिज़ार में एकाएक ठिठक गया है, जहाँ दीवार है और घर पर मुझे सिखाया गया था कि शाम को इस तरह चाय बनाकर मेहमानों को पेश करूँ और टमाटर का अर्क़ इस तरह तैयार करूँ और मेहमानों से सिर्फ़ उनकी दिलचस्पी की बातें करूँ और लेडी बाक्स वाला से पूछूँ कि उनका ज़ुकाम अब कैसा है?

और अब संध्या की लालिमा के उजाले में वह सब चट्टान पर एक क़तार में बैठे हैं और वतन मरहूम में खेतों की निराई की जा रही होगी।

बाबुल यहाँ से कितनी दूर है? क्या हम मोमबत्तियों की रौशनियों में वहाँ तक पहुँच जाएंगे? यह एक नर्सरी गीत है। यह चाँद की पहली तारीख़ें हैं और छत के कंगूरों पर गुज़रते वक़्तों के भूत टहलते हैं और नीम-रौशन (अर्धप्रकाशमान) सर्द हाल में वह वेबस्टर के ड्रामों की रिहर्सल कर रहे हैं। मैंने एक सफ़ेद सीढ़ी छुपा रखी है, जिसे लेकर हम स्ट्रॉबेरी की तलाश में चलेंगे ...देखो वक़्त अपने आपको अनन्तकाल में धकेलता जा रहा है और भविष्य के गनमैन अँधेरे नुक्कड़ों पर खड़े हैं।

फ़ज़ा में तोपें गरज रही हैं और हवा में जहाज़ों के बेड़े जगमगा रहे हैं। सोफ़ों पर सम्माननीय सुन्दर महिलाएँ गॉगल्ज़ लगाए, सुर्ख़ और नीली साड़ियाँ पहने प्रोग्राम के काग़ज़ों से आँखों पर साया किये, सामने के दृश्य को आलस्य से देखती हैं। उनके पीछे बहुत फ़ासले पर बहुत बड़ा हुजूम रैलिंग पर उमड़ा खड़ा है। उनसे कहो पीछे हट जायें, यह बेहद ख़ास मजमा है।

उन लोगों को यहाँ किसने घुसने दिया? आम पब्लिक तमीज़ के साथ अपनी औक़ात पहचानते हुए सड़क पर दोनों तरफ़ खड़े रहने पर बस क्यों नहीं करती? उनको हटाओ; मैंने बाबुल, क़रताजना, एथेंस और स्कन्दरिया में भी यही दृश्य देखे हैं, उन्हें हटाओ और तोपें सामने से आ रही हैं। टैंक, शर्मेन टैंक, थ्री चियर्ज़, थ्री चियर्ज़, अब वह आ रहे हैं, आगे-आगे पायलट आता है। खुली केडीलीक पर सरकार-ए-आली बैठे हैं और उनका मिलिट्री सेक्रेटरी और

तीन जनरल, पानी तेज़ी से बह रहा है, हवा सरसरा रही है और हम रेत पर खड़े हैं। थ्री चियर्ज़, थ्री चियर्ज़।

छोटी पत्तियों वाली स्विस घास पर से हवा तेज़ी से रोती हुई गुज़र रही है। चैपल का दरवाज़ा खुल गया है और सीढ़ियों पर पीपल के पौधे उग आये हैं। इस क़ुर्बानगाह के सामने प्यारी डोरक्स की शादी वाल्टर से हुई थी, जो आई.पी. में था और होम वापस गया। अर्शे पर सफ़ेद डेक चियर्ज़ रखी हैं। नोरमा डार्लिंग और जिंजर पियो और धूप में आ जाओ।

मैं धूप में बैठकर कैनवस तैयार करती थी और Taubes के नये नज़रियों का अध्ययन करती थी। मेरे चचा मियाँ ने मुझसे कहा मेरे साथ न्यूयार्क चला करो और वहाँ यू.एन.ओ. में कोई हल्का-फुलका काम करो। मैं रोती रही क्योंकि मैंने सिर्फ़ कॉफ़ी बनाने की कला सीखी थी और अब कैनवस धो रही हूँ और चचा मियाँ ने यू.एन. में विलायती चूहों के भोजन में सुधार और रिसर्च के लिए पंद्रह सब कमेटियाँ बनाई हैं और हर सब कमेटी हर सेशन में पंद्रह हज़ार शब्दों की रिपोर्ट तैयार करती है।

खाने के दौरान लीपलैंड के राजदूत ने मुझे बताया कि उनके मुल्क के बाशिन्दों को हमसे किस क़दर गहरी मोहब्बत है। हमारे राष्ट्रीय आंदोलनों को वहाँ के रेण्डियर तक बेहद हमदर्दी और दिलचस्पी की निगाह के साथ हमेशा से देखते आये हैं। यू.एन.ओ. के चूहों के भोजन के सुधार की सब कमेटी की आगामी कॉन्फ्रेंस लीपलैण्ड में होगी।

एक लंगड़ी भेड़ आहिस्ता-आहिस्ता पवित्र नगर की ओर बढ़ रही है।

मैं ताब्लिस्तान के दूतावास का नाज़िमुल उमूर (सेक्रेटरी) हूँ, कर्नल फ़लफ़ोज़। यह शुतरमुर्ग़ पुलाव नोश कीजिए, जो हमारे देश की पाँच हज़ार वर्ष की सभ्यता का शिकार है...

कर्नल फ़लफ़ोज़ उस केरल को याद करने की कोशिश कर रहा है।

तीन बादशाहों का गीत

जब हम वतन से चले तो मशरिक़ी सितारा आगे-आगे हमारी रहनुमाई कर रहा था। एयर होस्टेस लड़की ने जो कॉफ़ी पिलाई वह ठंडी थी। घण्टियाँ बजाते और Our Times पढ़ते हम मंज़िल की तरफ़ बढ़े। हालाँकि यह दूसरी बात है कि ओडन मुझे कभी पसन्द नहीं आया और गर्टर डास्टीन के मुताल्लिक़ मैं अपनी राय सुरक्षित रखना चाहता हूँ। अति श्रद्धा और जलाल-ए-ख़ुदावन्दी के नूर में नहाये हम पवित्र नगर में उतरे।

उस दिन वहाँ नये जन्म की ख़ुशी का अज़ीमुश्शान जश्न था। हम पवित्र हैकल तक नहीं पहुँच सके; और हमें बलूच मेस में ठहरा दिया गया। हमने चारों तरफ़ देखा वहाँ जश्न हो रहा था। हम सर्दी में बाहर लान पर बैठे ख़ुशी के मारे घण्टियाँ बजाते रहे, जिसकी वजह से हम तीनों को एनफ़्लोएंज़ा हो गया।

फ़ेयर द वेल माई फ़ेयरी फ़े, मैं सोज़ी एना से मिलने लूई ज़ियाना जा रहा हूँ। रास्ते में मुझे एक हब्शी मिला, मैं उसे घोड़ा समझकर उस पर सवार हो गया। अमेरिकन लोकगीत, सिगनल अप एण्ड सिगनल डाउन दैट्स द वह टू लन्दन टाउन। तुम लोग नहज अल बलाग़ा क्यों नहीं पढ़ते।

मुझे थोड़ा सा ज़ुकाम हो गया है, ख़ानम फ़हीमी मैं आपके प्यारे हैंडसम शहंशाह की सालगिरह की टी पार्टी में न आ सकूँगी।

पुल पर केसरी धुंध मंडरा रही है और इंसानों की अँधेरी क़तारें उस पर से गुज़र रही हैं। हाय चूहे! कितने बहुत से चूहे और हम मर चुके हैं और दरवाज़ा फिर से बन्द हो जाता है।

आदमी बैच इकले, आदमी बैच इकले।
सब दरवाज़े बन्द रहे और निकल गया सवार रे।
धीरे गाड़ी हाँक रे भैया गाड़ी बाना, धीरे।

किनारे पर पानी आहिस्ता-आहिस्ता बह रहा है। मुझे यहाँ घास पर बैठकर रोने दो। बोट हाउस के पीछे अँधेरा है। अँधेरा, अँधेरा, किसी चीज़ का किसी चीज़ से सम्बन्ध नहीं। इस सुर्ख़ रौशनी में तुम्हारे साथ कौन है? मैं इसे नहीं पहचान सकती। सबने सफ़ेद लबादे ओढ़ रखे हैं और आहिस्ता-आहिस्ता चल रहे हैं। हवा समुन्दरों पर फैल रही है। ताब्लिस्तान का शार दी अफ़ेर्ज़ डिनर से वापस आने के बाद मादाम स्तोवस्की को फ़ोन पर शब बख़ैर कह कर सो गया। तुम भी सो जाओ मेरे अज़ीज़ो।

सो जाओ, और पूर्व के उन तीन बादशाहों को भूल जाओ जो ठंडी घास पर उदास बैठे, पैदाइश की ख़ुशी की घण्टियाँ बजा रहे हैं। यही वह सरज़मीन है, यही वह सरज़मीन है, जिसका इन से वादा किया गया था। ये अपना बहुत लम्बा सफ़र तय करके यहाँ पहुँचे हैं। ओरवर्जन अपने बाग़ में बैठी है, जहाँ पर मोहब्बत का ख़ातिमा है। हम यहीं रहेंगे और पवित्र ख़ुदावन्द का आदर करने में मसरूफ़ रहेंगे।

क्या हम वापस चले जाएँ?

दरवेशान-ए-ग़ोग़ाई

उसमानिया तुर्की के दर्जनों सूफ़ी सिलसिलों में से एक, जो सम्प्रदाय दरवेशान-ए-ग़ोग़ाई कहलाता था, उसके केंद्र अली क़ाज़ी तकिया सी, शर्बतदार तकिया सी, हबीब आफ़न्दी तकिया सी, ख़्वाजा ज़ादा तकिया सी, क़ुस्तुनतुनिया के क़ासिम पाशा फ़िरोज़ आग़ा, लालाज़ार, चश्मा चराग़, क़ुबा आदि स्थानों पर स्थित थे। जहाँ ये अल्लाह के द्वार के फ़क़ीर रोज़ाना जमा होकर हू हक़ करते थे।

दरवेशान-ए-ग़ोग़ाई के तकिया सी स्थित क़रस्सबीला से लगे विमानगृह ओग़लो में शनिवार की एक रौशन सुबह, आग़ा सुलतान हैदर कोचक, आग़ा अय्यूब किरमानी समेत, राजधानी से आकर यूँ बोला 'सूचना व प्रसारण मंत्रालय के इश्तिहार, फ़िल्म व प्रकाशन विभाग की ख़ानम मुसर्रतजहाँ तैमूरी दो वर्ष के अवकाश पर अमेरिका जा रही हैं। उनकी जगह काम करने के वास्ते मिस्टर जी. अहमद ने आपको बुलाया है। फ़ुलाँ तारीख़, नेपियर बार्क, दस बजे सुबह।'

सोवियत लिट्रेचर के पर्चे घोल कर पी जाने के बाद कुछ अर्से से अहक़रुल इबाद (लेखिका) ख़ुद को निहायत इन्क़िलाबी तसव्वुर कर रही थी। सवाल किया 'हम इस सर्मायादारी परस्त दक़ियानूसी हुकूमत की मुलाज़िमत करेंगे?'

'अच्छो भी तो कर रही हैं; सब कर रहे हैं।' रम्मी मियाँ ने कहा।

'फ़िलहाल' शैख़े हल्क़ा (वर्ग मुख्या) अय्यूब किरमानी ने खंकार कर फ़तवा दिया। 'बिल्कुल जाइज़ बल्कि हलाल है कि परिस्थिति से समझौता करके अन्दर-अन्दर इन्क़िलाब को आगे बढ़ाया जावे।'

नाचीज़ बन्दी ने क़ुदरत उल्लाह शहाब आग़ा को फ़ोन किया कि हालाँकि हल्क़े (ग्रुप) से ताल्लुक़ रखता था मगर इस सर्मायादारी परस्त हुकूमत का एक सुतून (स्तम्भ) था। उस फ़क़ीर ने हस्बे आदत (आदत-अनुसार) अन्डर स्टेटमेंट दिया, 'करना तो आपको यही चाहिए।'

उस वक़्त मिस मुसर्रतजहाँ तैमूरी, जो मुग़लिया ख़ानदान के आख़िरी चराग़ों में से एक थीं, हुकूमत-ए-पाकिस्तान की केवल एक सिविलियन महिला अफ़सर की हैसियत से एडवरटाइज़िंग फ़िल्म्स एण्ड पब्लिकेशन्स के दफ़्तर में रौशन थीं। उनकी जगह प्राइड हुक की नियुक्ति के बाद शैख़ मोहम्मद इकराम आई.सी.एस. ने जो उस वक़्त शायद उस मंत्रालय के ज्वाइंट सेक्रेटरी थे, अपने दफ़्तर में मीटिंग बुलाई। डिप्टी क़ुदरत उल्लाह शहाब उनके बराबर बैठे थे और निहायत मोतबर और संजीदा नज़र आ रहे थे।

इकराम साहब बहुत पढ़े लिखे आदमी थे और पाकिस्तानी कल्चर को एक रूप देने में बेहद ख़ुलूस से कोशिश में लगे थे। कहने लगे, 'कल्चरल पब्लिसिटी के सिलसिले में आप लोग ख़याल रखियेगा कि हमें एक ख़ालिस पाकिस्तानी सभ्यता का निर्माण करना है। मिसाल के तौर पर मीर अनीस, नज़ीर अकबराबादी, मोमिन, ग़ालिब की बजाय उन शाइरों की तरफ़ तवज्जोह दीजिए जिनका ताल्लुक़ ख़ास पाकिस्तान की सरज़मीन से है; मिसाल के तौर पर ख़ुशहाल ख़ाँ ख़टक रहमान बाबा और नातिक़ मकरानी।

अनवर क़ुरैशी मेरे साथ ही उस विभाग में शामिल हुआ था। मीटिंग के बाद बाहर आकर मैंने उससे कहा, 'भई अबू! यह पाकिस्तानी कल्चर का मसअला तो बहुत उलझता जा रहा है, उस दिन बुख़ारी साहब कह रहे थे।'

अनवर क़ुरैशी उर्फ़ अबू ने पाइप सुलगाकर मेरी बात काटी। अबू के वालिद कर्नल क़ुरैशी अब्बाजान के ज़माने में अलीगढ़ में रह चुके थे। उसका बड़ा भाई ज़बक (ज़हीर बाबर क़ुरैशी) बम्बई में मशहूर जर्नलिस्ट था और जापान चला गया था। छोटा भाई उमर क़ुरैशी क्रिकेट का खिलाड़ी था। अबू इंग्लिस्तान में पच्चीस साल गुज़ार कर आ रहा था और रूहानी और मानसिक तौर पर एक शुद्ध लिबरल, अंग्रेज़ और शक्की विद्वान था और इन्तिहाई पुरमज़ाक़ और दिलचस्प बातें किया करता था।

हम लोग विभाग के दूसरे साथी जलालुद्दीन अहमद और अमजद अली वग़ैरह के साथ सर चार्ल्स नेपियर के दौर की दो मंज़िला सुनसान सरकारी

इमारत से बाहर निकले। सामने से कमाल अहमद फ़ारूक़ी आता नज़र आया, जो पाइप पीता प्रेस इनफ़ॉर्मेशन डिपार्टमेंट की तरफ़ जा रहा था; उसने कार रोक कर कहा, 'मैंने इस्लामिक कॉंस्टीट्यूशन पर अपनी किताब का प्लान मुकम्मल कर लिया है। लंच टाइम में आकर तुम लोगों को बताऊँगा।'

फ़र्दर सर्च फ़ार आइडेंटिटी। हम लोग सड़क पार करके अपने दफ़्तर की तरफ़ गये। 14 अगस्त 1947 ई. से ज़रा पहले ये अस्थाई बारकें, आर्क लाइट्स में रातों-रात जल्द से जल्द सिख राजगीरों ने तैयार की थीं ताकि आज़ादी के फ़ौरन बाद वहाँ सरकारी दफ़्तर क़ायम हो सकें। इमारतें बनाने के बाद अपना मेहनताना लेकर सिख राज मज़दूर और बढ़ई इण्डिया पलायन कर गये थे।

'फ्रन्टियर स्प्रिट होनी चाहिए। अब नये क्षितिज हमारे सामने हैं।' जलालुद्दीन अहमद ने कहा। हम लोग अपने कमरे में दाख़िल हुए, लंच के वक़्त कमाल फ़ारुक़ी उर्फ़ बौबी अपनी किताब का प्लान लेकर आ गया। अबू के अलावा इस विभाग का वह दूसरा पश्चिमी इंटेलेक्चुअल था लेकिन अबू एक आज़ाद रूह था। बौबी बेहद कट्टर मुसलमान। वह पाकिस्तान की सुरक्षा सेनाओं के मेडिकल चीफ़ जनरल फ़ारूक़ी का इकलौता लड़का था। (जनरल फ़ारूक़ी एक और स्वीट बुज़ुर्ग थे) उसकी समस्या एक और थी, आत्मीय और मानसिक रूप से अंग्रेज़ होने के साथ-साथ वह कुछ समय से बड़ा ज़बर्दस्त मर्द-ए-मोमिन बन चुका था।

नस्ल के एतबार से वह आधा पंजाबी मुसलमान, आधा साउथ इण्डियन मलियाली हिन्दू था। उसकी वालिदा मिसेज़ फ़ारूक़ी हिन्दुस्तान के मशहूर डिप्लोमेट वी.पी. मेनन की साली थीं। वह बैरिस्टर थीं और लखनऊ में रहती थीं। अबू की तरह बौबी की तालीमो-तरबियत बचपन से इंग्लिस्तान में हुई थी। कुछ महीने पहले वह कैलिफ़ोर्निया से सोशोलॉजी में एम.ए. करके लौटा था और इस्लामी संविधान पर एक निहायत विद्वतापूर्ण किताब लिखने में मसरूफ़ था। वह उर्दू और पंजाबी भाषाओं से परिचित नहीं था और अंग्रेज़ी ब्रिटिश स्टाइल में बोलता था।

सर्च फ़ॉर आइडेंटिटी।

लंच खाते हुए मैं और अबू हस्बे-मामूल (यथानुसार) उससे बतियाते रहे। बौबी फ़ारूक़ी! मैंने कहा, 'तुमने अपनी रूट्स की तलाश के सिलसिले में बहुत ज़्यादा कनफ़्यूज़न फैला रखा है। जड़ें, जमीन के अन्दर सीधी-सीधी नहीं होतीं, आपस में उलझी होती हैं।'

'लेकिन हमें यह देखना है कि इण्डियन कल्चर से हमारा प्वाईंट ऑफ डिपार्चर किस बिन्दु से हुआ।' जलालुद्दीन अहमद ने जो पाकिस्तानी सभ्यता के एक और नज़रियासाज़ थे, कहना शुरू किया। वह रशीद अहमद सिद्दीक़ी के भांजे और बेगम रशीद अहमद सिद्दीकी के भानज-दामाद थे। जलालुद्दीन अहमद और डी.ए.एफ.पी. के दूसरे सहकर्मी शानुलहक़ हक़्क़ी, अल्लाहबख़्श राजपूत और मिस्टर हसूम (बम्बई के ख़ोजे और पूर्व शेक्सपियरन एक्टर) चारों निहायत ख़ुश अख़्लाक़ (शिष्ट) और दिलचस्प हज़रात थे।

अब्दुल क़य्यूम साहब चीफ़ कॉपीराइटर भी बहुत सभ्य पुरुष थे। कॉपीराइटर की हैसियत से मेरा और अनवर क़ुरैशी का काम यह था कि फ़ॉरेन पब्लिसिटी के लिए सांस्कृतिक विषयों पर अंग्रेज़ी में लेख लिखें। मसलन (उदाहरणतः) लाहौर और मुलतान की ऐतिहासिक इमारतें। मुग़ल चित्रकारी, इक़बाल का फ़लसफ़ा, क़ाज़ी नज़रुल इस्लाम की शायरी। पूर्वी पाकिस्तान के लोकगीत, ख़ुशहाल ख़ाँ ख़टक पाकिस्तान का अज़ीम शाइर, मलिका नूरजहाँ, पाकिस्तान की अज़ीमुल मर्तबत (महान) हुक्मराँ। उनमें से कुछ विषयों पर मैं अब्दुल क़य्यूम साहब से मुस्तक़िल झगड़ती रहती; तो मलिका कैथरीन द्वितीय को सोवियत यूनियन की मलिका कहना चाहिए।

मुमताज़ महल चूँकि आगरा में दफ़्न है इसलिए इण्डिया की मलिका है? अब्दुल क़य्यूम साहब ये मज़ामीन (लेख) विदेशों के पाकिस्तानी दूतावासों के प्रेस सेक्रेटरी हज़रात को भेज देते थे ताकि उन देशों के अख़बारों में छपें। इन्हीं सांस्कृतिक विषयों पर चित्रों सहित किताबचे तैयार करना दूसरा काम था। इन विषयों में एण्टी इण्डियन प्रोपैगण्डा बिल्कुल न होता था। इंडो-पाक झगड़ों और कश्मीर समस्या के सम्बन्ध में लिखना, लिखाना सूचना विभाग के सुपुर्द था।

एक दिन अबू ने कहा, 'पी.आई.बी. ने प्रेस को डायरेक्टिव भेजा है कि जहाँ-जहाँ लफ़्ज़ इण्डिया हो उसे 'भारत' कर दिया जाय। डॉन के एक सब एडिटर ने अमेरिका के किसी रेड इण्डियन क़बीले की कोई ख़बर छापी है उसे 'रेड भारती' लिख दिया है। लिहाज़ा इनको कम्युनिस्ट समझा जा सकता है।'

'गप्प' मैंने कहा।

दरअसल काम-वाम कोई ख़ास था नहीं। फ़ुर्सत के औक़ात में मैं अनवर क़ुरैशी, जलालुद्दीन अहमद गप्पें हाँका करते। आमतौर से लंच टाइम में नौसेना के पब्लिक रिलेशंस ऑफ़िस के लेफ़्टिनेंट कमाण्डर अस्करी (पुत्र सईद) और यूनुस एम. सईद आ जाते। यूनुस को हज़ारों शे'र याद थे और वह एक अंग्रेज़ी मैगज़ीन (पत्रिका) Vision प्रकाशित कर रहा था, जिसका नाम मैंने ब्लर्ड विज़न तजवीज़ किया था।

वज़ीर-ए-आज़म मोहम्मद अली बोगरा का छोटा सौतेला भाई उमर अली चौधरी, जो सर अब्दुल क़ादिर के बेटे रियाज़ क़ादिर की तरह एक निहायत उम्दा अंग्रेज़ी शाइर था और विज़न में लिखता था। उमर अली चौधरी के वैयक्तिक तत्व निम्नलिखित थे।

मज़हब : कट्टर रोमन कैथोलिक, नस्लः आधे बंगाली, आधे इटालियन, क़ौमियत : पाकिस्तानीः नज़रियातः पश्चिमी। जब अबू, बौबी और उमर अली चौधरी एक दूसरे से गुफ़्तगू करते थे तो चिंगारियाँ उड़ती थीं।

कैम्ब्रिज में तालीमयाफ़्ता असली अंग्रेज़ विद्वान सिडनी बोल्ट (जो एक बर्तानवी फ़र्म के चीफ़ थे) की पत्नी जिया, केरल की सीरियन क्रिश्चियन थीं। अबू कैम्ब्रिज की तालीमयाफ़्ता पारसी विदुषी लड़की माकी धन जी भाई से शादी करने के चक्कर में था। माकी एक बेहद स्वीट लड़की थी और अबू की तमाम इंटलेक्चुअल उड़ानों की हद दर्जे तक प्रशंसक। अक्सर यह सारा क्राउड मारीपुर, मेरे यहाँ या कराची में एक दूसरे के यहाँ रात के खाने पर इकट्ठा होता और इस कॉस्मोपोलिटन नज़रीये के ग्रुप...में बैठकर सबको हरी-हरी ही सूझती सब बहुत ऊँचे उड़ते। लेकिन आम ज़िन्दगी की सच्चाइयाँ और मुल्क या उपमहाद्वीप

या सारी दुनिया के ज़्यादातर लोगों की ज़हनी सतह और उसके पैदा किये हुए हालात पर उन उड़ानों का कोई प्रभाव न पड़ सकता था।

'और तुम क़लम से खाना पकाती हो, झाड़ू से लिखती हो, तुम क्या करोगी' अबू गरज कर कहता। मैं, नसीमा मुमानी, मिर्ज़ा मामूजान, हसनैन मामू के यहाँ कुछ दिन की छुट्टी मनाने कोयटा रवाना हुए। एयरफ़ोर्स का डेकोटा बलूचिस्तान की सुर्ख़ पहाड़ियों पर से उड़ता जा रहा था। उसका साया नीचे साथ-साथ रवाँ था।

अचानक मैंने नसीमा मुमानी से कहा, 'हवाई जहाज़ उलार हो रहा है।' कहने लगीं, 'फ़व्वाद उस्ताद आदमी है, ठीक कर लेगा।' उसी वक़्त लखनऊ के शाहिद हुसैन क़िदवाई के साहबज़ादे अतिया हबीबुल्लाह के छोटे भाई और मुल्क के बेहतरीन हवाबाज़ स्कवैड्रन लीडर फ़व्वाद शाहिद हुसैन[1] इतमीनान से मुस्कुराते हुए कॉकपिट से बरामद हुए।

फ़रमाया, एक इंजन ज़रा सा फ़ेल हो गया है। दूसरे इंजन पर लिये जा रहे हैं। शायद फ़ोर्स्ड लैंडिंग करनी पड़े।'

मैंने नीचे नज़र डाली तो पहाड़ियों के मून स्केप में फ़ोर्स्ड लैंडिंग की कोई जगह न दिखाई दी। सूरज छुप रहा था और चट्टानों में बहते झरने गुलनार हो चुके थे। दूर एक क़बायली ख़ेमागाह से धुआँ उठ रहा था। मैंने ख़ुशी से कहा, 'हम लोग किसी बुगती सरदार के क़िले में रात गुज़ारेंगे और वहाँ अलाव के गिर्द बैठकर किसी बूढ़े अफ़सानाख़्वाँ (कहानी सुनाने वाले) से गुल बलूच का क़िस्सा सुनेंगे।'

'बीबी अल्लाह-अल्लाह करो।' पिछली सीट पर बैठी विंग कमाण्डर मुश्ताक़ अहमद की बेगम ने कहा।

मामूजान बोले, 'फ़व्वाद बड़ा उस्ताद आदमी है, फ़ोर्स्ड लैंडिंग के बग़ैर निकाल ले जायेगा।'

---

1. अब स्वर्गीय।

मिनटों में कोयटे की वादी नज़र आने लगी। सरो के दरख़्त, ताकिस्तान, ऊँची चहारदीवारियों वाले ईरानी शैली के मकान, सुर्मइ रंग की एयरफ़ील्ड। जहाज़ एक ज़ख़्मी लेकिन इरादे के मज़बूत गरूड़ की तरह ज़मीन पर उतरा। पेक कैप लगाए वर्दीपोश हसनैन मामू और ऊदे ग़रारे और कपासी दुपट्टे में मलबूस चन्दा मुमानी तेज़ी से चलते जहाज़ तक आये। 'फिर चराग़े लाला से रौशन हुए कोहो दमन।'

कड़ाके की सर्दी, दाँत से दाँत बज रहे थे। एयरफ़ील्ड से छावनी जाते हुए हसनैन मामू ने कहा, 'मियाँ अदरी मान्चेस्टर जा रहे हैं। यहाँ भी इंक्वायरी हुई थी।'

लड्डन मामू के दूसरे बेटे मुज़फ़्फ़र अली नक़वी उर्फ़ अदरी एक जोशीले और बेहद अक़्लमंद लेफ़्टिनेंट थे। लड्डन मामू अब फ़्रेयर हाल के नज़दीक एक हरे-भरे बाग़ वाली कोठी की निचली मंज़िल में रह रहे थे। ऊपर की मंज़िल में लखनऊ के डॉक्टर हमीद सिद्दीक़ी मशहूर ब्रेन स्पेशलिस्ट रहते थे।

लड्डन मामू के बड़े बच्चे सहेब और सलोया मान्चेस्टर में थे। अदरी का दाख़िला भी मान्चेस्टर यूनिवर्सिटी में हो गया था। कोयटे से वापसी के दूसरे तीसरे दिन सी-फ़ील्ड रोड से अदरी का फ़ोन आया, हम आज रात के दो बजे लंदन चले जईबा। लड्डन मामू की औलाद अपने ननिहाल रुदौली की अवधी ज़बान बोलती थी।

सी-फ़ील्ड रोड लड्डन मामू की कोठी दरवेशान-ए-ग़ोग़ाई का एक और अहम तकिया सी थी, उस शाम जब मैं सी फ़ील्ड रोड पहुँची तो अजीब दृश्य दिखाई दिया। अदरी ड्राइंग रूम में इतमीनान से बैठे स्पेशल एंथ्रोपोलॉजी के किसी नुक्ते पर अपनी विदुषी माताजी से विचार विमर्श कर रहे हैं और उनके जर्नलिस्ट दोस्त ज़व्वार और मुशीर लाउंज में टेलीफ़ोन के पास बड़ी चिंतित मुद्रा में बैठे हैं। फ़ोन की घण्टी बजी, मुशीर ने लपक कर रिसीवर उठाया। चंद मिनट बाद अदरी के तीसरे पत्रकार दोस्त अख़्तर ने कमरे में आकर कहा। 'गड़बड़ हो गयी। ऐन वक़्त पर अदरी को बाहर जाने की इजाज़त नहीं मिल रही।'

ज़ेरोबम (उतार-चढ़ाव) को बम बनाने का नुस्ख़ा समझने वाले पुलिस इंस्पेक्टर की तरह शायद कराची के किसी मुस्तइद पुलिस अफ़सर ने अदरी के ख़िलाफ़ रिपोर्ट कर रखी थी।

'नहीं जाने देत हैं तो नहीं जईबा।' अदरी ने इतमीनान से कहा।

पी.ओ.ए.सी. के हवाई जहाज़ की रवानगी से एक घण्टा पहले रम्मी मियाँ ने फ़ोन किया कि इजाज़त मिल गयी।

उसी रात बाहर अँधेरे बाग़ में रात की रानी सुगन्ध फैला रही थी। ऊपर डॉक्टर हमीद सिद्दीक़ी के घर से तलत महमूद के किसी गाने की धीमी आवाज़ आ रही थी और उनाबी मख़मली पर्दों के नीचे दबीज़ सोफ़ों पर बैठे अदरी और अख़्तर क़हक़हे लगा रहे थे और मुलाज़िम अदरी का सामान ले जाकर नीचे कार में रखने में मशग़ूल थे। उस वक़्त कोई नहीं सोच सकता था कि सिर्फ़ चंद बरसों बाद ये जवान सूरतें अदरी और अख़्तर इस निरंतर मिटती हुई चित्रशाला से धूमिल हो जाएंगी। पानी पर बनाया हुआ नक़्श! मगर यह कुछ समय के लिए छुप जाना है या फ़ना हो जाना! क्या है?

पोम-पोम डार्लिंग

रम्मी किशवर की शादी के समारोह की फ़िल्म पारे मियाँ अपने मूवी कैमरे से खींच रहे हैं, जो वह जापान से लाए हैं। अच्छो किमख़्वाब का ग़रारा पहने सीढ़ियों पर बैठी एक डच लड़की से बातें कर रही हैं। मौलाना शामियाने के नीचे निकाह पढ़ाने के बाद दुआ के लिए हाथ उठाते हैं। दुल्हन के वालिद, भाई अहमद रशीद देहलवी (उनकी शादी आपा सिद्दीक़ा से नहटौर में जुलाई सन् 29 ई.) अब्बा जान आपा सिद्दीक़ा के लिए नज़्म पढ़ रहे हैं :

इस्मत का दुर हया का सदफ़ इल्मो फ़न का फूल
गौहर यमन का ऐसा न बाग़े अदन का फूल

सदक़े मैं इस शरफ़ के कि है बिन्ते फ़ातिमा
पाकीज़ा सीरती में है वह यासमन का फूल

ऐ सर्वे बाग़े हज़रते मीरे जिनाँ मक़ाम...
हम आज तुमको देते हैं अपने चमन का फूल।

आपा सिद्दीक़ा की नवब्याहता लड़कियाँ अनवर क़ैसर, भारी ग़रारे और ज़ेवर पहने मेहमानों की देखभाल कर रही हैं, उनकी छोटी बहनें क़मर और अफ़सर हँसती खिलखिलाती फिर रही हैं। छोटे भाई उसमान हैदर दूल्हे के पास मसनद पर बैठे हैं। बड़े भाई उसमान हैदर आफ़न्दी ने दूल्हा के सेहरा बाँधा है। आपा ख़दीजा मरहूमा की लड़की सुरैया नौमानी आपा फ़ातिमा ख़ातून का हाथ बँटा रही है। दुल्हन का छोटा भाई हारून उर्रशीद पारे मियाँ के साथ-साथ शादी की मूवी फ़िल्म खींचने में मशग़ूल है।

मेहर का एवज़ पानसद अशरफ़ी मोहम्मद शाही के बजाय सिक्का रायजुल वक़्त (प्रचलित मुद्रा) पाकिस्तानी का बँधता है और इस नई अर्थव्यवस्था के निर्माण में दूल्हा के बड़े भाई स्टेट बैंक ऑफ़ पाकिस्तान के सैयद लुक़मान हैदर दिन-रात काम में मसरूफ़ हैं।

नहटौर की सरवरी मिरासन मौजूद नहीं—दुल्हन की सहेलियाँ नई इण्डियन फ़िल्म का गीत 'राजा की आयेगी बारात' गा रही हैं। पाकिस्तानी शादी में भारतीय फ़िल्मी गीत! हर तरफ़ अजीब घपला है। आपा फ़ातिमा ख़ातून पूर्वी पाकिस्तान से आयी हुई हैं, जहाँ उनके दामाद राजशाही डिवीज़न में कहीं डिस्ट्रिक्ट मैजिस्ट्रेट हैं।

आपा फ़ातिमा ख़ातून बड़ी शदीद पाकिस्तानी नेशनलिस्ट हैं और पुरानी उर्दू तहज़ीब के ढिंढोरची और नये मुल्क में पश्चिमी संस्कृति की यलग़ार और उर्दू की तबाही पर नाराज़। जिन समस्याओं पर कनाडा और फ्रांस में रहने वाली शाइस्ता अख़्तर सोहरवर्दी उनकी आवाज़ में आवाज़ मिलाती हैं और ये दोनों हैरत अंगेज़ बीबियाँ 'इस्मत' में लेख लिखने में मसरूफ़ हैं।

रम्मी मियाँ और अहसान भाई और छोटे उसमान भाई और लुक़मान भाई और आतेल के वालिद चचा ग़नी हैदर (पुत्र सैयद इकराम हैदर तिरमिज़ी मरहूम) शादी में शिरकत के बाद नहटौर वापस जाने लगते हैं तो आपा फ़ातिमा ख़ातून लिखती हैं :

भारत को जाने वाले
हाफिज़ ख़ुदा तुम्हारा
मालिक के तुम हवाले
हिन्दोस्ताँ तुम्हारा
घर था कभी हमारा
हम उसको छोड़ आये
लेकर नया सहारा
तुमको वतन तुम्हारा
है इस चमन से प्यारा
रोके न रुक सके तुम
जब देस ने पुकारा
उस देश की कशिश से
मेरा सलाम कहना

हम उस वतन से छूटे
गंगो-जमन से छूटे
वह बालो पर हुए हैं
अपने चमन से छूटे

बीते हुए ज़माने
ख़ुशियों के सब फ़साने
पीपल के साये में हम
छोड़ आये वह ख़ज़ाने

गुज़रा जहाँ था बचपन
आई जहाँ जवानी
उस घर के बामो-दर[1] से
मेरा सलाम कहना

वह दौलते जहाँ है
वह हमसरे जिनाँ[2] है
ख़ाके वतन का हमको
हर ज़र्रा हर्ज़े जाँ[3] है

झगड़ों को भूल जाएँ
फिर प्रेमरस लुढाएँ
गंगा के जल में पानी
ज़मज़म[4] का हम मिलाएँ
उस माँ के लाल तुम भी
उस माँ के लाल हम भी
मेरा सलाम कहना
उन प्यारी बस्तियों से
उन बहती नद्दियों से
उन ऊँचे पर्वतों से
और उनकी घाटियों से

---

1. छत व दरवाज़े।, 2. स्वर्ग का पर्याय।, 3. बहुत प्रिय।, 4. उस कुएँ का पवित्र जल जो मक्का नगर में है।

ग़ुंचों से और गुलों से
पेड़ों से झाड़ियों से
उस बिछड़ी अंजुमन से
उन प्यारे साथियों से
भारत के वासियों से
मेरा सलाम कहना
हम आन बान वाले
हम ऊँची शान वाले
मुल्के ख़ुदा के वाली
क़ौमी निशान वाले
देते हैं एक संदेसा
राही ज़रा ठहर जा
मेहरो वफ़ा की माला
और यह पयाम लेजा
मस्जिद हो या शिवाला
मक़सद है एक सबका
'आपस में बैर रखना
मज़हब नही सिखाता।'[1]

सारा ख़ानदान एयरपोर्ट चचा ग़नी हैदर को रुख़सत करने गया। वह हवाई जहाज़ पर सवार हुए, हवाई जहाज़ दिल्ली की सिम्त उड़ा। चचा ग़नी हैदर पालम एयरपोर्ट पहुँच कर दिल्ली शहर जाएंगे। वहाँ से नब्बे मील दूर वापस नहटौर, जो अब पाकिस्तानी रिश्तेदारों के लिए एक दूसरा काल्पनिक संसार है। चचा ग़नी हैदर की अलविदाई दावत के वक़्त आपा फ़ातिमा ख़ातून ने यह नज़्म पढ़ी थी '... एक भारती अज़ीज़ की रवानगी पर।'

चचा ग़नी हैदर को 'एक भारती अज़ीज़' कहना कितना अजीब सा लगता है और इस नज़्म में जज़बातियत की फ़रावानी (बहुतायत) है क्योंकि नहटौर नज़रों से ओझल हो चुका है मगर उसका नॉस्टेल्जिया बाक़ी है। आपा फ़ातिमा

1. 'इस्मत' कराची में प्रकाशित।

ख़ातून इंतिहाई स्वदेश प्रेमी 'आनबान ऊँची शान वाली' क़ौमपरस्त पाकिस्तानी ख़ातून हैं। मगर ये नॉस्टेल्जिया ख़ालिस जज़बाती चीज़ है। पिछली सदी में रूस और यूरोप और आर्मीनिया और लेबनान से अमेरिका गये हुए फ़र्स्ट जनरेशन मुहाजिरीन (पलायन करने वाले) भी अपनी 'ओल्ड कंट्री' को कभी-कभी इसी तरह याद कर लेते थे। नई पौध के लिए इस नॉस्टेल्जिया के कोई अर्थ नहीं होंगे। समय और इतिहास का नियम...।

भाई अहसान हैदर की शादी। सारा कुनबा लारियों में भर कर हैदराबाद सिन्ध जा रहा है। आपा सिद्दीका के यहाँ भाई एज़ाज़ हैदर (मुन्ने भाई) की शादी : अम्मा बुन्दकियों वाला ड्रेसिंग गाउन पहने पलंग पर बैठी हैं। बरेली की मुहाजिर दुल्हन उनके पास लाकर बिठाई जाती है।

हमारी बड़ी अम्मा (आपा सिद्दीक़ा, इम्तियाज़ भाई और मुन्ने भाई की माँ) सफ़ेद चूड़ीदार पायजामा, सफ़ेद कुर्ता दुपट्टा, गोरी बुद्धिमान बुज़ुर्ग औरत, जो सन् 1906 ई. में एक हसीन नौउम्र लड़की थीं और 'तहज़ीबे निसवाँ' में नज़्में लिखती थीं। वक़्त का कैमरा सब रिकॉर्ड करता जा रहा है।

'अतुल बलाश' ...भाई की इंतिहाई ज़हीन सुनहरे बालों वाली बच्ची नूरुलऐन ने तुतला कर ग़ुस्से से कहा।

'ख़ब्तुल हवास' मैंने फिर डाँटा।

'अतुल बलाश' उन्होंने बिसोर कर दोहराया और बुलटेरियर के सबसे मोटे बच्चे गपलू की तरफ़ तवज्जोह दी। गुड्डो कमरे से निकल कर सरपट भागी जा रही थीं; गपलू उनके पैरों में उलझ गया।

'आप कहाँ भागी जा रही हैं गुड्डो बाजी'

नूरअफ़शाँ ने बाहर से आवाज़ दी। गुड्डो छह बरस की थीं और ख़ुद को बाजी कहलवाती थीं।

'हमारे स्कूल में मिसेज़ डोनाल्ड डिक आ रही हैं, हमें फ़ौरन पहुँचना है, आई मीन मिसेज़ मेक डोनाल्ड।'

'वह कौन हैं?' बोर सिद्दीक़ी ने कान खड़े किये।

'मिसेज़ एयर मार्शल' गुड्डो ने जवाब दिया और ग़ायब हो गयीं।

हम लोग लिटिल लूलू, औज़फ़न एनी और टॉम एण्ड जेरी के ताज़ातरीन कॉमिक्स संभाल कर बाहर आन बैठे, जहाँ फ़ैज़ साहब, अय्यूब भाई, डॉक्टर रज़ीउद्दीन सिद्दीक़ी, सैयद मज़हर इमाम और बोर सिद्दीक़ी पहले से तशरीफ़ फ़रमा थे। मैं, नूरअफ़शाँ और आसिम, हातिम बड़ी तल्लीनता से कॉमिक पढ़ने में मसरूफ़ हो गये।

कुछ देर बाद फ़ैज साहब ने कॉफ़ी की प्याली मेज़ पर रख कर सिग्रेट सुलगाया। लिटिल लूलू बन्द करके मैंने उन्हें इत्तिला दी। 'हमने नया नॉविल लिखना शुरू कर दिया है, आप जल्दी से कोई नज़्म कहिए ताकि हम उसमें से शीर्षक निकालें, 'दाग़-दाग़ उजाला' तो हमने कर लिया।

'यह भी कलीशे बन जाएगा' नूरअफ़शाँ ने टॉम एण्ड जेरी पढ़ते हुए बा आवाज़-ए-बुलन्द इज़हार-ए-ख़याल किया।

'कौन?' डॉक्टर रज़ीउद्दीन सिद्दीक़ी ने दरयाफ़्त किया।

'अंकल स्क्रोज, आई मीन, यह दाग़-दाग़ उजाला' मैंने कहा।

'हमें लाहौर में कॉलेज की कुछ लड़कियाँ मिलीं, जिन्होंने बड़ी मायूसी और हैरत से हमें बताया कि कराची से लाहौर जाते हुए ट्रेन में आपसे उनकी मुलाक़ात हुई थी। वह बराबर के कोपे में थीं। बड़ी अक़ीदत के साथ कन्डक्टर के ज़रीये उन्होंने आपको कहलवाया कि आप से मिलना चाहती हैं। फिर ख़िदमत में हाज़िर हुईं और आप।' अय्यूब भाई सस्पेंस पैदा करने के लिए ज़रा रुके, फिर बोले 'और आप निहायत इनहमाक (तल्लीनता) से 'शमा', चिंगारी और डोनाल्ड डक कॉमिक पढ़ती पाई गयीं।'

'आ गया, आ गया' मैंने अचानक उछलकर कहा, 'सफ़ीना-ए-ग़मे दिल हो गया उनवान (शीर्षक)'

नूरुल ऐन ने अपनी गुड़िया सीढ़ी पर रखी और गपलू के पीछे दौड़ीं।

'बीबी आपका नाम क्या है' बोर सिद्दीक़ी ने उनसे पूछा।

नुलुल ऐन हैदल; आपते मिज़ाज़ शलीफ़?

'निहायत तमीज़दार बच्ची है और आपकी फूफी का नाम क्या है?'

'अतुल बलाश।'

'निहायत ज़हीन बच्ची है।'

'आपा सुलताना की जिन कज़न से शादी होने वाली है, वह भी फ़ौजी डॉक्टर हैं', मज़हर साहब नूरअफ़शाँ से दरयाफ़्त कर रहे थे।

'नहीं, सादे आदमी हैं।' नूरअफ़शाँ ने जवाब दिया।'

वह कर्नल स्टकी? मज़हर साहब ने पूछा। 'यह ख़ूब रहेगा, वह कर्नल और आपा सुलताना फ़ौज में कैप्टन डॉक्टर।'

'कर्नल स्टकी' बोर सिद्दीक़ी ने चौंक कर पूछा। 'अंग्रेज़ हैं?'

'जी नहीं' मैंने जवाब दिया 'लखनऊ चीना बज़ार गेट वाले चचा अहमद हुसैन के बेटे, वह फ़ौज में कर्नल स्टकी इसलिए कहलाते हैं कि बिल्कुल अंग्रेज़ों वाली चाल-ढाल है। वह असली अंग्रेज़ दूसरे हैं जिन्हें हमारे एक अल्लाह वाले रिश्तेदार ने पाला पोसा था।'

'असली अंग्रेज़ भी आपके यहाँ मौजूद हैं?' बोर सिद्दीक़ी ने ताज्जुब से दरयाफ़्त किया।

'वह किसी अंग्रेज़ कर्नल का यतीम यसीर बच्चा था, जिसकी हमारे उन बुज़ुर्ग ने परवरिश की थी। वह बड़े होकर ऐसे पुराने विचारों के मुसलमान निकले कि सादात-ए-नहटौर की एक अनपढ़ पर्दानशीं लड़की से शादी की; उसे पर्दे में रखते हैं। वह भी फ़ौज में शायद मेजर हैं।' नूरअफ़शाँ ने कहा।

'हमने सुना था' मज़हर साहब कहने लगे 'कि रम्मी किशवर की शादी पर आप लोगों के एक जादूगर कज़न हैरान कर देने वाले शोबदे (करतब) दिखायेंगे। वह आये ही नहीं, वह आजकल कहाँ हैं?'

'शायद कामरूप में।' आसिम ने संक्षेप में जवाब दिया।

'रम्मी किशवर की शादी के ज़माने ही में हफ़ीज़ जालंधरी का क़ौमी तराना शाया (प्रकाशित) हुआ था। किशवर हुसैन शादबाद! उस पर आपने या तुफ़ैल अहमद अमाली ने इमरोज़ में एक बड़ा पुरलुत्फ़ तनक़ीदी (आलोचनात्मक) नोट

लिखा था। 'मिस किशवर हुसैन का सेहरा। इस पर मैं समझा कि यह शायद किशवर बीबी का सेहरा है।' बोर सिद्दीक़ी ने अय्यूब भाई से कहा।

'आपकी समझ के मुताल्लिक़ मुझे हमेशा से शुब्हा (संदेह) था।' अय्यूब भाई ने जवाब दिया।

'जादूगर कज़न?' बोर सिद्दीक़ी ने दोबारा चौंक कर दोहराया।

'पार्टीशन से पहले उन्होंने अपना सर्कस क़ायम कर रखा था रंगून में।' मैंने बताया। 'पर्दे के बेइन्तिहा क़ायल आदमी थे। जब रंगून की सड़कों पर उनके शेरों और लंगूरों के पिंजरों का जुलूस निकलता। बीवी की पर्दे से मंढी डोली भी साथ-साथ चलती।'

बाजी राज़िया बाहर आकर महफ़िल में शामिल हुईं। 'इस क़दर पर्दा भी आजकल लोग करवा सकते हैं।' मज़हर साहब ने कहा।

'वह नहटौर की प्राचीनतम परम्पराओं को अब तक निभा रहे हैं।' बाजी राज़िया ने कहा। 'आप लोगों को अब यक़ीन न आयेगा मगर सच्चा वाक़ेआ है। सुना है, हमारे परदादा ग़दर वाले बाग़ी मीर अहमद अली एक मर्तबा अपनी बीवी, हमारी परदादी शरीफ़ुन्निसा बेगम को साथ लेकर नहटौर से ज़रा दूर सिकन्दरपुर जा रहे थे। परदादी पर्दे से मंढे रथ में बैठी थीं। मीर अहमद अली घोड़े पर सवार ज़रा आगे-आगे जा रहे थे, रास्ते में गाड़ी को धक्का लगा और परदादी का पहलोटी का दूधमुँहा बच्चा, (हमारे दादा जलालुद्दीन हैदर) उनकी गोद से फिसल कर बाहर सड़क पर गिर गया। परदादी ने दहलकर चीख़ मारी मगर हिम्मत न पड़ी कि गाड़ीवान से रथ रोकने के लिए कहें। बच्चा सड़क पर पड़ा रह गया। बीवी की चीख़ सुनकर मीर अहमद अली घोड़ा दौड़ाते रथ के क़रीब आये। बच्चा सड़क पर से उठाया, मगर शरीफ़ुन्निसा बेगम को डाँटा कि तुमने चीख़ क्यों मारी; आवाज़ की बेपर्दगी हुई।'

'अल्लाहो अकबर!' बोर सिद्दीक़ी ने कहा।

'जादूगर मामू वाक़ई कमाल के इंसान हैं।' आसिम बोले। 'हम छोटे से थे जब ख़ाला अज़रा की शादी हुई थी। अमीर निश्शो अलीगढ़ में एक रात

पिछले चबूतरे पर सब लोग बैठे थे। जादूगर मामू ने अपने शोबदे (करतब) दिखाए। उन्होंने जनाब हमसे कहा, सैहन में से एक मुर्ग़ी पकड़ लाओ। हम फ़ौरन घेर कर पकड़ लाए। फिर बड़े नानाजान[1] के हाथ में छुरी दी कि इसे ज़िबह कर दीजिए। 'बड़े नाना जान ने इनकार कर दिया। फिर उन्होंने किसी और तमाशाई से उसे ज़िबह करवाया। हम रोने लगे, हम उसे रोज़ दाना डालते थे। फिर उन्होंने सबके सामने उसका सिर फिर से जोड़ दिया और वह मुर्ग़ी ज़िन्दा होकर भाग गयी।'

'हम सब चश्मदीद गवाह हैं। मुझे याद है पहले जादूगर भाई ने वह मुर्ग़ी अब्बाजान को दी, जब उन्होंने उसके गले पर छुरी फेरने से इनकार किया तो किसी और ने, शायद अब्दुर्रहमान ने उसे ज़िबह किया था। मगर एक क़तरा खून न निकला नज़रबन्दी का कमाल है। यह नज़रबन्दी किस तरह की जाती है?' मैंने पूछा।

'जिस तरह हमारे सियासतदाँ करते हैं' अय्यूब भाई बोले।

'मगर यह जादूगर साहब हैं कौन?' बोर सिद्दीक़ी फिर कामरूप वापस गये।

'हमारी छोटी चचीजान के ननिहाली रिश्तेदार' मैंने कहा।

'क्या वह एक कछुए को ख़रगोश में और एक सिन्धी मज़दूरनी या बंगालन मछेरन को जिमख़ाना क्लब में रक़्साँ बेगम में तब्दील कर सकते हैं?'

अय्यूब भाई ने सवाल किया। 'जिस तरह आप पब्लिसिटी के ज़रीये एक ग़रीब पिछड़े समाज को एक अल्ट्रा मॉडर्न हाई सोसाइटी में तब्दील करके पेश कर रही हैं। यह भी नज़रबन्दी का कमाल है। इण्डिया भी यही कर रहा है।'

'सारी दुनिया में यही हो रहा है।' मैंने कहा।

'सिर्फ़ पसमान्दा (पिछड़े) मशरिक़ी (पूर्वी) मुल्कों में हो रहा है। और आपकी फ़ॉरेन पब्लिसिटी से वेस्ट के लोग रौब में आ जाएंगे? वह इतने बेवक़ूफ़ नहीं हैं।'

---

1. यलदरम।

'क्या आप कछुए को ख़रगोश में तब्दील कर सकती हैं?' बोर सिद्दीक़ी ने सहम कर सवाल किया।

'अरे साहब मैं आजकल फ़ॉरेन पब्लिसिटी के लिए एक तस्वीरों वाली चमकीली किताब प्रोड्यूस करने में मसरूफ़ हूँ 'वीमेन ऑफ़ पाकिस्तान।'

'जी हाँ, और इसके लिए आप रोज़ाना जस्टिस तैयबजी के यहाँ शहर की अलट्रा फ़ैशनेबल बेगमात को जमा करके उनकी तस्वीरें खिंचवा रही हैं। इस किताब के लिए आपने मुहाजिरों की झुग्गियों में जाकर उनकी तस्वीरें क्यों नहीं लीं।' अय्यूब भाई ने कहा।

फ़ैज़ साहब डॉक्टर रज़ीउद्दीन के साथ क्यारी की दूसरी तरफ़ गुफ़्तगू में मसरूफ़ थे, वे सब कराची वापस जाने के लिए उठे। अय्यूब भाई ने बीबी नूरुलऐन को गोद में उठाया। वे सब बजरी पर चलते मज़हर साहब की हडसन की तरफ़ बढ़े। डॉक्टर रज़ीउद्दीन सिद्दीक़ी ने मुझसे कहा, 'आपके बड़े भाई उसमान हैदर आफ़न्दी कल शाम अज़रा बीबी के यहाँ मुझे बतला रहे थे : आप, रम्मी, अच्छो, नूरअफ़शाँ सब मिलकर एक कार ख़रीदने का इरादा रखते हैं।'

'वह इरादा खत्म हुआ।' मैंने जवाब दिया। 'एक नई साँझी स्टेशन वैगन ख़रीदने की उस स्कीम पर क़तई अमल नहीं किया जा सकता था क्योंकि हम सब न केवल रहते दूर-दूर हैं बल्कि हमारे दफ़्तर भी विभिन्न दिशाओं में हैं। चुनाँचे हम लोग सोशलिज़्म के बजाय प्राइवेट इंटरप्राइज़ेज़ की तरफ़ वापस आ रहे हैं। सब अलग-अलग कारें ख़रीदेंगे। आजकल बड़े ज़ोरों में उनके ट्रायल लिए जा रहे हैं। कल आसिम मेरे लिए एक सिलवर ग्रे ज़मीनदोज़ (अंडरग्राउंड) चीज़ लेकर आये थे। कहने लगे यह जैगुआर है; बेहतरीन ब्रिटिश अरिस्टोक्रेट कार। बस ज़रा पुरानी है। सवार होकर हम लोग मारीपुर गार्ड रूम की हद से निकले। कराची जाने वाली सड़क पर कुछ दूर जाकर यह महसूस हुआ जैसे मोटर उलार हो रही है। फिर वह पतरस की साइकिल की तरह तिरछी-तिरछी चलने लगी। आसिम फ़ौरन नीचे उतरे। मुआयना करके इतमीनान से फ़रमाया। 'मेरा ख़याल है कि इसमें से उतर जाना मुनासिब रहेगा, इसका एक पहिया निकलने वाला है।'

'बस आप बेगमात की तस्वीरें खिंचवाइए और तीन पहियों की कार चलाइए।' अय्यूब भाई ने कहा।

जी, जहाँ कटी हुई मुर्ग़ियों का सिर जोड़ा जा सकता है।' मैंने जवाब दिया।

'अतुल बलाश, ख़ुदा हापिज!' नूरुल ऐन मुन्ना सा हाथ हिलाकर बोलीं। फ़ैज़ साहब, डॉक्टर रज़ीउद्दीन सिद्दीक़ी, अय्यूब किरमानी, बोर सिद्दीक़ी, आसिम, मज़हर साहब, सब शहर रवाना हो गये।

नूरअफशाँ जो फ़्लाइट लेफ़्टिनेंट हो चुकी थीं और जाड़ों में रेशमी 'एयरफ़ोर्स ब्लयू' और गर्मियों में सूती ख़ाकी झाड़ी पर नीला या ख़ाकी यूनिफ़ार्म कोट पहन कर, सिर पर बेरे लगाकर काम पर जाती थीं, अपनी जीप पर सवार हुईं। मैंने सब्ज़ जालियों वाले बरामदे में वापस आकर लिटिल लूलू पढ़ना शुरू की। कुछ देर बाद रम्मी मियाँ शहर से ट्रायल के लिए एक कार लेकर आने वाले हैं।

एयरफ़ोर्स स्टेशन वालों के लिए विशेष बसें हमारे ब्लाक से कुछ ही क़दम के फ़ासले पर हर आधा घण्टे बाद छूटती थीं, जो एक मील दूर गार्डरूम के फाटक से निकलकर तटीय राजमार्ग से गुज़रती हुई शहर आती जाती थीं। हफ़्ते में तीन-चार बार नूरअफ़शाँ, नसीमा मुमानी और मैं, उस्ताद बड़े आग़ा साहब और मिस्टर फ़र्नांडीज़ के यहाँ पूर्वी व पश्चिमी संगीत की शिक्षा प्राप्त करने के लिए उन्हीं बसों पर ज्ञान की मंज़िलें तय करते थे।

ये बसें सेन्ट्रल सेक्रेटेरिएट के बिल्कुल सामने जाकर रुकती थीं जहाँ सूचना व प्रसारण विभाग स्थित था। दफ़्तर के लिए समय की पाबन्दी की बिल्कुल ज़रूरत न थी। नूरअफ़शाँ अपनी वर्दी डाँटकर सुबह साढ़े सात बजे अपनी ड्यूटी पर पहुँच जाती थीं। मैं सिविलियन आदमी इतमीनान से नौ साढ़े नौ बजे जागकर ग्यारह बजे तक मारीपुर बस के ज़रीये दफ़्तर जाती। लेकिन रोज़ाना बस में इतनी दूर आना जाना एक तानाशाही नाज़ुक मिज़ाज पर बोझ था। लिहाज़ा कार ख़रीदने की स्कीम जिसकी पूर्ति के लिए रम्मी और आसिम तरह-तरह की रंगबिरंगी सेकण्ड हैण्ड मोटरें मारीपुर ला रहे थे।

तीसरे प्रहर को रम्मी मियाँ एक स्कोडा पर तशरीफ़ लाए; मालिक मिस्टर झुनझुनवाला साथ थे दोनों साहेबान आकर बरामदे में बैठे। मिस्कीन सूरत दुबले-पतले मिस्टर झुनझुनवाला ने फ़रमाया। 'एकदम नया गाड़ी है। हम छः हज़ार से कम नहीं लेगा। बज़ार में पता कर लो। इससे कम दाम में स्कोडा नहीं मिलेगा।'

रम्मी ने कहा, 'ज़रा स्टुडेंट कंसेशन कर दीजिए।'

उन्होंने अचम्भे से पूछा, 'आप स्टुडेंट लोग हैं?'

रम्मी मियाँ ने कहा, 'इंसान सारी उम्र विद्यार्थी रहता है।'

झुनझुनवाला ने इस फ़लसफ़ियाना नुक्ते को नज़र अंदाज करके दोहराया 'छह हज़ार'

बहुत बहसो-मुबाहिसे के बाद रम्मी मियाँ ने मिस्टर झुनझुनवाला से कहा, 'पीर के रोज़ एक ख़तीर रक़्म (बड़ी धनराशि) आपकी खिदमते अक़दस में पेश कर दी जाएगी।'

'कैसी रक़्म?'

'ख़तीर'

'रम्मी मियाँ इन से अंग्रेज़ी में बात क्यों नहीं करते?' बाजी राज़िया ने कहा।

रम्मी मियाँ ने जवाब दिया, 'उर्दू हमारी क़ौमी ज़बान है।'

'पाँच हजार' मिस्कीन (गरीब) ताजिर (व्यापारी) ने कहा।

मैं जो ख़रीदारी के मामले में बिल्कुल कोरी हूँ और अबतक सब्र से ख़ामोश बैठी थी, फ़ौरन बोल उठी। रम्मी मियाँ पाँच हज़ार तो बिल्कुल ठीक है, बिल्कुल नई कार है, चेकोस्लोवेकियन।'

रम्मी मियाँ ने सिर पीछे डालकर एक लम्हे के लिए आँखें बन्द कीं, गहरा सांस लिया और मिस्टर झुनझुनवाला से बोले, 'झुनझुनवाला साहब यह हमारी बहन जो हैं, इनकी आँखें बहुत कमज़ोर हैं, इस वजह से सेकण्ड हैण्ड कार इनको नई नज़र आ रही है। पीर के दिन आपको इसका एक माक़ूल व मुनासिब मुआवज़ा...'

मिस्टर झुनझुनवाला झुँझलाकर उठ खड़े हुए। बरामदे से उठकर स्कोडा की सिम्त बढ़े। रम्मी मियाँ ने आवाज़ दी। 'झुनझुनवाला साहब ख़ुदा के फ़ज़्ल से सौदा बख़ैर व ख़ूबी तय हो गया कार यहीं छोड़ते जाइए तो मेहरबानी होगी।'

परिन्द रूपी झुनझुनवाला तेज़-तेज़ क़दम रखते हुए बजरी का मैदान पार करके बस स्टाप पर जाकर खड़े हुए, बहुत क़ाबिल-ए-रहम नज़र आये।

आपा रज़िया ने कहा, 'रम्मी मियाँ यह क्या हरकत है, इनको कार में शहर छोड़कर आओ।'

'बेचारे' मैंने हमदर्दी से कहा।

'बेचारे?' यह लखपती आदमी हैं और निहायत चलते पुर्ज़े। हमें बेवकूफ़ बनाने आये थे। मैं पीर के रोज़ तक इनसे हज़ार पाँच सौ और कम करवा लूँगा।'

आख़िर रम्मी मियाँ के दिल में नेकी आ गयी। कार लेकर बस स्टाप पर गये और झुनझुनवाला को उसमें बिठाकर शहर रवाना हुए। उन्हें कराची पहुँचाकर स्कोडा मारीपुर वापस लाये। उस वक़्त तक आसिम आ चुके थे। हम लोग ड्राइंग रूम में बैठे थे।

बाहर हार्न बजा, चन्द मिनट बाद रम्मी मियाँ मुस्कुराते हुए कमरे में तशरीफ़ लाये और फ़रमाया, 'पोम-पोम डार्लिंग बाहर खड़ी हैं।' कार का नाम सर्वसहमति से 'पोम पोम डार्लिंग' तय हुआ जो मेरे मुताल्लिक़ इस्मत चग़ताई के उस मज़मून का उनवान (शीर्षक) था, जो हाल ही में शायद 'सवेरा' में छपा था।

आर्थिक मामले बदस्तूर मेस में थे। शेयर्ज़ के स्क्रिप्स कस्टोडियन की तरफ़ इलाहाबाद बैंक लखनऊ के हवाले किये हुए थे लेकिन अभी फ़ॉरेन एक्सचेंज पर पाबन्दी नहीं लगी थी। चुनाँचे नये हिन्दुस्तानी क़ानून के मुताबिक़ स्वदेश छोड़ देने वाले शेयर होल्डर्ज़ के डेविडेंड वारंट्स कराची भेजे जाते थे। उन पर दस्तख़त करके वापस भेजा जाता, उसके बाद उनका पचास फ़ीसदी मुनाफ़ा हिन्दुस्तान

में रखा जाता, बाक़ी रिज़र्व बैंक ऑफ़ इण्डिया के फ़ॉरेन एक्सचेंज डिपार्टमेंट की तरफ़ से शायद सीधा चार्टर्ड बैंक कराची आ जाता था, जो कलकत्ते में भी अब्बाजान का बैंक था।

ये बहुत जटिल मामले थे, न जाने क्या सिलसिला था। पचास प्रतिशत मुनाफ़ा हिन्दुस्तान में कटने की वजह से बहुत नुक़सान हो रहा था। इसके अलावा कलकत्ता, बम्बई, दिल्ली और कानपुर से हर तरह के काग़ज़ात, फ़ार्म, रिपोर्टें और मुनाफ़े के वारंट आते रहते थे, जिनको मैं खोलकर देखती भी नहीं थी। बहुत से मुनाफ़े मेरी लापरवाही की वजह से लैप्स हो चुके थे, वग़ैरह, वग़ैरह।

हाज़िर मामू पहले की तरह अम्मा के आर्थिक मामलों के परामर्शदाता थे। उन्होंने हाज़िर एण्ड को. के अलावा दो अंग्रेज़ों की भागीदारी में 'इर्विन पेल एण्ड हाज़िर' के नाम से एक और बड़ी फ़र्म कराची में क़ायम की थी (उनके एक पार्टनर मिस्टर इर्विन, विक्टोरिया एण्ड एलबर्ट म्यूज़ियम लंदन के इण्डियन सेक्शन के नामी क्योरेटर मिस्टर जान इर्विन के छोटे भाई थे) अम्मा ने अपने वालिद मीर नज़रुल बाक़र मरहूम के दिये हुए कुछ प्रामेसरी नोट्स की रक़म हाज़िर मामू के किसी कारोबार में लगा रखी थी, जिसका मुनाफ़ा हर महीने की पहली तारीख़ को ख़्वाज़ा मज़हरुल क़य्यूम या उनके मैनेजर सैयद शहंशाह हुसैन रिज़वी पाबन्दी से लाकर अम्मा को दे ज़ाते थे।

उसके अलावा अम्मा के शेयर्ज़ के मामले मज़हर भाई संभालते थे, वह अक्सर मुझे फ़ोन करते, 'आप कल सुबह मेरे दफ़्तर आइए, मैं आपके काग़ज़ात सार्ट आउट करूँ, इस तरह आपका बहुत नुक़सान हो रहा है।'

'जी हाँ, मज़हर भाई ज़रूर आऊँगी।' फिर उनके दफ़्तर जाना टाल जाती। कुछ हफ़्ते पहले आख़िरकार मैं उनके दफ़्तर चार्टर्ड बैंक बिल्डिंग मैकडोल्ड रोड गई थी। मज़हर भाई मेज़ पर सिर झुकाये कुछ लिखने में मसरूफ़ थे; कहने लगे, 'तशरीफ़ रखिए, काग़ज़ात लाई हैं?' वह बहुत ग़ुस्से में थे।

'जी हाँ, जो मिल गये वह ले आये हैं।'

'मिल गये क्या? ...आप उनको रद्दी में फेंक देती हैं?'

'जी नहीं मज़हर भाई, वह दरअस्ल, इधर-उधर हो जाते हैं।'

'मेरी समझ में नहीं आता। यह आपकी ख़ुशनसीबी है कि फूफा मरहूम आपके लिए इतना छोड़ गये। लोग अपने हालात बेहतर करने की कोशिश करते हैं; आप जो कुछ आपके पास है, उसे भी बर्बाद करना चाहती हैं। ऐसी भी क्या बेपर्वाही। छब्बूजी, ख़ुदा का शुक्र है कि ज़िम्मेदार आदमी बन चुके हैं, और आप।'

मज़हर भाई देहरादून में मेरी उंगली पकड़ कर मुझे सर्कस दिखाने ले जाया करते थे। मैं चुपकी बैठी उनकी पुरख़ुलूस मुशफ़िक़ाना (मेहरबानी भरी) झाड़ सुनती रही। काग़ज़ात मुझसे लेकर उन्होंने अपनी फ़िरंगन सेक्रेटरी को बुलाया। उससे कहा कि इन काग़ज़ात को क्रमबद्ध करके इनकी फ़ाइल तैयार करें।

कम्पनियों की फ़ेहरिस्त सामने रखकर मुझसे कहा, 'आपको मालूम है इनमें से कुछ कम्पनियाँ बिल्कुल गोल्ड माइन हैं। अफ़्रीका और बर्मा की ठंडी पड़ चुकी हैं लेकिन कोरियन वार की वजह से क़ीमतें बहुत बढ़ गयी हैं। आपके चालीस हज़ार के शेयर्ज़ की मौजूदा मार्केट वैल्यू नब्बे हज़ार के क़रीब है मगर आपको अल्लाह ने अक़्ले सलीम (सदबुद्धि) अता नहीं की।'

'जी, मज़हर भाई।'

पचास प्रतिशत मुनाफा लेने के बावजूद रिज़र्व बैंक ऑफ़ इण्डिया, नई दिल्ली, चार्टर्ड बैंक कराची को जो मुनाफ़ा भेज रहा था, उसकी अच्छी ख़ासी रक़म जमा हो चुकी थी।

'ज़रा अपनी चेकबुक दिखलाइए।' मज़हर भाई ने फ़ौरन कहा।

मैंने पेश की। उसके काउंटर फ़ाइल पर लिखा था, थामस एण्ड थामस बुक सेलर्ज़। थामस एण्ड थामस थामस एण्ड थामस...

'आप हर महीने इतनी किताबें ख़रीदती हैं?'

'जी हाँ, मज़हर भाई, वह दरअस्ल इंग्लिश और अमेरिकन किताबें बहुत महंगी मिलती हैं।'

वह तो मैं भी जानता हूँ। लेकिन आप इतनी किताबें पढ़कर क्या करेंगी?'

'कुछ नहीं।'

'बहुत ख़ूब'

'सेक्रेटरी ने फ़ाइल मुरत्तब (क्रमबद्ध) करके पेश की।'

'मैं उन सब से आपकी तरफ़ से ज़रूरी ख़तोकिताबत करूँगा। अब तक कितना रुपया डुबो चुकी हैं, कमाल है। अल्लाह रहम करे और आपको अक़्ले सलीम अता करे।'

'अल्लाह आपको थोड़ा सा कामनसेंस अता करे।' रम्मी मियाँ ने सोफ़े पर बैठते हुए कहा, 'अगर आपका बस चलता तो आज सुबह आप झुनझुनवाला को मारे हमदर्दी के उसकी बताई हुई क़ीमत से ज़्यादा पेश कर देतीं। क्योंकि उसकी शक्ल पर बहुत बेचारगी बरस रही थी।'

'बेग टू रिपोर्ट सर, आई एम एन ईडियट।' मैंने हम सब के प्रिय पात्र गुड सोल्जर श्वेक की तरह विनम्रता से जवाब दिया।

उस इतवार को मारीपुर की शाहराह (राजमार्ग) पर 'पोम पोम डार्लिंग फ़र्राटे से रवाँ थी। आसिम बतौर इंस्ट्रक्टर तशरीफ़ फरमा थे, पारे मियाँ और अच्छो पीछे बैठी थीं। मैंने कहा, 'देखिए जनाब सामने से जो मोटर आ रही है, मैं उसे किस सफ़ाई से ओवर टेक करती हूँ।'

पारे ने कहा, 'यही तो कमाल है कि आप अपोज़िट डायरेक्शन से आने वाले मोटर को ओवर टेक करती हैं।'

अम्मा कार की ख़रीदारी और ड्राइविंग सीखने के उस सारे हंगामे की वजह से हद दर्जा घबराई हुई थीं। 'एक्सीडेंट करेंगी, मर जाएंगी' एक दिन उन्होंने हस्बे आदत अपने मायूसी भरे अंदाज़ में इज़हारे ख़याल किया।

'मैं एक बार मंकी ब्रिज से फ़ैज़ाबाद रोड तक ऑकलैण्ड ब नफ़्से नफ़ीस ख़ुद चलाकर नहीं लाई थी? और आपा अज़रा और अच्छो, सलोया, जो इस फ़र्राटे से कार चलाती हैं, आजतक कुछ नहीं हुआ, मैंने जवाब दिया।

'वह समझदार लड़कियाँ हैं, पहले उन जैसी अक़्ल तो लाओ।'

भाई बोले, 'बस कराची के ट्रैफ़िक में कार चलाते वक़्त आप हँसिएगा हरगिज़ नहीं। क्योंकि आप चीनियों की तरह हँसती हैं, सामने सड़क नज़र नहीं आएगी।'

पोम पोम डार्लिंग को आये कुछ ही दिन गुज़रे थे, जब डी.ए.एफ़.पी. में अपने दफ़्तर के कमरे में बैठे-बैठे सुबह साढ़े ग्यारह बजे इल्क़ा[1] हुआ कि इंग्लिस्तान जाना चाहिए। फ़ौरन रम्मी मियाँ को उनके ओरियन्ट एयरवेज़ दफ़्तर फ़ोन किया।

'रम्मी मियाँ सलाँ अलैकुम, गोल कीजिए कार वापस।'
'सलाँ अलैकुम, पोम-पोम डार्लिंग वापस?'

झुनझुनवाला को अभी चेक तो नहीं दिया? हम इंग्लिस्तान जा रहे हैं। आप अब हवाई जहाज़ का टिकट कटवा दीजिए। फ़ौरन!'

उसी वक़्त याद आया कि अनवर क़ुरैशी की छोटी बहन बिलक़ीस नसरुल्लाह ने कुछ दिन पहले बातों-बातों में ज़िक्र किया था कि वह फ़ुलाँ पासपोर्ट ऑफ़िसर से मिलने जा रही हैं। रम्मी मियाँ से बात ख़त्म करके बल्ली का नम्बर डायल किया।

दूसरे दिन साढ़े ग्यारह बजे मैं और बल्ली तसवीर के साथ पासपोर्ट ऑफ़िसर के दफ़्तर में मौजूद थे। उस ज़माने में इस क़िस्म के काम बग़ैर किसी दिक्क़त के फ़ौरन हो जाया करते थे। पासपोर्ट अफ़सर ने एक घण्टे के अन्दर-अन्दर परवाना-ए-राहदारी (पासपोर्ट) तैयार करवा के हवाले किया। बाक़ी सम्बंधित मरहले भी इसी तरह जल्द से जल्द तय हुए।

---

1. वह बात, जो अल्लाह दिल में डाल दे।

तीसरे दिन चार्टर्ड बैंक ऑफ़ इण्डिया, ऑस्ट्रेलिया एण्ड चाइना के फ़ॉरेन एक्सचेंज विभाग के फ़िरंगी ने आधा घण्टे में साल भर का कोटा ढाई सौ पौण्ड के ट्रेवलर्स चेक पेश किये। रम्मी मियाँ का दफ़्तर बैंक के बिल्कुल सामने वाक़े था। बाहर मैकलोड रोड पर रश बहुत था। सड़क क्रास करने के इन्तिज़ार में फ़ुटपाथ पर रुकी तो कुछ फ़ासले पर बेचारे बोर सिद्दीक़ी खड़े दिखलाई दिये। निहायत ख़ुश-ख़ुल्क़ी से हाथ उठाकर उन्हें 'हेलो' किया। वह फ़ौरन भीड़ चीरते लपके हुए आए। क़रीब पहुँचे, ग़ौर से देखा तो वह बोर सिद्दीक़ी नहीं थे। उन्होंने बाँछें खिलाकर कहा आपने मुझे बुलाया था? मैं फ़ुलाँ हूँ। आप?'

मेरे प्राण पखेरू उड़ गये। यह साहब इस्लामी दुनिया के एक नामवर और प्रिय बुज़ुर्ग के बड़े बेटे थे। औरतों के सिलसिले में जिनके मशाग़िल (कर्मों) की वजह से उनके मरहूम व मग़फ़ूर वालिद उनसे बेइंतिहा नाख़ुश और बददिल रहे थे। मैं फ़ौरन सरपट भागती रम्मी मियाँ के ऑफ़िस पहुँची। रम्मी मियाँ इतमीनान से अपनी मेज़ पर बैठे चाय नोश कर रहे थे। उनको वाक़ेआ बताया उन्होंने कहा, 'मेरा ख़याल है आप अब फ़ौरन ऐनक ख़रीद लीजिए।'

'ऐनक तो ख़ैर हरगिज़ नहीं लगाएंगे। टिकट बन गया?'

'बीबी बात यह है कि तमाम ग़ैरमुल्की एयरलाइंस की उड़ानें अनिश्चितकाल के लिए किसी वजह से मुलतवी कर दी गयी हैं। क्या आपको किसी ख़ास तारीख़ पर ज़रूरी काम से लंदन पहुँचना है?'

'बिल्कुल जल्द से जल्द।'

'लेकिन क्यों? इतनी जल्दी क्या है?'

'ऐसे ही।'

'अच्छा, मैं तीन चार कम्पनियों में मालूम करके शाम को घर पर फ़ोन करता हूँ।'

अगली सुबह दफ़्तर में अनवर क़ुरैशी ने दरयाफ़्त किया 'यह तुम तीन चार दिन से किस चक्कर में मसरूफ़ हो?'

'बहुत अहम मामला है। चलो ज़रा क़य्यूम साहब के पास चलें।'

मिस्टर अब्दुल क़य्यूम एक इन्तिहाई नेक दिल और शरीफ़ इंसान थे। मैंने कहा, 'क़य्यूम साहब! कम से कम साल भर की छुट्टी मिल सकती है?'

'साल भर...?' क़य्यूम साहब ने ताज्जुब से पूछा। 'आप को यहाँ काम करते कितने दिन हुए हैं?'

'तो इस्तीफ़ा ले लीजिए'

'क्या आपको लंदन में कोई मुलाज़िमत मिल गयी है?'

'बिल्कुल नहीं, यूँ ही जा रहे हैं। अपना ज़हनी उफ़ुक वसी करने।' (यानी अपने बौद्धिक क्षितिज का विकास करने।)'

क़य्यूम साहब ने अपनी घूमने वाली लेदर चेयर पर पहलू बदला और सोच कर बोले, 'मैं यह राय दूँगा कि आप इस्तीफ़ा दाख़िल न कीजिए। ज्यादा से ज़्यादा जितनी छुट्टी बग़ैर तनख़्वाह मिल सकती हो, ऐडमिनिस्ट्रेशन के हेड क्लर्क से मालूम करके ले लीजिए और छुट्टी की मुद्दत ख़त्म होते ही वापस आ जाइए।'

हेड क्लर्क ने काग़ज़ात की जाँच पड़ताल और नियमावली का अध्ययन करने के बाद कहा, 'आपको तीन माह की रुख़सत बग़ैर तनख़्वाह के मिल सकती है।'

'मैंने क़य्यूम साहब से कहा, 'लाइए वही दे दीजिए।'

तीन माह की रुख़सत बग़ैर तनख़्वाह के मनज़ूर हो गयी।

दूसरे दिन लंच के वक़्त शानुल हक़ हक़्क़ी साहब ने पूछा, 'लंदन में आपके कोई रिश्तेदार हैं?' कहाँ ठहरेंगी?'

'दो कज़न हाल ही में वहाँ गये हैं, मगर उनका अता पता मालूम नहीं, वह दोनों अफ़ीमची हैं, पेनिक में अब तक उन्होंने ख़त ही नहीं लिखा।'

'आपके कज़न अफ़ीमची हैं...?' एक साहब ने ताज्जुब से पूछा।

'जी नहीं, मेरा मतलब है वह रूहानी तौर पर पेनिक में रहते हैं। बहरहाल हम डिग्स में ठहरेंगे, जैसे सब रहते हैं, क्या ख़ास बात है।'

'मेरे बड़े भाई।' शान साहब ने कहा, 'अर्से से वहाँ मुक़ीम हैं, उनकी बीवी अंग्रेज़ हैं। वह कमरे किराये पर उठाते हैं। मैं उनके नाम ख़त लिखे देता हूँ।'

लोगबाग झुंड के झुंड तरह-तरह के सरकारी और बाहरी वज़ीफ़ों पर बाहर जा रहे थे। अब घर पर रिश्तेदारों और दोस्तों के बधाई के फ़ोन आने शुरू हुए। 'मुबारक हो, मुबारक हो! कौन सा, कहाँ का स्कॉलरशिप मिला है?'

'कहीं का भी नहीं, हम ख़ुद जा रहे हैं।'

'ऐं...? अपने पैसे से? यह क्या हिमाक़त है? कोई स्कॉलरशिप हासिल कीजिए; आपको तो बेहद आसानी से मिल जाएगा।'

'एक दफ़ा तय कर लिया कि फ़ौरन जाना है तो बस जा रहे हैं। स्कॉलरशिप के लिए कौन दरख़्वास्तें देता फिरे।'

रम्मी का फ़ोन आया। दो इंजन वाला एक जहाज़ लीबिया, ट्यूनिस, अलजीरिया होता हुआ लंदन जा रहा है अगर आप चाहें तो उसका टिकट बनवा दूँ।'

'यक़ीनन।' मैंने जवाब दिया। 'रम्मी मियाँ क्या वह जहाज़ क़र्ताजना, तराब्लस, अलजज़ायर, टेंजियर्स, कासाब्लांका ठहरता हुआ जायेगा? ऐसा इंतिज़ाम कीजिए कि मैं इन सब जगहों पर रुकती हुई जाऊँ।'

'रास तग़ारी, मेहदी सूदानी, सलाम्बो, मराक़श 'तराब्लस के शहीदों का है लहू इसमें।'

सलोया और अदरी के बड़े भाई सहेब उन दिनों मैनचेस्टर से आये हुए थे। वह रम्मी मियाँ के बहुत यार-ए-ग़ार थे। दूसरे दिन रात गये सी-फ़ील्ड रोड से उनका फ़ोन आया, घबरायी हुई आवाज़ में बोले 'रम्मी, अभी-अभी पता चलाया है, वह एक खटारा जहाज़ है, दो इंजन वाला। मरम्मत के लिए लंदन जा रहा है; उसमें हरगिज़-हरगिज़ मत जाओ। रम्मी ने अभी मालूम किया है। फ़ॉरेन एयरलाइंज़ का स्ट्राइक ख़त्म होने वाला है। तीन-चार दिन तक स्विज़ एयर में बुकिंग करवा दी जाएगी।'

सामने बजरी के मैदान के उधर आख़िरी बस आकर रुकी, जिसमें से आसिम ज़ैदी हवाई सफ़र के दो ज़र्द सूटकेस लिये उतरे, जो मैंने सुबह जब वह शहर जा रहे थे, उनसे कहा था कि ख़रीदते लाएँ।

अम्मा बहुत सी स्वयं रचित या प्राचीन उक्तियाँ इस्तेमाल किया करती थीं। पस्ता क़द नापसंदीदा शख़्स : गपना या ख़नगा। बेहद दुबला बूढ़ा : क़ाक़। (जो अब जाकर मालूम हुआ कि मंगोलियन और तुर्की भाषाओं में धुएँ से सुखाये हुए गोश्त को कहते थे और यह शब्द भी दिल्ली के आसपास के क्षेत्रों में मुग़लों ने प्रचलित किया होगा) बेतुका बूढ़ा : बूबक़, उर्दू के बेहद अप्रचलित शब्द और मुहावरे जो नानी अशरफ़जहाँ बेगम और मुस्तफ़ाई बेगम, मुर्तज़ाई बेगम की ज़बान पर रहते होंगे, अम्मा उन्हें मुस्तक़िल इस्तेमाल करती थीं।

क़लमाक़नी, क़ाबूची, कोतक, लाँगाटेर, कबन, रोग़न-ए-क़ाज़, हवाई दादा, उल्फ़ते। कपड़ों के लिए फ़तोई, मिर्ज़ई, दुगला, ख़लता, अलख़ाक़, (यानी रुईदार क़बा), कहने लगीं, 'दुलख़ाक़ साथ ले जाओ; बाक़ी वहाँ खरीद लेना।' अलख़ाक़ पुरानी उर्दू में गर्म फरग़ल को कहते थे। अम्मा मज़ाक में ओवरकोट को इसी नाम से याद करती थीं।

लखनऊ में नं. 21, फ़ैज़ाबाद रोड से कुछ फ़ासले पर शहाबुद्दीन सिद्दीक़ी डिप्टी पोस्ट मास्टर जनरल रहते थे। सईदा, शमीम और ज़फ़र इक़बाल, उनकी लड़कियाँ और लड़के, लामाटीनियर में सहेब, सल्लो, अदरी और मुशीर के साथ पढ़ा करते थे। वह सब अब कराची आ चुके थे।

जिस रोज़ मैं इंग्लैण्ड जा रही थी, उसके दूसरे दिन मुशीर पश्चिमी जर्मनी रवाना होने वाले थे। लिहाज़ा सईदा, शमीम और इक़बाल ने अपने यहाँ हम लोगों की फेयरवेल पार्टी आयोजित की। केक पर बाक़ायदा हमारे नाम लिखवाए गये। रवानगी की सुबह डॉन के Important Arrivals and Departures के कालम में पढ़ा Mr. Qurratul Ain Hyder leaves for U.K. मैंने ज़व्वार को फ़ोन किया, उन्होंने फ़रमाया ख़बर मैंने दी थी। 'मिस्टर' प्रिंटर की ग़लती है।

उसी रोज़ नूरअफ़शाँ को सरकारी काम से रावलपिण्डी जाना पड़ा। दोपहर को रम्मी मियाँ स्विज़ एयर का रिटर्न टिकट लिए शादाँ व फ़रहाँ (ख़ुशी-ख़ुशी) मारीपुर तशरीफ़ लाए, फ़रमाया, यह ओपन डेट टिकट है, साल भर के अन्दर कभी-भी वापस आ जाइए लेकिन बारह महीने की मुद्दत निकल गयी तो एयर लाइंज आपको वापसी का किराया लौटाएगी नहीं।'

फिर एक काग़ज़ सामने रखा यह आपकी Itinerary है। स्विस एयर का विमान इस रूट से लंदन जाता है। हमने ऐसा इन्तिज़ाम किया है कि आप इन मुक़ामात पर ठहरती हुई नीचे लिखी तारीख़ों पर स्विज़ एयर का हवाई जहाज़ पकड़कर आगे चलती लंदन पहुँचें।'

मैंने प्रोग्राम पढ़ा; बग़दाद, बैरूत, इस्तंबोल, फ्रैंकफ़र्ट, ब्रुसेल्स।

'जज़ाकल्लाह' (अल्लाह इसका बदला दे) मैंने कहा

'मगर आपका कुछ पता नहीं कि आप रास्ते में पिनक में आकर कहीं और निकल जाएँ। फिर बड़ी तवालत होगी।'

हवाई जहाज़ रात के एक बजे उड़ने वाला था। वक़्त गुज़ारने के लिए नसीमा मुमानी, मामूजान और मैं रात के ग्यारह बजे तक जिमख़ाने में बैठे रहे। क्लब सुनसान हो चला। इतने में मामूजान के दोस्त मीर बन्दे अली बेतालपुर और हुसैन शहीद सोहरवर्दी, जी. मोईनुद्दीन आकर बैठ गये और भी कॉफ़ी मंगवाई गयी। सोहरवर्दी साहब किसी सियासी मसअले की वजह से बहुत चिंतित और दुःखी नज़र आ रहे थे। मैंने घड़ी देखकर मामूजान से कहा, 'अब चलिए ड्रग रोड से मारीपुर बेहद लम्बा फ़ासला है। वापसी में आप लोगों को बहुत देर हो जायगी।'

सोहरवर्दी साहब ने चौंक कर पूछा, 'आप कहाँ जा रही हैं?' 'लंदन' मैंने इस बेनियाज़ी से जवाब दिया, मानो आये दिन लंदन जाती रहती हूँ।

जी. मोईन साहब ने ख़ुश होकर कहा! 'मुझे आजकल के नौजवानों की यह स्प्रिट बहुत पसंद है।'

मैं विनम्रता से मुस्कुराई।

ड्रग रोड पर एयरपोर्ट के सुनसान रास्ते में कुछ रिश्तेदारों की मोटरें मिलीं जो ख़ुदा हाफ़िज़ करने गये थे और अब वापस आ रहे थे। सलोया की कार नज़र आयी; उन्होंने रूक कर बताया, 'हवाई जहाज़ तीन चार घण्टे लेट है। एयरपोर्ट पर आसिम तुम्हारा इन्तिज़ार कर रहे हैं।' फिर भाई ने अपनी मोटर रोक कर हवाई जहाज़ लेट होने की ख़बर सुनाई। अब सबको ख़ुदा हाफ़िज़ कहकर आगे चले।

आसिम ड्रग रोड पर एयरोनाटिकल इंजीनियरिंग की ट्रेनिंग हासिल कर रहे थे। मुन्ने भाई सिविल एविएशन में मुलाज़िम थे। दोनों एयरपोर्ट के गोल हाल में इन्तिज़ार करते मिले। उस ज़माने में हवाई जहाज़ों की इतनी रेलपेल नहीं थी। एयरपोर्ट सुनसान पड़ा था। मुन्ने भाई और नसीमा मुमानी, मामूजान के जाने के बाद आसिम ने जिनका एयरपोर्ट में बहुत अमल दख़ल था, रनवे के बराबर में दो कुर्सियाँ रखवायीं और हम लोग हवाई जहाज़ के इन्तिज़ार में मसरूफ़ हो गये।

सुबह चार बजे के क़रीब अँधियारे क्षितिज पर सुर्ख़ बत्तियाँ नज़र आईं।

आसिम कुछ महीने बाद उच्च प्रशिक्षण के लिए हॉलैण्ड जाने वाले थे। 'आपा अब आपसे एमस्टरडम में मुलाक़ात होगी। फ़ुलाँ तारीख़ को शाम के चार बजे।' उन्होंने गुड सोल्जर श्वेक की तरह जवाब दिया।

जब हवाई जहाज़ रनवे पर कुछ दूर जाने के बाद रुककर सुस्ताता था तो नूरअफ़शाँ हमेशा कहती थी : अब पायलट इस्तेमाल करने की तरकीब का पर्चा पढ़ रहा है। उड़ान से पहले हवाई जहाज़ हस्बे आदत कुछ देर सुस्ताया और पश्चिम की दिशा में उठा।

वक़्त आनस्त कि पुर्सी जुजअज़...

13
अध्याय

फ़िश एण्ड चिप्स

ब्रुसेल्स से उड़कर हवाई जहाज़ उत्तरी सागर के बादलों से गुज़रता लन्दन पहुँचा। हीथ्रो एयरपोर्ट सुबह-ए-काज़िब[1] के धुँधलके में पोशीदा[2] था। उस वक़्त उस एयरपोर्ट में झाड़ू देती पंजाबी औरतें नज़र न आती थीं, न प्रवेश द्वार पर पाकिस्तानियों, हिन्दुस्तानियों की वह गत बनती थी, जो आज बनती है। कस्टम वाले गोरे ने बड़े अख़्लाक़ से दरयाफ़्त किया, 'आपके पास कोई ग़ैर क़ानूनी मुनशियात (नशीला पदार्थ) तो नहीं है?' मैंने कहा क़ानूनी व ग़ैरक़ानूनी दोनों नहीं हैं। उसने सूटकेस खोले बग़ैर चाक के सफ़ेद निशान बनाये और मुस्कुराकर आगे जाने का इशारा किया।

बाहर ऊँची छत वाली टैक्सियाँ, डीलडौल और क़द काठी में स्वर्गीय ऑकलैण्ड से मिलती जुलती नज़र आयीं।

एक टैक्सी वाले गोरे को शानुल हक़ हक़्क़ी के ब्रादर-ए-मोअज़्ज़म (बड़े भाई) का पता बताया, वह सामान लादकर शहर की तरफ़ रवाना हुआ। लंदन अभी सोया हुआ था। सड़कों पर रौशनियाँ जल रही थीं और बड़ी खुशगवार ठंडक थी। मीलों दूर जाकर रीजेंट पार्क के नज़दीक भूरे तीन मंज़िला विक्टोरियन मकानों की एक क़तार के सामने टैक्सी रुकी। मैंने उतरकर नम्बर 12 रीजेंट पार्क टेरेस की दरवाज़े की घंटी बजाई। दहलीज़ पर दूध की बोतलें रखी थीं और मकान के दरीचों में जेरीनियम के गमले रखे नज़र आ रहे थे। शुद्ध शांतिपूर्ण पारम्परिक मध्यमवर्गीय इंग्लिस्तान।

कुछ मिनट बाद गर्म ड्रेसिंग गाउन पहने एक अंग्रेज़ महिला ने दरवाज़ा खोला। मैंने कहा, 'सुबह बख़ैर! आप मिसेज़ हक़्क़ी तो नहीं?'

उन्होंने कहा कि हैं। मैंने उनके अनदेखे पाकिस्तानी देवर का ख़त उन्हें दिया। टैक्सी ड्राइवर ने सामान लाकर सीढ़ी पर रखा, जो मिसेज़ हक़्क़ी उठाकर ख़ामोशी से ज़ीने की तरफ़ ले चलीं। तीसरी मंज़िल पर पहुँचकर एक कमरे

---

1. सुबह की रौशनी, जिसके बाद फिर अँधेरा हो जाता है।, 2. छुपा हुआ।

में दाख़िल हुईं। सब्ज़ क़ालीन, सब्ज़ पर्दे, सफ़ेद फ़र्नीचर। अंग्रेज़ परिवार में कुत्ता एक अहम और सम्मानित फ़ैमिली मेम्बर की हैसियत रखता है। सामने एक दीवार पर हक़्क़ी परिवार के एक बावक़ार (सम्माननीय) को क्रास्पेन्यल की तस्वीर आवेज़ाँ (लगी हुई) थी।

मिसेज़ हक़्क़ी ने सामान फ़र्श पर रखकर नपे तुले बर्तानवी अखलाक़ व आदाब के अनुसार कहा, 'आप यहाँ वेलकम हैं, मैं उम्मीद करती हूँ यहाँ आराम से रहेंगी। ब्रेकफ़ास्ट ठीक साढ़े आठ बजे Basement में।' और वापस चली गयीं।

कमरे में आनन्ददायी ठंडक थी। मैंने दरीचे में जाकर देखा; बाहर सुबह का उजाला फैलता जा रहा था और धुंध में लिपटे रीजेंट पार्क के दरख़्त नज़र आने लगे थे। मैंने सोचा अब शहज़ादी एलीज़ाबेथ वहाँ शहसवारी करती दिखलायी पड़ेंगी। बचपन से फूल अख़बार में पढ़ते आये थे कि शहज़ादी एलिज़ाबेथ सुबह ही सुबह रीजेंट पार्क में शहसवारी करती हैं।

लेकिन शहज़ादी एलिज़ाबेथ नज़र आने की बजाय चचा इनामुलहक़ देहलवी मरहूम के दामाद शरीफ़ुल हसन से मुलाक़ात हुई। जब मैं ठीक आठ बजकर पच्चीस मिनट पर तहख़ाने में जाने के लिए ज़ीने पर पहुँची तो शरीफ़ुल हसन साहब जो मकान मालिक के रिश्तेदार थे, चौथी मंज़िल से उतरकर नाश्ते के लिए नीचे जाते मिले। मैंने अलैक सलैक के बाद चची तौक़ीर ज़ेरिक की ख़ैरियत उनसे दरयाफ़्त की जो लाहौर में थीं। शरीफ़ुल हसन साहब क़ाहिरा से स्थानांतरित होकर आये थे और पाकिस्तान हाउस में प्रेस अताशी थे।

तहख़ाने के सुबह वाले कमरे में साहिब-ए-ख़ाना (मकान मालिक) ड्रेसिंग गाउन और ऊनी स्लीपर पहने आतिशदान के सामने आराम कुर्सी पर बैठे मान्चेस्टर गार्जियन पढ़ रहे थे। एक बिल्ली और एक कुत्ता क़दमों में बैठे थे। साहिब-ए-ख़ाना[1] ने उठकर बर्तानवी अंदाज़ में स्वागत किया, मगर चन्द मिनट बाद ही

1. मालिक मकान।

बेसाख़्ता सवाल किया, 'आजकल पाकिस्तान में क्या लिखा जा रहा है?' अपने छोटे भाई की तरह वह भी बहुत पढ़े लिखे इंसान थे।

नाश्ता करते हुए ख़याल आया, तक़ी मियाँ और महमूद मियाँ का पता शायद पाकिस्तान हाउस के शिक्षा विभाग से मालूम हो जाएगा। शरीफ़ुल हसन साहब ने कहा, 'दोनों हज़रात फ़िलहाल पाकिस्तान हाउस में पार्ट टाइम मुलाज़िम हैं।'

ब्रेकफ़ास्ट के बाद शरीफ़ुल हसन साहब के साथ बस पर सवार होकर, हाई कमीशन का रुख़ किया। अब लंदन जाग चुका था और व्यवस्थित, ख़ुशलिबास लोगों के हुजूम सड़कों पर रवाँ थे। बस मार्बल आर्च के सामने से गुज़र रही थी, जब शरीफ़ुल हसन साहब ने अचानक कहा, 'मेरे डिपार्टमेंट में एक इनफ़ॉर्मेशन ऑफ़िसर की जगह ख़ाली है। अगर आप चाहें तो मैं हाई कमिश्नर साहब से बात करूँ कि आपकी सेवाएँ कराची से स्थानांतरित कर दी जाएँ।'

लाउंड्ज़ स्कवायर में पाकिस्तान हाउस के रीडिंग रूम में प्रवेश करते ही सामने लाइब्रेरियन की मेज़ पर महमूद मियाँ बैठे नज़र आए। उन्होंने मुझे हैरत से देखा और उठे, 'तो आप बेल्जियन कांगो नहीं गयीं' उन्होंने कहा और दूसरे कमरे से तक़ी मियाँ को बुलाकर लाये। उन्होंने पाइप सुलगाने के लिए माचिस जलाते हुए इस इतमीनान से 'सलाँ अलैकुम' कहा जैसे मेरा सुबह-सुबह अचानक लन्दन पहुँच जाना रोज़मर्रा की सामान्य बात थी।

तक़ी मियाँ आप भी पार्ट टाइम काम कर रहे हैं? और सर सैयद पर रिसर्च?'

'वह भी होती रहती है।'

'भाई अहमद रशीद के भांजे भी यहाँ पर हैं, बहैसियत कौंसिलर, ब्रिगेडियर हामिद हुसैन।'

महमूद मियाँ ने इत्तिला दी। तक़ी मियाँ ने कहा, 'वह बी.बी.सी. में काम करते हैं और जल्द ही वहाँ स्थाई रूप से मुलाज़िम होने वाले हैं।'

रीडिंग रूम की लम्बी सी मेज़ पर ब्रिटिश कौंसिल के किताबचे पड़े देखकर अचानक मुझे याद आया। कुछ समय पहले कराची में ब्रिटिश कौंसिल के चीफ़ मिस्टर ओयन जोंज ने ज़िक्र किया था कि वह चन्द माह के लिए लंदन जाने वाले हैं। महमूद मियाँ ने कहा 'उन्हें फ़ोन करें?'

मिस्टर ओयन ज़ोंस एक ओल्ड स्कूल मेहरबान बुज़ुर्ग थे, जो मुद्दतों इस्लामिया कॉलेज पेशावर के प्रिंसिपल रहे थे। उन्होंने फ़ोन पर कहा, 'माई डियर! मैं बहुत ख़ुश हूँ कि तुम बर्तानिया आयीं, मैं उम्मीद करता हूँ कि तुम यहाँ के ज्ञान व कलाओं से लाभान्वित होंगी।

रोज़ाना ब्रिटिश म्यूज़ियम के रीडिंग रूम जाया करो और कल शाम को मेरे साथ थियेटर चलो तो मुझे बेहद ख़ुशी होगी। यहाँ तुम्हें सिर्फ़ बेहतरीन प्ले देखने चाहिए। और मुझे यक़ीन है कि लंदन में ठहरने के दौरान तुम अपना प्यानो का अभ्यास भी ज़रूर जारी रखोगी।'

दूसरे दिन शाम को निश्चित समय पर एक मिनट न इधर न उधर, मिस्टर ओयन जोंस, जो कराची में मामूली कोट पतलून पहनते थे, सियाह सूट, सियाह बोलर हैट, हाथ में रोल्ड छतरी, ऐन-मैन शत प्रतिशत इंग्लिस्तान में रहने वाला अंग्रेज़ हक़्क़ी साहब के दरवाज़े पर मौजूद थे। यानी वतन-ए-अज़ीज़ की सरज़मीन पर वापस पहुँचकर ख़ालिस अंग्रेज़ बन चुके थे।

वेस्ट एंड के एक थियेटर में डोरोथी ट्यूटन का 'वाटर्स ऑफ़ द मून' देखने के बाद वापस आते हुए मिस्टर ओयन जोंस ने कहा, 'मैं जल्द ही रिटायर होने वाला हूँ। सारी उम्र उपमहाद्वीप में गुज़ार दी। वापस आकर अपने ख़्वाबीदा[1] पहाड़ी गाँव वेल्ज़ में रहूँगा और शेक्सपियर पढ़ते हुए मौत का इन्तिज़ार करूँगा। इंग्लिस्तान बदलता जा रहा है, हम एक इन्तिहाई क़दामत परस्त (पुराने विचारों वाली) क़ौम हैं, फिर भी तेज़ी से बदलती हुई दुनिया का साथ देना शायद ज़रूरी है। नई नस्ल पर अमेरिका की परछाईं पड़ रही है लेकिन जब तक पुराना इंग्लिस्तान सलामत है, इंग्लिस्तान हमेशा बाक़ी रहेगा।'

1. सोया हुआ।

अंग्रेज़ जज़बाती कभी नहीं होता। मिस्टर ओयन जोंस ने यह सब बड़े टाइट अपर लिप के साथ कहा और हक़्क़ी साहब के दरवाज़े पर पहुँचकर ओल्ड वर्ल्ड इंग्लिश कर्टसी के साथ रुख़सत हुए। वह एक अस्ली नस्ल परस्त वज़अदार बूढ़े अंग्रेज़ थे। (उस शाम के बाद उनसे दोबारा मुलाक़ात न हुई। दो तीन बरस बाद सुना कि अपने वेल्स गाँव में उनका इंतिक़ाल हो गया।)

हक़्क़ी साहब के बावर्चीखाने में बी.बी.सी. के सिद्दीक़ अहमद सिद्दीक़ी आये बैठे थे, जिन्हें तक़ी मियाँ ने मेरी आमद की इत्तिला कर दी थी। कहने लगे, 'मिस्टर ओयन जोंस की तरह के बूढ़ों की इस मुल्क में बहुलता है। जो उपमहाद्वीप में इम्पीरियल बर्तानिया के नुमाइन्दे रह चुके हैं। देहात की अक्सर ख़ूबसूरत कॉटेजों पर लिखा नज़र आता है, 'लखनऊ', 'शालीमार', 'कोयटा', 'नैनीताल' अन्दर पेंशन याफ़्ता बूढ़े टाइम्स पढ़ते और ब्रिटिश इण्डिया में गुज़ारे हुए ज़माने की याद में आहें भरते मिलेंगे।'

'अच्छा एक बात और है।' हक़्क़ी साहब बोले, 'इन बूढ़ों में जो स्कॉलर हैं, वह दो तरह के हैं। जिन्होंने संयुक्त भाषा व साहित्य या हिन्दू दर्शन का अध्ययन किया है या जिनका हिन्दुओं से ज़्यादा वास्ता रहा है, वह प्रो इण्डिया हैं। फ़ारसी, अरबी या इस्लामी शिक्षा के एक्सपर्ट या जिनका मुसलमानों से वास्ता रहा था, वह वोकिंग मस्जिद के समारोहों और रीजेंट पार्क इस्लामिक कल्चर सेंटर के जलसों में जाते हैं और प्रो पाकिस्तान हैं।'

रात बहुत हो गयी थी। सिद्दीक़ अहमद सिद्दीक़ी चलते वक़्त कहने लगे, 'बेटा कल सुबह दस बजे बी.बी.सी. आ जाइए। ऑक्सफ़ोर्ड सर्कस में जहाँ एक इमारत की दीवार पर 'लंदन को-ऑपरेटिव सोसायटी' लिखा नज़र आ जाए, समझ लीजिए वहीं विदेशी प्रसारण के दफ़्तर हैं।'

'बी.बी.सी. का' मैंने कहा, 'निहायत ग़ैर-शाइराना पता है।'

'उसके अलावा हमारे दफ़्तर में दरवाज़े के क़रीब पहली मेज़ पर एक साहब जिनाह कैप पहने बैठे मिलेंगे; नाम उनका नूर मोहम्मद चौहान है लेकिन ईसाई हो चुके हैं। उनकी हमेशा से यह तमन्ना थी कि इंग्लिस्तान

आकर शहज़ादी एलिज़ाबेथ को अंग्रेज़ी पढ़ाएँ। वह सम्भव न हुआ रेडियो में मुलाज़िमत मिल गयी। बहुत माक़ूल इंसान हैं। मगर उनके लिए यारान-ए-तरीक़त ने कहा है।

कहा लंदन चला जाऊँ? कहा लंदन चले जाओ
कहा चौहान का डर है, कहा चौहान तो होगा।

'मुझे हमेशा से यह जुस्तजू रही कि इसी वर्ग के दूसरे शानदार शे'रों की रचना का मौक़ा मालूम करूँ।'

कहा बर्मा चला जाऊँ? सिद्दीक़ अहमद सिद्दीक़ी ने दरयाफ़्त किया।
'जी हाँ। कहा बर्मा चले जाओ। कहा जापान का डर है।'
'कहा, जापान तो होगा।' सिद्दीक़ अहमद सिद्दीक़ी ने शे'र पूरा किया।

हक़्क़ी साहब ने जो एक संजीदा और मतीन इंसान थे, हैरत से मुझे और सिद्दीक़ अहमद सिद्दीक़ी को देखा, फिर आहिस्ता से मुझसे पूछा, 'आप इंग्लिस्तान किस मक़सद के लिए आई हैं?'

'जनरल एज्युकेशन' मैंने जवाब दिया।

एक ऊपरी मंज़िल के रौशन कमरे में जिसके दरीचे ऑक्सफ़ोर्ड सर्कस के ऊपर खुलते थे, चार पाँच मेज़ों पर नूर मोहम्मद चौहान, सिद्दीक़ अहमद सिद्दीक़ी, अमजद अली, यावर अब्बास और उर्दू कातिब मोहम्मद आक़िल तशरीफ़ फ़रमा थे। तक़ी मियाँ और एजाज़ हुसैन बटालवी, आक़िल साहब की मेज़ के पास खड़े गुफ़्तगू में मसरूफ़ थे। एजाज़ बटालवी वास्कट के साथ ग्रे सूट में बहुत विश्वसनीय मालूम हो रहे थे। तक़ी मियाँ ने सभी साहेबान से परिचय कराया। एजाज़ बटालवी ज़रा झेंपे से खड़े थे, फ़रमाया :

'अंदेशा था कि इस रिविव की वजह से आप बेहद ख़फ़ा होंगी।'

जब 'सितारों से आगे' प्रकाशित हुई थी एजाज़ ने 'साक़ी' में टिप्पणी लिखी थी। लिखा था कि 'इस किताब को पढ़कर मालूम होता है, लेडी माउंट बेटन हिन्दुस्तान से जाते वक़्त अपनी अंग्रेज़ी ज़बान लेखिका के अफ़सानों के लिए छोड़ गयी हैं।'

एजाज़ के याद दिलाने पर मुझे इस रिविव का ख़याल आया। 'एजाज़ हुसैन बटालवी' मैंने कहा, 'हम सूफ़ी लोग ऐसी मामूली बातों पर किसी से ख़फ़ा नहीं होते। वैसे वह मज़मून बहुत अन्यायपूर्ण था और तुम्हें ज़रूर चाहिए कि इसके लिए शर्मिंदा हो।'

फ़रमाया, 'लेकिन मैं भी उम्मीद करता हूँ कि आइन्दा आप उर्दू ज़बान में लिखा करेंगी।'

दोपहर को हम सब ग्राउंड फ़्लोर पर कैंटीन में काउन्टर के बराबर क़तार में खड़े थे। सिद्दीक़ अहमद सिद्दीक़ी ने जो जगत चचा थे, मुझसे कहा, 'क़तार बन्दी यहाँ की ऐसी क़ौमी ख़ुसूसियत है कि एक रोज़ हमने देखा कि बिग मैन के नीचे चालीस पचास अंग्रेज़ अपनी-अपनी घड़ियाँ ठीक कराने के लिए क्यू बनाये खड़े थे।'

मैंने जवाब दिया, 'जी हाँ, कल जब साढ़े चार मिनट के लिए सूरज निकला तो रीजेंट पार्क में लोग क़तार बनाकर उसे देख रहे थे।'

'सुबहान अल्लाह!' किशमिशी रंग के ऊनी फ़्राक में मलबूस एक ब्लोनेड फ़िरंगी लड़की ने पलटकर कहा।

खाने के दौरान अमीना नूरुद्दीन अहमद ने जो सन् 47 ई. के फ़सादात के ज़माने में नहर सआदत ख़ाँ देहली से बली भाभी के साथ लंदन आ गयी थीं, इरशाद किया, 'सुनो भाई! हम लोग करोल बाग़ में अब्बा[1] से कहा करते थे कि दक्षिणी फ्रांस में शातू लेकर रहेंगे। क्योयार नोशजान करेंगे। सार्तर वग़ैरह से मुलाक़ात रहेगी। इस वक़्त आलम यह है कि फ़िश एण्ड चिप्स खा रहे हैं और सार्तर के बजाय शाह बड़े की महफ़िल जारी है।'

एजाज़ बोले, 'लंदन आने से पहले मेरा बीबीसी के मुताल्लिक़ यह तसव्वुर था कि एक तरफ स्टीवन स्पेन्डर बैठे हैं। उधर से क्रिस्टोफ़र फ़्राई आ गये इबहाम (गोल मोल बात) की सात क़िस्मों का तज़किरा (चर्चा) हो रहा है, इस

1. मुश्ताक़ अहमद ज़ाहिदी। देखिए वॉल्यूम - 1, अध्याय, 'बाईस ख़्वाजा की चौखट'।

पर याद आया परसों शाम को फ़ुलाँ जगह हल्क़ा-ए-अरबाबे ज़ौक़ (साहित्य प्रेमियों) की माहाना मीटिंग है, ज़रूर आना।'

तक़ी मियाँ ने कहा, 'मेडोवल में एक बूढ़ा अस्ट्रियन यहूदी रहता है, उसके यहाँ एक निहायत ऐतिहासिक कमरा है, क्योंकि हम सब लंदन आकर बारी-बारी उसी कमरे में क़याम कर चुके हैं। यह रिवायत आपको पूरी करनी ज़रूरी है। मैं अभी मिस्टर मोरगस्टन को फ़ोन करता हूँ और मालूम करता हूँ कि उस कमरे की सूरते-हाल क्या है।'

तक़ी मियाँ उठकर गये। कुछ देर बाद वापस आकर कहा, 'कमरा ख़ाली है, दूसरी बात यह कि इस इतवार को केक्स्टन हाल में अफ़्रेशियाई छात्रों का अहम जलसा है, उसमें शिरकत के लिए केमडन टाउन से फ़ुलाँ नम्बर की बस...।

मिर्ज़ा मामूजान ने जो सन् 32 ई. वग़ैरह में यहाँ तिब (चिकित्सा शास्त्र) पढ़ते थे, कराची से चलते वक़्त नसीहत की थी, आमतौर से अंग्रेज़ जब तक उसकी जान पर न बन आए, किसी अजनबी से बात नहीं करेगा। मगर लंदन में बहुत से संदिग्ध क़िस्म के विदेशी भी बसते हैं। ख़ासतौर से सोहो के इलाक़े में। बहरहाल अगर कभी कोई अजनबी ख़्वाह-मख़्वाह राह चलते तुमसे बात करना शुरू कर दे, उसे इग्नोर करना।

इतवार के दिन कैक्स्टन हाल के रास्ते में एक हूंक़ सा विदेशी, बस में आकर बराबर की सीट पर बैठ गया। तमाम अंग्रेज़ मुसाफ़िर हस्बेमामूल ख़ामोशी से अख़बार पढ़ने में मुनहमिक थे। चंद मिनट बाद उस नामालूम शख़्स ने दाँत नकोस कर दरयाफ़्त किया, 'इण्डिया; पाकिस्तान?'

मैं ख़ामोश, उसने तीन चार बार यही सवाल दोहराया और फिर इज़ाफ़ा किया, 'मैं पाकिस्तानी तालिब-ए-इल्म (छात्र) हूँ।'

मैं खिड़की से बाहर देखती रही। बोला, 'मैं फ़ुलाँ कॉलेज में हूँ, हम लोग शाम को बहुत तनहाई महसूस करते हैं। आप सिनेमा वग़ैरह जाती हैं?'

उस शख़्स की सूरत पर ग़ैरमामूली हुमक़ (मूर्खता) बरस रहा था। मैं ताज्जुब से सोचती रही कि इस क़िस्म के Low- I. Q के लोग यहाँ किस तरह आ जाते हैं। फिर बोला, 'आप कहाँ जा रही हैं?'

इतने में बस की रफ़तार मद्धम हुई। मैं उसी बस स्टॉप पर सरपट उतर गयी और कैक्स्टन हॉल की तरफ़ भागी, जो वहाँ से ज़्यादा दूर न था। सुनसान सड़क पर वह नामालूम शख़्स पीछे-पीछे लपका चला आ रहा था। कैक्स्टन हॉल की सीढ़ियों पर पहुँचकर देखा कि वह भी तेज़ी से ज़ीना तय कर रहा है। मैं भागमभाग अन्दर पहुँची।

हाल रंग-बिरंगी क़ौमी पोशाकों में मलबूस अफ़्रेशियाई लड़कों-लड़कियों से खचाखच भरा हुआ था। माइक्रोफ़ोन पर एजाज़ हुसैन बटालवी धुआँधार तक़रीर कर रहे थे। दरवाज़े के सामने तक़ी अहमद सैयद खड़े थे। मैं सीधी डाइस पर पहुँची और तक़ी मियाँ के कान में चुपके से कहा, 'एक बेहूदा शख़्स पीछा कर रहा है। वह देखिये, वह रहा, हॉल के अन्दर आ गया वह, उसकी ठुकाई कीजिए।'

वह शख़्स-ए-नामालूम इसी बीच डाइस के नज़दीक पहुँच गया। तक़ी मियाँ ने फ़ौरन ऊपर से कूदकर उसे एक झाँपड़ रसीद किया। फिर दूसरा, फिर बाक़ायदा पिटाई शुरू कर दी। वह चिल्ला-चिल्ला कर फ़रियाद करने लगा। 'कामरेड मुझे क्यों पीटते हो? मैं डेलीगेट हूँ; यह रहा मेरा कार्ड, मैं तक़रीर करने आया हूँ।'

इस दौरान हाज़रीन-ए-जलसा शायद यह समझे कि पाकिस्तानी नुमाइंदे एजाज़ हुसैन बटालवी के भाषण से असहमति के सिलसिले में मारपीट शुरू हो गयी। पलक झपकते में अफ़वाह फैली कि वामपंथी और दायें पंथी वाले छात्र जंगो-जदाल पर उतर आये हैं। एक बंगाली ने हाल के कोने से नारा लगाया, 'इन्क़िलाब ज़िन्दाबाद' आलमी अमन, ज़िन्दाबाद साम्राज्य के एजेंटों का नाश हो।' एक इराक़ी नौजवान हवा में मुक्का दिखाकर कुर्सी पर चढ़ा और गरज

कर बोला 'इस्राइली और अमेरिकन गठजोड़ मुर्दाबाद' और फ़ौरन अरबी में लम्बी जोशीली तक़रीर शुरू कर दी। पल के पल में दायें व बायें बाज़ू के गुट एक दूसरे की ठुकाई में मशग़ूल हो चुके थे। घमासान का रण पड़ा।

'बहुत कामयाब कानफ़्रेंस रही।' जलसे के ख़ातिमे पर तक़ी मियाँ ने पाइप सुलगाते हुए इतमीनान से विचार प्रकट किये।

हम लोग केक्सटन हाल से बाहर आ रहे थे कि छात्रों की भीड़ में एक बंगाली लड़के के साथ चलती ऊदी साड़ी सफ़ेद कार्डिगन पहने एक स्मार्ट ख़ूबसूरत महिला नज़र आई, जो बड़े जोशोख़रोश से कोई सियासी बहस करती सीढ़ियाँ उतर रही थीं।

'मिस अज़मत फारूक़ी ऑक्सफ़ोर्ड में पढ़ती हैं और सिद्धार्थ बनर्जी, बहुत बढ़िया तक़रीर करते हैं। मगर है ट्रू टिस्की आयट।' तक़ी मियाँ ने कहा।

'अरे! अज्जो बाजी' मेरे मुँह से निकला लेकिन वह ख़ातून भीड़ में ग़ायब हो चुकी थीं।

अज्जो बाजी को मैंने आख़िरी बार तक़सीम-ए-हिन्द से पहले लखनऊ में देखा था, जब वह सियाह बुर्क़ा ओढ़े ज़नाना मुस्लिम लीग के जलसे में तक़रीर करने जा रही थीं। वह लखनऊ यूनिवर्सिटी से फ़र्स्ट क्लास डबल एम.ए. कर चुकी थीं। उनके माँ-बाप सीधे सादे अल्लाह वाले लोग रकाबगंज में रहते थे।

सन् 48 ई. की गर्मियों में जब अल्लन मामू के अहदी क्लब मार्टिन रोड पर विराजमान थी। अज्जो बाजी का कुनबा लखनऊ से आकर पड़ोस के क्वार्टर में उतरा था। अज्जो बाजी एक स्कालरशिप पर ऑक्सफ़ोर्ड जा चुकी थीं।' 'अज्जो बुर्क़े में एयरपोर्ट गयीं और इंशाअल्लाह जब विलायत से लौटेगी उसे बुर्क़ा उढ़ाकर ही एयरपोर्ट से लाऊँगी।' उनकी वालिदा ने सादगी के साथ मुझसे कहा।

'उनको विलायत में तो पर्दा छोड़ना पड़ा होगा।' मैंने कहा।

'बेटी हुज़ूरे पुरनूर (स.) की हदीस[1] है कि ज़रूरत के वक़्त (धर्म के नियमानुसार) पर्दे के साथ औरतें बाहर निकल सकती हैं और शिक्षा प्राप्त करने के लिए तो चीन तक जाने का हुक्म है।'

मैं उनकी इस मासूमियत से बहुत प्रभावित हुई थी।

क्वार्टर्स में अभी बिजली नहीं आई थी। एक शाम हम लोग आँगन में चारपाइयाँ डाले अल्लन मामू की अध्यक्षता में अहदी क्लब की मीटिंग में मसरूफ़ थे। अज्जो बाजी की कमसिन छोटी बहन हाथ में लालटेन लिये अन्दर आई और मुझसे बोली, 'अम्मी आपको बुला रही हैं, शाम को अज्जो बजिया का ख़त ऑक्सफ़ोर्ड से आया है, तस्वीर भेजी है, आपको भी सलाम लिखा है। चल कर पढ़ लीजिए।'

अज्जो बाजी की वालिदा अपने नीम तारीक (अर्ध अंधकारमय) क्वार्टर की अंगनाई में बावर्चीख़ाने के सामने पीढ़ी पर बैठी थीं। लालटेन की रौशनी में उकड़ूँ बैठकर, मैंने अज्जो बाजी का नीला विलायती एयर लेटर पढ़ा और तस्वीर मुलाहिज़ा की। तरशे हुए बाल, इन्तिहाई बारीक बनावटी भवें, होंठों पर गहरा लिपस्टिक। अज्जो बाजी ज़नाना पार्क लखनऊ के जलसों में मुस्लिम लड़कियों की फ़ैशन परस्ती के ख़िलाफ़ बड़ा ज़ोरदार भाषण दिया करती थीं।

उनकी वालिदा बेचारी ने मेरी हैरानी को महसूस करके फ़ौरन कहा, 'अज्जो ने पिछले ख़त में लिखा था, विलायत में सर्दी की वजह से होंठ फटते हैं, इसलिए लिपस्टिक लगाना ज़रूरी है।'

साल भर बाद अज्जो बाजी की वालिदा से पीर इलाही बख़्श कालोनी के एक ज़नाना मीलाद शरीफ़ में मुलाक़ात हुई। मैंने अज्जो बाजी की ख़ैरियत दरयाफ़्त की। उन्होंने ख़ुश्की से जवाब दिया 'अज़मत फ़ातिमा आजकल पेरिस में हैं, अपनी पढ़ाई में मसरूफ़ हैं, ख़ैरियत से हैं।'

---

1. हज़रत मोहम्मद (स०) के कथन व कर्मों की ख़बर।

कैक्सटन हाल वाले जलसे के चन्द रोज़ बाद हक़्क़ी साहब के यहाँ फ़ोन आया। एक ख़ातून ख़ालिस बर्तानवी लहजे में बोल रही थीं 'दिस इज़ अज़मेट फ़ारूकी, मे आई स्पीक टू।'

'अरे अज्जो बाजी!' मैंने ख़ुशी से कहा।

अंग्रेज़ी में जवाब मिला, 'मैंने उस दिन कैक्स्टन हाल में तुम्हें दूर से देखा था। मगर उस मारपीट की अफ़रातफ़री की वजह से मिल न सकी। फिर मैंने सिड से कहा फ़िरोज़ जबीं ज़रूर जानती होंगी, तुम कहाँ रहती हो। सिड ने फ़िरोज़ से मालूम करके आज मुझे बताया। सिड तुम्हारे कज़न से भी वाक़िफ़ हैं।'

'सिड कौन अज्जो बाजी?'
'ओह! सिडहार्ट बनर्जी'
'फिर से कहिए'
'सिडहार्ट'
'यानी सिद्धार्थ। अज्जो बाजी; अब आप उर्दू बिल्कुल नहीं बोलतीं?'

'ओह! मुझे ख़ौफ़ है कि नहीं। मगर मैं ख़ुश हूँ कि अब तुमसे मुलाक़ात हुआ करेगी तो मैं अपनी उर्दू की प्रैक्टिस कर लूँगी।'

जब मैं अज्जो बाजी से मिलने गई, उनके कमरे में राधा-कृष्ण की तस्वीरें नज़र आयीं। ज़रा झेंप कर बताया कि सिडहार्ट ने दी हैं (अज्जो बाजी पहले बेहद नमाज़ रोज़े की पाबंद हुआ करती थीं) अज्जो बाजी के इस पूर्ण हृदय परिवर्तन ने मुझे बहुत हैरान किया।

कुछ समय बाद मैंने उनकी राइटिंग टेबल पर राधा-कृष्ण की बजाय जीसस एण्ड मेरी बिराजमान देखे। समझ में आ गया; उस ज़माने में वह सिद्धार्थ बनर्जी से ख़फ़ा थीं और ये तस्वीरें एक इटालियन छात्र ने उन्हें दी थीं। एक दफ़ा मैंने उनसे पूछा, 'एक पर्देदार क़दामत परस्त मज़हबी माहौल से निकलकर अचानक एक मुख़तलिफ़ (अलग प्रकार की) दुनिया में शामिल होने की वजह

से जो प्रतिक्रिया हो सकती है वह तो समझ में आता है, मगर आप में ऐसी मुकम्मल काया पलट कैसे हो गयी?' वह उदास हो गयीं, कहने लगीं, 'मैं ख़ुद नहीं बता सकती लेकिन मेरे लिए अब अपने पुराने कल्चर पैटर्न में वापस जाना बहुत मुश्किल है।'

कुछ वर्ष बाद मैंने 'आग का दरिया' लिखना शुरू किया। आख़िरी दौर की चम्पा बाजी की तख़्लीक़ (रचना) करते हुए अज्जो बाजी[1] की उस शख़्सियत को सामने रखा। और पेरिस में एक हिन्दुस्तानी लड़की मिली जिसके पेचीदा किरदार ने 'सीता हरण' की हीरोइन की रचना में योगदान दिया।

जनरल एज्युकेशन!

---

1. चौधरी मोहम्मद अली रुदौलवी के सम्बन्ध में मेरा मज़मून 'दास्तान तराज़' 'सवेरा' लाहौर में सम्भवतः 54 ई. या 55 ई. के किसी अंक में प्रकाशित हुआ था।

कोहरे का शहर

मेड ओवेल में ट्यूब स्टेशन के नज़दीक लम्बी ख़ामोश एवेन्यू पर जिसके दोनों तरफ़ विक्टोरियन मकान थे; एक इमारत में बूढ़ा यहूदी मोरगस्टन अपना गेस्ट हाउस चलाता था। मोरगस्टन आस्ट्रिया का रेफ़्यूजी था, जिसने 1934 ई. में दूसरे हज़ारों यहूदियों की तरह हिटलर गर्दी से जान बचाकर लंदन में पनाह ली थी।

मेडओवेल के बाज़ार में बहुत से जर्मन और पोलिश यहूदी शरणार्थी कपड़े सीते थे या अपनी दुकानों पर चमकीले कड़े आवेज़ाँ किये, गोल टोपियाँ ओढ़े उक़ाबी नाकों वाले बूढ़े मुसीबतों के मारों की क़ीमती चीज़ें गिरवीं रखते हुए, सत्रहवीं सदी की डच तस्वीरें मालूम होते थे और मिस्टर मोरगस्टन की जवान और ख़ूबसूरत जर्मन यहूदी बीवी बिल्कुल विकी बॉम के उपन्यासों का एक कैरक्टर नज़र आती थी।

मिस्टर मोरगस्टन सुबह को ब्रेकफ़ास्ट की कश्ती मेरे कमरे में लाने के बाद, आतिशदान के सहारे टिक कर अपने पिछले एश्वर्य के क़िस्से सुनाता। उसका ख़ानदान हीरों का व्यापारी था। वियाना में उनके अपने अस्तबल थे, वग़ैरह-वग़ैरह। इस तरह अपने अतीत के क़िस्से सुनाना अपनी जगह से उखड़े हुए लोगों की ख़ास आदत है। मुमकिन है, जैकब मोरगस्टन भी सच कहता हो। पूर्व व पश्चिम की दुनियाएँ शरणार्थियों से भरी हुई थीं।

नाश्ते के बाद ट्यूब ट्रेन से नाइट्स ब्रिज रवाना होती और लाउंड्ज़ स्कवायर पहुँचकर, पाकिस्तान हाउस के सूचना विभाग में लंच तक अपनी मेज़ पर बर्तानवी अख़बारों को पढ़ती रहती। काम ज़्यादातर कुछ न करने पर आधारित था। दोपहर को मैं और तक़ी मियाँ और महमूद मियाँ नज़दीक के किसी रेस्टोरेंट में जाकर खाना खाते।

कुछ महीने बाद शरीफुल हसन साहब का तबादला किसी और मुल्क को हो गया। उनकी जगह जो साहब आये, वह आते के साथ ही दो महीने की

छुट्टी पर कराची चले गये। उनकी ग़ैर हाज़िरी पर मैंने एक्टिंग प्रेस अताशी के फ़राइज़ अंजाम दिये, जो कम से कम अच्छे ख़ासे वाजिबी थे। रोज़ाना सुबह हाई कमीशन के सारे विभागों के मुख्याओं की मीटिंग, इसफ़हानी साहब हाई कमिश्नर के दफ़्तर में आयोजित होती थी।

कलकत्ते वाले एम.ए.एच. इस्फ़हानी (इस्फ़हानी चाय) अब्बाजान के पुराने दोस्त और ईरानी विनम्रता वाले ख़ुश अख़लाक़ इंसान थे (मुझे याद आया, मेरे मेट्रीकुलेशन का नतीजा मालूम करने के लिए अब्बाजान ने, उनके यहाँ कलकत्ते से अम्मा को ख़त पे ख़त लिखे थे और तार भेजे थे) भाई अहमद रशीद के भांजे ब्रिगेडियर हामिद हुसैन कौंसिलर थे।

मारीपुर के विंग कमाण्डर अल्लाहदाद एयर अताशी ने, मीटिंग में एक्टिंग प्रेस अताशी की हैसियत से, ये मीटिंगें अटैण्ड कीं तो पता चला कि उनमें बिल्कुल हल्की-फुलकी मामूली बातें की जाती थीं; कोई राज़दाराना सियासी या विश्वव्यापी महत्व की कार्रवाइयाँ नहीं होती थीं। तब फ़क़ीर (मुझ) पर रौशन हुआ कि जिन चीज़ों का दूर से या बाहर से बहुत रौब पड़ता है, अन्दर से देखो तो असलियत में कोई ऐसी लम्बी-चौड़ी बात नहीं।

दूसरी मिसाल के तौर पर वी.आई.पी. लोगों के अख़बारी बयानात (स्टेट मेंट्स) वज़ीर-ए-आज़म ख़्वाजा नाज़िमुद्दीन लंदन तशरीफ़ लाए। एक रात ख़्वाजा साहब ने हाई कमीशन के शानदार मीटिंग रूम में जमा, पाकिस्तानी छात्रों व छात्राओं को सम्बोधित किया। मैं ड्यूटी पर मुस्तैद एक अंग्रेज़ रिपोर्टर के साथ एक कोने में खड़ी थी। ख़्वाजा नाज़िमुद्दीन मरहूम एक शरीफ़ भोले से इंसान थे और बहुत ज़्यादा अच्छी तक़रीर नहीं करते थे। पहले उन्होंने बंगाली में बोलना शुरू किया, फिर उर्दू में इतनी मद्धम आवाज़ में बोले कि बिल्कुल सुनाई न दिया।

अंग्रेज़ रिपोर्टर ने मुझसे दरयाफ़्त किया, 'ऑनरेबल प्राइम मिनिस्टर क्या कह रहे हैं?' उनकी तक़रीर का एक लफ़्ज़ मेरे पल्ले न पड़ा था। मैंने कहा, 'तफ़सील (विस्तार से) अभी चेक करके बता दूँगी फ़िलहाल लिख लो। दुनिया के सबसे बड़े इस्लामी मुल्क और दुनिया की पाँचवीं सबसे बड़ी मुमलिकत की

होनहार नौजवान नस्ल की हैसियत से आप लोगों पर निहायत अहम ज़िम्मेदारियाँ और फर्ज़ आयद होते हैं।'

'मुल्क को आपसे बड़ी उम्मीदें वाबस्ता हैं। आप लोग जब तक यहाँ हैं, याद रखिये कि इस सरज़मीन पर आप सब पाकिस्तान के ग़ैर सरक़ारी राजदूतों की हैसियत रखते हैं और मुझे उम्मीद है कि यहाँ से वापस जाकर, प्यारे वतन की पुरख़ुलूस और अनथक ख़िदमत करेंगे।'

गोरे ने शॉर्टहैंड में नोट कर लिया। इतने में देहरादून वाली बेगम असद मोहम्मद अली के साहबज़ादे मोहसिन अली तशरीफ़ लाए, जो रायटर न्यूज़ एजेंसी के नुमाइन्दे थे। उन्होंने मुझसे पूछा, 'ख़्वाज़ा साहब ने क्या फ़रमाया? मैं देर में पहुँचा।' मैं दोनों पत्रकारों को प्रेस अताशी के कमरे में ले गयी। मोहसिन अली टाइप राइटर के सामने बैठ गये - मैंने उन्हें भी वही स्वयं रचित भाषण लिखवा दिया।

इतने में महमूद मियाँ ने कमरे में आकर पूछा, 'प्राइम मनिस्टर की बंगला तक़रीर का तर्जुमा (अनुवाद) मिल गया?'

मैंने कहा, 'मैंने अस्थाई रूप से तक़रीर प्रेस को दे दी है।'

'लेकिन आपको तो बंगला आती नहीं।' महमूद मियाँ ने चुपके से कहा।

'बिल्कुल नहीं आती। मगर आजकल एशिया, अफ़्रीक़ा, पाकिस्तान और इण्डिया का हर लीडर यहाँ आकर अपने-अपने छात्रों से तक़रीबन यही अलफाज़ कहता है।' मैंने चुपके से जवाब दिया।

महमूद मियाँ घबराकर दोबारा हाल में गये और किसी बंगाली लड़के से दरयाफ़्त किया। उसने बताया कि ख़्वाजा साहब ने बंगला और उर्दू में बिल्कुल यही अलफ़ाज़ कहे थे।

मेडओवेल से दो तीन स्टेशन आगे एक बेरंग से मोहल्ले अंजुमन-ए-ख़वातीन (महिला क्लब) में फ़िरंगनें शाम के वक़्त जमा होकर पाक-कला, सिलाई वग़ैरह सीखती थीं। शनिवार की शाम वहाँ जाकर, विलायती पाक कला की ज्ञान प्राप्ति की कोशिश में रहती थीं।

नवम्बर की एक सर्द रात, जब बाहर गहरा धुँधलका फैला हुआ था। गली में बच्चे Guy Fawks के पुतले जला रहे थे। मैंने तय किया कि यह ज्ञान प्राप्त कर लिया, बहुत काफ़ी है। फ्रेंच विद आउट बैटर्ज़ आ सकती है। फ्रेंच कुकिंग विद आउट टियर्ज़ नामुमकिन। उस धुंध में लिपटी रात में बाहर आकर आख़िरी यार्कशायर पुडिंग का प्याला, एक फ़िरंगी भिखारी के हवाले किया।

दूसरी सुबह शनिवार के दिन ज़ुबैदा अल्लाहदाद का फ़ोन आया। कहने लगी, 'इस फ़ोन को एस.ओ.एस. समझो और फ़ौरन पहुँचो। आज शाम अल्लाहदाद ने ख़्वाजा नाज़िमुद्दीन को उनकी पार्टी समेत डिनर पर बुला लिया है। तुम तो न सिर्फ़ आजकल विलायती कुकिंग सीख रही हो, बल्कि यूपी वाली हो, पुलाव ज़र्दा पकाना भी ख़ूब आता होगा। मैं इस फ़न से बिल्कुल नावाक़िफ़ हूँ। फ़ौरन पहुँचो।'

उस वक़्त ज़ुबैदा पर असलियत ज़ाहिर करना उसे और ज़्यादा डीमोरलाइज़ कर देता, ख़ासतौर से जबकि ख़्वाजा नाज़िमुद्दीन अपनी अच्छी ख़ुराक के लिए मशहूर थे। मैंने गम्भीरता से जवाब दिया, 'फ़िक्र न करो, अभी आते हैं।'

हैमर स्मिथ में ज़ुबैदा के फ़्लैट पर पहुँचते ही मैंने निहायत रौबदाब से कहा, 'ज़ुबैदा अपनी आया को बुलाओ। हम उसे मसालों की फ़ेहरिस्त बता दें। जाकर सुलतान अहमद की दुकान से ले आये, हम इतने ज़रा एक ज़रूरी फ़ोन कर लें।'

ज़ुबैदा फ़ौरन बावर्चीख़ाने की तरफ़ भागी। मैंने 'या अल्लाह मदद!' का वज़ीफ़ा पढ़ते हुए, गैलरी में जाकर शकुन्तला क़िदवाई को फ़ोन किया। शकुन्तला अपनी बड़ी ननद बेगम अनीस क़िदवाई से बहुत से दावती मुग़लिया खाने पकाना सीख चुकी थीं। मैंने चुपके से कहा, 'चिकन, बिरयानी, क़ोरमे और मुर्ग़-ए-मुसल्लम के नुस्ख़े फ़ौरन बताओ मैं लिखती जाती हूँ।'

शकुन्तला ने बताए। फिर मैंने फ़िरोज़ जबीं और एक बंगाली लड़की (जो ढाके की नामवर गुलूकारा लैला अर्जमन्द बानो की छोटी बहन थी) को फ़ोन

किया कि जल्द से जल्द ज़ुबैदा के घर पहुँचें। हम सब ने मिलजुल कर शाम तक एक से एक बढ़िया दावती खाने तैयार कर डाले, शाही टुकड़े समेत।

ख़्वाजा नाज़िमुद्दीन अपनी कैबिनेट के मेम्बरों समेत तशरीफ़ लाए। वह मरहूम नफ़ीस (स्वादिष्ट) खानों के बेइन्तिहा शौक़ीन थे। ज़ुबैदा से खानों की बहुत तारीफ़ की। ख़ासतौर से बिरयानी की, जो फ़िरोज़ ने तैयार की थी। फ़िरोज़ ने चुपके से मुझसे कहा, 'अगर उनको बताया जाए कि नुस्ख़ा इण्डियन प्रेस अताशी की बीवी ने बताया है और एक भारतीय कन्या ने उसे पकाया।'

मैंने कहा, 'और अगर यह ख़बर प्रेस में पहुँच जाए तो अवामी अख़बार डेली मिरर इसकी यूँ सुर्ख़ी लगाएगा - हिन्दुस्तान व पाकिस्तान के दरमियान ग्रेट मुग़ल की फ़ेवरेट डिश पुलाव के ज़रीये ख़ैर सगाली (मेल मोहब्बत) और डेली वर्कर यूँ लिखेगा - हिन्दुस्तान व पाकिस्तान की पूँजीवादी हुकूमतों के सरबराह और उच्च अधिकारी न सिर्फ़ इम्पीरियल लंदन में आकर पुरतकल्लुफ़ डिनर उड़ाते हैं जबकि उनके मुल्कों के अवाम फ़ाक़े कर रहे हैं। बल्कि फ़्यूडल मुरग़ान खाने तैयार करने में एक दूसरे की मदद करते हैं और टाइम्स लिखेगा...'

दफ़्तर में टाइम्स और दूसरे बर्तानवी अख़बार, रिसाले पढ़ते-पढ़ते दिन गुज़र जाता। सुनहरी नक़शीन दीवारों और सब्ज़ क़ालीन वाले ख़ामोश गर्म कमरे में, लम्बी-चौड़ी मेज़ के पीछे, चमड़े की मोटी घूमने वाली कुर्सी पर बैठे-बैठे रौशनियाँ जल जातीं। साढ़े चार बजे सूरज डूबता, दरीचे के बाहर गहरी धुंध और अँधेरा छा जाता।

उस वक़्त ये गर्म और रौशन कमरे बर्फ़ानी समुन्दर में ठहरे हुए, रौशन जहाज़ की मानिंद मालूम होते और बाहर फैला हुआ लंदन, एलियट की 'अनरियल सिटी'। ठीक पाँच बजे गैलरी में से अपने-अपने ओवरकोट, बरसातियाँ, दस्ताने और छतरियाँ संभालकर मैं, तक़ी और महमूद सबको गुडनाइट, गुडनाइट, कहते नीचे आकर, ट्यूब स्टेशन की तरफ़ रवाना हो जाते।

दो माह बाद प्रेस अताशी साहब वापस आये। मैंने उनसे कहा, 'मैं इतने दिनों से यहाँ काम कर रही हूँ मगर अब तक यह फ़ैसला नहीं किया गया कि

मुझे Karachi Based अफ़सर की हैसियत से तनख़्वाह दी जायेगी या नहीं। यह बड़ी ग़लत बात है।' कहने लगे, 'फेडरल पब्लिक सर्विस कमीशन यहाँ आने वाला है। उसके सामने आपका मामला पेश कर दिया जायेगा।'

अगले हफ़्ते न्यूयार्क जाते हुए, चौधरी ज़फ़रुल्लाह ख़ाँ और भाई इताअत हुसैन ज्वाइंट सेक्रेट्री विदेश मंत्रालय तशरीफ़ लाये। एक साहब ने मुझसे कहा, वज़ीरे ख़ारिजा (विदेश मंत्री) आपके तरह-तरह के मामुओं में से हैं और ज्वाइंट सेक्रेट्री विदेश मंत्रालय आपके कज़न। अपनी मुलाज़िमत के मुताल्लिक़ उनसे बात कीजिए।

मैंने जवाब दिया, न मैं चौधरी साहब से अक़राबा परवरी (भाई भतीजावाद) के लिये कहूँगी, न वह अक़राबा परवरी करेंगे। मेरा मामला बिल्कुल हक़ बजानिब है। अगर इस जगह पर कोई लड़का होता तो उसका बाक़ायदा फ़ौरन तक़र्रूर (नियुक्ति) कर लिया गया होता। चूँकि मैं ख़ातून हूँ, इसके अलावा लोगों के आगे पीछे नहीं दौड़ती न 'अहम' लोगों को 'कल्टीवेट' करती हूँ, इस वजह से मेरे साथ यह बेइंसाफ़ी वग़ैरह-वग़ैरह... दुनिया मर्दों के लिए बनी है और लड़कियों की इसमें कोई जगह नहीं। (पश्चिम की वीमेंस लिब ने इस सूरते हाल के ख़िलाफ़ एहतजाज (रोष) अब शुरू किया है, उस वक़्त यह तहरीक मौजूद न थी)

चौधरी सर ज़फ़रुल्लाह दूसरे दिन हाई कमीशन तशरीफ़ लाए। दरयाफ़्त किया, 'अरे तुम यहाँ क्या कर रही हो?' मैंने बताया।

फ़रमाया 'बावर्चीख़ाना संभालना और बाग़बानी लड़कियों के अस्ल मशग़ले हैं। मैं बाजीजान को लिखूँगा कि वह तुमको सही मशवरा दें। तब्बाख़ी (पाक कला) और बाग़बानी मुफ़ीद (लाभदायक) मशग़ले हैं।'

मैं चौधरी साहब का बहुत अदब करती थी इसलिए ख़ामोश रही। भाई इताअत हुसैन, महमूद मियाँ के साथ शाम को मुझसे मिलने, मेड ओवेल आये। मैंने भाई इताअत से इस क़िस्से का कोई ज़िक्र नहीं किया। दो दिन बाद पब्लिक

सर्विस कमीशन लंदन पहुँचा। यह कमीशन लंदन आकर शयद बर्तानिया में पढ़ने वाले छात्रों का इन्टरव्यू करता था या जाने क्या करता था।

बहरहाल उसके चेयरमैन गुलमोहम्मद ख़ान साहब अक्सरो-बेशतर लंदन आया करते थे। एक शाम इसफ़हानी साहब के दफ़्तर में बोर्ड बैठा। उसमें गुलमोहम्मद साहब, इसफ़हानी साहब और प्रेस अताशी साहब शामिल थे। गुलमोहम्मद ख़ाँ साहब ने पूछा, 'आप इस मुलाज़िमत पर लंदन में क्यों रहना चाहती हैं? इंग्लिस्तान में रहने का क्या ग्लैमर है?'

मैंने जवाब दिया, 'माफ़ कीजिएगा, आप बार-बार क्यों यहाँ तशरीफ़ लाते हैं। आपको भी इंग्लिस्तान का क्या ग्लैमर है?'

गुलमोहम्मद साहब ने शशदर (हैरान) होकर, ऐनक के शीशों के ऊपर से घूरकर मुझे देखा और चुप हो गये। इसफ़हानी साहब ने बे आरामी से कुर्सी पर पहलू बदला। प्रेस अताशी साहब एक फ़ाइल में मुनहमिक (तल्लीन) हो गये।

उस ऐतिहासिक इंटरव्यू के बाद, जब मैं बाहर आयी, गैलरी में तक़ी मियाँ और महमूद मियाँ फ़िक्रमंद और इन्तिज़ार में खड़े थे। मैंने इतमीनान से माजरा सुनाया, उन्होंने कहा, 'चेयरमैन फेडरल पब्लिक सर्विस कमीशन को आपने ऐसा तुर्की ब तुर्की जवाब दिया और आपका ख़याल है, अब वह आपकी मुलाज़िमत यहाँ पक्की कर देंगे?'

'न करें; उन्होंने ऐसा नामुनासिब सवाल क्यों किया था?' मैंने जवाब दिया।

पाँच बज चुके थे। हम लोग ओवरकोट पहनकर नीचे उतरे। बाहर धुंध बेहद गहरी हो गयी थी। यह लंदन के स्मोग का ज़माना था। हाथ को हाथ सुझाई न देता था। तक़ी और महमूद सिर झुकाए साथ-साथ चलने लगे। एक लैम्प पोस्ट के नीचे रुक कर पाइप सुलगाते हुए तक़ी मियाँ ने कहा, 'मैं समझता हूँ कि आपको थोड़ा सा Tact सीखना चाहिए।'

मैंने कोहरे में हाथ लहराकर जवाब दिया। 'मैं ज़हर-ए-हलाहल को कभी कह न सका क़न्द।'

'अस्ल मसअला यह है, महमूद मियाँ बोले कि हम सब की ख़ुदी बहुत ज़्यादा बेदार हो चुकी है' (यानी स्वाभिमान बहुत पैदा हो चुका है)।

'यह तो आपको इल्म होगा कि आप नये प्रेस अताशी की अच्छी किताबों में नहीं हैं।' तक़ी मियाँ ने कहा।

'बख़ूबी इल्म है। उनका शायद कोई ईगो प्राब्लम है, जिसे मौलाना आज़ाद 'ईग़ो' कहते हैं। मगर तक़ी मियाँ ज़रा ग़ौर फ़रमाइए, क्या सौती (आवाज़ से सम्बंधित) शिकवा है, उन अशआर में। ख़ाशाक (कूड़ा करकट) के ढेर को कहते हैं, कोह-ए-दमावन्द। लगता है, दुहल बज रहा है और तब्ले जंग' मैंने जवाब दिया।

अंडरग्राउंड की बिजली की सीढ़ियों तक पहुँचते-पहुँचते तक़ी मियाँ पब्लिक सर्विस कमीशन को भूल के जोश में आकर 'मस्जिद-ए-क़र्तबा' शुरू कर चुके थे। एकाएक उन्होंने ठिठक कर कहा, 'मगर मैं समझता हूँ कि यह एक री एक्शनरी नज़्म है।'

'यह उर्दू ज़बान की हसीन तरीन नज़्म है।' मैंने जवाब दिया। प्लेटफ़ॉर्म पर पहुँच कर पाइप दोबारा सुलगाते हुए, तक़ी मियाँ ने फ़रमाया, 'अब यह ग़ौर करना लाज़िम आया कि इक़बाल किस हद तक प्रोग्रेसिव थे और किस हद तक री एक्शनरी।'

तीसरे दिन सुबह प्रेस अताशी ने कहना शुरू किया। 'कमीशन का फ़ैसला है।'

'जनाबे आली, वह मुझे पहले ही से मालूम है।' मैंने अख़लाक़ से जवाब दिया और उनके दफ़्तर से बाहर आ गई। लाइब्रेरी में एक साहब ने कहा। 'यह आपकी ज़्यादती है। मिनिस्ट्री ऑफ़ इनफ़ॉर्मेशन के अफ़सर जब बाहर भेजे जाते हैं, वह फ़ॉरेन सर्विस के तहत आ जाते हैं और फ़ॉरेन सर्विस में फ़िलहाल लड़कियों का प्रवेश वर्जित है।'

मैंने कहा, 'और वह जो थीं, मिस हाजी। वह 1948 ई. में इनफ़ॉर्मेशन ऑफ़िसर की हैसियत से अमेरिका क्यों भेजी गयी थीं?'

कहने लगे, 'वह तो पुरानी बात हो गयी। वह शायद अस्थाई रूप से भेजी गयी थीं और वह बहरहाल इस्तीफ़ा देकर इण्डिया वापस जा चुकी हैं।'

'हम भी इस्तीफ़ा देकर मेड ओवेल वापस जाते हैं।' मैंने जवाब दिया। रीडिंग रूम में महमूद मियाँ की मेज़ पर जाकर, एक अदद इस्तीफ़े का ख़त लिखा और उसे अब्दुल क़य्यूम के नाम कराची रवाना किया। दूसरा ख़त उसी मज़मून का मिस बिशप सेक्रेटरी के हाथ, इसफ़हानी साहब को भिजवाया।

इसी बीच मिसेज़ एडवर्ड्ज़, प्रेस अताशी का सरकारी ख़त लेकर आयीं। 'आपकी अस्थाई नौकरी यहाँ फ़ुलाँ तारीख़ से ख़त्म हो जाएगी। उसके बाद आप डी.ए.एफ़.पी. कराची अपनी पूर्व नौकरी पर वापस जा सकती हैं।' मैंने अब्दुल क़य्यूम साहब वाले ख़त की एक नक़्ल मिसेज़ एडवर्ड्ज़ को दी कि मेरी बेहतरीन ख़्वाहिशात के साथ, प्रेस अताशी साहब की ख़िदमत में पेश कर दें और पाकिस्तान हाउस से बाहर आकर सलमान भाई के घर जाने के लिए बस पकड़ी।

लड्डन मामू और ज़हरा मुमानी कराची से आकर, साल भर के लिए मान्चेस्टर में रुके हुए थे। ज़हरा मुमानी उन दिनों अपने छोटे भाई सलमान अहमद अली से मिलने, मान्चेस्टर से आई हुई थीं। सलमान भाई जो फ़ॉरेन सर्विस के एक सीनियर डिप्लोमेट थे, शायद पश्चिमी जर्मनी से कनाडा जाते हुए, कुछ हफ़्तों के लिए लंदन ठहरे थे। उनकी बीवी मन्नन भाभी हैदराबाद के किसी 'यार जंग' घराने की बहुत सीधी-सादी, शान्त स्वभाव की ख़ातून थीं। सलमान भाई की दूसरी बहन हुमा अख़लाक़ हुसैन, वियाना की विश्व शांति कॉन्फ्रेंस में भाग लेने के बाद लंदन आई हुई थीं।

कॉन्फ्रेंस में उन्होंने उर्दू भाषा में बहुत ही प्रभावपूर्ण भाषण दिया था। सलमान भाई ने अपने वालिद चौधरी मोहम्मद अली रुदौलवी की ताज़ातरीन रचना

'किशकोल-ए-मोहम्मद अली शाह फ़क़ीर' मुझे दी, जो हाल ही में लखनऊ से प्रकाशित हुई थी। सलमान भाई कहने लगे, 'मियाँजान रुदौली में अब बिल्कुल अकेले हैं, सारी औलाद पाकिस्तान चली आई। बेहद तनहा हैं मगर शगुफ़्ता मिज़ाजी और उम्मीद परस्ती बरक़रार है। पहले मियाँजान का पेचवान, माली मौसम के ताज़ा फूलों के गजरों से सजाता था। ताल्लुकेदारी के ख़ातिमे के बाद, मियाँजान ने इस क़िस्म की निफ़ासतें भी तर्क कर दीं।'

चौधरी मोहम्मद अली एक साहिबे तर्ज़ अदीब (प्रभावपूर्ण शैली के साहित्यकार) होने के साथ-साथ माहिर-ए-फ़न्ने गुफ़तगू थे। सारी उम्र कट्टर मौलवियों की जान को आये रहे।

कुछ समय पहले ज़हरा मुमानी उनसे मिलने कराची से रुदौली गयी थीं, अपने पुराने शगुफ़ता अंदाज़ में उनको एक वाक़ेआ सुनाया; कहने लगे, 'चंद रोज़ हुए हम हज़रतगंज से गुज़र रहे थे, रास्ते में कुछ शनासा (परिचित) नौजवान लड़के मिल गये। उनके साथ कुछ देर एक कॉफ़ी हाउस में जाकर बैठे। उनसे इधर-उधर की बातें कीं। उनमें जवानी की झलक देखी, अपना बुढ़ापा भूले। फिर लड़के अपनी राह चले गये।'

'सामने से एक बूढ़ा आता नज़र आया। सोचे कि अब फिर बुढ़ापा दिखलाई दिया, बड़ी कोफ़्त हुई कि अब दो घड़ी रुक कर, उनसे मिलना पड़ेगा। कहीं देखे हुए लगते हैं लेकिन जी नहीं चाह रहा था कि ठहर कर उनसे बातें करें। न चाहते हुए भी उनकी तरफ़ बढ़े; क़रीब पहुँचकर देखा तो सामने आदमी के क़द के बराबर आईना था।'

लंदन के डिप्लोमेटिक इलाक़े के एक आलीशान फ़्लैट के अन्दर, सुनहरे फ़्रेम वाले दर्पणों से जगमगाते ड्राइंग रूम में, उस शाम हम लोग चौधरी मोहम्मद अली और दूरदराज़ क़स्बे रुदौली में उनकी तनहाई को याद करके रंजीदा हो रहे थे।[1]

---

1. लूई मेक नेस : 'ज़िन्दाँ नामा'।

'मियाँजान वतन छोड़ने के लिए तैयार ही नहीं हैं।' हुमा बाजी ने कहा।

'हालात ऐसे हैं कि उनका कोई उपाय नहीं' ज़हरा मुमानी बोलीं।

'कोई उपाय नहीं' मैंने जवाब दिया। 'इस पर याद आया, आप कह रही थीं कि दफ़्तर से छुट्टी लेकर, मान्चेस्टर और उसके बाद यूरोप चलो। हम बख़ैरो आफ़ियत आज मुलाज़िमत से मुस्तफ़ी[1] हुए। ज़रूर चलेंगे।'

मान्चेस्टर रेलवे स्टेशन पर लड्डन मामू कार लिये इन्तिज़ार में थे। मूसलाधार बारिश हो रही थी, डडज़बरी के रास्ते में हुमा बाजी एक अवधी गीत गुनगुनाने लगीं। सलोया और सहेब कराची गये हुए थे। मुज़फ़्फ़र यानी अदरी मान्चेस्टर यूनिवर्सिटी और नौ वर्षीय असग़र एक ग्रामर स्कूल में पढ़ रहे थे।

लड्डन मामू और सहेब का प्लेट गिलास दरीचों वाला जहाज़ी दफ़्तर, टेक्सटाइल के केन्द्रीय व्यापारिक इलाक़े के मध्य में स्थित था। मान्चेस्टर पश्चिमी सर्मायादारी का एक गढ़ था। शाम को यूनिवर्सिटी क्लब में आतिशदान के सामने एक चर्मी सोफ़े पर बैठकर पाइप पीते हुए, अदरी मियाँ वर्गीय दौड़-धूप और शारीरिक लड़ाई-झगड़े के नज़रियों से मुझे लाभान्वित करते। कम्युनिज़्म में अभी शिया-सुन्नी वाला तफ़र्क़ा नहीं पड़ा था और कॉमरेड स्टॉलिन अभी जीवित व प्रशंसनीय थे।

रात को हम लोग मान्चेस्टर की छतदार स्केटिंग रिंग में जाते, जहाँ हज़ारों की संख्या में फ़िरंगी लड़के और लड़कियाँ रोवर स्केटिंग में मसरूफ़ रहते। मैं और अदरी और असग़र रोलर स्केटिंग करते और आइसक्रीम खाते और बाहर बर्फ़ गिरती रहती। जंगलों में सिल्वर ब्रिच और एश और होली बेरी सब बर्फ़ से लद गये। सारा लैण्डस्केप एक क्रिसमस कार्ड में तब्दील हो गया और दूसरी तरफ़ यूरोप बर्फ़पोश था और पेरिस में 'ज़ीस्त परस्तों' के क़हवा ख़ाने गर्म और रौशन। क्या हम सब ज़ीस्त-परस्त (अपने जीवन में ऐशो-इशरत में पड़े रहने वाले) नहीं हैं?

---

1. अर्थात नौकरी से इस्तीफ़ा दे दिया।

पश्चिमी जर्मनी में ग्रिम बन्धुओं की फ़ेयरी टेल्ज़ जैसे दृश्य! क्या इसी जर्मनी में सिर्फ़ छह सात साल पहले कंस्ट्रेशन कैम्प मौजूद थे? अविश्वसनीय! और इन हसीन जंगलों और घाटियों और दिलफ़रेब शहरों में वह भयानक जंग लड़ी गयी थी। अविश्वसनीय! लेकिन हेंस क्रिश्चियन एण्ड रसन का डेनमार्क और ग्रिम बन्धुओं का जर्मनी और नग़मा परस्त इटली और वह कंस्ट्रेशन कैम्प और फ़ासीवाद और वह बमबारी दोनों हक़ीक़त थे। चुनांचे क्या यह साबित हुआ कि फ़ेयरी टेल्ज़ पर यक़ीन न करना चाहिए? ज़रूर करना चाहिए क्योंकि वह भी हक़ीक़त हैं। मुझे फ़ेयरी टेल्ज़ पर यक़ीन है।

और 'मेरी इंग्लैंड' में अभी जैक फ्रोस्ट की अमलदारी थी और लंदन टाउन के पुराने गिरजाओं की घंटियाँ, नर्सरी के गीतों की धुनों जैसी आवाज़ों में बज रही थीं। सेंट माग्रेट, सेंट पीटर्ज़, व्हाइट चैपल स्टेपनी।

And so to london and down the ever moving stairs[1].

---

1. लूई मेक नेस : 'ज़िन्दाँ नामा'।

लारवन्द

ईस्ट एण्ड[1] पिकेडली से ट्यूब ट्रेन में बैठकर, व्हाइट चैपल या स्टेपनी ग्रीन उतरिये। बीस पच्चीस मिनट के अन्दर आप एक दूसरी दुनिया में मौजूद होंगे। बमबारी से तबाह शुदा मोहल्ले, जले हुए मकान, अँधेरी गलियाँ, नाज़ियों ने अपनी बमबारी का निशाना ख़ासतौर पर इन घनी मज़दूर बस्तियों को बनाया था। यहाँ कोई कनवेंशन नहीं। हर शख़्स दोस्ती के मूड में रहता है। एक अर्धप्रकाशमय ढाबे में, एक ग़ुरबतज़दा अंग्रेज़ दाल भात खा रहा है, डोरचस्टर? मेफ़ेयर? कलरेजज़? लंदन केवल टेम्स नदी का पश्चिमी किनारा ही नहीं है।

इतवार के दिन ईस्ट एण्ड की मशहूर पेटीकोट लेन में हाट लगती है। ठेले वालों की भाँति-भाँति की आवाज़ें। सैकेंड हैन्ड माल, ज्योतिषी और गलियों में जर्जर मकानों की सीढ़ियों पर बैठी औरतें धूप सेंकती हैं। बालों का जूड़ा बनाये एक यहूदी रिबाई[2], ख़ामोशी से गुज़र जाता है। सड़कों पर बच्चे खेल रहे हैं। कूड़े-करकट के ढेर, मलबे के अंबार। ये मंज़र आपको हर जगह मिलेगा। शेफ़ील्ड, ग्लास्गो, वेल्ज़ की आबादियों में। नीचे दक्षिणी इटली और स्पेन और यूनान में और नीचे नीला मेडिटेरियन जगमगा रहा है, जिसकी लहरों पर काउंट्स ऑफ़ टेडलडम की याट तैरती है, जो मार्कोइस ऑफ़ टोडलडो के साथ इतालवी रीवेरा तशरीफ़ ले गयी हैं।

'हम यूरोप के स्लम्ज़ से अपने यहूदियों को इस्राईल निकाल ले गये' मेरी प्यारी दोस्त हाया ने मुझसे कहा, 'हमने कई बार कोशिश की कि अरबों से मेल मिलाप कर लें लेकिन कोई न कोई अड़चन खड़ी कर दी गयी। वही हिन्दू-मुस्लिम समस्या थी।' डॉक्टर हाया काफ़मैन रूसी मूल है। यूक्रेन में पैदा हुई थी, बारह साल की उम्र से उसने फ़िलस्तीन की अंडरग्राउंड सैहूनी तहरीक[3]

---

1. सारांश 'लंदन लेटर' प्रकाशित 'नक़ूश' लाहौर 52 ई. से। यह लम्बा मज़मून, अफ़सानों के संग्रह 'शीशे के घर' में शामिल है। (मकतबा जदीद लाहौर, संस्करण प्रथम सन् 1954 ई.), 2. ब्याज़ का कारोबारी।, 3. यहूदियों का वतन से सम्बन्धित आन्दोलन।

में काम शुरू कर दिया। उसने डबलिन से अंग्रेज़ी साहित्य में डॉक्ट्रेट किया है। हाया या हया, यानी हयात, अर्थात 'ज़िन्दगी'।

मैं बनी इस्राइल (यहूदियों) के नवजीवन के इस सिम्बल से हमेशा उलझती रहती हूँ। मैं उसे माफ़ नहीं कर सकती; उसने अपने दस्ती बमों से कितने अरबों की जान ली होगी। वह इत्मीनान से प्यानो पर चेकोस्की बजाती रहती है। अब ज़्यादा जज़बाती होती है तो रूसी गाने अलापने लगती है।

फ़िलस्तीन के युद्ध के ज़माने में बर्तानवी पुलिस ने उसे जेल में बन्द रखा। राजनीतिक तौर पर वह सोशलिस्ट है। इस वक़्त हाया हेमबर्ग के डॉक्टर एलियट मिलर से उलझ रही है। एलियट मिलर पूर्वी मोर्चे पर रूसियों से लड़ा। रूस में नज़रबन्दी के ज़माने में रूसी सीखी और 'जुर्मो-सज़ा' पढ़ा। अब हेमबर्ग में जर्मन साहित्य पढ़ाता है। वह भी कैम्ब्रिज में मॉडर्न इंग्लिश लिट्रेचर का यही समर कोर्स करने आया हुआ है।

रोनाल्ड बर्तानवी है। ख़ालिस एंग्लो-सेक्सन मूल का। 'तुम उपमहाद्वीप की सारी ख़ुराफ़ात सियासियात का ज़िम्मेदार मुझे ठहराती हो; यह तुम्हारी भूल है।' वह उंगली उठाकर पैग़म्बराना अंदाज़ में मुझसे मुख़ातब होता है। डॉक्टर एलियट मिलर क्रिस्टोफ़र ली से टैगोर के मुताल्लिक़ गुफ़तगू कर रहे हैं।

"हज़रत अली' और इमाम ग़ज़ाली और इब्ने ख़लदून और इक़बाल का अध्ययन भी कीजिए; मगर आप ईसाइयों का पुराना तास्सुब (साम्प्रदायिकता) कब मिटेगा।' मैं कहती हूँ।

'अब हम ख़तरनाक पानियों की तरफ़ सफ़र कर रहे हैं।' रोनाल्ड सिग्रेट

रोल करते हुए आहिस्ता से कहता है। चारों तरफ़ ख़तरनाक पानी है और हम सब एक नाव में सफ़र कर रहे हैं। केम आहिस्ता-आहिस्ता बह रहा है। तेरहवीं, चोदहवीं शताब्दी के कॉलिजों के पीछे से वह यूहीं बहता आ रहा है। उसके दोनों तरफ़ परम रोज़ खिले हैं और मौसम-ए-बहार के सारे फूल और वीपिंग विलोज़ की शाखाएँ पानी पर झुकी हुई हैं और चेरी के दरख़्त और उनमें छुपे कॉटेज और टी गार्डेन।

ग्राँचेस्टर, जहाँ रियोपर्ट ब्रोक रहता था। ग्राँचेस्टर, ग्राँचेस्टर गिरजा के क़ब्रिस्तान में रियोपर्ट ब्रोक के मेमोरियल पर एक अकेली रीथ मुर्झाई पड़ी है।

एक तेज़ रफ़तार मोटर लाँच यूनियन जैक लहराती ज़न्नाटे से पानी की सतह पर से निकल जाती है। 'गुड ओल्ड यूनियन जैक!' कोई आहिस्ता से कहता है। हाया एक हिब्रो गीत गुनगुनाने लगती है। डॉक्टर इलियट मिलर एक जर्मन नग़मा गा रहा है। डॉक्टर नेंसी कार्लसन एक नीग्रो रुहानी गीत शुरू कर देती है। नेंसी की दादी एक हबशन दासी थी, जिसे न्यू ऑरलेंज़ में बेचा गया था। उसका बाप वर्जीनिया में पादरी है।

नेंसी को वर्जीनिया के किसी कॉलेज में शिक्षा प्राप्त करने की इजाज़त नहीं मिली। उसने 'अमेरिकन नॉविल में नीग्रो पादरी का किरदार' पर थीसिस लिखकर कोलम्बिया से डॉक्ट्रेट हासिल किया। वह किसी अमेरिकन नीग्रो यूनिवर्सिटी में साहित्य पढ़ाती है। बहुत ख़ुशमिज़ाज लड़की है, बात-बात पर क़हक़हे लगाती है।

रसेल फ्रेज़ियर गोरा अमेरिकी है, न्यूयार्क से आया है, वहाँ किसी साहित्यिक पत्रिका का सहायक सम्पादक है, उसने किसी मेटाफ़िज़िकल कवि पर पी.एच.डी. की है। यह भी मॉडर्न इंग्लिश लिट्रेचर कोर्स करने आया है।

कल एक अंग्रेज़ लड़की ने ब्रेकफ़ास्ट की मेज़ पर ख़ुश होते हुए, नेंसी से कहा, 'हेलो टोपसी!'

नेंसी ने उससे कहा, 'देखो डार्लिंग, मुझे मालूम है तुमने किसी बुरी नियत से नहीं महज़ ख़ुशदिली से मुझे टोपसी पुकारा; मगर आइन्दा किसी नीग्रो को इस लक़ब से मुख़ातब न करना।'

'ओह, आइ एम सो सॉरी डियर!' अंग्रेज़ लड़की ने जवाब दिया और ख़ामोशी से पोर्ज में मसरूफ़ हो गई।

'तुमने देखा', बाद में नेंसी ने मुझसे कहा। 'इसी तरह लोग नीग्रो औरतों को टोपसी या नीगर्स कहते हैं।'

'अलफ़ाज़ में क्या रखा है?' रोनाल्ड ने एक और सिग्रेट रोल करते हुए सवाल किया।

'आप किसी चीनी को चाइनामैन क्यों कहते हैं और एशियाई को एश्यिाटिक?' मैंने कहा।

अब हम अपने ग्रैंड कॉनसर्ट की रिहर्सल कर रहे हैं। बारिश अभी थमी है। फ़ज़ा में फूलों की धीमी-धीमी ख़ुशबू बह रही है। तेज़ सब्ज़ घास नम है और पत्तों पर से बारिश के क़तरे नीचे गिर रहे हैं। ई.एम. फ़ास्टर, सी.डे. लुईस, टेरंस टिल्ज़ अपने-अपने लेक्चर दे चुके। गर्मियों का मौसम ख़त्म हुआ। एक कमरे में हम उस स्किट का अभ्यास कर रहे हैं, जो हमने 'स्वेन एग्नेट्स' की पैरोडी में लिखा है। सारे ईस्ट इंग्लैंड पर गर्मियों के मौसम के ख़ुशगवार बादल छाये हुए हैं।

लंदन के वेस्ट एंड में पीटर स्टनोफ़, एडथ ईवेंस और मेरी मार्टिन के खेल बेपनाह भीड़ खींच रहे हैं। शहज़ादी माग्रेट ने नये फ़ैशनों का आविष्कार किया है। ओवरसीज़ लीग की भूरी भ्यावह इमारत में बूढ़े पेंशनयाफ़्ता आई.सी.ए. और क़ब्ज़ा किये हुए इलाक़ों के पूर्व गवर्नर्ज़ चुपचाप बैठे व्हिस्की पीते और टाइम्ज़ पढ़ते रहते हैं। सैलानी ट्रेफ़िलगर स्कवायर में कबूतरों को दाना खिला रहे हैं। टेट में पकासू और रॉयल एकेडमी में दावंची की नुमाइश हो रही है। पिकडली सर्कस की तवायफ़ें, सैलानियों को 'हेलो हैंडसम' कहकर अपनी ओर मुतवज्जोह (आकृषित) करने में मसरूफ़ हैं।

पिकडली; हार्ट ऑफ़ दि वर्ल्ड! शाम की भीड-भाड़ बढ़ती जा रही है। सिनेमा घरों की खिड़कियों के सामने 'क्यू' लगे हैं। एक ख़ूबसूरत जवान आदमी जिसकी एक टांग कटी हुई है, भीख माँगता-माँगता क्यू के हर फ़र्द के सामने जाता है, टोपी उतारकर सलाम करता है, बहुत कम लोग उसकी तरफ़ तवज्जोह देते हैं। पैसे उसके बक्स में कोई नहीं डालता।

'सलाम मेम साब!' वह हमारे सामने आकर उर्दू में कहता है

'क्या तुम कभी इण्डिया गये हो?' फ़िरोज़ पूछती है।

'नहीं मैं डंकर्ग गया था' वह जवाब देता है।

फ़िरोज़ उसके डिब्बे में पैसे डाल देती है। वह मुसकुराकर थैंक यू कह कर आगे बढ़ जाता है।

'डंकर्ग गया था' फ़िरोज़ दोहराती है। और अब वेस्ट एंड के थियेटरों के आगे भीख माँगता है। 'और अभी एक जंग और होगी?'

मैं और फ़िरोज़ सिनेमाघर के अन्दर जाकर, मशहूर फ्रेंच फ़िल्म लारवन्द देखने में मशग़ूल हो जाते हैं।

लारवन्द; ज़िन्दगी का मेर गो राउन्ड।

शकुन्तला की छोटी बहन और बचपन की दोस्त कमला-जसपाल का फ़्लैट चेल्सी में है। वह इण्डियन फ़ॉरेन सर्विस की एक सदस्य है। उसके यहाँ कनाडा का एक इकोनोमिस्ट और बेहद हैंडसम (वह भी यहूदी है) बर्नी ओस्ट्री, कनाडा के आर्थिक इतिहास पर बहस कर रहा है।

बहुत प्रोग्रेसिव है (पश्चिम के ज़्यादातर प्रोग्रेसिव इंटलेक्चुअल यहूदी हैं) बर्नी जब अपनी अमेरिकन कार पर क़स्बों की पतली-पतली सड़कों पर से गुज़रता है, राहगीर रुक कर उसकी कार को ग़ौर से देखने लगते हैं। अमेरिकन कारें इंग्लिस्तान में बहुत कम नज़र आती हैं। गाँव के अकसर राहगीर हैरत से बर्नी की कार छूकर भी देखते हैं। और कनाडा और ग्रेट ब्रिटेन के इन्क़िलाब! मेरा उससे झगड़ा जारी रहता है। मियाँ इन्क़िलाब तो एशिया में आते हैं। एक दो साल में काया पलट। यह थोड़ा ही है, पहले इंडस्ट्रियल रिवोल्यूशन घसीटा, स्टीम इंजन चले; फिर कोयले की खानों का सिलसिला रहा। दुनिया का इतिहास तो एशिया में बन रहा है।

बर्नी सुकून से मुस्कुराता है।

कृष्णा मेनन रिटायर हो चुके हैं और हस्बेमामूल इण्डिया लीग के दफ़्तर के एक कमरे में रहते हैं, जहाँ अक्सर इतवार के दिन उसके दफ़्तर के हॉल में, रेखा अपने नृत्य की प्रैक्टिस करती है और कंवल कृष्ण तस्वीरें बनाते हैं और कृष्णा मेनन की पुरानी वफ़ादार सेक्रेटरी, बर्जेट चाय बना-बनाकर हम सब

को देती हैं। कृष्णा मेनन बर्नी को कैनेडियन बुश-मैन कहते हैं। इस वक़्त वह बर्नी को अपने हाथ से पराठे बनाकर खिला रहे हैं और वह सालन में मिर्चों की ज़्यादती की वजह से सूँ-सूँ कर रहा है।

अब रात होती है, सड़क के किनारे-किनारे टहलने वाली हसीन तवायफ़ें और वह बूढ़े भिखारी, जो फ़ुटपाथ पर रंगीन चाक से तस्वीरें बनाकर, ख़ामोशी से एक तरफ़ दीवार के सहारे दिन भर बैठे रहते हैं और राहगीरों को धुँधली आशापूर्ण आँखों से देखा करते हैं।

ज़मीनदोज़ (अंडरग्राउण्ड) रेलें अपनी आख़िरी मुसाफ़तें तय कर रही हैं। मध्यम वर्गीय बोलर हैट, सियाह सूट और छतरियों वाले अंग्रेज़ अपने-अपने घरों में क़िलाबन्द हो चुके।

लंदन सो रहा है। लंदन जाग रहा है। खिड़कियों के पर्दे गिरा दिये गये हैं। बाहर ठंडी हवा चल रही है; कल सर्दी होगी। नीचे सड़क पर शाम के अख़बार बेचने वाले, आख़िरी बचे खुचे पर्चे समेट रहे हैं, जिनकी सुर्ख़ियाँ अँधेरे में मद्धम होती जा रही हैं। ईवा पेरोन मर गयीं; शाह फ़ारूक़ को निकाल बाहर किया गया। डॉक्टर मुसद्दिक़ फूट-फूट कर रोने लगे।

रूसियों ने हेलेंस्की में एक और गोल्ड मेडल जीत लिया। अब सब सो रहेंगे, फ़िरोज़ और कमला और हाया नेंसी और रोनाल्ड और इलियट मिलर और बर्नी। क्योंकि यह आज का दिन भी ख़त्म हुआ।

कल क्या होगा? यही सवाल सन् 38 ई. में भी सबके सामने थे।
लेकिन सामने देखो, अब दीवार पर क्या लिखा है, देखो!
अब तुम्हारी ख़ातिर कोई डेनियल फ़ैसले के लिए नहीं आयेगा।

म्यूज़िकल बॉक्स और बैरल ऑर्गन

हम कन्ट्री बरी जाने वाले पिलग्रिम रात को सराय में जमा होकर अपने-अपने क़िस्से सुनाते हैं और गिलास में रेत तेज़ी से गिर रही है। इंग्लिस्तान के मेडओवल और ट्यूडर क़स्बों के मकान अब भी मौजूद हैं और नदियों के किनारे वीपिंग विलोज़ उसी तरह झुकी हुई हैं। लोग बदल गये।

बहार : सारे बर्तानिया और यूरोप में सैलानी, मोटरें रोक कर तम्बू लगाने में मसरूफ़ हैं। आओ ज़िन्दगी में अपने-अपने ख़ेमे गाड़ते हुए थोड़ी सी बातें कर लें; फिर कूच का वक़्त आ जायेगा।

बहार : स्नोड्रॉप और प्रिम रोज़ और वॉयलेट और ब्लयू बल्ज़ और दरख़्तों पर ब्लैक बर्डज़ और स्टर्लिंग और रोबिन। और रात को चान्दनी से रौशन एल्पिंग फॉरेस्ट में परीज़ाद निकलते हैं, जो मुशरूम की मेज़ पर वाटर लिली का मेज़पोश बिछाकर शहद और अख़रोट खाते हैं। खेतों में बटर कप और काऊज़ लिप और लिली और पेंसरी और गुलाब खिल गए। आशियाना, देहरादून, ब्लैकी एन्ड संस और फ़ादर टिक ई.सी. फॉर लंदन की जादूभरी चित्रांकित पुस्तकें।

सुनहरे ख़्वाबों के शहर 'शट आई टाउन' जाने के लिए, शब ख़्वाबी की पोशाक (स्लीपिंग सूट) में मलबूस नन्हें बच्चों का ग़ोल, कोहरे में छुपी एक रौशन ट्रेन में सवार हो रहा है और एक गवर्नेंस हाथ में शमादान लिये खड़ी है।

सारी दुनिया की भारी भरकम किताबें, दर्शन और साहित्य पढ़ने के बाद, इंसान परियों की रानी मेब, एलिस के वंडरलैण्ड और सब्ज़ जैकिटों वाले परीज़ादों के देस वापस जाना चाहता है, जिनकी सुर्ख़ टोपियों में उल्लू के पर लगे हैं। और ग्रिम बन्धुओं के संसार में और यूजियन फ़ील्ड की नज़्मों में नन्हें चाँद! तुम अभी बहुत छोटे हो, अभी अपने शफ़क़ (साँझ की लालिमा) के बिस्तर में सोए रहो। जब बड़े हो जाओगे, इतनी थकान होगी कि आँख बंद करके 'शट

आई टाउन' जाना नेमत मालूम होगा। और लकड़ी के घोड़े पर सवार होकर, बेन बरी क्रास जाओ तो वहाँ एक सफ़ेद लिबास पहने हसीन औरत, सफ़ेद घोड़े पर सवार मिल जाएगी; उसकी जूतियों पर घण्टियाँ लगी हैं।

अब मैंने बेनबरी क्रास देखा है, वहाँ कुछ नहीं है।
जब साज़ ख़ामोश होता है, तो संगीत कहाँ चला जाता है?

और जमाल और शकुन्तला क़िदवाई के यहाँ शाम को लुई मैक नेंस आकर बैठते हैं और डब्लू.एच. ऑडिन की बंगाली भावज शीला ऑडिन (आर्टिस्ट) मुल्कराज आनन्द और शीरीं वज़ीफ़ादार (डांसर और इक़बाल सिंह मार्कसिस्ट आलोचक) रेखा देवी (डांसर) अपने बावर्चीख़ाने में पंजाबी चने भटूरे बनाकर, नसीमा मुमानी को खिलाने में मसरूफ़ हैं। ये लोग पच्चीस-तीस साल बाद एक 'पीरियड' कहलाएंगे। गिलास में रेत।

रेखा एक सीधी सादी पंजाबी लड़की है और उत्तरी भारत की पहली भरतनाट्यम डांसर। जब नाचते-नाचते वह हवा में छलाँग भरती है तो लंदन के मशहूर बेले क्रिटिक और बेले डांसर दाँतों में उंगली दे लेते हैं। वह उदासी के साथ अक्सर मुझसे कहती है, लाहौर में रावी रोड पर हमारी कोठी थी। कभी देखकर आना और मुझे लिखना किस हाल में है।

विभाजन को अभी केवल पाँच वर्ष हुए हैं। अब सारी दुनिया की चिन्ता खाये जा रही है। इश्क़ ग़म नौ ख़रीद, इश्क़ ग़म नौ ख़रीद। रेखा और दीमों सिंघवी जो अहमदाबाद के एक मिल ऑनर की मार्क्सिस्ट लड़की हैं और फ़िरोज़ और यह सारा गिरोह सब सोशलिस्ट आदर्शवादी नौजवान हैं। नई सुबह के इन्तिज़ार में।

एक पाइपर हमारी गली में आया था, उसका संगीत सुनकर सब लोग, मर्द, औरतें, बच्चे, अपने-अपने काम छोड़ गली में नाचने लगे और एक सुनहरे ज़माने की तरफ़ रक़्स करते चले गये। एक आयरश शाइर ने बच्चों की एक नज़्म में लिखा था : हम सब विभिन्न पाइपर्ज़ के पीछे-पीछे जा रहे हैं, जिनमें सबसे बड़ा पाइपर ख़ुद हमारा ज़मीर (अंर्तात्मा) है। 'आया हमारे देस में एक

ख़ुशनवा फ़क़ीर।' फ़ैज़ साहब ने इक़बाल के लिए लिखा था; इक़बाल को एक लेजेंड बने ज़माना हो गया। अब ख़ुद फ़ैज़ साहब लेजेंड बनते जा रहे हैं। बली भाभी के यहाँ दरीचे में खड़े होकर, सुबह-सुबह डान अख़बार की सुर्ख़ी देखी: फ़ैज़ अहमद फ़ैज़ और सज्जाद ज़हीर के लिए सज़ा-ए-मौत।

यह भी एक ज़माना है और भी ख़ौफ़नाक वक़्त अभी आयेंगे। बाग़ों में मेडोना लिली और कट बेरी बिल्ज़ और माइकेल मास डेज़ी खिलती रहेंगी, उन्हें कोई फ़र्क़ नहीं पड़ता।

चायख़ाने में बैठकर तक़ी मियाँ और एजाज़ पिण्डी साज़िश केस पर रौशनी डालते हैं। डेज़ी से लबरेज़ घास के हरे समुन्दरों पर तैरते इस फ़ासले से उपमहाद्वीप की ग़ुरबत, बदहाली, गन्दगी, मुसीबतों पर कुढ़ते, हाईगस्ट के क़ब्रिस्तान में कार्ल मार्क्स की क़ब्र के पास बैठकर, हम इन्क़िलाब पर और ज़्यादा बहसें करते, जो जल्द ही इण्डिया व पाकिस्तान में आने वाला था।

'अपने यहाँ की Social Ugliness का ख़याल आता है।' एजाज़ उदासी से कहता।

हियर वी गो राउन्ड दि मेलबरी बुश ऑन ए कोल्ड एन्ड फ़्रोस्टी मॉर्निंग; नर्सरी गीत।

हम लगातार एक मेलबरी बुश के गिर्द घूम रहे हैं। एक साल के बाद दूसरा, तीसरा, चौथा, वही लीडरों की तक़रीरें, वही वादे, वही क्लेशिए हम बहुत ही तीसरे दर्जे के लोग हैं। ख़ुद तरसी (Self pity) का दौरा। अपने मुल्कों से बाहर निकल कर आओ, ठाठ ही ठाठ! वापस जाओ, फिर वही रीं-रीं।

वह इन्क़िलाब भी न आया।

हेस्टिंग्ज़ में बहुत ज़ोर की हवा चल रही है। तूफ़ानी बारिश, तूफ़ानी समुन्दर, अनवर क़ुरैशी के वालिद कर्नल क़ुरैशी का फ़्लैट, समुन्दर के किनारे एक आधुनिक जहाज़ी इमारत में है। अबू की बहन रानी एक कमर्शियल आर्टिस्ट है। छोटा भाई उमर क़ुरैशी, काउन्टी क्रिकेट का खिलाड़ी। इतवार की सुबह आसमान साफ़ है, हम लोग क्रिकेट मैच देखने जाते हैं। उमर क़ुरैशी अपनी काउंटी

के लिए खेल रहा है। क्रिकेट मेरी समझ में नहीं आता, न यह कि लोग यह खेल क्यों खेलते हैं। मैं निटिंग करती रहती हूँ। दूर समुन्दर लहरें मार रहा है। जबसे संसार की प्रगति हुई है, हवा बराबर चल रही है, पानी लगातार बह रहा है। हेस्टिंग्ज़ सन् 1866 ई.।

साहिली होटलों के बरामदों में लोग ख़ामोश बैठे लहरों को देख रहे हैं। उजाड़ वीरान लेकिन तुन्दरौ (तेज़गामी) मौसम।

और पश्चिम में आकर हमने कितने बेशुमार थियेटर देखे; और कितनी बेशुमार यूरोपियन और अंग्रेज़ी फ़िल्में और सबकी कहानियाँ अलग-अलग थीं। और ज़िन्दगी में इतनी रंगारंगी है और इतना एकाकीपन। मैंने मौसमों को पुकारा, ठहर जाओ! मगर बजरे वेंस की लहरों पर से गुज़रते गये।

पतझड़ के क्रोक्स खिल चुके हैं; तो आओ क्यों न हम ओल्ड लाँग ज़ाइन गायें कि यह साल भी जाने वाला है और क्रिसमस के उपहारों में स्कॉटलैंड से एक दोस्त ने एक म्यूज़िकल बाक्स भेजा है, जिसके ढक्कन पर मेरी पसन्द का, अट्ठारहवीं सदी के इंग्लिस्तान का एक देहाती दृश्य बना हुआ है और लेडी जॉन स्कॉट का नग़मा एनी लारी बजता है।

और इंग्लिश कंट्री साइड और देहाती चायख़ाने और जॉर्जियन अमीरों के बाग़ात और ओल्ड मास्टर्ज़ की तस्वीरें और लोकप्रिय पुरानी धुनें और ओल्ड लाँग ज़ाइन और गुलाब के फूल, 'ओल्ड रोज़' साटन और चाँदी के शमादान (दीपक के स्टैंड) और क्वीन एन फ़र्नीचर और पुराने सिलवर का ओल्ड फ़ैशन रूमान और थामस बेली और हेनरी केरी और टाम और मोर के गीत और बैरल आर्गन बजाने वाले कूचागर्द (गली-गली घूमने वाले) संगीतकार मेरे लिए बहुत महत्व रखते हैं।

म्यूज़िकल बाक्स मैंने आतिशदान पर रख दिया है और उसमें एनी लारी की स्काटिश धुन बज रही है और इस धुन के मुताल्लिक़ किसी ने लिखा था कि यह नग़मा एक उदास ज़र्द शाम दूर से आती हुई बैरल आर्गन की मद्धम आवाज़ की तरह सहर अंगेज़ (जादूभरा) है।

सिली सीज़न

मार्च सन् 53 ई. में कामरेड जोज़फ स्टालिन की मौत हसरत आयात के तीसरे दिन का माजरा है। मैं सुबह दस बजे बी.बी.सी. के दफ़्तर जा रही थी, क्या देखा कि ऑक्सफ़ोर्ड स्ट्रीट में कामरेड स्टालिन ख़रामाँ-ख़रामाँ चले आ रहे हैं, बेगम असद मोहम्मद अली साथ-साथ थीं; सोचा कि या तो मेरी नज़र को कुछ हो गया है या हेलोसीनेशन दिखलाई देता है।

बीबीसी का दफ़्तर सामने ही था। सब यार दोस्त कैंटीन में जमा थे मैंने इत्तिला दी, 'जरा बाहर चलकर देखिए स्टालिन सामने बूट्स की दुकान में खड़े मोज़े खरीद रहे हैं और बेगम असद मोहम्मद अली साथ हैं; अरे वही अपने अस्करी इब्ने सईद की फूफी अहमदी की वालिदा...'

सबने चिंतित होकर मुझे देखा 'स्टालिन की मौत का' चचा सिद्दीक़ ने सर्द आह भरकर कहा, 'इस क़दर सदमा कि दिमाग़ पर असर हो गया!'

'अरे आप बाहर चलकर देखिए तो सही' मैंने हड़बड़ा कर आग्रह किया।

सब लोग फ़ौरन बाहर निकले। अतिया हबीबुल्लाह आगे-आगे। सड़क पर आकर सब अचानक दमबख़ुद और हक्का बक्का। जोज़फ स्टालिन सामने मौजूद थे। वही क़द काठी, चालढाल, चेहरा मोहरा, मूँछें, बाल बराबर फ़र्क़ नहीं!

फ़िरोज़ जबीं चुपके से बोलीं, 'यह कोई गहरा इंटरनेशनल राज़ है या रूसियों ने एक डबल यहाँ भेज दिया है। या स्टालिन ज़िन्दा हैं; ख़ुद ही उड़ा दी कि मर गये। और चुपके से यहाँ भाग आए।'

जोजफ़ स्टालिन अब हम लोगों की तरफ़ बढ़े। हम सब फ़ुटपाथ पर हैरान परेशान खड़े थे। मैंने बेगम असद मोहम्मद अली को हकलाकर आदाब अर्ज़ किया, वह हमारी हूंक़ शक्लें देखकर हँस पड़ीं। बोली, 'हमेशा यही होता है, ये मेरे देवर हैं, कराची से आये हैं।'

स्टालिन ने अस्सलाम अलैकुम कहकर चचा सिद्दीक़ वग़ैरह से हाथ मिलाया। (ये सर सैयद अहमद ख़ाँ के पड़नाती थे।)

कैंटीन वापस आकर चचा सिद्दीक़ ने मुझसे कहा, 'अब जबकि आप सरकारी नौकरी को बख़ैरो-ख़ूबी ख़ैरबाद कह चुकी हैं (त्याग चुकी है), समय-समय पर ब्रॉडकास्ट के बजाय एक बाज़ाब्ता प्रोग्राम हफ़्ते में दो बार प्रसारित कीजिए। मैंने फ़िरंगी मिस्टर फ़ुलाँ (अमुक) से आपके फ़ज़ाइल (विद्वत्ताएँ) बयान किये हैं। उन्होंने कहा है, हफ़ता दस दिन में इस प्रोग्राम का परमानैंट कांट्रैक्ट आपको दे देंगे।'

एक हफ़ते के बाद चचा सिद्दीक ने अफ़सुर्दगी से कहा। 'फ़ुलाँ वी.आई. पी. जो तीन साल के लिए यहाँ आए हैं अपनी बेगम साहिबा को यही प्रोग्राम दिलवाना चाहते हैं; जब उनको आपके मुताल्लिक़ मालूम हुआ, उन्होंने फ़ौरन फ़िरंगी मिस्टर फ़ुलाँ को अपने यहाँ डिनर पर आमंत्रित किया। मेरा ख़याल है अब यह कांट्रेक्ट आपको नहीं मिलेगा।'

'यहाँ पर भी यह सब चलता है?' मैंने ताज्जुब से पूछा।
'यह सब दुनिया में हर जगह चलता है।' चचा ने जवाब दिया।

चुनांचे वह मुस्तक़िल कांट्रेक्ट मुझे नहीं मिला। इस फ़क़ीर (लेखिका) पर दुनिया-ए-दूँ के बहुत से रहस्य प्रकट होते जा रहे थे।

मैंने विक्टोरिया में स्थित प्राचीन हैडरलीज़ स्कूल ऑफ़ आर्ट में दाख़िला ले लिया जहाँ मैं केवल एक एशियाई छात्रा थी (बहुत दिनों बाद याद आया कि स्विस एयर का साल भर के अन्दर वापसी का किराया न जाने कब का ख़त्म हो चुका) फिर मिस्टर ओयन जोंस की नसीहत के मुताबिक़, कि प्यानो की प्रैक्टिस हरगिज़ न छोड़ना; शाम के वक़्त बेकर स्ट्रीट के एक म्यूज़िकल स्कूल जाना शुरू किया।

लंदन मजलिस की तहज़ीबी सरगर्मियाँ हम लोगों का महबूब मशग़ला था। सालाना (वार्षिक) आर्ट की नुमाइश के लिए मैंने पंचतंत्र की एक कहानी का बारह तस्वीरों में चित्रण किया। एक शेडो प्ले प्रोड्यूस किया। रेखा बेले

डायरेक्ट करती थी वग़ैरह-वगैरह। मैं आर्ट की प्रदर्शनी की प्रबन्धक थी। एक अप्रसिद्ध दक्षिण भारतीय नौजवान अपनी तस्वीरों का बस्ता लेकर रोज़ाना आता था कि ये तस्वीरें भी नुमाइश में लगा लीजिए। वह अबू अब्राहम आज नामवर कार्टूनिस्ट है।

सोज़ अभी उस वक़्त इतने मशहूर नहीं हुए थे। पाकिस्तानी डिप्लोमेट सईद हसन के यहाँ जिनकी बीवी फ़रीदा बहुत अच्छा गाती थीं, इण्डियन बंगाली लड़कियों की भीड़ लगी रहती, सब गाया बजाया करते। दोनों मियाँ बीवी पूर्वी पाकिस्तानी थे। एक और पूर्वी पाकिस्तानी नौजवान हुमायूँ रशीद लंदन मजलिस की गाने बजाने की महफ़िलों में शरीक रहता था (वह सन् 1971 ई. में नई दिल्ली में पाकिस्तान का डिप्टी हाई कमिश्नर था। उसने दिल्ली से बंगलादेश के लिए डीफ़ेक्ट किया।)

एक रौशन सुबह हेदरलीज़ स्कूल्स ऑफ़ आर्ट में एक तैलीय चित्र बनाते-बनाते दिमाग़ में आया कि आर्ट वार्ट काफ़ी हो लिया जर्नलिज़्म की तरफ़ ध्यान देना चाहिए।

कृष्णा आले हसन, एजाज़ हुसैन बटालवी और रमेश सिंघवी, मुस्तक़िल मिज़ाजी से विधि के छात्र थे। अमीना स्लेड स्कूल ऑफ़ आर्ट से शिक्षा पूरी करके लंदन यूनिवर्सिटी में रूसी और फ़ारसी पढ़ रही थीं। फिरोज़ जबीं स्कूल ऑफ़ ओरियन्टल स्टडीज़ में राल्फ़ रसेल की निगरानी में उर्दू Allegory पर रिसर्च में मसरूफ़ थीं। तक़ी मियाँ पाकिस्तान हाउस की मुलाज़िमत छोड़कर ब्रिटिश म्यूज़ियम के उर्दू सेक्शन के इंचार्ज हो गये थे। एक रोज़ मैं ब्रिटिश म्यूज़ियम गयी तो जनाब उर्दू सेक्शन में ख़ामोश खड़े पाइप पीते नज़र आये। एक अलमारी में 'सितारों से आगे' रखी देखी, तबियत को बहुत फ़रहत हासिल हुई।

कज़न महमूद अहमद ज़ैदी पाकिस्तान हाउस की लाइब्रेरियनशिप से दस्तबरदार होकर लंदन स्कूल ऑफ़ इक्नामिक्स में दाख़िल हो चुके थे। एक धुंध भरी शम को रीजेंट स्ट्रीट पोलिटेक्निक के सामने से गुज़रते हुए मिल गये। मैं अन्दर जा रही थी, पूछा, 'आपका म्यूज़िकल स्कूल तो बेकर स्ट्रीट में है,

जहाँ आप शाम को जाती हैं, इस वक़्त यहाँ कहाँ?' बेनियाज़ी से अर्ज़ किया, 'मैं यहाँ जर्नलिज़्म पढ़ रही हूँ। जर्नलिज़्म और फ़्रेंच।'

'जज़ाकल्लाह!' महमूद मियाँ ने जवाब दिया और धुँधलके में ग़ायब हो गये।

रीजेंट स्ट्रीट पोलिटेक्निक में फ़्रांसीसी भाषा एक कोकनी उस्ताद पढ़ाता था; उससे फ़्रेंच पढ़ना ऐसा ही था जैसे दिल्ली के किसी करख़ंदार से तेहरानी फ़ारसी सीखी जाए।

पत्रकारिता का साल भर का डिप्लोमा कोर्स था। जब तक बर्तानवी जर्नलिज़्म का इतिहास पढ़ाया गया सारे पाठ निहायत फ़ायदेमंद और दिलचस्प साबित हुए; मगर जब मास्टरों ने यह सिखलाना शुरू किया कि मज़मून किस तरह लिखे जाएं तो ख़याल आया कि इससे कहीं बेहतर मज़ामीन तो हम पाकिस्तान टाइम्स में लिख चुके हैं और यहाँ लंदन के मासिक 'ईस्टर्न वर्ल्ड' में लिखते रहते हैं। अब मुनासिब यह है कि पोलिटेक्निक में वक़्त ख़राब करने की बजाय किसी अख़बार में काम करने का तजुर्बा हासिल किया जाये।

अनवर जमाल क़िदवाई और शकुन्तला सन 47 ई. में दिल्ली से लंदन आए थे। जमाल यहाँ से तबादला होकर अनक़रा और रोम में तैनात रहे। अब इण्डिया हाउस के पब्लिक रिलेशंस ऑफ़िसर होकर लंदन वापस आ चुके थे। एक शाम मैं और शकुन्तला हस्बेमामूल आतिशदान के सामने क़ालीन पर कोहनियों के बल लेटे शतरंज खेलने में मुनहमिक थे कि जमाल दफ़्तर से वापस आये। पूछा, 'आज तुम अपनी-अपनी क्लासों से जल्द लौट आईं?'

'हम अब अख़बार में काम करने जा रहे हैं।'

'कौन से अख़बार में?'

'यह अभी तय नहीं किया।'

जमाल पाइप सुलगाकर कमरे में टहलने लगे, 'देखो, तुम अंग्रेज़ी में एक जासूसी नॉविल लिखो, फ़र्ज़ी नाम से; बहुत बिकेगा। उसके मुनाफ़े से यहाँ एक अदबी और इन्क़िलाबी रिसाला निकालो।' हस्बे आदत उन्होंने निहायत नाक़ाबिल-ए-अमल मशवरे देने शुरू कर दिये।

'जमाल आप फ़िलवक़्त बिल्कुल मुख़ल्ला बित्तबा (बेतकल्लुफ़) हैं।'

'तुम्हारा बिशप गया।' शकुन्तला ने कहा।

'रिसाला निकालो। हमारे अब्बा[1] कामरेड में कॉलम लिखते थे और किसी को नहीं बख़्शते थे।'

'शकुन अपना ऊँट बचाओ।'

'और सुना है अलीगढ़ में एक हास्यात्मक (मज़ाहिया) दो पृष्ठ का पर्चा प्रकाशित करते थे फर्ज़ी नाम से।'

'पता है, अब्बाजान का मिर्ज़ा फोया शायद पहले उसी में छपा था।'

'हाँ! अब हसरत को देखो, क्या अजीबोग़रीब इंसान था।'

'जमाल, आप मौज़ू (विषय) से हट रहे हैं।'

'डेली वर्कर में जाओ।'

आपको मालूम है कि इस क़दर ज़बर्दस्त इन्क़िलाबी हो गयी हूँ कि अभी रीड डीन ने जो बड़ी भारी मीटिंग बुलाई थी, उसमें सबलोग काउज के लिए चंदा दे रहे थे तो मुनीबुर्रहमान वग़ैरह ने मुझे स्टेज पर भेजा। मैं उनको चन्दा देकर आई सब की तरफ़ से। डीन ऑफ़ कन्टरबरी शारीरिक रूप से बिल्कुल अंग्रेज़ महात्मा गाँधी लगते हैं।'

'कितना चन्दा दिया आप लोगों ने?'

'पाँच-पाँच पौण्ड का I.O.U. सादे काग़ज़ पर।'

'यह लौंढारपन आप लोगों को अब छोड़ना चाहिए।'

'हम लोग संजीदा हैं।'

'डेली वर्कर में जाओ। टोरी प्रेस कालों को नौकरी नहीं देता।'

'शकुन तुम्हारी क्वीन गयी, जी, क्या? टोरी प्रेस?'

'हम कृष्णा मेनन से कहेंगे, वह सर हैरी टर्नर से बात करें। अच्छा सुनो, तुम मौलाना मोहम्मद अली और हसरत के मुताल्लिक़ एक मज़मून लिखो।'

'और साथ-साथ जासूसी उपन्यास। यह हैरी टर्नर कौन साहब हैं? शकुन तुमने मेरा दूसरा ऊँट भी पीट लिया।'

1. यलदरम के अलीगढ़ के साथी विलायत अली बम्बोक़ (मरहूम)।

ब्रिटिश यूनियन ऑफ़ जर्नलिस्ट्स के अध्यक्ष सर हैरी टर्नर मिस्टर ओयन जोंस के क़बील (वर्ग) के ही बुज़ुर्ग निकले। मुशफ़िक़ाना (कृपालु) अंदाज़ में फ़रमाया, 'मुश्किल यह है कि लंदन में हमारे अख़बार नवीसों ने बड़े सख़्त क़ानून बना रखे हैं कि कॉमनवेल्थ के पत्रकार यहाँ काम न करें, वर्ना देखते-देखते फ़्लैट स्ट्रीट उनसे भर जायेगी। मैं उम्मीद करता हूँ कि तुम इस मजबूरी को मद्देनज़र रखोगी और किसी प्राविंशियल अख़बार में काम करने को तैयार होगी। वहाँ यह दिक़्क़त पेश न आयेगी।'

'जी नहीं, सिर्फ़ फ़्लैट स्ट्रीट।'

'अच्छा, यहाँ किसी ज़नाना रिसाले में काम करोगी?'

'जी नहीं, सिर्फ़ किसी राष्ट्रीय दैनिक में रिपोर्टिंग का तजुर्बा।'

सर हैरी ने दो मिनट ख़ामोश रहकर कुछ सोचा, फिर टेलीफ़ोन की तरफ़ हाथ बढ़ाया। डायल घुमाकर डेली टेलीग्राफ़ के मैनेजिंग एडिटर से गुफ़्तगू में मसरूफ़ हो गये। फिर मुझसे कहा, 'मैंने अभी बात की, तुम्हें यूनियन के नियमों की वजह से तनख़्वाह नहीं मिलेगी। अंडर ट्रेनिंग रिपोर्टर समझा जायेगा। टोकन के तौर पर पाँच पौंड प्रति सप्ताह मिलेगा और रिपोर्टिंग की दौड़ भाग के लिए टैक्सी का किराया; ठीक है? अभी सीधी वहाँ जाओ, फ़ौरन।'

मैंने उन फ़रिश्ता-सिफ़त बुज़ुर्ग का शुक्रिया अदा किया और उनके बोसीदा (फटीचर) दफ़्तर के नीम तारीक लकड़ी के दरवाज़े से तेज़ी से उतर कर सरपट डेली टेलीग्राफ़ भागी, जो कुछ ही दूरी पर था। डेली टेलीग्राफ़ की इमारत पर लगे घड़ियाल में इस वक़्त सुबह के साढ़े ग्यारह बजे थे।

मैनेजिंग एडिटर ने मुझसे कहा, 'फ़िलहाल तुम्हें औरतों के पृष्ठ पर काम करना होगा; मैंने उसकी एडिटर मिस बारनट से बात कर ली है।' यह बर्तानवी एफ़िशियेंसी हैरतअंगेज़ थी।

तीसरे फ़्लोर पर महिला विभाग में कई फ़िरंगनें काम में मसरूफ़ थीं। मिस बारनट एक बूढ़ी ख़ातून थीं, जिन्होंने नपातुला बोलने की बर्तानवी शैली और मीटर ऑफ़ फ़ैक्ट रवैये की वजह से दो मिनट मौसम पर विचार विमर्श करने

के बाद कहा, 'यह अप्रैल का महीना है और बर्तानवी महिलाएँ अपने जाड़ों में पहनने वाले लिबास अलमारियों में बन्द करने वाली हैं। गर्म कपड़ों की सुरक्षा के सम्बन्ध में तुरन्त एक नोट लिख दो। दूसरे कमरे में मिस ग्रिफ़िथ तुमको ताज़ातरीन क़िस्म की मोथ बाल्स वग़ैरह पर मेटीरियल दे देंगी।

गर्म कपड़ों की सुरक्षा और मोथ बाल्स!

मैंने टाइपराइटर पर जाकर लिखना शुरू किया; Oh! to be in England now that April's there. लेकिन गर्म कपड़ों को खाने वाले कीड़े भी मौसम-ए-बहार में, वग़ैरह वग़ैरह।

लाहौल वला क़ुव्वत! बहरहाल नोट टाइप करके लंच के बाद मिस बारनट को दिया, उन्होंने ध्यान से पढ़ा। सुना था एडिटर लोग 'ब्लू पेंसिल' बहुत करते हैं। बड़ी बी ने ऐनक माथे पर सरकाई और वह मज़मून ज्यों का त्यों नीचे प्रेस में भेज दिया और बोलीं 'तुमको बाई लाईन' भी दी जाएगी।'

मैं सुबह पौने ग्यारह बजे सर हर टर्नर से मिलने गयी थी, उस वक़्त दिन के पौने तीन बजे थे और मज़मून 'बाई लाइन' सहित प्रेस जा चुका था।

अजी वह मोथ बाल्स के मुताल्लिक औरतों के सफ़हे (पृष्ठ) पर ही सही; मगर डेली टेलीग्राफ़ में पहले ही दिन मुझे कौन अदबी कॉलम लिखने को दे देता।

बहार का मौसम 'सिली सीज़न' कहलाता है, जब औरतें तरह-तरह के नमूनों के हैट पहनती थीं। एक दिन मिस बारनट ने पूछा, 'तुम्हारे यहाँ बहार के मौसम में ज़नाना फ़ैशन किस तरह तब्दील होते हैं?' और तुम्हारे यहाँ किस प्रकार के हैट...

मैंने कहा, 'हमारे यहाँ औरतें हैट नहीं पहनतीं, बहार के मौसम में फूलों से बालों को सजाती हैं।'

'गुड! तुम फ़ोटोग्राफ़र को लेकर अभी बाँड स्ट्रीट की किसी बड़ी दुकान में जाओ, जूलियन के साथ; और अपनी तस्वीर आईने के सामने बालों में फूल

लगाते हुए और जूलियन की एक नई हैट ट्राई करते हुए खिंचवाओ और फ़ीचर लिखो : बहार के मौसम के फ़ैशन पश्चिम व पूर्व में।'

मैंने ऐसा ही किया। मज़मून के साथ जिस रोज़ वह बेहूदा तस्वीरें डेली टेलीग्राफ़ में छपीं, मैंने सोचा याराने तरीक़त (मिलने जुलने वालों) का सामना किस मुँह से किया जाए; लेकिन पानी सिर से ऊँचा हो चुका था। मैं फ़्लैट स्ट्रीट की ज़नाना और फ़ैशन जर्नलिज़्म के गहरे समुद्र में ग़ोताज़न और साहिल पर खड़े जेम्स ज्वायस और एलियट आँसू बहा रहे थे।

नामवर बेलरेना मोइयेरा शेरर हस्पताल में दाख़िल थी। उससे जाकर मालूम किया कि आजकल किस क़िस्म के परहेज़ के खाने खाती है और इसी क़िस्म के पत्रकारिता सम्बन्धी कारनामे अंजाम दिये। मलिका एलिज़ाबेथ ने ताजपोशी के मौक़े पर हीरों के बुन्दे पहनने के लिए कान छिदवाए। यह इत्तिला प्रेस में आते ही बर्तानवी औरतों ने जौक़ दर जौक़ (झुण्ड के झुण्ड) अपने कान छिदवाने शुरू कर दिये।

उस बूढ़े सुनार का जिसने 'यंग एण्ड ब्यूटिफ़ुल क्वीन' का कर्णछेदन किया था, जाकर इंटरव्यू किया। एक सिल्वर स्मिथ ने शहज़ादी एन के लिए गुड़ियों का चाँदी का टी सेट अपने हाथ से बनाया था। एक दूर दराज़ गाँव जाकर उस सिल्वर स्मिथ से मिलने का गौरव प्राप्त किया और 'शहज़ादी एन के चाँदी के खिलौने' शीर्षक से मज़मून लिखा।

अपने पिता आस्कर वाइल्ड की ज़िल्लत व ख़्वारी व रुसवाई के बाद, उनके बेटे ने अपना ननिहाली ख़ानदानी नाम हालैंड इख़्तियार कर लिया था। मिस्टर हालैंड की पत्नी बाँड स्ट्रीट में एक बेहद शानदार ब्यूटी पार्लर चलाती थीं और महारानी की निजी ब्यूटिशियन थीं। कॉरोनेशन की सुबह वह हर मैजेस्टी का मेकअप करने वाली थीं। जिस दिन सुबह मैं मिसेज़ हालैंड का इस सिलसिले में इन्टरव्यू करने गयी, ज़ुबैदा और उसके शौहर ग्रुप कैप्टन अल्लाहदाद (जो पाकिस्तान हाउस में एयर अताशी थे) मेरे साथ थे।

हम लोग ब्यूटी पार्लर के अन्दर गये; ज़ुबैदा चारों तरफ़ देखकर चुपके से बोली, 'यह मिसेज़ हालैंड इंग्लिस्तान की सबसे महंगी ब्यूटीशियन है। इसके

यहाँ आकर औरतों की खाल उधड़ जाती होगी। करोड़पति औरतें, फ़िल्मस्टार्ज़ और काउंटीज़ वग़ैरह ही यहाँ आती हैं। काश! हमारे पास इतने पैसे होते कि हम कभी कभार इससे सिंघार करवा लिया करते।'

अल्लाहदाद ने कहा, 'ज़ुबैदा क़नाअत (संतुष्ट रहना) सीखो' फिर मुझसे बोले, 'हम अपनी शॉपिंग करके आते हैं, इतने तुम अपना इंटरव्यू कर लो।'

मिसेज़ हालैंड बाहर लाउंज में आईं। मेरी शक्ल ग़ौर से देखने के बाद अल्लाहदाद से कहा, ठीक दो घंटे बाद आइएगा।' अन्दर ड्राइंग रूम में जाकर मलिका एलिज़ाबेथ के सिंघार पिटारे के बारे में गुफ़्तगू में मसरूफ़ हो गयीं। इन्टरव्यू आधा घंटे में ख़त्म हो गया।

मुझे यह फ़िक्र कि अब मुझे डेढ़ घंटा ज़ुबैदा अल्लाहदाद का इन्तिज़ार करना पड़ेगा। मगर मिसेज़ हालैंड इस दौरान ब्यूटी पार्लर जा चुकी थीं। फिर बाहर आईं, बोलीं। 'मैं तुम्हारा मेकअप करना चाहती हूँ, तोहफे के तौर पर बिल्कुल फ़्री।' उसके बाद आस्कर वाइल्ड की बहू ने पूरा डेढ़ घंटा इस आजिज़ा (लेखिका) के चेहरे पर अपनी सौंदर्यकरण की कला का प्रदर्शन किया और अपनी कारगुज़ारी देखकर फ़रमाया, 'यह ख़ालिस ओरियन्टल लुक है।'

मैंने आईना देखा कि एक अजीबोग़रीब अजनबी शक्ल नज़र आई। सुर्ख़ी लिये हुए कत्थई रंगत, कोयले के रंग की जापानी भौंहें और स्यामी आँखें, हब्शी होंठ। मैंने मिसेज़ हालैंड का शुक्रिया अदा किया, उन्होंने एक लम्बा-चौड़ा ख़ूबसूरत डिब्बा गुलाबी चौड़े फ़ीते से बँधा हुआ पेश किया। बोलीं, 'हर मैजेस्टी जिस ब्राँड का मेकअप इस्तेमाल करती हैं, वही सारा मैंने इसमें तुम्हारे लिए रख दिया है, तुम्हारी कलरिंग के लिहाज़ से।'

मैंने फिर शुक्रिया अदा किया और उन्हें ख़ुदा हाफ़िज़ कहकर बाहर आई। ठीक उसी वक़्त ज़ुबैदा और अल्लाहदाद सद्र (बड़े) दरवाज़े में प्रकट हुए। ज़ुबैदा भौंचक्की होकर मेरी शक्ल देखती रह गयी। 'यह... यह तुम्हारा क्या हुलिया बनाया है?' उसने घबराकर पूछा। मैंने सड़क पर आते हुए कहा, 'तुम्हें क्या मालूम, यह ओरियन्टल लुक है।'

'और इस डिब्बे में क्या है?'

तबर्रुक! हाथ न लगाना। इस ब्रान्ड का मेकअप हर मैजेस्टी इस्तेमाल करती हैं।' ज़ुबैदा ने कार में बैठते ही बेसब्री से डिब्बा खोला; अन्दर मेकअप के सारे लवाज़िमात मौजूद थे और सब गहरे कत्थई रंग के। ज़ुबैदा ने फिर मेरी सूरत देखी सोचकर बोली, 'तुम बिल्कुल अफ़्रीक़ी और चीनी मिली जुली कठपुतली मालूम हो रही हो।'

'वह किस क़िस्म की कठपुतली मालूम होती है?' अल्लाहदाद ने इंजन स्टार्ट करते हुए दरयाफ़्त किया और बोले, 'ज़ुबैदा मैंने तुमसे कहा था ना, क़नाअत सीखो ज़िन्दगी बहुत आसान हो जाएगी।'

कॉमनवेल्थ के कॉरोनेशन के सिलसिले के एक विशेष टेलीविज़न कार्यक्रम में भाग लेने के लिए आमंत्रित किया गया था, ढाई मिनट की तक़रीर के लिए पू०वि० इस कार्यक्रम की शूटिंग भी एक निहायत 'ओरियन्टल सेट' पर की गयी। दीवार पर बुख़ारा के क़ालीन, कश्मीरी परदे, उमर ख़य्याम वाली सुराहियाँ, मूरिश महराब, ज़ुबैदा की एक झकाझक साड़ी और उसके सारे ज़ेवरात 'ओरियन्टल लुक' से सुसज्जित। डायरेक्टर के निर्देशानुसार मूरिश महराब के नीचे से गुज़र कर कैमरे के सामने आते हुए, अचानक एक सवाल ज़हन में कौंधा। मैं यहाँ क्या कर रही हूँ और यह क्या मसख़रापन है? ज़िन्दगी में कभी-कभी अजीब-अजीब अवसरों पर यह सवाल अचानक सामने आ खड़ा होता है, हम यहाँ क्या कर रहे हैं।'

दूसरी शाम मैंने यह सवाल तक़ी मियाँ से किया। हम लोग पाल माल पर से गुज़र रहे थे, जहाँ शाही जुलूस के तमाशाइयों के लिए दोतरफ़ा स्टैंड तैयार किये जा रहे थे। उर्दू सर्विस के लिए जश्ने-ताजपोशी की तैयारियों का 'आँखों देखा हाल' ब्रॉडकास्ट करने के सिलसिले में, मैं और तक़ी मियाँ इधर उधर घूम रहे थे।

बकिंघम पैलेस कोहरे में छुप गया था। दरख़्तों में से हाईलैंडर्स के बैग पाइप की जानलेवा धुन सुनाई दे रही थी। दौलत मुश्तरिका (कॉमनवेल्थ) के

मुल्कों ने अपने-अपने फ़ौजी दस्ते जुलूस में शामिल होने के लिए भेजे थे। सामने से शानदार ख़ूबसूरत 'जवानों' का पाकिस्तानी दस्ता मार्च करता गुज़रा।

'तक़ी मियाँ क्या आप बता सकते हैं कि ये लोग, हम सब, यहाँ क्यों मौजूद हैं?'

सर सैयद अहमद ख़ाँ...' तक़ी मियाँ ने कहना शुरू किया।

'बजा ...सर सैयद अहमद ख़ाँ बग्घी पर बैठकर इसी फाटक से दाख़िल होकर अन्दर महारानी विक्टोरिया से मिलने गये होंगे, फिर एम.ए.ओ. कॉलेज बना, फिर हम लोगों ने अंग्रेज़ी पढ़ी, फिर पाकिस्तान बना, जो कॉमनवेल्थ में शामिल है, इण्डिया समेत और इसके फ़ौजी महारानी के जश्न-ए-ताजपोशी में शिरकत करने आये हैं। तो फ़र्ज़ कीजिए कि सर सैयद की रूह कहीं से घूमती घामती इस वक़्त यहाँ आ निकली हो तो यह मंज़र देखकर क्या सोचती होगी? मैंने सवाल किया।

'शायद, ख़ुश होगी' तक़ी मियाँ ने जवाब दिया

'सर सैयद विभाजन पसन्द करते?'

'शायद या शायद क़तई, मैं अपनी रिसर्च मुकम्मल कर लूँ तो किसी नतीजे पर पहुँचूँ। इस पर याद आया पण्डित नेहरू भी तो जश्न में शिरकत के लिए आने वाले हैं।'

'इस पर याद आया' मैंने घड़ी देखकर कहा; 'मुझे शकुन्तला के यहाँ जाना है, कल उनका फ़ोन आया था कि उनकी तबीयत ख़राब है।'

तक़ी मियाँ को शब बख़ैर कहकर मैंने पाल माल से नाइट्स ब्रिज का रुख़ किया। उसी रात जमाल जेनेवा जाने वाले थे। शकुन्तला बीमार थीं। मालूम हुआ, उनके ख़ानसामाँ रमज़ान भी बीमार पड़े हैं। मैंने कहा, 'ठहर जाओ जी, मैं मिनटों में निहायत बढ़िया खाना तैयार करती हूँ। आख़िर, रोज़ाना घर में पकाती हूँ या नहीं और ख़्वाजा नाज़िमुद्दीन के लिए बिरयानी तो जैसे ऐतिहासिक घटना है।'

फ़ौरन बावर्चीख़ाने में जाकर क़ोर्मे की रचना की और खाने की मेज़ पर ले जाकर रौबदाब से उसे रखा। जमाल ने हस्बे आदत बेतकल्लुफ़ अंदाज़ में खाना नोशजान कर लिया (खा लिया)। बाद में ख़याल आया; शकुन्तला के कमरे में टहलते हुए फ़रमाया, 'भई वह सालन जो हमने खाया, उसका कुछ अजीब सा मज़ा था।'

मैंने बात टालने के लिए पूछा, 'आपने मेरा वह मज़मून पढ़ा क्वीन एलिज़ाबेथ के कर्ण छेदन के सम्बन्ध में बाईलाइन समेत।'

जमाल ने एकाएक बड़े चिंतित होकर कहा, 'इस क़िस्म की ख़ुराफ़ात लिख-लिख कर तुम्हारा ज़हन बिल्कुल तबाह व बर्बाद हो जाएगा।'

'एक साधारण बर्तानवी हाउस वाइफ़ की ज़हनी सतह के लिहाज़ से लिखते हैं, हम लोग।' मैंने बेपरवाही से जवाब दिया।

'तुम लोग कौन हो?'

'हम बर्तानवी जर्नलिस्ट लोग'

'वह क़ोर्मा ...उसमें क्या चीज़ डाली थी?'

'आपको मालूम होना चाहिए कि मैं फ़्लैट स्ट्रीट में उपमहाद्वीप की केवल एक महिला पत्रकार हूँ।'

'लेकिन इससे पहले कि मिसेज़ बारनट तुमसे ड्यूक ऑफ़ एडनबरा के साइस का इंटरव्यू करवाएँ तुम ...अरे हमें तो इस वक़्त जेनेवा जाना है।' जमाल ने घड़ी पर नज़र डालकर कहा और ग़ायब हो गये। मैं और शकुन्तला शतरंज की तरफ़ मुतवज्जोह (ध्यानाकर्षित) हुए।

2 जून, सवेरे से टेलीविजन पर जश्ने ताजपोशी दिखाया जा रहा था। शाही जुलूस सड़कों पर से गुज़रकर वेस्ट मिनिस्टर एबे पहुँचा। ताजपोशी की रस्में शुरू हुईं। आर्च बिशप ऑफ़ कन्टरबरी ने चमचे में तेल भर कर उसे महारानी

के सिर पर उंडेला; क्योंकि यह 'मसह[1]' की प्राचीन इबरानी परम्परा थी ('मसीह' यानी The Anointed one) प्राचीन अहदनामा में लिखा है, 'तू अपने सींग में तेल भर के जा और फ़ुलाँ के सिर पर तेल उंडेल कर उसे बादशाह बना...।

मिसेज़ हालैंड ने इतनी मेहनत से बेचारी क्वीन एलिज़ाबेथ के बाल संवारे होंगे और लाट पादरी ने आव देखा न ताव; लेकर चमचा भर तेल उंडेल दिया ...वह बेचारी बहुत सहमी हुई लग रही थी। एबे के हाल में पण्डित नेहरू, इन्दिरा गाँधी, इस्फ़हानी साहब, रूह अफ़ज़ा सज्जाद हैदर, और सज्जाद हैदर, बेगम लियाक़त अली ख़ाँ, वज़ीर-ए-आज़म मोहम्मद अली बोगरा, बेगम समेत और ब्रिगेडियर हामिद हुसैन भी बेगम समेत मौजूद थे।

दूसरे दिन पंडित जवाहरलाल नेहरू केक्सटन हाल में तक़रीर करने गये। हाल खचाखच भरा हुआ था; बूढ़े लपूसा लार्ड पेथिक लॉरेंस जलसे की अध्यक्षता कर रहे थे और मारे कमज़ोरी और थकन के सिर निहोड़ाए बैठे थे। पण्डित नेहरू ने अपनी आदत के मुताबिक़ ज्यो पोलिटिक्स पर रौशनी डाली और जोश से बोले 'हिन्दुस्तान जाग उठा है।'

लार्ड पेथिक लॉरेंस का सिर और झुक गया।

पण्डित नेहरू ने फ़रमाया, 'एशिया जाग उठा है', लार्ड मौसूफ़ का सिर और ख़म हुआ (झुक गया)।

'अफ़्रीक़ा जाग उठा है।'

लार्ड पेथिक लगभग रुकू में चले गये (अर्थात 90 अंश के कोण की स्थिति में चले गये)

'मैं समझता हूँ यह एक बहुत ही सांकेतिक दृश्य है।' तक़ी मियाँ ने चुपके से कहा।

शायद तीसरे दिन पण्डित जी ओस्टरली के इण्डियन क्रिकेट क्लब में हिन्दुस्तानी छात्रों को सम्बोधित कर रहे थे। पण्डित जी भाई नूरुद्दीन अहमद के

1. सिर को किसी द्रव से गीला करना।

बहुत पुराने दोस्त थे। अमीना ने उनसे कहा, 'तुम सलामत रहो हज़ार बरस...' कहने लगे, 'अरे भई ऐसी बददुआ मत दो; ज़िन्दगी अजीरन हो जाएगी।' तक़रीर में कहने लगे, 'इस दफ़े जब हमने यहाँ मलिका की ताजपोशी का हंगामा देखा, गली कूचों को देखकर अपनी जवानी का ज़माना याद आ गया, जब हम यहाँ तुम लोगों की तरह मटरगश्ती करते थे। वह शे'र क्या है भई? ग़ज़ल उसने छेड़ी...'

'मुझे साज़ देना, ज़रा उम्रे रफ़्ता को आवाज़ देना।' मजमे में से अलीगढ़ के एक लड़के ने जवाब दिया।

'हाँ, ज़रा उम्रे रफ़्ता (बीती हुई उम्र) को आवाज़ देना। मगर उस वक़्त हमारे सामने एक मक़सद था, एक वलवला था।' पण्डित जी सोचते अंग्रेज़ी में और बोलते उर्दू में थे। फ़रमाया, 'मगर आप लोग...? आप लोग बस तरह-तरह के नारे उठाते हैं।' (यह slogan raising का अनुवाद था) एक लड़के ने आवाज़ दी, 'पण्डितजी नारे लगाये जाते हैं, उठाये नहीं जाते।'

कुछ कम्युनिस्ट लड़कों ने उससे सियासी मुबाहिसा शुरू कर दिया। पंडित नेहरू की मुख़ालिफ़त उन दिनों 'पार्टी लाइन' थी। मगर जलसे के बाद सबने बच्चों की तरह उन्हें घेर लिया। उनके विरोधी भी उनके करिश्मे (Charisma) से वशीभूत नज़र आते थे। मुझे एक बार फिर हाजिया ताज की पुरानी बात याद आ गयी कि 'स्टेज पर एक तरफ़ भाई करिश्मे दिखा रहा था, दूसरी तरफ़ बहन करिश्मे दिखा रही थी।' (कुछ वर्ष बाद बहन लंदन में इण्डियन हाई कमिश्नर बनकर आने वाली थीं। बेटी अभी पब्लिक लाइफ़ में बिल्कुल नहीं आई थीं।)

उस हफ़्ते में पण्डित नेहरू जेनेवा और वहाँ से वापस दिल्ली जाने वाले थे। अमेरिकन वैज्ञानिक मियाँ-बीवी जूलियस और एथल रोज़नबर्ग को रूस की जासूसी के आरोप में मृत्युदण्ड का हुक्म सुनाया जा चुका था। पण्डित नेहरू समेत दुनिया भर के लीडर प्रेसीडेंट आइज़न हावर से इस हुक्म को निरस्त करने की अपील कर चुके थे लेकिन पण्डित जवाहरलाल नेहरू की अपील भी निरस्त की जा चुकी थी। यह अमेरिका में मेक आर्थिज़्म के उत्थान का युग

था। जिस दिन पण्डित जी लंदन से रवाना होने वाले थे, इत्तिला आई कि सुबह चार बजे संग-संग जेल में रोज़नबर्ग मियाँ-बीवी को बिजली की कुर्सियों पर बैठा दिया जाएगा।

उस शाम बर्तानवी साहित्यकारों, पत्रकारों, छात्रों, यहूदियों और कैथोलिक पादरियों और हिन्दुस्तानी, पाकिस्तानी व अफ़्रीकी छात्रों का एक ज़बरदस्त जुलूस विरोधी मार्च करता नं. 10, डाउनिंग स्ट्रीट पहुँचा; वहाँ पहरे के संतरियों ने बताया कि प्रधानमंत्री मिस्टर चर्चिल अपने कंट्री हाउस जा चुके हैं।

जुलूस ने शहर वापस आकर बिल्कुल ऑक्सफ़ोर्ड सर्कस में धरना दे दिया। ट्रैफ़िक रुक गया, घुड़सवार पुलिस ने मजमे को उठाना चाहा; जवाब में हज़ारों की भीड़ ने अंग्रेज़ी, इबरानी, फ़्रांसीसी और बंगाली में इन्क़िलाबी गीत शुरू कर दिए।

कुछ देर बाद यह हुजूम रात को जागने के मक़सद से, हाइड पार्क रवाना हुआ। पिकेडली सर्कस के एक बरामदे में से किसी अंग्रेज़ ने चिल्लाकर पूछा, 'व्हाट अबाउट बर्लिन?' रास्ते में और भी अंग्रेज़ मर्द औरतें जुलूस में शामिल हो गयीं। बर्तानवी लड़के लड़कियाँ जोशो-ख़रोश से गाते जा रहे थे। 'जब सुर्ख़ सवेरा आयेगा, हम लेडी ईस्टर से बर्तन धुलवाएंगे और चर्चिल को वुडबाइन सिग्रेट पिलाएंगे।'

कुछ कैथोलिक पादरी चलते-चलते बार-बार सड़क पर दोज़ानू होकर तस्बीह (माला) फेरते और दुआएँ पढ़ते। बर्तानवी यहूदी मर्द और औरतें रोते जा रहे थे। उलूही, उलूही, लिमा शबक़नी।

लंदन पुलिस के सैकड़ों सिपाही पलक झपकते ही जाने कहाँ से प्रकट हो गये थे और निहायत सुकून और ख़ामोशी से जुलूस के साथ-साथ चल रहे थे। हाइड पार्क पहुँचकर जगह-जगह तक़रीरें शुरू हुईं। सबसे ज़्यादा जोशीली तक़रीरें इण्डिया के बंगाली और पूर्वी पाकिस्तान के बंगाली छात्र कर रहे थे। सबकी आख़िरी उम्मीद पण्डित नेहरू से वाबस्ता थी।

देर रात, इत्तिला मिली कि अमेरिकन प्रेसीडेंट ने इण्डियन प्राइम मिनिस्टर की दूसरी अपील भी ठुकरा दी। अब औरतों की आहिस्ता-आहिस्ता रोने की आवाज़ें बुलन्द हुईं। हमारे दोस्तों का गिरोह शबनम-आलूद (ओस से ढकी) घास पर हल्क़ा (वृत्त) बनाये बैठा था।

मैंने रमेश सिंघवी से कहा, 'चलो, मौलाना आज़ाद को ट्रंककॉल करें। (मौलाना उस वक़्त नई दिल्ली में पण्डित जी की अनुपस्थिति में डिप्टी प्राइम मिनिस्टर थे) और जेनेवा पण्डित जी को Contact करने की कोशिश करें कि वह एक बार फिर आइज़न हावर से कहें।' हम लोगों ने हाइड पार्क से बाहर आकर टेलीफ़ोन किये। पता लगा, पण्डित जी जेनेवा से रवाना हो चुके।

'मुमकिन है हमारा पैग़ाम हवाई जहाज़ में पण्डित जी को पहुँचा दिया जाए।' रमेश सिंघवी ने कहा।

रात के दो बज चुके थे। हम लोग हाइड पार्क वापस आये, जहाँ अब अनगिनत शम्‌अें जला दी गई थीं और कैथोलिक पादरी और यहूदी रिबाई दुआओं में मसरूफ़ थे। रोज़मार्क ने, जो एक ब्रिटिश यहूदी लड़की थी, मुझसे कहा, 'बनी इस्राईल का गिड़गिड़ाकर ख़ुदा से दुआएँ माँगना मेरी समझ में नहीं आता।

इस तरह उस फ़र्ज़ की हुई ख़याली ताक़त (नाउज़ूबिल्लाह) से रहम की इल्तिजा करते-करते साठ लाख यहूदी, मर्द, औरत और बच्चा हिटलर के गैस चैम्बर्ज़ की भेंट चढ़ गया और बनी इस्राईल के ख़ुदा को इन पर रहम न आया।

अब महज़ इन दो अदद मियाँ बीवी को क्या बचायेगा (नाउज़ूबिल्लाह) और यह अचम्भे की बात नहीं है कि नाज़ी प्रलय (नाज़ियों के अत्याचार के बाद) यूरोप और अमेरिका का ज़्यादातर यहूदी मुलहिद (नास्तिक) हो चुका है। लेकिन ज़रा इन सीधे सादे रिबाइयों को देखो; दुआ माँग रहे हैं!'

अचानक उसने मुझसे पूछा, 'तुम बी.बी.सी. और अपने टूरी अख़बार के लिए इस विजिल को कवर कर रही हो ना? बस काफ़ी कवर कर लिया, अब घर जाओ।' फिर उसने घुटनों पर सिर रख लिया।

सर्पेन्टाइन झील पर कोहरा तैरता रहा और जब वह पानी के किनारे बैठे अपने सैहून को याद करके रोते थे, मुझे अचानक छींकें आने लगीं, ठंड बढ़ती जा रही थी। रोज़ ने मुझसे कहा, 'यह लो कुंजी और मेरे घर जाओ।' मैं, फ़िरोज़ और एक और अंग्रेज़ लड़की, 'हेली' रोज़ के घर की ओर पैदल रवाना हुए, जो ज़्यादा दूर नहीं था।

रोज़ के फ़्लैट पर पहुँचकर हमने आतिशदान जलाया और इधर-उधर पड़कर सो गये। सुबह छह बजे के क़रीब मेरी आँख खुली। रोज़ हाइड पार्क के नाकाम विजिल से वापस आ चुकी थी और आतिशदान के सामने सिर झुकाये बैठी ख़ामोशी से आँसू बहा रही थी...।

दूसरी रात मैं एक थियेटर देखने के बाद काफ़ी देर में मेकडावेल अपने घर लौटी। ऊपर लैंडिंग पर पहुँचते ही गैस की हौलनाक बदबू नाक में दाख़िल हुई। उस लैंडिंग पर सिर्फ़ मेरा कमरा था। दरवाज़ा खोला अन्दर कमरे में घटाटोप गैस भरी हुई थीं; सुबह गैस खुला रह गया था। मारे घबराहट और बेवक़ूफ़ी के मिस्टर मोरगस्टन को बताने की बजाय नीचे उतर कर गैलरी का फ़ोन भी इस्तेमाल न किया, कहीं मोरगस्टन या उसकी मेम न सुन ले।

सड़क पर जाकर पब्लिक बूथ से बली भाभी को फ़ोन किया, जो लंदन से बहुत दूर एक हरे भरे क़स्बे में रहती थीं। ख़याल यह था कि इतनी दूर भाग जाना चाहिए कि मोरगस्टन पकड़ न सके। अब ख़याल आता है कि अक़्ल हमेशा से कम है मगर नौउम्री में इस वस्तु का क़तई अभाव था। बली भाभी से कहा, 'मैं फ़ौरन आ रही हूँ, इन्तिज़ार कीजिए।'

उन्होंने घबराकर दरयाफ़्त किया, 'ऐनी, क्या बात हाय? ख़ैरियत हाय?'

मैंने कहा, 'बस मैं फ़ौरन आ रही हूँ।' फ़ोन बन्द करके बूथ से निकली और सुनसान सड़क पर ट्यूब स्टेशन की तरफ़ भागी, जो आधे फ़र्लांग पर था।

अभी बारह नहीं बजे थे और रेलें चल रही थीं। घण्टे भर बाद सुरंग से निकल कर ट्रेन ज़मीन की सतह पर बरामद हुई और उसके पैंतालीस मिनट बाद ज़िला मिडिलसेक्स में बली भाभी का क़स्बा आया। आधी रात इधर, आधी

रात उधर। स्टेशन सुनसान, बाहर सड़क वीरान। हू का आलम! स्टेशन से बली भाभी का घर पौन मील के फ़ासले पर था।

अब दिलचस्प बात यह है कि कमरे में गैस भरी देख कर दहशतज़दा हुई मगर अकेले दुकेले, रात बिरात कहीं आने-जाने का डर बचपन से बिल्कुल नहीं था; लिहाज़ा उस सुनसान सड़क का लम्बा रास्ता निहायत इत्मीनान से तय करके थोर्न बरी रोड पर बली भाभी के घर पहुँची। उस ज़माने में इंग्लिस्तान की सड़कें भी सुरक्षित थीं; Cosh boys और टेडी ब्वायज़ अभी अस्तित्व में न आये थे।

बली भाभी के बाग़ में रौशन दरीचा नज़र आया; वह दरीचे ही में प्रतीक्षा बैठी थीं। दरवाज़ा खोला, पूछा, 'क्या हुआ? ख़ैरियत?' वह आमतौर से उर्दू बोलती थीं।

मैंने कहा, 'सुबह को बतलाऊँगी।'

बली भाभी दिल्ली वाली बन चुकी थीं, लेकिन बहरहाल थीं तो अस्ल नस्ल अंग्रेज़ और अंग्रेज़ कभी निजी सवालात नहीं करता। बोलीं, 'अच्छा अगर कोई घबराहट है तो मेरी हौलदिली पहन लो।'

हम लोग ऊपर उनके बेडरूम में गये। बली भाभी ने सिंघार मेज़ पर से हौलदिली (तावीज़) उठाकर मुझे दी। कहरबा की तावीज़ पर कुंदी हुए आयत-ए-करीमा (क़ुरआन शरीफ़ की आयत) जो दिल्ली की बेगमों का ख़ास गहना था। मैंने कहा, 'मुझे हौलदिली तो बिल्कुल नहीं है, फ़िक्र ज़रूर है।'

बोलीं, अच्छा, ख़ैर से सवेरे बताना, लम्बू बेडौल से उसकी नई नज़्म सुनो, दिल बहल जाएगा। अल्लाह की क़सम क्या ऊँट की ऊँट लौंडिया है। कोई कल ही सीधी नहीं।'

'वह अभी तक जाग रही है? कैसी शाइरी करती है?' मैंने पूछा।

'जैसी शाइरी एक ऊँटनी कर सकती है।'

इतने में मेहमान कमरे से निकलकर वह बेहदो-हिसाब बेतहाशा लम्बी अमेरिकन लड़की बली भाभी के बेडरूम में आई। मैंने अपनी सारी उम्र में इतनी लम्बी लड़की नहीं देखी थी। वह अमीना की दोस्त थी और अज़मत फ़ारूक़ी के दोस्त सिढार्ट बनर्जी यानी सिद्धार्थ बनर्जी (जो इतने ही छोटे क़द के थे) के इश्क़ में गिरफ़्तार, मॉडर्न पोइट्री लिख रही थी और वीक एन्ड के लिए ऑक्सफ़ोर्ड से आई हुई थी। नूरुद्दीन भाई कुछ ही दिन पहले दिल्ली वापस गये थे। अमीना यूरोप गयी हुई थी और दोनों छोटे लड़के फ़रीद और फ़िरोज़ अपने कमरे में निद्रामग्न थे।

बली भाभी ने लम ढींग से मेरा परिचय कराया 'हाय' उसने सुकून के साथ कहा 'मेरी नज़्म सुनो'

'हाय' मैंने जवाब दिया, 'सुनाओ'

अचानक उसने बली भाभी से कहा, 'मुझे अपनी एक साड़ी पहनने को दीजिए मैं हिन्दुस्तान को feel करना चाहती हूँ।'

बली भाभी ने उठकर वार्डरोब खोला, एक रेशमी साड़ी निकाल कर दी लड़की साड़ी ज़ेबतन करके क़द्देआदम आईने में अपना सरापा मुलाहिज़ा करने लगी। भाभी पलंग के किनारे बैठी थीं। मुँह पर हाथ रखकर चुपके से उर्दू में बोलीं '...ऐन मैन हीजड़ा लगे है।'

साड़ीपोश पुत्री अवज पुत्र अनक़ ने अपना कलाम सुनाना शुरू किया अचानक ख़ामोश हो गयी; आँसू बहाने लगी।

'अब तुम अपने कमरे में जाकर सोओ।' बली भाभी ने नरमी से कहा।

सुबह हुई, रौशन और ख़ुशगवार। बली भाभी के बावर्चीख़ाने के दरीचे पर सेब की टहनियाँ झुकी हुई थीं। एक शाख़ पर बैठा परिन्दा मुसलसल गाये जा रहा था। पुत्री अवज, पुत्र अनक़ पाईन बाग़ में टहल रही थी। दरीचे से छनती धूप में बली भाभी के उनाबी बाल जमगमा रहे थे। उनके सामने बावर्चीख़ाने की मेज़ पर संडे पेपर्स फैले हुए थे।

चाय की प्याली हाथ में लिये बली भाभी महारानी एलिज़ाबेथ और एथल रोज़नबर्ग की तस्वीरें देख रही थीं। सिग्रेट सुलगाते हुए उन्होंने उर्दू में कहा, 'एक लड़की दो बच्चों की माँ, शाही तख़्त पर बैठती है, दूसरी लड़की, दो बच्चों की माँ को उसके ख़ाविन्द के साथ इलेक्ट्रिक चेयर पर बिठावें हैं। ये सब तक़दीर के खेल हैं बीबी या तख़्त या तख़्ता।'

शाम के वक़्त जब मैं मेडावेल वापस पहुँची, मिस्टर व मिसेज़ मोरगस्टन हैरान व परेशान गैलरी में खड़े थे। मुझे देखकर यूरोपियन अंदाज़ में आसमान की तरफ़ सिर उठाया और दोनों एक साथ बोले, 'तुम्हारे कमरे में गैस भरी हुई और तुम ग़ायब। दिन भर इन्तिज़ार करके अब हम पुलिस को फ़ोन करने वाले थे।'

अचानक मिसेज़ मोरगस्टन ने कुर्सी पर टिक कर हिस्टीरियाई अंदाज़ में रोना शुरू कर दिया। मिस्टर मोरगस्टन उन्हें बावर्चीख़ाने में ले गये, चाय बनाकर दी, मुझसे कहा, 'तुमने हमें क्यों न बताया, ग़ायब हो गयीं।'

'बस मारे बेवक़ूफी के हमें यही सूझा कि रात गुज़ारने कहीं और चली जाऊँ। मुझे बहुत अफ़सोस है, मिसेज़ मोरगस्टन क्यों रो रही हैं?'

वह मुझे दूसरे कमरे में ले गये, 'मेरी बीवी का सारा ख़ानदान जर्मनी में गैस चैम्बर्स की भेंट चढ़ चुका है। तुम्हारे कमरे में गैस भरी देखकर उन्हें सुबह से कई बार दौरे पड़ चुके हैं और इससे एक दिन पहले रोज़नबर्ग का वाक़ेआ।'

विकी बाम की नाज़ुक-अन्दाम ब्लोंड हीरोइन जैसी मिसेज़ मोरगस्टन ने चाय की प्याली मेज़ पर रखी और सिंक पर जाकर मुँह पर पानी के झपाके मारे। वह गर्मियों की एक हसीन शाम थी और बाहर पाईन बाग़ में फ़रहत-अंगेज़ (प्रसन्न चित्त कर देने वाले) फूल खिले थे और परिन्दे बसेरा लेने के लिए दरख़्तों की तरफ़ वापस आ रहे थे। फ़ितरत बेनियाज़ है।

वाटर्ज़ ऑफ़ द मून

जैसा कि मैंने अनवर जमाल क़िदवाई को सूचित किया था, फ़्लैट स्ट्रीट में उपमहाद्वीप की केवल एक ही महिला पत्रकार थीं। दूसरी एक बूढ़ी बंगाली महिला ईला सेन (मिसेज़ रबेड) ब्रिटिश नागरिक थीं। उनके पति अंग्रेज़ थे। तीसरी कराची की दोस्त और केराला की रहने वाली ज़िया बोल्ट भी ब्रिटिश नागरिक थीं और कुछ माह के लिए डेली एक्सप्रेस में काम कर रही थीं। उसका देवर रॉबर्ट बोल्ट ड्रामे लिखता था। (और कुछ महीने बाद बर्तानिया का नामवर ड्रामानिगार बनने वाला था और मशहूर फ़िल्म स्टार सीरा माइल्ज़ का पति।)

जिया और मैं दोपहर को डॉक्टर जॉनसन के ऐतिहासिक मकान की दीवार के नीचे वीमेंस प्रेस क्लब में लंच खाते थे। डेली टेलीग्राफ़ के एक वरिष्ठ पत्रकार मार्सलैंड गैन्डर जो मुद्दतों से इलस्ट्रेटेड वीकली ऑफ़ इण्डिया में 'लंदन लेटर' लिखा करते थे। पटनी में टेम्स नदी के किनारे रहते थे। ऑक्सफ़ोर्ड कैम्ब्रिज बोट रेस होने वाली थी। उन्होंने मुझसे कहा, 'तुम और मिसेज़ बोल्ट इतवार की सुबह रेस देखने के लिए शनिवार की शाम को मेरे घर आ जाना।'

उसी ज़माने में एक ख़ौफ़नाक शख़्स ने जो औरतों को क़त्ल करता फिरता था और जिसका नाम शायद क्रिस्टी था, इंग्लिस्तान में ख़ौफ़ और दहशत फैला रखी थी। सारा स्कॉटलैंड यार्ड उसका पीछा कर रहा था मगर वह हाथ न आता था।

मिस्टर मार्सलैंड गैंडर ने मुझसे कहा था कि वह स्टेशन पर कार लेकर आ जाएंगे। मैंने कहा हम लोग न जाने कौन सी ट्रेन से किस वक़्त पहुँचें। आप फ़िक्र न कीजिए, हम ख़ुद आपके घर पहुँच जाएंगे।

शनिवार की शाम मैं और जिया बोल्ट रेल से उतर कर मिस्टर गैंडर के बताए हुए पते पर उनके मकान की तरफ़ पैदल रवाना हुए। सामने एक ख़ूबसूरत घना जंगल नज़र आया, जिसमें से एक पगडंडी गुज़र रही थी।

'सड़क का लम्बा फ़ासला तय करने की बजाय क्यों न जंगल-जंगल निकल चलें।' मैंने जिया के सामने प्रस्ताव रखा।

शाम का अँधेरा छा चुका था। हम दोनों ने इतमीनान से टहलते हुए जंगल पार किया और दूसरी तरफ़ निकले। मिस्टर व मिसेज़ मार्सलैंड 'गैंडर बदहवास से अपने मकान के फाटक पर खड़े थे। मिस्टर गैंडर कहने लगे, तुम लोगों को आने में देर हो गयी। अभी-अभी रेडियो पर ख़बर आई है कि क्रिस्टी बारन्ज़ के इलाक़े में रुपोश (छिपा हुआ) है। हमारा परेशानी के मारे बुरा हाल था। 'अभी तुम्हारी तलाश में निकलने ही वाले थे। शुक्र है, शुक्र है।'

इतवार की सुबह हम लोग बोट रेस देखने में मसरूफ़ थे, जब इत्तिला मिली कि क्रिस्टी पकड़ा गया। शनिवार की शाम वह पटनी के उसी घने जंगल में छुपा हुआ था, जिसमें से हम दोनों बेवक़ूफ़ मज़े से लेफ़्ट राइट करते गुज़रे थे।

'ख़ुदा बेवक़ूफ़ों की हिफ़ाज़त करता है।' जिया ने गहरा सांस लेकर कहा।

'फ़ॉरेन ब्रा एयर फ़ेस्टिवल में' चचा सिद्दीक़ ने कहा। 'ताज़ातरीन मॉडल के अजीबोग़रीब ब्रिटिश विमान देखकर हैरान रह गया। साइंस ने कितनी तरक़्क़ी कर ली और दुनिया किस तरफ़ जा रही है। आप यह फ़ेस्टिवल ज़रूर देखकर आइए।'

दूसरे दिन अली नवाब, अमीना, प्रमिला प्रसाद (जो क्वीन मेरी स्कूल दिल्ली में अमीना के साथ पढ़ चुकी थी) और मैंने फ़ॉरेन ब्रा नामक क़स्बे का रुख़ किया। वहाँ पर एक मैदान में हज़ारों अंग्रेज़ जमा थे और तरह-तरह के छोटे-बड़े विमान। रॉयल बाक्स में ड्यूक ऑफ़ एडनबरा शाही ख़ानदान के कुछ सदस्यों समेत मौजूद थे। मेले के मैदान में जगह-जगह रेफ़्रेशमेंट के तम्बू गड़े थे। चहल-पहल, मर्द औरतें, बच्चे साफ़ शफ़्फ़ाफ़ उजला दिन। फ़ोटोग्राफ़र तस्वीरें खींचते फिर रहे थे, हम चारों एक नीची सी टीकरी पर जाकर खड़े हुए।

एक फ़ोटोग्राफ़र ने हमारी तस्वीर खींची (जो इस किताब में शामिल है) हमारे चारों तरफ़ बहुत भीड़ थी। सबकी मैदान और आसमान की तरफ़ नज़रें।

हर कुछ मिनट बाद एक हवाई जहाज़ उड़कर ऊपर जाता था। कुछ एक विमान तो ऐसा लगता था कि बिल्कुल किसी साइंस फ़िक्शन में से प्रकट हुए हों। लाउड स्पीकर्ज़ पर हर फ़ौजी और सिविलियन एयरक्राफ़्ट की ख़ुसूसियत, रफ़्तार और पायलट का नाम एनाउंस किया जा रहा था।

फिर आसमानों का बर्तानवी हीरो जॉन डेरी अपना विमान लेकर उड़ा। कुछ लम्हों बाद दूर ऊँचाइयों से दो दफ़ा गरजदार धमाके की आवाज़ आई। जॉन डेरी ने साउंड बैरियर तोड़ दिया था। मैदान में तालियाँ बजीं, पायलट ज़मीन पर वापस आया जिस जगह हम चारों खड़े थे, उससे कुछ फ़ासले पर रिफ्रेशमेंट का शामियाना था। अली नवाब ने कहा, 'चलो आइसक्रीम खाई जाए।'

हम लोग टीकरी पर से उतर कर टहलते हुए शामियाने की तरफ़ चले गये। इस बीच एनाउंसर की आवाज़ सुनाई दी कि जॉन डेरी दोबारा साउंड बैरियर तोड़ने जा रहे हैं। हम आइसक्रीम खाने में मशग़ूल हो गये। आसमान पर ज़ोरदार धमाका 'फिर तोड़ा साउंड बैरियर।' प्रमिला ने कहा।

हम चारों बातें करते शामियाने से बाहर आये। एक और धमाका! मैंने सिर उठाकर देखा। एक सूरज के बराबर गोला, सुर्ख़ और दहकता हुआ, ज़न्नाटे से हमारी सिम्त आ रहा था। एक पल के लिए मुझे ख़्याल आया कि अब शायद बमबारी की प्रैक्टिस का प्रदर्शन किया जा रहा है। यह सरदारजी का चुटकुला हो सकता था।

दूसरे ही पल देखा कि जर्मन बमबारी के सधे हुए अंग्रेज़ चारों तरफ़ औंधे मुँह ज़मीन पर पड़े थे। मैंने ख़ुद औंधे मुँह गिरने की बजाय इधर-उधर भागकर अमीना और प्रमिला को पुकारा कि कहीं वह मर न गये हों। अभी-अभी वह तीनों साथ मौजूद थे, कहाँ ग़ायब हो गये।

तीसरी बार साउंड बैरियर तोड़ते हुए जान डेरी का विमान आकाश में टुकड़े-टुकड़े हो चुका था और उस एयर क्राफ़्ट के जलते हुए टुकड़े दूर-दूर जाकर गिर रहे थे। वह अग्नि पिण्ड जो मेरी सिम्त आता नज़र आया था, विमान का एक इंजन था, जो आकर बिल्कुल उस टीकरी पर गिर कर ज़मीन

में धँसता चला गया, जहाँ केवल कुछ मिनट पहले हम चारों मौजूद थे। उस टीले की जगह पलक झपकते ही एक ग़ार बन चुका था और तमाशाइयों की लाशें बिखरी पड़ी थीं। अगर केवल कुछ मिनट पहले अली नवाब ने यह तजवीज़ न किया होता कि चलकर आइसक्रीम खायी जाए तो हम लोग भी उस जगह पर मौजूद होते और अब उस ग़ार में मौत की नींद सो रहे होते।

मैं हुजूम में तीनों को तलाश करती फिरी; अचानक प्रमिला प्रसाद नज़र आ गयी। उसकी आँखों में आँसू थे, वह सही सलामत थी, अली नवाब और अमीना भी सही सलामत थे। मेरे बिल्कुल नज़दीक एक ज़ख़्मी अंग्रेज़ औरत सुकून से घास पर बैठी कराह रही थी। रेडक्रास वाले स्ट्रेचर लेकर सफ़ेदपोश जिन्नात की तरह नमूदार (प्रकट) हुए। मिनटों में लाशों और ज़ख़्मियों को ख़ामोशी से उठाकर ग़ायब। इतनी बड़ी दुर्घटना हो गयी मगर कोई अफ़रातफ़री, बेचैनी या शोर हंगामा कुछ नहीं! बाक़ी दर्शकों का हुजूम उसी तरह मौजूद। न भगदड़ मची न शोरोग़ुल। उस दिन मैं अंग्रेज़ क़ौम के उच्च आचरण और अदम्य साहस की क़ायल हो गयी।

कुछ मिनट बाद लाउड स्पीकर्ज़ पर निहायत मीटर ऑफ़ फ़ैक्ट शब्दों में एनाउंस किया गया। 'हमारा बहादुर हवाबाज़ जॉन डेरी, साउंड बैरियर तोड़ते हुए मृत्यु को प्राप्त हो गया। लेकिन साइंस ने ऐसी ही क़ुरबानियाँ लेकर प्रगति की है; शो जारी रहेगा।'

उसके फ़ौरन बाद दूसरे विमान ने टेक ऑफ़ किया। दूसरे टेस्ट पायलट ने आसमान पर जाकर आवाज़ की सरहद पार की और नीचे उतर आया। लंदन वापस पहुँचकर मैंने चचा सिद्दीक़ को फ़ोन किया। उन्होंने कहा, फ़ौरन स्टूडियोज़ जाकर आँखों देखा हाल रिकॉर्ड करवा दीजिए। ईस्टर्न सर्विसेज़ में आपकी टाक इस दुःखद घटना की पहली चश्मदीद रिपोर्ट होगी।

दूसरे हफ़्ते जॉन डेरी की ज़िन्दगी पर आधारित बर्तानवी फ़िल्म 'साउंड बैरियर' देखी, जिसमें हीरो की आवाज़ की सरहद तोड़ते हुए मृत्यु हो जाती है; और यह फ़िल्म जॉन डेरी के हादसे से पहले बनी थी।

फ़ॉरेन ब्रा एयर फ़ेस्टिवल की दुर्घटना के कुछ दिन बाद अतिया हबीबुल्लाह के यहाँ डिनर था। सब लोग डाइनिंग रूम में जा चुके थे। मैं ड्राइंगरूम में गैस की अंगीठी के आगे खड़ी, मेंटलपीस पर लगे बड़े आईने में लिपस्टिक ठीक कर रही थी।

यह धुआँ सा कहाँ से उठता है। संयोगवश उसी वक़्त अतिया कमरे में आईं और घबराकर बोलीं, 'आग! तुम्हारी साड़ी में आग लग गई।'

'तीसरी बार बाल बाल बची। क्रिस्टी, फ़ॉरेन ब्रा और कल आग।' मैंने चचा सिद्दीक़ से कहा, 'कुछ लोग होते ही Accident Prone हैं।'

'वह तो कहो साड़ी का निचला हिस्सा ही जला; ख़ुद बिल्कुल महफ़ूज़ रहीं।' फ़िरोज़ बोली। 'वर्ना हमीदा अली ज़हीर का वाक़ेआ याद है? तेहरान में उनके कपड़ों में इसी तरह आग लगी, आधा जिस्म जल गया था।'

'इसी वजह से हम मुर्शिद-ए-हल्क़ा (इलाक़े के पीर मुर्शिद) आप सब फ़क़ीरों की ख़ैरो आफ़ियत के लिए वज़ीफ़े पढ़ते रहते हैं।' चचा सिद्दीक़ ने कहा। वह एक दृढ़ विश्वास रखने वाले मार्कसिस्ट थे; हालाँकि फ़िरंगी महल के सनद याफ़ता भी रह चुके थे। फिर अचानक बोले, 'बड़े-बड़े आलिमों की झाड़ फूँक ग़ुब्बारों में बन्द करके इण्डिया-पाकिस्तान से यहाँ इम्पोर्ट की जाए।'

'बहुत नेक ख़याल है' मैंने जवाब दिया। 'दिनों दिन ज़्यादा से ज़्यादा स्वामी और योगी यहाँ चले आ रहे हैं। इससे पहले कि वह मार्कीट कवर कर लें।'

'हमने एक साइंटिफ़िक तरीक़ा सोचा है।' चचा ने फ़रमाया। बड़े मौलानाओं की चार शिलिंग की फूँक ...दो शिलिंग की फूँक सब ग़ुब्बारों में बन्द करके फ़रोख़्त करेंगे। आप, फ़िरोज़ा, और अमीना मुर्शिद बन सकती हैं।'

'क़तई।' मैंने जवाब दिया। 'देखिए पेरिस में मुर्शिद इनायतुल्लाह ख़ाँ वाला सूफ़ी सेंटर कितना अच्छा जा रहा है। डॉक्टर अशरफ़ आप हमारे सेंटर की मैनेजरी क़बूल करेंगे?' मैंने सामने बैठे कुँअर मोहम्मद अशरफ़ से दरयाफ़्त किया। उन्होंने उसी गम्भीरता से स्वीकृति में सिर हिलाया।

महमूद निज़ामी प्रोफ़ेसर एहतशाम हुसैन, प्रोफ़ेसर हमीद अहमद ख़ाँ, क़ुदरतुल्लाह शहाब और जो कोई शख़्स माक़ूल कभी इस तरफ़ आ निकलता, इस महफ़िल में शामिल होकर और भी बसीरत (बुद्धिमता) हासिल करता था। डॉक्टर अशरफ़ उन दिनों मैकबथ ड्रामे का अनुवाद कर रहे थे; जिसे हम लोग हर हफ़्ते प्रसारित करते थे।

'कल सुबह ठीक दस बजे आ जाइएगा। सर जार्ज डंडाज़ की तक़रीर रिकॉर्ड करनी है, मौसूफ़ (वे) तक़सीम के वक़्त सूबा-ए-सरहद के गवर्नर थे।' चचा सिद्दीक़ ने याद दिलाया।

'ज़िन्दगी इस क़दर ख़तरों से भरी है। आ जाएंगे, अगर कल सुबह तक ज़िन्दा रह लिये।' मैंने जवाब दिया।

सुबह पौने दस बजे लिफ़्ट के पास तक़ी मियाँ खड़े मिले। दो मेमें और एक बूढ़ा अंग्रेज़, जो बरसाती ओढ़े कोने में खड़ा अख़बार पढ़ रहा था। मैंने तक़ी से उर्दू में कहा, 'यह अच्छी मुसीबत है, यह गवर्नर साहब इतने सवेरे क्यों आ रहे हैं। बेचारे के पास कोई काम करने को नहीं होगा। वहाँ गवर्नरी करते थे, यहाँ सुअर चराते होंगे। कैम्ब्रिज में एक बूढ़ा चाय फ़रोश मिला, वह बम्बई का प्रेसिडेंसी मैजिस्ट्रेट रह चुका था। अरे और तो और तक़ी मियाँ! लेडी विलंगडन बिल्कुल बावली हो गयी है।'

'लेडी विलंगडन...?'

'लेडी विलंगडन, मैंने ख़ुद देखा, विक्टोरिया में सड़कों पर से काग़ज़ के टुकड़े चुनती फिरती हैं। इबरत! (बुरे समय से डरना चाहिए) और यह साहब जो आने वाले हैं, यक़ीनन किसी गाँव में सुअर चराते होंगे।'

लिफ़्ट नीचे आई। हम लोग, दोनों मेमें और अंग्रेज़ वृद्ध उसमें दाख़िल हुए। चौथी मंज़िल पर मैं और तक़ी दफ़्तर के कमरे की तरफ़ चले गये, सवा दस बजे नीचे स्टूडियो में गये। वह अंग्रेज़ बूढ़ा अपनी तक़रीर लिये मेज़ के सामने सब्र से बैठा था। मेरी नज़र स्क्रिप्ट पर पड़ी तो सिट्टी गुम हो गयी। तक़रीर

उर्दू में थी, उर्दू सेक्शन के इंचार्ज ने अन्दर आकर परिचय कराया। सर जार्ज डंडाज़, साबिक़ (पूर्व) गवर्नर सूबा-ए-सरहद।

ज़िन्दगी इस क़दर ख़तरों भरी है कि जिसका काई हदो हिसाब ही नहीं, उर्दू सेक्शन के फ़िरंगी इंचार्ज मिस्टर डीन पंजाब पुलिस में रह चुके थे और उनके परदादा दिल्ली में मिर्ज़ा गालिब के दोस्त थे। डीन साहब के पास एक संदूक़चा था, जिसमें मिर्ज़ा ग़ालिब के कुछ तबर्रुकात मौजूद थे, जो मिर्ज़ा नौशा (मिर्ज़ा गालिब) ने डीन साहब के परदादा को दिये थे। राज़ भाई डीन साहब को अपने शे'र सुनाया करते थे। राज़ भाई; हुस्ना भाभी और औलाद समेत तीन साल के लिए रेडियो पाकिस्तान से बीबीसी आ चुके थे और क्या खाना हराम है, क्या खाना हलाल है, इसकी फ़िक्र में मुब्तला मुस्तक़िल आइसक्रीम खाया करते थे।

एक गदबदी सी साँवली सलोनी उर्दू शाइरा, एक ऐसी रहस्यमयी महिला थीं, जो एक फ़ैशनेबल महंगे इलाक़े में रहती थीं। बहुत बुरी तरह कार चलाती थीं। इससे बुरी तरह ग़ज़लें कहती थीं। बैरिस्ट्री पढ़ रही थीं और हमारी ख़ूफ़िया ख़बररसाँ एजेंसी के मुताबिक़ अगले वक़्तों की एक मशहूर फ़िल्म स्टार की छोटी बहन थीं।

एक सुहानी नीलगूँ शाम अतिया फ़िरोज़ और मैं बीबीसी पहुँचे तो क्या देखते हैं कि जनाब साजिद अली ख़ाँ राज़ मुरादाबादी, बरसाती ओढ़े यार दोस्तों को रास्ते के लिए पान की गिलौरियाँ बाँट रहे हैं और सारा क़ाफ़िला बरसातियाँ ओढ़े, छतरियाँ संभाले कहीं चलने के लिए तैयार खड़ा है। सिद्दीक़ अहमद सिद्दीक़ी ने कहा, 'तुम लोग भी राज़ मुरादाबादी के तुफ़ैलों में शामिल हो जाओ। बहुत बढ़िया दावत खाने को मिलेगी।'

'ज़रूर बिज़्ज़रूर!' मैंने कहा।

राज़ भाई मुरादाबादी पुराने विचारों से वशीभूत होकर झुंझलाकर बोले, 'यह क्या लग़वियत (बेहूदगी) है, वहाँ तुम लोगों का क्या काम, मर्दाना मुशायरा है।'

'अब तो हम ज़रूर जायेंगे', फ़िरोज़ ने जवाब दिया। 'मगर जा कहाँ रहे हैं?'

क़ाफ़िला एक महंगे मोहल्ले के शानदार ब्लाक के शानदार फ़्लैट पर पहुँचा। एक अंग्रेज़ बटलर ने दरवाज़ा खोला। सब लोगों का वहाँ पहली बार जाने का इत्तिफ़ाक़ था, इसलिए सब हैरान थे।

मेज़बान ख़ातून (कारचोबी साड़ी, बालों में फूल, किसी पुराने नॉविल की हीरोइन, जिनका ताल्लुक़ 1930 ई. की दुनिया से था।) ने स्वागत किया लेकिन तीन बिन बुलाई ख़वातीन को देखकर वह ज़्यादा ख़ुश नज़र न आईं। बड़े बनावटी अंदाज़ से ख़ुशआमदीद कहा। शानदार सर्विस फ़्लैट, ईरानी क़ालीनों से सजा हुआ। अंग्रेज़ बटलर ने डिनर सर्व किया, जाने क्या चक्कर था।

खाने के बाद हम लोग 'मुशायरे' के लिए क़ालीनों पर बैठे काफ़ी पी रहे थे, मेज़बान ख़ातून पानदान सामने रखे गिलौरियाँ बनाने में मसरूफ़। नाक में हीरे की लौंग जगमगा रही थी। 'मैं समझती हूँ कलकत्ते वाली गौहर इसी क़िस्म की फ़ेसिनेटिंग हस्ती रही होगी।' अतिया ने कान में मुझसे कहा।

'महाकवि कालिदास फ़रमा गये हैं', मैंने धीरे से जवाब दिया 'कि गृहस्थानों और शरीफ़ज़ादियों को अरबाबे-निशात (नर्तकियाँ) हमेशा फ़ेसिनेट करती हैं।'

'कल शमशाद बाई का गाना सुनने चलियेगा?' यावर अब्बास ने, जो नवाबी स्टाइल अपनाये हुए थे, चुपके से दरयाफ़्त किया।

'वह अपनी नातिन से मिलने आई हुई हैं, जो यहाँ स्कूल में पढ़ती हैं।'

'ज़रूर' मैंने मुस्तैदी से जवाब दिया।

'लाहौल वला क़ुव्वत!' राज़ भाई नीची आवाज़ में ख़फ़ा होकर बोले। 'अब तुम मुजरा सुनने भी जाओ। मैं हरगिज़ इसकी इजाज़त न दूँगा।'

'निहायत माक़ूल महफ़िल होगी। डॉक्टर लफ़ व नश्र ग़ैर मुरत्तब (अध्यक्षता) सदारत करेंगे, फ़ुलाँ साहब के यहाँ।' यावर अब्बास ने कहा।

'अगर डॉक्टर साहब वहाँ आ रहे हैं तो ज़रूर बेहद नफ़ीस महफ़िल होगी, हम तो ज़रूर जायेंगे हमने आज तक मुजरा नहीं सुना। ख़ुदा की क़ुदरत है कि

लंदन आकर शमशाद बाई बहन फ़ुलाँ बाई की सोहबतें (नज़दीकियाँ) मुयस्सर आ रही हैं,' मैंने कहा।

डॉक्टर लफ़ व नश्र ग़ैर मुरत्तब ओरियन्टल स्कूल में उर्दू विभाग के अध्यक्ष थे। मेरे बचपन में देहरादून में रह चुके थे। वो और उनकी बीवी अब्बाजान और अम्मा के दोस्तों में से थे, बहुत ही स्वीट और सजीले अपने तौर तरीक़ों पर क़ायम रहने वाले इंसान थे। बीबीसी के उर्दू मुशायरों की सदारत हमेशा आप (उन्हीं) से करवाई जाती थी और हमेशा अपनी तआरुफ़ी तक़रीर का आग़ाज़ इस जुमले (वाक्य) से करते थे, 'लंदन की संगलाख़ ज़मीन में आज शाम गुलशन-ए-ग़ज़ल की आबयारी के लिए और अशआर की दाद यूँ देते थे 'सुबहान अल्लाह क्या लफ़ व नश्र ग़ैर मुरत्तब इस्तेमाल की है। क्या सिनअत-ए-फुलाँ को अंगूठी में नगीने की तरह जड़ा है।' वग़ैरह-वग़ैरह।

'इस वक़्त डॉक्टर साहब की कमी बहुत खल रही है।' फ़िरोज़ ने कहा।

मोहम्मद अली ख़ाँ मलीहाबादी ने (जो जंग-ए-आज़ादी लड़ने इंग्लिस्तान आये थे और पिछले चालीस वर्षों से यहीं रहते थे और बीबीसी उर्दू सेक्शन की एक ख़ास बेहद दिलचस्प शख़सियत थे) रुखेपन से कहा, 'बीबी साहिबा, आपने खाना खिला दिया, अब अपना कलाम भी सुना दीजिए।'

मेज़बान ख़ातून ने अपनी निहायत सब्र आज़मा ग़ज़लें सुनायीं, फिर राज़ भाई से उनका कलाम सुना गया।

रात का एक बज गया, राज़ भाई चौंक कर बोले, 'अम्मा! मैंने कहा, अब बसें-वसें तो बन्द हो गयी होंगी।' मेज़बान ख़ातून ने राज़ भाई से कहा, 'मैं आपको कार से घर पहुँचा दूँगी।'

मोहम्मद अली ख़ाँ मलिहाबादी तुर्शी से बोले, 'बीबी साहिबा, हम लोग क्या पैदल जाएंगे? हमने आपका कलाम सुना, अब आप हमें घर पहुँचाइये।'

हम लोग नीचे उतरे, तक़ी और एजाज़ ने चुपके से कहा, 'हमें अपनी जानें प्यारी हैं, हम पैदल जाते हैं' और कोहरे में ग़ायब हो गये। मेज़बान ख़ातून ने

बाक़ी मेहमानों को अपनी लम्बी बढ़िया कार में भरा और बेतहाशा ड्राइव करती हुई चलीं। राज़ भाई ने ज़ेरे लब (दबे होठों से) आयत-अल-कुर्सी (क़ुरआन शरीफ़ की आयत) पढ़ना शुरू की।

ज़िन्दगी बेहद पुरख़तर (ख़तरे से भरी) थी।

अतिया हबीबुल्लाह, सिद्दीक़ अहमद सिद्दीक़ी, राज़ भाई, यावर अब्बास अमजद अली, नूर मोहम्मद चौहान और मोहम्मद आक़िल के अलावा अब तक़ी अहमद सैयद भी बीबीसी के 'होल टाइम्स' हो चुके थे। यावर अब्बास और दूदमान मीर अनीस से ताल्लुक़ रखते थे; पहले फ़ौज में मेजर थे, बीबी अंग्रेज़ थीं, जिनसे जंग के बाद जापान में शादी की थी, बहुत ख़ूब गाते थे। मोहम्मद अक़िल नक़्ल नवीस तीस साल से लंदन में रहते थे, बहुत से पापड़ बेल चुके थे, एक विलायती सर्कस में भी काम किया था; उनकी बीवी सफ़ेद रूसी थीं।

'पार्ट टाइम्स' में अमीना अहमद, फ़िरोज़ जबीं, एजाज़ बटालवी, अनवर और ग़ज़ाला अंसारी, डॉक्टर आशिक़ हुसैन बटालवी, मोहम्मद अली ख़ाँ मलीहाबादी डॉक्टर अजमल, डॉक्टर मोहम्मद अशरफ़ वग़ैरह शामिल थे। बाक़ी लोग सिम्पथाइज़र थे, जो कभी कभार आ निकलते थे।

मैं आर्ट की नुमायशों का हफ़्तावार राउंडअप, नई अंग्रेज़ी किताबों की समीक्षा, विभिन्न घटनाओं और विषयों पर 'टाक' वग़ैरा फ़रमाती थी और इंटरव्यू, बहस व मुबाहिसे, ड्रामे जो बहुत दिलचस्प होते थे, सारे प्रोग्राम लाइव होते थे। ड्रामों की रिहर्सल के दौरान चचा सिद्दीक़ स्टूडियो की दीवार से टेक लगाकर फ़र्श पर बैठ जाते थे और कभी-कभी कहते, 'बिटिया मुकालमे (संवाद) में ड्रामा ज़रा ज़्यादा डालो।'

तमसीलों (उपमाओं) की लाइव ब्रॉडकास्ट के दौरान तक़ी मियाँ स्टूडियो के एक कोने में जाकर गम्भीरता से कहते 'अच्छा जा रहा है।'

कैनड्डा वग़ैरह क़िस्म के लम्बे ड्रामे क़िस्तों में प्रसारित किये जाते थे। डॉक्टर मोहम्मद अशरफ़ ने मेकबथ का अनुवाद किया, जो पाँच क़िस्तों में

प्रसारित हुआ। अतिया हबीबुल्लाह लेडी मेकबथ थीं। प्रेम बख़्शी मेकबथ, फ़िरोज़, अमीना और मैं चुड़ैलें। एजाज़ बटालवी रावी (क़िस्स सुनाने वाला), जो हर क़िस्त के आरम्भ में एक इबारत दोहराते थे 'यह दास्तान पाँच सौ साल पुरानी है।' सुनते-सुनते हम लोगों को पूरी इबारत रट गई थी और कई मर्तबा सुनकर हँसी का दौरा पड़ता था।

डाकटर अशरफ़ मरहूम जो पाकिस्तान से जलावतन (निष्कासित) कर दिये गये थे, बहुत ग़रीबी में ज़िन्दगी बसर कर रहे थे। चचा सिद्दीक़ उन्हें प्रोग्राम देते रहते, जो उनकी आमदनी का केवल एक ही ज़रीया था। टूटे जूते, फटे कपड़े। वह उच्च श्रेणी का विद्वान अपना ज़्यादा वक़्त ब्रिटिश म्यूज़ियम में व्यतीत करता।

डॉक्टर अशरफ़ दुनिया का तजुर्बा कर चुके थे, हमारी लौंढार पार्टी का ब्रफ़िक्री का ज़माना था। लिखने वाला चैन ही चैन लिखता था। सिवाय नज़रियों की चिन्ता के, यानी संसार में शांति स्थापित होनी चाहिए। सामाजिक और आर्थिक समानता होनी ज़रूरी है, वग़ैरह और कोई परेशानी न थी। मैं और अमीना अक्सर सड़क पर या ट्यूब ट्रेन में गाते चलते।

हिन्दुस्तानियों, पाकिस्तानियों की संख्या उस ज़माने में बहुत कम थी। चारों तरफ़ अंग्रेज़, कोई दुश्वारी न थी। सामने से किसी हमवतन को आते देखकर फ़ौरन ख़ामोश हो जाते। 'मंज़िल की तरफ़ दो गाम चलूँ और सामने मंज़िल आ जाए।' पसंदीदा क़व्वाली थी जो हम दोनों अक्सर गाया करते थे। जो हमवतन अमीना से परिचित न थे, उसे अंग्रेज़ लड़की समझते थे। उसकी मौजूदगी में आपस में उर्दू में गुफ़्तगू करते हुए कोई नाशाइस्ता (अशिष्टता की) बात कर जाते और अचानक दिल्ली की भाषा में उसकी डाँट फटकार सुनकर शशदर (हैरान) रह जाते।

चचा सिद्दीक़ हमारे ग्रुप के नज़रिया साज़ (पद्धति निर्माता) और फ़लसफ़ी (दार्शनिक) थे। उनका एक मक़ूला (उक्ति) यह था कि लंदन में हर काल्टेन दूसरे काल्टेन को काल्टेन समझता है। हम लोगों का एक बहुत आम तौर से इस्तेमाल

होने वाला हस्बे मौक़ा (अवसर अनुसार) रिमार्क था, फ़ुलाँ (अमुक) अच्छे जा रहे हैं, एजाज़ आजकल अच्छे जा रहे हैं, तक़ी अच्छे जा रहे हैं, फ़ुलाँ भी बुरे नहीं जा रहे। कभी-कभी चचा बैठे-बैठे अचानक कहते, 'कोई ऐसी बात करो, दिल में जाकर टन से लगे।'

ईद, बक़राईद के मौक़ों पर सारा मुसलमान काल्टेन वोकिंग की मस्जिद में जमा होता था। एक ईदुलफ़ित्र पर मैं और अमीना ट्रेन से वोकिंग जा रहे थे। डिब्बे में कुछ कालटेन फ़ौजी अफ़सर सवार थे, वह भी वोकिंग जा रहे थे।

दूर से मस्जिद के गुम्बद नज़र आये। अमीना ने पहले उस मस्जिद के बारे में ई.एम. फ़ास्टर का मज़मून, जो वह साथ लाई थी, पढ़ा फिर अचानक निहायत जज़्बे से कहना शुरू किया, 'दीं अज़ानें कभी यूरोप के कलीसाओं में।' काल्टेन अफ़सरों ने अंगुश्त बदंदाँ (दाँतों में उंगली देकर) होकर उसे देखा, स्टेशन आ चुका था। हम लोग जल्दी से प्लेटफ़ार्म पर कूद गये।

अब्बाजान 1924 ई. को बक़रईद के दिन वोकिंग की मस्जिद में आये थे और अम्मा को ख़त लिखा था, 'मस्जिद में हिन्दुस्तानी, अंग्रेज़ मुसलमान, तुर्क, अरब, मिस्री सब थे। ख़्वाजा कमालुद्दीन के लड़के ने नमाज़ पढ़ाई और अंग्रेज़ी में वाज़ (प्रवचन) कहा।'

आज लगभग तीस वर्ष बाद उससे कहीं ज़्यादा बड़े मजमे में एक और मुसलमान क़ौम का इज़ाफ़ा हो चुका था।

ग़रारों और शलवारों में मलबूस पाकिस्तानी औरतें और सफ़ेद शलवार सियाह शेरवानी और जिनाह कैप पहने पाकिस्तानी हज़रात सब्ज़े पर बिखरे हुए थे। मस्जिद का बाग़ फूलों की बहुलता और चहल-पहल की वजह से स्वर्ग विहार लग रहा था।

सियाह शेरवानी, अलीगढ़ कट पायजामा पहने एक नौजवान हुजूम में से निकलकर आया और ज़ोर से सलाँ अलैकुम का नारा लगाया।

'अरे, अली नवाब!' मैंने ताज्जुब और ख़ुशी से कहा।

अल्लन मामू के साले, आसिफ़ा मुमानी के छोटे भाई और चण्डूख़ाने के उस्ताद सैयद अली नवाब 1948 ई. की गर्मियों के मौसम में एक दिन अल्लन मामू के अहदी क्लब, मार्टिन रोड, कराची के एक खटोले से छलाँग लगाकर काकुल मिलिट्री एकेडमी उड़ंछू हो गये थे।

इस लम्हे कैप्टन अली नवाब की हैसियत से वोकिंग के बाग़ में प्रकट हुए। उन्होंने ख़ानदान की ताज़ातरीन ख़बरें सुनाईं। 'कल शाम ही कराची से ख़त आया है। नज्र ख़ाला ने हमारा रिश्ता एक सरहदी लेडी डॉक्टर से तय कर दिया है। वह नूरअफ़शाँ के बैच की लड़की है, रज़िया नाम है, फ़ौज में कैप्टन है। दूसरी इत्तिला यह है कि पारे कनाडा जा रहे हैं। तीसरी ख़बर यह कि अच्छो की शादी हो गई। चौथी इत्तिला यह कि आपा अज़रा को लंदन यूनिवर्सिटी में दाख़िला मिल गया और वह जल्द ही यहाँ आने वाली हैं।'

'आपा अज़रा एक अबुल हसन तानाशाह ख़ातून हैं।' मैंने फ़िक्र से कहा। 'यहाँ बहुत बेदिमाग़ होंगी।'

'नहीं, मेरा ख़याल है लंदन उन्हें रास आयेगा।' अली नवाब ने जवाब दिया।

'पाँच सौ पौण्ड सालाना और अपना कमरा'

स्ट्रीट फ़रडाउन हैवन की एक ख़ामोश सड़क पर सैयद अली नवाब ने, जो तीन वर्षीय फ़ौजी कोर्स करने बर्तानिया आये हुए थे, अपनी मेफ़्लावर रोक कर कहा, 'बस, वह जो उस फ़ुटपाथ पर प्रैम खड़ी है, उसके पास चली जाओ।'

हम लोगों ने कार से उतरकर सड़क पार की। इस दौरान मेम अपने बच्चे की प्रैमगाड़ी धकेलती आगे चल पड़ी। मैं फ़ौरन उसके पीछे-पीछे हो ली। अमीना और उसकी क्लासफ़ेलो चौधरी खलीक़ुज़्ज़माँ की भांजी अख़्तर वसीम साथ-साथ। चलते-चलते हम लोग सड़क के नुक्कड़ पर जा पहुँचे। बहुत फ़ासले पर कैमरा संभाले अली नवाब हैरान खड़े रह गये। फिर कार लेकर पीछे-पीछे आये।

मेम ने एक दुकान के सामने प्रैम खड़ी कर दी। हम तीनों भी वहीं ठिठक गये। मेम ने गाड़ी आगे बढ़ाई; हम दोबारा उसके पीछे-पीछे चलने लगे। अली

नवाब ने कार क़रीब लाकर हॉर्न बजाया; हम लोगों ने पलट कर उन्हें देखा। उन्होंने झुँझलाकर दरयाफ़्त किया। 'यह आख़िर आप लोग जा कहाँ रही हैं?'

'तुमने कहा था कि प्रैम के पास जाओ।' मैंने याद दिलाया

अली नवाब ने सिर पकड़ लिया, 'अब तक तुम्हारी अक़्ल का वही आलम है, इंग्लैंड कुछ न बिगाड़ सका।'

'दुनिया का कोई मुल्क' मैंने मज़बूती से जवाब दिया 'हमारा कुछ नहीं बिगाड़ सकता, आपा अज़रा को देखो!'

आपा अज़रा यूनिवर्सिटी में दाख़िल हो चुकी थीं, रसेल स्कवायर में रहती थीं। दो तीन डिग्स तब्दील कीं, जो उनकी तबीयत के म्वाफ़िक़ न निकलीं। एक शाम रसेल स्कवायर के एक रेस्टोरेंट में उनसे मुलाक़ात हुई, जब वह अपनी चौथी डिग्स छोड़ने वाली थीं और बहुत परेशान थीं।

इतने में एक उलझे हुए सुर्ख़ बालों वाली ख़ातून ने जो अम्मा के कथनानुसार बिल्कुल भाभड़ा भूत लग रही थीं, भोजनकक्ष में प्रवेश किया। ये महिला एक अच्छी ख़ासी मशहूर साहित्यिक आलोचक और डी. लेन थॉमस की निजी दोस्त थीं। ग्रीन पार्क में, जो फ़िरंगी साहित्य प्रेमियों का सर्किल था, जिसे वह 'कौंसिल ऑफ़ कंटम्परेरी आर्ट्स' कहते हैं, वहाँ एजाज़ बटालवी और डॉक्टर हाया काफ़मैन (अब स्वर्गवासी) के साथ कभी कभार डेविड डाशेज़िया आती। ऐ रिचर्डज़ या दूसरे आलोचकों के भाषण सुनने जाया करती थीं और वहाँ उस महिला से मुलाक़ात हुई थी। उसकी वालिदा भी अपने समय की ब्लूम्ज़ बरी[1] टाइप थीं।

मैंने आपा अज़रा से कहा, 'यह महिला इसी मोहल्ले में रहती है, यहाँ किसी अच्छे बोर्डिंग हाउस का पता ज़रूर जानती होगी, अभी मालूम करती हूँ।' मैं उसकी मेज़ पर गयी और उसे मक़सद बताया; वह नक़्क़ाद (आलोचक) ख़ातून खा-पी कर आ रही थी। डिबडिबाई हुई ज़रा सुर्ख़ आँखों

1. कुछ दशक पूर्व रसेल स्कवायर के नज़दीक ब्लूम्ज़ बरी का मोहल्ला अपने साहित्यकारों और विद्वानों के लिए मशहूर था और इंटलेक्चुअल औरतें 'ब्लूम्ज़ बरी टाइप' कहलाती थीं।

से मुझे देखा और काग़ज़ के एक टुकड़े पर एक पता लिखकर दिया, 'बहुत अच्छी जगह है, मेरी वालिदा भी वहीं रहती हैं।' उसने कहा और दोबारा जाम-ए-शराब की तरफ़ तवज्जोह फ़रमाई।

मैंने अपनी मेज़ पर वापस आकर कहा, 'लीजिए आपा, काम बन गया। उस नामी-गिरामी नक़्क़ाद की वालिदा भी उसी मकान पर रहती हैं। यक़ीनन बहुत आरामदेय और माक़ूल जगह होगी। बस अगले हफ़्ते ही वहाँ शिफ़्ट हो जाइए।'

दूसरे हफ़्ते सुबह-सुबह आपा डी लेन की गर्लफ्रेंड के बताये हुए पते पर पहुँचीं। रिसेप्शन क्लर्क ने ज़रा ताज्जुब से उनको देखा और पूछा, 'क्या आपको यक़ीन है, आप इसी जगह रहना चाहती हैं?'

आपा ने समझा शायद यह सोचता है, जगह बहुत महंगी है और एक पाकिस्तानी विद्यार्थी इसका किराया अदा न कर सके। उन्होंने इत्मीनान से जवाब दिया, 'जी हाँ, बिल्कुल, मिस फ़ुलाँ ने रिकमेंड किया है।'

'वेरी वेल', क्लर्क ने ठंडी सांस भर कर कहा, पेशगी किराया लिया और कमरे की कुँजी थमा दी। किराया वाक़ई बहुत ज़्यादा था। क्लर्क ने कहा, 'इसमें खाना और नाश्ता भी शामिल है। आपा ने चैन का सांस लिया कि खाना पकाने के झंझट से फ़ुर्सत मिली। रात को राना और सामान समेत वहाँ शिफ़्ट हो गयीं।

सुबह को नीचे डाइनिंग हाल में ब्रेकफ़ास्ट का घंटा बजा। राना के साथ गयीं। लम्बी मेज़ के दोनों तरफ़ जो लोग आ-आकर बैठ रहे थे, उनकी औसत उम्र अस्सी बरस थी। आपा ने अंग्रेज़ क़ौम की हिम्मत पर अश-अश किया कि इस बुढ़ापे के बावजूद यूनिवर्सिटी में पढ़ने आए हैं। एक कुर्सी पर बैठीं, राना को बराबर में बिठाया। दाहिनी तरफ़ की कुर्सी पर से एक नब्बे वर्षीय बूढ़ी महिला ने कहा, 'गुड मार्निंग! मुझे अपना परिचय कराके बड़ी ख़ुशी हो रही है, मैं तिब्बत की महारानी हूँ शी।'[1]

1. राइडर हेगर्ड का उपन्यास "SHE"।

आपा अज़रा ने मुसकुराकर जवाब में गुड मार्निंग कहा और दूसरी तरफ़ देखा। सामने बैठा एक पचानवे साल का बूढ़ा बड़ी शोलरी से झुककर बोला, 'वेलकम योर हाइनेस' आप महारानी ऑफ़ जोधपुर हैं ना? जब मैं इयर नाइंटीन ओ वन में महाराणा ऑफ़ उदयपुर का सेक्रेटरी था।'

आपा अज़रा ने तेज़ी से नाश्ता ख़त्म किया और राना की उंगली थामकर बाहर भागीं। गैलरी से एक पहियों वाली कुर्सी भोजन कक्ष में लाई जा रही थी; उस कुर्सी पर एक और बूढ़ी बैठी थी, जिसके सुर्ख़ झबरे बाल थे। हाथ में येलो बुक[1] की एक प्रति। वह यक़ीनी तौर पर डी. लेन थामस की गर्लफ्रेंड की 'ओल्ड ब्लूम्ज़ बेटी टाइप' वालिदा थी।

आपा रिसेप्शन पर पहुँचीं, क्लर्क ने मुस्कुराकर गुडमार्निंग कहा। आपा बोलीं, 'मैं फ़ौरन यहाँ से जाना चाहती हूँ।' क्लर्क ने कहा, 'मुझे पहले ही ताज्जुब हुआ था कि आप इस ओल्ड पीपुल्स होम में क्यों रहना चाहती हैं।'

'मिस फ़ुलाँ ने उसका पता दिया था।' आपा ने जवाब दिया।

'ओह ...क्या आपको मालूम नहीं कि मिस फ़ुलाँ चौबीस घण्टे नशे में डूबी रहती हैं?'

आपा अज़रा को आख़िरकार एक मनचाहा फ़्लैट मिल गया, सईद भाई हर तीसरे चौथे महीने कराची से आ जाया करते थे। फिर भाई इताअत हुसैन जो हर साल यू.एन. सेशन के लिए न्यूयार्क जाते थे, पाकिस्तान के कौंसिल जनरल होकर कराची से सॉनफ्रांसिस्को चले गये। कुछ समय बाद आपा नफ़ीसा, नौशाबा इताअत हुसैन (नश्शो) राना, (रानी) और दूसरे बच्चे लंदन ठहरते हुए, समुद्री जहाज़ से अमेरिका रवाना हुए। पारे मियाँ उनके साथ थे, वह पाकिस्तान रेलवेज़ के इंजीनियरिंग विभाग से इस्तीफ़ा देकर, करमक गिल यूनिवर्सिटी में पढ़ने के उद्देश्य से मॉन्ट्रियल जा रहे थे।

---

1. येलो बुक एक इतिहास रचित साहित्यिक पत्रिका जो 1894 ई. से 1897 ई. तक निकलती रही। उसके आर्ट डायरेक्टर ओबरी बीयर्डज़ले थे। येलो बुक का एक संकलन 1949 ई. में प्रकाशित हो चुका है।

मिर्ज़ा मामू और नसीमा मुमानी अपनी बच्ची नादिरा उर्फ़ मन्नो को एक कॉन्वेंट स्कूल में दाख़िल कराने इंग्लिस्तान लाए। नादिरा मारीपुर में नूरअफ़शाँ की छोटी बहन सबीहा उर्फ़ रानी की बहुत गहरी दोस्त और क्लासफ़ेलो थीं। वह दोनों वहाँ सेंट पेट्रिक्स कॉन्वेंट में पढ़ा करती थीं।

आपा राज़िया की तरबियत की वजह से रानी बेइंतिहा मज़हबी और नमाज़ी बीबी थीं। उन्होंने चलते वक़्त नादिरा को कुछ नसीहतें की थीं, जो वह गाँठ में बाँधकर लंदन लाई थीं। रानी कहती थीं, विलायत के कॉन्वेंट में जब फ़ादर ओरनेन्ज़ कहें, जीसस ख़ुदा का बेटा है, तुम दिल में फ़ौरन कहना 'नाऊज़ूबिल्लाह' (मैं अल्लाह की पनाह चाहती हूँ) और फ़ौरन कलमा पढ़ने लगना, और जब नन्स कहें ख़ुदा तीन हैं तो तुम दिल में फ़ौरन कहना 'लाहौल वला क़ुव्वता इल्ला बिल्लाहिल अलीय्यिल अज़ीम।'

आठ वर्षीय सबीहा ज़ैदी ने आठ वर्षीय नादिरा मिर्ज़ा[1] को बिल्कुल मौलवन (धर्म विदुषी) बनाकर इंग्लिस्तान भेजा था।

मैं मिस्टर मोरगस्टन के मकान से मेडावेल के नज़दीक सेंट जॉंसवुड के एक बहुत ख़ूबसूरत मकान में शिफ़्ट हो चुकी थी। नं 24 ग्रेवल पैलेस का फ़्लैट किचन और बाथरूम अटैच्ड और किराया महज़ पाँच गिनी हफ़्ता कि वह सस्ता ज़माना था। नसीमा मुमानी, मामूज़ान ने कुछ दिन मेरे यहाँ ठहरकर मकान की तलाश शुरू कर दी।

एक दिन पुर फ़ज़ा हैम्पस्टड के नज़दीक लोग पैदल चले जा रहे थे कि एक फाटक पर एक ख़ोजा बोहरा क़िस्म के नाम का बोर्ड नज़र आया। एक अंग्रेज़ महिला पोर्च में खड़ी अपने हिन्दुस्तानी पति को डाँट रही थीं, जो खुर्पी लिए बाग़ीचे में घास खोद रहे थे। मैंने कहा, इनके हाव-भाव से मालूम होता है कि लैंड लेडी हैं, मियाँ बैरिस्टरी पढ़ने आये होंगे, लैंडलेडी की लड़की से शादी करके यहीं रह पड़े।

---

1. नादिरा, (अब मिसेज़ अकबर अली) पेरिस में स्थाई रूप से निवास करती हैं व फ़्रांसीसी राष्ट्रीयता ग्रहण कर ली है।

हम लोग फ़ौरन अंदर गये; मेम साहब से दरयाफ़्त किया; अंदाज़ा सही निकला। फ़ौरन बेड एण्ड ब्रेकफ़ास्ट का रेट बताया और यह कि रात को आपके यहाँ कोई मेहमान नहीं ठहरेगा। मियाँ बदस्तूर सिर झुकाए घास खोदते रहे। लैंडलेडी अन्दर ले गयीं, नसीमा मुमानी से कहा, 'आप मेरे बावर्चीख़ाने में कपड़े भी नहीं धोयेंगी, वहाँ सिर्फ़ मैं कपड़े धोती हूँ।'

नसीमा मुमानी ने छत को देखा।

मामला भलीभाँति तय होने पर जब हम लोग बाहर निकले; सड़क पर आकर मामूजान ने कहा, 'बेचारे के माँ बाप ने किन अरमानों से बेटे को पढ़ने भेजा होगा, उसने लेके धोबन से शादी कर ली।'

जब मामूज़ान, नसीमा मुमानी उस मकान में शिफ़्ट हुए उस औरत ने पुर्ज़े निकाले। रात को दस बजे के बाद बार-बार खिड़की से झाँक कर देखती कि कोई मेहमान तो नहीं है, जो रात को वहाँ ठहर जाए।

एक बार नसीमा मुमानी के यहाँ रात ज़्यादा हो गयी, नसीमा मुमानी ने कहा, 'यहीं ठहर जाओ' मैंने कहा, 'धोबन मार डालेगी।'

उसे जुल देने की तरकीब सोची गयी। ठीक दस बजे रात, मैं गैलरी से निकलकर पोर्च में गयी। वहाँ से बा आवाज़ ए-बुलन्द मामूजान को गुड़नाइट कहा; उन्होंने उतनी ही ऊँची आवाज़ में जवाब देकर दरवाज़ा भड़ से बन्द कर लिया। मैं बाग़ में उतरकर दरीचे में पहुँची, जहाँ नसीमा मुमानी अन्दर मुस्तइद खड़ी थीं। एक गमले पर पाँव टिकाकर अन्दर कूद गयी। सुबह इससे पहले कि धोबन का बेचारा शौहर (जिसके वालिद बम्बई के एक जीते जागते नामी मुसलमान लीडर थे) ब्रेकफ़ास्ट की कश्ती लेकर हाज़िर हो, मैं दरीचे में से कूद कर सरपट ग्रेवल पैलेस की तरफ़ भागी जो पड़ोस में था।

कुछ दिन बाद मामूज़ान ने बताया, "हमने आज टेलीफ़ोन डायरेक्टरी देखकर उसी बूढ़े डॉक्टर को फ़ोन किया, जो कॉलेज में हमारा उस्ताद था और हम उसके यहाँ पी.जी. (पेइंगगेस्ट) रहते थे। वह ज़िन्दा है। अब

मेज़वेल हिल पर रहता है। अब उसका लड़का डॉक्टर है। बड़े मियाँ ने बहुत ख़ुशी से कहा कि हम लोग किरायेदार नहीं रखते मगर तुम मेरे पुराने शागिर्द हो ज़रूर आ जाओ।'

मनमोहक दृश्यों वाली मेज़वेल हिल पर सफ़ेद लेस के पर्दों और कट गिलास से सजे हुए, मालदार घर में चर्मी सोफ़े पर बैठा, अपाहिज बूढ़ा डॉक्टर अपने पूर्व शिष्य से मिलकर बहुत ख़ुश नज़र आ रहा था। उसकी बीवी ने मुझसे कहा, 'मैंने तुम्हें पहले कहीं देखा है। हाँ, याद आया, टीवी पर देखा था, ताजपोशी के प्रोग्राम में।' बूढ़े डॉक्टर ने सिर हिलाकर अफ़सोस से कहा, 'एम्पायर ख़त्म हो गयी, ताजपोशी का तमाशा करके ख़ुश हो लिये। तुम लोग आज़ादी हासिल करके चैन से हो? मेरा लड़का विभाजन की खूँरेज़ी के ज़माने में हिन्दुस्तान में था। फ़ौजी डॉक्टर था।'

और इतवार की एक रौशन सुबह, जब बारिश हो रही थी, हमने एक पिक्चरेसिक पहाड़ी पर स्थित सिनेमा हाउस में, 'हेंस क्रिश्चियन एण्ड रसन' देखा, जिसमें डेनी के गाता था, 'वंडरफ़ुल, वंडरफ़ुल कूपनहेगन' और दुनिया बहुत ही ख़ूबसूरत और ख़ुशगवार और फ़रहत बख़्श थी और वंडरफ़ुल, वंडरफुल, कूपन हेगन' गुनगुनाते हैं और नसीमा मुमानी दूसरे दिन ग्रीन लाइन की कोच पकड़कर सिरे के एक मनमोहक गाँव कोबहेम गये जहाँ एक विशाल हरे-भरे मैदान के मध्य में एक भूरा सर्द कॉन्वेंट स्कूल बारिश में भीग रहा था।

हाल के चोबी फ़र्श पर जीसस व मरियम की मूर्तियों के सामने जलती शम्ओं का प्रकाश प्रतिबिम्बित था और लम्बे दरीचों के बाहर शाह बलूत के दरख़्तों पर पानी बरस रहा था और सियाह लबादे वाली एक बूढ़ी नन आस्तीनों में हाथ दिये साये की तरह चलती ऐवान-ए-निशस्त (बैठने के कक्ष) में आई और नादिरा के दाख़िले के फ़ार्म पेश किये।

वापसी पर हम लोग सब्ज़ाज़ार (हरियाली) की लम्बी सुर्मयी सड़क पर चलते गाँव की सिम्त जा रहे थे। पीछे से एक कार आकर रुकी और एक बेहद ख़ूबसूरत नौजवान राहिब (सन्यासी) ने लिफ़्ट देने की पेशकश की। वह राहिब

डेनी के से भी ज़्यादा ख़ूबसूरत था और मामूजान की नसीहत याद आई कि किसी अजनबी से बात न करना, मगर नसीमा मुमानी ने आहिस्ता से उर्दू में कहा, 'यह ग़रीब तो फ़ादर है, कोई हर्ज नहीं।'

और नसीमा मुमानी के वालिद मिस्टर जस्टिस मोहम्मद जान अपने पोते का दाख़िला 'हीरो' में कराने रावलपिण्डी से आये हुए थे। हीरो में 'टॉम ब्राउंज़ स्कूल डेज़' वाली फ़ज़ाएँ अभी बाक़ी थीं।

वहाँ से वापसी पर लंदन के क़रीब पहुँचकर हम लोग एक अंडरग्राउंड रेलवे स्टेशन में गये और वह रात की आख़िरी ट्रेन थी और लम्बे कम्पार्टमेंट में हम लोगों के अलावा पाँचवाँ आदमी और कोई न था और बिल्कुल दरिया-ए-टेम्स के नीचे पहुँचकर किसी ख़राबी की वजह से गाड़ी अचानक रुक गयी और बहुत देर रुकी रही। एकाएक सर्दी और नमी का अहसास हुआ। मैंने नसीमा मुमानी के वालिद से कहा, 'हमारे सिरों के ऊपर से दरिया गुज़र रहा है।'

'अल अमान वल हफ़ीज़।' (अल्लाह शांति रखे और हिफ़ाज़त करे) उन्होंने जवाब दिया। 'ऊपर दरिया ...और सुरंग में सामने से कोई और ट्रेन आ रही हो, बेक़ाबू हुई, अल्लाह रहम करे!'

मगर ज़रा ग़ौर कीजिए, आग़ा जी, दरिया हमारे ऊपर से गुज़रे चला जा रहा है।' मैंने दोहराया।

'और सुरंग की छत में हो गया सुराख़ तो? ख़ुदावन्द करीम रहम करे!'

नसीमा मुमानी बोलीं, 'आग़ा जी, हम लोग तो डेकोटा में एक इंजन पर कोयटा गये थे।'

'अल्लाह, अल्लाह करो बेटी!'

ट्रेन एक झटके से चल पड़ी।

पड़ोस में बेहद हसीन छोटा सा गिरजा बन्द और सुनसान पड़ा था, उसकी दीवारें घुंघराली प्रेमलताओं से ढकी हुई थीं और सामने एक घना ईलम वृक्ष छाया किये हुए था। सूर्यास्त के प्रकाश में गिरजा के बन्द दरीचे इन्द्रधनुष

में परिवर्तित हो जाते थे। अक्सर इतवार की सुबह में गिरजा के फाटक के बराबर ईज़ल रखकर मैं तस्वीरें बनाती। इक्का-दुक्का अंग्रेज़ राहगीर ठिठक कर सभ्य दिलचस्पी से कैनवस पर नज़र डालते और ख़ामोशी से अपनी राह लेते।

वीमेंस लिब की तहरीक (आन्दोलन) से बहुत पहले अक्तूबर 1928 ई. में वर्जीनिया वुल्फ़ ने कैम्ब्रिज में न्यूहेम और ग्रिटन की छात्राओं को एक लम्बा लेक्चर दिया था। उन्होंने कहा, 'इसी पतझड़ की एक ख़ुशगवार सुबह मैं एक मर्दाना कॉलेज की हरियाली पर से गुज़र रही थी, एक बेडल (कॉलेज के कर्मी) ने टोक दिया और बोला, 'सब्ज़े (हरियाली) पर से सिर्फ़ कॉलेज के फ़ेलोज़ और स्कालर्स गुज़र सकते हैं। औरतों को सिर्फ़ बजरी पर चलने की इजाज़त है।'

वहाँ से वर्जिनिया वुल्फ़ लाइब्रेरी पहुँचीं। दरवाज़े पर एक सिल्वर ग्रे बालों वाले बुज़ुर्ग ने मुलायमियत से कहा। लाइब्रेरी में वह केवल किसी फ़ेलो के साथ या डीन के परिचय पत्र के साथ दाख़िल हो सकती हैं।

तब वह नदी के किनारे जा बैठीं और सोचा कि शताब्दियों पूर्व औक्स ब्रिज के ये कॉलेज बादशाहों, अमीरों और करोड़पति व्यापारियों के बेशक़ीमती दानों के द्वारा स्थापित किये गये थे और जब 1860 ई. में आज की छात्राओं की दादियों, नानियों ने एक ज़नाना कॉलेज क़ायम करने के लिए कमेटी बनाई और देश की सम्माननीय महिलाओं के पास चन्दे की दरख़्वास्तें भेजीं तो वह हज़ार दिक़्क़तों के बाद सिर्फ़ तीस हज़ार पौंड जमा कर सकीं; क्योंकि सारी सम्माननीय महिलाएँ ग़रीब थीं। उनके शौहर और बाप लाखों करोड़ों पौण्ड के मालिक थे लेकिन ख़ुद उनके पास निजी रुपया क़ानूनन मौजूद न था। केवल अड़तालीस वर्ष पूर्व वह एक नये एक्ट द्वारा अपने पैसे की मालिक और अधिकारी बन सकीं।

'ब्रिटिश म्यूज़ियम लाइब्रेरी में लाखों किताबें मौजूद हैं और लगभग सब मर्दों की लिखी हुई ...दुनिया भर में औरतों की लिखी किताबों की तादाद इतनी कम क्यों हैं? सारे विश्व के साहित्य में शुरू से आख़िर तक औरतें, मर्द लेखकों

के दिमाग़ में छायी हुई मिलती हैं लेकिन शाइरी और फ़िक्शन में औरतों को महज़ मर्द शाइरों और अदीबों की नज़रों से देखा गया है। बेचारी जेन आस्टिन, अपनी पांडुलिपियाँ ब्लाटिंग पेपर्स के नीचे छुपाकर रखती थी।

'तुमने मुझसे फ़रमाइश की है, औरत और फ़िक्शन पर तक़रीर करूँ। इसका मतलब सिर्फ़ यह हो सकता है कि मैं फ़ेनी बर्नी, जेन ऑस्टिन, ब्रोन्ते सिस्टर्ज़, मिस मेटफ़र्ड और जार्ज एलियट के बारे में कुछ शब्द कह दूँ। या तुम्हारा मतलब औरतें और उनके द्वारा रचित साहित्य या औरतें और उनके मुताल्लिक़ लिखा हुआ अदब या औरतों और उनके लिखे हुए अदब का अस्ल जौहर और ख़ुसूसियत भी हो सकता है।

'नदी किनारे बैठे-बैठे मैंने सोचा कि सारी बात दरअस्ल यह है कि औरत को फ़िक्शन लिखने के लिए पाँच सौ पौंड वार्षिक की निजी आमदनी और अपना निजी कमरा ज़रूरी है। फिर भी औरत की अस्ल फ़ितरत और फ़िक्शन के अस्ल जौहर के सवालात हल करने रह जाते हैं।

सिद्दीक़ अहमद सिद्दीक़ी ने एक बार ज़िक्र किया था, माजिद अली के कथनानुसार पाकिस्तान से सी.एस.पी. के ज़ेरे तरबियत (प्रशिक्षणाधीन) नौजवानों का एक ग्रुप हस्बेमामूल और अधिक प्रशिक्षण के लिए यहाँ आया हुआ था और ब्रिटिश कौंसिल के अधिकारी उन्हें ब्रिटिश सभ्यता और संस्कृति से परिचित कराने के लिए थियेटर, ऑपेरा, आदि दिखलाते फिर रहे थे। तो एक शाम ये नौजवान बेले देखने में मसरूफ़ थे। 'स्वॉन लेक' का पहला एक्ट ख़त्म होते ही एक साहबज़ादे ने उठकर अपने साथियों से कहा, 'यार बेले का भी आइडिया हो गया, चलो अब घर चलें।

एक रौशन सुबह मैं गिरजाघर के सामने चित्रकारी में मसरूफ़ थी, सामने बाग़ की ऊँची दीवार पर से फूलों की डालियाँ बाहर झुक आई थीं। एक सफ़ेद बिल्ली सड़क के किनारे जा रही थी और ग्रेवल पैलेस के ख़ामोश एवेन्यू में माली झाड़ू देकर सुर्ख़ और ज़र्द पत्ते समेटने में मसरूफ़ था। पत्ते बार-बार हवा के झोकों से फिर मुन्तशिर (अस्त-व्यस्त) हो जाते थे। अचानक मुझे ख़याल

आया, 'पाँच सौ पौंड सालाना और अपने कमरे' का काफ़ी आईडिया हो गया, अब वापस चलना चाहिए।

उस शाम बीबीसी की कैंटीन फ़िश एण्ड चिप्स की गर्म-गर्म महक से भरी हुई थी, अचानक बारिश की फुहारें बाहर खिड़कियों से टकराने लगीं। कोने की मेज़ पर सारा हल्क़ा-ए-फ़िक्रिया (चिन्तनशील बुद्धिजीवियों का जमावड़ा) मौजूद था। बाहर धुंध गहरी होती गयी। एजाज़ बटालवी ने दरीचे के बाहर नज़र करके फिल्बदीह (तुरन्त) इरशाद किया -

क़ुर्रतुल ऐन है कि हैदर है
आज कैसा ख़राब वेदर है।

मैंने एनाउंस किया, 'ख़्वातीनो हज़रात! अब मैं अपनी उर्दू की प्रैक्टिस करने कालटेनों के देस वापस जाती हूँ।'

चचा सिद्दीक़ कई लम्हे ख़ामोश बैठे रहे, फिर बोले, 'आपको आइडिया हो गया?'

'तक़रीबन सारी दुनिया का आइडिया होता जा रहा है।'

'हमें काफ़ी पहले से हो चुका है।' चचा ने कहा और ख़ामोश हो गये शायद उन्हें वतन याद आ रहा था। चचा सिद्दीक़ पर (जो अलीगढ़ में अच्छे भाई और जर्रार भाई के क्लासफ़ेलो रह चुके थे) 48 ई. में अलीगढ़ से पाकिस्तान आकर वहाँ से लंदन आ गये थे। मकान ख़रीद लिया था, बीवी बच्चों को बुला लिया था; मगर शायद अन्दर से ख़ुश न थे। यह विभाजन के बाद अन्दर से उखड़ी हुई नई नस्ल का सबसे बड़ा दुःख था।

'नक़ूश' में 'जलावतन' के प्रकाशन के बाद उन्होंने किसी को बताया था कि वह उसे पढ़कर रोये। हाफ़िज़-ए-क़ुरआन (क़ुरआन शरीफ़ को कंठस्थ करने वाले) भी थे और मार्कसिस्ट भी (तक़ी मियाँ चचा को उन्नीसवीं सदी का लिबरल अंग्रेज़ कहते थे।) चचा उस कल्चर की पैदावार थे, जिसमें फ़न-ए-गुफ़्तगू और आदाब-ए-मजलिस (बैठने उठने के सभ्य तरीक़ों) को बहुत अहमियत दी जाती

थी। हालाँकि उस भीगी हुई सर्द शाम में किसी को मालूम न था कि महफ़िल की रौनक़ चचा सिद्दीक़ इस दुनिया में ज़्यादा दिन टिकने वाले नहीं।

'तुम्हारा Last Supper वेस्ट एण्ड के फ़ुलाँ रेस्टोरेंट की दूसरी मंज़िल पर मुनअक़िद (आयोजित) किया जाएगा। हम सब की तरफ़ से पू०वि० बाज़ाब्ता।' एजाज़ ने कहा। 'और जब प्लेट में रखा मुर्ग़ तीन मर्तबा अज़ान देगा।' मैंने कहा। मुझे उम्मीद थी चचा कहेंगे कि हम सब एक दूसरे के लिए Judas हैं या इसी क़िस्म की कोई और बात मगर बोले। 'भई तुम बहुत जल्द चल दीं। देखो हम कब तक यहाँ रहते हैं। बिटिया, हम अंग्रेज़ के साथ बहुत रह लिये, अब क़ब्र में उसका साथ नहीं चाहते।'

पुलिस स्टेशन पर सारे अज़ीज़ रिश्तेदारों का हुजूम था, काफ़ी हुल्लड़ हो रहा था। सब का मन (मुझ समेत) काफ़ी उदास था। जिस वक़्त बोट ट्रेन छूटने वाली थी, चचा बरसाती पहने भागमभाग प्लेटफ़ार्म पर पहुँचे। उनको प्रोग्राम ख़त्म करके स्टूडियो से निकलते-निकलते देर हो गयी थी। चलते-चलते एक बार फिर उन्होंने वही बात दोहरायी; 'तुम तो वापस चल दीं, बिटिया हम क़ब्र में अंग्रेज़ का साथ नहीं चाहते।'

पोलिश जहाज़ बटूरी एक ऐसा लक्ज़री लाइंस था, जिसके सेवक और सेविकाएँ फ़ुर्सत के लम्हों में मार्कस, एंगल्ज़ और पोलिश क्लासिक्स का अध्ययन करते नज़र आते थे और जबल-अल-तारिक़ की गलियों में से गुज़रते हुए ख़याल आता था कि अपनी कश्तियाँ जलाने के फ़ौरन बाद वह इस पथरीली ज़मीन पर उतरे थे।

चट्टान के ऊपर यूनियन जैक लहराता था और पोर्ट सईद की दुकानों में से शाह फ़ारूक़ और मलिका नरीमान की तस्वीरें कबकी उतारी जा चुकी थीं; जनरल नजीब भी पुरानी बात हो चुके थे और अल रईस गमाल अब्दुल नासिर के पोर्ट्रेट हर जगह मुस्कुरा रहे थे और बन्दरगाह में 'ईस्ट ऑफ़ स्वेज़' का कोलोनियल हैंगओवर अभी बाक़ी था और गलियों में लम्बे क़द के अबा-पोश मिस्री

'गुली-गुली मैन' जहाज़ पर आकर बर्तानवी बच्चों को 'जादू के करतब' दिखाता था।

आज से 83 साल पहले जब नहर स्वेज़ खुदी थी और पूर्व व पश्चिम के बीच सागरीय ट्रैफ़िक पहले से कई सौ गुना ज़्यादा बढ़ गया था, इंग्लिस्तान से आने वाली मेम साहब लोग स्वेज़ से गुज़रते हुए जहाज़ के डेक पर बैठकर 'लाइफ ऑफ़ दि हरम' टाइप की किताबें पढ़ती थीं।

जब पोर्ट सईद, व्हाइट टाउन और ब्लैक टाउन में विभाजित था। जब बेचारे ख़दीव सईद पाशा को सारे यूरोप के बेईमान इंडस्ट्रियलिस्ट लूट रहे थे। जब मिस्र क़ानूनी तौर पर उसमानी सल्तनत का एक सूबा मगर राजनैतिक रूप से बर्तानिया और फ़्रांस का आधा ग़ुलाम बन चुका था। जब यूरोपियन पायलट नहर में जहाज़ों की अगुवाई करते थे। दोनों तरफ़ लाइट हाउस और गवर्नर इब्राहीम रुश्दी बे का दो मंज़िला बंगला, कारमेलाइट की खानक़ाह, उसमानी तुर्की, यूरोप और अमेरिका के जहाज़ों का हुजूम, शहर के अन्दर यूनान और मालटा के ठग। कसीनो में जुआ खेलने वाले सैलानी, यूनानी और फ्रेंच गिरजाघर। और पुराना अरब शहर, ख़च्चर, सक्क़े, ग़रीब मिस्त्री, यूरोपियन पर्यटकों से बख़्शिशें माँगते भिखारी।

स्वेज के एक तरफ़ एशिया है, दूसरी तरफ़ अफ़्रीक़ा, दोनों तरफ़ ज़र्द, सियाह उजाड़ पहाड़ियाँ, अरब और सीनाई और मिस्र। सुबह सवेरे सूर्योदय के साथ रेत के पहाड़ों के बदलते हुए रंग। ऊदे, गुलाबी, नीले और नहर की सतह पर से गुज़रते उसमानी जहाज़ और मिस्री गनबोट और बर्तानवी और फ्रेंच स्टीम लाँचें और 'बमबोट' और इस्माईलिया जहाँ से ट्रेन स्वेज़ और क़ाहिरा और स्कन्दरिया जाती थी और गोशन का ख़ित्ता, जिसका ज़िक्र मूसा के अध्याय में इंजील के अन्दर मौजूद है।

वही नहर स्वेज़ है, वही जंगल और पहाड़। एक तरफ़ अरब के जंगल हैं, दूसरी तरफ़ मिस्र और उसके नख़लिस्तान और पड़ोस में नया मुल्क इस्राईल और पाकिस्तान जाने वाली एक मेम डेक चेयर पर बैठी, आज भी पूर्व के सम्बन्ध में लिखा हुआ एक बोगस नॉविल पढ़ रही है।

सूर्यास्त के समय पूर्व दिशा में अरबिस्तान के पहाड़ों की दीवार गुलाबी हो गयी। पहाड़ों की यह श्रृंखला लेबनान से यहाँ तक चली आ रही है और दक्षिण में अदन तक जायेगी। स्वेज़ के पश्चिमी किनारे, अफ़्रीक़ा की सरज़मीन और वादी-ए-मूसा। इस जगह से कलीमुल्लाह (हज़रत मूसा अलैहिस्सलाम) अपनी उम्मत (अनुयायियों) को निकाल ले गये थे। अब उम्मत इन पहाड़ों के कुछ फ़ासले पर इस्राईल में अपनी मशीनगनों का रुख़ मिस्र की ओर किये बैठी है।

रात को स्वेज़ पर चाँद निकला। साढ़े तीन हज़ार साल पहले मूसा (अ.) के ज़माने में यही चाँद बिल्कुल इसी तरह निकलता होगा और इस रेत और इन पहाड़ों पर इसी तरह चमकता होगा। कोहे सीना, तूर-ए-मूसा (अ.) माउंट केथरीन, हम्माम-ए-मूसा (अ.) और रास-ए-अबू मोहम्मद जिसके बाद समुन्दर ही समुन्दर है और जहाज़ पर लोगबाग इस लरज़ाख़ेज़ अज़मत (महानता) और अहमियत से बेनियाज़ और अनभिज्ञ और बेपरवाह बालरूम रक़्स और फ़ैंसी ड्रेस और अस्थाई इश्क़ो-मोहब्बत में मशग़ूल हैं।

अदन, अभी तक एक ब्रिटिश कॉलोनी, वाटर पुलिस। 'कर्नल गोर्डन पाशा गवर्नर, अक्षांश रेखा' के ज़माने की बनी हुई सरकारी इमारतें। शहर के अन्दर पारसियों, ख़ोजों और सिंधियों की दुकानें। चीख़ पुकार, अव्यवस्था, ग़रीबी, सख़्त गर्मी।

हम भारत व पाकिस्तान उपमहाद्वीप के क़रीब पहुँच चुके हैं।

14
अध्याय

रॉयल बंगाल टाइगर

मारीपुर में एक सुबह जलालुद्दीन अहमद का फ़ोन आया, 'जलावतन का तर्जुमा (अनुवाद) जल्द से जल्द अंग्रेज़ी में कर दीजिए, हम उसे पी.ई.एन. की तरफ़ से पुस्तक के रूप में प्रकाशित करेंगे।'

गुड ओल्ड जलाल साहब, आप हस्बेमामूल पाकिस्तानी कल्चर की आबयारी (तरक़्क़ी देने) में मसरूफ़ हैं।'

'बिल्कुल! और अब पूर्वी पाकिस्तान की कल्चरल आबयारी के लिए ढाका जाते हैं। वहाँ पाकिस्तान पी.ई.एन. की तरफ़ से एक इंटरनेशनल कॉनफ़्रेंस का आयोजन कर रहे हैं।'

जलाल साहब से यही उम्मीद थी।

तेजगाँव एयरपोर्ट पर ओरिएण्ट एयरवेज़ का विमान उतरा तो अचानक बहुत अजीब सा मालूम हुआ। चारों तरफ़ बेहद हरियाली, झीलें, आम और केलों के झुण्ड। हवा की तासीर तक बदली हुई थी। गायें घास चर रही थीं; लगता था एकदम ग़ाज़ीपुर पहुँच गये या बरसात के ज़माने में अलीगढ़। बहरहाल वह पश्चिमी पाकिस्तान से बिल्कुल अलग ही इलाक़ा था।

आपा हुस्ना और लुक़मान भाई हवाई जहाज़ के बिल्कुल नज़दीक आ गये। एयरपोर्ट घरेलू मालूम हो रहा था।

एयरपोर्ट से बाहर आकर पहले क़रीब हम लोग भाई मुन्ने के घर गये। तायाज़ाद भाई एज़ाज़ हैदर उर्फ़ मुन्ने भाई की दोमंज़िला कोठी भी दरख़्तों में घिरी हुई थी। हरियाली पर गायें चर रही थीं। कराची के बाद, मैंने हैरत से आँखें फाड़कर उस मंज़र को देखा।

शहर में रम्मी मियाँ के बड़े भाई सैयद लुक़मान हैदर, मैनेजर स्टेट बैंक ऑफ़ पाकिस्तान, एक ऐसी इमारत में रहते थे, जिसे डच ईस्ट इण्डिया कम्पनी ने अट्ठारहवीं सदी में तामीर किया था और डच गवर्नर इस में रहा करता था।

निचली मंज़िल में स्टेट बैंक और ऊपर की मंजिल पर आपा हुस्ना, लुक़मान भाई रहते थे। कमरे और बरामदे इतने बड़े थे कि उन में लगभग गोल्फ़ खेला जा सकता था। बरामदों के जार्जियन स्तम्भों की परिधि हैरतअंगेज़ थी और रहस्यमय लकड़ी की सीढ़ियाँ। देर रात, ड्राइंगरूम के लम्बे दरीचे के नीचे, घने बाग़ में झाँकते हुए (जहाँ रजनीगन्धा महक रही थी) मैंने उम्मीद भरे लहजे में आपा हुस्ना से पूछा, 'यहाँ डच भूत तो काफ़ी होंगे।'

एक सुबह सीधे-सादे शाइर जसीमुद्दीन मिलने आए और अपनी किताब का अंग्रेज़ी अनुवाद Field of patch work quilt दे गये। निचली मंजिल में शैख़ मुजीबुर्रहमान, जो शायद हबीब बैंक में काम करते थे, अक्सर लुक़मान भाई के पास आकर बैठते।

ढाका उस वक़्त तक बड़ा ख़स्ता हाल था। एक जर्जर काई लगी इमारत में ज़ैनुल आबिदीन, जो एक बेहद भले आदमी थे, ढाका आर्ट स्कूल चला रहे थे। एक पुरानी दो मंज़िला कोठी में रेडियो स्टेशन था। ढाका की ज़्यादातर इमारतें अहदजान कम्पनी की और इस वजह से लखनऊ की पुरानी कोठियों से मिलती जुलती थीं। ढाका क्लब लखनऊ के मोहम्मद बाग से ज़्यादा भिन्न न था। अंग्रेज़ी दौर की सभ्यता की छाप हिन्दुस्तान-पाकिस्तान दोनों जगह बहुत गहरी और बहुत मज़बूत थी।

पी.ई.एन. कॉन्फ्रेंस के विदेशी डेलीगेट्स, नये-नवेले होटल शाहबाग़ में ठहरे थे। यह होटल जंग के बाद नई अमेरिकन स्टाइल टूरिस्ट दुनिया से ताल्लुक़ रखता था।

एक दिन कॉन्फ्रेंस के सारे मेहमानों को, पदमा पर स्टीमर में ले जाया गया। मैंने एक बंगाली साहित्यकार से कहा, इन गोरे राइटर्स को कोई बंगला गीत सुनाइये। 'बहुत अच्छा' उन्होंने मुस्तैदी से जवाब दिया।

अचानक जहाज़ के अर्शे पर नामवर बंगाली साहित्यकार व कवि, जिनमें से कुछ दाढ़ी वाले मौलाना थे और अधिकतर बंगाली साहित्यकार मौलवी कहलाते

थे। मौलवी जसीमुद्दीन, मौलवी मंज़ूरुद्दीन अहमद, मौलवी शहीदुल्लाह एक क़तार में खड़े होकर, टैगोर और नज़रुल इस्लाम के गीत गाने लगे।

मैंने जलालुद्दीन अहमद से कहा, 'देखिए, बंगाली और उर्दू तहज़ीबों में यह फ़र्क़ है, क्या आप तसव्वुर कर सकते हैं कि मोहम्मद हसन अस्करी, प्रोफ़ेसर वक़ार अज़ीम, मुमताज़ शीरीं, अल्लामा नियाज़ फ़तेहपुरी, एम. असलम और मौलाना एजाज़ुल हक़ क़ुददूसी एक पंक्ति में खड़े होकर अचानक गाना शुरू कर देंगे?'

फ़रमाया, 'जल्द ही बंगला और उर्दू तहज़ीबों का फ़र्क़ मिट जायेगा, बहुत जल्द, इंशाअल्लाह।'

मैलकम मैगरेज जो उस वक़्त 'पंच' के एडिटर थे, कॉन्फ्रेंस के लिए लंदन से आये थे। बेहद स्वीट इंसान थे। एक शाम मैंने उन्हें लुक़मान भाई के यहाँ ले जाकर उन जुग़ादरी पीलपायों के दर्शन करवाये, जो निर्माण कला के लिहाज़ से हिन्द व पाक उपमहाद्वीप के सबसे मोटे जार्जियन पीलपाये[1] थे।

'इस उपमहाद्वीप में वास्तुकला के नवादिरात (अनूठी वस्तुओ) की हैरतअंगेज़ बहुतायत है लेकिन किसी को दिलचस्पी नहीं।' मैलकम मैकग्रेज ने पीलपाये देखकर दाँतों में उंगली दबाते हुए कहा।

कराची वापस आकर, एक सुबह मैं किसी काम से रम्मी मियाँ के दफ़्तर गई, जो कराची जिमख़ाने के नज़दीक बनाया गया था। वह पाकिस्तान इंटरनेशनल एयर लाइन्स का दफ़्तर था, जो हाल ही में क़ायम हुई थी और रम्मी मियाँ अब ओरिएण्ट एयरवेज़ से पी.आई.ए. में आ चुके थे।

उस वक़्त रम्मी के कमरे में एक नहटौरी रिश्तेदार भाई इसहाक़ हैदर कमर्शियल आर्टिस्ट मौजूद थे। रम्मी मियाँ ने फ़रमाया, 'हम भाई इसहाक़ हैदर को ज़रा ज़ू लिये जाते हैं, रॉयल बंगाल टाइगर दिखाने; वह उसकी तस्वीर बनायेंगे। फिर उस तस्वीर को पी.आई.ए. का ट्रेडमार्क बनाया जाएगा। उसके अलावा हमें एक इनफ़ॉरमेशन ऑफ़िसर की ज़रूरत है। आप आ जाइए; इस

1. हाथी के पाँव के आकार के स्तम्भ।

मुलाज़िमत में एक वाक्स वैगन भी शामिल है, जो आपकी ख़िदमत में हाज़िर रहेगी और पोम-पोम डार्लिंग की ज़रूरत न होगी।'

बाहर रिसेप्शन डेस्क पर एक ब्राउन बालों वाली बेहद गोरी पठान लड़की बैठी थी; रम्मी मियाँ ने मिलवाया, 'हसीना फ़ारूक़, मिस्टर ग़ुलाम फ़ारूक़ मनिस्टर ऑफ़ इंडस्ट्रीज़ की साहबज़ादी, रिसेपशनिस्ट का काम कर रही हैं। पाकिस्तान तरक़्क़ी कर रहा है। अब आप दोनों सारे मुल्क का दौरा कीजिए और आप हसीना फ़ारूक़ की रौशन मिसाल पेश करके, अच्छे ख़ानदानों की लड़कियों को एयर होस्टेस भर्ती कीजिए और एक प्रेस कम्पेन इसके लिए चलाइए।'

दोबारा ढाका; आपा हुस्ना कहने लगीं, 'बंगाली बड़े पुराने विचारों के हैं, यहाँ तुम्हारी कामयाबी मुश्किल है।'

आपा हुस्ना ईडन गर्ल्स कॉलेज के बोर्ड ऑफ़ गवर्नर्स पर थीं। उन्होंने दूसरे दिन प्रिंसिपल को फ़ोन किया। शाम को मैं और आपा हुस्ना कॉलेज गये। प्रिंसिपल ने असेम्बली हाल में कॉलेज की सारी लड़कियों को जमा किया। काली और लाल किनारों की सूती साड़ियाँ पहने, बाल बिखराये मुस्लिम बंगाली कन्याओं का जमघट सामने मौजूद था। आपा हुस्ना ने चुपके से मुझसे कहा, 'उर्दू में मत बोलना।'

मैंने अंग्रेज़ी भाषा में पी.आई.ए. में एयर होस्टेस बनने के फ़ायदों पर तर्कपूर्ण भाषण दिया। वह बंगला कन्याएँ कंधों पर बाल छिटकाए इसी तरह गुमसुम बैठी रहीं। दूसरे स्कूलों और कॉलेजों में भी यही हुआ।

वह परिषद बहुत ही दिल हिला देने वाली जगह निकली। एक शामियाने के नीचे अनगिनत बंगाली महिलाएँ जमा थीं। नामवर बंगाली शाइरा बेगम सूफ़िया कमाल ने मेरे मुताल्लिक़ एक बंगला नज़्म लिखी थी, वह पढ़ी। एक लड़की रोज़ी ख़ान ने उसका अंग्रेज़ी अनुवाद सुनाया और यह सब मुझे बहुत टचिंग लगा लेकिन इन सब सीधी सादी साहित्य प्रेमी बंगालनों और एक इंटरनेशनल एयरलाइंस के लिए आवश्यक ग्लैमर, तेज़ तर्रार एयर होस्टेस लड़कियों में ज़मीन आसमान का फ़ासला मुझे नज़र आया।

'अब चटागाँग जाकर देख लें।' मैंने घर आकर लुक़मान भाई से कहा, लुक़मान भाई के पुराने संडीलवी दोस्त सैयद मोहम्मद अब्बास मोअल्लिफ़ सफ़ीना-ए-ग़ज़ल, जिनकी शादी अम्मा ने 39 ई. में लखनऊ के जज, असग़र हसन की बेटी बिट्टन बाजी से करवाई थी।

उन दिनों चटागाँग में कलक्टर ऑफ़ कस्टम्स थे। वह और बिट्टन बाजी भाई के यहाँ ढाका आये हुए थे। उन दोनों के साथ ट्रेन से चटागाँग, जो एक हसीन दिलफ़रेब शहर था, अब्बास साहब की कोठी एक सरसब्ज़ ख़ुशमंज़र पहाड़ी पर स्थित थी। चटागाँग ईस्ट पाकिस्तान रेलवे का एक बड़ा स्टेशन भी था। अब्बास साहब कहने लगे, 'यहाँ पहाड़ियाँ मिट्टी की हैं, आदमी रेलवे के, हवाई लड़कियाँ तुम्हें कहाँ मिलेंगी।' नहीं मिलीं।

अभी पी.आई.ए. के नये हवाई जहाज़ उड़ने शुरू नहीं हुए थे, चटागाँग से वापस ढाका, वहाँ से लाहौर जाते हुए ओरिएण्ट एयरवेज़ का हवाई जहाज़ आधा घण्टे के लिए दिल्ली रुका। मैंने पालम एयरपोर्ट से जमाल और शकुन्तला को फ़ोन किया, जो लंदन से आ चुके थे। पाकिस्तानी गवानी ईसाई एयर होस्टेस लड़की ने आकर कहा, 'चलिए लाहौर जाने के लिए एयरक्राफ़्ट आपका मुंतज़िर है।'

आठ वर्ष पहले भारत एयरवेज़ के ख़ाली डेकोटा में अम्मा, भाई, भाभी और मैं, इसी पालम एयरपोर्ट से उड़कर मुहाजिर के तौर पर लाहौर गये थे। पालम अब कितना बदल चुका था।

लाहौर भी बदल चुका था, रौनक़ भरा और प्रगतिशील। दिसम्बर 1947 ई. के उस इन्तिहाई डिप्रेशिंग वीरान शहर से अलग। चिल्ले का जाड़ा पड़ रहा था, ओरियन्ट एयरवेज़ के दफ़्तर से आपा हम्मन, भाईजान के घर, नम्बर 49 लॉरेंस रोड पहुँचते-पहुँचते छींकों से हालत तबाह। आपा हम्मन पिछले बरामदे में गाजर का हलवा बना रही थीं; बच्चे कॉलेज और स्कूल गये हुए थे; भाईजान दफ़्तर। मेरे अचानक आ जाने से ख़ुश होकर आपा हम्मन ने पूछा, 'कहाँ से आ गईं?'

'यही चटागाँग और ढाका से; और बहुत सख़्त थकान है और शायद ज़ुकाम, अब मैं तीन दिन आराम करूँगी। Now I'll relax and talk, talk, talk.

आपा हम्मन के चेहरे पर और अधिक रौशनी आयी क्योंकि वह मुझसे ज़्यादा बातूनी और माहिर गपास्टिक महिला थीं। अचानक मुझे फिर वह रेकरुटिंग की नाकाम मुहिम याद आ गयी। आपा हम्मन ने कहा, 'पंजाब बहुत मॉडर्न इलाक़ा है; यहाँ तुम्हें बहुत लड़कियाँ एयर होस्टेस बनने पर तैयार मिल जाएंगी।'

सलीम शाहिद (पूर्व शमशेर सिंह बत्रा) लाहौर रेडियो के स्टेशन डायरेक्टर थे। मैंने उनसे कहकर एयर होस्टेस रेक्रूटिंग की जद्दोजहद के सिलसिले में एक प्रोग्राम ब्रॉडकास्ट करवाया। शौकत थानवी ने कुछ लतीफ़े सुनाये।

रावलपिण्डी में हसीना फारूक़ और रम्मी मियाँ एयरफ़ील्ड पर धूप में खड़े, चिलग़ोज़े खाते इन्तिज़ार करते मिले। छावनी में मैजर सैयद असग़र हुसैन के यहाँ छब्बू ख़ाला और ख़ाला फ़ैज़ पलंग पर फुलकारी बिछाये, सूरज की तरफ़ रुख़ किये बैठी कॉफ़ी पी रही थीं। असग़र खालू लंदन गये हुए थे। रेडियो स्टेशन जाकर खड़े-खड़े एक ड्रामा एयर होस्टेस लड़कियों के मुताल्लिक़ लिखा, जिसे उस वक़्त फ़ौरन मुख़्तार सिद्दीक़ी ने प्रोड्यूस करके ब्रॉडकास्ट कर दिया।

भाईजान जरी अहमद सैयद और तक़ी मियाँ (तक़ी अहमद सैयद बी.बी. सी. वाले) के मंझले भाई ज़की अहमद सैयद, जिनकी शादी फूफी अप्पी की लड़की ज़ुलैख़ा से हुई थी (जो हाल ही में अलीगढ़ यूनिवर्सिटी से बी.एस.सी. करके आई थी), भी पिण्डी में रहते थे।

रम्मी मियाँ ने जक़ी मियाँ के यहाँ से डॉक्टर रज़ीउद्दीन सिद्दीक़ी को ट्रंककॉल कर दी। डॉक्टर साहब पेशावर की नई नवेली यूनिवर्सिटी के वाइस चान्सलर नियुक्त हुए। पिण्डी से उड़कर पेशावर। यूनिवर्सिटी कैम्पस पर डॉक्टर रज़ीउद्दीन सिद्दीक़ी की नई नवेली कोठी के बाग़ में तेज़ सुर्ख़ गुलाब खिले हुए थे और बड़ी कड़ाके की ठंड पड़ रही थी।

पेशावर वीमेन्स कॉलेज में कैलाश होस्टल लखनऊ वाली आसिफ़ जलील वाइस प्रिंसिपली कर रही थीं। वह भी धूप में शाल ओढ़े बैठी चिलग़ोज़े खा रही थीं। कहने लगीं, 'तौबा करो। कुछ साल पहले तक पठान मौलवी यहाँ बेपर्दा औरतों की चोटियाँ काटने के लिए कैंचियाँ लिये घूमते थे; यहाँ से कौन लड़की जायेगी हवा में उड़ने।'

कराची वापस पहुँच कर मैं, रम्मी मियाँ और हसीना फ़ारूक़ सोचने लगे कि यह मुहिम तो नाकाम साबित हुई, अब क्या किया जाए।

'लामुहाला ऑस्ट्रेलिया से लड़कियाँ मंगवानी पड़ेंगी।' रम्मी मियाँ ने हाथ मलकर कहा।

कुछ दिन बाद रम्मी मियाँ और हसीना बहुत ख़ुश-ख़ुश मेरे दफ़्तर के कमरे में आये; कहा, 'हमारी मुहिम नाकाम नहीं थी, पाकिस्तानी लड़कियों की दरख़्वास्तें आनी शुरू हो गई हैं। इंटरव्यू होने वाले हैं और अब यह तय किया जायेगा कि पी.आई.ए. की एयर होस्टेस की यूनिफ़ार्म क्या हो।'

लंदन जाने वाली उस फ़्लाइट की तारीख़ क़रीब आ रही थी, जिसका उद्‌घाटन होना था। मैंने दिन रात एक करके उसके लिए काम किया। सुबह पाँच बजे एयरपोर्ट पर जाकर, नये सुपर कांस्टलेशन की तस्वीरें खिंचवाईं। एक दिन नसीमा मुमानी और नादिरा को (जो कोब हेम इंग्लिस्तान के कॉन्वेंट स्कूल से छुट्टियों में आई हुई थीं) मॉडल मुसाफ़िर बनाकर, जहाज़ के अन्दर बिठाया कि नई एयर होस्टेस लड़की उनको लंच सर्व कर रही हैं। एक सुबह मुँह अँधेरे आज़दरी को हवाई जहाज़ पर सवार होते दिखाया। आधी रात और सुबह चार बजे घुप अँधेरे में वाक्स वैगन पर, जिसका ड्राइवर जेट की रफ़तार से कार चलाता था, मारीपुर से पच्चीस मील दूर ड्रग रोड। रात और सुबह की पहली फ़्लाइटों के प्रबन्ध सम्बंधी दृश्यों की तस्वीरें खिंचवाईं और सुबह को दफ़्तर पहुँचकर पब्लिसिटी के पम्फ़्लेट लिखे।

के.एल.एम. वाले केटरिंग और एयर होस्टेसों के स्कूल चला रहे थे। उन ग़ैर दिलचस्प डच लोगों से निपटी। ग़रज़ यह कि साहब बेहद काम

किया। चीफ़ इनफ़ॉर्मेशन ऑफ़िसर दिल्ली के बाशिंदे और एक माक़ूल शरीफ़ कम बोलने वाले इंसान थे लेकिन शुरुआती फ़्लाइट से कुछ दिन पहले, एक साहब को भी मेरे अलावा इनफ़ॉर्मेशन ऑफ़िसर नियुक्त किया गया। यह साहब हुकूमत के एक बड़े उच्चाधिकारी के क़रीबी रिश्तेदार थे। एक दिन रम्मी मियाँ ने मुझे बताया कि 'आपके बजाय उन साहब को इफ़तिताही (आरम्भिक) फ़्लाइट के लिए लंदन भेजा जा रहा है।'

मैंने कहा, 'रम्मी मियाँ, मुझे तीन चार दिन के लिए लंदन जाने की क़तई ख़्वाहिश नहीं है मग़र इस बेइंसाफ़ी और ज़्यादती के ख़िलाफ़ कि सारी मेहनत और दौड़ भाग लड़कियों के एयर होस्टेस और इस फ़्लाइट की पब्लिसिटी के सम्बन्ध में मैंने की और जा यह साहब रहे हैं; सिर्फ़ नेपेटिज़्म के कारण उसूली-तौर पर रोष व्यक्त करने के लिए, फ़ौरन मेरा इस्तीफ़ा बड़ी हसरत और नाउम्मीदी के साथ। बात दरअस्ल यह है, रम्मी मियाँ कि It's still a man's world इसका तजरुबा मुझे लंदन हाईकमीशन की मुलाज़िमत के सिलसिले में भी हो चुका है।'

रम्मी मियाँ बोले, 'आपके एहतजाजी इस्तीफ़े से दुनिया की ज़हनियत तो रातों-रात बदल नहीं जायगी।'

मैंने फ़ौरन क़ुदरतुल्लाह शहाब को फ़ोन किया, 'आप एक अदद STINKER की रचना कर सकते हैं। यानी सख़्त क़िस्म का त्याग पत्र। ठीक एक बजे जिमख़ाना क्लब तशरीफ़ ले आइए और मुझे इस तरह का एक ख़त डिक्टेट कर दीजिए।'

शहाब साहब ने ऐसा ही किया। शाम को वह ख़त मैंने, पी.आई.ए. के कैनेडियन जनरल मैनेजर को भिजवा दिया और घर आ गयी।

नूरअफ़्शाँ ने फ़िक्रमंद होकर कहा, 'तुम्हारी शोहरत हो जाएगी कि किसी जगह टिक कर काम नहीं करतीं। डी.ए.एफ.पी. की अच्छी नौकरी से इस्तीफ़ा देने के बाद, अब पी.आई.ए. से इस्तीफ़ा देकर आ गयीं।'

मैंने कहा, 'क्या मैं हक़ बजानिब (न्याय संगत) नहीं हूँ?'

स्लोया मान्चेस्टर से आ चुकी थीं। एक दिन उनका फ़ोन सी फ़ील्ड रोड से आया। एक ज़रा ज़रूरी बात बताने हम फ़ौरन मारीपुर आ रहे हैं।'

सल्लो बेगम का यह था कि अगर सूरज डेढ़ बल्लम पर आ जाता और उनसे कहा जाता, 'सल्लो क़यामत आ गयी' तो आप निहायत दिल जमई से जवाब देतीं, 'अच्छा, आ गई? ठहरो, चलते हैं ज़रा एक पान बना लें।'

आप टेक्सटाइल टेक्नॉलोजी में डिग्री लेकर, मान्चेस्टर से वापस लौटीं। मैंने सख़्त एक्साइटमेंट से कहा, 'कमाल है सल्लो, यह तो बहुत मुश्किल इल्म होगा; बोलीं, 'हाँ, ख़ासा मुश्किल था, बस सीख गये।'

स्पेन तशरीफ़ ले गई थीं। किसी ने पूछा, 'वहाँ बुल फ़ाइट देखी?' कहने लगीं, 'हाँ देखी, इस क़दर की धूल, धूप, गर्मी, चीथड़े लगाये बुलफ़ाइटर एक भैंसे से लड़ते-लड़ते हलकान हुआ जा रहा था; ख़्वाह मख़्वाह।'

अब शाम को मारीपुर पहुँचकर सुकून से फ़रमाया, 'मम्मी हमरा ब्याह तय कर दीहिन हैं। सल्लो और उनके तीनों भाई हमेशा अपनी ननिहाली अवधी भाषा में गुफ़्तगू करते थे।

नूरअफ़शाँ ने कहा, 'सुना है सल्लो, तुम्हारे मंगेतर बहुत ख़ूबसूरत हैं। सब्ज़ आँखें।'

'हाँ, हमने भी देखा था, जब मम्मी और अब्बी से मिलने आये थे। कुछ हरी सी आँखें हैं।'

सल्लो का जवाब नहीं था, दरअस्ल वह भी अपने तेज़ सेंस ऑफ़ ह्यूमर की वजह से, दुनिया को उसके सही परिदृश्य में देखने की आदी थी।

डॉक्टर शब्बर हसन, ख़्वाजा ग़ुलाम अस्सैयदैन के कज़न थे (उनके भाई मुबश्शिर हसन आइन्दा बरसों में सियासी लीडर और भुट्टो की मंत्री परिषद के वज़ीर बनने वाले थे) लाहौर से बारात आई; सी फ़ील्ड रोड पर बहुत धूम-धाम से शादी हुई। लड्डन मामू बीमार रहने लगे थे। जब सल्लो रुख़सत हो रही थीं, कार के पास जाकर, उनके सिर पर हाथ रखा और आँसू रोके रहे।

कुछ दिन बाद लड्डन मम्मा का मरज़ तेज़ हो गया और वह अल्लाह को प्यारे हो गये। छोटे भाई अल्लन मामू सिंध से और सल्लो लाहौर से रोती-धोती कराची पहुँचीं। लड्डन मामू ने कुछ समय पहले नाज़िमाबाद में कोठी बनवाना शुरू की थी। ख़ुद सी फ़ील्ड रोड पर रहते थे।

नाज़िमाबाद में नामुकम्मल मकान के बरामदे में लाकर, उनका काला ताबूत रखा गया। ज़हरा मुमानी दीवार से टेक लगाये चुपचाप बैठी थीं। मुरादाबादी रिश्तेदारों का हुजूम इकट्ठा था। अम्मा सफ़ेद साड़ी पहने एक तरफ़ बैठी थीं। 1924 ई. में लड्डन मामू, अम्मा को अपने ब्याह में ले जाने के लिए सोलन पहुँच गये और सोलन से मुरादाबाद के रास्ते में अम्मा ने लपाझप सेहरा लिखा था-

दूल्हा बना ग़ज़नफ़र चमके फ़लक पे अख़्तर
झुक-झुक के चूमता है क्या माहताब सेहरा

मोहल्ला सादात लाँकड़ी के होनहार नौजवान, रजिस्ट्रार हाउस अलीगढ़ के खिलंदड़े विद्यार्थी, इण्डियन पुलिस के उच्चाधिकारी, तेहरान के डिप्लोमैट, मान्चेस्टर के कारोबारी और आख़िर में सिर्फ़ एक सियाह ताबूत।

लड्डन मामू की ज़िन्दगी में मियाँ सहीब का रिश्ता, पी.आई.ए. की हसीना फारूक़ से तय हो चुका था, कुछ समय बाद शादी हुई, जो कराची की एक 'मैजर सोसायटी वेडिंग' थी।

हसीना बेगम रुख़सत होकर सी फ़ील्ड रोड आ गईं क्योंकि जीवन चक्र इसी तरह चलता रहता है। नाज़िमाबाद वाली कोठी किराये पर उठ गयी; उसमें सर सैयद गर्ल्स कॉलेज क़ायम हो गया।

अफ़ज़ल ख़ालू मरहूम, लड्डन मामू मरहूम, हसनैन मामू, अल्लन मम्मा, सरवत और मनज़ूर और छब्बो ख़ालाएँ और उन सबकी रिंग लीडर अम्मा। ये कज़न लोग अपने ज़माने के Bright young people थे; अल्लन मामू कहते, 'अरे तुमने नज़्रबाजी को उनके इनहितात (पतन) के वक़्त देखा है? जवानी में ऐसी ज़बरदस्त शख़्सियत थीं कि ख़ानदान में सारह बर्न हार्ट कहलाती थीं।

सब उनसे थर-थर काँपते थे।' हम ब्राइट यंग पीपुल्स को सारह बर्न हार्ट की अहमियत भी मालूम न थी।

हर दौर की सभ्यता के किरदार, दूसरे दौर के लिए निरर्थक हो जाते हैं और अल्लन मम्मा कहते, 'बाजी के नॉविल आह-ए-मज़लूमाँ की, उनकी इजाज़त के बग़ैर, नाम बदलकर बम्बई में एक मूक फ़िल्म भी बन गई थी।

फिर अचानक उनको कुछ याद आता और कहते, 'तुमने रुडोल्फ़ वेलेन्टेन्यो का शैख़ नहीं देखी; क्या पिक्चर थी।' (रुडोल्फ़ वेलेन्टेनयो भी हमारे लिए निरर्थक था) और यह अम्मा लोग (सरवत, मनज़ूर, छब्बो ख़ालाऐं, अकबरी नानी) Roaring twenties के फ़ैशन बरत चुकी थीं और अम्मा 32 ई. में सितार बजाती थीं और कार चलाती थीं और ज़हरा मुमानी शे'र का शिकार करती थीं और लड्डन मामू बेखौफ़ी से जाकर, नामी डाकुओं को पकड़ते थे और घर वापस आकर, अल्लन मामू के साथ ग़ज़लें गाते थे और सोज़ पढ़ते थे और फिर क्लब जाकर झिलमिली वाली बन्द गाड़ियों, सेलून कारों, शिकारगाहों और डायना ऑफ़ द अपलैंड और 'मास्टर लैमटिन की रोग़नी नक़लों से सजे दीवान की Elegent दुनिया से निकल आये थे और वर्तमान संसार में शामिल थे।

उनमें कुछ, सरवत, मनज़ूर, अफ़ज़ल अली जवान मरे थे। अब लड्डन मामू छप्पन साल की उम्र में रवाना हो गये। एकाएक अहसास हुआ कि इन लोगों के लिए कूच का नक़्क़ारा बजना शुरू हो चुका है और यह बड़ी दहशतनाक बात थी।

कंवल बन

सैयद हाशिम रज़ा सूचना व प्रसारण मंत्रालय के सेक्रेटरी थे। उन्होंने फ़रमाया, 'हम फ़िल्म विभाग का विस्तार कर रहे हैं। आप डी.ए.एफ.पी. में वापस आ जाइए।' लेखक 'गुरेज़' व 'ऐसी बुलन्दी ऐसी पस्ती' ने (जो अब डी.ए.एफ़. पी. के डायरेक्टर थे) कहा कि कुछ समय आप अमेरिकन एडवाइज़र्स से फ़िल्म बनाने और स्क्रिप्ट राइटिंग ट्रेनिंग ले लीजिए।

इस एडवाइज़र का बहुत लम्बा चौड़ा कारख़ाना, बेशुमार स्टाफ़, मोटरें स्टेशन वैगन वग़ैरह क़मर हाउस में फैला हुआ था और काम वहाँ कुछ ख़ास होता नहीं था। मैंने बहुत रौब में आकर वहाँ जाना शुरू किया कि न जाने यह अमेरिकन एक्सपर्ट फ़िल्मसाज़ी के क्या-क्या गुण सिखायेगा लेकिन हस्बेमामूल कुछ दिन बाद पता लगा कि महज़ प्रैक्टिकल तजुर्बा अस्ल चीज़ है।

मैंने अज़ीज़ अहमद साहब से कहा, 'वह सब ठीक है, आप पहले कौन सी डॉक्युमेंट्री बनवा रहे हैं।'

'पाकिस्तान लोक नृत्यों पर एक रंगीन फ़िल्म बनानी चाहिए, पहले आप ढाका जाकर कुछ बैकग्राउन्ड मेटेरियल जमा कर लाइए।'

ढाका पहुँचकर मैंने आपा हुस्ना से कहा, 'पिछली बार पी.आई.ए. के लिए एयर होस्टेस लड़कियाँ तलाश कीं, अब फ़ोक डान्सर ढूँढिए।'

आपा हुस्ना ने फ़ौरन कई लोगों को फ़ोन किए। उनके यहाँ तरह-तरह के कलाकार आने लगे; ज़ुल्फ़ें छटकाए, दाढ़ियाँ बढ़ाए, धोती पोश, तहबन्द पोश।

मशहूर लोकगीत एक्सपर्ट मौलवी मनसूरुद्दीन अहमद ने तशरीफ़ लाकर फ़रमाया, 'इधर लोकगीत बहुत है, आपको लोकनृत्य नहीं मिलेगा।'

एक महाकवि आकर बोले, 'इधर लोकनृत्य की क्या कमी, गाँव-गाँव किसान लोग नाचता गाता मिल जाएगा।'

तीसरे गुणीजन ने इरशाद किया, 'इस्लामी मुल्क है, रक़्स का सवाल ही पैदा नहीं होता।' चौथे बुज़ुर्गवार ने इत्तिला दी, 'डान्सर सब हिन्दू लोग था, सब इण्डिया चला गया।'

एक बार मैं फिर इस नतीजे पर पहुँची कि हमारे उपमहाद्वीप के 'एक्सपर्ट लोग' आमतौर से अस्पष्ट बात करते हैं और हमारे बेहद तालीमयाफ़्ता गुणी लोगों की इन अस्पष्ट और प्रतिकूल बातों पर पश्चिम वाले झुँझला जाते हैं और आश्चर्यचकित रह जाते हैं।

मैंने ख़ुद रिसर्च शुरू की, यूनिवर्सिटी लायब्रेरी से किताबें निकलवाईं; प्रेस क्लब जाकर बंगाली पत्रकारों से मिली।

जोशीले बंगाली बुद्धिजीवी नज़ीर अहमद जिन्हें बी.बी.सी. के ज़माने से जानती थी, वह वहाँ पाकिस्तान सर्विस में बंगला ख़बरें पढ़ा करते थे, बड़ी जानकारी और जज़्बे से कहा, 'आपको अब तक यहाँ सबने गुमराह किया है। यहाँ पहाड़ी इलाक़ों में लोकनृत्य की इतनी बहुतायत है कि आप तय नहीं कर पायेंगी कि शूटिंग कहाँ से शुरू करें।'

लुक़मान भाई ने अब्बास साहब को चटागाँग ट्रंककॉल किया; मैं हवाई जहाज़ से चटागाँग पहुँची, वहाँ से अब्बास साहब की जीप में रंगा माटी, जो चटागाँग हिल ट्रेक्टस का मुख्य स्थान था। यह इलाक़ा नज़ीर अहमद के कथनानुसार रक़्सो-नग़मा (नृत्य व गीतों) की जन्नत था। लेकिन मुझे आदिवासी औरतें रोमांटिक पहाड़ी नाच नाचने की बजाय करघों पर बैठी मिलीं या खेतों में मेहनत करती। और उनके आलसी मर्द पड़ोसी देश बर्मा के मर्दों की तरह इत्मीनान से घरों में बैठे चुरुट पी रहे थे और चारों तरफ़ सुअरों के रेवड़।

हिल ट्रेक्टस के बूढ़े हर दिल अज़ीज़ डिप्टी कमिश्नर मिस्टर नेब्लेट उन मिस्टर आर.एच. नेब्लेट के छोटे भाई थे, जो 1908 ई. के देहरादून और उसके बाद ग़ाज़ीपुर में अब्बाजान के सहकर्मी रह चुके थे। पुराने उर्दू फ़ारसीदाँ अंग्रेज़ और पूर्वी यूरोप के अंग्रेज़ प्लान्टर्स की औलाद थे। उन्होंने बताया कि उनके बड़े भाई आर.एच. नेबलेट इलाहाबाद में रहते हैं और अन्धे हो चुके हैं।

छोटे मिस्टर नेब्लेट ने ब्रिटिश प्रबन्धन सौंदर्य के साथ कुछ ही घण्टों में एक क़बायली गिरोह को बुलवा भेजा, जो सर्किट हाउस के लान पर एक पंक्ति में खड़े होकर सारे उपमहाद्वीप के आदिवासियों की मानिन्द आहिस्ता-आहिस्ता कूदने में मशग़ूल हो गये।

मैं और मिस्टर नेब्लेट बरामदे में बैठे थे, मैंने उनसे कहा, 'अब इनसे कहिए, नाचें।'

नाच तो रहे हैं, मिस्टर नेब्लेट ने जवाब दिया।

मैं ढाका वापस गयी और आपा हुस्ना से कहा, नज़ीर अहमद के बच्चे को बुलाइए ताकि उससे पूछूँ, मुझे इस जंगली बतख़ का पीछा करने क्यों भेजा, ये लोग इस क़दर हवाई बातें क्यों करते हैं?

पूर्वी पाकिस्तान के सूचना विभाग के एक निहायत नफ़ीस इंसान और उम्दा शाइर अहसन अहमद 'अश्क' कलकत्ता के उर्दू स्पीकिंग बंगाली थे, वह कहने लगे, 'आपको इस सिलसिले में इस क़दर परेशान होने की ज़रूरत ही नहीं, आप हर काम लगन और मेहनत से करना चाहती हैं और यहाँ बंगाल में आम रवैया बेफ़िक्री और बेपरवाई का है। आप कैमरामैन लेकर आ जाइए, इधर-उधर घूमिए, फ़िल्म अपने आप बन जाएगी। इस क़दर ज़्यादा रिसर्च करने की ज़रूरत नहीं।'

मैं ख़ासी कन्फ़्यूज़्ड कराची वापस पहुँची।

'मेरा ख़याल है, अल्लाह मियाँ ऐसी धर्मविरोधी फ़िल्म बनवाने के हक़ में नहीं, मैंने अज़ीज़ अहमद साहब से कहा। 'लेकिन चटागाँग हिल ट्रेक्टस इलाक़ा स्वर्ग जैसा है, पहले क्यों न सिर्फ़ इसके बारे में एक रंगीन डॉक्युमेंट्री फ़िल्म बनाई जाए?'

'बना लाइए' अज़ीज़ अहमद साहब ने जवाब दिया।

अपने दफ़्तर के कमरे में वापस आकर मैंने, रम्मी, किशवर और आसिफ़ को फ़ोन किये, 'चलते हो तो ढाका चलिए।'

फूल खिले हैं, पात हरे हैं और बादो बाराँ बिल्कुल नहीं। झीलों में लाल कुमुद, सर्दियों के मौसम की धूप में सारा पूर्वी बंगाल एक विशाल 'कंवलबन', जो फूलबन की तरह हिन्दी भाषा का एक और सुन्दर शब्द है।

लुक़मान भाई, सईद भाई की मानिंद एक इन्तिहाई ख़ुश सलीक़ा और प्रबन्ध कुशल इंसान थे। बंगाल में मेरे जगह-जगह के सफ़र के लिए सामान जीप गाड़ियों पर लादकर पहले एयरपोर्ट भेज दिया जाता था। विभिन्न शहरों को ट्रंककॉल हो जाते। बंगलों और स्टीमरों और रेलवे की बुकिंग हफ़्तों पहले से कर दी जाती थी। ये सारे दायित्व केंद्रीय व राज्य की सरकारों के सूचना विभाग के थे मगर लुक़मान भाई मारे मोहब्बत के सारे काम ख़ुद अपने स्टाफ़ के ज़रीए मिनटों में करवा देते थे।

जब रम्मी, किशवर, आसिम और मैं कैमेरे संभाले विलायती पर्यटकों की तरह तेजगाँव एयरपोर्ट पर उतरे, चटागाँग हिल ट्रेक्टस के दुश्वारगुज़ार (दुर्गम) सफ़र पर जाने के लिए लुक़मान भाई सारे इन्तिज़ामात पहले से मुकम्मल करवा चुके थे।

जिस वक़्त हम लोग एयरपोर्ट से स्टेट बैंक पहुँचे, ऊपर बरामदे में एक तपेदिक़ ग्रस्त दुःखी बंगालन कुछ काग़ज़ात हाथ में लिये लुक़मान भाई के इन्तिज़ार में बैठी थी। वह पूर्वी पाकिस्तान के जवाँमार्ग रक़्क़ास बुलबुल चौधरी की विधवा अफ़रोज़ा थी। आपा हुस्ना ढाका में तरह-तरह की लंगड़ी बत्तख़ों की सरपरस्ती उस वक़्त किया करती थीं। मैं अफ़रोज़ा और बुलबुल के प्रोग्राम लंदन में देख चुकी थी। उस वक़्त वह लोग पाकिस्तान में रक़्स की तहरीक (नृत्य-आन्दोलन) के पायनियर्स थे और उनकी हिम्मत क़ाबिले तारीफ़ थी। बुलबुल ने कुछ नृत्यों को 'इस्लामी' बनाने के लिए लड़कियों को साड़ी के बजाय ग़रारे पहना दिये थे। अफ़रोज़ा समेत ट्रूप के बेशतर लड़के-लड़कियाँ हिन्दू थे।

अब अफ़रोज़ा मुझसे कहने लगी, 'हम लुक़मान हैदर साहब से कलकत्ता के लिए फ़ॉरेन एक्सचेंज की इजाज़त लेने आया है। उधर से नया कस्टयूम्ज़ बनवाने के लिए इस हफ़्ते हालैण्ड से एक एम्परेसारिव प्रोग्राम देखने आ रहा है।

वह पसंद कर लिया तो हमारे दूसरे यूरोपियन टूअर का बन्दोबस्त होने लगेगा। पिछली बार तो हम लोग गवर्नमेंट की तरफ़ से भेजा गया था।

पति की बेवक़्त मौत के बाद वह बड़ी हिम्मत से अपना ट्रूप चलाने की कोशिश में लगी हुई थीं, उसने छंगलिया (कनिका) की नोक से अपने आँसू पोंछे। हमने डायलॉग के साथ टैगोर का डांस ड्रामा 'चित्रांगद' अभी तैयार किया था।

'मगर यूरोप में तुम्हारा बंगाली डांस ड्रामा कौन समझेगा?' विषय चुनना उसके लिए बहरहाल बहुत मुश्किल समस्या थी। क्लासिकल नृत्य सिवाय कथक के सब 'हिन्दुआनी' महज़ बंगाली फ़ोक डांस पाकिस्तानी क़रार दिये जा सकते थे और वह ज़्यादातर बनावटी थे, जिन्हें शांति निकेतन में तख़्लीक़ (रचित) किया गया था या उदय शंकर ने जारी किया था।

एक नई सभ्यता की अनुपमता का नियोजन नये मुल्क की बड़ी समस्या थी और यह समस्या मुझे पूर्वी पाकिस्तान में और ज़्यादा उलझी हुई मालूम होती थी। वह लोग बंगाली कल्चरल नेशनलिज़्म की बे साख़्ता कशिश और पाकिस्तानी राष्ट्रीय अखण्डता और इस्लाम की इतनी ही ज़बरदस्त कशिश के दरमियान लटके हुए थे लेकिन उस वक़्त ज़्यादातर लोगों को इस हक़ीक़त का स्पष्ट आभास नहीं था।

एक शाम हम लोगों को इंजीनियर्स इंस्टीट्यूट आमंत्रित किया गया, जहाँ वह डच एम्प्रेसारिव को अपना 'बेले' दिखा रही थी। उस बोसीदा इमारत के हाल में थोड़े से लोग मौजूद थे। सामने कुर्सी पर वलंदेज़ी मेहमान बैठा था, ज़रा ताज्जुब से चारों तरफ़ देख रहा था; बाहर घुप अँधेरी रात में दूर से शहर की रौशनियाँ मद्धम-मद्धम नज़र आ रही थीं। प्रोग्राम बहुत कमज़ोर था। स्टेज पर 'मछुआरों के लिबास में दुबले पतले लड़के और लड़कियाँ स्टेज पर धप-धप कूदने-फांदने में मसरूफ़ थे।

किशवर ने चुपके से कहा, 'ख़ाला आपका काम तो बन गया, इन सबको लेकर फ़िल्म बना लीजिए।'

'ये बनावटी कम्पोज़्ड नृत्य हैं। मैं असली मछुआरे और किसान रक़्क़ास तलाश कर निकालूँगी, फ़िक्र न करो', मैंने जवाब दिया।

डच एम्प्रेसारिव ठोड़ी पर हाथ रखे सारा प्रोग्राम देख रहा था। उसने शायद कॉन्ट्रेक्ट नहीं किया, वहाँ से उठकर अपने मालदार ख़ुशोखुर्रम, जगमगाते यूरोप वापस चला गया।

कुछ दिन बाद हम लोग हिलट्रेक्स के लिए रवाना हो गये। रास्ते में कई बार जीप, कश्तियों पर रख कर दरिया पार किये। चटागाँग के एक सरसब्ज़ (हरे-भरे) टीले पर बन्नन बाजी, अब्बास साहब की दो मंज़िला कोठी हमेशा की तरह फूलों से घिरी हुई थी। अब्बास साहब कलक्टर ऑफ़ कस्टम्स के ग़ैर शाइराना दायित्व निपटाने के बाद, अपनी किताब सफ़ीना-ए-ग़ज़ल की तसनीफ़ (रचना) और तालीफ़ (नए सिरे से क्रमबद्ध करने) में मशग़ूल हो जाते या चुट कुले सुनाते।

मिस्टर नेबलेट दूरदराज़ के घने ख़तरनाक जंगलों में दौरे पर गये हुए थे। उनको हरकारे के ज़रीये इत्तिला भिजवा दी गई थी, जो ईस्ट इण्डिया कम्पनी के ज़माने की तरह डंडे के सिरे पर घण्टी बाँधे दुश्वार गुज़ार वनों और घाटियों में से पैदल दौड़ता हुआ जाता था। जिस वक़्त हम लोग रंगामाटी पहुँचे, ब्रिटिश एफ़िशिएंसी के अनुसार बूढ़े मिस्टर नेबलेट मंज़िलें तय करते अपने ठिकाने पर वापस आकर, हमारे स्वागत के लिए सर्किट हाउस की सीढ़ी पर खड़े मुस्कुरा रहे थे।

'मिस्टर यंग स्टोन आई प्रीज़्यूम।' मैंने उनसे कहा।

दूसरी सुबह कैमरामैन मिस्टर मर्चेंट (जो गुजराती मेमन थे और पाकिस्तान आने से पहले बम्बई में मधुबाला वग़ैरह की फ़िल्मों की फ़ोटोग्राफी कर चुके थे) अपने साज़ो-सामान और असिस्टेंट् के साथ कराची से आ पहुँचे।

सर्किट हाउस के नीचे किरना बहता था और बेहद मनोरम दृश्य था। हम लोगों को पिछले बरामदे में जाकर बैठे कुछ मिनट गुज़रे थे कि एक ग़रीब बंगाली बच्चा नज़र आया, जो कुछ फ़ासले पर एक दरख़्त के नीचे बैठा नारंगी

फूलों के गजरे बग़ैर डोरे के गूँथ रहा था। कुछ देर बाद उसने वह गजरे लाकर मुझे और किशवर को पेश किये।

'ये बंगाली बड़े आर्टिस्टिक लोग हैं। वाक़ई इस बच्चे ने धागा इस्तेमाल किये बग़ैर कितने हलके और सुन्दर गजरे तैयार किये हैं।' कमाल है! आसिम ने हैरत से कहा।

मैंने बख़्शिश देने के लिए पर्स खोला, वह बच्चा ग़ायब हो चुका था।

दूसरे दिन मैं जीप में बैठकर स्थानीय बंगाली डिप्टी कलेक्टर के साथ लोकेशन तलाश करने पहाड़ियों की तरफ़ जा रही थी। एक घने पहाड़ी जंगल में से गुज़रते हुए मैंने उस बच्चे का ज़िक्र किया, वह साहब बोले, 'आप लोग वेस्ट पाकिस्तान से हमें यहाँ बख़्शिशें देने आते हैं; यही सरपरस्ताना रवैया ग़लत है।'

सारे रास्ते उन्होंने बड़ी एन्टी वेस्ट पाकिस्तान बातें कीं। 'आप पश्चिमी पाकिस्तान से आने वाले लोग हमें अपनी कॉलोनी समझते हैं' उन्होंने नाराज़गी से कहा। बग़ावत का मंज़रनामा रफ़्ता-रफ़्ता तैयार हो रहा था।

सर्किट हाउस के पिछले बरामदे से बर्मा की नीली पहाड़ियाँ नज़र आती थीं। बर्मा में किशवर के एक दधियाली रिश्तेदार रहते थे, जिनका नाम ख़ुरशीद था। वह किशवर के फूफा इलाहाबाद वाले डॉक्टर रऊफ़ के, जो उन दिनों कनाडा में इण्डियन हाई कमिश्नर थे, शायद छोटे भाई थे। वह मुद्दतों से बर्मा के नागरिक थे और बर्मा की मंत्री परिषद में मंत्री।! ऊरशीद कहलाते थे, ऊथाँट, ऊवन ऊरशीद, कमाल है!

एक सुबह नाश्ते की मेज़ पर रम्मी ने अचानक मुझसे कहा, लाइए अपना पासपोर्ट और वीज़ा सब इकट्ठे रख लें।

'पासपोर्ट वीज़ा?' मैंने आश्चर्य से दोहराया

'अरे आप लाई नहीं साथ? कराची में आपसे कहा था कि बर्मा का वीज़ा बनवा कर लेती चलिए। यहाँ से ऊरशीद के यहाँ जायेंगे।'

'हाथी लोग आ गया है' मेरे चपरासी ने जो कराची से आया था, दरवाज़े में आकर इत्तिला दी।

मैं एक ठंडी आह भर कर कुर्सी से उठी।

'तुम लोग हो आओ, मैं इतने हाथी लोग की शूटिंग कराऊँ।'

'कहा बर्मा चला जाऊँ?' आसिम ने पूछा

'कहा बर्मा चले जाओ।' मैंने अफ़सुर्दगी से जवाब दिया।

'ख़ाला काश! आप पासपोर्ट साथ ले आतीं। किशवर ने एक और गहरी आह खींची।

"Beg to report, Sir, I am an idiot"

मैंने गुड सोल्जर श्वेक की तरह दोहराया।

शाम को आसिम ने पी.आई.ए. का फ़्लाइट प्रोग्राम देखते हुए, गुड सोल्जर श्वेक की मानिंद मुस्तैदी से कहा, '26 तारीख़ को तीन बजे दोपहर चटागाँग के हवाई अड्डे पर आपसे मिलेंगे।'

दूसरे दिन सुबह वह लोग रंगून जाने के लिए चटागाँग रवाना हुए। जब उनकी जीप सर्किट हाउस के फाटक से निकलती, मैंने मर्चेंट से कहा, 'कैमरा चला दो' यह भी फ़िल्म में डाल देंगे। यानी टूरिस्ट लोग रंगामाटी से वापस जा रहे हैं।'

26 मई की तारीख़ तय समय पर पी.आई.ए. का हवाई जहाज़ रंगून से आकर चटागाँग एयरपोर्ट पर उतरा। उसमें सिर्फ़ दो बर्मी महिलाएँ बरामद हुईं और कुछ बंगाली। रम्मी, किशवर, आसिम नहीं थे।

कॉक्स बाज़ार के चार पाँच उदास सूरत भिक्षु चुन्धे-चुन्धे, इधर-उधर ताकते हवाई जहाज़ की तरफ़ जाने को तैयार हुए। मैंने फिर रम्मी, किशवर आसिम की तलाश में नज़रें दौड़ाईं। निगाह अख़बार की सुर्ख़ी पर पड़ी, जो क़रीब खड़ा एक बंगाली मुसाफ़िर पढ़ रहा था, 'बर्मा में क्रेन बग़ावत'

मुझे अपनी तरफ़ ध्यान देते देखकर उसने जोश में आकर सूचित किया, 'मैडम! बर्मा में रिवोल्यूशन चल रहा है।'

बर्मा उन मुल्कों में था जहाँ रिवोल्यूशन मुस्तक़िल चलता रहता था। मैं रम्मी, किशवर, आसिम के मुताल्लिक़ बेहद फ़िक्रमंद दूसरे हवाई जहाज़ से ढाका वापस पहुँची।

आपा हुस्ना और लुक़मान भाई ने मुझे अकेली वापस आती देखकर परेशानी से पूछा, 'वह तीनों कहाँ रह गये?'

रम्मी किशवर का छोटा बच्चा भी साथ गया था। एयरपोर्ट स्टेट बैंक पहुँचते ही लुक़मान भाई ने रंगून में नियुक्त पाकिस्तानी राजदूत को ट्रंककॉल की। मालूम हुआ, वह लोग लापता हैं, हम लोगों का परेशानी के मारे बुरा हाल। बर्मा के मनिस्टर ऊरशीद के पाकिस्तानी रिश्तेदार बाग़ियों के लिए आइडियल होस्टेज (Hostage) सिद्ध हो सकते थे। उनका लीडर बर्मी प्राइम मिनिस्टर को पैग़ाम भेजेगा कि इतने लाख रुपये दो या हमारी फ़ुलाँ-फ़ुलाँ शर्तें पूरी करो वर्ना...

लुक़मान भाई रंगून के राजदूतावास और ऊ रशीद को मुस्तक़िल ट्रंककॉल करने में मसरूफ़ रहे। एक रोज़ तीसरे पहर कुछ उर्दू शाइर आ गये। परेशानी भुलाने के लिए बरामदे में बैठकर उनका ताज़ा कलाम सुना जा रहा था कि बाछें निकाले वे तीनों ज़ीने पर नमूदार प्रकट हुए; किशवर की गोद में उसका बच्चा और उसके साज़ो-सामान की टोकरी। रम्मी, आसिम के हाथों में कैमरे और फ़्लास्क।

रम्मी ने इत्मीनान से कहा, 'वह दरअस्ल हुआ यह कि हम लोग एक पैगोडा देखने जा रहे थे। ड्राईवर जंगल में रास्ता भूलकर बाग़ी इलाक़े में जा पहुँचा, खैरियत हुई बाल-बाल बचे, एक झाड़ी में से क्रेन बाग़ी लीडर निकला बन्दूक़ ताने, हमारी लैण्ड रोवर रुकवाकर पूछताछ शुरू ड्राईवर बर्मी था, उससे बातचीत की। फिर हमारी तरफ़ तवज्जोह की, लड़का सा था, अंग्रेज़ी जानता था।'

'बस तुमने अपनी लच्छेदार बातें उससे शुरू कर दी होंगी' मैंने रम्मी से कहा।

बेहद दोस्ती हो गयी, अपने गाँव ले गया, दो दिन मेहमान रखा।'

'ग़रज़ यह कि ख़ूब एडवंचर रहे' आसिम बोले।

'असली ते वड्डे एडवंचर।' मैंने रश्क से कहा, 'काश! मैं अपना पासपोर्ट लाना न भूली होती।'

'इंसान को अपना पासपोर्ट हमेशा साथ रखना चाहिए। क्या पता किस वक़्त किस मुल्क के रिवोल्यूशन या काउन्टर रिवोल्यूशन में पहुँचने का इत्तिफ़ाक़ हो जाए।' आपा हुस्ना बोलीं।

'पासपोर्ट की तरह मैंने रिवोल्यूशन पर चन्द नज़्में लिख रखी हैं। न जाने किस वक़्त काम आ जाएँ।' एक नौउम्र शाइर ने मज़ाक़ में कहा।

'हमारी ताज़ा नज़्म मुलाहिज़ा कीजिए।' एक भोले से बिहारी शाइर ने मुझसे कहा, 'कल यूनिवर्सिटी के उर्दू विभाग में आपके लिए जो टी पार्टी दी जाने वाली है, उसमें यह नज़्म पेश करूँगा।' उन्होंने निहायत जोशो-ख़रोश से पढ़ना शुरू किया, नज़्म का हर चौथा मिस्रा (पंक्ति) ...ई पाकिस्तान हमारा' पर ख़त्म होता था।

'उर्दू में भोजपुरी का क्या इस्तेमाल आपने फ़रमाया है।' आसिम ने संजीदगी से दाद दी।

शाइर ने व्याख्या की, 'ई पाकिस्तान यानी ईस्ट पाकिस्तान।'

न जाने वह बेचारे बिहारी शाइर अभी ज़िन्दा हैं या 1971 ई. में मारे गये।

उस रात आसिम, रम्मी, किशवर हाथी बेचकर सोए, सारे में गहरा सन्नाटा छाया हुआ था, मगर कोई एक बजे के क़रीब मेरी आँख खुल गई। लुक़मान भाई के ख़ूबसूरत गैस्ट हाउस में से जो नीचे पाम के झुरमुट में पोशीदा था। 'वाह, वाह सुबहान अल्लाह! क्या नुदरते-ख़याल (विचार का अनूठा पन) है!' की आवाज़ें बुलन्द हो रही थीं; फिर ग़ज़ल-ख़्वानी शुरू हुई, निहायत ख़ूबसूरत लय में।

डच गवर्नर का भूत न सिर्फ़ ग़ज़ल कहने लगा है बल्कि उन्हें तरन्नुम से पढ़ता है, मैंने सोचा।

आपा हुस्ना भी जाग उठीं।

मैंने कहा, 'यह रम्मी, आसिम तो हो नहीं सकते, दोनों उस्ताद तरन्नुम बाज़ थे। यह उनका स्टाइल नहीं है; इसके अलावा आज ही बर्मा से थके मान्दे आए हैं। आधी रात को नीचे गैस्ट हाउस में जाकर ग़ज़लख़्वानी क्यों करने लगे?

अब वहाँ बाक़ायदा मुशायरा हो रहा था।

आपा हुस्ना ने कान लगाकर सुना फिर बोलीं, 'अरे कुछ साहिबान उर्दू कॉन्फ्रेंस के लिए आज रात लाहौर से आने वाले थे, वही आ गये; हिज़ हाईनेस ने गेस्ट हाउस में ठहरा दिया होगा।' आपा हुस्ना लुक़मान भाई को हमेशा मज़ाक में हिज़ हाईनेस कहती थीं।

आपा हुस्ना का घर ढाके में उर्दू वालों का केन्द्र था। मुशायरे, अदबी महफ़िलें, अंजुमन तरक़्क़ी-ए-उर्दू के मामले में जिनकी देखभाल आपा हुस्ना की निगरानी में सरवर बाराबंकवी करते थे।

उस क्षेत्र की राजनीतिक व भाषायी समस्याओं के लिहाज़ से यह सब बड़ा ग़ैर हक़ीक़ी और अफ़सानवी सा माहौल था। ज्वालामुखी का लावा अभी बहुत नीचे अन्दर ही अन्दर पक रहा था। ऊपर फूल खिले थे, पात हरे थे, उस वक़्त फ़ज़ा निहायत पुरसुकून थी, ढाका तेज़ी से तरक़्क़ी कर रहा था। ऊँची ऊँची नई इमारतें 'न्यू मार्केट' तामीर हो गई थी, जिसमें लुक़मान भाई की 'पाकिस्तान को-आपरेटिव बुक सोसायटी' की दुकान भी थी, जिसे वह बड़े ज़ौक़ो-शौक़ से देखने जाते थे, उसमें कलकत्ता से भी किताबें आती थीं।

लुक़मान भाई कट्टर पाकिस्तानी नेशनलिस्ट और अनथक राष्ट्रभक्त थे। किसी सरकारी काम से समुन्दर पार जाते लगभग सारा फ़ॉरेन एक्सचेंज जो उनको बाहरी सफ़र के ख़र्च के लिए मिलता, वापस लाकर बैंक में दाख़िल कर

देते। 'क्यों साहब मैं फ़ुज़ूलियात की ख़रीदारी में पाकिस्तान का क़ीमती फ़ॉरेन एक्सचेंज क्यों बर्बाद करूँ।' बहुत कम लोग लुक़मान भाई के आइडियलिज़्म और उसूल परस्ती को समझ पाते थे।

लुक़मान भाई रात गये तक निचली मंज़िल में काम करते रहते; सोता सब संसार, जागता पाक परवरदिगार और फ़ाइलों में ग़र्क़ सैयद लुक़मान हैदर। उनके दफ़्तर की रौशनी से बाग़ का एक हिस्सा मुनव्वर रहता; सारे अहाते पर सन्नाटा छा जाता। रात गहरी होती और सारा बंगाल एक अथाह स्वपनसागर ख़्वाब में डूब जाता, जिस स्वपन (ख़्वाब) के अर्थ भिन्न थे और उस स्वपनसागर का कोई साहिल न था।

कराची वापस पहुँचने के कुछ दिन बाद इत्तिला मिली कि चटागाँग हिल ट्रेक्टस सर्वप्रिय डिप्टी कमिश्नर बूढ़े मिस्टर नेबलेट को सुन्दर वन के घने जंगल में एक पागल हाथी ने कुचल कर मार डाला।

बंजारा चाँद

लोग बाग अपने-अपने ख़्वाब देखते, चाँद के बजरे पर सवार एक महीने के बाद दूसरा महीना, तीसरा महीना, बारह महीने, बारह साल, सारी उम्र बिता देते हैं और चाँद का मल्लाह अपने मुसाफ़िरों को फ़ना के समुन्दर में फेंकता जाता है और अपना सफ़र जारी रखता है। दरियाओं और समुंद्रों पर बहता है; जंगलों, सहराओं, पहाड़ों और शहरों पर भटकता है, देस-देस को झाँकता फिरता है।

हर मुल्क और हर मौसम के चाँद की खुसूसियत मुखतलिफ़ है। पूर्व का चाँद गर्म और नारंगी है, पश्चिम का सर्द और पीला। पंजाब का नया चाँद उसके शाइरों को दरान्ती मालूम होता है, बंगाल के शाइरों को पदमा पर बहने वाली नौका; लेकिन चाँद दिल्ली और कराची के लोगों को एक ही समय पर नज़र आता है और चीज़ें इस तरह नज़र नहीं आतीं।

जुलाई के महीने में अरब सागर से उठने वाले बादलों में चाँद कभी कभी छुप जाता था। एक रौशन रात लंदन से कृष्णा आले हसन कराची आई और डॉक्टर सलीमुज़्ज़माँ सिद्दीक़ी के यहाँ ठहरी। कृष्णा के पास ब्रिटिश पासपोर्ट था और वह अपने माँ-बाप से मिलने इण्डिया जा रही थी। मिसेज़ सलीमुज़्ज़माँ सिद्दीक़ी (जो एक जर्मन महिला थीं) ने मुझसे कहा, चलो हम लोग भी कृष्णा के साथ ट्रेन से हिन्दुस्तान हो आएं।

कराची से लाहौर पहुँचकर आपा हम्मन के यहाँ लॉरेंस रोड पर कृष्णा ने भाईजान से बहसें कीं और एजाज़ हुसैन बटालवी से मिलने माडल टाउन गई। उसने एजाज़ के साथ लंदन में बैरिस्ट्री पढ़ी थी। एक दिन रेडियो स्टेशन पर पहली बार मेरी मुलाक़ात नून. मीम. राशिद से हुई जो न्यूयार्क से कुछ दिन के लिए आये हुए थे। शौकत थानवी ने मेरा परिचय कराया, 'यह रेडियो की बेटी हैं और कृष्णा, रेडियो की बहू।' आले हसन आल इण्डिया रेडियो से 47 ई. में बी.बी.सी. इण्डियन सेक्शन गये थे।

जिस रात हम लोग नं. 49 लॉरेंस रोड से नूरजहाँ के मक़बरे पर गये, चाँद रावी के किनारे शम्ए-मज़ार की तरह जल रहा था।

तीसरी रात वही चाँद जमना में स्नान करता मिला। जमना रोड पर शान्त लता बहादुर का घर था। कुछ फ़ासले पर अली रोड पर बल्ली भाभी रहती थीं। वह लंदन से वापस आ चुकी थीं और नूरुद्दीन भाई ने मेंडज़ होटल के सामने एक दो मंजिला कोठी किराये पर ले ली थी। अमीना रूसी भाषा की एक्सपर्ट होकर लंदन से लौटी थी।

कुछ समय पहले खुरोश्चेफ़ और हलगातन के आगमन पर पण्डित जवाहरलाल नेहरू ने अमीना को उनके हिन्दुस्तान के दौरे के ज़माने में दोनों का अनुवादक नियुक्त किया था। अब वह इण्डियन फ़ॉरेन सर्विस के एक रूसी और फ्रेंच जानने वाले अफ़सर से शादी करके मास्को जा चुकी थीं।

जमना रोड पर एक दिन शान्त के यहाँ सुबह के अख़बार में शिक्षा मंत्री मौलाना अबुल कलाम आज़ाद के मुताल्लिक़ कोई ख़बर पढ़ते हुए ख़याल आया, न जाने फिर कभी मौलाना से मिलने का मौक़ा मिले न मिले, उनसे मुलाक़ात कर आना चाहिए। उनके प्राईवेट सेक्रेटरी मोहम्मद अजमल ख़ाँ को फ़ोन किया। कुछ मिनट बाद उन्होंने जवाब दिया, 'मौलाना बहुत ख़ुश हुए, कल शाम चार बजे तशरीफ़ लाइए।'

दूसरे रोज़ जब मैं मौलाना के बिल्कुल सादे से ड्राईंग रूम में जाकर बैठी, वह फ़ौरन कमरे में दाख़िल हुए, आतिशदान के क़रीब एक कुर्सी पर बैठ गये और मुझे ग़ौर से देखकर आहिस्ता से कहा, 'तुम सज्जाद की लड़की हो?' फिर उनकी आँखों में नमी आ गयी, चन्द लम्हे ख़ामोश रहे, चाय आई, चाय पीते हुए दरयाफ़्त किया, 'पाकिस्तान में क्या कर रही हो?'

पूछा, 'ज़हनी तौर पर ख़ुश हो? यहाँ वापस आओगी?'

'यह कैसे मुमकिन है?'

'तुम वापस जाकर मुझे ख़त लिखो, मैं जवाहर लाल से कहूँगा।'

मैंने सिर हिलाया, 'बहुत मुश्किल बात मालूम होती है, नामुमकिन।'

'बहरहाल' मौलाना आज़ाद ने फ़रमाया, 'अगर तुम चाहो तो मुझे लिखना, मैं पूरी कोशिश तुम्हारे लिए करूँगा।'

दूसरी शाम ख़्वाजा ग़ुलाम उस्सैयदैन के यहाँ, जो उन दिनों शिक्षा मंत्रालय के सेक्रेटरी थे, जितने लोग मिले सब ने जोश साहब के मुताल्लिक़ पूछा, मैं जोश साहब से कभी मिली नहीं थी, उनके पाकिस्तान चले जाने पर दिल्ली में काफ़ी तहलका मचा हुआ था।

मुझे याद आया, जोश साहब को सिर्फ़ एक बार देखा था, जब वह अब्बाजान से मिलने नं. 21 फ़ैज़ाबाद रोड आये थे। मैं बाहर लान पर घूम रही थी। एक साहब, सुर्ख़ो-सफ़ेद, गाड़ी से उतरे; सफ़ेद बुर्राक़ कुर्ता पायजामा और ख़ुशबू से भरा। अब्बाजान के लिए पूछा, मैंने कहा वह घर पर नहीं हैं, वापस चले गये, कराची में मुलाक़ात का उनसे कभी इत्तिफ़ाक़ न हुआ, दिल्ली में उनके सम्बन्ध में तरह-तरह के अनुमान लगाये जा रहे थे।

ट्रेन अलीगढ़ के जाने-पहचाने स्टेशन में प्रवेश कर गई। आपा हुस्ना और आपा ज़हरा दोनों ननद भावजें प्लेटफ़ार्म पर मौजूद थीं। आपा हुस्ना लाहौर से आई हुई थीं, जहाँ दो महीने पहले लुक़मान भाई का ढाका से तबादला हो गया था। आपा हुस्ना के माता-पिता, चचा निसार हैदर ज़ैदी और फूफी हमीदा नहटौर में और इक्लौते बड़े भाई सैयद जर्रार हैदर अलीगढ़ में रहते थे।

तक़रीबन सारा ख़ानदान पाकिस्तान जा चुका था, मगर जर्रार भाई और आपा ज़हरा ने मज़बूत आइडियलिज़्म और वतनपरस्ती के जज़्बे के कारण स्वदेश नहीं छोड़ा था। लुक़मान भाई वाली उसूलपरस्ती की तरह इस आइडियालिज़्म को भी बहुत कम लोग समझ सकते थे।

चचा निसार हैदर नहटौर में अब तक पुरानी ज़मींदाराना ठाठबाट की ज़िन्दगी बसर कर रहे थे। युकेलिप्टिस और गुलाब के बहुत बड़े पाईन बाग़ के समर हाउस में ब्रेकफ़ास्ट सर्व किया जाता था। सात आठ नौकर ख़िदमत

में हाज़िर थे। लुक़मान भाई और रम्मी मियाँ के वालिद चचा ग़नी हैदर और हमारे फूफीज़ाद भाई सुलतान हैदर 'कबीर' भी पाकिस्तान नहीं गये थे। ये तीनों बुज़ुर्ग नहटौर में रहकर पाकिस्तान से अपनी औलाद और रिश्तेदारों के ख़तों के इन्तिज़ार में मसरूफ़ रहते थे।

सान्ताक्रूज़ के पुराने एयरपोर्ट पर शकुन्तला क़िदवाई की छोटी बहन विमला समाल इन्तिज़ार करती मिली। चर्चगेट पर ईरोज़ बिल्डिंग के पाँचवें फ़्लोर पर उसका फ़्लैट था; सामने घास का अंडाकार मैदान मानसून के पानी से भीग रहा था। एक रात हवाई जहाज़ बम्बई से उड़कर कराची पहुँचा, चाँद अरब सागर पर साथ-साथ तैरता बम्बई से कराची आ गया; उसे वीज़ा पासपोर्ट, सियासत, किसी बात की बिल्कुल परवाह नहीं।

लो अब इसी चाँद का एक और क़िस्सा सुनो कि हक़ीक़त फ़साने से अजीबतर है।

आपा रज़िया और भाई आलम ने नाज़िमाबाद में मकान बनवाना शुरू किया। कुछ अर्से से काम की निगरानी के लिए बाजी राज़िया ख़ेमा लगाकर वहीं एक ज़मीन के टुकड़े पर रहती थीं। सेण्ट पेट्रिक स्कूल मारीपुर की छुट्टियों में उनके तीनों छोटे बच्चे रानी, गुड्डू और भैया नाज़िमाबाद गये हुए थे। एक रात इशा की नमाज़ के बाद आपा राज़िया ने कहा, 'चलो ढूँढ़ते हैं कहीं पड़ोस के मकानों में तुम्हारे साथ खेलने के लिए हम उम्र बच्चे मिल जाएँ। चुनाँचे वह मय बच्चों के तेज़ चान्दनी रात में सड़क पर चहलक़दमी करती चली जा रही थीं कि एक नये मकान के सामने चान्दनी में उनके चेहरे रौशन थे; उनमें सबसे छोटी रानी की हम उम्र थी।

बाजी राज़िया ने उनके क़रीब जाकर अस्सलाम अलैकुम कहा और अपना परिचय कराया; और बताया कि कुछ फ़ासले पर वह अपनी कोठी बनवा रही हैं। सबसे बड़ी लड़की अख़्तर जहाँ, जो बहुत हसीन थीं, शिष्टतावश सबको अपने घर ले गयीं और अपनी माँ से मिलवाया। बैठक वाले कमरे में बुक शेल्फ़ पर 'मेरे भी सनम ख़ाने' रखी हुई थी। रानी ने चौंक कर कहा, 'अरे यह तो हमारी ख़ाला की किताब है।'

बड़ी लड़की अख़्तर जहाँ जिसने कराची यूनिवर्सिटी से उसी साल बी.ए. किया था, साहित्यिक रुचि रखती थी, और 'मेरे भी सनमख़ाने' के निसवानी किरदार' के शीर्षक से एक टाक भी कराची रेडियो से ब्रॉडकास्ट कर चुकी थी। यह सी.पी. (जिसे अब मध्य प्रदेश कहते हैं) से आया हुआ परिवार था और बहुत शिष्ट और सभ्य लोग थे।

कुछ अर्से बाद आपा राज़िया ने आसिम की शादी अख़्तर से तय कर दी, जो नवम्बर 56 ई. में आयोजित हुई। रम्मी मियाँ पी.आई.ए. के डिस्ट्रिक्ट मैनेजर होकर किशवर समेत जेनेवा चले गये।

उसी ज़माने में स्विट्ज़रलैण्ड के पाकिस्तानी दूतावास से हमारे तायाज़ाद भाई यानी किशवर के मामू सैयद इम्तियाज़ हैदर कराची वापस आ चुके थे। ख़ुर्शीद ज़ैदी नेवी में शामिल होकर ट्रेनिंग के लिए इंग्लिस्तान (इंग्लैण्ड) चले गये। पूर्व और पश्चिम में मानसिक तौर पर एक ही समय और भौगोलिक रूप से बारी-बारी ज़िंदगियाँ गुज़ारना भारत व पाक उपमहाद्वीप के preveleged वर्ग का नॉर्मल पैटर्न बनता जा रहा था।

'चटागाँग हिल ट्रेक्टस' बीस मिनट की डॉक्यूमेन्ट्री फ़िल्म टेक्नीकलर में बनकर तैयार हो गयी। दस्तावेज़ी फ़िल्मों के एक अंतर्राष्ट्रीय फ़िल्म फ़ेस्टीवल में यूरोप में कहीं उसे एक अदद इनाम भी मिल गया। अब मैंने लोकनृत्य वाली फ़िल्म का आग़ाज़ किया। मिस्टर मर्चेंट बोले, 'लोकनृत्य के लिए हम ईस्टमैन कलर पाकिस्तान में पहली बार एक्सपोज़ करेंगे; पहले उसकी एक ट्रायल रील बना लेनी चाहिए।'

इतवार के दिन हमारा मकान फ़िल्म स्टूडियो में तब्दील हो गया। हंगामे से ख़ुश और बेचैन होकर हमारे सारे बुलटेरियर एक साथ भौंक रहे थे। मारीपुर की कुछ बेगमें, जो हमारी ख़ास दोस्त लोग थीं; प्रयोजनीय रंगों की साड़ियाँ पहने, प्रयोजनीय मेकअप किये 'इनडोर सेट' यानी हमारे ड्राईंग रूम में इकट्ठी हुईं। ईनिड जहाँआरा जदोन ने, यानी जो चीफ़ स्टार थीं, बड़े फ़िल्मी स्टाइल से प्यानो बजाया।

उसके बाद डेढ़ मील दूर एयरफ़ोर्स अस्पताल पहुँचे, जो नूरअफ़शाँ की अमलदारी थी, जिसके पुर फज़ा बाग़ में एक तरफ़ विंग कमाण्डर डॉक्टर मुशर्रफ़ अली ने, जो लखनऊ के बाशिन्दे, मशहूर कामरेड अशरफ़ अली के छोटे भाई और हमारे चण्डूख़ाने के एक सदस्य थे, कैक्टस के पौधों का अनूठा और बहुत बड़ा ज़ख़ीरा जमा कर रखा था। उस बाग़ में रविशों (पगडंडियों पर टहल-टहल कर और फ़व्वारे के किनारे बैठकर, उर्दू हिन्दी फ़िल्मों वाली अदाकारी की पैरोडी हमारे 'स्टार लोग' ने की। नसीमा मुमानी दूसरी चीफ़ स्टार थीं लेकिन ईनिड मेरे डायरेक्शन को क़तई निरस्त करके, ख़ुद दरख़्तों के गिर्द घूम-घूम कर गाती रहीं और बहुत तफ़रीह रही।

'ओफ़्फ़ोह! आज बहुत काम किया।' शाम को सब 'स्टार लोग' ने घर वापस आकर थके हुए प्रोफ़ेशनल अंदाज़ में मेकअप उतारते हुए, इज़हारे ख़याल किया।

शाह जो रिसालो

'सुना है आप एक नाच गाने की सरकारी फ़िल्म बनाने लाहौर जा रही हैं। ट्रेन से जाइए और रास्ते में उतरकर मोहनजोदाड़ो देखती जाइए। इससे पहले कि हम सरकारी नौकरी से इस्तीफ़ा दें, आपको सिन्ध की सैर करा दें, सुनहरा मौक़ा है। आपको हम ऐसे मध्ययुगीन वडेरों के ज़नानख़ानों में ठहरायेंगे कि मध्ययुगीन ज़माने के लिए आपका सारा फ़ेसीनेशन हवा हो जाएगा। उसके बाद फटेहाल हारियों से मिलवाएंगे' अय्यूब भाई ने मुझसे कहा।

'सवाल यह है' अच्छे भाई ने, जो अय्यूब भाई की तरह बेहद प्रोग्रेसिव आदमी थे, हँस कर दरयाफ़्त किया, 'तुमको हुकूमत ने अब तक मुलाज़िम किस तरह रखा हुआ है!' अय्यूब भाई और अच्छे भाई शाम के वक़्त शहर से मारीपुर आये हुए थे।

अच्छे भाई ...सैयद ज़हीर हैदर पुत्र सैयद नसीरुद्दीन हैदर मरहूम कुछ समय पहले अलीगढ़ से हिजरत करके कराची आ गये थे। भाभी के बड़े भाई अय्यूब अहमद किरमानी पाकिस्तान टाइम्स ग्रुप के रोज़नामा 'इमरोज़' लाहौर से इस्तीफ़ा देकर सिन्ध सरकार में डायरेक्टर ऑफ़ इनफ़ॉर्मेशन बन चुके थे और गाँधी गार्डन के क़रीब एक बड़ी दो मंज़िला सरकारी कोठी में अपने विद्यार्थी छोटे भाई बहनों के साथ रहते थे। उन सबका पुश्तैनी वतन ज़िला बाराबंकी था और उनके वालिद औरंगाबाद (दकन) में वकालत करते थे। विभाजन से पहले उनके माँ बाप का इन्तिक़ाल हो चुका था। (कनीज़ फ़ातिमा 'हया' पुत्री जस्टिस चौधरी नेमतुल्लाह उनकी ख़ालाज़ाद बहन थीं)।

अय्यूब भाई एक सर्वप्रिय रंगारंग व्यक्तित्व वाले शगुफ़्ता मिज़ाज इंसान थे। मार्कसिज़्म में पक्का विश्वास रखने वाले; मगर ख़ानदान नहटौर में कहीं मीलाद शरीफ़ की महफ़िल होती तो अय्यूब भाई को सीरत-ए-नबवी[1] पर तक़रीर करने के लिए बुलाया जाता और वह निहायत आलिमाना और प्रगतिशील मीलाद शरीफ़ कर आते। अब जोशीले पत्रकार के बाद एक ब्यूरोक्रेट बन गये थे, मगर अपने

1. हुज़ूर मोहम्मद साहब (सं०) के गुण।

इस नये रोल से ज़्यादा ख़ुश न थे। अच्छे भाई की बात के जवाब में कहने लगे; 'जभी तो अर्ज़ कर रहे हैं, इससे पहले कि हमें नौकरी से बरतरफ़ कर दिया जाय; आप लोग सब चलकर सिंध की सैर कर लीजिए, नादिर (अनूठा) मौक़ा है।' अय्यूब भाई टेलीफ़ोन के पास बैठे थे, अचानक अच्छे भाई ने घड़ी पर नज़र डालकर उठते हुए कहा, 'अय्यूब ज़रा बेगम अनीस मिर्ज़ा से वक़्त तो मालूम करो, फिर वापस चलें।'

'बोर सिद्दीक़ी वक़्त मालूम करने के बाद हमेशा थैंक यू कहते हैं।' सैयद मज़हर इमाम ने कहा। अच्छो की दोस्त अनीस मिर्ज़ा की सुरीली रिकॉर्डेड आवाज़ हर वक़्त समय बताती रहती थी; टन। When you hear the tone, the time will be seven hours forty minutes and five seconds, टन, when you hear the tone.

अय्यूब भाई ने वक़्त का नम्बर डायल किया

अच्छे भाई ने रिस्ट वाच दुरुस्त की

उत्तरी सिन्ध में ख़ैरपुर रेलवे स्टेशन पर अय्यूब भाई और उनके इनफ़ॉर्मेशन ऑफ़िसर मिस्टर बिरोही खड़े मुस्कुरा रहे थे। स्टेशन से हम लोग सीधे पूर्व रियासत ख़ैरपुर के शाही मेहमानख़ाने गये, जो अब सरकारी गेस्ट हाउस था। ओल्ड वर्ल्ड ड्राईंग रूम में सर चार्ल्स नेपियर की हैदराबाद सिन्ध जीतने के लेथोग्राफ़ और ब्रिटिश आधिपत्य से पूर्व के अमीरों के चित्र लगे हुए थे। एक तस्वीर के नीचे लिखा था, हज़रत बन्दगान-ए-आली मीर साहब मोहम्मद ख़ाँ सल्लमहुर्रुहमान वाली-ए-हैदराबाद सिन्ध, मीर शाह मोहम्मद ख़ाँ मीरपुर सिन्ध। मीर हसन अली ख़ाँ, उमरा-ए-ख़ोक़न्द व बुख़ारा और सिन्ध के उन अमीरों की लम्बी घनी दाढ़ियों, शक्लों, रंग ढंग और भारी भरकमपन में एक अजीबोग़रीब रहस्यमय और ट्रेजिक समानता मुझे नज़र आई।

एक अलमारी में सर रिचर्ड बर्टन अनुवादक अलिफ़ लैला के सफ़रनामे की पुस्तकें रखी थीं। सर रिचर्ड 1842 ई. से 1849 ई. तक सिन्ध में सर चार्ल्स नेपियर (जिसे हिन्दुस्तानी 'शैतान का भाई' कहते थे) के स्टाफ़ पर रह चुके थे (उन्हीं हज़रत ने अरबिस्तान में जासूसी करने के लिए मुसलमान का

भेस बदलकर हज किया था), एक तरफ़ जेम्स मैडन का 'दि अमीर्स ऑफ़ सिन्ध' रखा था। 1854 ई. का एडिशन और 'तज़किरातुल औलिया-ए-सिन्ध' और शाह अब्दुल लतीफ़ भटाई 1690 ई. - 1752 ई. का मजमूआ-ए-कलाम (काव्य संग्रह) जो लोकभाषा में 'शाह जो रिसालो' कहलाता है और सर बार्टल फ्रेयर गवर्नर बम्बई व सिन्ध की लड़की की लिखी हुई एक किताब, एक पूरा दुःख भरा युग इस अलमारी में बन्द था। बाहर बाग़ में सारस ध्यानमग्न थे, जो शाह लतीफ़ की शाइरी के ख़ास सिम्बल थे।

दोपहर को लंच की मेज़ पर अय्यूब भाई ने पूछा, 'सर चार्ल्स नेपियर की रूह से मुलाक़ात हुई?'

'नहीं, लेकिन सुबह-सुबह दरीचे के नीचे से किसी के गाने की आवाज़ आई थी। मैंने बाहर जाकर माली से पूछा, वह कहने लगा, 'शाह का कलाम गा रहा था।'

'हम लोग कोटरी भी जाएंगे, जिसके क़रीब शाह का भट है। वह सिन्ध का हाफ़िज़ व रूमी था।' अय्यूब भाई के इनफ़ॉर्मेशन ऑफ़िसर मिस्टर बिरोही ने कहा। वह नामवर क़ानून के ज्ञाता और पाकिस्तानी हाई कमिश्नर ए.के. बिरोही के छोटे भाई थे, जो दिल्ली में रहते थे। निहायत होशियार पढ़े लिखे और स्वीट इंसान थे। विभाजन से पहले इण्डियन नेवी में थे और बम्बई में जहाज़ियों की बग़ावत में हिस्सा ले चुके थे।

'सिन्ध में तसव्वुफ़ का इतना गहरा प्रभाव था, इसी वजह से वह इतनी आसानी से अंग्रेज़ों के क़ब्ज़े में आ गया। इक़बाल इसीलिए रस्मो राहे ख़ानक़ही के इतने खिलाफ़ थे।' मैंने कहा।

'यहीं रियासत ख़ैरपुर में एक गाँव 'दराज़' है, जिसे दरवेश' कहते हैं क्योंकि यहाँ सचल सरमस्त पैदा हुए थे। वह एक कुशल संगीतज्ञ तथा ज़बर्दस्त एकेश्वरवादी थे। उन्होंने कहा था, 'क्या मैं कठपुतली हूँ या गेन्द या लट्टू या घोड़ा, जिसपर सवार मौजूद है या महल, जिसके अन्दर बैठा शहंशाह इतनी भाषाएँ बोलता है या समुन्दर की मौज जो साहिल को नम

कर जाती है या मेंहदी या गुलाब या बादलों के पानी से भरा हुआ फ़व्वारा, जिसमें सूरज और चाँद प्रतिबिम्बित होते हैं या ख़ुदा का साया, जो नहीं है, मैं भी वह नहीं हूँ।

बिरोही साहब ने आहिस्ता-आहिस्ता कहा, 'कीस्तम मन! कीस्तम मन कीस्तम दर तहय्युर मान्दा अम मन कीस्तम' (मैं कौन हूँ! मैं कौन हूँ, हैरानी में पड़ा मैं कौन हूँ!)

मगर सचल मेरे ख़याल में एक कॉन्शस शाइर भी था; उसने कहा, 'एक हो जाओ, इससे पहले कि सूरज पश्चिम में डूब जाए। पश्चिम वाले तुम्हें अँधेरे में लूट लेंगे और पहाड़ों और मैदानों में लाशें पड़ी रह जाएंगी। अल्लाह वाले पहेलियों में बात करते हैं। अब भी वक़्त है कि एक हो जाओ ताकि आने वाली तबाही से बच सको।' सचल का इंतिक़ाल 1829 ई. में हुआ; अंग्रेज़ों ने 1843 ई. में सिन्ध पर क़ब्ज़ा कर लिया।'

'सचल में क्लास कॉन्शसनेस भी थी।' अय्यूब भाई बोले।

बिरोही साहब ने सचल के और भी शे'र सुनाए। 'मैंने अमीरों के दरबार देखे, ग़रीबों पर एक सौ मुसीबतें देखीं। फ़क़ीरों को शाह और शाहों को फ़क़ीर बनते देखा, अज्ञानी मुंसिफ़ देखे; सभ्य, योग्य इंसान फटेहाल और ग़मज़दा हैं। नालायक़ और नाकारा कामयाब और ख़ुश, गधों को सोने का हार पहने देखा। हाकिमों के दरवाज़ों पर नेक और पाकबाज़ और ज्ञानी विद्वानों को निर्धनता ग़रीबी और बेक़दरी की हालत में खड़ा पाया। ज्ञानियों को परेशान देखा। विद्वानों को पैसे-पैसे के लिए मोहताज पाया और कुत्ते शुद्ध सोने के गहने पहने नज़र आये। अधिकारियों के डर से लोगों के चेहरे पीले देखे।'

मुग़ल सल्तनत को पश्चिम वालों ने जीत लिया और जल्द ही वह लोग सिन्ध भी पहुँच जाएंगे। सचल की वफ़ात के ठीक चौदह साल बाद, चार्ल्स नेपियर ने सिंध अमीरों से छीन लिया।'

मैंने सामने लगी चार्ल्स नेपियर की तस्वीर को देखा और मुझे अंग्रेज़ों के बनवाए हुए ट्यूडर निर्माण शैली के कराची जिमख़ाना क्लब में बैठे, मीर बन्दे

अली तालपुर और मीर अहमद अली तालपुर याद आए और मैंने दूसरी पुरानी तस्वीर पर नज़र डाली। हज़रत बंदगान-ए-आली मीर साहब मीर शाह मोहम्मद ख़ान, मीरपुर सिन्ध, मीर हसन अली ख़ान मीर।

हम लोग लैण्डरोवर से हैदराबाद सिन्ध, कोटरी, सक्खर और लाड़काना के लिए रवाना हुए। रास्ते में कितने पुराने मक़बरे थे, ज़मीन में इतनों की ख़ाक मौजूद है, कैसे-कैसे लोग चले गये, ज़िन्दगी इतनी छोटी है, लतीफ़ जागो और ढूँढ़ो।

रास्ते में एक जगह जंगल में बादल घिर आये, जाड़ों का बून्द सावन। शाह ने सरसारंग में कहा है; सारंग (बारिश) ने करार झील को भर दिया और ज़मीन सरसब्ज़ हो गयी। और एक जगह कहा, हर सिम्त बिजली चमक रही है। बादल हर तरफ़ फैल गये। इस्तंबोल, चीन, समरकंद रोम, कंधार, दिल्ली, दकन, गिरनार, जैसलमेर, बीकानेर, अमरकोट! अल्लाह सिन्ध पर भी बारिश करके इसे शादाब करदे!

झीलों और जंगलों में तीतर बोल रहे थे, सारस, बगुले, बाज़, तोते, मोर क़स्बों में मुग़लों कल्होड़ो के युग के मकान और फिर ज़र्द धूप में अकेला सहरा (जंगल) शाह ने कहा था, 'सहरा जहाँ परिंदों का गुज़र नहीं, वहाँ जोगी अपनी आग जलाते हैं और जब वह जोगी चले गये तो उनकी जगह पर न तिनके मिले न पत्थर और राख उड़ गयी और जोगी अपने शंख फूँकते अपने पुश्तैनी सफ़र पर रवाना हो गये।'

बिरोही साहब कहने लगे, 'मअरफ़त (ईश ज्ञान) की उक्ति में कछ वह सुनहरा शहर है, जहाँ शहज़ादा पनूं यानी ख़ुदा रहता है (नाउज़ूबिल्लाह) और भंभोर के दौलतमन्द धोबी की लड़की ससि इंसान की रूह है। सिंध के पहाड़, दरिया और रेगिस्तान ईश्वर की राह पर चलने वाले के रास्ते के कष्ट हैं। शाह कहता है कि इस सफ़र में ख़ुदा की राह पर चलने वाले को 'ला' (नहीं) का ख़ंजर अपने साथ रखना चाहिए और ससि ने बेइरादा घूमने वाले हिरणों और हुमा पक्षी की तरह 'ला' इन्तिहा (अनन्त) जुस्तजू का गुर सीख लिया था।

'आपको मालूम है शाह का इन्तिक़ाल किस तरह हुआ? वह भट से ज़ियारात (दर्शन) के लिए कर्बला-ए-मोअल्ला तशरीफ़ ले जा रहे थे कि रास्ते में उन्हें एक दरवेश मिला, उसने कहा, शाह! कहाँ जाते हो, तुम्हारा अपना सफ़र ही ख़त्म होने को है। यह सुनकर वापस लौटे, सियाहपोश हुए अर्थात काले कपड़े पहन लिये और सरकेदारो में शहादत-ए-हुसैन पर अपना मर्सिया पढ़ने लगे। बीस दिन एतकाफ़[1] में रहे, उसके बाद महफ़िल-ए-समा आयोजित करवाई। जब दरवेशों और क़व्वालों ने समा ख़त्म किया, उस वक़्त तक शाह की रूह परवाज़ कर गयी।'

'रूह कोई चीज़ नहीं, इंसान मर जाता है, उसके साथ अपने होने का अहसास ख़त्म हो जाता है, इसके बाद कुछ नहीं है।' अय्यूब भाई ने जो मादियत परस्त (Metalistic) मार्कसिस्ट थे, इज़हारे ख़याल किया।

सक्खर के ज़िले में नहर के किनारे-किनारे लैण्ड रोवर कच्चे रास्ते पर हिचकोले खाती जा रही थी। बिरोही साहब अपने बिरोही क़बीले के मुताल्लिक़ बताने लगे, जिसकी भाषा इंडो आर्यन सिन्धी की बजाय द्राविड़ भाषाई परिवार से सम्बन्ध रखती थी। बिरोही साहब बोले, 'हमारे यहाँ अगर कोई लड़की भाग जाए तो सिर पर बाक़ायदा कफ़न बाँध कर भागती है।'

'यानी असली क़फ़न बाँध कर?' मैंने दहशतज़दा होकर पूछा।

'जी हाँ, बिल्कुल असली! कोरे लट्ठे का कफ़न साथ लेकर घर से निकलती है। क़बीले के लोग उसका पीछा करते हैं, अगर पकड़ी गयी तो उसे उसके घर वापस लाकर बाक़ायदा दुल्हन बनाया जाता है।'

मैंने कहा, 'तब तो आपका क़बीला निहायत रौशन ख़याल है।'

'उसे दुल्हन बनाया जाता है, फिर सारा ख़ानदान उसके साथ-साथ चलता उसे दरिया के किनारे ले जाता है, वहाँ पहुँचकर उसे उकड़ूँ बिठाते हैं और दोनों हाथ पीछे बाँध दिये जाते हैं, फिर एक कुल्हाड़ी से उसका सिर तन से जुदा कर दिया जाता है।' बिरोही साहब बोले।

1. एकान्त में रहकर अल्लाह की इबादत करना।

'ओह गाड! मैंने भौंचक्की होकर कहा।

'क्यों? अगर एक शरीफ़ज़ादी ऐसी गंदी हरकत करे तो उसे सज़ा न दी जाए?'

मैं हैरान होकर उनकी शक्ल देखने लगी, वह एक इन्टलेक्चुअल आदमी थे और ख़ैरपुर रेलवे स्टेशन पर उन्होंने मुझे साहित्यिक आलोचना की एक अमेरिकन किताब 'द क्रिएटिव प्रोसेस' तोहफ़े में दी थी और इस वक़्त वह ऐसी बात कर रहे थे। पिछली सीट पर बैठे अय्यूब भाई चुपके-चुपके हँसी के मारे दोहरे हुए जा रहे थे।

मैंने कहा, 'बिरोही साहब जिस इलाक़े के शाइरों ने ससि और मोहनी और मारवी जैसी हिम्मत वाली और बाशऊर हीरोइनें पैदा कीं, वहाँ की लड़कियों के साथ ऐसा वहशियाना सुलूक?'

ड्राईवर ने एक पेट्रोल पम्प के सामने लैण्ड रोवर रोकी; बिरोही साहब उतर कर एक चायख़ाने की तरफ़ लपके हुए चले गये। मैंने कहा, अय्यूब भाई यह बिरोही साहब भी लुर निकले। अय्यूब भाई ने अपना पसन्दीदा 'हुक़्क़ा पीजिए' वाला लतीफ़ा दोहराया। एक साहब एक पागलख़ाने में गये, वहाँ उन्हें एक बुज़ुर्गवार मिले, जिन्होंने उन्हें सारा पागलख़ाना दिखाया; बड़ी ज्ञान की और समझदारी की बातें कीं; मुलाक़ाती उन्हें पागलख़ाने का सुपरिटेन्डेंट समझे। चलते वक़्त उन साहब ने अपना अंगूठा मेहमान के सामने पेश करके कहा, हुक़्क़ा पीजिए।

'मगर अय्यूब भाई, यह हज़रत तो एक इन्क़िलाबी तहरीक में भाग ले चुके हैं; इतनी प्रोग्रेसिव बातें करते हैं और अचानक कहने लगे कि लड़की की सज़ा-ए-मौत हक़ बजानिब (उचित) है।'

अय्यूब भाई बोले, 'बहुत से जय्यद (प्रकाण्ड) उलमा के नज़दीक मुलहिद (इस्लाम धर्म से विन्मुख) का क़त्ल जाइज़ था; एक बात। दूसरी बात यह कि वह क़बायली ज़हनियत अभी उनमें कहीं थोड़ी सी पोशीदा होगी। वह बुड्ढा जिसका नाम कार्ल मार्क्स है, कहता है...'

गंडेरियाँ खाइए! बिरोही सहिब की प्रसन्नता भरी आवाज़ आई। सियाह शलवार, भारी पगड़ी, काले सियाह बालों वाला, ग़िलाफ़ी आँखों वाला सिन्धी, चाय की सीनी और गंडेरियों की प्लेट उठाए, अलादीन के जिन की तरह, धुँधलके में से प्रकट हुआ।

बिरोही साहब हँस कर बोले, 'मैंने महज़ आपको शॉक करने के लिए कहा था। ये क़बायली रस्में हमारे यहाँ पिछली सदी से प्रचलित थीं। अब ऐसा बहुत कम होता है और ज़ाहिर है, मैं इस वहशियाना क़ानून को किस तरह उचित कह सकता हूँ। मैं तो केवल आपकी प्रतिक्रिया देखना चाहता था।'

ज़िला लाड़काना में ग़ुरुब-ए-आफ़ताब (सूर्यास्त) की गुलरंग रौशनी में हम लोगों ने मोहनजोदड़ो की ओर अपना सफ़र जारी रखा। हम एक आदिवासी के साथ, जिसके आरम्भिक द्राविड़ी पूर्वज सम्भवतः किनआन के तटीय क्षेत्रों और सुमेर और उरुक़ से निकले थे। समय में पीछे की ओर सफ़र कर रहे थे। और पीछे, और पीछे, और पीछे।

You here the tone the time will be when you here the tone when.

मोहनजोदड़ो के म्यूज़ियम की एक अलमारी में दूसरे मिट्टी के खिलौनों के साथ एक नन्हीं सी मिट्टी की बैलगाड़ी रखी थी और म्युज़ियम के बाहर बिल्कुल हूबहू इसी तरह की बैलगाड़ी कच्ची सड़क पर से गुज़र रही थी, पाँच हज़ार साल में इस बैलगाड़ी में कोई फ़र्क़ न आया था।

मोहनजोदड़ो की साफ़ सुथरी गलियों में से गुज़रते हुए डायरेक्टर ऑफ़ आर्केलोजी ने एक दीवार की ईंटों में अटकी कुछ मिट्टी की चूड़ियाँ और कड़े और बर्तनों के दो-तीन टुकड़े निकाल कर मुझे दिये (जो बाद में बदक़िस्मती से मैंने कहीं गवाँ दिये) एक मकान में चूल्हे के क़रीब झुककर उन्होंने एक छोटी सी हड्डी उठाई, उसे ग़ौर से देखा और बोले, 'किसी नौजवान के कन्धे की हड्डी है, आपको पेश करता हूँ। नायाब तोहफ़ा है।'

मैंने दिली शुक्रिये के साथ पाँच हज़ार वर्ष पहले मरे हुए उस इंसान की हड्डी भी पर्स में रख ली।

सक्खर रेलवे स्टेशन पर रात के बारह बजे, अय्यूब भाई और बिरोही और मैं, लाहौर जाने वाली ट्रेन के मुंतज़िर थे। अय्यूब भाई ने ग्रेट कोट पहन रखा था, जो तुफ़ैल अहमद जमाली ने चीन के दौरे से लाकर उन्हें दिया था और जिसे हम लोग माओ ज़े तुंग का कोट कहते थे।

'साईं! रेल जो चुठो मखे डयो।' मैंने बिरोही साहब से कहा।

अय्यूब भाई जो अगले जुमे को लाहौर आने वाले थे, क़हक़हा लगाकर बोले, अब मुझे यह चिंता है कि अगले हफ़्ते मैं लाहौर पहुँचूँगा तो आप और आपा हम्मन और आपा हुस्ना बे नुक़्ते (बिना बिन्दु) की सिंधी बोलती पायी जाएंगी।'

मैंने पर्स खोलकर इतमीनान किया कि वह हड्डी चूड़ियों की तरह गुम तो नहीं हो गयी।

'वह क़िस्सा आप लोगों ने सुना है?' मैंने कहा, 'एक फ़्रांसीसी ऑर्कियोलोजिस्ट अहराम-ए-मिस्र की खुदाई कर रहा था। एक की टाँग दस्तयाब हुई, उसे झाड़ पोंछ कर ख़ुश-ख़ुश काहिरा अपने होटल में ले आया; टाँग अलमारी में रख, ताला लगाकर सो रहा। आधी रात को खट-खट से उसकी आँख खुल गई। क्या देखता है, एक हसीन लड़की लंगड़ाती हुई, कमरे में कुछ ढूँढ़ती फिर रही है; फ़्रांसीसी की घिग्घी बन्ध गयी। मुश्किल से पूछा, 'मैडम आपको क्या चाहिए'? बोली, 'मोसियो मैं आमन होपत की मलिका हूँ, मेरी टाँग फ़ौरन वापस करो।'

अय्यूब भाई बोले, 'अपना कोपे अन्दर से अच्छी तरह से मुक़फ़्फ़ल (बन्द) कर लीजिएगा; आधी रात को बीच रेगिस्तान में ट्रेन रुक जायेगी, खिड़की में एक सिर नज़र आयेगा, माथे पर पट्टी बाँधे मोहनजोदड़ो का वह पुरोहित या कमर पर हाथ रखे, रक़्क़ासा नमूदार (प्रकट) होगी और अपने कंधे की हड्डी की वापसी की माँग करेगी।'

उस वक़्त रेल आ पहुँची, मेरा कोपा कराची से रिज़र्व किया जा चुका था। जल्दी से डिब्बे में सवार हुई। अय्यूब भाई और बिरोही साहब को ख़ुदा हाफ़िज़ कहा। ट्रेन अँधेरे घुप ब्याबान जंगल की तरफ़ बढ़ी।

सक्खर के चमकीले सुनसान प्लेटफ़ार्म पर अय्यूब भाई और बिरोही साहब ख़ुशगप्पियाँ करते खड़े रह गये।

लाहौर पहुँचने के तीसरे रोज़ आपा हुस्ना - लुक़मान भाई के यहाँ शाम की चाय पी जा रही थी; फ़ोन की घंटी बजी; लॉरेंस रोड से आपा हम्मन बोल रही थीं। उन्होंने घबराई हुई आवाज़ में कहा, 'अभी-अभी आपा अज़रा ने कराची से ट्रंककॉल किया है, अय्यूब भाई का इन्तिक़ाल हो गया।'

हम सब भौंचक्के रह गये।

कुछ मिनट बाद फ़ैज़ साहब का फ़ोन आया। रात को वह गुमसुम आपा हुस्ना के यहाँ पहुँचे। रात के वक़्त उन्होंने काला चश्मा लगा रखा था, शायद रोते रहे थे। ड्राइंग रूम में चुपचाप बैठे रहे फिर बोले, 'हमें चाहिए था, अय्यूब को पाकिस्तान टाइम्स न जाने देते।'

कराची में बन्दर रोड पर एक इमारत के टॉप फ़्लोर पर कॉफ़ी हाउस था। प्रेस क्लब स्थापित होने से पहले तक हम लोग डी.ए.एफ.पी. के भाई बन्धु कमाण्डर अस्करी (पुत्र सईद) एम. सईद, टोनी मस्कर अनस, मुशीर और दूसरे पत्रकार वहाँ इकट्ठे होकर रोज़ाना लंच करते थे। उसी इमारत में ब्रिटिश इनफ़ॉर्मेशन सर्विसेज़ का दफ़्तर था और हम लोगों का दोस्त ब्रिटिश इनफ़ॉर्मेशन सर्विसेज़ का डायरेक्टर, मेक साम्पल्ज़ भी नीचे आकर लंच में शामिल हो जाता था। रोज़ाना ज़ोर-शोर से सियासी बहसें रहतीं थीं। कॉफ़ी हाउस के दरीचे के बिल्कुल सामने एक ऊँचा घना दरख़्त खड़ा था, जिसकी शाखाएँ ऊपरी मंज़िलों तक पहुँचती थीं, जहाँ रिहायशी फ़्लैट थे।

'परसों सुबह मैं जो था, मैं आपके क्राउड के साथ कॉफ़ी हाउस लंच खाने गया।' बोर सिद्दीक़ी ने उदासी से कहना शुरू किया। वह उसी दिन अपने किसी काम से कराची आये थे और कुछ मिनट पहले आपा हुस्ना के यहाँ प्रकट हुए थे। हम लोग रात के खाने के बाद बैठक में इकट्ठे हो, क़हवा पी रहे थे। आमना मजीद मलिक, ज़िया सरहदी और उनकी बेगम भी मौजूद थीं। बोर सिद्दीक़ी ने बातचीत का सिलसिला जारी रखा। हम लोग खाना खा रहे थे, जब

कॉफ़ी हाउस की खिड़की के बाहर दरख़्त की शाख़ टूटने की चरचराहट और मुझे, बचाओ-बचाओ की आवाज़ें सुनायी दीं। हम लोग सब, फ़ौरन हड़बड़ाकर नीचे भागे। देखा अय्यूब अहमद किरमानी ख़ून में लथपथ फ़ुटपाथ पर पड़े हैं। सिर में सख़्त चोट आई थी; अस्पताल पहुँचते-पहुँचते ख़त्म हो गये।

'मालूम हुआ कॉफ़ी हाउस से ऊपर वाली मंज़िल में, किसी शख़्स से मिलने गये थे। बालकनी में खड़े नीचे झाँक रहे थे, बैलेंस क़ायम न रह सका और गिर पड़े। गिरते में दरख़्त की शाख़ पकड़ ली, मगर शाख़ टूट गयी और नीचे आ पड़े।

'कुछ लोगों का कहना है, सिंध की सियासत में उलझे हुए थे, किसी दुश्मन ने पीछे से धक्का दे दिया लेकिन वह शख़्स, जिसके घर पर यह हादिसा पेश आया, रोता-पीटता यह कहता है कि किरमानी साहब ने अपने ड्राइवर से कहा था कि नीचे बाज़ार में खाना खाकर ठीक डेढ़ बजे वापस आ जाए। मेरी बीवी उन्हें लंच पर रोक रही थीं मगर उन्होंने कहा कि ज़रूरी काम से कहीं पहुँचना है। डेढ़ बजे वह बालकनी में गये और ड्राइवर को आवाज़ दी। जब वह नीचे फ़ुटपाथ पर नज़र न आया तो उसे देखने के लिए पंजों के बल उचक कर बालकनी के बाहर झुके और अचानक गिर पड़े।

'जिस शख़्स का यह बयान है, ज़ाहिर है कि उसने धक्का न दिया होगा; उसका सिंध की सियासत से कोई ताल्लुक़ नहीं।'

आमना मजीद मलिक ने कहा; कुछ दिन पहले उस विदेशी लड़की का, फ़ैज़ साहब के पास रोम से ख़त आया था; उसने लिखा था, 'प्यारे फ़ैज़।'

'प्यारे फ़ैज़!' बोर सिद्दीक़ी ने चौंक कर दोहराया।

'हाँ प्यारे फ़ैज़ अपने दोस्त से कह दीजिए कि मैं उनसे शादी नहीं कर सकती।'

'अब इस हादसे पर एक और एंगल से रौशनी पड़ती है।' बोर सिद्दीकी ने इज़हार-ए-ख़याल किया।

'नॉन सेंस!' मैंने कहा। अय्यूब भाई बेचारे मुद्दतों से उससे शादी के ख़्वाहाँ थे। एक-दो बार उसे हम लोगों से मिलाने मारीपुर भी लाए थे, इस हादसे से कुछ हफ़्ते पहले वह इटली चली गई थी, मगर अय्यूब भाई जैसे होशमंद, ज़िन्दादिल आदमी, उस लड़की के चक्कर में जान तो देने से रहे।'

'हाँ, यह तो ठीक है, अगर ऐसा इरादा होता तो डेढ़ बजे ड्राइवर को क्यों बुलाते।' बोर सिद्दीक़ी ने हाँ में हाँ मिलाई। ड्राइवर का बयान है कि साहब को दो बजे सरकारी काम से फ़ुलाँ जगह जाना था। वह ज़ारो-क़तार रो रहा था कि मुझे खाना खाकर लौटने में दस पंद्रह मिनट की देरी हो गयी और मेरी वजह से साहब की जान गयी।

'मगर क़सम से यक़ीन नहीं आता कि अय्यूब भाई इस दुनिया में नहीं रहे।' ज़िया सरहदी ने कहा। 'अभी पिछले हफ़्ते ही तो उनसे कराची में मुलाक़ात हुई थी, कमाण्डर अस्करी वग़ैरह के साथ।'

'आप ही वह फ़िल्म डायरेक्ट करेंगे? नाच गाने वाली?' ज़िया सिद्दीक़ी ने दरयाफ़्त किया।

'जी हाँ, डी.ए.एफ़.पी. ने उसे डायरेक्ट करने का मुझसे कॉन्ट्रेक्ट किया है।'

बोर सिद्दीक़ी ने जोश से कहा, "Good! the show must go on."

इतने रंज के मौक़े पर भी हम लोगों को बेइख़्तियार हँसी आ गई। बोर सिद्दीक़ी ने अब मेरी तरफ़ तवज्जोह दी, 'आपने यहाँ रक़्सो सुरोद (नाचने गाने) का इन्तिज़ाम भी कर लिया?'

'जी हाँ, अब हम लोग परसों यहाँ से ढाका फ़्लाई कर रहे हैं।'

'ख़ूब! तो मैं बुक़रात को तार दे दूँ; वहाँ आप से मिल लें।

'कहीं आप जोश में आकर वाक़ई इन्हीं नामों से तार न दे दीजिएगा। बोर सिद्दक़ी टू बुक़रात, ईस्ट पाकिस्तान।'

सर्किट हाउस

संथाल औरतों को, बुक़रात पाइप सुलगाते हुए बोले, 'मेकअप की ज़रूरत नहीं, हम सब के अन्दर, जो आदिवासी इंसान छुपा हुआ है, यदा-कदा प्रकट होना चाहता है। हम उसे वापस अन्दर धकेलकर, चेहरे पर मेकअप पोत लेते हैं या मास्क पहन लेते हैं।'

मैंने हस्बेमामूल सब्र से उनकी बात सुनी, फिर अर्ज़ किया, 'मुझे आदिवासी औरतों के लिए मेकअप नहीं ख़रीदना, सिर्फ़ सूती साड़ियाँ दरकार हैं।'

बुक़रात नारायण गंज की साहिली रेत पर सिर झुकाए साथ-साथ चलते रहे। फिर दरयाफ़्त किया, 'कराची में तो पिछली बार आपने बताया था कि पूर्वी पाकिस्तान में लोक नृत्यों की जुस्तजू नाकाम रही।'

मैंने जवाब दिया, 'कहते हैं ढूँढे से ख़ुदा भी मिल जाता है।'

'ग़लत मफ़रूज़ा (धारणा) है' मैंने संक्षेप में कहा।

'बहरहाल, मुझे सुराग़ मिला है कि ज़िला राजशाही में संथाल बसते हैं और ज़िला सिलहट में आसाम की सरहद पर, मणिपुरी बाशिंदों का एक पूरा गाँव आबाद है।'

'आपने मुझसे पूछा होता तो मैं आपको बहुत पहले ही बता देता।' बुक़रात ने कहा। जो उन दिनों पूर्वी पाकिस्तान के एक दूर दराज़ ज़िले के डिप्टी कमिश्नर थे। मौसूफ़ हम लोगों के बचपन के दोस्त और बोर सिद्दीक़ी की तरह अलीगढ़ में रम्मी, पारे के साथी रह चुके थे और उस वक़्त ढाका सर्किट हाउस से मेरे साथ नारायणगंज तशरीफ़ लाए थे।

नारायणगंज के साहिली बाज़ार में ग़रीबी से ग्रस्त बंगाली, छोटी-छोटी दुकानों के सामने ख़रीदोफ़रोख़्त में मसरूफ़ थे। मैं साड़ियों की एक दुकान के सामने रुक गयी। बीस-बीस रुपये की मोटे कपड़े की पचास रंगीन साड़ियाँ खरीदीं। उनके बन्डल उठाकर चपरासी सद्रघाट की ओर रवाना हुए, जहाँ यूनिट के दूसरे लोग जहाज़ के मुंतज़िर थे।

सद्रघाट के रास्ते में एक झील पड़ी, जिसमें कमल खिले हुए थे। मुझे अंदेशा हुआ कि बुक़रात अब Thousand ...Petalled lotus की बात करेंगे। उन्होंने ऐसा ही किया।

'गुले हज़ार बर्ग!' (हज़ार पत्तियों वाला फूल) उन्होंने फ़रमाना शुरू किया

'फ़ुज़ूल बात है।' मैंने जवाब दिया, 'कंवल में एक हज़ार पंखुड़ियाँ नहीं होतीं।'

'यह हिन्दू मेटाफ़िज़िक्स का एक प्रतीक है।'

'मालूम है।' मैंने कहा। बुक़रात को यह जवाब देने में इंसान हमेशा फ़ायदे में रहता था क्योंकि फिर इससे आगे बहस करने की गुंजाइश बाक़ी नहीं रहती थी।

जहाज़ ने भोंपू बजाया, बुक़रात अर्शे पर आये; 'अच्छा अब राजशाही हो आइए। श्रीमंगल में मुलाक़ात होगी।' उन्होंने कहा और सीढ़ियाँ उतर गये।

श्रीमंगल ज़िला सिलहट के डाक बंगले में लालटेन रौशन कर दी गयी थी। चौकीदार ने तेल का विक्टोरियन लैम्प लाकर, बरामदे के मध्य में रखी गोल मेज़ पर रखा। बुक़रात ने कुर्सी बरामदे के सब्ज़ जंगले के क़रीब घसीट ली। यूनिट के लोग दीवार के क़रीब आराम कुर्सियों पर उकताए हुए बैठे, मच्छर मार रहे थे।

'न जाने अब सब लोग इस क़दर बोर क्यों हो रहे हैं।' मैंने कहा। 'यह फ़ेसिनेटिंग जगह है।'

'इस डाक बंगले में क्या ख़ास बात है। अल्लाह मियाँ के पिछवाड़े, न बिजली की रौशनी, मच्छरों की भरमार। आपको फ़ेसिनेटिंग लग रहा है।' एक सहकर्मी ने जल कर कहा।

'मुझे सर्किट हाउस और डाक बंगले हमेशा से फ़ेसिनेट करते हैं।' मैंने जवाब दिया। 'यू.पी. के ज़िलों के घने जंगलों में छिपे सर्किट हाउस और पहाड़ी डाक बंगले, जहाँ पहुँचते ही एक रहस्यमय ख़ानसामाँ (रसोइया) जिन्न की तरह

प्रकट होकर, मिनटों में खाना तैयार कर लाता था, कस्टर्ड व पुडिंग समेत। ब्रिटिश इण्डियन एम्पायर की बुनियाद डाक बंगले और कस्टर्ड पुडिंग और अब्दुल-ख़ानसामाँ पर रखी गयी थी।'

अन्दर से एक रहस्यमय ख़ानसामाँ चाय की कश्ती लिए प्रकट हुआ।

बुक़रात ने कहना शुरू किया, 'आपको मालूम है?'

'जी हाँ' मैंने तुरन्त जवाब दिया।

'जी नहीं। आप नहीं जानतीं कि इब्ने-बतूता।'

कोई चीज़ फ़र्श पर खट से गिरी। कैमरामैन मिस्टर मर्चेंट लैम्प की रौशनी में, अपने ताम झाम का कोई पुर्ज़ा ठीक कर रहे थे। उन्होंने झुककर वह चीज़ उठाई। बुक़रात ने सिलसिला-ए-कलाम दोबारा जोड़ा।

'डॉक्टर कोन, कौन? आपने इब्ने-बतूता से बात शुरू की थी।' मैंने उन्हें याद दिलाया।

'आपको मालूम है, डॉक्टर कार्लटन कोन अमेरिका के महानतम एंथ्रोपोलोजिस्ट हैं।'

'बात काटने के लिए क्षमा कीजिएगा।'

'हरगिज़ नहीं।' बुक़रात ने इरशाद किया। 'तो प्रोफ़ेसर कोन ने मेडीवल अरबों की निर्माण की हुई, अंतर्राष्ट्रीय सभ्यता की चर्चा करते हुए, कहीं लिखा है कि चौदहवीं शताब्दी में जब इब्ने-बतूता टेनजियर्ज़ से सुदूर पूर्व और दक्षिणी रूस ज़नज़िबार और टम्बकटू तक हथियार रहित, बिला खौफ़ो-ख़तर सफ़र करता फिरता था। हर रात को उसे रास्ते में इस्लामी सरकारी मुसाफ़िर ख़ाने और कारवाँ सराय और सूफ़ी ख़ानक़ाहें मुफ़्त खाने-रहने के लिए मिल जाती थीं।

'यह एक यूनिवर्सल स्टेट की सभ्यता का एक प्रतीक है।' बुक़रात ने चाय में शकर घोलते हुए बात जारी रखी। 'प्राचीन रोमन एम्पायर और अशोक और चन्द्रगुप्त मौर्य और अलाउद्दीन ख़िलजी और शेरशाह सूरी और मुग़ल बादशाहों

के हिन्दुस्तान और शाह अब्बास कबीर के ईरान और सुलतान सुलेमान-ए-आज़म के तुर्की और ब्रिटिश राज के इण्डिया का भी यही नक़्शा था।'

'बाप रे।' मिस्टर मर्चेंट ने दबी ज़बान से कहा।

'ब्रिटिश इण्डिया ने मुग़लों की वारिस स्टेट की हैसियत से प्रशासन का बुनियादी ढाँचा, शेरशाह सूरी और अकबर महान से हासिल किया था। हिन्दुस्तान व पाकिस्तान की हुकूमतों ने यह ब्रिटिश प्रशासन और न्याय प्रणाली अपनी विरासत में पाई। इण्डियन सिविल सर्विस की उत्तराधिकारी सेवाएँ आई.ए.एस. और सी.एस.पी., जिस अच्छे ढंग से अपनी-अपनी हुकूमतों का निज़ाम चला रही हैं, उनकी बर्तानवी बुनियाद इसकी बड़ी वजह है। चुनाँचे यह डाक बंगला और सर्किट हाउस और रहस्यमय ख़ानसामाँ।' बुक़रात ने बात ख़त्म की। उनके चपरासी ने नज़दीक आकर, बड़े अदब से उनसे कुछ निवेदन किया, वह उठ खड़े हुए, मैं उन्हें उनकी जीप तक छोड़ने गयी। उन्होंने कहा, 'दूसरी बात यह कि मैं जल्द ही इस मुलाज़िमत से इस्तीफ़ा दे रहा हूँ।'

'क्यों? आपको मुग़लों और अंग्रेज़ों का उत्तराधिकारी प्रशासक बने रहना पसंद नहीं?' मैंने दरयाफ़्त किया।

'नहीं, मैं कनाडा चला जाऊँगा और वहाँ रहकर किताबें लिखूँगा। कल आप मणिपुरी नाच की शूटिंग कराने रवाना हो रही हैं?'

'जी हाँ, आज के पाकिस्तान के संदर्भ में, मणिपुरी नृत्य के क्या अर्थ हैं?'

'इस मामले पर ज़रा ग़ौर कर लूँ। इतवार की शाम सिलहट के सर्किट हाउस में आपको बताऊँगा।'

बुक़रात जीप में बैठे और घुप अँधेरे में ग़ायब हो गये।

मैं बरामदे में वापस आई।

किस क़दर क्रेक आदमी है।' एक सहकर्मी ने विचार प्रकट किया।

'नहीं', मैंने जवाब दिया। 'ये वह क़ुतब लोग हैं, जिनकी वजह से दुनिया क़ायम है। ये लोग सोचते हैं।'

आसाम की सरहद पर मणिपुरी लोगों का वह बड़ा ख़ूबसूरत गाँव था। उसकी आर्टिस्टिक चौपाल के सामने सरकंडे के अहाते में, मणिपुरी रक़्क़ासाओं ने एक वैष्णव भजन की धुन पर, अपने मनमोहक नृत्य का आग़ाज़ किया। एक कमसिन लड़का कृष्ण कन्हैया की पोशाक में, बाँसुरी हाथ में लिए, उनके घेरे में खड़ा था। मिस्टर मर्चेंट ने शूटिंग शुरू की।

डी.ए.एफ़.पी. के उच्चाधिकारी मिस्टर ग़ुलाम ग़ौस फ़रीद (जो आल इण्डिया रेडियो के ग़ुलाम क़ादिर फ़रीद के बड़े भाई थे) गाँव के चौधरी के साथ, एक पुष्पाच्छादित वृक्ष के नीचे बैठे, सिगार पी रहे थे। मणिपुरी पैदायशी रक़्क़ास हैं और इनके वैष्णों भजनों की धुनों पर, न्यु थियेटर्स के म्यूज़िक डायरेक्टरों ने, वह दिलावेज़ गीत कम्पोज़ किये थे।

मणिपुरी लोग जो नस्ल के एतबार से आधे बर्मी और आधे मंगोल हैं, ख़ुद को चित्रांगदा की नस्ल से बताते हैं। चित्रांगदा जो अजुर्न की एक आसामी रानी थी और जिस पर टैगोर ने अपना चित्रांगदा लिखा। जिसका बेचारी अफ़रोज़ा, बुलबुल ढाके में भी एक बेले तख्लीक़ (रचना) कर रही थी। तो चित्रांगदा और मणिपुरी रास लीला पाकिस्तान के मंज़रनामे में किस तरह शामिल थी? इस कनफ़्यूज़न को कल्चर के नज़रीये के निर्माता कैसे सुलझाएंगे या नज़रअंदाज़ कर देंगे?

इतवार की रात सिलहट की सिविल लाइंस में, सर्मा नदी के किनारे स्थित सर्किट हाउस के ड्राइंग रूम में बड़ी भीड़ इकट्ठी थी। वादे के अनुसार बुक़रात अपने ठिकाने से आ चुके थे। एक बहुत सीनियर पंजाबी सिविलियन, जो पश्चिमी पाकिस्तान से दौरे पर आये हुए थे, उनकी बेगम और हम सब लम्बी मेज़ के दोनों तरफ बैठे, पुर तकल्लुफ़ अंग्रेज़ी डिनर उड़ाने में मसरूफ़ थे। लोकनृत्य की उसी फ़िल्म की चर्चा की जा रही थी। सीनियर सिविलियन ने ज़रा ख़फ़ा होकर मुझे मुख़ातब किया, 'आप यह फ़िल्म प्रोड्यूस कर रही हैं? लिखी किसने है?'

'स्क्रिप्ट और कमेंट्री नाचीज़ ही ने लिखी है।'

'सन् चालीस में पाकिस्तान का जो स्क्रिप्ट लिखा गया था, उसमें रक़्सो-सुरोद (नाच-गाने) का कहीं ज़िक्र न था और जहाँ तक मुझे मालूम है, इस स्क्रिप्ट की तस्नीफ़ (रचना) में आपके मरहूम वालिद बुज़ुर्गवार का भी काफ़ी हाथ था।' उन्होंने चिकन रोस्ट काटते हुए कहा। 'सन चालीस के पाकिस्तान रिज़ोल्यूशन में नाच-गाना शामिल था?'

बुक़रात मेरे दाहिनी तरफ़ बैठे थे। मैंने उनसे पूछा, 'आप फ़रमाइए, आपने इस सिलसिले में कुछ ग़ौरो-ख़ौज़ किया? आज के संदर्भ में मणिपुरी नाच, किस चीज़ का प्रतीक है?'

'आपकी फ़रमाइश पर मैंने कल और परसों रात भर इसी मसअले (समस्या) पर ग़ौरो फ़िक्र किया लेकिन अब मैं अपनी राय सुरक्षित रखना चाहूँगा।'

अंग्रेज़ के समय का बूढ़ा बंगाली मुसलमान लम्बे केश वाला बैरा, हिन्दू कल्चर, मुस्लिम कल्चर, बंगाली कल्चर, पाकिस्तानी कल्चर की उन जटिल समस्याओं से अनभिज्ञ और बेनियाज़, काला साहब लोग और काला मेम लोग को डिनर सर्व करने में मसरूफ़ रहा।

'सुना है नूरअफ़शाँ बेगम का, मज़हर मियाँ से ब्याह होने वाला है, जनवरी में।' डिनर के बाद बुक़रात ने बरामदे से निकलते हुए कहा। 'बहुत मुमकिन है, मैं इस जगह को ख़ैरबाद कहकर जल्द ही कराची पहुँच जाऊँ। यहाँ अन्दर ही अन्दर राजनैतिक व मानसिक तनाव बढ़ता जा रहा है, वह मुझे बहुत खल रहा है।'

'आप दुनिया के किसी भी हिस्से में रहें, वहाँ कोई न कोई सियासी उलझन मौजूद होगी।' मैंने जवाब दिया। 'फिलहाल तो आप नूरअफ़शाँ की शादी में शिरकत के लिए कराची तशरीफ़ लाइए।'

'पल का भरोसा नहीं, शायद आ जाऊँ। सुना है, अय्यूब भाई मरहूम ने नूरअफ़शाँ और मज़हर इमाम को शादी में देने के लिए, सिंध कॉटेज इंडस्ट्रीज़ से बेहतरीन तोहफ़े बनवाए थे; वह उनके मरने के बाद कराची कभी न पहुँचे, रास्ते ही में चोरी हो गये। इंसान का जीवन बिल्कुल एब्सर्ड है।'

'आप इस क़दर निराशावादी हो गये तो आपका कोंडा शरीफ़...' मैंने झुँझलाकर जवाब दिया। 'मेरी राय है, आप कुछ दिन के लिए काम्यो को छुट्टी दीजिए।'

'वह मुझे छुट्टी नहीं देता।' बुक़रात ने रंजीदगी से सिर हिलाकर कहा और बाहर जाकर कोहरे में ग़ायब हो गये।

पैशंस, नूरअफ़शाँ बेगम का पसंदीदा खेल था। उनका क़ायदा यह था कि अक्सर खेलते हुए ख़ुद चीटिंग करती थीं और कहती जाती थीं : वाह, ख़ूब एक्टिविटी कर दी, वाह क्या चोट दी है। जनवरी 1957 ई. में अपनी शादी से कुछ दिन पहले, पैशंस के लिए पत्ते सजाते हुए सोचकर फ़रमाया, 'हम अभी एयरफ़ोर्स से रिटायर भी हो सकते हैं, हमारी मुलाज़िमत को सात साल हो गये।'

'इसमें एक क़बाहत (नुक़्स) है।' मैंने सिर खुजाकर जवाब दिया। 'दावती कार्डों पर छपेगा फ़्लाइट लेफ़्टिनेंट नूरअफ़शाँ ज़ैदी (रिटायर्ड) इससे काफ़ी कनफ़्यूज़न फैल सकता है।'

'मालूम हुआ दुल्हन पेंशनयाफ़्ता है। नफ़ीस दुल्हन, मेहताब दुल्हन, रिटायर्ड दुल्हन, आसिम ने इरशाद किया।

निकाह के वक़्त सईद भाई और दूसरे बुज़ुर्ग रिश्तेदार मौलवी साहब समेत कमरे में आये। दुल्हन घूँघट काढ़े सिर झुकाये, बड़ी तल्लीनता से पैशंस खेलने में मसरूफ़ थीं। निकाह के वकील और गवाहों की आहट पर हड़बड़ा कर ताश के पत्ते समेटे और उन्हें फ़र्शी पायजामे के पाँयचे में छुपाकर, सिर और ज़्यादा झुका लिया।

नूरअफ़शाँ कहा करती थीं, फ़ुलाँ बात या वाक़ेआ इतना दिलचस्प था कि सुनकर Hilarium हो गया। (Delirium का तुकांत)।

हिलेरियम में मुब्तला हम लोग बाहर शामियाने के नीचे खड़े थे कि बुक़रात टहलते हुए आये। क़िस्सा सुना और यह भी कि मौलवी साहब की निगाह ताश के कुछ पत्तों पर पड़ गयी थी और वह बेइंतिहा ताज्जुब में नज़र आ रहे थे।

बुक़रात ने पाइप का कश लगाया फिर बोले; 'यही सारा मामला है।'

क्या? हम लोग हस्बेमामूल, उनका मक़ूला (उक्ति) सुनने के लिए तैयार हुए।

'हम सबके हाथों में।' उन्होंने जवाब दिया। 'ताश की एक-एक गड्डी है। मशहूर मिसाल है, बावन पत्ते तक़दीर ने हमें थमा दिये। अब हम उन्हें जिस तरह खेलें; यही मामला जब्र और इख़्तियार का है लेकिन सवाल यह है कि जोकर कौन है?'

हर्फ़-ए-महरमाना

सफ़ेद रेत के चलते-फिरते टीले, ज़र्द जंगल, सुर्मयी राजमार्ग, ऊँटों के कारवाँ और ठटठा का पूर्वी गोथक, जिसके रहस्यों को खोजना चाहिए; नेकरोपोलिस की प्राचीन ऊँची क़ब्रों की एकाकी ईंटों की साज-सज्जा, जैसे तुर्की के नुकीले गुम्बदों वाले मक़बरे, रहस्यमय मुलतान, सर रिचर्ड बर्टन के लेथोग्राफ़्स में से अचानक निकलकर, हमारी तरफ़ बढ़ा। औलिया के मज़ारों का भूरा हुजूम हमारे साथ-साथ चलता है। वह जो एक छुपी हुई दिशा है, उसे वह लोग देखते होंगे। हमें महज़ नीले इस्फ़हानी टाइल और गुम्बदों के नीचे आवाज़ों की गूँज! या बिन्त-अल-जबल! (ऐ पर्वत-पुत्री!) तू कहाँ-कहाँ से होकर आती है? मुलतान के क़िले में दमदमे के पास खड़े होकर, कार के अजीबोग़रीब समझदार ड्राइवर ने कहा, 'हवा, और हवा।'

इसी ज़िला मुलतान की तहसील लोधराँ के किसी पुराने क़ब्रिस्तान में अम्मा के दादा मीर मज़हर अली शाह कहीं दफ़्न थे, जो मोहम्मद अली शाह बादशाह-ए-अवध के काल में लखनऊ में पैदा हुए थे। इंसान कहाँ-कहाँ जाकर दफ़्न होता है।[1]

पैग़म्बरों और फ़क़ीरों ने सहराओं जंगलों में बगूलों के साथ गश्त करते हुए, अपने ख़्वाब देखे। वारिस शाह के 'कनफटे जोगी' कीकर के नीचे चकारे बजाते थे। खण्डहरों में साइबेरिया से आये हुए परिन्दे सुस्ता रहे हैं। क़ैद में पड़े इंसान का दुःख कड़ा है। मरु और बलख़ और मुलतान के मुसाफ़िर; सिन्धु नदी की यात्रा बहुत लम्बी है। थॉमस मूर की लालारुख़ का कारवाँ। वक़्त एक ऐसा कुत्ता है, जो भौंक-भौंक कर हमें जहन्नुम के फाटकों तक पहुँचा देता है। किसी ने कहा था, जहन्नुम (नरक) यहाँ भी है और वहाँ भी। नोह प्ले के सियाहपोश कोरस की तरह सब रोती हुई आवाज़ों में चिल्ला रहे हैं।

मुलतान के क़ब्रिस्तान, वह लोग जिनकी तस्वीरें भी मौजूद नहीं, आये और गये। स्टेज नोह ड्रामा जारी। एक्टर ज़िया मोहीउद्दीन, सरवर वाजिद ख़ान

1. वॉल्यूम एक, अध्याय - 4, 'फ़्लाइंग आफ़रीदी'।

से शादी करने वाला था, जो भोपाल की लड़की थी। सरवर की छोटी बहन, शहरबानो, नुसरत भुट्टो की छोटी बहन, हुज्जत इस्फ़हानी की तरह बहुत अच्छी स्टेज एक्ट्रेस थी और कराची की अंग्रेज़ी शौक़िया स्टेज पर ज़िया के साथ जूलियट का रोल अदा कर चुकी थी। बड़ी बहन की एक फ़ौजी कर्नल से शादी हुई थी और लाहौर में रहती थी। उसकी कार अमेरिका से आई थी, उसे लेकर हम लोग लाहौर जा रहे थे।

हम आगे बढ़ते हैं; क्षितिज पर बादलों की सुनहरी सीढ़ियाँ, सड़क के सिरे घने दरख़्तों की महराबें, जो और दूर होती जाती हैं। अचानक आसमान पर धनक की नदी, नीचे एक और चौड़ा दरिया। किनारे पर एक पुराने समय का सर्किट हाउस। चान्दनी रात के बाग़ में बड़े पग्गड़ और तहबंद वाला बूढ़ा माली, जैसे सोहनी-महिवाल का एक पात्र। अपनी नदी जैसी सर्द आँखों से हमें देखकर बोला, 'सामने बरगद के नीचे सौ वर्ष पुराना नाग रहता है।'

'इस इलाक़े में मशहूर है।' रेस्ट हाउस के बैरे ने बरामदे में डिनर सर्व करते हुए कहा, 'चान्दनी रातों में दो-दो सौ बरस पुराने नाग सोणी मुटियारों के रूप में निकलते हैं।'

नागों का ख़ूबसूरत औरतों के रूप में प्रकट होना, प्राचीन चीनी धारणा भी थी। मुझे ख़याल आया और अम्मा बताती थीं कि उनके दादा मीर मज़हर अली के सम्बन्ध में एक वाक़ेआ मशहूर था (जो मरणोपरांत मीर मज़हर अली शाह पीर कहलाए), जब वह मुलतान में एक्स्ट्रा असिस्टेंट कमिश्नर लगे हुए थे। एक बार परगने का दौरा करते डाक बंगले पर वापस आये। दृश्य, गर्मी का मौसम, चान्दनी रात, डाक बंगले के सब्ज़े पर पलंग, सफ़ेद बुर्राक़ मच्छरदानी, बराबर में आराम कुर्सी, दो अदद मूढ़े। स्टूल पर सुराही और गिलास। मीर साहब का घोड़ा अस्तबल में आराम कर रहा है। पलंग पर नीमदराज़ मीर साहब पेचवान का कश लगाते हैं, बन्दूक़ सिरहाने रखी है।

छन छन छन, एक सुन्दरी प्रकट होती है, इठलाती हुई आकर मूढ़े पर बैठ जाती है। माशूक़ाना अंदाज़ में हुक़्क़े की नै मीर साहब से लेकर कश लगाती है।

मीर साहब ने दिल में सोचा, हो न हो यह कंजरी किसी वडेरे ने भेजी है। लाहौल वला क़ुव्वत (ऊँचे स्वर में) चपरासी, चपरासी! बन्दूक़ की तरफ़ हाथ बढ़ाया। बन्दूक़ देखकर रहस्यमयी हसीना का रंग फ़क़! फ़ौरन उठकर इठलाती हुई डाक बंगले की सिम्त चली और ग़ुस्लख़ाने की मोरी में दाख़िल होना शुरू हुई; आख़िर में फ़क़त नाग की दुम बाक़ी रह गयी और वह भी ग़ायब।

अन्दरूनी दुनियाओं की एक हैबतनाक झलक क्या मीर मज़हर अली ने देखी?

नोह के मास्क, प्राचीन कहानियाँ, ताँत्रिक प्रतीक।

कुछ लोगों ने सिर इतने बुलन्द किये कि शीशा टूट गया।

और आपके पास क्या सबूत है कि मीर अली के साथ यह घटना नहीं घटी?

सामने विशाल नदी बह रही थी। सचल सरमस्त (रह.) ने कहा था 'ज्हें मेहर मिलायो, तन्हीं घड़े ताँ घोरी आयाँ, तन्ही कन्हर ताँ क़ुर्बा, त्याँ जिन्हें कच्चो पकायो।'

सचल सरमस्त (रह.) पहुँचे हुए (महान) बुज़ुर्ग! कुम्हार से ख़ुश। हम, आप मामूली इंसानों के लिए सारी प्रॉब्लम यही है कि सोहनी की तरह घड़े को पक्का समझकर, उस पर सवार हुए और वह कच्चा निकला और कुम्हार पर कोई वश नहीं और जोकर कौन है?

अनारकली का मक़बरा जो इतिहासकारों के अनुसार जहाँगीर की चहीती बीवी की आख़िरी आरामगाह और यह मलिका उस फ़र्ज़ी और पोशीदा (लुप्त) अनारकली से भिन्न हस्ती थी, उसके मक़बरे में अंग्रेज़ों ने गिरजाघर बनाया। (चर्च ऑफ़ सेंट जेम्स, बाद में पब्लिक रिकॉर्ड ऑफ़िस) हसनैन मामू बताते थे कि मीर मेहदी अली कोतवाल शहर लाहौर की क़ब्र उस मक़बरे के अहाते में थी; क्यों? और किस तरह? अम्मा के नाना मीर मेहदी अली, नानी अशरफ़जहाँ के शौहर जिनको ग़दर के बाद अम्मा और हसनैन मामू के परदादा ख़ान बहादुर मीर क़ायम अली सी.आई.ई. (जिनको अंग्रेज़ों ने कानपुर और सतलुज पार बुलवा लिया था) ने ग़दर के बाद बे सरोसामान रिश्तेदारों को पंजाब बुलवाकर

मुलाज़िमतें दिलवाई थीं। उनमें उनके बेटे मीर अली के साढ़ू मीर मेहदी अली शामिल थे।

लेकिन अब सवाल यह है कि मीर मेहदी अली अनारकली के मक़बरे के अहाते में क्यों दफ़्न किये गये।

'और अब उनकी क़ब्र मौजूद है या नहीं।' मैंने आपा हम्मन से कहा। रंगीन दस्तावेज़ी फ़िल्मलोक के पंजाबी नृत्यों के लिए बारौनक़ अफ़सानवी रौशन मुनव्वर अनारकली बाज़ार में रात के वक़्त मैं और आपा हम्मन कपड़े ख़रीद रहे थे। गलियों में पुराने स्टाइल के अफ़सानवी मकानों के बुख़ारचे और फाटक; यहीं कहीं शहर में मोची दरवाज़े में नवाब क़िज़िलबाश का मकान था, जहाँ मीर क़ायम अली आकर ठहरा करते थे और उससे पहले मुग़लों का लाहौर। काश! हम लोग पिछले किसी दौर में पैदा हुए होते। मैंने इज़हार-ए-ख़याल किया।

'बुरा हश्र होता।' आपा हम्मन ने कहा। 'पर्दे में क़ैद, घुटी पड़ी होतीं। शुक्र करो मज़े से शाम के वक़्त आज़ादी से शॉपिंग करते घूम रहे हैं, सारी दुनिया में अकेले सफ़र करते हैं। रास्ते में ठग गला घोंट कर मार डालते। बादबानी (पर्दे वाले) जहाज़ डूब जाते, समुद्री डाकू पकड़ लेते। ले जाकर बग़दाद में कनीज़ (दासी) बनाकर बेच देते; वर्ना यहीं कहीं बादशाह हाथी के पाँव के नीचे कुचलवा देता या क़िले की फ़सील पर से ज़िन्दा नीचे फेंक दी जातीं।'

आपा हम्मन ने जो फ़ौरी तौर पर मंज़रनामा पेश किया, वह निहायत ख़ौफ़नाक था।

मैंने सिर खुजाया। 'जी, मगर यह कल्चर की समस्याएँ तो न होतीं। क्योंकि अब सवाल यह है कि मुझे अब तक यह मालूम न था कि पंजाब की मुसलमान किसान औरतें शलवार की बजाय लहंगा पहनती हैं? लहंगा पहने झूमर नाचती लड़कियाँ पूर्वी पंजाब और राजस्थान की लड़कियों से किस तरह भिन्न लगेंगी। चित्रांगदा की तरह हेर्स यहाँ भी हैं और वहाँ भी।'

'इस जगह' मुनन ने रास्ते में एक ओर इशारा किया। 'अल्लामा इक़बाल रहा करते थे, 1922 ई. तक।'

आपा हम्मन बोलीं, 'बड़ी अम्मा ने एक बार ज़िक्र किया था कि जब अल्लामा इक़बाल अपने अनारकली वाले मकान में रहते थे, वह अलीगढ़ से लाहौर आई हुई थीं, इक़बाल ने उन्हें इस मकान में खाने पर बुलाया था। बड़ी अम्मा ने उसी ज़माने में पर्दा करना छोड़ दिया था। मगर अल्लामा मरहूम के सामने नहीं आई थीं कि उन्हें अफ़सोस होगा।'

'अब अल्लामा इक़बाल को लीजिए और इस्लामी कल्चर के मुताल्लिक़ उनके नज़रियात।'

बड़ी अम्मा में कितनी हिम्मत थी। अपने ज़माने के Giants को लगातार Defy करती रहती थीं।

'अकबर इलाहाबादी और इक़बाल दोनों अम्मा की आज़ाद ख़याली से नालाँ थे।' मैंने जवाब दिया। हसनैन मामू, अल्लन मामू बताते हैं कि इक़बाल, अम्मा को आक़ाज़ादी कहते थे; यानी रसूलुल्लाह की संतान। शायद इस वजह से और नाराज़ थे कि आले रसूल (रसूल (स.) की संतान) होकर बेपर्दा हो गयीं।

जो था, नहीं है; जो है, न होगा। वक़्त इतना बदल चुका है कि अगर उस ज़माने के मुताल्लिक़ सोचिए तो अजीब लगता है, जब मीर फ़ैज़ुल अस्करी, नज़रुल बाक़र और ज़हूरुल हसनैन और इक़बाल इकट्ठे मदरसे जाते थे और इनामुल्लाह मामू के चचा अल्लामा मीर हसन से पढ़ते थे और तीन वर्षीय अम्मा इक़बाल के वालिद शैख़ नूर मोहम्मद का सिया हुआ सुर्ख़ रेशमी बुर्क़ा ओढ़कर अपने दादा मीर मज़हर अली की गोद में घोड़े पर बैठती थीं।[1] अभी रास्ते में मुलतान से गुज़रते हुए हमें याद आया कि मीर मज़हर अली वहीं कहीं दफ़्न हैं। 'मैं अपनी तस्बीह-ए-रोज़ो शब (दिन राता माला फेरने) का शुमार करता हूँ, दाना-दाना।'

सुबह के वक़्त आपा हम्मन के यहाँ नम्बर 49, लॉरेंस रोड पर पिछले बरामदे में दर्ज़ी आकर बैठा। कपड़ों की सिलाई शुरू की। तीसरे प्रहर को

1. वॉल्यूम एक अध्याय 4, 'फ़्लाइंग आफ़रीदी।

मार्कसिस्ट इन्टलेक्चुअल सफ़दर मीर तशरीफ़ लाए, मैंने लहंगों का मसअला उनके सामने पेश किया।

सफ़दर मीर ने पूरे दो घंटे लेक्चर दिया। 'हमारे कल्चर' उन्होंने फ़रमाया। 'दरअस्ल सिख कल्चर है, हमारी और पूर्वी पंजाब की संस्कृति एक है।'

'फिर क़ायद-ए-आज़म वाले पाकिस्तान का क्या हुआ?' मैंने दरयाफ़्त किया।

'वह भी है।' उन्होंने मुत्तला (सूचित) किया।

यह बारीक नुकता मेरी समझ में न आया और मैं उठकर गुलबर्ग कॉलेज ऑफ़ होम साइंस की प्रिंसिपल डॉक्टर महबूब शाहज़माँ को फ़ोन करने गैलरी में गयी, जिनके यहाँ की लड़कियाँ इस शर्त पर रक़्स करने के लिए राज़ी हुई थीं कि फ़िल्म पाकिस्तान में न दिखाई जाए।

डॉक्टर महबूब शाहज़माँ सरदार अय्यूब ख़ाँ मरहूम[1] की पोती थीं।

एक रात वह अपने कॉलेज से मुझे अपने घर ले गयीं, जिसकी दीवारों पर बुख़ारा के क़ालीन आवेज़ाँ (लगे हुए) थे और तिपाइयों पर ख़ुश्क मेवों के तश्त रखे थे और महबूब की वालिदा एक शानदार अफ़ग़ान शहज़ादी थीं। अब्बाजान का ज़िक्र करते हुए, उन आँखों में आँसू झलकने लगे। 'हम लोग सख़्त पर्दे में रहते थे, मगर अपने मर्दों से मरहूम की बेहद तारीफ़ें सुना करते थे। अल्लाह ग़रीक़े रहमत करे!'

मुझे उस वक़्त याद आया; एक अफ़ग़ान शहज़ादे सरदार उमर ख़ाँ जब नं. 20 कर्ज़न रोड देहरादून के पहले के रौशन बरामदे में आकर बैठा करते थे और अब्बाजान के साथ शतरंज खेलते थे। एक बार मैंने 'ज़र्ब-ए-कलीम' में से 'रूमी बदले, शामी बदले, बदला हिन्दुस्तान; तू भी ऐ फर्ज़न्द-ए-कोहिस्तान अपनी ख़ुदी पहचान', उनको दी थी और वह अटक-अटक कर उस नज़्म को पढ़ रहे थे और उस वक़्त अल्लामा अब्दुल्लाह यूसुफ़ अली का अनुवाद किया हुआ

1. वॉल्यूम एक, अध्याय - 3, 'अफ़गान बाक़ी कोहसार बाक़ी!'
डॉक्टर शाह ज़माँ ने अब अमेरिका में निवास कर लिया है। उनके भाई सरदार शाहनवाज़ ख़ाँ ईरान में पाकिस्तान के राजदूत थे।

क़ुरआन शरीफ़ का एक पारह (भाग) डाक से आया और अब्बाजान निहायत ज़ौक़ो-शौक़ से उसके मुताल्लिक़ सरदार उमर ख़ाँ से गुफ़्तगू करने लगे और सरदार उमर ख़ाँ पगड़ी के शिमले से अपने आँसू पोंछते जाते थे। उस अफ़ग़ान शहज़ादे ने कुछ वर्ष बाद बड़ी ग़रीबी की हालत में देहरादून में प्राण त्यागे।

कॉलेज में रोज़ाना रिहर्सलों के बाद दो तीन दिन हम लोग गाँवों में लोकेशन तलाश करने गये। उसके बाद एक सुबह जब सारे शहर पर घना कोहरा छाया हुआ था; हम लोगों ने गुलबर्ग कॉलेज की उन पंद्रह बीस लड़कियों के साथ एक ख़ूबसूरत गाँव का रुख़ किया। सूरज निकलने पर गाँव के चौधरी के आँगन में नृत्य आरम्भ किया गया। मिस्टर मर्चेंट ने कैमरा चलाया; ज़िया सरहदी ने दृश्य डायरेक्ट करना शुरू किया।

महबूब और मैं नीम तले खटोले पर बैठे लस्सी पी रहे थे। दूसरी खाट पर अज़ीज़ अहमद साहब जो कराची से आ गये थे, फ़्लैट्स में ठहरे हुए थे, चौधरी के साथ बैठे लस्सी पी रहे थे, सामने लड़कियाँ झूमर नाच रही थीं। हम लोग काश्तकारी वाले पंजाब के रूमान से आकर्षित व प्रसन्न होंकी डोरी बैठे थे कि अचानक पाँच-छह देहाती मौलवी डंडे संभाले कहीं से आ मौजूद हुए और कलिमाते नामाक़ूल पंजाबी ज़बान में अदा करने लगे बेचारी महबूब बेइंतिहा हैरान-परेशान हुईं। हम लोगों के हाथों के तोते उड़े। जल्द से जल्द पैक-अप किया और वहाँ से सरपट भागे। बाक़ी शूटिंग अगले कुछ दिन तक गुलबर्ग कॉलेज के हरे-भरे मैदान पर की।

अच्छो कराची से आयी। एक शाम भाईजान, आपा हम्मन, अच्छो और मैं जिमख़ाना क्लब गये हुए थे, बालरूम में फ़ैशनेबल दौलतमंदों की नफ़ीस बेगमात मसरूफ़-ए-रक़्स नज़र आयीं; लेकिन कोई ग़रीब देहाती मौलवी वहाँ तक न पहुँच सकता था।

लाहौर का जाड़ा अपने शबाब पर था। एक बर्फ़ानी सुबह छावनी के इन्तिहाई पुरफ़ज़ा स्टेडियम में बॉर्डर फ़ोर्स के रौबदार पठानों ने सरहदी ख़टक डांस डॉक्युमेंट्री के लिए पेश किया, जिसे मिस्टर मर्चेंट ने पिक्चराइज़ किया।

उसके बाद मैंने फ़िल्म के गाने रिकॉर्ड कराने शुरू किये। स्वर नहर के नज़दीक एक स्टूडियो में बद्ध किए जा रहे थे। विभाजन से पहले शायद वह कमला मोवीटोन कहलाता था।

पहले दिन रात के दस बारह बजे तक रिकॉर्डिंग थी। मैं आपा हम्मन को साथ ले गयी। सुर्ख़ किनारे वाली सफ़ेद हिन्दुस्तानी शालें, उन दिनों लाहौर में बहुत लोकप्रिय थीं। उसी हफ़्ते आपा ज़हरा ऐसी ही एक शाल अलीगढ़ से आपा हम्मन के लिए लेकर आई थीं। आपा हम्मन ख़ुश-ख़ुश शाल सिर से ओढ़कर, बाल में दीवार के किनारे रखी एक कुर्सी पर बैठकर, निटिंग में मसरूफ़ हो गयीं। थोड़ी देर बाद सिर उठाकर देखा, सामने की दीवार के साथ प्लेबैक सिंगर कौसर परवीन और दूसरी गाने वाली लड़कियों की नानियाँ, अम्माएँ, ख़ालाएँ और शाही मोहल्ले की दूसरी ख़वातीन वही सुर्ख़ किनारे वाली सफ़ेद शालें सिर से ओढ़े एक क़तार में बैठी, इसी तरह निटिंग में मसरूफ़ थीं।

आपा हम्मन ने हँसी ज़ब्त करके स्वाभिमान से अपनी ऊन और सलाइयों पर ध्यान दिया। मैं दूसरे स्टूडियो में परवीन कौसर और उसकी साथियों से एक पंजाबी लोकगीत की रिहर्सल करवाने में जुटी थी। कुछ देर बाद गैलरी में गयी; वहाँ आपा हम्मन मिल गयीं, मुझे स्थिति से अवगत कराया। अभी-अभी ये नानियाँ, ख़ालाएँ मेरे पास आकर बैठी थीं; एक बोलीं, बड़ी सर्दी है जी! मैंने कहा, जी हाँ, हमदर्दी से बोली, अच्छा किया आप भी निटिंग साथ लेती आईं, फ़िल्म स्टूडियो में रात-रात भर बैठकर बन्दा थक जाता है। फिर पूछा यह आपकी छोटी बहन है जी? मैंने कहा, जी हाँ एक नानी ने दरयाफ़्त किया, क्या गाती हैं, पक्का या ग़ज़लें? दूसरी ख़ाला ने पूछा, आप क्या गाती हैं, तीसरी ने सवाल किया, कहाँ से आई हैं, पहले तो आपको यहाँ नहीं देखा।

'जब एक नानी ने सिग्रेट पेश किया, मैंने कहा माफ़ कीजिए, अभी आती हूँ और उठकर बाहर भागी।'

'बेगम जरी अहमद सैयद : इस वक़्त मीर अहमद अली और शरीफ़ुन्निसा बेगम और सैयद जलालुद्दीन हैदर और सईद बानो बेगम ने क़ब्रों में करवटें ली

होंगी, इसी वजह से पर्दे का हुक्म आया है और अकबर इलाहाबादी और इक़बाल ने शायद इस दृश्य को पहले से देख लिया है। यह ड्रामा दिखाएगा क्या सीन?'

'मेरी सुराही से क़तरा-क़तरा।'

दूसरी शाम हम लोग घर में आतिशदान के सामने बैठे, पिछली रात की घटना की चर्चा कर रहे थे। आपा हम्मन ने कहा, सारी दुनिया के अफ़सानों और नॉविलों में तवाइफ़ (वेश्या) को इन्तिहाई मज़लूम (पीड़ित) और सितमज़दा ग़मगीन दिखलाया गया है। यह लोग तो बड़ी ख़ुश थीं, ज़रा जो ग़मगीन हों।'

'ग़मगीन और नेकदिल हार्ट ऑफ़ गोल्ड की मालिक।' मैंने इज़ाफ़ा किया, 'और यूरोप की ग्लैमर्स स्ट्रीट वाकर्स उंगलियों में सिग्रेट और लैम्प पोस्ट के नीचे खड़ी हैं। बारिश शुरू हुई तो कोनों, खदरों में दुबक गयीं।'

'सोशलिस्ट देशों में।' नवाबज़ादा इम्तियाज़ अली ख़ाँ ने कहा, 'जो भी पाबन्दियाँ हों, वहाँ औरतों की ये ज़िल्लत व ख़्वारी ख़त्म कर दी गयी है। नवाबज़ादा इम्तियाज़ अली ख़ाँ, आपा हम्मन, भाईजान के पड़ोसी पुराने प्रगतिशील थे।

'औरत भिन्न-भिन्न तरीक़ों से हमेशा बिकती रही है। चाहे वह दासी बनाकर बेची गयी हो या उसने कोठा सजाया हो और ठस्से की डेरेदार तवाइफ़ या गायिका, उसे अपनी क़द्रो-क़ीमत भी ख़ूब मालूम है। ज़बर्दस्ती अपने ऐशो-इशरत की ख़ातिर, शौक़िया या मजबूरी की हालत में बहरहाल वह बिक सकती है। यही तो ट्रेजडी है।' भाईजान के एक दोस्त ने कहा।

'सोशलिज़्म ने इस ट्रेजडी को ख़त्म कर दिया है।' नवाबज़ादा इम्तियाज़ ने दोहराया।

गैलरी में फ़ोन की घंटी बजी; मैंने जाकर बात की, अन्दर वापस आकर कहा, 'ज़र ख़रीद' के मुसन्निफ़ (लेखक) अभी आ रहे हैं।'

कुछ देर बाद बरसाती में एक खड़ख़डया स्टेशन वैगन आकर रुकी। गाड़ी एक टूटा-फूटा अंग्रेज चला रहा था। वह, उसकी चुहिया सी मेम और अज़ीज़ अहमद ड्राइंगरूम में दाख़िल हुए।

अज़ीज़ अहमद ने नव वारिदों (नव आगंतुकों) का तआरुफ़ (परिचय) कराया, 'मिस्टर व मिसेज़ फ़ुलाँ, बर्तानवी जर्नलिस्ट।'

नवाबज़ादा इम्तियाज़ व राना साहब जा चुके थे; भाईजान ग़ैर मुल्कियों से बातें करने लगे। अज़ीज़ अहमद ने मुझसे कहा, 'यह एक अजीब उदास सा जोड़ा है, कल शाम मुझे फ़्लैट्स में मिला। यह श्रीमान मुझसे आग्रह करने लगे कि लाहौर के ख़ास-ख़ास लोगों से उनको मिलवा दूँ। इंग्लैंड से कार द्वारा आए हैं, हस्बेमामूल पाकिस्तान पर किताब लिखने।'

उन दोनों की गुफ़्तगू से अंदाज़ा हो रहा था कि वह दुनिया के उन लोगों में से थे, जो हर तरह की कोशिश करने और हाथ पाँव मारने के बावजूद नाकाम रहते हैं या चोटी पर नहीं पहुँच पाते। वह बुझे-बुझे चेहरों वाले मियाँ-बीवी थे, जो एक शिकस्ता (टूटी-फूटी) स्टेशन वैगन पर सवार होकर दुनिया में क़िस्मत आज़माई करने निकले थे।

अज़ीज़ अहमद ने आपा हम्मन से कहा। 'हम्मन बीबी, मैं यह सुनकर दंग रह गया, जब उस बेचारी औरत ने कहा कि हाथ तंग होने की वजह से इस पर्यटन के दौरान उसे अकसर ख़ुद ख़र्च चलाना पड़ता है और महज़ जर्नलिज़्म के ज़रीये नहीं।'

'अजीब! अभी कुछ देर पहले हम लोग यही बात कर रहे थे।' आपा हम्मन ने जवाब दिया; बेचारी।'

बेचारियाँ, गर्मियों का मौसम, 39 ई., देहरादून परेड ग्राउंड की वार्षिक प्रदर्शनी, 'मौत के कुएँ' की ज़हरा डर्बी ने शहर में धूम मचा रखी है। कर्णपुर से हम सब बच्चे, सुआलेहा आपा और आसिफ़ा मुमानी के छोटे भाई और उनके मामूज़ाद भाई और बहनें निहायत ज़ौक़ो-शौक़ से सर्कस देखने जाते हैं। 'मौत के कुएँ' में ज़हरा डर्बी मोटरसाईकिल पर एक खौफ़नाक मूँछों वाले आदमी के साथ बैठती है। सुआलेहा आपा, आसिफ़ा मुमानी, अल्लन मामू, मोहम्मद नवाब, अहमद नवाब भाई ज़ीने के नीचे खड़े हो जाते। बच्चे, कनीज़ फ़ातिमा, अज़ीज़

फ़ातिमा, शफ़ीक़ फ़ातिमा, अली नवाब, मोहम्मद मियाँ, एमी और मैं गिनती से एक क़तार में ज़ीने पर चढ़ाये जाते ताकि भीड़ भड़क्के में खो न जाएँ। कुएँ की तलहटी में मच्छन्दर मोटर साइकिल स्टार्ट करता। साइकिल शोर मचाती ऊपर आती 'कुआँ' ज़ोर-ज़ोर से हिलता। तमाशाइयों में से कोई मनचला रूमाल नीचे गिरा देता, जिसे ज़हरा डर्बी लपक कर पकड़ लेती। ख़तरनाक जानजोखों का तमाशा, जिस से वह बेचारी अपना पेट पालती थी।[1]

एक शाम भाई मज़हरुल क़य्यूम मुझे नुमाइश घुमा रहे थे, एक तरफ़ तम्बू लगे हैं। 'आधी औरत आधी मछली, औरत का कटा हुआ सिर।' 'मिस बिजली का ज़िन्दा नाच गाना।' उस ख़ेमे के सामने एक गुलाबी रंगत वाला ख़ूबरू पठान नौजवान, गुलाबी शलवार क़मीज़, तुर्रेदार पगड़ी, मेज़ पर खड़ा रकाबियाँ उछलाने का तमाशा दिखा रहा था। लोग झुंड के झुंड ख़ेमे के अन्दर जा रहे हैं, जहाँ से घुँघरुओं की आवाज़ आ रही है। पठान नौजवान हँस-हँस कर किसी से कहता है, 'सब फ़्री हैं। सब फ़्री हैं।'

एक ख़ेमे के बाहर लिखा है, 'सिर कटी लड़की, फूल देवी।' मज़हर भाई कहते हैं, 'बीबी उसे देखोगी? डरोगी तो नहीं?' 'हरगिज़ नहीं, हम बहुत बहादुर हैं।'

ख़ेमे के अन्दर सब्ज़ घास पर एक मेज़ रखी है; उसके चारों पाए नज़र आ रहे हैं। मेज़ पर सुराही, सुराही के मुँह पर पावडर सुर्ख़ी से लिपी पुती लड़की का सिर। एक आदमी अन्दर आता है, ख़ेमे में सिर्फ़ मज़हर भाई और मैं और वह सिर कटी लड़की और वह पुरअसरार (रहस्यमय) आदमी, वह पूछता है, 'तुम्हारा क्या नाम है।'

लड़की बड़ी तकलीफ़ से और मद्धम आवाज़ में जवाब देती है। 'फूल देवी।'

'क्या खाती हो?'

'फूल सूँघती हूँ।'

1. डालन वाला की ज़हरा डर्बी।

मैं बहुत हैरान और अफ़सुर्दा होती हूँ। बेचारी सिर कटी लड़की बिना खाना खाये सिर्फ़ फूल सूँघकर किस तरह जीती होगी। अब मुझे एकदम डर लगता है और मैं मज़हर भाई से कहती हूँ। 'बाहर चलिए'

और वह चार साल की बच्ची के क़द की बौनी, जो एक बूढ़े के कंधे पर सवार ऊँची पाटदार आवाज़ में लखनऊ की सड़कों पर गाती फिरती थी और भीख माँगती थी और एक बार जाड़ों की एक शाम को हमारे यहाँ फ़ैज़ाबाद रोड आई थी और अम्मा और चन्दा मुमानी ने उससे गाने गंवाकर सुने थे।[1]

और सर्कस और नौटंकी और थियेटर वालियाँ और जादूगरों की असिस्टेंट, जिन पर चाकू फेंके जाते हैं और वह स्टेज की दीवार से लगी खड़ी रहती हैं लेकिन ज़्यादातर औरतों पर चाक़ू फेंके जाते हैं और वह दीवार से लग दम साधे खड़ी रहती हैं।

और 'लोकनृत्य' के पंजाबी गीतों की सदाबंदी के बाद, एक सर्द धुँधली सुबह परवीन कौसर अपनी कोरस गर्ल्स के साथ स्टूडियो के बाहर, रिकॉर्डिंग वैन के पास आकर खड़ी हुई। उसने उस वक़्त के लाहौर में प्रचलित फ़ैशन के अनुसार शलवार क़मीज़ के साथ सिर पर ऊनी बैरे ओढ़ रखी थी। रिकॉर्डिंग सुनकर बहुत शरमाते हुए उसने कहा, 'अगर आपको गाने पसंद न आए हों तो मैं सारे फिर गा दूँगी। हम लोग सब दोबारा गा देंगे। हम हाज़िर हैं।'

नेक दिल और हार्ट ऑफ़ गोल्ड की मालिक वाला इमेज शायद ठीक था।'

सिब्ते हसन के सम्पादन में पाकिस्तान टाइम्स ग्रुप की साप्ताहिक चित्रांकित पत्रिका 'लैलो नहार' उन बेहतरीन पत्रिकाओं में से थी, जो उर्दू में कभी प्रकाशित हुईं। उन दिनों उसमें हर सप्ताह एक चित्रों सहित फ़ीचर 'सो है वह भी आदमी' प्रकाशित होता था, जिसमें बहुत ग़रीब, बहुत निम्न श्रेणी के मेहनतकश इंसानों के इंटरव्यू छपते थे, जो विभिन्न उपायों से अपनी रोज़ी कमाते थे। न जाने किसी ने 'सो हैं वह भी औरतें' क़िस्म का फ़ीचर क्यों न प्रकाशित किया।'

---

1. 'अक्सर इस तरह भी रक़्से फ़ुग़ाँ होता है' की बौनी हीरोइन।

फ़िल्म के बाक़ी गानों की सदाबंदी[1] मैंने लंदन में करवाई। चचा सिद्दीक़ी ने बी.बी.सी. के उर्दू सेक्शन के स्टूडियोज़ में कुछ पाकिस्तानी पंजाबी लड़कियों को इकट्ठा किया। उन्होंने ढोलक के गीत गाये और 'लड्डी डाली।'

न सर जान लॉरेंस को मालूम था, न मक़बरा अनारकली को चर्च ऑफ़ सेण्ट जेम्स में तब्दील करने वालों को कि एक वक़्त वह आयेगा जब रावी और चिनाब और सतलुज और व्यास और जेहलम और गंगा व यमुना के किनारे बसने वाले, टेम्स नदी के साहिल पर अपनी बस्तियाँ आबाद करेंगे। गिरजाघरों में गुरुद्वारे और मस्जिदें बनायेंगे। मोहर्रम की मजलिसें करेंगे और अंग्रेज़ की नाक में मुर्ग़ी का पर डालेंगे।

कनकाँ दियाँ फ़स्लाँ पक्कियाँ ने, इंगलैंड विच्चों मेमाँ नसियाँने।
मेरी सुराही से...।

1. स्वर बाँधना।

या बिन्त-अल-जबल

57 ई., गर्मियों का मौसम, शाम का वक़्त समुन्दर की झलकती झिलमिलाती आँख, बरामदे की लोहे की हरी जाफ़री में से झाँक-झाँक कर हमें घूर रही है। दूर लास बेला की सुर्ख़ पहाड़ियाँ गर्द और धूल के झक्कड़ में छुप गयीं। दोपहर की आवाज़ें पहाड़ियों से टकरा रही थीं; या बिन्त-अल-जबल! (ऐ पर्वत पुत्री) तुम कहाँ से होकर आयी हो और कहाँ निकल जाओगी?

किसी सैनिक विमान के स्टार्ट होने की गड़गड़ाहट; अन्दर ठंडे ड्राइंग रूम में क़ालीन पर रखी, सिलहटी बेद की कश्ती में सब्ज़ बेलजियन प्यालियाँ झिलमिलाती हैं। उनके पीछे रखा हाला का ज़र्द गुलदान।

स्टिल लाइफ़!

मज़हर मियाँ, अच्छे भाई, नूरअफ़शाँ, आसिम, हातिम और मैं फ़र्श पर बैठे चाय पीने में मसरूफ़। बेचारे अय्यूब भाई मरहूम ख़ुद इसी टुकड़ी में शामिल, इसी जगह बैठकर, यही बहस मुबाहिसे करते थे। मगर इस वक़्त तक उनकी मौत का क़िस्सा भी बासी हो चुका था। बाहर बहुत दूर कंक्रीट के धूल भरे मैदान में सैनिक विमान ने टेक ऑफ़ की तैयारी की; उठने के लिए पर तौले, इंजिन की गड़गड़ाहट तेज़ हो गयी। कमरे के अन्दर मज़हर मियाँ ने अपना गोल्ड फ़्लेक का डिब्बा, जो हर समय उनके साथ रहता था, फ़र्श पर रख चाय बनानी शुरू की। अच्छे भाई ने बहुत आहिस्ता यानी स्लो मोशन में दूसरा सिग्रेट सुलगाया और चाय की प्याली उठाई।

डॉक्टर नूरअफ़शाँ इमाम ने, उन्हें ज़रा ग़ौर से देखा।

मज़हर मियाँ ने दूसरा सिग्रेट जलाया। अच्छे भाई और मज़हर मियाँ दोनों लगातार सिग्रेट पीते थे। अच्छे भाई ने अपने सिग्रेट की राख एशट्रे में झटकी। बातें करते-करते बेध्यानी में वह राख, मैं एशट्रे से निकाल-निकाल कर अच्छे भाई की ट्रे में डालती रही। कुछ पल ख़ामोशी से वह मेरे यह क्रियाकलाप देखते रहे, फिर बहुत मुलायमियत से कहा, 'मेरी चाय में राख मत मिलाइए।'

अच्छे भाई (सैयद ज़हीर हैदर पुत्र नसीरुद्दीन हैदर) के पूरे व्यक्तित्व में यही नरमी और मुलायमियत रची हुई थी। हर बात बहुत ही नर्म लहजे में करते थे और एक शान्त, संतुलित व्यक्ति थे। अलीगढ़ से आकर यहाँ एक ब्रिटिश फ़र्म में मुलाज़िम हो गये थे और अपनी बड़ी बहन आपा अज़रा के यहाँ पी.ई. सी.एच.एस. हाउसिंग सोसायटी में रहते थे। अब हम लोग उनकी शादी के लिए लड़की तलाश करने में मसरूफ़ थे। कुछ दिन पहले नई हिलमैन कार ख़रीदी थी और उसे हम लोगों को दिखाने मारीपुर लाये थे।

कुछ देर बाद मज़हर साहब, अच्छे भाई, आसिम और हातिम के दरमियान मोटरों के मुताल्लिक़ टेक्निकल गुफ़्तगू शुरू हो गयी। फिर अच्छे भाई ने घड़ी देखी और शहर वापस जाने के लिए उठे। स्लो मोशन में अपना हाथ सिर तक ले गये और नूरअफ़शाँ से कहा, 'हमारे सिर में तीन-चार दिन से हल्का-हल्का दर्द मुस्तक़िल हो रहा है।'

'अच्छे भाई अपना चेकअप फ़ौरन करवा लीजिए।' नूरअफ़शाँ ने कहा।

'करवा लेंगे' अच्छे भाई ने बेपरवाई से जवाब दिया। हम सब बातें करते बरामदे में आ गये। बाहर फ़ौजी विमान ढलती धूप में कबूतर की तरह चमकता शफ़्फ़ाफ़ नीले आसमान में किसी तरफ़ को उड़ा जा रहा था।

अच्छे भाई के सिर के दर्द ने तशवीशनाक (चिंताजनक) सूरत इख़्तियार कर ली। कुछ दिन बाद जब हम उनकी कुशल पूछने आपा अज़रा के यहाँ गये; शाम हो चुकी थी। अच्छे भाई, आपा अज़रा, सईद भाई और दूसरे रिश्तेदार बाहर हरियाली पर बैठे हुए थे। पड़ोस में किसी इण्डियन डिप्लोमेट की कोठी में रेडियो बज रहा था। झुटपुटे के वक़्त आसमान पर परिन्दों की डारें बसेरा लेने एक सिम्त को परवाज़ कर रही थीं। चची वहीदा बरामदे में मग़रिब की नमाज़ अदा करने में मसरूफ़ थीं। अच्छे भाई शगुफ़्तगी से (प्रसन्नचित्त होकर) बातें करते रहे, मैंने उनसे कहा, 'मैं अगले महीने वर्ल्ड पैन काँग्रेस के लिए टोकियो जा रही हूँ।'

'कहा जापान का डर है?' अच्छे भाई ने पूछा।

'कहा जापान तो होगा।' मैंने जवाब दिया।

फिर वह हम लोगों को कार तक पहुँचाने बहुत आहिस्ता-आहिस्ता चलते फाटक तक आये।

तीसरे दिन नौसेना के अस्पताल में दाख़िल कर दिया गया।

4 जुलाई की सुबह देश का सर्वश्रेष्ठ ब्रेन सर्जन अच्छे भाई के दिमाग़ का ऑप्रेशन करने वाला था। सारा परिवार सुबह से ही नेवी के अस्पताल में इकट्ठा था। सिर्फ़ अच्छे भाई की वालिदा चची वहीदा अस्पताल नहीं गयी थीं; उनकी दुसराहट के लिए मैं और नौशाबा, आपा अज़रा के घर रह गये थे। चची जान ड्राइंग रूम में तख़्त पर जायनमाज़ बिछाए दुआएँ पढ़ रही थीं और मैं और नश्शो टेलीफ़ोन के पास बैठे थे; सारे मकान पर सन्नाटा छाया हुआ था। वह 4 जुलाई सुबह ग्यारह, साढ़े ग्यारह का वक़्त था।

फ़ोन की घंटी बजी, नश्शो ने रिसीवर उठाया, अस्पताल से सुनावनी आयी थी; अच्छे भाई ऑप्रेशन टेबल पर ख़त्म हो गए!

चचीजान ने हम दोनों को ज़ारो क़तार रोते देखा; कुछ लम्हे निश्चल और शान्त बैठी रहीं, फिर आहिस्ता से उठीं और हमारे क़रीब आकर कहा, 'अल्लाह की अमानत थी, उसने वापस ले ली। सब्र!'

जवान बेटे की मौत पर चचीजान का सब्र और ज़ब्त और ईमान की मज़बूती लर्ज़ाख़ेज़! वह दो-तीन मिनट तक चुपचाप खड़ी टेलीफ़ोन को देखती रहीं। फिर 'अल्लाह' कहकर आहिस्ता-आहिस्ता क़दम रखती, झुकी-झुकी अपने कमरे में गयीं और दरवाज़ा अन्दर से बन्द कर लिया। दरीचे के बाहर फूलों पर सफ़ेद तीतरियाँ उड़ती फिर रही थीं और आसमान पर बादल घिरे खड़े थे। अचानक सामने की दीवार पर लगे कुक्कू क्लाक पर मेरी नज़र पड़ी, जो पता नहीं कब बन्द हो गया था, मैंने आहिस्ता से हाथ बढ़ाकर रिसीवर उठाया और वक़्त का नम्बर डायल किया, अनीस मिर्ज़ा की आवाज़ यकसानियत से दोहरा रही थी : When you hear the tone, the time will be...

शाह अब्दुल लतीफ़ भटाई ने कहा था, 'वहाँ जोगी अपनी आग जलाते हैं, और जब वह जोगी चले गये तो उनकी जगह पर न तिनके मिले न पत्थर और राख उड़ गयी और जोगी अपने शंख फूँकते अपनी चिरयात्रा पर रवाना हो गये।'

और अय्यूब अहमद किरमानी मरहूम ने कहा था। 'रूह कोई चीज़ नहीं, इंसान मर जाता है, उसके साथ उसके अस्तित्व की चेतना भी समाप्त हो जाती है।'

अच्छे भाई के सगे भाई बहनों में पारे मॉन्ट्रियाल भी थे, आपा ज़हरा अलीगढ़, आपा हम्मन लाहौर, सिर्फ़ आपा अज़रा और अच्छो कराची में थीं। आपा हम्मन सुर्ख़ आँखें लिये एयरपोर्ट से पहुँचीं। आपा अज़रा, सईद भाई की नई कोठी के लॉन पर अच्छे भाई का जनाज़ा लाकर रखा गया। उनकी तायाज़ाद बहन यानी नूरअफ़शाँ की वालिदा आपा राज़िया ने सिरहाने बैठकर, तिलावत-ए-क़ुरआन (क़ुरआन शरीफ़ का पाठ) शुरू की। घर और बाग़ सोगवारों (शोकाकुलों) से भर गया। चचीजान सफ़ेद चिकन की साड़ी पहने ख़ामोश बैठी रहीं या 'सब्र, सब्र' दोहराने लगतीं।

शाह अब्दुल लतीफ़ (रह.) ने कहा था, 'इस ज़मीन में इतनों की ख़ाक मौजूद है, कैसे-कैसे लोग चले गये, ज़िन्दगी इतनी मुख़तसर है, लतीफ़ जागो और ढूँढ़ो।'

'मैं जगमगाहट से निकलकर आया था, उसी में वापस जाता हूँ। बीच में यह क्या था?'[1]

बाँसुरी का सिर्फ़ एक सुर।

अच्छे भाई मरहूम के चालीसवें के दो-तीन दिन बाद, अगस्त के महीने में आपा सिद्दीक़ा, रम्मी किशवर से मिलने जेनेवा रवाना हुईं। अच्छो ने शिकागो यूनिवर्सिटी और मैंने युनेस्को के निमंत्रण पर जापान की तैयारी शुरू की। कारे जहाँ जारी रहा।

---

1. एक ज़ेन मास्टर की 'हाइको'।

ज़ेन मास्टर्ज़ और टाइफ़ून

'मिस्टर सलमान अहमद अली का फ़ोन आया था।' बोर सिद्दीक़ी ने कहा, 'उनके यहाँ शाम को मुकेश खाने पर आ रहे हैं, आपको बुलाया है, अच्छा मैं चलता हूँ; ख़ुदा हाफ़िज़!' और अपनी बोरियत में लथपथ ग़ायब हो गये।

मुकेश, सलमान अहमद अली के यहाँ आ रहे हैं। ताज्जुब के साथ मैंने नूरअफ़शाँ को आवाज़ दी। 'लो और सुनो! मुकेश कराची आये हुए हैं और सलमान भाई के यहाँ डिनर पर आ रहे हैं; अजीब बात है।'

'प्लेबैक सिंगर मुकेश, इण्डिया से?'
'हाँ, हाँ, वही।'

शाम को हंगेरियन मूल के ब्रिटिश हास्य लेखक जॉर्ज माइक्स, सलमान भाई के घर पर अनवर क़ुरैशी और माकी से बातें करते मिले। सच्ची बात तो यह है कि टोक्यो, क्योटो, नारा और कीनावा, हाँगकाँग, बैंकाक, मनीला और रंगून इधर और सारा बर्तानिया और पश्चिमी यूरोप उधर, बोर सिद्दीक़ा सा दूसरा न मैंने देखा न सुना। बुक़रात अमूमन उनके साथ मेंक टू मेंक जाते थे मगर उनके मुकाबले में Danny Kaye थे।

उन्हीं की क़िस्म के एक साहब उस वक़्त सलमान भाई के यहाँ आ पहुँचे। मेहमान-ए-ख़ुसूसी (विशेष अतिथि) से मिलवाया गया। खाने के दौरान जार्ज मुकेश ने उनसे कोई सौम्य मज़ाक़ किया; उनकी कोई प्रतिक्रिया न हुई। जार्ज मुकेश ने मुझे देखा, मुझे बैंकाक याद आ गया। जापान से वापसी पर दस बारह दिन बाद जहाँ इनेग्स विलसन, स्टीवन स्पिंडर और उन सबसे दोबारा मुलाक़ात हुई थी। एक महफ़िल में जार्ज मुकेश ने इसी तरह कोई पुरलुत्फ़ बात कही थी। एक साहब ने पलकें झपकाकर पूछा, 'इसका मतलब?' जार्ज मुकेश ने बड़ी लज्जा से कहा था, "It was a joke"

जब किसी साहित्यकार या हास्यलेखक को यह समझाना पड़े कि उसने क्या लिखा या कहा है, वह वक़्त बड़ा सब्रआज़मा (संयम बरतने का) होता है। इसलिए ज़ेन मास्टर कह गये हैं कि ख़ामोश बैठे लोबान की आवाज़ सुनते रहो।

'बैंकाक के आगे तो आपने और ख़तरनाक हवाई सफ़र नहीं किये?' जार्ज मुकेश ने दरयाफ़्त किया।

जब हम टोकियो[1] से चलने वाले थे, उत्तरी समुद्रों में ज़बरदस्त टाइफून आ रहे थे। टोकियो एयरपोर्ट पर मालूम हुआ कि टाइफून हुलडा की आमद आमद है। इसलिए अगले दो दिन की सारी फ़्लाइट्स स्थगित कर दी गयी हैं। सिर्फ़ एक टी.डब्लू.ए. का कारगो विमान ओकीनादा जा रहा है। मैंने कहा अगर मैं आजकल में न रवाना हुई तो मेरा आगे का सारा प्रोग्राम तलपट हो जायेगा, आप इसी जहाज़ में मुझे सीट दे दीजिए।

एक लम्बे बालों वाले मशहूर बंगाली शाइर[2], जो कराची यूनिवर्सिटी में बंगाली पढ़ाते थे, मेरे नज़दीक काउंटर पर मौजूद थे। मेरे अलावा पाकिस्तान से सिर्फ़ वह इस कॉन्फ्रेंस में तशरीफ़ ले गये थे। मैंने कहा आप भी चल रहे हैं? वह बहुत घबराये; मैंने कहा, आप मर्दे मोमिन कलमागो आदमी, एक ज़रा से टाइफून से डरते हैं। अगर हवाई जहाज़ के हादसे में मरना क़िस्मत में लिखा है, मर जायेंगे वर्ना बख़ैरियत पहुँच जायेंगे। वह बहुत परेशान और हैरान हुए। ओकीनादा पहुँचकर 'टी हाउस ऑफ़ दि आगस्ट मून' बहुत याद आया।

बैंकाक में हमारी एक पुरानी क्लासफ़ेलो रशीदा मौजूद थी। वह पंजाबी लड़की है, शौहर बंगाली और थाईलैंड में पाकिस्तानी राजदूत। इस लड़की के इण्डियन पंजाबियों से बहुत अच्छे सम्बन्ध थे। जिस दिन सुबह तीन बजे मैं बैंकाक से चल रही थी, उसने सिर पर नीली पगड़ी बाँधने वाले खौफ़नाक सरदारों से रात के दो बजे उनकी नायलोन साड़ियों की दुकान खुलवा दी। सरदारों ने बड़ी विनम्रता से कहा, 'भैनज़ी अपनी दुकान समझो।' जाने वह निहंग थे या अकाली थे या कौन थे। मनीला और हांगकांग में क़तई अजनबी लोगों ने ऐसी मेहमाननवाज़ी की गोया मुद्दतों के पुराने दोस्त हैं।

---

1. जापान और सुदूर पूर्व पर मेरा दीर्घ रिपोर्ताज़, 'सितम्बर का चाँद' उसी ज़माने में 'नक़ूश' लाहौर में प्रकाशित हुआ था। बाद में उसे पाकिस्तान में शायद अहमद नदीम क़ासमी ने किताबी शक्ल में प्रकाशित कर लिया है।
2. ये आजकल बंगलादेश में शायद ढाका यूनिवर्सिटी के वाइस चांसलर हैं।

और रंगून एयरपोर्ट पर एक पुराने मुलाक़ाती मिले जो एक वी.आई.पी. हैं, फ़ौरन एक लिफ़ाफ़ा थमाया कि कराची पहुँचकर उनको दे दूँ। अपनी बीवी के लिए तोहफ़ा ले जा रहे हैं। बेवकूफ़ी की वजह से सम्भव था कि उसे पर्स में रख लूँ, अचानक जाने किस तरह ख़याल आया कि उसमें कोई घपला न हो। लिफ़ाफ़ा खोलकर देखा, गुलाबी मोती और याक़ूत! उनका ख़याल था कि कराची कस्टम वाले मेरा सामान नहीं देखेंगे। वर्ना मैं पकड़ी जाती। दुनिया अजीबोग़रीब वाक़ियात से भरी हुई है।

जार्ज मुकेश आँखें गोल किये सुनते रहे; फिर उन्होंने अपने एडवंचर सुनाये। खाने के बाद हम लोग उन्हें होटल पहुँचाने निकले, फाटक पर आधा घंटा मौसूफ़ ने अनवर क़ुरैशी की फ़िएट इलेविन हंडरेड की श्रेष्ठता पर एक तर्कपूर्ण भाषण दिया। मालूम होता था, सारी उम्र किसी मोटर गैरेज में काम किया है। वह किताबें तो यू हीं ग़लती से लिख डालीं।

'क्या नफ़ीस शख़्स है।' माकी ने बाद में कहा। 'और इतना मौडेस्ट।'

'मैंने इनमें से ज़्यादातर लोगों को बहुत मौडेस्ट पाया। एलमर राइस बूढ़े हैं इसलिए ज़रा झक्की थे, जान स्टीन बेक कम बोलने वाले हैं, घमंडी नहीं। जॉन डोस, पियुस, एल्बर्टो मोरादिया, एनेगस विलसन, पाल बटूरी, सब स्वीट लोग हैं। सिर्फ़ स्टीवन स्पेन्डर ज़रा लड़ाका था। मगर उनके लिए उनका एक समकालीन मशहूर अंग्रेज़ अदीब कह रहा था कि Bad Conscience को सताता है, इस वजह से बदमिज़ाज हैं। यह महज़ हमारे यहाँ हिन्दुस्तान व पाकिस्तान के अक्सर अदीबों और शाइरों की ख़ुसूसियत है। ख़ासतौर से उर्दू के कुछ लेखकों की, जिनको आलमी (विश्वव्यापी) शोहरत भी हासिल नहीं लेकिन ज़रा सी अहमियत उन्हें मिली और दिमाग़ सातवें आसमान पर।'

'लेकिन मुझे यक़ीन है कि बुक़रात को अगर आलमी शोहरत भी मिल गयी जो बहुत हद तक सम्भव है वह ऐसे ही ख़ाकसार रहेंगे।' माकी ने कहा।

दिसम्बर के महीने में बुक़रात ढाके से आ गये। उनकी अगली मंज़िल कनाडा थी, जहाँ रहकर वह जमालियत (सौंदर्य) और दर्शनशास्त्र पर ख़ौफ़नाक क़िस्म की

किताबें लिखने का इरादा कर रहे थे। बेगम बुक़रात डॉक्टर थीं और नूरअफ़शाँ की सहकर्मी रह चुकी थीं। इतवार की एक सुबह मारीपुर तशरीफ़ लाए; मैंने कहा, 'हम एक नॉविल लिख रहे हैं, सोचते हैं उसमें बतौर ग्रीक कोरस आपको डाल दें।'

'यह भी क्या डॉक्युमेंट्री बना रही हैं कि कास्ट में उसको डाल दूँ। इसको डाल दूँ, वाह वाह।'

'यह तो तय है कि किसी न किसी किताब में, देर या सवेर आपको ज़रूर शामिल करेंगे।'

'सिर्फ़ एक शर्त पर; मेरा असली नाम हरगिज़ जाहिर न कीजिएगा।'

'बहुत ख़ूब! लेकिन क्या लिखा जाय; एक गुमनाम फ़लसफ़ी का मक़ूला (कथन) है?'

'क्या ज़रूरी है कि हर वह शख़्स जिसे आप जानती हैं, उसका ज़िक्र करें?'

'हमारे नज़दीक हर इंसान एक अहम किरदार है, जो कि वह है?'

'लगता है, आपका इण्डियन पीरियड ख़त्म हो गया। अब ज़ेन का दौर है।'

'मेरे यहाँ।' मैंने निहायत बुद्धाहुड के आलम में जवाब दिया। 'सारे पीरियड साथ-साथ चलते हैं। कोई दौर किसी दूसरे दौरे से अलैहदा नहीं। गुले सद हज़ार बर्ग।' (सैकड़ों हज़ार पत्तियों वाला फूल) मैंने उंगली उठाकर उन्हें याद दिलाया।

'आप पर इनकिशाफ़े ज़ात (आत्मज्ञान) हो चुका है।'

'अरे साहब बहुत अर्से से।'

'क्या?'

'ऐ अन्दलीब (बुलबुल) क्यों न चमन बीच मर गयी।'

'और?'

'और यह कि अगर हम सब दिन में एक दो बार ख़ुद को याद दिलाते रहें:

I am a damm fool
I am a damm fool
I am a damm fool
तो सारी समस्याएँ हल हो जाएँ। यही महामंत्र है।'

हम लोग हस्बेमामूल समुन्दर की तरफ़ वाले बरामदे में बैठे थे। सामने चट्टानें धूप में चमक रही थीं। नीले आसमान पर सफ़ेद परिन्दे चक्कर काट रहे थे।

'सन्नाटा, झींगुर की आवाज़, चट्टानें।' बुक़रात ने कहा। 'यह हाशू[1] है।'

एक कौआ उड़ता हुआ आकर जंगले पर बैठ गया। आसिम ने उस पर इस पैंतरे से नज़र डाली जैसे जल्द ही उस पर एक हाइको की रचना करने वाले हैं।

'इस बुद्धिमान पक्षी को देखकर आपको क्या याद आता है?' बुक़रात ने पूछा।

'कौआ अँधेरी रात में दिन भर उड़ता रहा।' मैंने जवाब दिया।

'लाहौल वला क़ुव्वत। सुनिये!' हाशू कहता है।

'पतझड़ की शाम

सूखी टहनी

पर एक कौआ।'

कौआ फ़ौरन उड़ गया। अन्दर से सबीहा उर्फ़ रानी निकल कर आयीं और मुझसे कहा 'उनका फ़ोन आया है।'

'कौन?'

'वही जो हैं, वह।'

'अच्छा, वह, कह दो, अच्छा। यह ज़ेन की आख़िरी स्टेज है' मैंने रानी की तरफ़ से मुड़कर बुकरात को सम्बोधित किया।

'अरे न मालूम कौन है। रानी बीबी फ़ोन बन्द न करना। मैंने बेगम साहब से कहा था, इस वक़्त मुझसे बात कर लें। बुक़रात लपक कर अन्दर गये, वापस आये और कहा, मेरी बीवी नहीं थीं। कोई साहब कह रहे थे, आपसे कह दूँ, वह लोग आज सुबह लाहौर रवाना हो गये। आपके प्लेन की फ़्लाइट कल सुबह दस बजे की है।'

---

1. एक मशहूर जापानी हाइको शाइर।

'अच्छा वह लोग, मालूम है।' मैंने कहा।

'वह लोग! हर तरफ़ रहस्यमय लोग बसे हुए हैं। वह लोग, यह लोग, कौन-कौन, कैसे-कैसे लोग, कहाँ-कहाँ छुपे हुए हैं। अक्स्मात प्रकट होते हैं, फिर ग़ायब हो जाते हैं।' बुक़रात ने समुद्र की लहरों की तरफ़ देखकर कहना शुरू किया।

अन्दर फिर फ़ोन की घंटी बजी। रानी ने आकर कहा, 'कैप्टन मज़हर अहमद लंच पर इन्तिज़ार कर रहे हैं। बुक़रात मामू को भी बुलाया है।' 'आसिफ़ लंगूर मामू' की तरह बच्चे बाज़ाब्ता 'बोर सिद्दीक़ी मामू' और बुक़रात मामू कहते थे।

दो घंटे बाद, नेवी के मैस की हरियाली पर धूप में बैठे, अब हम लोग लंच का इंतिज़ार कर रहे थे और ज़रा उकता रहे थे। 'प्लेटों की सदा सुनता हूँ और खाना नहीं आता' आसिम ने कहा।

'निहायत गहरी बात है।' बुक़रात बोले। न जाने यह आजकल के लड़के, जो अंग्रेज़ी में मॉडर्न शाइरी करते हैं, उन्होंने अकबर को पढ़ा है या नहीं।'

एजाज़ हुसैन बटालवी जो लाहौर से आये हुए थे, अनवर क़ुरैशी माकी, कमान्डर अस्करी, पुत्र सईद, नश्शो आसिम बातें करते-करते अचानक ख़ामोश हो गये।

'कोई परी गुज़र रही है।' नश्शो ने कहा।

'जी नहीं, परीज़ाद आ रहा है। बुक़रात बोले।

लेफ़्टिनेंट कमान्डर मज़हर अहमद सब्ज़े पर गुज़रता हुआ वापस आया। रेडियो पाकिस्तान के डायरेक्टर जनरल रशीद अहमद का छोटा भाई बेइन्तिहा हसीनो-जमील, नाज़ुक सा, भोला सा नौजवान, जो अंग्रेज़ी में मॉडर्न नज़्में लिखता था, जिन्हें मैं तौफ़ीक़ रिफ़अत की नज़्मों के साथ 'पाकिस्तान क्वार्टरली' में प्रकाशित करती थी।

थोड़ी देर बाद मज़हर अहमद फिर उठकर मैस की इमारत की तरफ़ गया। एक चील दूर से उड़ती हुई आई, आकर अमलतास की एक शाख़ पर बैठी और मराक़बे (ध्यान) में मसरूफ़ हो गयी।

'चील भी एक ज़ेन मास्टर है', आसिम बोले।

'जब चील को हुज़ूर-ए-क़ल्ब हासिल होता है तो वह क्या करती है?' एजाज़ ने पूछा।

'अंडा छोड़ती है।' मैंने जवाब दिया।

अब हम फिर ख़ामोश थे। बरामदे में मज़हर अहमद किसी साथी अफ़सर से बातें करने में मसरूफ़ नज़र आया।

'ऐसा प्यारा मज़हर अहमद।' बुक़रात ने अचानक कहा। 'न उन लोगों में से है, जिनको अंग्रेज़ी में Fey कहा जाता है।' (क्या बुक़रात को इल्मे ग़ैब (अदृश्य बातों का ज्ञान) था। परीज़ाद मज़हर अहमद कुछ साल बाद एक हेलीकॉप्टर के हादसे में हलाक हो गया।) बुक़रात फिर चौंक कर बोले, 'वह लोग कौन थे? जिनके मुताल्लिक़ फ़ोन आया था कि लाहौर गये?'

'डॉक्टर बर्नार्ड लुईस वग़ैरह इंटरनेशनल इस्लामिक क्लोकेम के लिए आये हैं। डॉक्टर बर्नार्ड लुईस यहाँ तीन चार दिन ठहरे। हम लोगों के साथ रोज़ाना काफ़ी हाउस लंच खाने जाते थे, ज़रा जो Airs लेते हों।' मैंने कहा। 'वही बात कि ये लोग असली दानिश्वर (विद्वान) हैं।'

'ज़ेन और इस्लामियात; दोनों में से आपको कौन ज़्यादा पुरकशिश मालूम होता है?' बुक़रात ने पूछा।

'दोनों' मैंने जवाब दिया।

'यह भी ज़ेन है।' बुकरात ने जवाब दिया।

चील उड़ गई।

बिगुल की आवाज़

31 दिसम्बर की सुबह पंजाब यूनिवर्सिटी के सब्ज़े पर बड़ी चहल पहल नज़र आ रही थी। रंगीन क़नातें लगी थीं। इंटरनेशनल इस्लामिक क्लोकेम के पहले इजलास (अधिवेशन) का प्रबन्ध हो रहा था। सारी दुनिया से एक सौ इस्लामियात के विशेषज्ञ लाहौर पहुँच चुके थे। घास पर एक तरफ़ कुर्सियाँ डाले डी.ए.एफ. पी. के अरबी विभाग के सदस्य बैठे हुए थे। 'क्या आप क्लोकेम की डॉक्युमेंट्री बनायेंगी?' एक साहब ने मुझसे पूछा।

'मिस्टर अमजद अली साल भर की छुट्टी पर हैं। उनकी जगह रिसाला एडिट कर रहे हैं। क्लोकेम उसके लिए कवर करेंगे और बेहद ख़ुशी की बात है कि प्रोफ़ेसर मेसनों, रिचर्ड फ़्राई और डॉक्टर ग्रीन बाम जैसे लोगों से विचार विमर्श का अवसर मिलेगा और प्रोफ़ेसर हुत्ती।'

'ख़ुदा शक्कर ख़ोरे को शक्कर देता है।' उन साहब ने कहा।

31 दिसम्बर 1957 ई. की सुबह क्लोकेम का जलसा आयोजित हुआ। सोवियत डेलीगेशन के मौलाना इस्माईल मख़दूमोफ़ बुख़ारी ने इन्तिहाई मधुर स्वर में क़ुरआन शरीफ़ पढ़ा। पहले दिन का विषय था, 'इस्लामी कल्चर का अर्थ।' मैंने आपा हम्मन से पहले ही कहा था कि हमें किसी पिछली सदी में पैदा होना चाहिए था कि इस कन्फ्यूज़न से बचते। इस्लामी कल्चर, इण्डियन कल्चर, इन्डो-ब्रिटिश कल्चर।

इन्डो-ब्रिटिश कोलोनियल कल्चर की यादगार जिमख़ाना क्लब के बालरूम में एक चौड़ा ज़ीना उतरता था, जिसके पहलू की दीवार पर ब्रिटिश पंजाब के गवर्नरों और एकेडमी चित्रकारों के बनाये दृश्य लगे थे। 31 दिसम्बर 1957 ई. की रात जबकि बालरूम नाचते हुए पाकिस्तानी जोड़ों से खचाखच भरा हुआ था, भाईजान जरी अहमद सैयद एक कोने में एजाज़ बटालवी और नवाबज़ादा इम्तियाज़ अली ख़ाँ से मसरूफ़-ए-गुफ़्तगू थे। अच्छो और आपा हम्मन, उस ज़ीने की आख़िरी सीढ़ी पर बैठे, सामने का मंज़र देखते रहे।

'ज़रा सोचो; अब्बाजान अपने वक़्त के बेहतरीन बालरूम डांसर समझे जाते थे। 1912 ई. में मसूरी के 'स्वाय' में बालरूम डांस का मुक़ाबला हुआ था, उसमें अब्बाजान और उनकी पार्टनर किसी महाराजा की यूरोपियन रानी ने इनाम जीता था।' आपा हम्मन ने अपने वालिद चचा नसीर मरहूम के मुताल्लिक कहा।

'उस वक़्त वह नये साहब लोग थे; इन आज के साहब लोगों से पैंतालीस-पचास वर्ष पहले।' मैंने कहा, 'लेकिन अजीब बात है; बड़े अब्बा और चायान को हिन्दुस्तानी और पश्चिमी संगीत से इतनी दिलचस्पी थी और अब्बाजान बिल्कुल बेनियाज़।

आर्केस्ट्रा अब 'ओल्ड लॉंग ज़ाइन' बजा रहा था।

अचानक आपा हम्मन बोलीं, 'अच्छे भाई और अय्यूब भाई न जाने इस वक़्त कहाँ होंगे, उनके लिए नववर्ष निरर्थक है।'

'और अब्बाजान और बड़े अब्बा और छोटचायान और वह सब।' अच्छो ने आहिस्ता से कहा।

आपा हम्मन और अच्छो की वालिदा चच्ची वहीदा, जो एक शिक्षित महिला थीं; एक बार 'तज़किरा ग़ौसिया' ज़रा लुत्फ़ लेकर पढ़ रही थीं और उसका एक वाक्य मुझे पढ़कर सुनाया था। ख़ुदा, जिसने तुम्हारे बुज़ुर्गों को मारा, अब तुम्हारी फ़िक्र में है।

बारह का गजर बजा, रौशनियाँ गुल हुईं, हाल में ग़ुलग़पाड़ा मचा नया साल आ गया। हाज़िर मामू के लड़के तौफ़ीक़ रिफ़अत ने अपनी एक नज़्म में लिखा था :

Day long and night long
Voices rush from the mind
Taking the joy of utterance with them
and leaving chaos behind
only a dumb terror behind

Strong madmen O voices
Tearing your hair and sighing
and crying on the wind
There's one not a bungler
and that's time the sly angler
See him lay the dead years
like fishes in a row.

यूनिवर्सिटी हाल में रोज़ाना सुबह और शाम के बाद वह सब जमा होते। यूरोप, इंग्लिस्तान और अमेरिका के बीस अदद पूर्वी ज्ञान के विद्वान और इस्लामियात के विशेषज्ञ और तुर्की, मिस्र, ईरान, अरब देशों, अफ़ग़ानिस्तान, इंडोनेशिया, अफ्रीक़ा, कम्युनिस्ट चीन, कम्युनिस्ट रूस के मुसलमान उलमा और दानिश्वर, स्टेज पर अल्लामा इक़बाल के पोर्टरेट के नीचे एक लम्बी मेज़ प्रेस के लिए बिछी थी, जहाँ पत्रकारों के साथ केवल मैं एक महिला बैठकर, निटिंग करती और उन भाँति-भाँति के राष्ट्रों के प्रतिनिधि विद्वानों की सूरतें और चलना-फिरना, उठना-बैठना मुलाहिज़ा करती।

क्लोकेम की समाप्ति पर लाहौर के एक अख़बार ने लिखा कि अलावा मुज़ाकिरों के (बातचीत के अलावा) एक स्वेटर भी बुना गया। मुबाहिसों (वार्ताओं) के दौरान कुछ सियासी गरमागरमी भी हुई। एक बार पाँच लोगों का डेलीगेशन, जिसमें डॉक्टर बर्नार्ड लुइस और डॉक्टर एन लेम्बर्ट (जो ओरियन्टल स्कूल लंदन में अमीना को फारसी पढ़ा चुकी थीं) शामिल थीं, वाकआउट कर गया। दूसरी बार हिन्दुस्तानी डेलीगेशन ने, जिसके सदस्य मौलाना अब्दुल माजिद दरियाबादी, हाशिम अमीर अली, डॉक्टर ज़ुबैर सिद्दीक़ी और मीर वलीउद्दीन थे, वाकआउट किया। यानी ये चारों शर्मिंदा-ए-साहिल लोग थे।

क्लोकेम के दौरान लाहौर क़िले के शाहजहाँ और जहाँगीर कोआडरेंगल्ज़ में इस्लामी आर्ट व कल्चर की अंतर्राष्ट्रीय प्रदर्शनी का आयोजन हो रहा था, जिसे एक मशहूर फ़्रांसीसी कहानी विशेषज्ञ और अमेरिका के नामवर डॉक्टर रिचर्डाइन्ग हाज़ेन ने क्रमबद्ध किया था। नवादिर (अजायबात) ग्यारह इस्लामी

मुल्कों और यूरोप और अमेरिका के अजायबख़ानों से आये थे। डॉक्टर रिचर्डाइंग हाज़ेन निहायत मोहब्बत और एहतियात से ख़ुद क़ालीन और बर्तन उठा-उठा कर सजा रहे थे। इन पश्चिमी विद्वानों के ज्ञानोपार्जन की लगन और ख़ुलूस हैरतअंगेज़ है।

नववर्ष की प्रातः मैं फ़ोटोग्राफ़र को लेकर आपा हुस्ना और अच्छो के साथ क़िले गई। एक कमरे में इक़बाल पवेलियन सजाया गया था, जिसके लिए अल्लामा इक़बाल मरहूम का हुक़्क़ा चारपाई और क़ालीन जावेद ने दिया था। सारे क़िले में अनोखी अजीब चीज़ों का एक इन्तिहाई क़ीमती ज़ख़ीरा सजाया जा चुका था। मैंने फ़ोटोग्राफ़र से कहा कि तस्वीरें लेनी शुरू करे। इतने में एक साहब लपक कर सामने आये और कहा, 'आप तस्वीरें नहीं उतार सकतीं।'

'क्यों?'

'इजाज़त नहीं है।'

'किसकी?'

'ऊपर वालों की।'

'ऊपर वाले कौन हैं?' मैंने चराग़पा होकर दरयाफ़्त किया (क्रोधित होकर पूछा)। उन साहब ने बुर्जी की तरफ़ इशारा किया।

'उनसे कहिए अपने दिमाग़ का इलाज करायें।' मैंने जवाब दिया।

'वह सुपरिंटेंडेंट साहब हैं और अपने दफ़्तर में।'

'आप मेरे साथ तशरीफ़ लाइए।' मैंने भिन्नाकर कहा।

आपा हुस्ना अच्छो से आहिस्ता से बोलीं, 'अब आई आफ़त! अब देखो यह क्या करती हैं।' फ़ौरन आग बगूला हो जाने की आदत को ज़रा कम करो।'

हम तीनों क़िले के उस अहलकार (कर्मी) के साथ सीढ़ियाँ चढ़कर धूप में फ़सील पर से गुज़रते एक बड़े कमरे में पहुँचे, जहाँ सुपरिंटेंडेंट साहब तशरीफ़ फ़रमा थे। इस जगह जहाँगीर का क़िलेदार बैठा करता होगा, मैंने गरजकर पूछा। 'यह आपका हुक्म है कि तस्वीरें न ली जाएँ।'

उन्होंने ऐनक माथे पर सरकाई और ज़रा घबराकर मुझे देखा। 'जी हाँ।'

'आपको मालूम है, अंतरराष्ट्रीय प्रदर्शनी हो रही है?'

'जी हाँ।'

'नुमाइश (प्रदर्शनी) का मतलब आप समझते हैं?'

'बात यह है कि क़िला उन जगहों में शामिल है, जिसकी तस्वीरें नहीं उतारी जा सकतीं।'

'इसकी तस्वीरें देखकर दुश्मन इस पर हमला कर देगा?' सुपरिंटेंडेंट साहब बहुत परेशान नज़र आ रहे थे।

'यह फ़ोटोग्राफ़र भी सरकारी है और रिसाला भी। लेकिन आपका रेडटेप, मसख़रेपन की बेहतरीन मिसाल है।' ग़ुस्से के मारे मेरा बुरा हाल था।

'माफ़ कीजिएगा, आप ज़रूर तस्वीरें ले सकती हैं।' सुपरिंटेंडेंट ने बड़बड़ाकर जवाब दिया।

'लेकिन आप पहले मुझे अपना वह क़ानून दिखाइए, जिसमें मुमानिअत (निषेध) दर्ज है और उसका सन् व तारीख़।'

आपा हुस्ना और अच्छो दरवाज़े के बाहर खड़ी थीं। आपा हुस्ना ने इशारा किया कि बात को न बढ़ाओ।

'शायद अंग्रेज़ किसी ज़माने में यह क़ानून बना गये होंगे। अच्छा वह फ़ाइल दिखाइए। आपके आदमी ने मुझे किस तरह मना किया। क्या आपको मालूम नहीं कि नुमाइश...'

आपा हुस्ना ने फिर बाहर से इशारा किया। मैं भिन्नाई हुई बाहर आई, नीचे जाकर फोटोग्राफ़र से तस्वीरें खिंचवाईं। शाम को घर जाकर भाईजान से कहा, 'रेडटेप के लतीफ़ों में से एक बेहतरीन।'

'ऐनी ख़ातून!' भाईजान ने बात काटी। 'हमें वह क़िस्सा मालूम हो चुका है। हमारा ख़याल है, आपको अगर डिप्लोमेटिक सर्विस में चौधरी ज़फ़रुल्लाह ख़ाँ ने ले लिया होता तो बड़ी आफ़त मचती; ज़रा सा टैक्ट सीखिए। बस आपमें एक आँच की कसर रह गयी, सिर्फ़ एक आँच की कसर!'

'वह तो बेचारा क़िले का सुपरिंटेंडेंट था। मारे हक़गोई (सत्यवादिता) के आप जाकर ऐसे लोगों को खरी-खरी सुना आती हैं, जो उस वक़्त तो ख़ामोश रहते हैं लेकिन बाद में छुप कर आपको नुक़सान पहुँचाते हैं।' नवाबज़ादा इम्तियाज़ अली ख़ाँ ने कहा।

'मैं ज़हरे हलाहल को कभी कह न सका क़न्द।' मैंने दोहराया, 'और आप लोग हमें नसीहत करने चले हैं। आपलोग क्या कम साफ़गो (साफ़-साफ़ कहने वाले) हैं?'

भाईजान उस वक़्त डॉक्टर वलफ़्रेड कैंटवेल स्मिथ और डॉक्टर बर्नार्ड लुईस से विचार-विमर्श करके आ रहे थे और बहुत होंकी डोरी बैठे थे। पेशे के लिहाज़ से कंट्रोलर ऑफ़ मिलिट्री एकाउंट्स थे। मन फ़लसफ़े और इस्लामियात में पड़ा था। ख़ुद दार्शनिक और विद्वान आदमी थे मगर हास्य प्रवृत्ति के कारण बोर फ़लसफ़ी बनने से बाल-बाल बच गये थे। जामिया मिल्लिया इस्लामिया में पढ़ चुके थे और 1936 ई. वग़ैरह के रिसाले में जामिया में कुछ उच्च श्रेणी के अफ़साने लिखे थे। हम लोगों के चंडूख़ाने में तनमन से भाग लेते थे। मुझसे बहुत दोस्ती थी, मैं मुस्तक़िल उनसे झाँय-झाँय बहसें करती थी। ख़ानदान और दुनियादारी के कुल मुआमलात में अपनी अटल राय रखते थे।

एक दिन नाश्ते की मेज़ पर हस्बेमामूल किसी ख़ानदानी मसअले पर शदीद बहस हो रही थी। भाईजान ने अपना फ़ैसला सादिर किया, जो बिल्कुल नाक़ाबिल-ए-अमल था। मैंने चिढ़कर कहा, 'भाईजान, आप एक किताब लिखिए।'

"How to run the world in six short lessons"

बहुत खुश हुए। एक बार फिर दोहराया। 'ऐनी ख़ातून, बस आपमें एक आँच की कसर रह गयी, सिर्फ़ एक आँच की कसर।'

एक रोज़ मैं अपना एक सोने का बुंदा सारे में ढूँढ़ती फिर रही थी। सारा घर तलाश में जुटा हुआ था। बुंदा मेरे बालों में उलझा हुआ मिला। उसके बाद से अगर घर में कोई चीज़ गुम हो जाती, भाईजान फ़रमाते 'ऐनी ख़ातून के हाथी डुबाव बालों में तलाश कर लो, मिल जाएगी।'

ज़्यादातर ज़हनपरस्त लोगों की तरह नान प्रैक्टिकल इंसान थे। अब उन्होंने 'शिरकत-ए-क़लम' के नाम से एक को-ऑपरेटिव पब्लिशिंग हाउस क़ायम करने की स्कीम बनाई थी। अब्बाजान के उस्ताद सर थामस आरनल्ड के बहुत प्रशंसक थे। 'दि प्रीचिंग ऑफ़ सलाम' बहुत दिनों से आउट ऑफ़ प्रिंट थी। एक विद्वता से पूर्ण भूमिका लिखकर उसे अपने पैसे से प्रकाशित किया था। किताब बेचने के हुनर से नावाक़िफ़ थे। सारा स्टॉक एक कमरे में पड़ा था।

'बस ऐनी ख़ातून, यह जो आप नया नॉविल लिख रही हैं, उसे हम ख़ुद छापेंगे। आप ख़ुद ही इसे मुसव्वर (चित्रांकित) कीजिए, हर बाब (अध्याय) में एक रंगीन तस्वीर जैसे पश्चिमी देशों के नॉविलों में होता है।'

'आपको कुछ अंदाज़ा है, कितनी लागत आयेगी? बेतहाशा।'

'अल्लाह मालिक है, बस हम बहुत बढ़िया आपकी किताब छापेंगे और ये जो पब्लिशर आपको बेवकूफ़ बनाते रहते हैं, हम उनसे आपको बचायेंगे। किताबें किस तरह शाया (प्रकाशित) करनी चाहिएँ, इसके मुताल्लिक़ हमारे ज़हन में कुछ निहायत बेहतरीन आइडियाज़ हैं।'

'गोल कीजिए। कहाँ छापते फिरेंगे आप हमारी किताब।'

'बस इसी बेपरवाही की वजह से आप हमेशा नुक़सान में रहती हैं।'

'एक नान प्रैक्टिकल आदमी, दूसरे नान प्रैक्टिकल आदमी को क्या सुनहरे मशवरे दे रहा है।' आपा हम्मन ने कहा।

'यह कौन सा लफ़्ज़ है?' भाईजान ने दरयाफ़्त किया।

8 जनवरी को क्लोकेम ख़त्म होने वाला था। एक दिन मैंने अरब मूल के ईसाई अमेरिकन इतिहासकार प्रोफ़ेसर फिलिप हुती से, जो एक इन्तिहाई स्वीट बुज़ुर्ग थे, क्वार्टरली के लिए ख़ुसूसी (विशेष) मज़मून की दरख़्वास्त की। डॉक्टर हुती फ़्लैट्ज़ में रहते थे। कहने लगे, 'मैं आज रात को मज़मून लिख दूँगा, कल शाम सात बजे फ़्लैट्ज़ में आ जाओ, मज़मून दे दूँगा। उसके बाद मुझे बाहर जाना है।' मैं किसी आवश्यक कारण से वक़्त पर होटल न पहुँच सकी, न उनको फ़ोन कर पाई। डॉक्टर हुती रिसेप्शन क्लर्क को मज़मून थमाकर, बाहर

जाने के बजाय, अपना प्रोग्राम निरस्त करके पौन घंटा बरामदे में बैठे और टहलते रहे और जब मैं भागम भाग शर्म से पानी-पानी वहाँ पहुँची तो नरमी से बोले, 'कोई बात नहीं, ऐसा हो जाता है।' मज़मून भी टाइप करने के बजाय, अपने हाथ से लिखा था।

ज़िया मोहीउद्दीन के कज़न और एजाज़ बटालवी के गहरे दोस्त डॉक्टर दाऊद रहबर शायद अनक़रह (अंकारा) यूनिवर्सिटी में पढ़ा रहे थे। क्लोकेम के लिए लाहौर आये थे। क्लोकेम के एक सेशन में क़ुरआन शरीफ़ के मुताल्लिक़ अपना निबन्ध पढ़ा। सुना है, बाद में कुछ उलमा ने आपत्तियाँ कीं। उनके लाहौर से वापस जाने के कुछ अर्से बाद, एजाज़ बटालवी ने सूचित किया; 'दाऊद रहबर ईसाई हो गये। तुर्की से प्रिंस्टन यूनिवर्सिटी अमेरिका गये। वहाँ बीवी बच्चों समेत 'बपतिसमा' Baptisma (ईसाई धर्म की एक रस्म, जिसमें इंसान के सिर पर पवित्र पानी के छींटे डालकर, उसे ईसाई मान लिया जाता है।) हासिल किया और बाज़ाब्ता पादरी बन गये। अब वह रेवरेंडर रहबर कहलाते हैं और इस्लामी देशों में ईसाइयत के प्रचार का विशेष प्रशिक्षण प्राप्त करने में मसरूफ़ हैं।'

फिर एजाज़ ने फ़लसफ़ा छाँटना शुरू किया। 'सोचा दाऊद ने किस रूहानी क्राइसिस और रूह के सन्नाटे से गुज़रकर धर्म बदलने का फ़ैसला किया होगा।'

हमेशा की तरह दुनिया अजीबोग़रीब वाक़िआत से भरी हुई थी। स्टेट बैंक के फ़्लैट में आपा हुस्ना के यहाँ उनके माँ-बाप, चचा निसार हैदर ज़ैदी और फूफी हमीदा (जो आपा हम्मन की सगी ख़ाला थीं) और आपा ज़हरा (जो आपा हम्मन की छोटी बहन और आपा हुस्ना की भावज थीं) नहटौर और अलीगढ़ से अपने सालाना विज़िट पर आई हुई थीं। मैं हस्बेमामूल लाहौर के रहने का ज़माना स्टेट बैंक और लॉरेंस रोड में तक़सीम करती थी। क्लोकेम के कुछ दिन बाद लॉरेंस रोड से स्टेट बैंक।

लुक़मान भाई के कमरे में किताबों का अंबार जमा था। उनकी मेज़ पर जिगर साहब का एक मजमूआ-ए-कलाम (कविता संग्रह) रखा नज़र आया। बेध्यानी से उसके पृष्ठ पलटे। एक मिस्रे (पंक्ति) पर नज़र पड़ी-

'एक आग का दरिया है और डूब के जाना है'

बस नॉविल का यही शीर्षक ठीक है; 'आग का दरिया'

हिन्दुस्तान से जिगर साहब एक मुशायरे के लिए तशरीफ़ लाए थे। जिगर साहब चचा निसार के पुराने क़रीबी दोस्त थे (और उनकी बेगम शीराज़न ने 37 ई. में नहटौर में आपा हुस्ना की शादी के मौक़े पर ढोलक के गीत गाये थे। वह बहुत अच्छी गायिका थीं। वह भी क्या बेफ़िक्री का ज़माना होगा।) अब आपा हुस्ना ने स्टेट बैंक में अपने यहाँ ग्रैंड डिनर (अलीगढ़ वाले मिर्ज़ा सरगुज़िश्त के बक़ौल ग्रैंड परहेज़ी) और मुशायरा किया। कराची से रम्मी किशवर आये हुए थे।

दूसरी सुबह हम लोग बराबर वाले बरामदे में इकट्ठे थे। लॉरेंस रोड से आपा हम्मन और अच्छो भी आ चुकी थीं। सामने टेरेस पर बच्चे शोर मचाते फिर रहे थे। मन्नन और मशशन लम्बी चौड़ी गैलरी में रोलर स्केटिंग कर रहे थे। बरामदे में फ़र्श पर बिछे क़ालीन पर बैठी आपा ज़हरा, आपा हुस्ना, आपा हम्मन, अच्छो, किशवर और रम्मी चंडूख़ाने में मसरूफ़ थे। इसी धाँय-धाँय में दीवार से लगकर 'आग का दरिया' का एक अध्याय लिखने में मसरूफ़ और साथ-साथ चंडूख़ाने में शरीक रही।

राइटर लोग लिखते हैं कि अपने तख़्लीक़ी सफ़र (या इसी क़िस्म की कोई रौब जताने वाली बात) के लिए ख़ामोशी और सुकून चाहिए। कुछ अदीबों को बुलबुल की आवाज़, कुंज-ए-तनहाई और सहने चमन वग़ैरह दरकार था। यहाँ तो हमेशा इस तरह लिखा कि चारों तरफ़ घमासान का रण पड़ रहा था और ख़ुद भी उस रण में शामिल।

'जभी तो जैसा लिखा सो लिखा।' एक बिगड़े दिल ने कहा था। अचानक याद आया, आपा हुस्ना कह रही थीं, ड्राइंग रूम के आतिशदान के लिए एक पेंटिंग बतौर स्क्रीन। आपा हुस्ना के जहाज़ी फ़्लैट में एक तरफ़ विशाल पुर फ़ज़ा जार्जियन पवेलियन सा था। दोपहर के ख़ाने के बाद उसके चमकीले सर्द उनाबी फ़र्श पर बैठकर पेंट करना शुरू किया। कुछ देर बाद सिर उठाकर देखा सामने एजाज़ बटालवी खड़े थे; उन्होंने मेरे अफ़सानों की भाषा की पैरोडी करते

हुए फ़रमाया, 'ए बीबी, तुम जो यह कर रही हो, यह क्या कर रही हो; क्या तुमको मालूम नहीं कि मौसमे सर्मा (सर्दियों के मौसम की) ज़र्द धूप सब्ज़ाज़ारों से सरकती जा रही है और अलहमरा में ज़ोहरा निगाह अपनी ताज़ा ग़ज़ल सुनाने वाली है?'

सफ़ेद शलवार क़मीज़, तरशे हुए बाल, ज़ोहरा निगाह बड़ी शान से चलती हुई आकर, अलहमरा के स्टेज पर जहाँ जिगर साहब और दूसरे शाइर हज़रात बैठे हुए थे, बैठीं और अपना कलाम सुनाया और श्रोता भावविभोर हुए।

कुछ साल पहले बदायूँ से आयी हुई इस होनहार शाइरा की कराची में धूम मचनी शुरू हुई थी। जब एक दिन ज़ोहरा मुमानी ने कहा था : हम चाहते हैं, ज़ोहरा निगाह को खाने पर बुलायें। मगर हम उनको जानते नहीं, तुम ख़ुद जाकर बुला लाओ; तुम्हारे कहने पर ज़रूर आ जाएंगी।

एक सीधी सादी लड़की अपने मकान में चारपाई पर बैठी यूनिवर्सिटी के किसी इम्तिहान की तैयारी में मसरूफ़ थी। मैंने बताया मैं फ़ुलाँ हूँ। मेरे मामू मुमानी के यहाँ दावत है। आपको आमंत्रित करने आई हूँ। लड़की ने बड़े अख़लाक से जवाब दिया। अच्छा! अरे आप हैं। मैं किसी के यहाँ दावत पर नहीं जाती मगर आप ख़ुद बुलाने आई हैं, ज़रूर आऊँगी। दावत की शाम, सी-फ़ील्ड रोड की कोठी के लॉन पर उन्होंने अपना कलाम सुनाया था।

उन पिछले कुछ बरसों में ज़ोहरा निगाह एक स्लीपर टी बन चुकी थीं और एक सम्माननीय स्टेज प्रेसेंस रखती थीं।

हाल में बैठे सामईन (श्रोताओं) में चचा निसार हैदर ज़ैदी भी मौजूद थे। यू.पी. के शहरों में आल इण्डिया मुशायरे कराना, जिनका महबूब मशग़ला (प्रिय कार्य) रह चुका था। मगर चचा निसार के ज़माने में ख़वातीन का स्टेज पर आकर ग़ज़लसरा होने का कोई तसव्वुर भी न कर सकता था। हद से हद ख़वातीन चिक़ के पीछे से अपना क़ौमी या नातिया कलाम सुना दिया करती थीं।

वक़्त की शम्अ तेज़ी से आगे बढ़ चुकी थी।

'यह क्या बात है' मैंने कहा, 'कि शाइरात में वह खनक और Mannerism नहीं होते, जो कुछ शाइरों की विशेषता है।'

इसलिए कि वह शराब नहीं पीतीं; आपा ज़हरा ने कहा। मैंने शहर के तमाम दोस्त अदीबों और शाइरों को आमंत्रित किया था, जो जार्जियन तालार में इकट्ठे थे; एक कोने में नई शाइरात चर्चा का विषय!

'अभी हमारी सोसायटी का उबूरी (अपरिपक्वता का) दौर है। जब पश्चिम की तरह की आज़ादियाँ यहाँ आ जाएंगी तो हमारी फ़नकार ख़वातीन वही सब करेंगी।' एक मशहूर संवाददाता ने कहा।

'यानी शराब और सिग्रेट और चरस पियेंगी, आवारागर्दी करेंगी और शे'र और अफ़साने लिखती जाएंगी।' मुझे लंदन वाली ऊँटनुमा शाइरा और डी.लन. थामस की गर्ल फ्रेंड और पेरिस की बोहीमया की फ़नकार लड़कियाँ याद आईं, जो दरअस्ल इंतिहाई दुःखी और ऊल जलूल ज़िन्दगियाँ गुज़ारती थीं और आये दिन मनोरोग विशेषज्ञों से अपनी मनःस्थिति का विश्लेषण कराती रहती थीं। फ़न न हुआ, अज़ाबे जान हो गया।

'चिलमन के पीछे महफ़ूज रहने ही में ग़ालिबन (सम्भवतः) ख़ैरियत थी।' अख़बारनवीस (संवाददाता) ने कहा।

'या चिलमन (पर्दे) के पीछे क़ैद रहिये या शराब पीकर लोफ़री कीजे, दरमियानी रास्ता आपके ख़याल में कोई नहीं है।' मैंने जवाब दिया।

आपा ज़हरा की बच्ची हुमा उर्फ़ बच्चन दौड़ती हुई आई। आपा ज़हरा चूँकि हिन्दुस्तान से आई हुई थीं, उनसे तरह-तरह के सवालात किये जा रहे थे। पत्रकार दोस्त ने बच्चन से उसका नाम दरयाफ़्त किया।

'हुमा!' उसने तमीज़ से जवाब दिया।

'उमा!' लो साहब! नाम भी हिन्दुआना रखे जाने लगे।

'हमारे वालिद और बड़े अब्बा' आपा ज़हरा ने रासानियत से जवाब दिया 'सारे ख़ानदान के बच्चों के नाम रखते थे। जब यह पैदा हुईं, वह लोग ज़िन्दा न थे। चुनाँचे मैंने बड़े अब्बा की हुमा ख़ानम पर नाम रखा।'

बच्चन और आपा हम्मन की बच्चियाँ नाज़ली और दुश्का और आपा हुस्ना की लड़कियाँ बन्नो और पर्रो सारे घर में आँख मिचोली खेलती फिर रही थीं। इतने में बच्चन फिर दौड़ी-दौड़ी आईं और आपा ज़हरा से कहा, 'आसिफ़ लंगूर मामू आये हैं।'

पत्रकार ने फिर कान खड़े किये।

अलीगढ़ के प्रोफ़ेसर मुख़तार साहब मरहूम के भांजे आसिफ़ मस्कुराते हुए पवेलियन में दाखिल हुए। बच्चन और नाज़ली ने निहायत अदब और तमीज़ से कहा, 'आसिफ़ लंगूर मामू आदाब।'

'जीती रहो।' आसिफ़ ने इतमीनान से जवाब दिया और मेहमानों के मजमे में रिल-मिल गये; बच्चियाँ वापस चली गयीं।

पत्रकार ने अब ताज्जुब से आपा ज़हरा को देखा।

मैंने कहा 'अच्छो से आप मिले हैं? बेगम ख़ालिदा हैदर अंसारी, वह जो उस कोने में हाजरा से बातें कर रही हैं।'

'जी हाँ शरफ़-ए-मुलाक़ात[1] हासिल हो चुका है।'

'बहुत खूब! तो जब आप अलीगढ़ में जुग़राफ़िया (Geography) में एम.ए. कर रही थीं, एक शाम अफ़्रीका के लंगूरों की किताब ज़ेरे मुतालिआ (अध्ययन में) थी। उस वक़्त बेचारा आसिफ़ टहलता हुआ आ निकला। आपा ने आसिफ़ पर नज़र डाली, फिर किताब की एक तस्वीर को ग़ौर से देखा और संजीदगी से बोलीं। आसिफ़ तुम्हारी खोपड़ी की साख़्त बिल्कुल इस लंगूर की सी है। उस दिन से मौसूफ़ 'आसिफ़ दि लंगूर' कहलाने लगे। मगर अलीगढ़ में जो उपाधियाँ दी जाती हैं, उनकी परम्परा यह है कि जिसकी प्रशंसा की जाए वह बुरा नहीं मानता बल्कि ख़न्दापेशानी (प्रसन्नता) से उस नाम को क़बूल कर लेता है। आसिफ़ भी बुक़रात और बोर सिद्दीक़ी की तरह अपना नाम क़बूल कर चुके हैं। बच्चों का ख़याल है कि उनका असली नाम यही है।'

---

1. भेंट का सौभाग्य।

बच्चों की एक नई पौध परवान चढ़ रही थी। बन्नो, पर्रो, भैन, तज़ईन, नसरीन, रज़ा, इम्तियाज़ भाई और छोटे उसमान भाई और अहसान भाई के बच्चे, आपा राज़िया और आपा सिद्दीक़ा और आपा नफ़ीसा के छोटे बच्चे, आपा हम्मन के बच्चे, भाई की औलाद नूरुलऐन, शहनाज़, नाहीद, जलाल हैदर, अदनान, मनसूर, ख़ानदान के इन बच्चों में बेशतर अपने माँ बाप के साथ यूरोप और अमेरिका जाते रहते थे लेकिन हिन्दुस्तान इनके लिए अजनबी और अनोखा देश था।

दूसरी तरफ़ हिन्दुस्तानी रिश्तेदारों की औलाद, एक मुख़तलिफ़ माहौल में बड़ी हो रही थी। बच्चन चाचा नेहरू की शैदाई थीं। हिन्दुस्तानी बच्चे हिन्दी पढ़ रहे थे। पाकिस्तानी बच्चों के लहजे में, पंजाबियत प्रवेश करती जा रही थी। अगर यह सख़्त पर्दा इसी तरह मौजूद रहा तो कुछ मुद्दत बाद, सगे रिश्तेदार एक दूसरे के लिए अजनबी होंगे।

आपा हम्मन भाईजान की सबसे छोटी बच्ची दुर्दाना उर्फ़ किन्नो, बाप की चहीती थी। वह ख़ुद ग़ैरमामूली तौर पर लम्बे क़द के आदमी, उसे कंधे पर बिठाये फिरते। उस ज़माने में एक इण्डियन फ़िल्मी गीत, रेडियो पर अक्सर बजता था : 'नन्नहें मुन्ने बच्चे तेरी मुट्ठी में क्या है, मुट्ठी में है तक़दीर हमारी, हमने क़िस्मत को बस में किया है।' मैं अक्सर किन्नो से कहती, 'पाले-पाले बच्चे तेरी मुट्ठी में क्या है।' भाईजान जिनको फ़िल्मों या फ़िल्मी गीतों से दूर-दूर तक कोई दिलचस्पी न थी, किन्नो को गोद में उठाये मुस्तक़िल यही अलफ़ाज़ अलापा करते। फिर कुर्सी पर बैठकर फ़लसफ़ा शुरू कर देते।

'ऐनी ख़ातून, सोचिए इन बच्चों की मुट्ठियों में क्या-क्या है। अगर हमको अभी से मालूम हो जाए।'

अगर एक ऐसी मशीन का आविष्कार हो, जो भविष्य की तस्वीरें दिखला दिया करे। शायद सौ साल बाद ऐसा हो जायेगा और फ़र्ज़ कीजे भाईजान सौ साल बाद ऐसा हुआ कि जो कुछ लोग सोचते हैं और उनके ख़्वाब सब सामने स्क्रीन पर नज़र आने लगें तो कैसी तबाही मचेगी।

लोकनृत्य की फ़िल्म कब की तैयार हो चुकी थी। एक सुबह मैं चचा निसार, चची हमीदा और सारे कुनबे को अपने साथ स्टूडियो ले गयी। मैनेजर ने पहले एक ताज़ा पाकिस्तानी फ़ीचर फ़िल्म दिखाने की पेशकाश की। प्रोजेक्शन थियेटर में सोफ़े पर बैठकर, चचाजान ने भोलेपन से दरयाफ़्त किया; 'बीबी क्या सुलोचना की फ़िल्म दिखाई जाएगी?'

पिक्चर के बाद, एक साहब कहने लगे, 'नूरजहाँ की नक़्ल लता ने की, अब लता की नक़्ल, सारी सिंगर्ज़ कर रही हैं।'

आपा हुस्ना ने कहा, 'कमाल है, जब हम लोग बम्बई में रहते थे, शीरीं कॉटेज माटुंगा में; हमारी पड़ोसन एक मराठन थी, जिसके यहाँ एक दुबली-पतली कमज़ोर सी लड़की अक्सर आया करती थी। मराठन उसे मेरे पास बिठाल कर अपने काम काज में मसरूफ़ हो जाती। उसने मुझे बताया था कि यह लड़की बहुत अच्छा गाती है और फ़िल्मों में क़िस्मत आज़माने आयी है। मैंने उससे कभी गाने के लिए भी नहीं कहा, वह घंटों चुपचाप बैठी रहती; वह लड़की लता मंगेशकर थी।

हमारे बराबर वाली बिल्डिंग में पृथ्वीराज रहते थे, उनको अज़ान की आवाज़ बहुत पसंद थी। एक मुअज़्ज़न मुलाज़िम रखा, जो पाँच वक़्त उनके मकान के सामने अज़ान देता था। अक्सर वह अपने बड़े लड़के, राजकपूर को उर्दू पढ़ने के लिए मेरे पास भेज दिया करते।'

'ओफ़्फ़ोह!' बच्चों ने कहा, जो आँखें फैलाए बड़ी दिलचस्पी से ये बातें सुन रहे थे। वह ज़्यादातर काऊ ब्वाय फ़िल्में देखते थे। हिन्दुस्तान से सिर्फ़ हिन्दुस्तानी फ़िल्मों के ज़रीये रुशनास थे, जिनपर अभी पाबन्दी नहीं लगी थी।

'कोई ऐसा कैमरा नहीं ईजाद होगा, जो भविष्य के अलावा अतीत की झलकियाँ भी दिखा दिया करे।' एक रोज़ आपा हम्मन ने कहा, 'एक पार्टी में पिछले महीने एक साहब मिले। बिल्कुल बड़े अब्बा के हमशक्ल, उनको देखते ही आँखों से आँसू जारी हो गये। भागी-भागी उनके पास पहुँची; उनकी सूरत देखूँ और ज़ारो-क़तार रोऊँ। वह बहुत Embrassed नज़र आये।, मैंने आँसू

पोंछकर कहा, 'मुआफ़ कीजिए, आप मेरे बड़े अब्बा के हमशक्ल हैं; मैं यलदरम की भतीजी हूँ, आप बिल्कुल।,

'वह बेचारे बड़े अखलाक़ से बातें करने लगे, पंजाबी में। उन्हीं दिनों यहाँ से पूर्वी पाकिस्तान जा रहे थे, वहाँ किसी यूनिवर्सिटी के वाइस चांसलर होकर।'

'मेरे साथ बिल्कुल यही वाक़ेआ पेश आया।' आपा हुस्ना बोलीं, 'वह साहब एक तक़रीब (समारोह) में मिले, मैं लपक कर उनके क़रीब गयी। वह ज़ीने से ऊपर जा रहे थे, मैं भी फ़ौरन पीछे हो ली; बिल्कुल बड़े अब्बा के हमशक्ल, मैंने भी उनसे यही कहा।

'वह सोचते होंगे, कितनी दीवानी लड़कियाँ हैं।' आपा हम्मन ने कहा।

हुमैरा ख़ातून, बी.ए. अलीगढ़, पुत्री सैयद नसीरुद्दीन हैदर मरहूम, पत्नी जरी अहमद सैयद एक जज़बाती और आज़ाद रूह पवित्र प्रकृति, हँसमुख, ख़ुशोख़ुर्रम और भुलक्कड़। ज़ेवरात का संदूक़चा, खाने-पीने की चीज़ों की अलमारी में, शक्कर के मर्तबान के साथ रखा रहता था ताकि तैयार होकर बाहर जाते वक़्त, बक्स खोलने की ज़हमत न उठानी पड़े। नौकर-चाकर शक्कर के साथ-साथ एक आध अदद भी इतमीनान से पार करते रहे। जब संदूक़चा तक़रीबन ख़ाली हो गया, तब आपको इल्म हुआ।

एक बार बहुत सारे दोस्तों को डिनर पर बुलाया, भूल गयीं और उस रात ख़ुद कहीं और चली गयीं। एक बार गवर्नर पश्चिमी पंजाब के साथ स्वतंत्रता दिवस की परेड मुलाहिज़ा कर रही थीं; बाद में कहने लगीं, मेरी समझ में नहीं आ रहा था, लोग मुझे बार-बार क्यों देख रहे हैं। बहुत ख़ुश हुईं कि आज हमेशा से भी ज़्यादा स्मार्ट लग रही होंगी। जब गोगल्ज़ उतारे तो पता चला कि चश्मे का एक शीशा ग़ायब था।

आपा हम्मन जैसे लोग, अल्लाह तआला के मख़सूस और प्यारे बन्दे होते हैं। अपनी औलाद की, माँ के बजाय हमजोली और दोस्त थीं। एक रोज़ लाहौर में ब्रेकफ़ास्ट की मेज़ पर अपने नौउम्र बेटों, मन्नन, मश्श्न से बोलीं, 'तुम लोगों को कैसा लगता है, बड़े होकर? हर चीज़ नई-नई सी लगती होगी।'

ऐसे मासूम फ़रिश्ता सिफ़त लोग ज़रा आलसी भी होते हैं। जाड़ों का ज़माना पिछले बरामदे में, धूप में पलंग पर होंकी डोरी लेटी थीं। गैलरी में फ़ोन की घंटी बजी; आपा हम्मन से कोई बात करना चाहता था। उन्होंने मन्नन, मश्शन से कहा, 'तुम जाकर मेरी तरफ़ से बात कर लो।' उन्होंने जवाब दिया, 'नहीं आप ही जाइए।' आपा हम्मन ने फिर कहा, 'तुम मेरी तरफ़ से यह कह दो।'

'जी नहीं अम्मा! आप ख़ुद जाइए। दोनों लड़कों ने उनका पलंग उठाया और गैलरी में जाकर टेलीफ़ोन की मेज़ के पास रख दिया।' "Bringing up mother" मन्नन ने बाँछें खिलाकर कहा।

लॉरेंस रोड पर आपा हम्मन की कोठी के पिछवाड़े, नवाबज़ादा लियाक़त अली ख़ाँ के कज़न, इम्तियाज़ अली ख़ाँ रहते थे। दरन्टे के बाड़ के उधर आपा हम्मन की भैंस बंधी थी। दूसरी तरफ़ नवाबज़ादा साहब की भैंसे जुगाली करती थीं। इम्तियाज़ साहब दिन में एक दो बार भैंसों के दरमियान से कूदते-फाँदते हमारे यहाँ आकर, अपने वतन करनाल के लहजे में गपें हाँकते थे।

भाईजान और सिब्ते हसन से बहुत पक्की दोस्ती थी। सिब्ते हसन रिसाला लैलो-नहार एडिट कर रहे थे। इम्तियाज़ साहब मुझसे पूछते, 'सिब्ते हसन क्या लिखे हैं? अच्छा लिखे हैं?' बहुत तरक़्क़ी पसंद, प्रगतिशील, पढ़े-लिखे, सीधे, भोले इंसान थे। शायद कैम्ब्रिज में पढ़ा था। मुद्दतों पहले फ़्रांस से शादी करके लाये थे। बीवी कब की वतन वापस जा चुकी थी।

खाने की मेज़ पर घण्टों बैठकर गप्पबाज़ी हमारे यहाँ की पुरानी परम्परा है। इम्तियाज़ भाई को यह महफ़िल भली लगती थी। एक बर्फ़ानी सुबह हम लोग नाश्ते की मेज़ के गिर्द बैठे थे। इम्तियाज़ साहब तशरीफ़ ले आये और जिस विषय पर गुफ़्तगू का सिलसिला जारी था, उसी लम्हे उसी नुकते पर तनमन से ख़याल आराई (विचार प्रकट करने) में शामिल हो गये। उसी वक़्त मेज़ के सिरे पर बैठी आपा हम्मन ने, फ़ौरन बेतकल्लुफ़ी से चाय में शकर घोलते-घोलते सोचना शुरू किया और बा आवाज़े बुलन्द फ़रमाया, 'इम्तियाज़ साहब इतने तो काले हैं और इतने बोर हैं, जभी तो स्वीट फ्रेंच बीवी छोड़कर भाग गई।'

इम्तियाज़ साहब ने ऐनक के पीछे पलकें झपकाते हुए, बड़े ध्यान से आपा हम्मन की बात सुनी; बुरा न माने बल्कि हाँ की मुद्रा में सिर हिलाया।

नाज़ली ने गैलरी में से आवाज़ दी; अम्मी रेडियो स्टेशन से फ़ोन आया है।

मश्शन ने कहा, 'अम्मी साढ़े ग्यारह बजे, आपकी टॉक की रिकॉर्डिंग है, पहले भी फ़ोन आ चुका है।'

उस वक़्त सुबह के दस बजे थे। आपा हम्मन ने उकता कर फ़रमाया, 'लिखना इतना ज़रूरी क्यों होता है। ऐसे ही बोल देंगे। आपा हम्मन लिखने के मामले में इतनी आलसी थीं कि जब उनके दोनों बेटे मन्नन और मश्शन मुझे कराची ख़त लिखते तो आप अँगूठे पर रोशनाई लगाकर, अपनी तरफ़ से उसका निशान, कागज़ पर छाप दिया करती थीं।

कुछ देर बाद, मैं आपा हम्मन के कमरे में गयी तो देखा, मुलाज़िम लड़का झाड़ पोंछ करने के बजाय, खड़ा लैलो नहार के मुखपृष्ठ पर छपी जनरल सिकन्दर मिर्ज़ा और उनकी नई ईरानी बेगम की तस्वीर, तन्मयता से देखने में व्यस्त हैं। आपा हम्मन टॉक लिखने के बजाय, किसी और काम में मशग़ूल हो चुकी थीं। मैंने पूछा, 'क्या देख रहा है?' सादगी से जवाब दिया, 'सिकन्दर मिर्ज़ा और ऊदी बेगम।'

आपा हम्मन अब टॉक लिखने बैठीं। जाने क्या विषय था, बड़ी रवानी से लिखना शुरू किया।

'आज जब हम अपने गिर्दो-पोश (आस-पास) के हालात पर नज़र डालते हैं और देखते हैं कि जनरल सिकन्दर मिर्ज़ा और ऊदी बेगम।

दोबारा शुरू किया, एक पैराग्राफ़ पढ़कर सुनाया, आख़िरी लफ्ज़ 'कहा' पर ख़त्म होता था। आपा ने 'कहा' बड़े ड्रामाई अंदाज़ में अदा किया।

मैंने गिरह लगाई, 'हमारे मुरारी जब वृन्दावन से जा रहे थे तो गोपियों ने उनसे क, ह, आ... जाने न देंगी, रथ के नीचे आ प्राण तजेंगी।'

'अनुराधा यह तुमने क्या किया?' आपा हम्मन क़लम रोक कर बोलीं। मेरे गले में फूलों का हार डाल दिया? सवाल यह है कि हार तो फूलों का ही डाला जाता है।' फिर टॉक लिखनी शुरू की, चुनाँचे एक एज्युकेशन विशेषज्ञ ने उनसे कहा, 'अनुराधा यह तुमने क्या किया ऊँह! कौन लिखे, रेडियो स्टेशन जाकर लिख लेंगे।'

विभाजन से कुछ वर्ष पहले, भाईजान बम्बई में तैनात थे और आपा हम्मन ऑल इण्डिया रेडियो बम्बई से औरतों का अंग्रेज़ी प्रोग्राम करती थीं और एक्सपर्ट ब्रॉडकास्टर थीं।

हम लोग झटपट रेडियो स्टेशन पहुँचे। स्टूडियो में बैठकर, आपा हम्मन ने तक़रीर घसीटनी शुरू की। सुर्ख़ बत्ती जली। 'कहा' फिर क-ह-आ में तब्दील हो गया। हम लोगों का हँसी के मारे बुरा हाल। शौकत थानवी ने ऐनक माथे पर सरका कर, बूथ के शीशे में से झाँका। मैं फ़ौरन बाहर भागी। गैलरी में ईनिड मिल गयी, जो उन दिनों लाहौर से आयी हुई थी; पूछा, 'आपा हम्मन भी आई हैं?' मैंने कहा, 'हाँ' इस कमरे में हैं, वह दरवाज़े की तरफ़ बढ़ी। मैंने कहा, 'अन्दर मत जाना, वह ब्रॉडकास्ट कर रही हैं और दरवाज़ा खुलते ही तुम्हारे साथ हमारे मुरारी होर ऊदी बेगम फिर दाख़िल हो जायेंगे।'

'हमारे मुरारी होर ऊदी बेगम; व्हाट दि हेल इज़ गोइंग ऑन हियर? आर यू ऑल राइट?'

'हमारे मुरारी जब वृन्दावन से जा रहे थे।'

'ओह दैट!' ईनिड ने फ़ौरन वह गीत गुनगुनाना शुरू कर दिया।

शाम के वक़्त ईनिड, ख़ुशहाल ख़ाँ जदोन और कमान्डर अस्करी (पुत्र सईद), जो उन दिनों लाहौर में मौजूद थे, 49, लॉरेंस रोड आ गये। कुछ देर बाद, बेसाख़्ता देसी पिक्चरों की पैरोडी शुरू हो गयी। ईनिड हमेशा खड़े होकर दरवाज़े पर या बैठकर मेज़ पर तबला बजाते हुए, नग़मा सराई करती थीं। मैंने होंठ हिलाए, ईनिड ने प्लेबैक गाया। केवल एक ऑडियन्स अस्करी बैठे रह गये। सारा घर कलाकारी में मसरूफ़ हो चुका था। अचानक मूड बदला, सिनेमा से

स्टेज। कलाकारों ने जल्दी-जल्दी लिपिस्टिक और काजल से मेकअप किया। मूँछें बनाई गयीं, मन्नन एक पलंगपोश काँधों से हिलगाए, आग़ा हश्र की क़िस्म का संवाद अदा करते, बराबर वाले बाग़ की ओर के लाउंज से ड्राइंग रूम में दाख़िल हुए। एक पलंगपोश का क्लॉक ओढ़कर, मैंने जवाब में डायलॉग शुरू किया।

गैलरी के दरवाज़े की घंटी बजी। मैं इस तरह क्लॉक लहराती डायलॉग बोलती दरवाज़े पर गयी। बरामदे में मियाँ बशीर अहमद 'एडिटर हुमायूँ' और सिब्ते हसन खड़े थे, जो मुझे इस हुलिये में देखकर, बहुत तअज्जुब में नज़र आये।

ड्राइंग रूम में चंडूख़ाना स्थगित करके, संजीदा गुफ़्तगू शुरू हुई। भाईजान मग़रिब की नमाज़ अदा करके, कमरे में दाख़िल हुए। मुलाज़िम क़हवे की कश्ती लेकर अन्दर आया। आपा हम्मन ने फ़ौरन मुकम्मल होस्टेस बनकर, मेहमानों की ख़ातिर-मुदारात शुरू की।

दूध के जग में बाल पड़ गया था। मैंने मुलाज़िम से कहा, 'यह जग क्रैक हो गया है; दूसरा लाओ।'

आपा हम्मन भाईजान की पाँच वर्षीय बच्ची दुश्का[1], भोलेपन से बोली, 'वाह जग थोड़ा ही क्रेक होता है, क्रैक तो हम लोग होते हैं।'

'दरअस्ल हमारे यहाँ', मैंने मियाँ बशीर अहमद को समझाने की कोशिश की। 'क्रैक और स्वीट और बोर का इस क़दर ज़ोर है कि अगर बच्चे यह तसव्वुर कर लें कि क्रेकियत इंसानी विशेषता है।'

बात दरअस्ल यूँ थी कि हम लोगों ने, जिनमें आपा अज़रा, आपा हम्मन, आपा ज़हरा, आपा हुस्ना, अच्छो, नूरअफ़शाँ, नौशाबा और किशवर शामिल थीं; दुनिया वालों को पाँच छह स्पष्ट ख़ानों में बाँट रखा था। काफ़ी लोग स्वीट थे, कुछ बेहद स्वीट, कुछ बोर, कुछ क्रूक, कुछ क्रेक। क्रेक एक व्यापक, सार्थक और प्रशंसा करने वाली उक्ति भी थी। इसके अलावा 'स्वीट बोर', 'स्वीट क्रेक', 'स्वीट क्रूक', 'सीरियस असली क्रूक' और 'ख़ालिस क्रूक' वग़ैरा निचले दर्जे की क़िस्में थीं। 'स्वीट क्रूक' वह लोग थे, जो सदा किसी न किसी अहानिकारक

1. दुश्का हैदर सैयद इस वक़्त तक लंदन स्कूल ऑफ़ इक्नॉमिक्स में बड़ी उच्च डिग्रियाँ प्राप्त कर चुकी हैं।

क्रूकियत में मसरूफ़ रहते थे। इसके अलावा काफ़ी से ज़्यादा लोग, हमने डिस्कवर किया था कि 'लो-आई-क्यू' के पाये जाते थे।

आपा हम्मन भाईजान के दोनों बेइंतिहा ज़हीन और सीमाब सिफ़त (कोमल-हृदय) लड़के मन्नन और मश्शन, जो गवर्नमेंट कॉलेज में पढ़ते थे और नक्क़ाली और साउंड एफ़ेक्ट के साथ एक्टिंग करके, वाक़ेआत बयान करने में दक्ष थे। एक दूसरे को मुस्तक़िल 'क्रैक' कहकर सम्बोधित करते थे, जो दोनों भाइयों का एक दूसरे के लिए ज़बर्दस्त मोहब्बत का इज़हार था।

आपा हम्मन और अच्छो और मैं जब अपने कपड़े पहनते-पहनते बोर हो जाते; एक दूसरे की साड़ियाँ पहनकर इतराते फिरते थे। एक बार मुझे एक हफ़्ते के लिए अचानक सरकारी काम से लाहौर आना पड़ा। सोचा कि कपड़ों का बक्स कौन ले जाए। वहाँ साड़ियाँ तो आपा हम्मन ही की पहननी हैं। लिहाज़ा पी.आई.ए. के ओवरनाइट बैग में केवल तीन जोड़ी सैंडलज़ डालकर, लाहौर पहुँची। एयरपोर्ट से जब नं. 49 लॉरेंस रोड आई, शाम का वक़्त था और चाय की मेज़ पर हस्बेमामूल (यथानुसार) महफ़िल जमी हुई थी। मैंने ओवरनाइट बैग डाइनिंग टेबल पर रख कर, एनाउंस किया। 'अबकी बार हम सिर्फ़ तीन जोड़ी सैंडल्ज़ लेकर आये हैं।'

आपा हम्मन और अच्छो ने इसी प्वाइंट को बेहद सराहा। आपा हम्मन ने फ़रमाया 'जिस पहलू से ग़ौर करो, बात निहायत माक़ूल मालूम होती है।'

उसी वक़्त एक मिलने वाली आ गईं। अच्छो ने निहायत जोश से उन्हें बताया, 'अभी-अभी कराची से पहुँची हैं; सिर्फ़ चार जोड़े जूते साथ लाई हैं और सामान कुछ नहीं।'

नवाबज़ादा इम्तियाज़ अली ख़ाँ, पलकें झपकाते डाइनिंग रूम में दाख़िल हुए; अच्छो ने ख़बर सुनाई; एक्साइटमेंट में जूते चार से छह जोड़ी हो गये। फिर अच्छो ने आपा हुस्ना को फ़ोन किया। 'बैग में सिर्फ़ आठ जोड़ी सैंडल्ज़।'

जावेद इक़बाल इंग्लिस्तान से डॉकटरेट और बैरिस्टरी करके आ चुके थे और जावेद मंज़िल में रहते थे और क़ानून की प्रैक्टिस कर रहे थे। अन्दर

स्टेटमेंट वाले ब्रिटिश सेंस ऑफ़ ह्यूमर के मालिक थे। एक रोज़ फ़रमाया, 'चाहता हूँ, फ़ुलाँ तारीख़ को आपकी दावत करूँ।'

मैंने कहा, 'उस तारीख़ को कराची वापस जा रही हूँ। रिज़र्वेशन हो चुका है।'

'रिज़र्वेशन कैंसिल हो सकता है।'

'रेलवे वालों का कहना है कि इसके अगले दस दिन तक जगह न मिल सकेगी।'

'मगर आप रेल से क्यों जा रही हैं?' शहाब साहब ने पूछा, जो लाहौर से आये हुए थे।

'कुछ डॉक्युमेंट्री फ़िल्मों के प्रिंट तैयार हो चुके हैं, उनके डिब्बे साथ ले जाने हैं।'

'चलिए अभी रेलवे के दफ़्तर चलते हैं। जावेद को देखते ही रेलवे वाला मोम हो जाएगा।'

'एक राष्ट्राध्यक्ष का सेक्रेटरी और एक शाइर-ए-मिल्लत का फ़रज़न्द। इन दोनों को देखकर, सारा टाइम टेबल बदला जा सकता है।' किसी ने कहा।

ऐसा ही हुआ।

जावेद मंज़िल मेव रोड पर जो अब अल्लामा इक़बाल रोड कहलाती थी, एक पुरानी शैली की कोठी थी, जिसकी वही अहमियत होनी चाहिए, जो फ़रडावन एवेन्यु में शेक्सपियर के मकान की है लेकिन इक़बाल समय के मापदण्ड के लिहाज़ से अभी हमसे इतने क़रीब हैं कि जावेद मंज़िल जाकर, वह Sence of Awe नहीं पैदा होता था, जो मिसाल के तौर पर क़ोनिया में महसूस होता है।

जावेद ने मुझे अल्लामा इक़बाल की स्टडी दिखाई। अलमारियों में भारी-भारी किताबें, बड़ी मेज़, पुरानी किताबों की महक। उस वक़्त मैं कुछ पल के लिए सहमी खड़ी रही।

लेकिन ड्राइंगरूम में अपनी परिचित दुनिया मौजूद थी। एजाज़ बटालवी आतिशदान से टिके इस स्टाइल से खड़े थे, मानो साउथ किंज़िगटन में अभी तक रह रहे हैं। वह क़ुदरतुल्लाह शहाब से इस मसअले पर विचार विमर्श कर रहे थे कि तिलेर परिन्दों और यू.पी. वालों में कौन सी ख़ासियतें साँझी हैं। आपा हम्मन और आपा हुस्ना और अच्छो आफ़ताब अहमद से बातें कर रही थीं। डाइनिंग रूम से कश्मीरी खानों की ख़ुश्बू की लपटें आ रही थीं, अचानक एक साहब ने मुझसे फ़रमाया, 'लाहौर में आजकल यह ख़बर गर्म है कि आप एक हफ़्ते के लिए यहाँ आती हैं तो एक दर्जन जोड़ियाँ सैंडल्ज़ साथ लाती हैं।'

उस वक़्त इन्किशाफ़ (विदित) हुआ कि अफ़वाह इस तरह फैलती है। पर का कव्वा, तीन जोड़ी से बारह जोड़ी।

लाहौर की धुंध भरी रातें, एक अजीब जादुई कैफ़ियत अपने अन्दर रखती हैं। छावनी में मिर्ज़ा मामूजान (जो मारीपुर से तब्दील होकर फ़ौज में वापस आ चुके थे और अब फिर कर्नल मिर्ज़ा थे) की अहदजान लॉरेंस की विशाल व अथाह कोठी के गहरे आतिशदानों में आग जलती और वक़्त बहुत पुरसुकून (शान्त) और सुरक्षित लगता था। आपा हम्मन और नसीमा मुमानी और हमको, नसीमा मुमानी का इन्तिहाई पुरमज़ाक और हैंडसम हवाबाज़ भाई स्कवैड्रन लीडर आज़म जानं (जो अब परलोक सिधार चुका है) अपनी दिलचस्प बातों से हँसाता।

छावनी और मालरोड और लॉरेंस रोड की तरह पुराने शहर का अपना रोमान्स था। वहाँ एक रहस्यमयी गली में सूफ़ी ग़ुलाम मुस्तफ़ा तबस्सुम रहते थे। एक बार उन्होंने खाने पर बुलाया। एजाज़ ने कहा, 'तुम सूफ़ी साहब के यहाँ ज़रूर जाना। वह इस मोहब्बत से एक-एक चीज़ ख़ुद पेश करके मेहमान को खिलाते हैं कि उनके यहाँ खाना, अपने आप में एक सौंदर्यपूर्ण और जज़बाती तजुर्बा है।'

एक शाम एजाज़ बटालवी, भाईजान के सहकर्मी, ऑडिट एन्ड एकाउंट्स वाले आफ़ताब अहमद (जो ग़ालिब के मशहूर आलोचक भी थे और ऑडिट एकाउंट्स वाले और ग़ालिब वाले आफ़ताब अहमद कहलाते थे, जो दो प्रतिकूल गुणों के मालिक थे और शहाब (जो हस्बेमामूल राष्ट्राध्यक्ष के साथ, लाहौर

आये हुए थे) के साथ, धुंध से भरी पेचदार गलियों से गुज़रते, सूफ़ी साहब के मकान पर पहुँचे, जो अन्दर से और ज़्यादा अफ़सानवी और मशरिक़ी (पूर्वी) प्रतीत हुआ। सूफ़ी साहब के घर की लड़कियों ने बड़े ख़ुलूस से मुझे अपनी कशीदाकारी दिखाई, जो मैंने निहायत दिलचस्पी और तन्मयता से देखी और एजाज़, आफ़ताब और शहाब साहब कमरे के दूसरे सिरे पर मौजूद, उस मंज़र को देखकर बहुत ख़ुश हुए।

सूफ़ी साहब ने अपने एकाकी और ख़ास अंदाज़ में हम लोगों की मेज़बानी की। उस वक़्त वह एकदम मेडिवेल दास्तान के अंदाज़ में तब्दील हो चुके थे।

बानो क़ुदसिया और अशफ़ाक़ अहमद ने शहर से बाहर, जो नई 'कालोनियाँ' बन रही थीं, उनमें से एक में, एक छोटी सी कोठी बनावा ली थी और अपना नफ़ीस रिसाला 'दास्तानगो' प्रकाशित कर रहे थे। उनके सिटिंग रूम में अमृता शेरगिल का एक सेल्फ़ पोट्रेट आवेज़ाँ था, जो अशफ़ाक़ अहमद ने 47 ई. के दंगों के ज़माने में किसी कबाड़ी से पाँच रुपये में ख़रीदा था। अब पंजाबी नेशनलिज़्म में धीरे-धीरे जागरूकता आ रही थी और एजाज़ वग़ैरह का कहना था कि हम चाहते हैं कि जिस कोठी में अमृता शेरगिल रहती थीं, उसे म्यूज़ियम बना दिया जाए।

इतवार की एक रौशन सुबह, आपा हम्मन और मैं नम्बर 49 लॉरेंस रोड के बाहरी लॉन पर धूप सेंक रहे थे। आफ़ताब अहमद भी मौजूद थे। बानो क़ुदसिया फाटक में दाख़िल होती नज़र आईं। आफ़ताब अहमद बेहद ख़ुश होकर बोले, 'आपको अपनी Constituency बना लेनी चाहिए।'

अफ़सोस! कि अपनी साहित्यिक Constituency मैंने आजतक न बनाई।

हाजरा मसरूर और अहमद अली ख़ाँ जेल रोड पर, ख़दीजा मसतूर और ज़हीर बाबर केनाल पार्क में रहते थे। यह वही अहमद अली ख़ाँ थे, जो 48 ई. में अय्यूब भाई के साथ, कीमाड़ी में आकर रहे थे। अब वह पाकिस्तान टाइम्स के असिस्टेंट एडिटर थे। चीफ़ एडिटर फ़ैज़ अहमद फ़ैज़ एक बहुत बड़ी कोठी की दूसरी मंज़िल पर रह रहे थे।

एक बार फ़िराक़ साहब हिन्दुस्तान से आये हुए थे। फैज़ साहब के यहाँ उनका डिनर था। मैं शदीद ठण्ड की वजह से नहीं गयी। कुछ देर बाद फ़ैज़ साहब ने एजाज़ को मुझे बुलाने के लिए नं. 49 लॉरेंस रोड भेजा। जिस वक़्त मैं फ़ैज़ साहब के यहाँ पहुँची, महफ़िल अपने उरूज पर थी। अजीब दृश्य देखा, आफ़ताब अहमद, (जो फ़िराक़ साहब से बड़ी श्रद्धा रखते थे) हाजरा, ख़दीजा, सिब्ते हसन और दूसरे मित्र वृत्त बनाये बैठे हैं और फ़िराक़ साहब बीच में क़ालीन पर खड़े तक़रीर कर रहे हैं। चूँकि बहुत नशे में थे, उनका एक लफ़्ज़ पल्ले नहीं पड़ रहा था लेकिन निहायत फ़रहत बख़्श तक़रीर थी और सब ध्यान से सुन रहे थे। फ़ैज़ साहब के ड्राइंगरूम में सतीश गुजराल की बनाई हुई एक बड़ी तस्वीर आवेज़ाँ थी।

इस तौर पर हिन्द व पाकिस्तान के कुछ चुने हुए साहित्यकार व कलाकार, एक दूसरे से मानसिक और सामाजिक सम्बन्ध रखते थे मगर इस सम्बन्ध से कोई फ़र्क न पड़ता था। दोनों देशों के बीच मानसिक और राजनीतिक डेडलाक बदस्तूर मौजूद था और अभी दो भयावह युद्ध लड़े जाने वाले थे। मार्च के महीने में रेडियो पाकिस्तान के महमूद निज़ामी मरहूम जश्ने बहाराँ आयोजित करते। रौशन आरा बेगम आवाज़ के जादू जगातीं। जश्न में शरीक होने के लिए मुख़तार बेगम की छोटी बहन फ़रीदा ख़ानम, ठस्से से अपनी लम्बी कार में साज़िन्दों समेत आतीं और पुराने लोग, आह भर के मुख़तार बेगम और आग़ा हश्र वाले लीजेन्डरी ज़माने का ज़िक्र करते (लीजेंड्ज़ भी वक़्त बनाता है। आज से तीस साल बाद, ख़ुद हमारे 1950-55 के दौर को लीजेंडरी समझा जायगा!)।

निजी और आर्ट कौंसिल की महफ़िलों में फ़रीदा ख़ानम रौशन आरा बेगम और इक़बाल बेगम गातीं और उन महफ़िलों में लखनऊ वाली ख़ाला, आयशा ग़ुलाम हसन बट्ट के बहनोई ख़लीफ़ा अब्दुल हकीम, गुलाबी जामावार की शेरवानी पहनकर, शामिल होते और बेगम अब्दुल हकीम यानी ख़दीजा ख़ाला, मुझसे अम्मा के बारे में बड़ी जज़बाती बातें करतीं।

'वह अलीगढ़ का ज़माना भी क्या ज़माना था और तुम्हारी अम्मा कितनी मोहब्बत वाली हैं और कितनी मज़ेदार बातें करती थीं।' और चची वहीदा, आयशा

और नादिरा और ख़दीजा ख़ालाओं के वालिद जज अब्दुल ग़नी का ज़िक्र करतीं, जो चचा नसीर के दोस्त थे और आयशा के फूफीज़ाद भाई और बहनोई लाई हयात, जो अब्बाजान के हम जमाअत (सहपाठी) थे और मैं और अच्छो ताज्जुब से कहते, 'ये बड़ी उम्रों के लोग मुस्तक़िल अपने अतीत की बातें क्यों करते हैं?'

आपा हम्मन की बेइन्तिहा ख़ूबसूरत और बेहद लम्बी चौड़ी कोठी के चारों तरफ़ बहुत बड़ा और सरसब्ज़ (हरा-भरा) बाग़ था, जिसमें सुबह के वक़्त गुलाब की ख़ुशबूएँ महकती थीं। सामने लॉरेंस गार्डेन, जो अब बाग-ए-जिनाह कहलाता था, पीछे की तरफ़ नवाबज़ादा इम्तियाज़ अली ख़ाँ और उनका तबेला। बाहरी बरामदे के सिरे पर मेरा कमरा। उसके सामने की ओर दूसरे सिरे पर मन्नन, मश्शन। मेरे कमरे की खिड़कियाँ, आपा हम्मन के रोज़गार्डन में खुलती थीं।

सुबह मुँह अँधेरे, जब लॉन के चारों ओर खड़े युकेलिप्टिस के वृक्षों पर कोहरा छाया होता था, छावनी से "Reveille" के बिगुल की जानलेवा आवाज़ आती थी। रात गये जब मकान और मकान में रहने वाले और चरिन्द, परिन्द और पेड़ पौधे सब सोये होते थे, दूर छावनी में 'Retreat' का बिगुल बजता क्योंकि दिन, दिन से बात करता है और रात, रात को होशियारी सिखाती है और कोई नहीं जानता कि दिन और रात का अंजाम कहाँ है।

चैम्बर म्यूज़िक

'हैलो! स्टेशन सिनेमा, आज कौनसी पिक्चर है? अच्छा ज़रा पाँच मिनट बाद शुरू कीजिए, हम लोग अभी आते हैं।'

'हेलो! स्टेशन सिनेमा, आज क्या दिखा रहे हैं?'

'अच्छा, फ़िल्म में कौन काम कर रहा है?'

'आज ऑड्री हेपबर्न, कल ग्रेगरी पेक!' उधर से जवाब मिलता।

'अच्छा, हेलो, परसों कौनसी पिक्चर है?' अच्छा! "No Show" उसमें कौन काम कर रहा है? कोई नहीं? अच्छा, ख़ैर।'

एयरफ़ोर्स के दो सिनेमाघरों में 'डेली चेंज' का दस्तूर था। रात के खाने के बाद भागमभाग मैदान पार करके, दौड़ते हुए पिक्चर जाते और हर तरह की अच्छी बुरी हिन्दुस्तानी और अंग्रेज़ी और अमेरिकन फ़िल्में मुलाहिज़ा करके, बेहदोहिसाब ख़ुश होते। बच्चे पाबन्दी से काऊ ब्वाय फ़िल्म देखते।

सैयद मज़हर इमाम के हमउम्र मामू सैयद मुज़फ़्फ़र नवाब ने गया से बम्बई जाकर एक अदद फ़िल्म 'खेल' बनाई थी, जिसमें निजी लाखों रुपया बख़ैरो-ख़ूबी डुबो दिया था। उस फ़िल्म में देवानन्द हीरो और हफ़ीज़ जहाँ पुत्री मियाँ अब्दुल अज़ीज़ फ़लक पैमा (जिनके पूर्व आई.सी.एस., वर्तमान सी.ए.पी. पति किसी देश में पाकिस्तान के राजदूत थे) हीरोइन थीं। सेकंड हीरोइन निगार सुलताना थीं। नवाब मियाँ यह फ़िल्म लेकर कराची आए। हम लोगों ने जाकर उसे बड़ी श्रद्धा से देखा क्योंकि नवाब मियाँ ने बनाई थी।

मज़हर मियाँ और उनके भाइयों ने अपने दूसरे कारोबार के अलावा लालूखेत में एक सिनेमा हाउस का भी निर्माण किया था। अक्सर हम लोग मोटरों में लदफंद कर लालूखेत जाते और निजी लेडीज़ बाक्स में बैठकर इण्डियन और इक्का-दुक्का पाकिस्तानी फ़िल्म देखते।

आसिम ज़ैदी कहीं से एक जोड़ा बेहद बढ़िया बुलटेरियर का ले आये थे। रोज़ाना सुबह के वक़्त दफ़्तर जाने से पहले, मैं एक घंटा प्यानो की

प्रैक्टिस करती थी। उस वक़्त दोनों बुलटेरियर संतान सहित बाहर बाग़ीचे में क़तार अन्दर क़तार बैठकर, मिश्रित स्वरों में भौंकते, उन बेचारों को घर के अन्दर दाख़िल होने की अनुमति नहीं थी। जब बेशुमार कुत्ते हो गये, आपा राज़िया ने कहा, 'तौबा-तौबा, इतने कुत्ते! घर में फ़रिश्तों का गुज़र नहीं होगा; अब इन्हें निकालो।' 'डॉन' में इश्तिहार दिया गया। कराची से पोम-पोम डार्लिंग वाले मिस्टर झुनझुनवाला की क़िस्म के मियाँ-बीवी तशरीफ़ लाए। सौदेबाज़ी शुरू की।

नूरअफ़शाँ ने नर्वस होकर कहा। 'देखिये मिस्टर ढोसा।'

'मिस्टर दोसल!' उन्होंने त्रुटि दूर की।

'मिस्टर दोसल! हम लोग प्रोफ़ेशनल तो कुत्ते बेचते नहीं।'

उनकी समझ में न आया। अब मैंने और ज़्यादा नर्वस होकर कहा, 'बात यह है मिस्टर ढोसा।'

'मिस्टर दोसल' उन्होंने दोबारा संशोधन किया।

'मिस्टर दोसल!' यानी कि मतलब यह है कि हम लोग प्रोफ़ेशनल कुत्तों का कारोबार तो करते नहीं, यानी बतौर बिज़नेस।'

'ये चन्द अच्छे कुत्ते हाज़िर हैं मुनासिब मुआवज़े पर।' हातिम ने सदाचार से बात आगे बढ़ाई।

मिस्टर व मिसेज़ दोसल पाँच-छह कमसिन बुलटेरियर औने पौने ख़रीदकर चलते बने। बच्चों के माता-पिता ने आकाश की ओर मुँह उठाकर रोना शुरू किया। उन प्यारे बच्चों के एकाएक चले जाने से हम सब उदास थे। मैं अफ़सुर्दगी से जाकर प्यानो के सामने बैठी और एक बिदाई धुन बजाना शुरू की, जिसकी आवाज़ में बुलटेरियर वालिदैन (माता-पिता) की आहो-फ़ुग़ाँ डूब गई।

लाहौर से एजाज़ हुसैन बटालवी ने सफ़ीना-ए-ग़मे दिल के स्टाइल की पैरोडी में ख़त भेजा। 'मैं ज़िन्दगी के सब्ज़ ग़ालीचे पर बेमक़सद घूम रहा था। कभी सारी ज़मीन हमारी थी, अब चूहे वीरानों की तरफ़ भाग रहे हैं, गिरजे की घंटियाँ ख़ामोश हैं, कुत्ते भौंकना भूल गये। कमरों में ख़रगोश दौड़ रहे हैं।

मन्दिर का कलश उदास है, खेतों में अस्तित्व का शोर है, अब कोई डेनियल हमारे फ़ैसले के लिए नहीं आयेगा। तीन लड़कियाँ सामने के टीले से उतरकर मेरी ओर आ रही हैं और फ़ैज़ बीवी बच्चों समेत नथिया गली गये हुए हैं।'

'अब कौन है, जो ज़िन्दगी का धान फटकेगा, हर शख़्स इस तरह फिर रहा है, जैसे बोरियत उसका जन्मसिद्ध अधिकार है। लंदन में तक़ी सैयद इक्नामिक्स की थेसिस के लिए डाटा इकट्ठे कर रहा है। आत्मा की अशांति का कोई इलाज नहीं; इससे क्या फ़र्क़ पड़ता है कि कोई पूर्व में रह रहा है या पश्चिम में।'

'आकाश पर चीलें उसी नहूसत और वीरानी से उड़ती हैं। इस दृष्टिहीनता का क्या होगा। मॉडल टाउन में फलैंदे, खिरनी और अमलतास के दरख़्तों पर बहार आ गयी। मैं अपनी कल्पना के संसार को, अस्तित्व के उस हिस्से को, जो भागा-भागा फिरता है, कैसा लिबास पहनाऊँ।'

'गलियों में फिरते बीमार कुत्तों और ज़ुल्म झेलते इंसानों से कौन मोहब्बत करता है। तजरिबात सब पीछे रह गये। उम्मीदें, ख़ौफ़ बदसूरती सब मज़हकाखेज़ (हास्य का विषय) हैं। आँखों में जो ग़म छुपा हुआ है, उसे कौन देखता है। यहाँ तो हर शख़्स ज़िन्दगी की खिड़की के नीचे खड़े होकर, सुरोद-ए-शबाना (सांध्य-संगीत) बजाना चाहता है। कौन है, जो अमलतास के फूलों की ओर देखे। और एजाज़ हुसैन! तुम जो अमेरिका जा रहे हो तो इससे वुजूद (अस्तित्व) की कशमकश ख़त्म तो नहीं हो जायेगी। ख़ुदावन्दा! मेरी मदद कर! दिमाग़ का धुँधलका सारे में फैल गया।'

'ताज़ा ख़ुदाओं ने मुझसे कहा, तुम्हारे रास्ते बन्द हैं। ज़िन्दगी की ख़ुशियाँ केडीलेक और स्टीवडी बेकर में तब्दील हो चुकी हैं। तलाश ख़त्म हो चुकी।'

'ज़िन्दगी का बहुत लम्बा जुलूस उदास है और आकाश पर विमान उड़ रहे हैं। अब हर तरफ़ संगीनें हैं। ईद के नवचंद्र की शक्ल की छुरियाँ और, और स्टीवडी बेकर एक आख़िरी झटके के साथ आगे जा चुकी है। क्या हम वाक़ई अपनी बस मिस कर चुके हैं। आने वाले कल का कौन इन्तिज़ार करे।'

'हर तरफ़ बकरे ही बकरे हैं। दुम्बे और मेंढे और वादी-ए-काग़ान के दाढ़ी वाले पहाड़ी बकरे। सब सिर झुकाए कल का इन्तिज़ार कर रहे हैं और कोई उनसे नहीं पूछता कि बे ज़बानो! आख़िर तुम्हारे पूर्वजों ने पैग़म्बर इब्राहीम (अ.) का क्या बिगाड़ा था। जब हैवानों और जानवरों के बीच भी पैग़म्बर आने शुरू हो जायेंगे तो ईदुल अज़हा पर बकरे स्ट्राइक किया करेंगे।'

लेकिन एकाएक ये कैसी आवाज़ें आने लगी हैं। नमनाक कोहरा कमरों में दाख़िल हो रहा है। अब सारी आवाज़ें डूब गयीं। हम सब अकेले हैं। दक्षिण दिशा में उड़ने वाले परिन्दों की तरह अभी रात आयेगी और हमारे दरवाज़ों पर दस्तक देगी और पुराने मंदिर के पुरोहित दस्तक सुनेंगे।

खिड़की पर गुलाब झुक आये। क्षितिज पर हमलावर होने का ख़याल कितना हास्यास्पद है। फिर भी ज़िया मोहीउद्दीन की तस्वीर पाकिस्तान क्वार्टरली वाले मज़मून के साथ छप जाती तो अच्छा होता। अस्तित्व की सतह पर विभिन्न अहमियतों को ख़लत-मलत करना सख़्त मसख़रापन है। काश! इंसानों को मोगरे के फूलों से मोहब्बत होती।

'सड़क के नुक्कड़ पर कोई पेंशनयाफ़्ता अंग्रेज़ अभी तक अपना अकार्डियन बजाय चला जा रहा है; अगली जंग कब होगी?'

'On the whole' तो सभी अच्छे जा रहे हैं। इस खोई हुई सरज़मीन पर क्या होगा? हर शख़्स अपना जनाज़ा उठाये आहिस्ता-आहिस्ता गुज़र रहा है। हस्पतालों की ख़ामोश गैलरियों में लोग अपने अज़ीज़ रिश्तेदारों के लिये फूल लिये खड़े हैं, अभी हमें ज़िन्दा रहना है; चारों ओर एनफ़्लोएंज़ा फैल गया।'

'शांति, शांति!'

सब अच्छे जा रहे थे। शहाब साहब तसव्वुफ़ (सूफीवाद) की तरफ़ भी जा रहे थे। एजाज़ अमेरिका जाते हुए कराची आये। एक शाम अँधेरा पड़े।

हम लोग शहाब साहब से मिलने गवर्नर जनरल्ज़ हाउस गये। गवर्नर जनरल ग़ुलाम मोहम्मद साहब का इन्तिक़ाल कुछ दिन पहले हुआ था; जिनके शहाब सेक्रेटरी थे। उस वक़्त रात के आठ बजे थे, शहाब साहब का लम्बा-चौड़ा आलीशान दफ़्तर रौशनियों से प्रकाशगृह बना हुआ था। वह मेज़ पर बैठे एक

निबन्ध लिख रहे थे। फ़रमाया, 'आपको मालूम है, मरहूम (ख़ुदा उन्हें बखशे) वली उल्लाह (अल्लाह वाले) थे। मैंने उन्हें जज़्ब (अल्लाह के ध्यान में तल्लीनता) के आलम में देखा है। अपने मज़मून में मरहूम की शख़सियत के इसी पहलू पर रौशनी डाल रहा हूँ।'

शहाब साहब! बात यह है कि हम सब अल्लाह के वली हो चुके हैं। यही तो सारा प्रॉब्लम है। 'मैंने क़िस्सा मुख़तसर किया। शहाब साहब ने मज़मून पढ़कर सुनाया। उसके बाद हम लोग बाहर निकले। रास्ते में एक बड़ी भारी दो मंज़िला कोठी में शादी हो रही थी, शामियाना लगा था। बिजली के क़ुमक़ुमे, बैंड, बेशुमार कारें। शहाब साहब ने कार रोक कर कहा, आइए लगे हाथों इस शादी में शिरकत करते चलें। एक आदमी से संजीदगी से दरयाफ़्त किया। 'क्यों साहब यहाँ अली क़ुली ख़ाँ की शादी हो रही है?'

उसने दोहराया, 'अली क़ुली ख़ाँ? नहीं साहब, यह तो...'

'हमें तो अली क़ुली ख़ाँ की शादी में जाना है।' मैंने जल्दी से बात बनाई। हम लोग आगे बढ़े 'अली क़ुली ख़ाँ भी तसव्वुफ़ की उक्ति बन सकती है।' मैंने कहा।

हम लोग मारीपुर पहुँचे। चान्दनी रात थी और घर के सारे बच्चे सामने बजरी पर जमा, दूसरे रोज़ आयोजित होने वाले फ़ैमिली क्रिकेट मैच के मुताल्लिक़ ज़ोर-शोर से विचार विमर्श करने में व्यस्त थे।

'बहुत जल्द, एक वक़्त आने वाला है, जब ये भोले ख़ुशोख़ुर्रम बच्चे भी बड़े हो जायेंगे और अली क़ुली ख़ाँ इन्हें परेशान करेगा।' एजाज़ ने सिर हिलाकर कहा।

दूसरी सुबह इतवार था। सवेरे से 'फ़ैमिली क्रिकेट मैच' की तैयारियाँ की जा रही थीं। बच्चों में बेहद जोश था। सुबह नौ बजे शहर से रिश्तेदार बच्चों की दूसरी टीम आ गयी। हम लोग एयरफ़ोर्स स्टेडियम पहुँचे। नसीमा मुमानी, नुरअफ़शाँ और मैं बाक़ायदा गौगल्ज़ लगाकर, शेफ़ोन की साड़ियाँ पहने, इस स्टाइल से मैच देखने के लिए पवेलियन में बैठे, जिस तरह क्रिकेट की शौक़ीन

बेगमात टेस्ट मैच देखती हैं क्योंकि बच्चों का आग्रह था कि उनके मैच को भी टेस्ट मैच समझा जाए। मैस से रेफ्रेशमेंट्स मंगवाए गये। आपा हम्मन के बड़े बेटे आमिर अजीज़ सैयद उर्फ़ मुन्नन, जो उच्च शिक्षा के लिए इंग्लिस्तान जाते हुए कराची में ठहरे थे, एक फ़ैमिली टीम की कप्तानी कर रहे थे। दूसरी टीम के कप्तान ख़ुर्शीद ज़ैदी थे।

मैच की दूसरी सुबह मुन्नन एक उंगली पर पट्टी बाँधे घूम रहे थे। मैंने पूछा 'क्या हुआ?' कहने लगे, 'कल क्रिकेट खेलते में फ्रैक्चर हो गया।' मैंने घबराकर फ़ौरन नूरअफ़शाँ को अस्पताल फ़ोन किया 'जल्दी से एम्बुलेंस भिजवाओ, मुन्नन की उंगली में फ्रैक्चर हो गया।'

नूरअफ़शाँ जीप दौड़ाती जल्दी से जल्दी घर पहुँची। मालूम हुआ मुन्नन, ख़ुर्शीद, असलम और क़मर के साथ समुन्दर में तैरने चट्टानों की तरफ़ गये। मैं और नूरअफ़शाँ चट्टानों पर पहुँचे। मुन्नन ने दूर से देखकर इतमीनान के साथ हाथ हिलाकर वेव किया और ग़ड़ाप से पानी में कूद गये। नूरअफ़शाँ ने आवाज़ दी, घबराकर साहिल पर लौटे, ताज्जुब से पूछा, 'क्या हुआ? आप दोनों इस वक़्त यहाँ इतनी परेशान क्यों खड़ी हैं?'

नूरअफ़शाँ ने बताया।

मुन्नन ने ज़ोरदार क़हक़हा लगाया। सिर हिला-हिला कर ज़ोर से हाथ पर हाथ मारकर कहने लगे, 'ऐनी ख़ाला एक लाइन के अलावा हर लाइन में साफ़। हमने तो ऐसे ही मज़ाक़ में कहा था। आप सच समझीं, अगर फ़्रैक्चर होता तो हम कल से अब तक यूँ ही मज़े से घूम रहे होते?'

मैं बहुत क़ायल हुई। बहुत सोचा कि पब्लिक अंडरस्टैंडिंग की प्राप्ति के लिए क्या करना चाहिए। फिर ख़याल आया पब्लिक अंडरस्टैंडिंग और तीव्र बुद्धि अल्लाह की देन है, इसकी कमी या अभाव के सम्बन्ध में आप कुछ नहीं कर सकते। 'ये जो तुम इतनी किताबें पढ़ती हो उससे क्या फ़ायदा हुआ?' अम्मा और आपा राज़िया अक्सर सिर हिलाकर कहतीं। मैं हस्बेमामूल महीने में एक आध बार बन्दर रोड जाकर थामस एंड थामस से ताज़ातरीन अंग्रेज़ी किताबों के अंबार के अंबार ख़रीद लाती।

थामस एन्ड थामस में अलमारियों के सामने मोहम्मद हसन अस्करी अक्सर ब्राउज़िंग करते मिल जाते और हर बात का जवाब हूँ या हाँ में देकर फिर पश्चिमी साहित्य और पश्चिमी समालोचना की दुनिया में खो जाते। अस्करी साहब, जिनकी अनवर क़ुरैशी से बहुत गहरी छनती थी, लिंगवा फ़ोन के ज़रीए फ़्रेंच सीख रहे थे।

एक शाम वह अनवर क़ुरैशी और एक अमेरिकन इंटलेक्चुअल के साथ मारीपुर तशरीफ़ लाये। मैंने अस्करी साहब से कहा, अब आप फ़्रांस हो आइए। सार्त्र वग़ैरह को उर्दू में परिचित कराकर आपने बहुत से आलोचकों का पटरा कर दिया, अब हर शख़्स अपने मज़मून में दस जगह लिखता है। 'सार्त्र ने क्या पते की बात कही है।' या 'राँ बू बड़े पते की बात कह गया है।' इस तरह सारा मज़मून पश्चिमी साहित्यकारों और आलोचकों के हवालों पर आधारित होता है। अपनी तरफ़ से ओरिजनल बात कोई नहीं कहता। आप तो ओरिजनल बात भी कहते थे। मगर यह सारी आग आपकी लगायी हुई है। अब आप ख़ुद ज़रा पेरिस रह आइये।

बेनियाजी से फ़रमाया, 'फ़्रांस में अब क्या रखा है! फ़्रांस ख़त्म हो चुका है।'

अब इतना गहरा नुकता पूछने की हिम्मत किसमें थी कि फ़्रांस किस तरह ख़त्म हो चुका।

बन्दर रोड पर थामस एन्ड थामस की दुकान से ज़रा आगे कमयाब (अल्प उपलब्ध) किताबों की एक दुकान अजायबात का ख़ज़ाना था, जहाँ से मैंने बहुत सी नायाब अंग्रेज़ी किताबें ख़रीदीं। मैं सीढ़ी लगाकर घंटों उन अलमारियों की छानबीन किया करती। उस दुकान में बहुत ही कम लोग आते थे, सिवाय किताब परस्त अनवर क़ुरैशी और एक बुज़ुर्ग किताब परस्त पारसी दोस्त के जो मुझे देखकर ख़ुशी से पूछता, 'कोई अच्छी चोपड़ी बाँचा?'

और अच्छी चोपड़ी बाँचने वाले लोग हर जगह बहुत कम पाये जाते हैं। कराची की सेकंड हैंड किताबों की एक दुकान में आपा फ़ातिमा ख़ातून को ख़यालिस्तान पड़ी मिली, जिसके पहले पृष्ठ पर लिखा था :

मालिक इस किताब का जानो साथ यक़ीं
ताहिर अहमद ख़ान है बन्दा-ए-मिस्कीं।
और 'जो यह किताब चुरायेगा पचास जूते खायेगा।'
जावेद मंज़िल, अल्लामा इक़बाल रोड, लाहौर

19 अप्रैल, 1958 ई.

'शहाब कई मर्तबा आपसे कराची में सम्पर्क करने की कोशिश करते रहे, लेकिन उनकी इत्तिला के मुताबिक़ आजकल आप शिद्दत से रोज़े रखने में मसरूफ़ हैं। यानी अगर दफ़्तर में टेलीफ़ोन किया जाए तो पता चलता है, आप किसी मीटिंग पर गयी हैं और जब घर पर फ़ोन किया तो मालूम होता है कि आप सो रही हैं।

हस्बे फ़रमाइश मज़मून 'इक़बाल एक बाप की हैसियत से' रवाना कर रहा हूँ, अगर पसंद आये तो इसका अनुवाद अंग्रेज़ी में कर के पाकिस्तान क्वार्टरली में शाया (प्रकाशित) कर लीजिए। यह सम्भवतः 1947 ई. के 'सवेरा' में प्रकाशित हुआ था। अगर वक़्त मिला तो इंशाअल्लाह अंग्रेज़ी में भी तहरीर करके इरसाल (रवाना) करूँगा। कुछ एक पुराने मज़मून अंग्रेज़ी में लिखे हुए पड़े हैं लेकिन पुराने काग़ज़ात अभी खोले नहीं लेकिन अगर कोई अच्छी चीज़ निकली, इरसाल करूँगा।

मैं 2 या 3 मई को फिर कराची पहुँच रहा हूँ। हफ़्ता-अशरा (दस दिन) तक क़ायम रहेगा। शहाब और मैं आपसे मिलने की कोशिश करेंगे, अगर इजाज़त हो तो।

मेरा एक नन्हाँ सा भांजा है, नाम उसका तहसीन है, जो आपसे मुलाक़ात का ख़्वाहिशमंद है। उसे अदब (साहित्य) से दूर का भी वास्ता नहीं लेकिन आपको राबिया बसरी[1] से कम नहीं समझता; बाक़ी मुलाक़ात पर।

अनवर क़ुरैशी का फ़्राइडे क्लब कभी जिम्मी मार्कर के यहाँ (जो उमर क़ुरैशी के अलावा मुल्क के मक़बूल (लोकप्रिय) क्रिकेट कमेंटेटर थे और बाद में

1. राबिया बसरी बहुत नेक अल्लाह वाली ख़ातून थीं, जो सदा अल्लाह की याद में लीन रहती थीं। उन्होंने विवाह नहीं किया था। बसरा की रहने वाली थीं।

पाकिस्तान के राजदूत होकर मास्को गये) और कभी अनवर क़ुरैशी के मकान एयर कॉटेज ड्रग रोड पर आयोजित होता था।' फ़्राइडे क्लब पर हम लोग बहुत नाज़ करते थे। उसकी शगुफ़्ता और हैरान कर देने वाली अदबी नज़रियाती और सियासी बहसें कराची में लेफ़्टविंग की कमी पूरी करती थीं।

जावेद के कराची आने पर एक शाम मैं, जावेद और शहाब को एयर कॉटेज ले गयी, जहाँ हस्बेमामूल कोई ज़बर्दस्त नज़रियाती बहस छिड़ी हुई थी। जावेद इक़बाल सियासी लिहाज़ से कंज़र्वेटिव आदमी थे।

एक निबन्ध 'फ़िक्रे इक़बाल की रौशनी में पाकिस्तान की सियासते हाज़िरा का जायज़ा (इक़बाल की विचारधारा की रौशनी में पाकिस्तान की वर्तमान राजनीति का परीक्षण) ख़िदमत में रवाना कर रहा हूँ, यह निबन्ध मैंने 'यौम-ए-इक़बाल' के मौक़े पर लाहौर में पढ़ा था और बहुत पसंद किया गया था।

अगर आप मुझे और शहाब साहब को फ़्राइडे क्लब में ले जातीं तो शायद यह निबन्ध कभी न लिखा जाता; यानी आपकी और आपके चंद अहबाब की पाकिस्तान के बारे में नाउम्मीदी और मायूसी का इज़हार इस निबन्ध की रचना का कारण बना।

अगर हो सके तो इसे पढ़कर उन साहब की नज़्र कर दें ताकि वह शख़्सियतें जो इस निबन्ध को लिखने का कारण बनीं, कम से कम इस निबन्ध को एक नज़र देख तो लें। अगर यह निबन्ध उनकी निराशाओं और मायूसियों को ख़त्म कर सके तो मैं यह समझूँगा कि मेरी कोशिश नाकाम साबित नहीं हुई। मैं इंशाल्लाह जून के शुरू में कराची आने की कोशिश करूँगा।'

लाहौर 3 मई 58 ई.

न हो नाउम्मीद!

शहाब साहब की दो मंज़िला कोठी क्लिफ़्टन एक ऐसी जगह स्थित थी, जिसके आगे वीराना और समुन्दर था।

जून की एक रात डिनर के बाद शहाब साहब की लाउंज में सब सोफ़ों से टिके फ़र्श पर बैठे थे। एजाज़ निहायत मोतबर (विश्वसनीय) शक्ल बनाये

निसार अज़ीज़ बट्ट से कुछ विचार विमर्श कर रहे थे, जो पेशावर की गणित की विशेषज्ञ और नॉविलिस्ट महिला थीं। उनके शौहर असग़र बट्ट रेडियो पाकिस्तान में थे और ड्रामे लिखते थे। निसार ने एक उम्दा नॉविल 'नगरी नगरी फिरा मुसाफ़िर' लिखा था।

जेन आपा, जावेद को लगातार, 'डादेड' कह कर मुख़ातब कर रही थीं। जेन आपा एक अमेरिकन डिप्लोमेट थीं और हमारे ख़ानदान में उनको एक ऑनरेरी कज़न की हैसियत से को-आप्ट कर लिया गया था। वह एक बेइंतिहा अक़्लमन्द और ख़ुशमिज़ाज और बहैसियत एक 'बूस्टन ब्राह्मण' अच्छी ख़ासी पुराने विचारों वाली लड़की थीं। शायद इसी वजह से हम लोगों से उनकी इतनी पटती थी। एक बैचलर शर्मीला अमेरिकन डिप्लोमेट उनका सहकर्मी था। मैं और मुसर्रतजहाँ तैमूरी उससे जेन की 'बात लगाने' में मसरूफ़ थे और दोनों हिन्दुस्तानी या पाकिस्तानी लड़के और लड़की की तरह झेंप कर सुर्ख़ हो जाते थे। मेरी तरह जेन को भी लोग बहुत फ़ेसीनेट करते थे। ए री माई कैसे-कैसे लोग।

'चलो प्रिंस करीम आग़ा ख़ान की तख़्तनशीनी देखकर आयें, अनोख़ी चीज़ होगी।' एक मर्तबा जेन ने मुझसे कहा था। बहैसियत डिप्लोमेट वह बाक़ायदा हैट और दस्ताने पहन कर तैयार हुई। हम लोग शहर से बाहर नेशनल स्टेडियम में पहुँचे, जहाँ डेढ़ लाख ख़ोजा इकट्ठा हुआ था। प्रधानमंत्री फ़िरोज़ख़ान नून मौजूद थे और बाईस वर्षीय प्रिंस करीम आग़ा ख़ान एक रिवाल्विंग तख़्त पर बैठे थे। तख़्त आहिस्ता-आहिस्ता घूम रहा था ताकि सारे ख़ोजगान (इस्माईलिया सम्प्रदाय के सदस्य) अपने हाज़िर इमाम के रुख़-ए-अनवर (प्रकाशमान मुख) के दर्शन कर सकें। बतौर उंतालीसवें इस्माईली इमाम नये आग़ा ख़ान को 39 बहुमूल्य हीरे भेंट किये गये। आख़िर में ख़ोजा प्रबन्धनरत लड़कियाँ भीड़ को कंट्रोल करने के लिए लाउडस्पीकर पर गुजराती में 'शांति राखो, शांति राखो' पुकार रही थीं और बड़ी तेज़ हवा चल रही थी।

मेडिवल ईरान और मिस्र से आधुनिक सिंध, गुजरात और यूरोप। इस्माईली इमामों का सफ़र भी फ़ेसिनेटिंग था।

नेशनल स्टेडियम से वापस आकर, हम लोग मैट्रोपोल के बरामदे में ताज़ादम होने के लिए बैठे। उस वक़्त वीरान हवाएँ चल रही थीं और क्वाडरंगल के बाग़ में पत्ते उड़ रहे थे। और जेन अपनी पिक्चर हैट और सफ़ेद दस्ताने पहने, बेद की कुर्सी पर बैठी इस मसअले पर रौशनी डाल रही थी कि अक़ीदों (विश्वास, श्रद्धाओं) की दुनिया किस क़दर हैरानकुन है और अक़ीदे (श्रद्धा) की तब्दीली से इंसान की पूरी कायनात बदल जाती है।

'हाँ! अख़ोन्द बहनों को देखा।' मैंने नज़र उठाकर कहा। ख़ुर्शीद अख़ोन्द आकर हमारी मेज़ पर बैठ गयी। अख़ोन्द बहनों के नाना शैख़ अब्दुर्रहीम, आचार्य कृपलानी के सगे बड़े भाई थे, जिन्होंने इस्लाम धर्म क़बूल करके उबैदुल्लाह सिन्धी की PAN – ISLAMIC तहरीक में नुमायाँ हिस्सा लिया था और निहायत कट्टर पक्के देवबन्दी मौलवी थे।

'अमेरिका में सैंकड़ों नौजवान, हिन्दू स्वामियों के चेले बनते जा रहे हैं' जेन ने कहा।

'एक हाज़िर इमाम का होना शायद ज़रूरी है।' मैंने जवाब दिया।

यूनुस एम. सईद एक हसीन ख़ातून के सामने से गुज़रा, फिर आकर हमारी मेज़ पर बैठ गया। वह हसीन कमसिन ख़ातून एक बूढ़े दौलतमंद पंजाबी "Knight" की लेडी थीं और लोग उनको Femme Fatale समझते थे। यूनुस जो एक लम्बे क़द का ख़ूबसूरत दौलतमंद कश्मीरी नौजवान था, उसे बहैसियत 'ज़िन्दगी के मबक़र' कलरफुल लेडीज़ का ज़ख़ीरा जमा करने का शौक़ था, और बेहतरीन नक़्क़ाल (नकल करने वाला) था।

जब मैं पी.आई.ए. में बतौर इनफ़ॉर्मेशन ऑफ़िसर शामिल हुई, यूनुस ने मुँह लटकाकर कहा था, ठीक है। तरह-तरह के लोग उसके दफ़्तर में बैठे मिलते, जहाँ वह क़ालीनों के ख़ानदानी कारोबार के अलावा अपना अंग्रेज़ी रिसाला एडिट करता था, जिसे मैं Blurred Vision कहती थी। एक शाम उसके दफ़्तर में एक ज़रा मोटी सी ख़ातून नज़र आयीं। बाहर विक्टोरिया रोड पर उनकी केडिलेक जगमगा रही थी।

'बेमम फ़ुलाँ' यूनुस ने परिचय कराया।

'फिर मैंने वाल्टर लिपमैन को बतलाया।' वह कह रही थीं, यूनुस ने इशारों में मुझे समझाया कि ग़ौर से इनकी बातें सुनूँ और गिरह में बाँधती जाऊँ। वह एक अंग्रेज़ी उपन्यास भी लिख रही थीं। कुछ देर बाद मैंने पूछा 'आपके नॉविल की जाय-वुक़ू (घटित होने का स्थान) क्या है?'

"A woman's soul" उन्होंने रौब से मुत्तला (सूचित) किया। फिर वह अपनी केडिलेक ड्राइव करती हुई चली गयीं।

अब यूनुस ने रहस्यमयी शक्ल बनाकर कहना शुरू किया। 'तुमको मालूम है यह कौन थीं?'

'तुम्हारे ज़ख़ीरे की एक कलरफ़ुल ख़ातून, मुझे तो कुछ एडवंचर्स सी मालूम हुईं।'

शहर में अफ़वाह यूँ गर्म थी कि वह ख़ातून मुल्क के सबसे बड़े स्मगलर की दोस्त थीं।

'और कुछ अजब नहीं कि वह नॉविल अमेरिका में छप जाए तो तुम अश-अश (वाह-वाह) करो। बीबी! दुनिया ऐसे ही लोगों के लिए बनी है।'

'दुनिया में यह सब किस तरह होता है?' मैंने एक बार फिर ताज्जुब से पूछा था, 'यानी उनके शौहर कुछ नहीं कहते?'

'क्यों कहें, ख़्वाह मख़्वाह?'

'कमाल है।'

'तुम, तुम्हारी वह क्या जगह, नाठोर।'

'नहटौर'

'अच्छा नहटौर; तुम उसकी अखलाक़ियात (सदाचार) के पैमाने से आज की दुनिया को बैठी मापा करो।'

'और अश-अश करूँ।'

उस वक़्त 'हाज़िर इमाम' की तख़्त-नशीनी से वापसी पर बहुत से दोस्त ताज़ादम होने की ख़ातिर मैट्रोपोल पहुँच रहे थे। यूनुस के आने के कुछ मिनट

बाद मौरिस डेम्बो और उसकी बीवी डोरस भी आकर हमारे पास बैठ गये। उर्दू दाँ मौरिस, जेन का सहकर्मी और सात भाषाएँ जानने वाला और विद्वान आदमी था और पुरख़ुलूस दोस्त भी। और वह सर सैयद के काल पर रिसर्च करने का इरादा रखता था।

सामने से अमेरिकनों की एक टोली गुज़र कर हाल में गयी। जेन ने मुझसे कहा, 'तुम्हें कोई पुकार रहा है।'

आज़वरी पाम के एक गमले के पीछे से मुझे आवाज़ दे रही थी, मैं उठकर उसकी तरफ़ गयी। उसने कहा, 'देखो!' 'भिवानी जंकशन' में आवागार्डनर की माँ का रोल मुझे देने की बात हुई थी, फिर पलट कर मुझसे नहीं पूछा। जार्ज कुकर वह सामने बैठा है, जाकर ज़रा उससे पूछो तो।'

मैं दोस्तों की मदद के लिए हर वक़्त तैयार रहती थी। मैंने कहा, 'अभी जो।' मैंने हाल के अन्दर जाकर उस आदमी से जो जार्ज कुकर था, कहा, 'माफ़ कीजिएगा, क्या आप जार्ज कुकर हैं?'

उसने कहा, 'हाँ।'

मैंने मक़सद बयान किया, उसने खूबसूरती से बात टाल दी, मुझे बड़ा अफ़सोस हुआ। आज़वरी पाम के गमले के पास इन्तिज़ार में खड़ी थी। मैंने जाकर उसे बताया; उसने कहा, डेम! अच्छा शाम को तुमसे मारीपुर में मिलूँगी, और पैर पटख़ती वहाँ से चली गयी।

अगर आज़वरी को यह रोल मिल गया होता तो उसे कितनी ख़ुशी होती। वह एक नेक दिल ख़ुशमिज़ाज जर्मन मूल की गवानी महिला थी, कंसर्ट प्यानिस्ट रह चुकी थी। बरसों मक़बूल (लोकप्रिय) रक़्क़ासा (नर्तकी) रही थी और उदासी से बताया करती थी कि अपने उत्थान काल में जब वह एक बार हैदराबाद दकन गई तो लोगों ने उसे गाड़ी पर बिठाकर ख़ुद गाड़ी खींची थी। हर परफ़ार्मिंग आर्टिस्ट के लिए उसके पतन का दौर बड़ा दुःखदायी होता है।

आज़वरी ने विंग कमान्डर फ़य्याज़ महमूद के छोटे भाई से शादी कर ली थी, जो एक कम सुख़न फलसफ़ी थे (फ़लसफ़ी बातूनी हो ही नहीं सकता)

इन दिनों वह अपने जेठ के यहाँ मारीपुर में मुक़ीम (ठहरी हुई) थी। अब भी ख़ूब नाचती थी और भरत नाट्यम को 'पाक रक़्स' के नाम से प्रचलित करने की कोशिश में लगी थी। आज़वरी को देखकर बाज़ दफ़ा अचानक मुझे नं. 20 कर्ज़न रोड देहरादून याद आया था और साथ वाले बरामदे के सिरे पर धूप से रौशन अम्मा का अध्ययन कक्ष और उसमें रखे उर्दू रिसाले 'साक़ी' के विशेष अंक शाहिद अहमद का अनुवाद फ़ाउस्ट और वार्षिकी 'नेरंगे ख़याल', जिसमें फ़िल्म 'बाग़ी' की तस्वीरें छपी थीं।

अनीस ख़ातून और रक़्स के लिबास में किशोरी आज़वरी और देहरादून में हमारे यहाँ अनीस ख़ातून का एक रिकॉर्ड 'बाग़ी सिपाही' का मौजूद था। 'मस्तों पे उंगलियाँ न उठाओ बहार में। देखो तो होश भी है, किसी होशियार में' और मुद्दतों बाद एक बार कराची में एक संडे मार्निंग शो में 'बाग़ी सिपाही' दिखाई जा रही थी और मैं और नूरअफ़शाँ उसे बहुत ज़ौक़ो-शौक़ से देखने गये और सिर में दर्द लेकर वापस लौटे, क्योंकि हर बीते युग की कुछेक झलकियाँ अगर वर्तमान काल में देखी जाएँ तो हास्यास्पद लगती हैं। हम लोग आने वाले ज़माने में किसी तरकीब से ज़िन्दा कर दिये जाएँ तो हास्यास्पद लगेंगे। मगर एक इंसान अपनी ज़िन्दगी और अपने ज़माने के विभिन्न और प्रतिकूल युगों को आसानी से बरतता जाता है।

आज़वरी की बम्बई के ज़माने की पूर्व एंग्लो-इण्डियन रक्क़ासा सहेली ज़नूबिया, अब एक सम्माननीय उच्च श्रेणी की बुज़ुर्ग महिला थीं, जिनके सलीक़ेमंद पंजाबी पति मिस्टर अलीमुद्दीन कलक्टर ऑफ़ कस्टम्ज़ थे। ये लोग नसीमा मुमानी और मामूजान के बहुत दोस्त थे, उनके यहाँ की दावतों में शहर के Top social register के लोग शामिल होते थे, जिनकी तस्वीरें (ज़ेबुन्निसा हमीदुल्लाह और उनकी वालिदा भी अंग्रेज़ थीं) सोसायटी के रिसाले 'मिरर' में प्रकाशित की जाती थीं। उस रिसाले ने मुझे हमेशा हैरान किया, यही सारे जगमगाते लोग; (इस क़िस्म के लोगों के लिए अब एक पश्चिमी शब्द योजना Beautiful People) इस्तेमाल की जाती है। कराची जिमख़ाना, सिन्ध क्लब, बोट क्लब, बीच लक्ज़री होटल, पैलेस होटल और मैट्रोपोल होटल की दावतों में मिलते थे।

उन जगहों और Societies की दावतों में आमतौर से एक ईरानी मूल की लड़की नुसरत इस्फ़हानी मिला करती थी, जो फ़ारसी बोलती थी। (उसका कलकत्ते वाले एम.ए.एच. इसफ़हानी से कोई रिश्ता था) नुसरत की छोटी बहन बहजत इस्फ़हानी ज़िया मोहीउद्दीन की तरह कराची की शौक़िया अंग्रेज़ी स्टेज की मशहूर कलाकार थी। फिर नुसरत ने एक एरिस्टोक्रेट सिंधी नौजवान से शादी कर ली। वह अबू क़ुरैशी के छोटे भाई उमर क़ुरैशी उर्फ़ ऊमो का दोस्त था और बर्कले यूनिवर्सिटी में उसका हमजमाअत रह चुका था और ऊमो उसे ज़ुल्फ़ी के नाम से याद करता था। उसका अस्ल नाम ज़ुल्फ़िक़ार अली भुट्टो था। और आज़वरी बताया करती थी कि जब ख़ालिदा अदीब ख़ानम हिन्दुस्तान आयी थीं; अतिया फ़ैज़ी के यहाँ, ऐवाने रिफ़अत मालाबार हिल बम्बई में आज़वरी ने उन्हें अपना रक़्स दिखाया था और ख़ालिदा अदीब ख़ानम ने उसका नाम आज़वरी रखा था।

'बाग़ी सिपाही' फ़िल्म हमें मसख़रापन मालूम हुई। इसी तरह कुछ लोग, जो अपने वक़्त से आगे ज़िन्दा रह जाते हैं, आउट ऑफ़ डेट मालूम होते हैं। अतिया फ़ैज़ी, जिन्होंने अपने ज़माने में धूम मचा रखी थी, शिबली और इक़बाल, जिनके बहुत बड़े प्रशंसक थे और नवयुवक यलदरम, जिनको आधुनिक भारतीय नारी का आयडियल नमूना समझते थे, अब आधी सदी बाद वह एक बूढ़ी ख़ब्ती (मेंटल) सी ख़ातून जिप्सियों का सा लिबास पहने, हाथ में छतरी लिये लोगों को डाँटती फिरती थीं। उन्हें और उनके यहूदी मूल के पति चित्रकार फ़ैज़ी रहीमेन और बहन नाज़ली बेगम हर हाइनेस ऑफ़ जंजीरा को हुकूमत ने एक कोठी बनवा दी थी। अपने मालाबार हिल बम्बई वाले मशहूर मकान ऐवान-ए-रिफ़अत की याद में उसका भी वही नाम रखा था और वहाँ जाने वालों से एच.जी.वेल्ज़ और बर्नार्ड शा और इक़बाल से अपनी मुलाक़ातों का तज़किरा करती थीं और लोग उनकी परवाह नहीं करते थे।

मारीपुर में सुबह सवेरे जाड़ों की ख़ुशगवार सर्दी में से गुज़रते एयरफ़ोर्स के हवाई जहाज़ों के गड़गड़ाने की आवाज़ आती। नूरअफ़शाँ सुबह सात बजे तैयार हो जाती। धोबी उसका युनिफार्म प्रेस करके ले आता, वह जल्दी-जल्दी चाय पीकर हस्पताल रवाना हो जाती। मैं अपने इतमीनान से नौ साढ़े नौ बजे

उठकर ग्यारह बजे तक शहर दफ़्तर पहुँचती, शाम को छह बजे तक वापस आती। इतवार के रोज़ शाम को ठीक चार बजे खाने के कमरे में चाय के बर्तनों की खनखनाहट शुरू हो जाती, बहुत सुहानी प्रतीत होती।

हमारे मकान के एक सिरे पर दो बहुत लम्बे कॉरिडोर थे, जो सारे ब्लाकों को एक दूसरे से जोड़ते थे। उन कॉरिडोर्ज़ के दरमियान प्राईवेट सड़क थी। हमारे बेडरूम का दरीचा और गैलरी का सिरा एक कोरीडोर में खुलता था। झुटपुटे के समय अफ़सरों के बच्चे वहाँ इकट्ठे होकर खेलते थे; और उनकी प्रसन्नता भरी और जोशीली आवाज़ों का शोर बहुत ख़ुशगवार होता था।

एक शाम विंग कमान्डर फ़य्याज़ महमूद (रचियता, बेरंगो बू) की चौदह वर्षीय हसीन, सेहतमंद और दराज़ क़द लड़की पपा ने खेलते-खेलते दरीचे की जाली में से झाँक कर रानी, गुड्डो को आवाज़ दी। मैंने उन बच्चियों को पुकारा। वह दोनों कमरे में आकर दरीचे में गयीं और जाली से लगकर पपा से बातें करने लगीं। दूसरे रोज़ पपा सेंट पैट्रिक्स स्कूल मारीपुर की टीम लेकर शहर के किसी स्कूल .के विरुद्ध मैच खेलने जाने वाली थीं। तीनों लड़कियाँ कुछ देर तक दरीचे में खड़ी उस मैच के सम्बन्ध में बातें करती रहीं। फिर पपा हँसती खिलखिलाती बच्चों के मजमे में वापस चली गयी। पपा बहुत अच्छी खिलाड़ी और अपनी टीम की कप्तान थी।

दूसरे दिन सुबह हम लोग सामने के बरामदे में बैठे थे कि गुड्डो स्कूल युनिफ़ार्म पहने किताबों का बस्ता झुलाती बेतहाशा तेज़ी से भागती घर की सिम्त आती नज़र आईं। बरामदे में पहुँचकर उन्होंने घबरायी हुई आवाज़ में कहा, 'अभी-अभी पपा को स्कूल में किसी ने जान से मार डाला।'

सारे मारीपुर में सनसनी फैल गयी। दिन के तीसरे प्रहर को मिर्ज़ा मामूजान के ड्राइंग रूम में बैठे रज़िया जाफ़री, नसीमा मुमानी और मैं इस आकस्मिक और दुःखद घटना पर विचार प्रकट कर रहे थे कि नसीमा मुमानी का एक पठान मुलाज़िम अंदर आकर बोला, 'बेगम साहब स्कूल की सब फ़ादरें पुलिस वालों से बात कर रही हैं। एक पुलिस वाला उधर से आता, एक फ़ादर

खम्भे के पीछे चली जाती; दूसरी फ़ादर निकल आती। फ़ादरें कहतीं, 'वह लड़का पागल था, जिसने पपा बीबी को मारा।'

बेचारी पपा को एक लड़के ने खेल के मैदान में अचानक चाक़ू के कई वार करके हलाक कर दिया था। शायद इस वजह से कि पपा ने उसे अपनी टीम में नहीं लिया था। वह लड़का शहर से आया था।

रात के वक़्त हम लोग उस जगह गये, जहाँ पपा मरहूमा की लाश का पोस्टमार्टम किया जा रहा था। बाहर एक बेंच पर उसकी माँ पछाड़ें खा रही थी। आज़वरी उनको संभालने में मसरूफ़ थी। लाश लेकर पपा के घर आये। बेगम फ़य्याज़ महमूद गुमसुम और हक्का बका सारे इन्तिज़ाम कराने में जुटे थे। अफ़सरों की कुछ बेगमात ने एक बाथरूम में मय्यत को ग़ुस्ल दिया (अंतिम स्नान कराया) बड़ा ग़मनाक समय था।

कुछ दिन बाद किसी बच्चे ने राय दी कि पपा की रूह बुलाई जाए। हम लोग ड्राइंगरूम में कैरम लेकर बैठे। अंग्रेज़ी Alphabets एक दायरे में रखकर दरमियान में गिलास उलटा रखा गया। उंगलियाँ गिलास पर रखकर आसिम ने बड़ी संजीदगी से कहा 'जो नेक रूह इस तरफ़ से गुज़र रही हो, मेहरबानी फ़रमाकर पपा मरहूमा की रूह को भेज दे।'

गिलास घूमते-घूमते भारी सा हुआ और तेज़ी से चारों तरफ़ जाने लगा। लेकिन अलफाज़ बिल्कुल निरर्थक और असंगत थे।

'पपा की रूह को तकलीफ़ मत दो।' मज़हर साहब ने अफ़सुर्दगी से कहा।

'अच्छा लार्ड बायरन को बुलाया जाए' किसी ने प्रस्ताव रखा।

अब मशहूर लोगों की रूहें बुलाई गयीं।

एक 'रूह' आई और एक अपरिचित भाषा में, शायद हंगेरियन में कोई पैग़ाम देकर चली गयी।

'यह सब फ़्राड है', मज़हर साहब ने इज़हारे ख़याल किया। शब्द फ़्राड पर मुझे मंटो का ख़याल आया; मंटो की रूह बुलाई गयी। मैंने पूछा, 'क्या आप मिंटो हैं?'

'मेरा नाम मिंटो नहीं मंटो है।' गिलास ने ग़ुस्से में कूद-कूद कर लिखा। मंटो से मैं कभी नहीं मिली। शायद 49 ई. में उनका पहला और आख़िरी ख़त मेरे पास आया था कि मेरा भांजा शायद मसूद परवेज़ एक फ़िल्म बना रहा है; क्या उसमें आप हीरोइन का रोल करना पसंद करेंगी। मैंने आग बबूला होकर उनको दो पंक्तियों में जवाब दिया था कि आपको मुझसे ऐसा सवाल करने की जुर्रत ही कैसे हुई।

'अच्छा रूडाल्फ़ वेल्येन्टो को बुलायें' नूरअफ़शाँ ने कहा।

मज़हर मियाँ बोले 'हम सब अनजाने में ख़ुद लिख रहे हैं, बराए मेहरबानी सब लोग आँखों पर पट्टियाँ बान्ध कर फिर गिलास पर उंगलियाँ रखिए।'

आँखों पर पट्टियाँ बाँधी गयीं। अब जो पैग़ामात लिखे गये, वह किसी कठिन और दुर्बोध भाषा में थे, जो चेक या नॉर्वेजियन नहीं थी।

इतने में आपा राज़िया कमरे में आयीं, उन्होंने डाँटा, 'बन्द करो यह ख़ुराफ़ात।'

मैंने आँखों से पट्टी हटाकर कहा, 'लेकिन आपा देखिए तो सही यह गिलास में आप से आप हवा कैसे भर जाती है।'

'गिलास में शैतान घुस कर बैठ गया होगा। बन्द करो ग़लत चीज़ है। खिलाफ़े शरअ (धर्म के विपरीत है) तौबा करो!

हम लोग फ़ौरन उठ खड़े हुए।

लेकिन किसी बच्चे ने यह ख़बर आज़वरी को पहुँचा दी। वह शाम को आकर रंजीदा आवाज़ में बोलीं, 'मैं पपा से बात करना चाहती हूँ। कल शाम को मेरे यहाँ आना, किसी को पता नहीं चलेगा।'

आज़वरी अपने जेठ के फ्लैट में अकेली थी। सारा ख़ानदान पपा की मौत के बाद कुछ दिन के लिए अपने वतन पंजाब चला गया था। आज़वरी का सौतेला बेटा मौजूद था, जो पपा की ही उम्र का था। उसने अपनी स्वर्गवासी कज़न से बात करने की ख़ातिर बड़ी एहतियात से और बड़े व्यवस्थित ढंग से अंग्रेज़ी वर्णमाला के काग़ज़ तैयार करके रखे थे। आज़वरी के कमरे में कैरम

बोर्ड पर गिलास उलटा रखा गया। बहुत कोशिश की गयी, मगर पपा न आयी। उसके ग़मज़दा चचेरे भाई ने वर्णों के टुकड़े गुस्से से हवा में बिखेर दिये। वह टुकड़े फ़र्श पर बिखरे बहुत बेबस और बेकार प्रतीत हुए।

आपा हम्मन के बड़े बेटे मुन्नन वैज्ञानिक थे। छोटे मश्शन अंग्रेज़ी साहित्य के रसिया। एक दिन उनका ख़त आया, फ़ुलाँ अंग्रेज़ शाइर कराची आने वाला है, लाहौर नहीं आयेगा। उससे उसकी दस्तख़तशुदा किताब लेकर मुझे भेजिए। मैंने फ़ौरन मैक साम्पेल्ज़ को फ़ोन किया। 'फ़ुलाँ शाइर (अब उसका नाम याद नहीं आ रहा है) सिर्फ़ दो दिन के लिए कराची आ रहा है फ़ौरन उसकी दावत करो। मेक साम्पेल्ज़ ने कहा, 'अभी लो।' उन्होंने फ़ौरन से पेशतर इतने कम नोटिस पर अपने यहाँ पचास साठ लोगों को शाइर से मिलवाने के लिए डिनर पर बुला लिया।

दावत के बाद अब्बू, माकी, मैं और जेन मोटरों की तरफ़ जा रहे थे, जब भीड़ से निकलकर एक अमेरिकन जोड़ा हमारी तरफ़ आया। अमेरिकन आदमी ने जेन से कहा, क्या आप हमें रास्ते में फ़ुलाँ जगह उतार सकती हैं? वह अगली सीट पर बैठ गया। वह एक टिपिकल, सुर्ख़ व सफ़ेद सियाह रंगत लिए भूरे वालों वाला अमेरिकन था। जेन ने कार स्टार्ट की और सड़क पर आ गयी। कुछ देर बाद पिछली सीट पर किसी ने मेरा नाम लेकर मुझे मुख़ातब किया। उस अजनबी अमेरिकन शख़्स ने पलट कर मुझे देखा, फिर ग़ौर से देखा। कार की छत की रौशनी जलाकर तीसरी बार ग़ौर से देखा, फिर बोला 'जी, क्या तुम नज़्र बाजी की लड़की तो नहीं हो?'

वह अमेरिकन वैज्ञानिक अम्मा के ननिहाली कज़न अली मेहदी नक़वी थे, जो भारत विभाजन से पूर्व सादात लाँकड़ी हसनैन मामू के मकान, अटारी के आँगन में नीम तले खाट पर पड़े ख़ालिस मुरादाबादी लहजे में गप्पें हाँका करते थे।[1]

भाई अली मेहदी और उनकी अमेरिकन वैज्ञानिक पत्नी ल्योनोरा कुछ समय के लिए न्यूयार्क से आये हुए थे। उन्हें उनके ठहरने के स्थान पर उतारने

1. वॉल्यूम एक, अध्याय - 11, 'डेमी पैराडाइज़'।

के बाद जेन ने मुझसे कहा, 'मैं सोच सकती हूँ कि जब पिछली सदियों में हमारे पूर्वज यूरोप से हिजरत करके अमेरिका में आबाद हुए, जब कभी वह अपनी-अपनी ओल्ड कंट्री में जाते होंगे तो उनके रिश्तेदार उनकी दिली कैफ़ियत देखकर इतने ही ताज्जुब में होते होंगे।'

'हाँ लेकिन वह ज़्यादातर यूरोप और रूस के ईसाई व यहूदी थे या आर्मीनिया या लेबनान के ईसाई; बहरहाल कल्चर में शामिल थे। आज पूर्व के नॉन ईसाई लोग, जो वहाँ जाकर बस रहे हैं, उनका कल्चर ट्राँसफ़र का तजरुबा शायद भिन्न होगा।'

'तुमने अपने उस कज़न को देखा, वह बिल्कुल अमेरिकन हो चुका है।'

क्योंकि उनकी बीवी भी अमेरिकन है। मैंने कहा 'अली मेहदी भाई को कभी कभार शुरू-शुरू में लाँकड़ी के आम और मोहर्रम की मजलिसें याद आ जाती होंगी। मगर इंसान महज़ आम और मजलिसों पर ज़िन्दा नहीं रह सकता। मुझे बारह सौ साल पहले के एक परदेसी चीनी शाइर की नज़्म हमेशा याद आती है, कि एक नौजवान बिना दौलत कमाए बग़ैर पद प्राप्त किये केवल क़लम और स्याही की तख़्ती पर गुज़र नहीं कर सकता।'

'हाँ।' जेन ने जवाब दिया। 'हर इंसान की ज़िन्दगी की प्राथमिकता अलग है। लेकिन उदाहरण के तौर पर तुम्हें यहाँ एक Queen Bee की हैसियत हासिल है। तुम यहाँ से कहीं नहीं जाओगी। 'क्वीन बी?' मुझे यह अहसास कभी नहीं हुआ। लेकिन इस हैसियत के बावजूद शायद चली जाऊँ, कुछ कहा नहीं जा सकता। इस पर याद आया, बिलांच ऑस्ट्रेलिया जा रही है। इस शनिवार उसकी अलविदाई दावत मेरे यहाँ है, याद रखना।

बिलांच एक बर्तानवी डिप्लोमेट थी। दूसरे हफ़्ते मेक साम्पल्ज़ के यहाँ उसके विदाई डिनर के मौक़े पर मेज़बान ने मेहमानों से उसके मुताल्लिक़ लिमेरिक लिखवाए। सब लोग सिर जोड़े और तनहा ड्राइंग रूम और सब्ज़े पर जल्दी-जल्दी limerick लिखने में मशग़ूल हुए। स्कवैड्रन लीडर अफ़ज़ल ने जो मॉडर्न इंग्लिश लिट्रेचर के उस्ताद थे, सबसे ज़्यादा पुरलुत्फ़ लिमेरिक लिखा। बुक़रात, एलिस,

इन वंडरलैण्ड वाले वालरस की तरह उदास से आकर ग्रैण्ड प्यानो के स्टूल पर बैठ गये और फ़रमाया 'सब चले जा रहे हैं, जेन कह रही थीं, आप फिर पर तोल रही हैं। जब मैं जाऊँगा मेरा लिमेरिक कौन लिखेगा।'

ग़ालिब ने कहा था मेरा मर्सिया।

'सब VOIDWARDS जा रहे हैं।' स्क्वैड्रन लीडर अफ़ज़ल ने मुझे फिर चिड़ाया; 'यह VOIDWARDS क्या होता है?'

'मेरे एक अफ़साने 'दूसरा किनारा' का अंग्रेज़ी अनुवाद करके किसी ने प्रकाशित किया था।' मैंने जवाब दिया 'आपको कितनी बार बताया है कि वह अनुवाद मैंने नहीं किया था। वैसे अगर ग़ौर कीजिए तो यह तरकीब बुरी नहीं।'

VOIDWARDS बुक़रात ने वालरस की आवाज़ में दोहराया।

आन्ट नेंसी कमरे के मध्य में कुर्सी बिछाये केक के सामने गम्भीरता से बैठी हैं। उन्होंने अपने दो बच्चों को केक के टुकड़े थमाने के बाद कहा, 'प्यारे बच्चों जाओ अब अपना लेसन सीखो और उसके बाद पलंग में जाओ।'

मिस नूरा ने चाय बनाकर अपने ब्रदर मिस्टर एसमंड और अपनी आन्ट ईना को दी। मिस नूरा ने ऊँची साड़ी बाँध रखी थी। बालों में क्लिप, मिस्टर एस्मंड ने गले में शोख़ रंग का स्कार्फ़ हिलगा रखा था। मिस ईना सियाह बुन्दकियों वाले ढीले-ढाले सुर्ख़ फ़्राक में मलबूस थीं। पाँव में खड़ाऊँ वह बहुत ही फटीचर थीं।

लम्बे क़द के, गोरे चिट्टे, खूबसूरत एंग्लो-इण्डियन मिस्टर जॉन ने सैंडविच सर्व किये; मिस ईना ने आन्ट नेंसी से पूछा, 'अंकल विलयम क्या पलंग में है?"

'हाँ वह रात तम्बूला खेलकर बहुत देरी से लौटा। अभी स्लीप करता है।' फिर उन्होंने गैलरी में जाकर आवाज़ दी, 'ओ प्यारे से विलयम!'

अंकल विलयम ड्रेसिंग गाउन पहने ड्राइंग रूम में आया। सबको गुड आफ़्टर नून बोला। मिस्टर एण्ड मिसेज़ जान के साथ बरामदे में गया, वहाँ से आवाज़ दी; नूरा सिस्टर, मिस्टर सिदीकी घर आ रहा है।

आँट नेंसी, यानी नसीमा मुमानी का छोटा हवाबाज़ भाई (स्क्वैड्रन लीडर आज़म जान, जो एंग्लो-इण्डियन मिस्टर जॉन बना) नूरअफ़शाँ के भाइयों मिस्टर एज़मंड यानी आसिम और कैप्टन हातिम ज़ैदी से (जो उस वक़्त कैप्टन टिम था) 'टिम यस मैन, नो मैन' करके गुफ़्तगू में मसरूफ़ था। अंकल विलयम यानी ग्रुप कैप्टन डब्लू.ए.मिर्ज़ा यानी मिर्ज़ा मामूजान (जो अभी कर्नल मिर्ज़ा बन कर छावनी नहीं गये थे) ने दूसरा चुरुट सुलगाया और पाँव हिला हिलाकर छत को देखने लगे।

'ईना आँटी' मिस नूरा यानी नूरअफ़शाँ ने मुझसे कहा, 'थोड़ा चाय और मंगवाओ मेहरबानी कर कर।'

बोर सिद्दीक़ी अन्दर दाख़िल हुए।

'हमलोग' मैंने उन्हें इत्तिला दी, 'टी.एन.सी. हो गये हैं, यानी अंग्रेज़ के ज़माने के टिपिकल नेटिव क्रिश्चियन।

'क्यों?'

'ऐसे ही तफ़रीहन'

'सुना है आप बिलाँच और बुक़रात को साँझा फ़ेयरवेल डिनर दे रही हैं अगले हफ़्ते, मैं समझता हूँ, अपनी नवीन रचना आपके दोस्तों को समालोचना और टीका टिप्पणी के लिए उस दिन पेश कर ही दूँ।' उन्होंने कहा।

'शिवर मैन!' मैंने जवाब दिया।

आज़म अन्दर कैमरा ले आया और सारे ईसाईपाड़े की तस्वीरें खींचने में व्यस्त हो गया।

डिनर की शाम बोर सिद्दीक़ी ने स्वयं रचित अंग्रेज़ी कहानियों की किताब की पहली कापी मुझे पेश की। उस पर बड़े एहतमाम से लिखा, "How silly it is to one who will understand" नूरअफ़शाँ ने कुछ देर बाद उसमें इज़ाफ़ा कर दिया।

मेहमान आने शुरू हुए। जेन ने चुपके से बोर सिद्दीक़ी के मुताल्लिक़ मुझसे दरयाफ़्त किया, यह भी तुम्हारे कज़न हैं?'

'नहीं।' कमान्डर अस्करी (पुत्र सईद) ने मेरी बजाय जवाब दिया 'हालाँकि जब तक उसके विपरीत सिद्ध न हो, मैं हर तीसरे शख़्स को इन लोगों का कज़न समझता हूँ।' कुछ देर बाद बोर सिद्दीक़ी ने अपनी तस्नीफ़ (कृति) की एक-एक कापी मेक साम्पेल्ज़, नसीमा मुमानी, सहीब, हसीना, माकी क़ुरैशी, शहाब साहब, एडिना, सैयद वलीउल्लाह[1] और उनकी फ्रेंच बीबी एन मारी, मौरिस डेम्बो, विंग कमांडर डॉक्टर मुशर्रफ़ अली, ज़िया बोल्ट और सैयद मज़हर इमाम को अता की। न जाने उन्होंने सारे मजमे में सिर्फ़ उन बारह लोगों को क्यों चुना। फिर उन्होंने ऐलान किया कि इस किताब को यूरोप की सात भाषाओं में अनुवाद करवाने का इरादा रखते हैं।

'आपकी शैली ऐसी है कि सम्भव है हंगेरियन में आसानी से बदली न जा सके।' सिडनी बोल्ट ने कहा।

'क्यों?' जेम्स ज्वायस का जापानी में अनुवाद हो चुका है।' बोर सिद्दीक़ी ने जवाब दिया।

सहीब बोले, 'किताब बहुत अच्छी छपी है' कहने लगे, गिर्दोपेश (आस पास) के इस्लामी Motif पर ग़ौर कीजिए।

समकालीन चित्रकला में इस्लाम की आत्मा झलकनी चाहिए।

'बिल्कुल दुरुस्त!' आर्ट फ़ॉर आर्ट सेक, आर्ट फ़ॉर लाइफ़ सेक के बाद अब आर्ट फ़ॉर गॉड्स सेक की अशद (बहुत) ज़रूरत है।' कमान्डर अस्करी (इब्ने सईद) ने हाँ में हाँ मिलाई।

मिर्ज़ा मामूजान दो दिन पहले कोयटा होकर आये थे। बोर सिद्दीक़ी बोले, 'कमाल है साहब, बलूचिस्तान की पथरीली सरज़मीन सिर्फ़ तीन साल बोर की गयी और गैस निकल आई।'

यार तुम हमें पूरे सात बरस से बोर कर रहे हो, अब तक कुछ न निकला। अस्करी (इब्ने सईद) ने कहा।

1. मशहूर बंगाली साहित्यकार और 'लाल शालू' के लेखक, जिनका पेरिस में देहान्त हो चुका है।

कुछ देर बाद बोर सिद्दीक़ी ने चारों तरफ़ एक ताइराना (गरुड़ की सी) नज़र डालकर आहिस्ता से मुझे मुख़ातब किया। आप अपने डिनर्ज़ में बस हमेशा इन्हीं सब लोगों को बुलाती हैं।

'और किसे बुलाऊँ?' मैंने पूछा।

'भोलू पहलवान' बोर सिद्दीक़ी ने सोचकर कहा। 'आपको यह सुनकर ताज्जुब होगा कि भोलू पहलवान अभी एक क़ाबिले क़द्र हस्ती है।'

आपा राज़िया इन दावतों के लिए सुबह सवेरे से खाना पकवाना शुरू करतीं। शाम पड़े बारह वर्षीय असलम बड़ी तनदही के साथ मैस से आइक्रीम की बाल्टियाँ उठवाकर लाते। मग़रिब की नमाज़ के बाद सामने बजरी वाले मैदान में मोटरें इकट्ठी होनी शुरू होतीं। रात गये एक के बाद एक करके शहर की तरफ़ रवाना हो जातीं। पंद्रह बीस दिन बाद यही क्राउड फिर किसी दोस्त के यहाँ जमा होता। दरिया की बहती मौजों की तरह दोस्तों की महफ़िलों को स्थायित्व प्राप्त नहीं। आज वह सब लोग संसार के विभिन्न स्थानों में बिखरे हुए हैं और एक दूसरे की ख़ैर-ख़बर से वाक़िफ़ नहीं।

एक दिन मज़हर मियाँ ने कहना शुरू किया, हातिम मियाँ सुनिये, जिगर साहब का क्या उम्दा शे'र है। 'आहा हा हा, वाह, वाह', हातिम ने सिर हिलाकर पेशगी दाद दी। ईनिड प्यानो के स्टूल पर जा बैठी और कहा, 'अभी बजाती हूँ।'

अल्फ़ाज़ से पहले संगीत।

हमारे उस्ताद गवय्यों में, पारे इंग्लैंड जा चुके थे। रम्मी, अब्बासी भाई और ईनिड बहुत अच्छे जा रहे थे। नूरअफ़शाँ, नसीमा मुमानी ख़ूब-ख़ूब गाती थीं; लेकिन रम्मी को माक़ूलियत से गवाना बहुत मुश्किल काम था। वह गाते-गाते कहीं से कहीं निकल जाते थे। सिर्फ़ मैं उनको 'कंडक्ट' करके गवा सकती थी। 'रम्मी यह नहीं, दूसरा गाओ, हमेशा पीलू में रीं रीं। अच्छा अलाप की ज़रूरत नहीं, रौब मत डालो। अब, जिसने बजाई बाँसुरी शुरू करो।'

रम्मी जो आरज़ू लखनवी को अक्सर गाते थे, अपना पसंदीदा गीत शुरू करते, 'जिसने बजाई बाँसुरी, गीत उसी के गाये जा।'

'रम्मी यह नहीं, दूसरा, वह सुनाओ, वह वाला।' रम्मी बेनियाज़ी से आँखें अधखुली किये अंतरा उठाते। 'ऐ मेरी डबडबाई आँख, देख बँधी रहे यह धाक।' या शुरू करते

'आरज़ू आरज़ू

क्या हुआ, क्या हुआ

चुप हो क्यों, कुछ कहो, कुछ कहो

फ़क़ है मुँह, ज़र्द रूख़, चश्म तर।'

रम्मी यह नहीं वह पारे वाला गाओ 'छलछल नदिया।'

रम्मी उसी तरह आँखें बन्द किये फ़ौरन पटरी बदल देते। 'घूँघट वाली घूँघट खोलो, हमारा जियारा है कि लागत नाहीं।'

अचानक दूसरी पटरी पर निकल जाते। 'बादल इतना टूट के बरसा डूब चला मयख़ाना भी।'

'रम्मी बीट तेज़ करो, बीट तेज़ करो!' मैं अपने कोने से उनको कंडक्ट करने में मसरूफ़ रहती।

दूसरी तरफ़ नूरअफ़शाँ अलापने लगतीं, 'आओ कि मर्गे-सोज़े मोहब्बत मनाएँ हम।'

आपा नसीमा के शौहर अब्बासी भाई से एक ख़ास गाना सुना जाता, जो वह दो आवाज़ों में गाते थे।

मर्दाना आवाज़ : आईना देखके......
ज़नाना आवाज़ : वह कहते हैं........
मर्दाना आवाज़ : ऐसी सूरत पे.........
ज़नाना आवाज़ : मर गया कोई.......

'केदारा में सुनिए, मैं हाँक लगाती, ढल चुकी रात बिखरने लगा..' एक तरफ़ आसिम मुसलसल नग़मा-सरा रहते।

कभी हम लोग शम्‌अें रौशन करके पर्दे गिराकर, यानी उचित वातावरण तख़्लीक़ करते और पश्चिमी संगीत की महफ़िल आयोजित की जाती।

आतिशदान के सहारे क़ालीन पर नीमदराज़ आसिम वायर रिकॉर्ड चलाते रहते, जो वह हॉलैण्ड से लाये थे और उस पर मिस्टर सैण्ड मैन जेज़ बेल और जर्मन फ़िल्म ईना का एक दिलदोज़ गीत बार-बार बजाया जाता।

मैं प्यानो के सामने बैठ जाती। पसंदीदा धुनों की फ़रमाइशें होतीं, लाप्लोमा, वाल्गा बोटमैन का गीत। ब्ल्यू डेन्यूब, ओल्ड लाँग ज़ाइन संगीत के पन्ने पलटते-पलटते मध्ययुगीन जर्मनी के टाउन पाइपर्ज़ और निडलर्ज़ शम्ओं की झिलमिलाहट में से गुज़र जाते और बाहर शाम के आसमान का रंग लाजवर्दी होकर समुन्दर की सियाही में घुलता रहता।

बेथोवन, शेरज़ान्दो मोत्साराहट, 'सिरेनेड' चेकोवोस्की, 'गुड़िया का जनाज़ा', वेबर शिकारियों का कोरस, ब्रह्मज़ तुर्क सिपाही।'

रोन्दो, कार्नेवल ऑफ़ वीनेंस, ए मिडसमर नाइट्स ड्रीम। अट्ठारहवीं सदी के उस्तादों की परछाइयाँ; वह उस्ताद जिन्होंने चीज़ों को उनकी अपनी सूरत की बजाय एक ख़ास रौशनी और साये में भिन्न रूप से देखा था या अपने अन्दरूनी तजुर्बों को संगीत के नग्न रूप में प्रकट किया और क्लासिकल संगीतज्ञों का शुद्ध संगीत, राइन की घाटी, हीथोन, आज़ादी, सुकून, गहराई, शक्ति।

वारसा, शोपाँ, उदास, वियाना के जंगलों की कहानियाँ, फ़्राँज़ शोबर्ट, रोमांटिक नग़मगी, रिचर्ड वाग्ज़, जर्मन नोरडक ख़ुदाओं की घन गरज सेक्फ़र्ड सेग्फ़र्ड, टवाइलाइट ऑफ़ दि गाड्ज़।

फिर यूँ हुआ कि डिनर्ज़ के बाद, जब मेहमान कराची रुख़सत हो चुके होते या चैम्बर्ज़ म्यूज़िक[1] के घरेलू सेशन के बाद हम लोग सोने के लिए चले जाते और मकान पर ख़ामोशी छा जाती। तब आधी रात के बाद सुनसान ड्राइंगरूम में से प्यानो बजने की आवाज़ आने लगती। 'शायद शोपाँ की आत्मा

1. कलीसा और थियेटर के संगीत से भिन्न वह संगीत जो सोलहवीं-सत्रहवीं शताब्दी में यूरोप और इंग्लिस्तान के निजी दीवानख़ानों में तीन चार साज़ों पर पेश की जाती थी। पब्लिक हाल की स्टेज पर बड़े पैमाने के कानसर्ट और आर्केस्ट्रा का रूस उन्नीसवीं शताब्दी के औद्योगिक दौर की पैदावार है।

रात को आकर शग़ल करता है।' आसिम ने कहा। बहुत दिनों तक कुछ समझ में न आया। एक शाम नूरअफ़शाँ के तीसरे छोटे भाई मुस्तफ़ा आलम ने कहा, 'आज हम रात भर डंडा लेकर पहरा देंगे, पता चल जाएगा।'

मुस्तफ़ा आलम आधी रात के बाद प्यानो के सामने जाकर चौकस बैठ गये। कुछ देर बाद अन्दर से वाद्य यंत्र बजना शुरू हो गया लेकिन भूत नज़र न आया।

हर दूसरे महीने इतवार की सुबह एक ग़रीब मिस्कीन सूरत शिष्ट कैथोलिक ट्यूनर फटीचर कोट पतलून हैट पहने औज़ारों का किरमिची बैग संभाले कराची की बस से उतरता था और आकर प्यानो ट्यून कर जाता था। जब मैंने बेगम नूरख़ाँ[1] से यह प्यानो ख़रीदा बिल्कुल नया था और अब भी बहुत अच्छी हालत में था। जब प्यानो रात के अलावा दिन में भी आप से आप बजने लगा, मैंने डीकोस्टा को कराची से बुलवाया। उन्होंने हस्बेमामूल अपने बैग से औज़ार निकाले और प्यानो का पिछला तख़्ता खोला।

एकाएक चैम्बर के उस्ताद चूहों का एक ख़ानदान कूदकर बरामद हुआ। असलम, क़मर, रानी, गुड्डो और भैया खिलखिलाकर हँसते हुए, उनके पीछे चारों तरफ़ दौड़े। चूहे अचानक ग़ायब हो गये। एक मोटा चूहा संगीत की किताबों के अंबार पर जा बैठा और फ़लसफ़ियाना नज़रों से लोगों को टिकटिकी बाँधकर देखने लगा।

चूहे ने कहा, दिन, दिन से बात करता है; रात, रात को हिकमत (बुद्धिमत्ता) सिखाती है और कोई नहीं जानता कि उनका अंजाम कहाँ है। मेरे संगीत को तुच्छ समझने वालो मैं एक मामूली चूहा हूँ लेकिन सेंट फ्रांसिस[2] की क़सम मैं भी तुम्हारा कज़न हूँ। तुम्हें क्या मालूम जिस स्तर पर मैं हूँ, वहाँ से भी मेरी निगाह अस्तित्व के मन को चीर सकती है।

---

1. एयरमार्शल नूरख़ाँ। अब पी.आई.ए के मुखिया हैं।, 2. इटालियन विली फ्राँसिस (1182 ई.-1226 ई.) पक्षियों को 'मेरी नन्हीं बहनों' पुकार कर उनके सामने प्रवचन कहते थे और 'बहन गोरैया' के अलावा बिरादर आतिश, भाई सूरज वग़ैरह उनका अंदाज़े बयान था।

'शोर और हंगामे में से पुरसुकून गुज़रो और याद रखो कि शांति ख़ामोशी में है; ख़ुद को झुकाये बग़ैर सबसे निभाओ। अपनी सच्चाई को शांति से और खुलकर बयान करो और दूसरों की सुनो, चाहे वह लोग अरुचिकर और अल्पज्ञानी ही क्यों न हों क्योंकि उनके पास भी अपनी कहानी मौजूद है।'

'छिछोरे लोगों से दूर रहो क्योंकि वह आत्मा के लिए नागवार हैं और अगर तुमने अपनी तुलना दूसरों से की तो तुम्हारे अन्दर घमण्ड या तल्ख़ी पैदा हो जाएगी। अपने कारनामों और योजनाओं से लुत्फ़ अंदोज़ हो, अपने काम और पद के कर्तव्य में दिल लगाओ, चाहे वह कितना ही कमतर क्यों न हो क्योंकि तुम्हारा हुनर ही वह चीज़ है, जिसे गर्दिशे-अय्याम (जीवन-चक्र) कोई नुक़सान नहीं पहुँचा सकता।'

'अपने मामलों में सूझबूझ से काम लो क्योंकि दुनिया धोखे और फ़रेब से भरी हुई है लेकिन दुनिया वालों के छल कपट से दिलबर्दाश्ता होकर अच्छे इंसानों की नेकियों को नज़रअंदाज़ न करो, बहुत से लोग हैं कि ऊँचे से ऊँचे मक़सद के लिए कोशिश में लगे रहते हैं और हर जगह ज़िन्दगी दिलावरी से भरी है। तुम जो ख़ुद हो वही रहो; बनावटी जज़बात का इज़हार न करो। न मोहब्बत के मुताल्लिक़ घटिया रवैया इख़्तियार करो क्योंकि सारी ख़ुश्कसाली और मायूसियों के दरमियान मोहब्बत सदाबहार घास की तरह उगती रहती है।

'गुज़रते बरसों के मशवरों को नर्ममिज़ाजी से क़बूल करो और नौजवानी के कार्यों से सम्मानपूर्वक अलग होना सीखो। अपनी आंतरिक शक्ति को परवान चढ़ाओ, जो किसी अचानक मुसीबत के वक़्त हमारे काम आ सके। लेकिन वहमों से ख़ुद को परेशान न करो क्योंकि बहुत से डर और भय मजबूरी और तनहाई की वजह से दिल में पैदा होते हैं।

'एक माक़ूल हद तक संयम और संतुलन स्थापित करने के बाद, अपने आप से नरमी बरतो। अपने ऊपर अकारण ज़ुल्म न करो और याद रखो कि

ज़मीन की घास और आसमान के दरख़्शाँ (झिलमिलाते) सितारों की तरह तुम भी सृष्टि के बच्चे हो और चाहे तुम्हारी समझ में यह बात न आवे मगर सृष्टि बराबर और लगातार अपने रहस्य प्रकट कर रही है। चुनाँचे जो भी तुम्हारी कल्पना ईश्वर के सम्बन्ध में हैं, ईश्वर की इच्छा से संतुष्ट रहो और ज़िन्दगी की शोर भरी उलझनों के बीच अपनी आत्मा के साथ शांति से रहो। क्योंकि अपनी तमाम बेहूदगियों और दुःखों के बावजूद, दुनिया बड़ी ख़ूबसूरत जगह है।[1]

कुद्दूश, कुद्दूश, कुद्दूश[2]
स्नेक्ट्स, स्नेक्ट्स, स्नेक्ट्स[3]
ब्रादर मूश (चूहे) का बयान ख़त्म हुआ।

---

1. सत्रहवीं शताब्दी के एक गुमनाम लेखक की तहरीर, जो इंग्लिस्तान के एक पुराने गिरजाघर से मिली।, 2. इब्रानी (हिब्रो)।, 3. लातीनी (लैटिन)।

15
अध्याय

हाफ़िज़ा मख़रोश!

(ऐ हाफ़िज़, फरियाद मत कर!)

'बीबी बहुत सी बातें हैं, जिनके मुताल्लिक़ लिखने को जी चाहता है। इंशाअल्लाह कभी अपनी सवानेह हयात (जीवनी) लिखूँगा।' गवर्नर जनरल्ज़ हाउस के एक डिनर पर अब्बाजान के पुराने दोस्त अब्दुर्रहमान सिद्दीक़ी ने कहा।

'मुझे हमेशा यह ताज्जुब रहा है कि राजा साहब महमूदाबाद यहाँ क्यों न रहे; जाकर इराक़ में सेटल हो गये।' मैंने पूछा।

'राजा साहब' अब्दुर्रहमान सिद्दीक़ी ने एक सोफ़े पर बैठते हुए फ़रमाया, 'एक जोशीले मज़हब परस्त और एन्टी ब्रिटिश आइडियलिस्ट नौजवान थे; तुम कभी उनसे मिली हो?'

'जी नहीं, जब अब्बाजान उनके साथ लीग का काम करते थे, उस वक़्त मैं काफ़ी छोटी थी, ये बातें तब कहाँ पल्ले पड़तीं। मगर यह बताइए, राजा साहब पाकिस्तान में क्यों न रहे?'

'सुनो! विभाजन से कुछ दिन पहले नई दिल्ली औरंगज़ेब रोड का वाक़ेआ है, डिनर की मेज़ पर राजा साहब ने क़ायदे आज़म से दरयाफ़्त किया, 'पाकिस्तान का निज़ामे हुकूमत क्या होगा?'

क़ायदे आज़म मरहूम ने पूछा, 'आपके ख़याल में क्या होना चाहिए।' राजा साहब ने जवाब दिया, 'इस्लामी' और क़ौम का सबसे ज़्यादा दीनदार, मुत्तक़ी (अल्लाह से डरने वाला) आलिमे बाअमल सुआलेह तरीन (बहुत नेक) शख़्स हमेशा मुल्क का सरबराह बनाया जाए।

'यह तो शिया इमामत का तसव्वुर है।' मैंने अपनी प्लेट तिपाई पर रखते हुए अब्दुर्रहमान सिद्दीक़ी से कहा।

'क़तई' सिद्दीक़ी साहब ने फ़रमाया।

'और इक़बाल का मर्दे मोमिन!' मैंने फिर कहा।

'हाँ, क़ायद-ए-आज़म ने इरशाद किया, तुम बीसवीं सदी में मध्य युग के हालात का तसव्वुर कर रहे हो। पाकिस्तान में सेक्युलर जम्हूरियत क़ायम हो गई।'

'राजा साहब बोले, सर मैंने इतने बरस मुस्लिम लीग की जद्दोजोहद महज़ एक इस्लामी मुमलिकत और इस्लामी आईन (संविधान) की स्थापना को सामने रखकर की थी।'

'कौन से इस्लाम का? इस्लाम में बहत्तर फ़िरक़े (सम्प्रदाय) हैं। क़ायद-ए-आज़म ने दरयाफ़्त किया। राजा साहब ख़ामोश हो गये।'

'राजा साहब और क़ायद-ए-आज़म दोनों अपने-अपने नज़रीये के लिहाज़ से हक़ बजानिब थे।' मैंने अब्दुर्रहमान से कहा।

इतने में कुछ और मेहमान आकर सिद्दीक़ी साहब से बातें करने लगे। सिद्दीक़ी साहब दूसरे रोज़ पूर्वी पाकिस्तान के गवर्नर होकर ढाका तशरीफ़ ले जा रहे थे। उनकी उम्र ने वफ़ा न की; साल भर बाद मृत्यु हो गयी; शायद अपनी सवानेह हयात (जीवनी) न लिख पाये।

राजा साहब कुछ दिन के लिए इराक़ से कराची तशरीफ़ लाये, अम्मा को चच्ची कहते थे, जब उनसे मिलने आये, मैंने वही सवाल किया, ख़ामोश रहे, फिर बड़ी लजाजत से कहा, 'अकेला मैं ही क़ुसूरवार नहीं हूँ।'

फिर राजा साहब ने बताया कि कुछ दिन पहले वह हिन्दुस्तान गये थे। नई दिल्ली में तीन मूर्ति भवन तशरीफ़ ले गये; पण्डित नेहरू ने एक बार फिर अपनी अगले वक़्तों की वज़्अेदारी को निभाया। वह यह नहीं भूले थे कि महाराजा अली मोहम्मद ख़ाँ और मोतीलाल नेहरू में कितनी गहरी यारी थी। जब राजा साहब तीन मूर्ति भवन पहुँचे पण्डितजी एक अहम मीटिंग में मसरूफ़ थे; सेक्रेटरी ने राजा साहब का कार्ड जाकर पेश किया, फ़ौरन उठ खड़े हुए और उपस्थितगण से कहा, मालूम है कौन आया है? राजा साहब! तुरन्त ड्राइंगरूम में आये, राजा साहब से बेहद तपाक और ख़ुलूस से मिले, यह भी कहा कि

मैं पुरानी बातें भुला दूँगा; आप जलावतन न रहिए, हिन्दुस्तान वापस आ जाइए, मैं राष्ट्रीयता दे दूँगा। राजा साहब ने उसी शिष्टाचार से उस पेशकश को क़बूल करने से इनकार कर दिया। इसके बाद वह अपने पूर्व ताल्लुक़े महमूदाबाद ज़िला सीतापुर (अवध) गये। राजा साहब मुझसे कहने लगे, 'तुम्हें मालूम नहीं वहाँ मेरी पूर्व हिन्दू जनता किस क़दर ख़ुश हुई, मुझे देखकर। बड़ी अक़ीदत से कहा, 'सरकार वापस आ जाइए।'

'जी हाँ।' मैंने राजा साहब को चिढ़कर जवाब दिया, फ़्यूडलिज़्म हमारे जाहिल अवाम की घुट्टी में पड़ी है।'

राजा साहब महमूदाबाद से दूसरी और आख़िरी मुलाक़ात कुछ दिन बाद लुक़मान भाई के यहाँ हुई। लुक़मान भाई स्टेट बैंक ऑफ़ पाकिस्तान लाहौर से ट्राँसफ़र होकर कराची आ चुके थे और क्वींस रोड पर एक बहुत जहाज़ी दो मंज़िला नई कोठी में रहते थे। अम्मा कुछ दिन के लिए लुक़मान भाई के यहाँ गयी हुई थीं। शाम के वक़्त लुक़मान भाई चहलकदमी के लिए जाते थे, कुछ मिनट के बाद राजा साहब को ड्राइंगरूम में बैठा छोड़, छड़ी उठा हवाख़ोरी के लिए निकल गये। अम्मा ने कहा, 'मुझे याद आता है, मैं आप और महाराजकुमार (राजा साहब के छोटे भाई) आँगन में ट्राइसिकिल चलाते फिरते थे।' रानी साहिबा और राजा साहब का बेटा लखनऊ में थे, उन्होंने हिजरत (पलायन) नहीं की थी।

राजा साहब कहने लगे, मेरा बेटा निहायत क़ौम परस्त (राष्ट्रवादी) हिन्दुस्तानी है।

अजीब सूरते हाल थी।

कुछ दिन बाद राजा साहब इराक़ वापस चले गये, वहाँ से लंदन। राजा महमूदाबाद के परदादा ने 1857 ई. में मलिका हज़रतमहल का साथ दिया था। राजा साहब की अन्ना बचपन में उनसे कहा करती, 'भैया अंग्रेज़ों ने हमारे साथ क्या किया, यह कभी मत भूलना।' बर्तानिया का विरोध उनकी घुट्टी में पड़ा था और आख़िरकार बर्तानिया ही में उन्होंने पनाह ली। फ़्यूडलिज़्म ने अपनी तमाम ख़राबियों के साथ-साथ चरित्र निर्माण भी किया है।

राजा साहब महमूदाबाद नौउम्री में ही फ़क़ीर मनश (संत जैसे स्वभाव के) थे। ताल्लुक़ा महमूदाबाद की वार्षिक आमदनी अट्ठारह लाख रुपया थी और वह ख़ुद लड़कपन से ज़मीन पर कम्बल बिछाकर सोते थे। अब वह लंदन में इस्लामिक कल्चर सेंटर के डायरेक्टर हो गये। बाज़ार से सौदा सुलफ़ ख़ुद ख़रीदकर लाते थे, ख़ुद खाना पकाते थे। राजा साहब तो फिर एक आला दर्जे के दरवेश आदमी थे, इस वजह से शायद अब्बाजान की उनसे इतनी पटी लेकिन आप एक अय्याश नवाब के बजाय सूफ़ी साफ़ी हों तो भी कुछ करते नहीं बनती है। वर्ना आज दुनिया का इतिहास ही अलग होता।

कृषि के सुधार का दोनों मुल्कों में बड़ा 'शोर शराबा' है। मैं विभाग के लिए कृषि सुधार पर एक डॉक्युमेंट्री फ़िल्म बनाने पंजाब और सिंध के गाँव में जाती हूँ, जहाँ जागीरदारों और पीरज़ादों का गहरा तसल्लुत (आधिपत्य) रहा है, वही हज़रात अब ताक़तवर सियासी लीडर बन चुके हैं। पंजाब के किसान आमतौर से ख़ुशहाल हैं। सिन्ध के ग़रीब फटीचर।

'क्या अजीब बात है, कुछ आदमी पैदा होते हैं और सारी व्यवस्था बदल देते हैं। लेनिन, गाँधी, जिनाह और किस क़दर कनफ़्यूज़न है। मैं स्क्रिप्ट के क़ाग़ज़ात समेटते हुए कहती हूँ। आसिफ़ा मुमानी नाश्ता तैयार करवा रही हैं। अल्लन मामू दरीचे के सामने खड़े शेव करते जा रहे हैं और गुनगुना रहे हैं। अल्लन मामू कितने उच्च श्रेणी के गायक हो सकते थे। वह फ़िलहाल हैदराबाद सिंध के एक डिग्री कॉलेज के प्रिंसिपल हैं।

सुबह का वक़्त है, बाहर तेज़ धूप और उजाड़पन। अल्लन मामू दोहराये जा रहे हैं, 'कर गया दीवाना यारो, कर गया दीवाना यारो, कर गया दीवाना यारो', फिर वह पलट कर मुझसे कहते हैं, 'ग़ाज़ीपुर में तुमको तो याद न होगा नज़्र बाजी के रेज़िडेंट, उस्ताद यूसुफ़ ख़ाँ सितार पर बीन की धुन बजाते और गाते थे 'कर गया दीवाना यारो, दारा, दादा, दारा, दारा, दारा, दारा, बड़ी कर्कश सी धुन और शब्द से सपेरे की बीन शायद बाजी को भी सिखलाई थी, उस्ताद उसे शायद लहरिया कहते थे, कर गया दीवाना यारो।

'यह तो बड़े Mystical अलफ़ाज़ हैं।' मैंने कहा।

उस वक़्त पड़ोस के मकान से एक सिंधी भजन की आवाज़ बुलन्द हुई और खड़ताल और मजीरों का शोर।

'यह क्या हो रहा है?' मैंने पूछा।

पड़ोस में सिंधी हिन्दू रहते हैं, रोज़ाना सुबह-सुबह इस तरह गाते बजाते हैं। सिंधी हिन्दू सचल सरमस्त और शाह लतीफ़ से बहुत श्रद्धा रखते हैं। अल्लन मामू ने जवाब दिया और तौलिया उठाकर, मुँह धोने चले गये। अचानक मुझे बड़ी उकताहट और कोफ़्त महसूस हुई। मौलाना रूम, सचल सरमस्त और सेंट फ्रांसिस के बावजूद दुनिया के हालात जो हैं, सो हैं और फिर हाफ़िज़ जी कहते हैं, कोने में चुपके बैठ जाओ।

ग़ुस्लख़ाने में से अल्लन मामू के गाने की आवाज़ आ रही थी, नेकदिल भोले भाले, मोहब्बत के पुतले अल्लन मामू मेरे आने से बाग़-बाग़ थे। उस ख़ुलूस के पैकर इंसान की इस दुनिया में क्या क़द्रो-क़ीमत थी?

दुनिया के बाज़ार में ख़ुलूस (विनम्रता) और मोहब्बत वग़ैरह का भाव बहुत कम है। यह बात भी हाफ़िज़ जी वग़ैरह को बहुत पहले से मालूम थी।

नाश्ते के बाद मैं काम पर जाने के लिए तैयार हो गयी। दिन में हारियों से मुलाक़ात, शाम को एक वडेरे से इंटरव्यू। अल्लन मामू ने फ़िक्रमंद होकर कहा, 'अमाँ गोल करो वडेरो के यहाँ कहाँ जाती फिरोगी; किताब में पढ़ लो।'

'नहीं मामू, मैं उनके घरों में जाकर वहाँ का माहौल देखना चाहती हूँ। स्क्रिप्ट लिखने के लिए' मैंने जवाब दिया।

शाम को वडेरे साहब बाहर एक झूला सोफ़े पर बिराजमान थे और अलिफ़ लैलवी से सेवक उनके क़दमों में उकड़ूँ बैठे थे। मध्ययुगीन उस शख़्स ने मुझे बहुत ताज्जुब भरी नज़रों से देखा और सुकून और बेनियाज़ी से मेरे सवालात के जावाब दिये। इक़बाल के वह ख़ुदा की अगर चग़ताई साहब तस्वीर बनाते तो उस वडेरे से बेहतर मॉडल मिलना असम्भव था।

एक दोस्त जो अपने समय के इमादुलमुल्क यमीनुद्दौला अमीर ख़ुसरो थे, जो राष्ट्राध्यक्ष के मोअतमिद-ए-ख़ास (मुख्य विश्वासपात्र) की हैसियत से पद भार संभाले हुए थे और तरह-तरह के ज़माने उन्होंने अन्दर से देखे। (यह जनाब एक कहानीकार के रूप में पाकिस्तान के साहित्य गगन पर एक Meteor की तरह प्रकाशमान थे) और सूफ़ीवाद की ओर भी झुकाव रखते थे, इनके निकाह की दावत में शिरकत के लिए राष्ट्राध्यक्ष नई बेगम समेत तशरीफ़ लाए।

नौशा (दूल्हा) ने मुझसे कहा, कुछ देर बैठकर इनसे बातें कीजिए। जनरल को हम लोग बादशाह कहते थे। दूसरी पत्नी जिससे अभी हाल ही में शादी की थी। मलिका-ए-आलम, बादशाह, उनकी पहली ख़ुशदामन (पत्नी) और पहली बेगम के अब्बाजान और अम्मा का पुराने ज़माने में बहुत मेलजोल था। अब ज़माना बिल्कुल अलग था। मैंने सोचा बादशाहों की महफ़िलों से हमेशा खौफ़ज़दा और संदिग्ध रहना चाहिए। मलिका ने कुछ स्नोबरी दिखाई और मैंने कोई ईंट गिराई। बेकार, बेकार, क्या ज़रूरी है घर की पोज़ीशन को ऑकवार्ड करना।

कुछ अर्से बाद वह वक़्त आया कि बादशाह और उच्चाधिकारियों में बिगाड़ पैदा हुआ और ज़्यादा बिगाड़ के बाद अचानक उन्हें नई मलिका समेत राजधानी से रातों-रात रुख़सत कर दिया गया। हवाई मियाने में सवार होकर शहर लंदन पहुँचे और बर्तानवी मिलकियत के एक हिन्दुस्तानी भोजनालय के संरक्षक बने।

मैं कि पुत्री मीर बन्दे अली तिरमिज़ी एक मामूली मज़दूर क़लम की हूँ। मशाइख़ (बुज़ुर्गों) के और सूफ़ियों के प्रवचन याद करती हूँ और हैरानी के आलम हूँ। 'यह तुम्हारा सूरज जिसे तुम देखते हो, वही है जो शहरयारों (बादशाहों) और हाकिमों के महलों पर उदय होता था।' पस रूए मुबारक बरीं फ़क़ीर आवुर्दंद, फ़रमूदन्द, फरज़न्द-ए-मन ईं फ़वायद कि गुफ़्तम ब नवीस। (बस अपना मुबारक चेहरा मेरी तरफ़ किया और फ़रमाया ऐ मेरे बेटे, ये अच्छी बातें जो मैंने कही हैं, उन्हें लिख लो।)

अक्तूबर 1958 ई. की जिस सुबह मार्शल ला लागू हुआ, मैं और कज़न नश्शो (मिस नौशाबा इताअत हुसैन, जो उन दिनों कराची यूनिवर्सिटी में जरनलिज़्म

पढ़ा रही थीं) शान्त एलफ़िंस्टन स्ट्रीट पर इत्मीनान से टहल रहे थे। मालूम ही न होता था कि 'को' हो गया लेकिन उसके फ़ौरन बाद पता चला कि फ़ौजी अफ़सरों की अहमियत बहुत बढ़ गयी है। हातिम ज़ैदी कैप्टन की हैसियत से मलेर छावनी में तैनात थे। उनकी निगरानी में एक दुकान से तस्करी का सामान बरामद किया गया। कुछ दिन बाद नूरअफ़शाँ ने अपने अस्पताल जाते हुए मुझसे कहा, तुम रोज़ाना सुबह ग्यारह बजे अपने दफ़्तर जाती हो, वक़्त पर जाया करो; दफ़्तरों में देर से पहुँचने पर कोड़े लगाये जा रहे हैं।'

कुछ दिन के अन्दर-अन्दर सारा करप्शन और अनियमिताएँ समाप्त हो गयीं लेकिन बहुत जल्द हालात फिर नार्मल हो गये।

आपा नफ़ीसा और भाई इताअत हुसैन ने अमेरिका से लौटकर पी.ई.सी. एच.एस. में कोठियाँ बनवाई थीं। एक जिसमें ख़ुद रहते थे, एक विशाल मून स्केप जैसे खड्ड के किनारे थी। आपा नफ़ीसा के बच्चे उसे ग्रैंड केनियन कहते थे। सॉनफ्राँसिस्को में भाई इताअत हुसैन पाकिस्तान के कौंसिल जनरल थे। सर फ़ज़ल हुसैन मरहूम के साहबज़ादे मियाँ अज़ीम हुसैन इण्डिया के। दोनों मिस्टर हुसैन कहलाते थे, कौंसिल हल्क़ों और अमेरिकनों में लतीफ़ा मशहूर था कि हमेशा याद रखो कि कौन से मिस्टर हुसैन से क्या बात कही जाए।

चौधरी ज़फ़रुल्लाह ख़ाँ बद्र मुमानी को तलाक़ देकर, दूसरी शादी कर चुके थे। एक दिन आपा नफ़ीसा के यहाँ उन्होंने मुझे बताया कि उनकी दूसरी बीवी जो बहुत ही कमसिन थी, सीरिया देश के सम्प्रदाय अहमदिया से सम्बन्ध रखती थी और कैम्ब्रिज में पढ़ रही थी। जब उसे ख़्वाब में बशारत हुई कि वह चौधरी साहब से शादी करे।

अम्मा का सारी उम्र से दिलचस्प मशग़ला था कि वह बग़ैर किसी बशारत अपने दोस्तों और रिश्तेदारों और उनकी औलादों की शादियाँ करवाया करती थीं। उन दिनों वह आपा नफ़ीसा की मंझली लड़की राना उर्फ़ रानी का रिश्ता प्रोफ़ेसर मिर्ज़ा मोहम्मद सईद के दूसरे बेटे कमान्डर अस्करी के छोटे भाई आर्थर से तय करवाने में मुनहमिक (तल्लीन) थीं।

नश्शो और रानी दोनों अमेरिकन यूनिवर्सिटी से पढ़कर लौटी थीं। नश्शो ने अंग्रेज़ी और जर्नलिज़्म में दो अदद एम.ए. किये थे और अब वह और जनरल स्कंदर मिर्ज़ा की बेटी नूरजहाँ मिलकर एक अंग्रेज़ी पत्रिका 'वुमेंज़ वर्ल्ड' प्रकाशित कर रही थीं। और नश्शो बेगम कराची यूनिवर्सिटी के पत्रकारिता विभाग में जाकर लेक्चर दे आती थीं।

माकी क़ुरैशी की छोटी बहन रौशन काफ़ी अर्से से पेरिस में स्टेज एक्ट्रेस बनने की कोशिश में मसरूफ़ थीं। वहाँ उसने एक डच फ़ोटोग्राफ़र से शादी कर ली थी; उन दिनों वह दोनों कराची आये हुए थे। मैंने डच फ़ोटोग्राफ़र को पाकिस्तान में ईद पर पाकिस्तान क्वार्टरली के लिए कलर फ़ीचर बनाने का एसाइनमेंट दिया।

ईदुलफ़ितर के दिन आपा नफीसा के यहाँ सारे ख़ानदान की बेगमात और लड़कियाँ ज़र्क़ बर्क़ (भड़कीली) ग़रारे पहनकर इकट्ठा हुईं। चचा निसार हैदर ज़ैदी नहटौर से आये हुए थे, वह और भाई इताअत पेचवान लेकर बैठे। पूरे तामझाम के साथ ईद मनाने की तस्वीरें खींची गयीं; डच फोटोग्राफ़र बाग़-बाग़ था। वह सारी तस्वीरें रौशन के मज़मून के साथ मैंने क्वार्टरली में प्रकाशित कीं। उसके बाद पाकिस्तानी औरतों के लिबास पर मज़मून माकी क़ुरैशी ने लिखा। तस्वीरें उसके डच बहनोई ने खींचीं 'माडल्ज़' नूरअफ़शाँ और आसिम की दुल्हन अख़्तर और नूरअफ़शाँ के एयरफ़ोर्स अस्पताल की नर्स अपने यूनिफ़ार्म में वग़ैरह वग़ैरह।

मज़हर मियाँ ने सिर हिलाकर कहा, 'अब मालूम हुआ हेपनाटिज़्म इस तरह फ़रोग़ (फैलती) पाती है।'

लेकिन पाकिस्तान क्वार्टरली में दोस्तों के मज़मूनों के अलावा दुनिया भर के बड़े अहम मुसन्निफ़ों (लेखकों) से मज़ामीन मंगवाती थी। एक साल के सम्पादन काल में पश्चिम के महान इतिहासकारों डॉक्टर पर्सिवेल स्पियर्ज़, डॉक्टर डी. लेसी, ओलेरी, डॉक्टर बर्नार्ड लुईस, डॉक्टर रिचर्ड एलथिंग हाज़न और इनके अलावा डॉक्टर ज्योसेप टोची (इटालियन आर्कियोलोजिस्ट) प्रोफ़ेसर आले ज़ान्द रूबोज़ानी, प्रोफ़ेसर वुलफ़र्ड केंट वेल स्मिथ, प्रोफ़ेसर मिस एन लेम्बिस्टन, डॉक्टर

के.जे. न्यूमेन, डॉक्टर एन. मारी शिमेल, लार्ड पैथिक लॉरेंस, सर वुल्फ़ केरो आदि। और पाकिस्तानियों में प्रोफ़ेसर अहमद अली, एम.बी. अहमद डॉक्टर सलीमुज़्ज़माँ सिद्दीक़ी, अलताफ़ गौहर, ग़ुलाम अहमद परवेज़, खलीफ़ा अब्दुल हकीम, जसीमुद्दीन, सैयद वलीउल्लाह, शौकत उस्मान, ज़िया मोहीउद्दीन, ख़्वाजा तौफ़ीक़ रिफ़अत वग़ैरह वग़ैरह के मज़ामीन (लेख) उसमें प्रकाशित किये। यह एक मारग की तरह का खूबसूरत चमकीली चित्रांकित पत्रिका थी और बक़ौल शख़्से बहुत अच्छा जा रहा था।

रानी इताअत हुसैन की आर्थर से शादी के मौक़े पर जेन एबल ने ढोलक के गीत गाने में मुसर्रतजहाँ तैमूरी की अख़्लाक़ी मदद की।

'आर्थर' और कमान्डर अस्करी के वालिद प्रोफ़ेसर मिर्ज़ा मोहम्मद सईद से बातें करना हमेशा एक ख़ुशगवार तजुर्बा था। ख़ासतौर से जब वह हमें ईरान के इस्माईलियों के मुताल्लिक़ बताते, उनकी मालूमात और ज्ञान हैरतंगेज़ था। मिर्ज़ा मोहम्मद सईद की वालिदा सर सैयद के बड़े भाई सैयद मोहम्मद ख़ान की नवासी थीं। अस्करी की वालिदा रौशन ख़याल, पढ़ी लिखी बीबियों की अम्मा वाली नस्ल से ताल्लुक़ रखती थीं और इस रिश्ते से किशवर के वालिद यानी आपा सिद्दीक़ा के शौहर, भाई अहमद रशीद देहलवी उनके नज़दीकी रिश्तेदार थे। अस्करी इब्ने सईद के साढ़ू प्रोफ़ेसर अहमद अली (वह नौजवान विद्यार्थी जो 1928 ई. के आर्केडिया देहरादून में मौत से नज़दीक नाना नज़रुल बाक़र को अख़बार पढ़कर सुनाया करते थे) लेखक 'अंगारे' व 'टवाइलाइट इन डेली' चीन से वापस आ चुके थे और उर्दू में बहुत कम लिखते थे।

मुसर्रतजहाँ तैमूरी की वालिदा बहादुरशाह ज़फ़र की सगी पड़नातिन थीं। मुर्सरत को हम सब मिस टी कहते थे। एक दिन जेन एबल के यहाँ हम लोग किसी मुहावरे पर बहस कर रहे थे। मिस टी ने बेपरवाही से कहा होगा लेकिन क़िले में ऐसे ही बोला जाता था। कुछ देर बाद पंजाब का ज़िक्र करने लगीं, आफ़ताब अहमद ने लुत्फ़ लेते हुए पूछा 'ये आप क़िले से पंजाब कहाँ पहुँच गयीं। फ़रमाया, हमारे वालिद वहाँ सरकारी नौकर थे।'

मिज़ाज में दरवेशी और एकाग्रता थी, अमेरिका से कार लेकर आई थीं, जिसे इस अंदाज़ से ड्राइव करती थीं, मानो चौपहले या रथ में बैठी हों।

डी.ए.एफ.पी. के एक कमरे में विभाग के आर्ट डायरेक्टर (अफ़साना व ड्रामानिगार) नासिर शमसी, अनवर क़ुरैशी, मुसर्रतजहाँ तैमूरी और मैं चार बड़ी-बड़ी मेज़ों के पीछे शाह बड़े की महफ़िल आयोजित करते और दूर की कौड़ी लाते थे। हर एक अपनी-अपनी हाँकता था। मिस टी कुर्सी पर आलती पालती मार कर जलवा अफ़रोज़ होती थीं। जनवरी 59 ई. की एक सुबह उनसे कह रही थी, 'मिस टी आजकल बहुत से लोग इण्डिया में छोड़ी हुई फ़र्ज़ी जायदादों के क्लेम दाख़िल करने में मसरूफ़ हैं, तुम कम से कम लाल क़िले का ही बिल्कुल जाइज़ क्लेम दाख़िल कर दो।'

फ़रमाया, 'अमाँ गोल करो।'

उस वक़्त नवाबज़ादा साहब ऑफ़ लुहारू यानी मिर्ज़ा जमीलुद्दीन आली बेटे (मैजर इब्नुलहसन) समेत आ गये, कुछ समय पहले मैंने उनकी किताब ग़ज़लें, दोहे, गीत के आवरण का डिज़ाइन बनाकर मुकम्मल किया था। उनकी तबीयत में आमद ही आमद थी। शाह बड़े के मीर-ए-महफ़िल अक्सर वही हुआ करते थे। आली ने निहायत ड्रामाई अंदाज़ से एक टाइपशुदा अंग्रेज़ी तहरीर मेरे सामने रखी। एक लम्हा ख़ामोश रहे फिर बोले, हम एक राइटर्स गिल्ड क़ायम कर रहे हैं; इस पर दस्तख़त कर दीजिए, आप समेत आठ फाउंडर्स मेम्बर्स होंगे।

मैंने पैनिक से चौंककर बयान पर सरसरी दस्तख़त कर दिये। दूसरे दिन वह बयान अख़बारों में आ गया।

दफ़्तर में मिस टी हस्बेमामूल आलती पालती मारे शाल सिर से लपेटे ग़रारा पहने अपनी कुर्सी पर बैठी थीं। चपरासी ने अख़बार सामने लाकर रखे। मैंने कहा, 'यह तो मैंने पढ़ा ही नहीं था।'

'क़ायदा है कि आदमी जिस काग़ज़ पर दस्तख़त करे पहले उसे पढ़े ले।' बुक़रात ने कहा, 'जो कुछ मिनट पहले कमरे में दाख़िल हुए थे।'

मैं कुछ साल पहले नफ़ीस एकेडमी वालों को कोरे काग़ज़ पर दस्तख़त करके 'हुमा ख़ानम' मुफ़्त अता कर चुकी थी।

बुक़रात ने कॉफ़ी की प्याली मेज़ पर रखकर ग़ौर से वह बयान पढ़ा, जिसके नीचे सात अदीबों (साहित्यकारों) के साथ मेरा नाम दर्ज था। दरयाफ़्त फ़रमाया इसमें क्या ख़राबी है?

'कुछ नहीं'

'आप सरकारी मुलाज़िमत तो ख़ुशी से कर सकती हैं। मार्शल लॉ के ज़माने में राइटर्ज़ गिल्ड के क़याम पर अब नज़रे सानी (पुनः निरीक्षण) फ़रमा रही हैं। गुड़ खाओ गुलगुलों से परहेज़; या तो प्रोफ़ेसर मोहम्मद हसन अस्करी की तरह उसूल परस्ती बरतिये।'

'उन्होंने गिल्ड का मेम्बर बनने से ही इनकार कर दिया। सुना है उन्होंने पूछा, 'क्या पैग़म्बरों ने भी कभी गिल्ड बनाये थे।' इसके अलावा आपको मार्शल लॉ पर एतराज़ है तो बाहर चली जाइए। एक से एक देशप्रेमी इतमीनान से मुल्क को ख़ैरबाद कहकर इंग्लिस्तान और अमेरिका और कनाडा में सेटल हो रहा है। कोई अनोखी बात न होगी और आप तो कोई ऐसी लम्बी चौड़ी वतन परस्त भी नहीं।'

'एक अदीब सारी दुनिया का नागरिक होता है।' मैंने निहायत रौबदाब से इरशाद किया।

'बाहर चली जाइए।' बुक़रात ने दोहराया।

'56 ई. में मौलाना आज़ाद ने दिल्ली में कहा था, अगर वापस आना चाहो तो मुझे ख़त लिखना लेकिन मौलाना का इंतिक़ाल हो चुका।'

'और जेम्ज़ फ़ेयरवेल का क्या हुआ?' बुक़रात ने पूछा। जेम्ज़ फ़ेयरवेल ने हेमफ़्री बोगार्ट को लिखा है।'

'हेमफ़्री बोगार्ट?'

'आई मीन हयोबर्ट हेमफ़्री'

'सेण्ट ह्योबर्ट हेमफ़्री को हेमफ़्री बोगार्ट समझने वाला यह नान सीरियस रवैया हमेशा आपका पटरा करेगा।' बुक़रात ने सिर हिलाकर कहा।

57 ई. की गर्मियों में बुज़ुर्ग अमेरिकन नाविलिस्ट आधुनिक अमेरिकन क्लासिक "Stud lonigan" के लेखक जेम्स टी फेरेल दो दिन के लिए कराची आये, मेट्रोपोल में ठहरे; वहाँ किताबों के स्टाल पर जलालुद्दीन अहमद की प्रकाशित की हुई किताब The Exiles (जो जलावतन का अनुवाद था) उनके हाथ लग गई। उसे पढ़कर लेखिका से मुलाक़ात की, अमेरिका वापस पहुँचकर एक विस्तृत लेख जलावतन पर लिखा, उसकी नक़्ल भेजी जिससे उर्दू की सूरते हाल पर एक पश्चिमी लेखक की प्रतिक्रिया का अन्दाज़ा होता है।

1955 ई. में पाकिस्तान पी.एन. क्लब क़राची ने साठ पृष्ठ का एक नाविलिट प्रकाशित किया। यह किताब इस देश के बाहर बिल्कुल नहीं जानी जाती। जलावतन दरअस्ल एक गद्यात्मक नज़्म है ...लेखिका ने होटल लॉबी में टहलते हुए मुझसे मेरी और दूसरे लेखकों की किताबों की बिक्री के मुताल्लिक़ दरयाफ़्त किया और बताया और मैंने अपने मशहूर नॉविल 'मेरे भी सनमख़ाने' के प्रकाशन के सर्वकालीन अधिकार एक हज़ार रुपये (दो सौ डॉलर) में बेच दिये।

'तुलनाएँ आमतौर से अन्यायपूर्ण और वैमनस्यपूर्ण होती हैं, ख़ासतौर पर दो विभिन्न भाषाओं के साहित्यकारों के दरमियान और एक की प्रशंसा और दूसरे को कमतर प्रकट करना भी बड़ी ग़लत बात है लेकिन मैं फ़्रांसो, सागाँ का ज़िक्र करना चाहूँगा। उन दोनों महिलाओं के विषय एक जैसे नहीं हैं लेकिन मादमोज़ेल सागाँ ने अपने पहले उपन्यास Triestesse Bonjour के प्रकाशित होने के बाद, ज़बर्दस्त कामयाबी और ज़बर्दस्त आर्थिक लाभ प्राप्त किया और यह हद दर्जे का पतला और आसान उपन्यास है, जो ज़्यादा से ज़्यादा यह प्रकट करता है कि उसकी लेखिका ने अच्छी शिक्षा प्राप्त की है और भविष्य में अच्छा लिख सकेगी और मिस सागाँ ख़ुशक़िस्मत हैं कि फ़्रांस में पैदा हुईं और दुनिया की एक अहम भाषा में लिखती हैं लेकिन एक उर्दू के लेखक को क्या अवसर प्राप्त हैं? विश्व साहित्य से हमारी वाक़फ़ियत (परिचय) नामुकम्मल (अपूर्ण) रहेगी क्योंकि हम अपरिचित भाषाओं में लिखी हुई चीज़ें नहीं पढ़ पाते।

'जलावतन में सच्चे पात्र रचित किये गये हैं और एक खचाखच और भरपूर अहसास-ए-ज़िन्दगी को कुछ पृष्ठों में समेट लिया गया है। तकनीक का पुख़्ता तामीरी शऊर मौजूद है क्योंकि पेश करने और सुनाने का अंदाज़ अक्सर इम्प्रेशंस्टिक है।'

'असदुल्लाह शाह बुख़ारी के ख़याल में रिवायत (परम्परा) से रिश्ते टूटते जा रहे हैं। ज़्यादातर नौजवान उर्दू अदीब अगर वक़्त से पहले मर गये तो आलम-ए-बाला (परलोक) में प्राचीन काल के लोगों और इक़बाल से मिलकर ख़ुद को अजनबी महसूस करेंगे। आज के लेखक को न केवल यह कि नई चीज़ों के नये नाम दरयाफ़्त करने हैं बल्कि उन चीज़ों को, जो पहले से जानी या महसूस की गई हैं, सिरे से पहचानना और उनके नाम तलाश करने के लिए कमरबस्ता होना है। उर्दू लेखक एक ऐसी फैली हुई कम्युनिटी में रहता है, जिसकी अब तक व्याख्या नहीं की गई। एक विज़न, एक फ़ोकस की तलाश और एक मक़सद और आगे देखने का साहस और हिम्मत इसी के लिए ज़रूरी है।

'बुख़ारी के ये अलफ़ाज़ इसी हिसी (चेतनापूर्ण) नाविलिट पर एक अर्थपूर्ण सरसरी रौशनी डालती हैं क्योंकि पूर्व और पश्चिम की प्राचीन व आधुनिक परम्परा और नयेपन ने इस उपन्यास के नौजवान पात्रों की ज़िन्दगियों के ताने बाने बुने हैं। पुरानी धुनें इसमें इस तरह रची हैं, जिस तरह Adeste Fidelis और Ergotantum हमारी कुछ कहानियों में मौजूद हैं। लेखिका के किरदार एक नई दुनिया में परवान चढ़ रहे हैं और नये एशिया की झलकियाँ उनमें नज़र आती हैं, जिनकी जलावतनी (देशनिष्कासन) शुद्ध भौगोलिक की बजाय रूहानी हैं... कुछ अहम निसवानी (महिलाओं सम्बंधी) पात्र कुछ strokes में एक पूरी दुनिया रौशन की है। वह इतिहास में से चकराकर गुज़रते हुए दिल में उतरते जाते हैं। जज़्बात के विकास और उनके नश्वो नुमा (उन्नति) का एक फ़र्स्ट रेट टैलेंट लेखिका की कला को जो Mastery की हदों को छू लेता है, उसका पश्चिम में परिचय होना चाहिए।'

तालियाँ...

नं. 252 50th Street

न्यूयार्क

19 अगस्त 1958 ई.

... New Direction के डायरेक्टर जेम्स लालेन ने मेरा मज़मून पढ़ने के बाद, तुम्हारी किताबों से गहरी दिलचस्पी का इज़हार किया है और तुम्हारे लिए लंदन पब्लिशर नेवल आर्म स्ट्राँग से भी बात की है। तुम यह ख़त मिलते ही मिस्टर आर्म स्ट्राँग को अपने नॉविलेट की एक प्रति मेरे मज़मून की नक़्ल समेत भेज दो। मुझे मालूम है कि एक अदीब को, जो अपने मुताल्लिक़ Brash न हो अपनी रचनाओं के सम्बन्ध में ख़ुद कुछ लिखते हुए झेंप आती है। इसके अलावा रचना किये जा रहे उपन्यास भी, जल्द से जल्द अनुवाद करके उसको भेज दो। तुम न केवल पूर्व और पश्चिम के प्रश्नों का सामना कर रही हो बल्कि अतीत की ओर भी देखती हो जबकि तुम और तुम्हारी नस्ल इस नई और तब्दील होती हुई दुनिया में ज़िन्दा हैं।

जज़बात (Feelings) के लिहाज़ से तुम अहम Constructive काम कर सकती हो। मुझे इस तरह समझाने की इजाज़त दो, इक़बाल पाकिस्तान का रूहानी बाप था, westernizer था। उसने फ़लसफ़े (दर्शन) का पश्चिम में अध्ययन किया और पश्चिमी दार्शनिकों के मुताल्लिक़ लिखा। उसे सिर्फ़ दो चिंतक पसंद आये, St. Thomas Aquinas और Max Sholer (बीसवीं सदी का Meta Physical चिंतक, जिसका नज़रिया मज़हबी था) इक़बाल जम्हूरियत परस्त भी था लेकिन जम्हूरियत को इस्लामी ईश्वरीय ज्ञान और क़ानूनों के अनुसार प्रचलित करना चाहता था।

आजकल शासन पद्धति की समस्याओं के सम्बन्ध में जो पाकिस्तान में लिखा जा रहा है और लेखों और गोष्ठियों में सम्मिलित Stimulation Shock, Challenge सबका सब पश्चिमी है। आज की दुनिया में रहने के लिए पाकिस्तानी और दूसरे एशियाई अपनी समस्याएं किरदार, चेतना, ज़रूरतें आदि के परिदृश्य में पश्चिमी विचारों को स्वीकार या निरस्त कर सकते हैं। साहित्य में इन सभी समस्याओं को जज़बात के अहाते में पेश करना अहम है।

'आधुनिक पश्चिम युद्ध के बाद समय से बहुत पहले ही पूर्व में दाख़िल हो चुका है। बहुत से अमेरिकन भी इस समस्या को नहीं समझते और बजाय इसके कि अपने तज़ुर्बे को मुमकिन हद तक दयानतदारी के साथ दक्षिण पश्चिमी एशिया वालों के सामने पेश करें, वह चाहते हैं कि तुम लोग बस हमें पसंद करो।

'मैंने यहाँ कॉलेजों में लेक्चर देते हुए तुम्हारी किताब की विस्तृत चर्चा की और अभी लिखे जा रहे उपन्यास में नामों की तकरार भी अहम नुक्ता है।'

जलावतन में Poetic Intensity है।

उसके बाद हर दूसरे तीसरे महीने यह नेक दिल बुज़ुर्ग लिखते रहे 'तुमने अब तक किताब नहीं भेजी, मैंने तुम्हारे मुताल्लिक़ अदबी जलसों में तक़रीरें कीं, बहस मुबाहिसे किये। सर हरबर्ट रीड को लंदन ख़त लिखा, जो एक पब्लिशिंग फ़र्म के डायरेक्टर हैं और पर्ल बक से मिलने वाला हूँ, जो एक निहायत भली ख़ातून हैं। मगर जब तक मेरे पास तुम्हारे मुसव्वदात (पाण्डुलिपियाँ) न हों और उस किताब की प्रतियाँ न हों, मैं क्या कर सकता हूँ। मैंने तुम्हारी objectivity और Grasp of some internal point of relationships पर यहाँ बहुत कुछ लिखा और कहा है। तुम्हारे नॉविल के हिन्दू और मुसलमान मेरे ज़माने के नौजवानों से इस क़दर मुख़तलिफ़ (भिन्न) हैं, 1926 ई. में मैंने शिकागो यूनिवर्सिटी में समाजी इंसाफ़ पर अपनी पहली तक़रीर की थी, उस वक़्त मेरे हमजमाअत दौलतमंद लड़के और लड़कियाँ बहुत ख़फ़ा हुए, फिर मैंने बहुत जद्दोजोहद की ज़िन्दगी गुज़ारी; वह डिप्रेशन का ज़माना था।

सेनेटर ह्योबर्ट हेमफ़्री मेरे दोस्त हैं। वह आज डेमोक्रेटिक टिकट पर, सदारत (प्रेसिडेंट) का एलेक्शन लड़ने में मसरूफ़ हैं। मैं उनकी सेक्रेटरी को ख़त लिख रहा हूँ कि सेनेटर हेमफ़्री अपनी रियासत मिनी सोत की यूनिवर्सिटी में तुम्हें बुलवाएँ। तुम अपनी एकेडेमिक क्वालिफ़िकेशंस वग़ैरा की तफ़सीलात (details) सेक्रेटरी को इस पते पर फ़ौरन भेज दो, सेक्रेटरी के नाम ख़त की नक़्ल मौजूद है।'

मैंने सुस्ती और बेपरवाही की वजह से न बेचारे मिस्टर फेरेल को किताब के मुसव्वदात (पांडुलिपियाँ) वगैरह भेजे, न सेनेटर ह्योबर्ट हेमफ़्री की सेक्रेटरी को यूनिवर्सिटी ऑफ़ मिनीसोटा में दाख़िले के लिए ख़त लिखा, न सम्बंधित काग़ज़ात रवाना किये। मिस्टर फेरेल ने बार-बार उसके मुताल्लिक़ लिखा, आखिरकार थक कर ख़ामोश हो गये।

ज़िया मोहीउद्दीन 53 ई. में लंदन चला गया था। रायल एकेडमी ऑफ़ ड्रॉमेटिक आर्ट में अदाकारी सीखने के बाद 56 ई. में पाकिस्तान लौटा 58 ई. में फिर वापस गया। बर्तानवी राष्ट्रीयता प्राप्त कर ली और टेलीविज़न और स्टेज पर उसे छोटे-छोटे रोल मिलने लगे; मई 59 ई. में उसने मुझे लंदन से ख़त लिखा।

'...फ़साना-ए-आज़ाद से शीला डेलने के A taste of honey तक क्या let down किया है; जब मैंने फ़साना-ए-आज़ाद (लाहौर स्टेज पर) देखा मुझे इस क़दर शर्म आई कि इसके अलावा कोई प्रतिक्रिया, इसके सिवा न हुई कि सिर्फ़ एक दिन बाद मैं लंदन में हूँगा। सरवर कहती है 'टेस्ट ऑफ़ हनी' अब आर्ट कौंसिल की तरफ़ से पेश किया जा रहा है। काश, मैं ज़रा जलालुद्दीन अहमद से इस मसअले पर बहस कर सकता! तुम जानती हो एक अट्ठारह वर्षीय लड़की ने यह तमसील (दृष्टांत) लिखी है और नये विज़न और आज के नौजवानों के तख़लीक़ी काम का एक आला दर्जे का नमूना है। मुरव्वजा तसव्वुरात (प्रचलित कल्पनाओं) के ख़िलाफ़ बेतरतीबी या अतिशयोक्तिपूर्ण ड्रामाई गाली-गलौज, इसमें मौजूद नहीं। लेकिन विस्तार और कल्पना के लिहाज़ से एक भावुकतापूर्ण और तीखा ड्रामा है और मेरे ख़याल में Look back in anger से ज़्यादा कामयाब रहेगा। मैं वतन के किसी अंग्रेज़ी अख़बार में इसका तजज़िया (निष्कर्ष) लिखना चाहता हूँ मगर हमारे पाठक रोमांटिक कहानियाँ पढ़ने के आदी हो चुके हैं।'

'यहाँ एक और खेल चल रहा है, The long and the short and the tall एक सवाल पेश किया जाता है, कम ज्ञान रखने वाले मामूली फ़ौजी सिपाही एक जंगी क़ैदी के साथ क्या बर्ताव करें। इस सवाल पर बग़ैर नसीहतों के रौशनी डाली गई। ख़ुद सही जवाब के लिए तमाशाई को अपनी अंतरात्मा में झाँकना पड़ता है। दरअस्ल कोई जवाब पेश नहीं किया जाता।'

'चुनाँचे मैं अपने फ़्रस्ट्रेशन को अपने अन्दर दबाये रखता हूँ और अफ़सोस यह है कि मुझे ख़ुद मालूम है, मेरी ये प्रतिक्रियाएँ कुछ समय बाद अपनी तेज़ाबियत खो देंगी और जो बातें मैं कहना या लिखना चाहता हूँ, वह भूल जाऊँगा।'

'जलावतन' नामक नॉविलेट का विश्लेषण करते हुए, जेम्स टी फ़ेरेल ने पूर्व और पश्चिम की प्रतिद्वंद्विता के सम्बन्ध में जो लिखा था, ज़िया मोहीउद्दीन उसका एक प्रतिनिधि था और पिछड़े हुए पूर्वी समाज की हालत पर मातम भी कर रहा था।

फिर शान्तारामाराव ने ई.एम. फ़ॉरेस्ट के 'पैसेज टू इण्डिया' को ड्रामे का रूप दिया। ज़िया को उसमें डॉक्टर अज़ीज का रोल मिला और उसने पहले लंदन में और फिर न्यूयार्क के ब्राडवे पर धूम मचा दी। उसके बाद ज़िया पूर्व क्रोधित, मौजूदा कामयाब और संतुष्ट फ़नकारों और ज़हनपरस्तों के Establishment में शामिल हो सकता था यानी, 'संभल के बैठ गये महमलों में दीवाने' मगर उसने कुछ अर्से तक अपनी बरहमी (खिन्नता) बरक़रार रखी।

सिद्दीक़ अहमद सिद्दीक़ी आधुनिक बुद्धिजीवी पश्चिम में संतुष्ट थे लेकिन चूँकि फ़िरंगी महल जामिया इस्लामिया और अलीगढ़ यूनिवर्सिटी के निर्मित किये हुए थे, परदेसपन की अंदरूनी कशमकश को ज़्यादा शिद्दत से महसूस करते थे। इस कशमकश का सबसे स्पष्ट उदाहरण आने वाले बरसों में नून-मीम राशिद क़ायम करने वाले थे।

'... अब मेरे काम की बात सुन लीजिए, आपका दफ़्तर या शायद अमेरिकनों का दफ़्तर मैंने सुना है, किताबें लिखवाता है, अनुवाद करवाता है (तवे भरवाना तो ख़त्म हो गया) और अदब की ख़िदमत करवाता है। क्या मेरा नाम किसी रिज़्क़ के दाने पर इस सिलसिले में आपको लिखा हुआ तो नहीं मिला? अगर न मिला हो तो लिखवा दीजिए।'

'और वहाँ दोस्तों में कौन-कौन है। एक तो जलालुद्दीन अहमद हैं, सलाम ज़रूर पहुँचाइए। दूसरे शानुलहक़ हक़्क़ी, उन्हें भी बन्दगी और अगर मुमकिन हो

तो कह दीजिए कि 'नामा व पयाम न सही आपके इरमुग़ाने कलाम (रचनाओं के तोहफ़ों) का अब भी मुस्तहिक़ (पात्र) हूँ' मुमकिन है कुछ अर्से बाद पाकिस्तान आना हो। उम्मीदें बहरहाल बंधी हुई हैं।'

नियाज़ केश

सिद्दीक़

लंदन 22 अगस्त 58 ई.

यह ख़त लिखने के ठीक बीस दिन बाद सिद्दीक़ अहमद सिद्दीक़ी राही-ए-मुल्के अदम हुए (अर्थात देहान्त हो गया)। 11 सितम्बर 58 ई. की शाम उन्होंने क़ायद-ए-आज़म जिन्नाह की दसवीं बरसी का ख़ास प्रोग्राम अपनी उर्दू सर्विस से ब्रॉडकास्ट किया। स्टूडियो से निकलकर घर जाने वाली बस में सवार हुए। डबल डेकर की ऊपरी मंज़िल पर सबसे अगली सीट पर जा बैठे।

बस अपना सफ़र तय करके टर्मिनस पर रुकी। सारे मुसाफ़िर उतर गये, कन्डक्टर औरत ने आकर देखा। एक बरसाती पोश मुसाफ़िर अगली सीट पर ज़रा आगे को झुका चिपका बैठा है। कंडक्टर ने आवाज़ दी, मुसाफ़िर ख़ामोश रहा।

जगत गुरू जगत चचा सिद्दीक़ अहमद सिद्दीक़ी की चलती बस में हृदय गति बंद हो गयी थी और वह अपने सैहून (असली वतन) की तलाश ख़त्म कर चुके थे।

टाउन हाउस, कंट्री हाउस

पी.ई.सी.एच.एस. में नये क़ब्रिस्तान के सामने अपने मकान के बरामदे में चचा मुश्ताक़ अहमद ज़ाहिदी आराम कुर्सी पर इस तरह ख़ामोश बैठे मिलते, जैसे वह नं. 4 पार्क साइड नार्थ क़रौलबाग़ में, अपने आलीशान मकान के बरामदे में और इससे पहले कौशिक, करौलबाग़ के बरामदे में बैठे नज़र आते थे। उनके साथ बैठकर यहाँ भी मैं मुस्तक़बिल के वह ऊल जलूल प्लान बनाती, जो लड़कपन में अमीना और मैं चचा के सामने बनाया करते थे। अपने साथ के कर्तव्यपरायण महिला पुरुष कहाँ से कहाँ निकल चुके थे। यहाँ आलस्य और कन्फ्यूज़न का वही आलम था; फिर मैं दहशत के साथ कहती, 'चचा वक़्त निकलता जा रहा है और कुछ न किया।'

चचा ने सिर हिलाकर जवाब दिया, 'हा! सज्जाद ग़रीब भी यही कहता था।'

'तो अब्बाजान ने ही क्या कर लिया; जो उनकी योग्यताएँ थीं, उनके लिहाज़ से कुछ भी न किया।'

'हाँ, यह उसकी ट्रेजडी थी, वह महत्वाकांक्षी नहीं था और उसकी ज़िन्दगी की मजबूरियाँ थीं। तुम्हारी ज़िन्दगी में तो कोई मजबूरियाँ नहीं हैं।'

'अच्छा चचा, बस मैं कल ही दफ़्तर से इस्तीफ़ा देकर जाती हूँ, वापस विलायत।'

एक बार आमना मजीद मलिक के यहाँ इतवार गुज़ारा जा रहा था। लंच के बाद लोगबाग फ़र्श पर और सोफ़ों पर होंकी डोरी बैठे थे। ज़ोहरा निगाह की शादी अलीगढ़ वाले माजिद अली से हो गई थी। वो दोनों न्यूयार्क से कुछ ही दिन पहले लौटे थे। रिटायर्ड गायिका फ़िल्म स्टार ख़ुर्शीद बानो और उनके इन्टलेक्चुअल शौहर मिस्टर यूसुफ़, कर्नल मजीद मलिक और आफ़ताब अहमद से मसरूफ़े-गुफ़्तगू थे।

फ़ैज साहब कुछ दिन पहले ताशक़न्द से लौटे थे, जहाँ हफ़ीज़ जालंधरी और मलिका-ए-तरन्नुम नूरजहाँ उनके साथ थीं। फ़ैज़ साहब लतीफ़े सुना रहे

थे, किस तरह हफ़ीज़ जालन्धरी उज़बेक महिलाओं को मुस्तक़िल ख़्वाहरम और दुख़्तरम कहकर मुख़ातब करते थे। फिर शहर की एक ख़ातून के ताज़ा रोमाँस का ज़िक्र छेड़ा। फ़ैज़ साहब को मैंने over hear किया। मेरे मुताल्लिक़ फ़रमा रहे थे, 'इनका यह ख़ाना ही ख़ाली है, इनसे इस मामले पर राय नहीं ली जा सकती।' सल्लो भी कहती थीं 'इनको बातों ही से फ़ुर्सत नहीं।' मैंने कहा, 'मैंने कभी इस मसअले पर संजीदगी से ग़ौर ही नहीं किया और बहुत से अहम मसाइल (समस्याएं) ज़ेरे ग़ौर (विचाराधीन) रहते हैं।' आमना बाजी ने पूछा मसलन (उदाहरणतः) क्या?'

'मसलन यही कि हमको क्या करना चाहिए। हम बस डी.ए.एफ़.पी. में वक़्त बर्बाद कर रहे हैं, मसलन हम बाहर जाकर किसी यूनिवर्सिटी में रिसर्च कर सकते हैं।

'जब तरह-तरह के बेहतरीन अवसर आपको प्रदान किये जाते हैं, आप मारे आलस्य और कनफ्यूज़न के उनको नज़रअंदाज़ कर देती हैं।' किसी ने कहा।

'दुरुस्त! मगर इस Compulsive आलस्य और कनफ्यूज़न की ख़ुसूसियत यही है कि इसके मुताल्लिक़ हम कुछ कर नहीं सकते।

फ़ैज़ साहब लाहौर वापस जाने वाले थे। दूसरे दिन सुबह मारीपुर तशरीफ़ लाए, मैंने कहा, 'फ़ैज़ साहब! उम्र अज़ीज के दस साल बर्बाद गये, कुछ न किया। अम्मा की सेहत अब बेहतर हो गई है, अब मैं यहाँ से उड़नछू होती हूँ।'

वह इतवार का दिन था, फ़ैज़ साहब शहर वापस गये। शाम को मज़हर मियाँ के साथ ही कराची रवाना हुई। मारीपुर से कराची रवाना होने वाली शाहराह के किनारे साहिले-समुन्दर पर एक जगह मकरानी मल्लाह और बढ़ई एक चोबी (लकड़ी का) कंट्री क्राफ़्ट बनाने में मसरूफ़ थे, जो बरसों से निर्माणाधीन था या शायद नया जहाज़ बनकर समुन्दर में चला जाता था और उसकी जगह दूसरा बनना शुरू हो जाता था।

वह शाम अचानक मुझे उजाड़ और वीरान और वहशतनाक सी मालूम हुई। शहर पहुँचकर मज़हर मियाँ ने क्वींस रोड इंटेलीजेंस स्कूल पर उतारा

और आगे चले गये। सोमवार की सुबह ग्यारह बजे दफ़्तर पहुँचकर अपने कमरे में गयी। मिस टी, अबू और नासिर शमसी किसी मीटिंग में गये हुए थे। कुछ मिनट बाद मेरे लाल दाढ़ी वाले चपरासी ने अन्दर आकर कहा, 'आपके आने से ज़रा पहले शफ़ीक़ मियाँ का फ़ोन आया था, बेगम साहब को जबरदस्त चोट आई है; टाँग की हड्डी टूट गयी, कर्नल शाह सिविल अस्पताल ले गये हैं।'

सिविल अस्पताल के एक कमरे में अम्मा एक ऊँचे पलंग पर लेटी हुई थीं। एक टाँग में लोहे की सलाख़ लगा दी गयी थी। बड़ी बहादुरी से तकलीफ़ ज़ब्त किये, इतमीनान के साथ अयादत (कुशल क्षेम पूछने वालों) के लिए आने वाले रिश्तेदारों से बातों में मसरूफ़ थीं।

उस सुबह दस बजे शफ़ीक़ के साथ वह मामूल के मुताबिक़ अपना चेकअप करवाने अपने डॉक्टर कर्नल शाह के क्लीनिक गई थीं, जो हर पंद्रह दिन बाद होता था। वहाँ ऊँचे पलंग पर से उतरते में चोबी सीढ़ी पर से पैर रपटा। कर्नल शाह तुरन्त अस्पताल लेकर आये, एक्सरे करवाया, पता चला कि कूल्हे की हड्डी टूट गई। सिविल हस्पताल में दो बहुत अच्छे वी.आई.पी. रूम निजी टेलीफोन सहित मौजूद थे। उनमें से एक ख़ाली था। दूसरे दिन उसमें स्थानांतरित कर दिया गया।

रिश्तेदारों और दोस्तों का ताँता सुबह सवेरे से लेकर रात गये तक बँधा रहता। मारीपुर से नूरअफ़शाँ और विंग कमांडर डॉक्टर मुशर्रफ़ अली आकर अम्मा को देखते। 'जितने ज़्यादा डॉक्टर हों उतना ही बेहतर।' अम्मा इत्मीनान से कहतीं। फिर एक दिन टाँग का ऑप्रेशन किया गया। अम्मा बेहद बातूनी थीं, पहियों वाले स्ट्रेचर पर ऑप्रेशन थियेटर की तरफ़ जा रही थीं और साथ-साथ चलने वाले रिश्तेदारों से लगातार बातें करने में मसरूफ़ थीं। नूरअफ़शाँ भी सफ़ेद मास्क सफ़ेद कोट पहनकर ग़ड़ाप से ऑप्रेशन थियेटर के अन्दर चली गयी।

सब लोग अम्मा की हिम्मत पर पर अश-अश कर रहे थे। इस बुढ़ापे में इतना बड़ा ऑप्रेशन करवाने पर तैयार हो गयीं; उस नस्ल की औरतें शायद हर लिहाज़ से बड़ी हिम्मत वाली थीं।

ऑप्रेशन के बाद पूरे तीन महीने तक अम्मा ठाठ से वी.आई.पी. रूम में बैठी महफ़िलें सजाती रहीं। उनका कमरा ख़ानदान वालों और दोस्तों का क्लब बन चुका था। सर्जन की इजाज़त मिलने पर इंटेलिजेंस स्कूल की कॉटेज वापस आ गयीं...

बंदरगाह केमाड़ी के रास्ते में क्वींस रोड पर इंटेलिजेंस स्कूल के सरकारी बंगले भी मारीपुर के ऑफ़िसर्ज़ क्वार्टर्स की तरह दूसरे विश्वयुद्ध के ज़माने में फ़ौजियों के लिये निर्मित किये गये थे। यहाँ ख़ुफ़िया ख़बर रसानी की तरबियत का स्कूल क़ायम किया गया था। गार्डन रोड के बेहतर सरकारी रिहायशी जगह की वेटिंग लिस्ट पर अपना नम्बर आने तक के वक़्फ़े में कुछ महीने पहले मुझे इंटेलिजेंस स्कूल में एक कॉटेज एलॉट हुई थी। इन बंगलों के चारों तरफ़ सरसब्ज़ दरख़्त सरसराते थे और बरामदों पर 'रेलवे क्रेपर्ज़' फैले हुए थे। चार कमरों की उस कॉटेज के अहाते में मैगनोलिया और अनार के पेड़ खड़े थे और खरपल पोश लम्बे चौड़े बरामदे पर अमलतास सायाफ़िगन था।

अम्मा के एक रिश्तेदार हमीद हसन मामू का छोटा लड़का शफ़ीक़ हसन सिरे के कमरे में रहता था। कुछ फ़ासले पर अच्छो का बंगला था, जहाँ वह अमेरिका जाने से पहले रहती थी। पड़ोस में लखनऊ की पुरानी दोस्त मेहरजबीं और मिनहाजुद्दीन अहमद और लखनऊ वाले जमील भाई और माया जमील पूर्व माया सरकार रहते थे। लुक़मान भाई और आपा हुस्ना नज़दीक क्वींस रोड पर स्टेट बैंक की आलीशान कोठी में रहते थे। वीकेंड और छुट्टियों में मारीपुर। जैसे होम में होम लेडी और लार्ड लोग का एक टाउन हाउस एक कंट्री हाउस होता है।

अम्मा दुर्घटना से पहले कभी-कभार लाहौर लालकुर्ती लखनऊ वाले मामू इब्राहीम ख़ाँ और अख़्तर मुमानी के यहाँ मॉडल टाउन या ताज व हिजाब के यहाँ नं. 140 ऐबट रोड या भाई हमीद अली के यहाँ रेलवे रोड हो आती थीं।

हिजाब इम्तियाज़ अली के ख़तों का अंदाज़ कतई नहीं बदला। अम्मा के नाम जिस तरह के ख़त 32 ई. के ग़ाज़ीपुर में मद्रास से आते थे बिल्कुल उसी स्टाइल के 58 ई. के कराची में आया करते थे।

लाहौर

30 जून 58 ई.

प्यारी ख़ालाजान, ईद मुबारक!

कल यहाँ ईद थी। कल कई दफ़ा आपकी याद आई और दिल को समझा लिया कि मेरे इतने ख़तों का जवाब दे चुकी हैं; तो अब दो ख़त तश्ना रह गये तो शिकायत नहीं होनी चाहिए। मगर आज अभी दो मिनट पहले आपका 26 जून को क्वींस रोड से लिखा मनज़ूम (काव्य रूप में) मोहब्बत नाम पहुँचा। आप अस्पताल से घर आ गयीं, कराची में होतीं तो रोज़ाना देखने आती। लाहौर में हूँ, इसलिए मुझे ख़ैरियत का कम से कम एक कार्ड हर तीसरे दिन लिखवा दिया कीजिए। उधर लेडी ज़ुल्फ़िक़ार भी बीमार, मेरे तमाम प्यारों को क्या हो गया?

आज दोपहर बारिश हुई थी, गर्मियों की बारिश। आप जानिए जैसे परियों के आँसू बह रहे हों। पाईनबाग़ के बरामदे में कितनी देर तक बरसने वाले पानी को देखती रही। फिर एकाएक ग़मगीन सी हो गयी। उठकर ख़स का इत्र लगाया; वहशत-ए-दिल का इलाज टहल कर किया। इतने में एक दोस्त का फ़ोन कि नई कार ली है, ड्राइव को चलो, फ़ौरन तैयार हो गयी। इम्तियाज़, यासमीन और मैं और दोस्त रावी पर चले गये; वह ख़्वाबों और गीतों की जगह यानी रावी के उस पार।

बिल्लियाँ प्यार लिखवाती हैं; इम्तियाज़ और यासमीन आदाब!

लाहौर एक अगस्त 58 ई.

प्यारी ख़ालाजान!

आज रात अगस्त का चाँद निकलेगा तपती हुई रात होगी और आतिशीं झोंके; कोयल की आवाज़ तो मेरी जान है, आप कोयल की कूक से बेज़ार क्यों हैं? कहीं बिल्लियों की सोहबत ने आपको कोयलों का दुश्मन तो नहीं बना दिया?

मेरी तमाम बिल्लियाँ इस साल तंदुरुस्त रहीं। पिछले साल सब बीमार पड़ी थीं। गुलफ़ाम अब तक टानिक इस्तेमाल कर रहा है। वाटर बरी पीता है,

उसे सर्दियों में ज़ुकाम हो जाता है। गुले लाला बेहद मोटा बिल्ला है। सूसन और चाँदी का दुश्मन है, जो बड़ी नाज़ुक अंदाम (दुबली-पतली) बिल्लियाँ हैं। बाक़ी बिल्लियाँ बेचारी नेक हैं। जाफ़र मियाँ (तोता) इन दिनों सुंबुल (कबूतर) के दुश्मन हो गये हैं और अपनी मुड़ी हुई चोंच नहीं देखते।

हाय! आपने अपनी तस्वीर के बारे में कितने बेदर्दाना अलफ़ाज़ लिख दिये। आप इस्मत वाली तस्वीर में किसी यूरोपियन मुल्क की लेखिका लग रही हैं।

आप क्या चलने फिरने के क़ाबिल हो गयीं? इम्तियाज़ आपकी तबियत ख़राब होने से फ़िक्रमंद रहते हैं। लेडी ज़ुल्फ़िक़ार आपको सलाम लिखने को कह गई हैं। मैं कराची आऊँ या आप तंदुरुस्त होकर लाहौर आयेंगी?

लाहौर

22 अक्तूबर 58 ई.

...अब पतझड़ का मौसम आने वाला है। पतझड़ का मौसम! ख़याल तो कीजिए, तीन दिन हुए एक बड़ा आँधी व बारिश का तूफ़ान बाराँ लाहौर को डराकर गया था। उस रात मुझे एक डिनर पर गुलमर्ग जाना था। सात बजे घर वापस आई तो बिजली ग़ायब। यासमीन आर्ट कौंसिल के एक प्ले की रिहर्सल में गई हुई थी; इम्तियाज़ रेडियो स्टेशन। मैं घबराकर बिल्लियों को ढूँढ़ने अन्दर गयी, इतने में राजा ग़ज़नफ़र अली ख़ाँ का फ़ोन आ गया, आप लोग कहाँ रह गये सब मेहमान पहुँच चुके हैं; इसी तूफ़ान में आ जाइए।

इतने में यासमीन और इम्तियाज़ आ गये। राजा ग़ज़नफ़र अली ख़ाँ के यहाँ मोमबत्तियों की रौशनियों में डिनर खाया।

न जाने इस वक़्त कौनसा परिन्दा इस तेज़ी से चहचहा रहा है कि क़लम रखकर इसकी बात सुनने पर मजबूर होना पड़ेगा। देख आई, सियाहफ़ाम दुबला पतला सा परिंदा है; नये नये परिन्दे आ रहे हैं; पुराने जा रहे हैं, कोयल 14 सितम्बर को चली गयी, आइन्दा साल आयेगी।

इस्मत में सबसे पहले 'अय्यामे गुज़िश्ता' शौक़ से पढ़ती हूँ मोहब्बत, दिली मोहब्बत, परहेज़ छोड़ देने की ताकीद, दिन में दस मर्तबा ज़ोर से हँस पड़ने की ताकीद, लाहौर लेटे-लेटे आने पर ग़ौर करने की ताकीद।

आपकी हिजाब

अगस्त 1940 ई. में अब्बाजान ने 'ज़ालिम मोहब्बत' की तारीफ़ में लिखा था, अज़ीज़ा हिजाब के अफ़सानों के कैरेक्टर एक मुस्तक़िल ख़ानदान की हैसियत इख़्तियार कर चुके हैं। दादी ज़ुबैदा, डॉक्टर गार, सर हार्ली हब्श ज़ोनाश वग़ैरह। सबसे हम इस क़दर वाबस्ता हैं जैसे अपने अजीज़ दोस्तों और रिश्तेदारों से और उनकी सवानेह हयात (जीवनी) से हमको इस क़दर गहरा ताल्लुक़ है जैसा कि कोह-ए-फ़िरोज़, कोह-ए-इल्मास, केबास, दरिया-ए-नाशपास के साहिल या जज़ीरा अब्बास के रहने वालों को हो सकता है। खुदा करे ये हज़रात रहती दुनिया तक जियें और ये जज़ीरे (टापू) और पहाड़ और दरिया (जिन्हें आप किसी ऐटलस में तलाश न कीजिएगा) इस पानी मिट्टी के किसी गोले से कभी न टकरायें।

आज 1958 ई. में न सिर्फ़ अदब (साहित्य) की दुनिया का नक़्शा बदल चुका था बल्कि उर्दू ऐटलस की नई राजनीतिक और भौगोलिक हदबंदियों की निश्चितताओं को भी दस साल से ज़्यादा हो चुके थे।

हिजाब अम्मा के नाम ख़तों में गुज़रते मौसमों के परिन्दों का ज़िक्र करती थीं। अदब में भी मौसम बदल रहे थे, पुराने परिन्द जा चुके थे, नये नये आ रहे थे।

जनवरी 59 ई. में एक दिन राइटर्स गिल्ड ऑफ़ पाकिस्तान का पहला अधिवेशन निहायत धूमधाम से फ्रेर हाल कराची में आयोजित हुआ। यह बर्तानवी युग की एक अर्धगोथक इमारत एक पुरफ़ज़ा बाग़ के बीच में स्थित थी, जिसमें म्यूज़ियम भी था और जलालुद्दीन अहमद उसमें पाकिस्तान आर्ट कौंसिल के इन्तिज़ाम में तस्वीरों की नुमाइश भी आयोजित कराते रहते थे। उसमें हमारे दोस्तों शाकिर अली और ज़ैनुल आबिदीन की नुमाइशें होती रहती

थीं। मुल्क के नौजवान फ़नकारों की नुमाइश में मेरी कुछ तस्वीरें और प्लास्टर ऑफ़ पेरिस के 'नूरअफ़शाँ' और 'फ़ेगरीन' जो मूर्तिकला के मेरे केवल दो अदद Contribution थे, सजाए गये थे। इस फ्रेर हाल में अब राइटर्ज़ गिल्ड के उद्घाटन के लिए जैसे ही फील्ड मार्शल जनरल अय्यूब ख़ाँ तशरीफ़ लाए; आली और शाहिद अहमद देहलवी तेज़ी से मेरे पास आये और कहा, 'सीढ़ी पर जाकर सिर्फ़ आप उनका स्वागत कीजिए।' चुनांचे किया।

जनरल अय्यूब जो हाज़िर मामू के यहाँ देहरादून एलेक्ज़ेन्डरा पैलेस आया करते थे, एक शानदार हैंडसम शख़्स थे। आँखों में नरमी की झलक; तस्वीरें खींचीं, 'लैलो नहार' में शायद वह तस्वीरें छपें उसे देखकर बाद में बन्ने भाई ने दिल्ली से लिखा, तुम्हारी तस्वीरें जनरल अय्यूब के साथ देखीं बहुत ताज्जुब हुआ। जनरल अय्यूब अन्दर गये, ऊपरी मंज़िल के हाल में स्टेज पर चंद मिनट बैठे, फिर वापस चले गये। उनके जाने के बाद सबने रिलेक्स करके जलसे की कार्रवाई शुरू की। क़ुदरतुल्लाह शहाब ने ख़ुतबा-ए-सदारत (अध्यक्षता का अभिभाषण) पढ़ा। जमीलुद्दीन आली गिल्ड के सेक्रेटरी बने आदि इत्यादि।

अधिवेशन के बाद लोगबाग टुकड़ियों में बँट कर गपशप करने लगे। राइटर्ज़ गिल्ड का वुजूद ज़्यादातर दोस्तों के लिए एक तफ़रीह थी, इस ख़ुशबाश रवैये के लिए अंग्रेज़ी में कहा जाता है : "It's a lark" बरामदे के एक दर में कमाँडर अस्करी (पुत्र सईद) पुत्र मैजर इब्नुल हसन और अलताफ़ गौहर के छोटे भाई तजम्मुल हुसैन बातें कर रहे थे। एक दाढ़ी वाले बुज़ुर्ग, जिनाह कैप और शेरवानी पहने बेचारे क़रीब आकर खड़े हो गये और ग़ौर से हमारी चंडूख़ाने की गुफ़्तगू सुनने लगे। उनके कुछ पल्ले न पड़ा और चंद मिनट बाद आगे चले गये। मैंने अस्करी से पूछा, 'ये कौन साहब थे?' अस्करी ने कहा, 'जसूस।'

तमाम अदीबों और शाइरों के जाने के बाद हाल में सिर्फ़ हम लोगों का गिरोह रह गया तो हम सब ने जमीलुद्दीन आली के लिए जो गिल्ड के रूहे-रवाँ थे, 'फ़ॉर ही इज़ हे जौली गुड फ़ेलो' अलापा। एजाज़ हसैन बटालवी, तजम्मुल हुसैन, पुत्र कमान्डर अस्करी और पूर्वी पाकिस्तान की रोज़ी (बेगम यूसुफ़ जमाल मोहम्मद हुसैन) ने कई गाने 'तू चुन्नी ले सुर्मई कुड़िये' गाये।

रोज़ी एक भड़कते शोले की तरह बंगाली एंटेलेक्चुअल ख़ातून थीं। अमेरिका की तालीमयाफ़्ता और कराची यूनिवर्सिटी में अंग्रेज़ी पढ़ाती थीं, कट्टर पाकिस्तानी नेशनलिस्ट थीं।

गिल्ड की स्थापना से बहरहाल मुल्क की अदबी ज़िन्दगी में अचानक बड़ी चहल पहल हो गयी। रिसाला 'हमक़लम' का लोकार्पण हुआ, कृष्णचंद्र ने बम्बई से आली को ख़त लिखा कि हिन्दुस्तान में भी इसी तरह का संस्थान साहित्यकारों के वेलफ़ेयर के लिए स्थापित होना चाहिए।

कुछ महीने बाद लाहौर में गिल्ड की एक मीटिंग के बाद मैं ख़दीजा मस्तूर और हाजरा मसरूर के साथ हाल से निकल रही थी, जब एक मशहूर ड्रामानिगार हमारी तरफ़ आये और कहा, मैंने एक फ़िल्म की कहानी लिखी है, कल उस फ़िल्म का प्रेस शो है। सुबह ग्यारह बजे फ़ुलाँ सिनेमा हाल में आप तीनों ज़रूर तशरीफ़ लाइए बतौर मेहमाने ख़ुसूसी (विशेष अतिथि के तौर)।

दूसरे दिन सुबह पौने ग्यारह बजे भाईजान, आपा हम्मन की लम्बी सी कार से हम तीनों सिनेमा हाउस पहुँचे। फ़िल्म के लेखक और उनके चंद फ़िल्मी साथियों ने हमारा स्वागत किया। बहुत आवभगत के साथ ऊपर ले गये। हम तीनों बड़ी शान से चलते ऊपर बालकनी में पहुँचे। लेखक हम लोगों को वहाँ बिठालकर नीचे चले गये। उन बेचारे की लिखी हुई कहानी माक़ूल रही होगी मगर उस पर बनी फ़िल्म बहुत ही बेकार निकली। शायद महमूद ग़ज़नवी वाला अयाज़ हाथी पर बैठा मुस्तक़िल गा रहा था। हीरोइन ने बाटा के सैण्डिल पहन रखे थे, वग़ैरह-वग़ैरह। हम लोगों ने बेतकल्लुफ़ी से इस फ़िल्म पर विचार विमर्श शुरू किये और बे इख़्तियार बेहद हँसे।

अचानक अगली पंक्ति में बैठी एक मोटी ताज़ी ख़ातून ने पलट कर डाँटा, 'ख़ामोश रहिए।'

मैंने कहा, 'सॉरी' और चुप साध ली लेकिन फ़िल्म इतनी तबाहकुन थी कि ख़ामोश और संजीदा रहना असम्भव था। कुछ मिनटों बाद उन ख़ातून ने डपटकर कहा 'क्यों जी? मैंने लाखों रुपया ख़र्च करके यह पिक्चर बनाई है,

और आप इसकी खिल्ली उड़ा रही हैं, इसकी बदतारीफ़ी कर रही हैं, कौन हैं आपलोग?'

'जी? हम...? ...हम...' हाजरा नर्वस हो गयी।

'सारा प्रेस यहाँ आया बैठा है, आपकी बातें सुनकर उस पर क्या असर होगा? कैसा रिव्यू लिखेगा वह? मेरे चार लाख रुपये ख़र्च हुए हैं। मेरी फ़िल्म डुबोने के लिए आई हैं आप लोग? किसने भेजा है आपको; चली जायें यहाँ से।'

जी...? हाजरा ने भौंचक्की होकर पूछा।

'हाँ जी ...मैंने कहा आपलोग अभी चली जायें बाहर फ़ौरन।'

'शायद यह हमें पहचानी नहीं अँधेरे में। बता दें? ख़दीजा ने चुपके से कहा।

'अब तो हरगिज़ मत बताओ' मैंने जवाब दिया।

'आप लोग जाएँ।' उस देवनी ने दोबारा डाँटा।

'बहुत अच्छा! चले जायेंगे।' हाजरा ने गम्भीरता से जवाब दिया। हम लोग चोरों की तरह चुपके से उठकर पिछले दरवाज़े से निकले। बाहर तेज़ धूप फैली हुई थी; बाहर की सीढ़ियों से नीचे आकर ताँगा किया, ताँगा सिनेमा हाउस के सामने से गुज़रा, मैंने हाजरा, ख़दीजा से कहा, बीबियों इबरत पकड़ो, सिर्फ़ घण्टा भर पहले हम लोग किस शान शौकत से इसी दरवाज़े पर आकर उतरे थे और क्या हमारा स्वागत हुआ था और अब चोरों की तरह पिछले दरवाज़े से निकाले गये; ज़िन्दगी में पल का भरोसा नहीं।'

ताँगा हाजरा के घर की तरफ़ रवाना हुआ; मैंने कहा, 'फ़र्ज़ करो यह ख़बर कल प्रेस में आ गयी। हाजरा मसरूर, ख़दीजा मसतूर क़ुर्रतुल एन हैदर, ग़ुण्डागर्दी की वजह से सिनेमाहाल से निकाल दी गयीं।'

'अब क्या करें?' हाजरा ने कहा।

'हम लोगों को वाकई इतना नहीं हँसना चाहिए था, मगर मजबूरन हँसे। उस शरीफ़ आदमी को भी बड़ा अफ़सोस होगा, बुरा भी मानेंगे। आख़िर स्क्रिप्ट

तो उनका ही था। हमको इस नुक्ते का ख़याल ही न रहा। मगर वह लेडी प्रोड्यूसर बेहद चपड़क़न्नात निकली।' मैंने कहा।

घर पहुँचते ही हाजरा ने अपने मियाँ अहमद अली ख़ान, एडिटर पाकिस्तान टाइम्स को फ़ोन किया। फिर मैंने अहमद अली ख़ान से कहा, 'इससे पहले कि यह ख़बर प्रेस पहुँच जाए, आप ख़ुद ही छाप दीजिए, मुनासिब अलफ़ाज़ में।'

'आप पर इस वाक़िए का क्या रिएक्शन हुआ है?' अहमद अली ख़ान ने पूछा।

'हमें तो बेहद हँसी आ रही है।' मैंने कहा।

'बस यही रिएक्शन अख़बार पढ़ने वालों का होगा। उन्हें भी बेहद हँसी आयेगी। मेरे ख़याल में इस मामले को इग्नोर कीजिए।'

'अच्छा, इग्नोर कर देंगे।' हाजरा ने कहा।

कराची वापस आने के बाद मैंने सुना कि प्रोड्यूसर ख़ातून ने हाजरा के घर जाकर बहुत मअज़रत (क्षमा) चाही और कहा, 'आये हाय, बहन मुझे क्या मालूम था कि आप लोग हैं, पहले कभी आपको देखा नहीं था, मैंने अँधेरे में जाना कॉलेज की लड़कियाँ रोला पा रही हैं।'

अज़ीज़ अहमद, लेखक 'गुरेज़' स्वदेश छोड़कर लंदन जा चुके थे। लाहौर से वापस आकर जिस दिन दफ़्तर में पहुँची, लंच से ज़रा पहले विभाग के नये मुखिया ग़ौस साहब ने मुझसे कहा, 'लास एंजलेस यूनिवर्सिटी में फ़िल्म निर्माण की तीन वर्षीय ट्रेनिंग की एक बहुत उम्दा स्कॉलरशिप आई है। फ़ुलाँ साहब इसके लिये चयन करेंगे। आपको यह स्कॉलरशिप ज़रूर मिलनी चाहिए; फ़ौरन उनसे मिल आइए, मैं भी उन्हें फ़ोन करता हूँ।'

मैं तुरन्त अपने कमरे में गयी। अनवर क़ुरैशी, नासिर शमसी और मिस टी को सूचित किया। 'बस अब मैं अमेरिका जा रही हूँ, ख़ुदा हाफ़िज़ और अपनी मेज़ पर से बैग उठाकर सरपट भागी, नज़दीक के एक पार्क में उन साहब का दफ़्तर था, वह एक बुज़ुर्ग और नामवर हस्ती थे और अब्बाजान से मुलाक़ात

रह चुकी थी। उस समय वह अपने दफ़्तर में सोफ़े पर बैठे लंच खा रहे थे। मैंने अन्दर जाकर बशाशत से कहा, 'अस्सलाम अलैकुम!"

'व अलैकुम अस्सलाम!' बेटी, आओ बैठो, बिसमिल्लाह करो एक रकाबी मेरे सामने रखी, 'अभी तुम्हारे अफ़सर-ए-आला (उच्चाधिकारी) का फ़ोन आया था, तुमको पाकिस्तान की देहाती ज़िन्दगी का कोई तजुर्बा है?'

'बिल्कुल नहीं।' मैंने जवाब दिया, 'लेकिन देहात में घूमने को अगर तजुर्बा कहा जा सकता है, वह अलबत्ता काफ़ी है।'

'हूँ' वह किस तरह डॉटर?'

'कई महीने बंगाल और पंजाब और सिन्ध के गाँवों में घूमकर दो-तीन डॉक्युमेंट्री फ़िल्में बनाई हैं और कृषि सुधार वाली फ़िल्म को बर्लिन के डॉक्युमेंट्री फ़िल्म फ़ेस्टिवल में अभी एक इनाम भी मिला है।'

'हूँ, लो बेटी मूली के पराठे खाओ क़ीमे के साथ, अच्छा मगर तुम्हें पंजाब की देहाती ज़िन्दगी का कोई तजुर्बा नहीं है।'

पंजाब की देहाती ज़िन्दगी के लिए किसी ख़ास क़िस्म का कैमरा और तकनीक इस्तेमाल की जाती है? अचानक लंदन के इंटरव्यू वाले गुलमोहम्मद ख़ाँ का चेहरा, मेरी नज़रों में घूम गया।

कहने लगे, 'दरअस्ल हमें ऐसा शख़्स चाहिए, जो पंजाब की कृषि सम्बंधी ज़िन्दगी से बख़ूबी वाक़िफ़ हो।'

मैंने कहा, जी बहुत अच्छा। मूली का पराठा नोश करके, कुछ इधर-उधर की बातें करने के बाद, अपने दफ़्तर वापस। नासिर शमसी, अबू और मिस टी. लंच खाकर, प्रेस क्लब से अभी नहीं लौटे थे।

उस वक़्त बुक़रात का आगमन हुआ, दरयाफ़्त फ़रमाया, 'आप बहुत गुस्से में मालूम हो रही हैं, क्या हुआ?'

मैंने गुज़रा वाक़ेआ बताया।

बोले, 'आपने यह क्यों कहा कि देहाती ज़िन्दगी का कोई तजुर्बा नहीं है। जब नहीं है तो ख्वाह-मख़्वाह कह देती?'

'लेकिन बर्कले जाकर, सिनेमाटोग्राफ़ी में एम.ए. करने के लिए, हल चलाने के तजु़र्बे की शर्त, मेरी समझ में नहीं आ रही है।' बुक़रात ने पाइप सुलगाते हुए इरशाद किया।

'छड्डो जी मिट्टी पाओ।' मैंने उकता कर कहा।

'यहाँ राजदूतावास के कुछ अहम अमेरिकन आपके इतने गहरे दोस्त हैं, उनसे क्यों नहीं कहतीं कि आपको कोई बढ़िया स्कॉलरशिप दिलवा दें।'

'मैं अपने लिए किसी से नहीं कहती कि मेरे लिए यह कर दो, वह कर दो, इसके अलावा ये अमेरिकन मेरे निजी दोस्त हैं, मैंने किसी स्कॉलरशिप की ख़ातिर उनसे दोस्ती नहीं गाँठी। आप भी क्या कमाल की बातें करने लगे हैं।' अब मुझे और बेहद ग़ुस्सा आ गया।

बुक़रात पाइप का धुआँ उड़ाकर, खिड़की से बाहर देखते रहे। फिर फ़रमाया, 'अर्ज़ करने आया था कि मैं और बेगम साहिबा अगले महीने कनाडा जा रहे हैं, हमेशा के लिए।' इस सबकाँटिनेंट में से, उन्होंने अचानक कुर्सी पर से उठते हुए कहा, 'ब्रेन ड्रेन इस तरह हो रहा है और होता रहेगा।' यह इत्तिला देकर बुक़रात छलावे की तरह ग़ायब हो गये।

एजाज़ बटालवी लाहौर से आए हुए थे। एक सुबह नक़्क़ाद (आलोचक) मुमताज़ हुसैन, आली और कमान्डर अस्करी दफ़्तर में आये, एजाज़ ने तुरन्त कहा :

'हम समझते थे कि कमबख़्त वह सुर्ख़ा होगा

हैफ़ सद हैफ़ कि मुमताज़ तिलयर निकला'

मुमताज़ हुसैन ने फ़ौरन जवाब दिया, 'था बटाले का यह एजाज़ यह तिलयर निकला।'

कुछ देर बाद माकी क़ुरैशी आ गई, उसने क़रीब आकर ख़ुसर-फ़ुसर के लहजे में, निहायत संजीदगी से कहा, 'मैंने सुना है, कोलन विलसन पक्का फ़्राड है।'

इब्ने इंशा का फ़ोन आया, 'सुना है, आपको डॉक्युमेंट्री फिल्म्ज़ बनाने की शिक्षा का स्कॉलरशिप मिलने वाला है।'

'ग़लत सुना है।' मैंने जवाब दिया। उससे आगे मुझे मालूम हुआ है कि इस वज़ीफ़े का ताल्लुक़ कृषि विभाग से है और इसका हेड क्वार्टर लालामूसा में है; मैं क्या जाकर लालामूसा में रहूँगी?'

कुछ समय बाद पंजाब में ज़बर्दस्त सैलाब आया; लालामूसा उसकी चपेट में आ गया। इब्ने इंशा ने फ़ौरन टेलीफ़ोन किया, 'अब आपको लालामूसा नहीं जाना पड़ेगा।'

'हमें कहीं नहीं जाना पड़ेगा।' मैंने जवाब दिया क्योंकि वह स्कॉलरशिप एक और साहब को दे दिया गया है, जिनका फ़िल्मसाज़ी से कोई ताल्लुक़ नहीं है। हैरत की बात नहीं, इस उपमहाद्वीप में यही सब चलता है।'

'इसी वजह से तो हम चाँद नगर की बातें करते हैं।' इंशा जी ने जवाब दिया, जो एक इन्तिहाई भले इंसान थे।

सुबह दस बजे अच्छो का जहाज़ बन्दरगाह से आकर लगा। मैं और नश्शो उसके इन्तिज़ार में छतरियाँ लगाकर खड़े थे। कुछ देर बाद गोगल्ज़ पहने दो स्मार्ट औरतें सीढ़ी उतरती नज़र आईं। उनमें से एक ने माथे पर सुर्ख़ बिन्दी लगा रखी थी।

अच्छो ने बिन्दी वाली हिन्दुस्तानी लड़की से मिलवाया। वह शिकागो यूनिवर्सिटी में उसकी क्लासफ़ेलो रह चुकी थी और कुछ ही घंटे बाद, उसी जहाज़ से बम्बई जाने वाली थी। उसने ज़रा ख़ौफ़ज़दा नज़रों से मुझे और नश्शो को देखा; उसकी बढ़िया साड़ी, बेहतरीन मेकअप और हेयर स्टाइल पर हमने नज़र डाली। आपा अज़रा के घर के रास्ते में हिन्दू लड़की ने मुझसे

कहा, 'अमेरिका में ख़ालिदा अक्सर अपनी कज़ंस का ग्रामोफ़ोन बजाती रहती थीं। वह सब ऐसी हैं, वैसी हैं, बिल्कुल अनोखी हस्तियाँ।' और अब ज्यों-ज्यों जहाज़ कराची के नज़दीक पहुँच रहा था, यह मुझे और ज़्यादा नर्वस कर रही थीं कि मेरी कज़ंस बड़ी ज़बर्दस्त स्नोब हैं और ताज़ातरीन फ़ैशन और स्टाइल में अद्वितीय। अपनी बेहतरीन हालत में उनसे मिलना, वर्ना वह तुमसे बात भी नहीं करेंगी। लिहाज़ा सुबह से मैं जहाज़ के ब्युटीपार्लर में घुसी हुई थी, मगर तुम लोग तो बिल्कुल स्नोब नहीं हो।

गुड ओल्ड अच्छो, चन्डूख़ाने की एक मैनेजर बख़ैरो-ख़ूबी घर लौट आई थी; अमेरिका उसका भी कुछ न बिगाड़ सका।

आपा अज़रा के यहाँ लंच के बाद नश्शो ने घड़ी देखी और माकी क़ुरैशी को फ़ोन किया, जो हमारे साथ कोट डेजी जा रही थी। माकी सर मोर्टी मर्धेलर के साथ भी खुदाई कर चुकी थी।

'मेरी कज़ंस ज़बर्दस्त आर्कियोलोजिस्ट भी हैं।' अच्छो ने हिन्दुस्तानी लड़की को रौब से मुत्तला (सूचित) किया। हम लोगों ने उस बेचारी को, जो अब ख़ासी Bewildered लग रही थी, ख़ुदा हाफिज़ कहा। मैंने उसे समझाया कि मुझे आर्कियोलोजी में दिलचस्पी है, और कोई बात नहीं। नश्शो जर्नलिस्ट हैं और हम दोनों को कोट डेजी बुलाया गया है। बाहर आकर नश्शो ने कार स्टार्ट की और माकी को उसके घर से लेते हुए, शहर के बाहर का रुख़ किया।

हैदराबाद के रास्ते में एक मैदान में कैम्प लगा थाः तेज़ धूप पड़ रही थी, एक ख़ेमे में इटालियन आर्कियोलोजिस्ट ठंडी बियर पीने में मसरूफ़ थे। मोहन, जो डारो से पूर्व की, पौने छह हज़ार साल पुरानी 'कोट डेजी कल्चर' की खुदाई जारी थी। कुछ ढाँचे एक ख़ेमे में रखे थे और एक हाँडी में मोहरें।

'सुमेर और इराक़ से, जो जहाज़ इधर आते थे शायद उसके मुसाफ़िर साहिल पर उतर कर सीधे इस तरफ़ आते होंगे।' एक इटालियन ने एक सिक्के की मिट्टी झाड़ते हुए कहा।

क्या पता ये सिक्के उन ख़शो ख़ुर्रम लड़कियों के हों, जो एक रौशन सुबह उरूक़ से जहाज़ पर यहाँ पहुँचीं। या बिन्त अल जबल, या बिन्त-अल-जबल।

कराची में गार्डन रोड, जो गाँधी गार्डन की तरफ़ जाती थी (जिसका नाम बदला नहीं गया था), एक विशाल ज़मीन के टुकड़े पर कुछ समय पूर्व कई दर्जन दो मंज़िला मकान केंद्रीय सरकार के अफ़सरों के लिए बनाये गये थे। सितम्बर 59 ई. में वहाँ एक ग्राउंड फ़्लोर फ़्लैट में इंटेलिजेंस स्कूल से हम लोग शिफ़्ट हुए।

स्क्वैड्रन लीडर डॉक्टर नूरअफ़शाँ इमाम, कंट्री हाउस मारीपुर से ट्राँस्फ़र होकर, कराची के दूसरे एयरफ़ोर्स स्टेशन पर चली गयीं, जो कोरंगी क्रेम नामी दूरदराज़ तट पर स्थित था। उनके कोरंगी जाने के बाद, फूफी अप्पी की बड़ी लड़की फ़्लाइट लेफ़्टिनेंट डॉक्टर फ़हमीदा ज़ैदी रावलपिण्डी से स्थानांतरित होकर, मारीपुर इसी मकान में आ गई। यह वही फ़हमीदा थी, जो बैकट हाउस अलमोड़ा की नर्सरी में लम्बा सफ़ेद फ़्राक पहने, अच्छो के साथ खेला करती थी। कुनबे की तीसरी फ़ौजी अफ़सर ख़ातून आपा सुलताना, आर्मी मेडिकल कोर में मैजर और लाहौर छावनी में तैनात थीं।

ख़ानदान के तमाम सिविलियन और फ़ौजी लोग, अब आलीशान और ख़ूबसूरत कोठियाँ बनवाने में मसरूफ़ थे या कब की बनवा चुके थे। मेरा नज़रिया इस सिलसिले में हस्बेमामूल Ambivalence बेनियाज़ी और बेपरवाही पर आधारित था। मकान बनवाने की क्या ज़रूरत है; फ़ुज़ूँखेज़ (जादू जगाते) आशियाने का क्या हुआ या मीर क़ायम अली और 'नज़्र बाजी' की मुरादाबाद और गुरदासपुर वाली शानदार कोठियाँ कहाँ गयीं।

'47 ई. एक बहुत बड़ी ऐतिहासिक घटना थी, जो लाखों को पेश आई। इसका यह मतलब नहीं कि इंसान हमेशा के लिए बेघर हो जाए।' रिश्तेदारों ने समझाया।

लेकिन मौलाना आज़ाद की बात से बहुत पहले ज़हन में एक धुँधला सा ख़याल मौजूद था। बस बहुत जल्द कहीं और हिन्दुस्तान, इंग्लिस्तान, फ़्रांस, कहीं

भी लेकिन अम्मा की लगातार बीमारी की वजह से ऐसा करना बहुत मुश्किल मालूम होता था। दिन गुज़रते जा रहे थे और चारों तरफ़ मकान बन रहे थे।

अम्मा के एक नौजवान मुरादाबादी रिश्तेदार, सैयद आले हैदर उर्फ़ बन्नू मियाँ पोस्ट एण्ड टेलीग्राफ़ डिपार्टमेंट के एक उच्च अधिकारी थे। पहले आसिम के यहाँ, आपा राज़िया के नाज़िमाबाद वाले मकान में रहते थे। शादी के बाद, लड्डन मामू मरहूम की कोठी नाज़िमाबाद के एक हिस्से में शिफ़्ट हो गये थे। वह भी अपनी कोठी बनवा रहे थे।

एक दिन बन्नू ने मुझसे कहा, 'ज़मीनों की क़ीमतें तेज़ी से बढ़ रही हैं और पी.एंड टी. कालोनी में सरकारी अफ़सरों को पाँच-पाँच सौ गज़ के प्लाट दिये जा रहे हैं। बहुत जल्द वह एरिया शहर के सबसे ज़्यादा महँगे रिहायशी इलाक़ों में तब्दील हो जाएगा। वहाँ ज़मीन सोने के भाव मिलेगी। तुम तो यह सब करोगी नहीं, मैंने तुम्हारी तरफ़ से ज़मीन लेकर फ़ार्म भर दिया है, बस सिर्फ़ दस्तख़त करके पहली क़िस्त अदा कर दो।'

मैंने उकता कर कहा, 'काग़ज़ लाइए, दस्तख़त किये और रुपये की क़िस्त दाख़िल करवा दी। उसके बाद नं. 41, डी. गार्डन रोड शिफ़्ट होने के एक हफ़्ते के अन्दर-अन्दर बेचारे आले हैदर ने अपने महकमे के कर्मचारी भेज कर टेलीफ़ोन लगवा दिया, जो अम्मा के कमरे में उनके सिरहाने रखा गया।

निहायत ख़ूबसूरत और खुला-खुला फ़्लैट था। अम्मा के सिरहाने लम्बे दरीचे के बाहर पिछवाड़े के बड़े ज़मीन के टुकड़े पर शरीफ़े और आम के दरख़्त लगे थे, जिन पर सुबह ही सुबह बेशुमार चिड़ियाँ चहचहाती थीं। अम्मा सुबह उठकर चाय पीने के बाद, सबसे पहले अपनी बहू को फ़ोन करतीं और उनसे मुलाज़िमों की समस्याओं और सोशल और ख़ानदानी गोसिप पर विचार विमर्श होता।

'दुल्हन, हाँ, जीती रहो, गोश्त वाला आ गया? क़ीमा मत लेना, कल यहाँ भी क़ीमा ख़राब आया था। अच्छा सुनो, ख़ैरदीन को निकाल बाहर करो। कारे न मअसले, दिन भर अवाई-तवाई फिरता है। हाँ, हाँ मैं उनके कोतक भी

देख चुकी हूँ। अच्छा? हाँ, वह साहबज़ादी? जी हाँ, मालूम है, कह रही थीं, सुबह से धाड़े टोटते रहे। फिर बड़ी भावज के यहाँ धरना देकर बैठ रहीं, सास से झोड़ हो गयी। साहबज़ादे कहीं अलग भूबल जोत रहे हैं। शाम को यहाँ आईं, छुद्दा उतारने, नई नाइन बाँसी का नहना। ख़ैर वह, हाँ, बच्चा क्या कर रहा है? बच्चे स्कूल गये? हाँ, दर्ज़ी मेरे दो ख़लते सीकर दे गया है, उसी को तुम्हारे यहाँ भेज दूँगी। अच्छा ज़रा बच्चे को बुलाओ फ़ोन पर।'

भाभी और भाई से विस्तृत विचार विमर्श के बाद, ख़ानसामाँ को बुलाकर, खाने के मुताल्लिक़ अहकामात (आज्ञाएँ) देतीं। दूसरे रिश्तेदारों और दोस्तों के फ़ोन आते और उनसे लम्बी गुफ़्तगू रहती। ग्यारह बजे माली आ जाता और उसे बाग़ीचे के पौधों के मुताल्लिक़ निर्देश देतीं।

'शम्सुद्दीन' माली ज़िला आज़मगढ़ के मुहाजिर थे। ग़ाज़ीपुर के 'सरदार अब्दुल' और चपरासी जमना पाण्डे, महाराज के हमशक्ल, इन्हीं उत्तम गुणों के स्वामी थे। फुलवारी में काम ख़त्म करने के बाद, वह सिर पर से अंगोछे की छोटी सी पगड़ी उतार कर, बरामदे के चमकीले ज़र्द टाइलों वाले फ़र्श पर उकड़ूँ बैठ जाते और अहमदशाह ख़ानसामाँ को क़िस्सिसुल-अंबिया (एक पुस्तक का नाम) से फ़ैज़याब (लाभान्वित) करते। 'फिर-औन की बीबी उनसे कहिन। ए का पागल हुए हो, मूसा का हम पाले हैं, उनका टेढ़ी आँख से देखिहो, अल्लाताला का कहर टुटि है। फिर हजरत मूसा, जो रहिन ओ बीच समुन्दर के अपना असा (डन्डा) फेंक दिहिन, खटाक देनी से।'

सुर्मई मलेशिया की शलवार कमीज़ पहने, सुर्ख़ो सफ़ेद सरहदी अहमद शाह सिर हिला-हिलाकर बड़ी श्रद्धा से क़िस्सा सुनते जाते और सब्ज़ी काटने में मसरूफ़ रहते। पश्चिमी समाजशास्त्रियों के लिए यह दृश्य एक सोचने का पल मुहैया कर सकता था कि साढ़े तीन हज़ार वर्ष पुरानी इबरानी इस्लामी कहानियों को इंडक सोसायटी का एक अनपढ़ इंसान, पश्चिमी एशियाई कल्चर पैटर्न से संबद्ध सूबा-ए-सरहद के एक अनपढ़ इंसान को सुनाता था और दोनों इन क़िस्सों और इनकी तलमीहात (इशारों) से वाक़िफ़ थे। क्या ये बड़े खुशनसीब लोग थे कि ईमान-ए-कामिल रखते थे और क्या यह ईमान ग़रीबों की अफ़ीम था।

इस सवाल पर इस उपमहाद्वीप के विद्वान बहुत समय से गर्मागर्म बहसें कर रहे थे और कल्चर की समस्याएँ और इंसानियत का भविष्य।

'सोशलिस्ट ह्यूमनिज़्म।' डॉक्टर मुल्कराज आनन्द ने कहना शुरू किया।

कम्यूनिज़्म से तो हम वाक़िफ़ हैं मगर यह सोशलिस्ट ह्यूमनिज़्म क्या चीज़ है। बन्ने भाई ने नरमी से कहा। दूसरे कोने में अनवर जमाल क़िदवाई और डॉक्टर हुसैन ज़हीर मसरूफ़-ए-गुफ़्तगू थे। कृष्णचंद्र और सलमा सिद्दीक़ी, हबीब तनवीर और बलवन्त, गार्गी से बातें कर रहे थे। वहीं लाहौर और कराची के आक़िलों (बुद्धिजीवियों) की महफ़िल जैसी एक और महफ़िल मेज़बान (अतिथेय) प्रकाश नैयर स्याह चश्मा लगाए रहस्यमय सा, एक कोने में बैठा सबको देख रहा था। और मैं प्रकाश नैयर समेत उन सबको देख रही थी।

31 दिसम्बर 59 ई. की शाम, अशोक होटल नई दिल्ली में प्रकाश नैयर के स्वीट से सिटिंग रूम में मुल्कराज आनन्द से लंदन के बाद, आज मुलाक़ात हुई थी। बन्ने भाई पाकिस्तान से वापस आ चुके थे और आसिफ़ अली रोड पर कम्युनिस्ट पार्टी के कम्यून में रहते थे। जमाल क़िदवाई पश्चिमी जर्मनी से वापस आये थे, जहाँ उनका लंदन के बाद तबादला हुआ था।

प्रकाश नैयर इन सबको अक्सर इकट्ठा करता रहता था और बेइंतिहा ख़ातिर मुदारात करता था। वह एक रहस्यमय व्यक्ति था, जो लोहे का कारोबार करता था और अशोका और बम्बई के ताज में अपने सुइट मुस्तक़िल रिज़र्व रखता था और बड़े ठाट बाट से रहता था। फिर उसके कारोबार में घाटा होता तो अचानक दृश्य से ग़ायब हो जाता था और इत्तिला मिलती कि अपने बीवी बच्चों के साथ कलकत्ते में फ़ाक़े कर रहा है। कुछ अर्से बाद फिर कोई लम्बा हाथ मारता और अशोका में नमूदार (प्रकट) हो जाता, उर्दू परस्त था। उर्दू अदीबों और शाइरों की दावतें करना और उनको बढ़िया शराबें पिलाना, उसकी ज़िन्दगी की सबसे बड़ी ख़ुशी। वह ख़ुद उन महफ़िलों में एक कोने में सियाह चश्मा लगाये चुपचाप बैठा रहता था।

मैं दफ़्तर की एक महीने की छुट्टियों में शकुन्तला और जमाल के यहाँ दिल्ली आयी हुई थी। तीसरे प्रहर (शाम) को हम लोग धूप में बैठते थे। मृदुला

साराभाई और सुभद्रा जोशी, अनीस बाजी, किशवर और शकुन्तला से मिलने चाणक्यपुरी आ जाती थीं, जो मृदुला साराभाई हमारे साथ दिसम्बर 47 ई. सरकारी डेकोटा पर लाहौर गयी थीं। जमाल की बड़ी बहन, बेगम अनीस क़िदवाई मिम्बर राज्यसभा विंडसर पैलेस में रहती थीं।

'वर्ल्ड एग्रीकल्चरल फ़ेयर में' शकुन्तला ने एक दिन कहा, 'अंडमान का पवेलियन बिल्कुल उसी स्टाइल का बना है, जैसा हमारा बंगला था। उसके अन्दर हमारे बंगले की तस्वीर भी मौजूद है। उसमें अब कोई सरकारी दफ़्तर या कॉटेज इंडस्ट्रीज़ का मुख्यालय है। बहुत नॉस्टेलजिया हुआ, तुम भी देख आओ।'

कृषि प्रदर्शनी के मैदान में अंडमान व निकोबार का पवेलियन दक्षिण एशियाई शैली का बंगला खम्भों पर स्थित था। अन्दर दूसरी तस्वीरों के साथ 'बड़ा बंगला' की तस्वीर भी आवेज़ाँ थी क्योंकि आज़ादी के बाद उसे एक दफ़्तर में स्थानांतरित कर दिया गया था और उस दफ़्तर से सम्बंधित चीज़ें, इस पवेलियन में मौजूद थीं। उस बड़े 'बड़े बंगले' में 1930 ई. में हरदोई से आकर अब्बाजान ने असिस्टेंट रेवेन्यु कमिश्नर अंडमान निकोबार द्वीप समूह की हैसियत से, शकुन्तला के पिता सरदार बलवंत सिंह जसपाल से चार्ज लिया था, जो अब्बाजान की जगह हरदोई चले गये थे; या बिंत-अल-जबल!

अलीगढ़ में जर्रार भाई (जिनको मैं क़ानून के व्यवसाय का विनोबा भावे कहती थी) और आपा ज़हरा की बच्ची हुमा उर्फ़ बचन कथक सीखने में मसरूफ़ थी। आपा ज़हरा के वालिद चचा नसीर मरहूम की कोठी ख़्याबान, अब्बाजान के 'आशियाना' देहरादून की तरह छोड़ी हुई जायदाद क़रार पाई जा चुकी थी और आशियाना की तरह, उसमें भी पंजाबी शरणार्थी बस गये थे। 'उन दोनों भाइयों ने कितने अरमानों से ये कोठियाँ बनवाई थीं और उनमें कितना कम रहना नसीब हुआ।' आपा ज़हरा ने कहा, 'मैं पिछले साल मसूरी जाते हुए आशियाना देखने गयी थी, ख़ूब रोई।'

'उर्दू शाइरी की बाग़ से मुताल्लिक़ सारी शब्द योजनाएँ ही मनहूस हैं, ...आशियाना बिजलियों की ज़द में रहता है, ख़्याबान पर ख़ज़ाँ (पतझड़) छा

जाती है, लोगबाग हुबाबे लबे जू (नदी किनारे के बुलबुले की तरह) सैरे चमन देखते हैं।'

रशीद अहमद सिद्दीक़ी के यहाँ डॉक्टर ज़ाकिर हुसैन तशरीफ़ लाए हुए थे, जो उन दिनों शायद बिहार के गवर्नर थे। सलमा भी उन दिनों अलीगढ़ में थीं।

अब्दुल्लाह लॉज के बरामदे में बूढ़े शैख़ मोहम्मद अब्दुल्लाह बीमार और कमज़ोर धूप में लेटे हुए थे। सुनने में फ़र्क़ आ गया था, उनकी लम्बी और दरख़्शंदा जिंदगी का यह आख़िरी दौर था। उन्होंने बहुत सी किताबें सिरहाने से उठाकर मुझे इनायत कीं, मैंने ज़रा हिचकिचाकर मुमताज़ आपा को देखा। मुमताज़ आपा ने मुलायमियत से उन्हें समझाया, 'पापा ये हवाई जहाज़ से इतना वज़न नहीं ले जा सकतीं। शैख़ साहब ज़रा मायूस नज़र आये, मुझे बेहद दुःख हुआ। फिर उन्होंने काँपते हाथों से दो और किताबें उठायीं, जो उनकी रचनाएँ थीं।' सवानेह उम्री अब्दुल्लाह बेगम और ख़ातिम-उल-अंबिया किताबें मुझे थमा कर कहा, 'अपनी अम्मा को दे देना।'

जनाब बेगम साहेबा, तस्लीम!

इस एक माह के अर्से में हमको 'ख़ातून' के दो तीन पर्चे तैयार करने हैं क्योंकि हमारा मक़सद है कि 'ख़ातून अब वक़्त पर निकला करे। इसलिए आपके पास लिखते हैं कि आप कोई उम्दा और बड़ा मज़मून भेजकर इस काम में हमारी मदद फ़रमाएँ। आपकी आँखों का लिहाज़ करते हुए, यह तकलीफ़ नाज़ेबा (अनुपयुक्त) है लेकिन मुझे उम्मीद है तकलीफ़देही को आप मुआफ़ फ़रमायेंगी।

फ़क़त नियाज़मन्द	17 मई 1907 ई.
शैख़ मोहम्मद अब्दुल्लाह	बख़िदमत, बिंत-ए-नज़रुल वाकर
एडिटर 'ख़ातून', अलीगढ़	नौशहरा छावनी

'उस वक़्त क़ौम के बुज़ुर्गों में मौलवी सैयद करामत हुसैन, प्रोफ़ेसर अलीगढ़ कॉलेज, जस्टिस सैयद अमीर अली और बदरुद्दीन तैयबजी और नौजवानों में सैयद सज्जाद हैदर और उनके कुछ साथियों के अलावा महिलाओं की शिक्षा का कोई समर्थक नहीं था। 1904 ई. ही में मैंने इरादा किया कि महिलाओं

की शिक्षा के आंदोलन में जान डालने के लिए एक रिसाला जारी करना चाहिए। सैयद सज्जाद हैदर, सैयद अबू मोहम्मद एहतशामुल हक़ और इनामुल हक़ मुझसे सहमत हुए। रिसाले का नाम शायद सैयद सज्जाद हैदर या ख़ानबहादुर सैयद अबू मोहम्मद ने तजवीज़ किया कि 'ख़ातून' होना चाहिए। ख़ातून का पहला अंक जुलाई 1904 ई. में प्रकाशित हुआ।

अलीगढ़ के एक मोहल्ले में शैख़ अब्दुल्लाह और अब्दुल्लाह बेगम ने हज़ार दिक़्क़तों से एक ज़नाना मदरसा 1906 ई. में क़ायम किया।

जिस वक़्त मैं मुमताज़ आपा के साथ अब्दुल्लाह लॉज से बाहर आयी, सामने मैरिस रोड पर बेपर्दा साइकिल सवार मुसलमान लड़कियों का एक ग़ोल बेहद तरक़्क़ी याफ़्ता और बड़े विशाल मुस्लिम गर्ल्स कॉलेज की तरफ़ रवाँ था।

बूढ़ी गंगा

जनवरी 1960 ई. की एक अँधेरी रात, नीचे दरिया हिन्दुस्तान की सरज़मीन पर अपने हमेशा के सफ़र में मसरूफ़। पैंतीस हज़ार की बुलंदी पर फ़ज़ा में उड़ता पी.आई.ए. का चार्टर्ड सुपर कॉंस्टिलेशन ढाका की सिम्त परवाज़ कर रहा है। इस रौशन तैयारे (विमान) के अन्दर जमील जालिबी मुस्तक़िल अपने समकालीनों की पान की गिलौरियों से आवभगत करने में मसरूफ़ हैं। अली के नेतृत्व और बन्दोबस्त में कराची के साहित्यकार राइटर्स गिल्ड की पहली वर्षगाँठ मनाने पूर्वी पाकिस्तान जा रहे हैं।

गंगा मैया, कैलाश पर्वत पर बैठे शिवजी की जटाओं यानी ग्लैशियरों से निकलती हैं, यू.पी. और बिहार का लम्बा सफ़र तय करके, जब पूर्वी बंगाल में प्रवेश करती हैं और नारायणगंज तक पहुँचती हैं तो मानो बूढ़ी हो चुकी होती हैं। इसलिए पूर्वी बंगाल वाले इनको बूढ़ी गंगा कहते हैं। इस प्रदेश में इनका दूसरा ज़्यादा शाइराना नाम पद्‌मा है।

बूढ़ीगंगा के अफ़सानवी किनारे पर भटियाली गाने वाले माँझी, जिन्हें डॉक्युमेंट्री फ़िल्मों में पेश करते-करते अब बरस गुज़र गये और देखते-देखते किनारे पर से बूढ़े ऐतिहासिक ढाका की कायाकल्प हो गयी। आधुनिक शॉपिंग सेंटर, स्पोर्ट्स स्टेडियम, कंकरीट की ऊँची-ऊँची इमारतें, फ़ैशनेबल रेस्टोरेंट, नये स्टाइल की कोठियाँ, शाहबाग़। होटल विदेशियों से भरा हुआ था; आम के दरख़्तों से घिरे सुर्ख़ रंग के दो मंज़िला प्रेस क्लब के अहाते में नया रेस्टोरेंट बन चुका था, उसमें बीबीसी की पाकिस्तानी बंगला सर्विस वाला गायक अतराउर्रहमान अपने साथियों के साथ बैठा चहक रहा था। आर्ट स्कूल की नई अल्ट्रामॉडर्न इमारत का निर्माण हो चुका था।

एक दिन मैं हाजरा, ख़दीजा और जमीला हाशमी को ज़ैनुलआबिदीन से मिलवाने ले गयी। वह हमेशा की सी सादगी और विनम्र स्वभाव के साथ अपने दफ़्तर के जहाज़ी कमरे में बैठे हुए थे। विभिन्न स्टूडियोज़ में हिन्दू और मुसलमान

बंगाली लड़के और लड़कियाँ ख़ामोशी से तस्वीरें बनाने में व्यस्त थे। हम लोग एक बरामदे के दरीचे में जाकर खड़े हो गये। नीचे हरियाली पर गायें चर रही थीं। इन्तिहाई पुरसुकून नज़ारा (बड़ा ही शान्त दृश्य) था।

हाजरा ने कहा, 'चित्रकारों के लिए आसानी है, जो तस्वीर बना दी देखने वालों को नज़र आ गयी। अलफ़ाज़ बहुत गड़बड़ करते हैं।'

मैं खंकारी, 'साहित्यकार का पाठक से सम्बंध वग़ैरह। लंदन में एक बार एजाज़ ने मुझसे कहा था, यह जो तुम अपने पढ़ने वालों के साथ चार सौ बीसी करती हो, मेरे ख़याल में यह वही चार सौ बीस का रिश्ता होता है।

'अजीब बात है तुम्हारी तहरीरों (लेखों) को कुछ लोग बेहद पसंद करते हैं, कुछ बेहद नापसंद।'

'मुझे हमेशा ग़लत समझा गया है।' मैंने एक आह-ए-सर्द खींची एक गाय चरती-चरती ढाका क्लब की तरफ़ बढ़ गयी, 'मैं समझती हूँ हाजरा बीबी कि मेरे कम्युनिकेशन सिस्टम में ज़रूर कोई नुक़्स है।'

जमीला ने कहना शुरू किया, 'सार्त्र ने कहा है।'

'हाँ, सार्त्र ने ज़रूर कुछ कहा है, अब सुनो, मिसाल के तौर पर कल एक साहब से, जो लाहौर से आये हैं, पहली बार मुलाक़ात हुई। उनकी बातों से अंदाज़ा हुआ कि वह ख़ाकसार को (मुझे) एक निहायत मग़रिबियत ज़दा (पाश्चात्य ग्रस्त) ख़ातून समझते हैं; तो मैंने सोचा साहित्य में Allusion बरक़रार रखना ज़रूरी है। चुनाँचे उनके सामने मैंने जावेद से कहा, आज सैटरडे नाइट है, चलो क्लब में चलकर डांस करेंगे, याद है हम लोग पेरिस में रात-रात भर नाचा करते थे।' इस पर जावेद ने क्यू लेकर फ़ौरन रुखाई से जवाब दिया 'वह तो जब आपको मॉन्टीकार्लो की मेज़ों से फ़ुर्सत मिलती थी जभी।'

'बस बीबी, यह तुम्हारी बेवक़ूफ़ी है।' जमीला ने कहा, 'उन साहब ने यह न जाना होगा कि उनकी लेग प्लंग की जा रही है, यहीं कम्युनिकेशन की समस्या आ जाती है।

'जूता आ जाता है! लोगों में शय-ए-लतीफ़ (मृदुलता) और सेंस ऑफ़ ह्यूमर की कमी है और कोई बात नहीं।'

गायें घास चरकर दरख़्तों में ग़ायब हो गयीं।

जमीला हाशमी, हाजरा मसरूर, ख़दीजा मसतूर, जावेद इक़बाल और एजाज़ हुसैन बटालवी पंजाब और सूबा-ए-सरहद के दूसरे साहित्यकार और शाइरों के साथ एक और चार्टर्ड सुपर कांस्टिलेशन में लाहौर से आये थे। शहाब साहब सद्र-ए-मुमलिकत (राष्ट्राध्यक्ष) अय्यूब ख़ाँ के साथ कराची से ढाका पहुँचे। शहर में स्थानीय उर्दू दाँ वर्ग की भीड़ ज़्यादा थी (सिर्फ़ चटागाँग में तीन सौ उर्दू शाइर मौजूद थे!) ऑटोग्राफ़ लेने के लिए कॉलेजों के लड़कों लड़कियों की भीड़ डेलीगेट्स के पीछे-पीछे चलती। एजाज़ बटालवी ने ऑटोग्राफ़ देते-देते थक कर आख़िर में लिखना शुरू किया, 'हमेशा नमाज़ पढ़ा करो, झूठ बोलना गुनाह है, माँ-बाप का हुक्म मानो, पाकिस्तान ज़िन्दाबाद।'

बंगाली अदीबों और शाइरों में वे बहुत सारे लोग मिलते, जिनके लिए दस साल बाद अख़बारों में पढ़ा कि मारे गये। कवि जसीमुद्दीन निहायत स्वीट टिपिकल बंगाली थे। गिल्ड के जलसों में हमेशा बंगाली जोश के साथ बहस-मुबाहिसे करते। अपनी बंगला नज़्म सुनाने के बाद फ़ौरन कहते, ट्रांस्लेशन; और अपनी बंगाली लहजे की अंग्रेज़ी में तुरन्त उसका अनुवाद सुनाते।

कोमेला छावनी में मेस के डिनर के दौरान एक पंजाबी ब्रिगेडियर की बेगम ने मुझसे और जमीला हाशमी से दरयाफ़्त किया, 'आप भी राइटर हैं?'

'जी हाँ, ऐसे ही कुछ लिख-विख लेते हैं।' मैंने अर्ज़ किया।

'लेकिन मैंने तो 'शमा' और 'बीसवीं' सदी में आपके नाम कभी नहीं देखे।'

इस डायलॉग से स्पष्ट हुआ कि हिन्दुस्तान के ये दो अवामी रिसाले पाकिस्तान के नॉन इंटलेक्चुअल वर्ग में कितने लोकप्रिय थे।

जमील जालिबी जो (एक विश्वसनीय और नफ़ीस इंसान थे) नज़दीक खड़े थे। फ़ौरन पान की डिबिया निकालकर, निहायत बशाशत (ख़ुशी से) से एक

गिलौरी बेगम साहिबा को पेश की। चंद मिनट बाद वह दूसरी तरफ़ मुतवज्जोह (ध्यानाकर्षित) हुईं। जमील जालिबी खिले जा रहे थे, इरशाद किया, 'पिछले कुछ दिनों से हम सबकी हर जगह इस क़दर धूमधाम रही, हमारे स्वाभिमान का अचानक इस तरह Deflate होना बड़े दुःख की बात है।'

'शुक्र कीजिए, कुछ तो पढ़ती हैं, मैंने इन उच्चाधिकारियों के ऐसे घर देखे हैं, जहाँ एक किताब या रिसाला बक़ौल अम्मा, दवा में डालने को नहीं मिलता।' मैंने जवाब दिया।

'इससे भी आगे, 'शमा' और 'बीसवीं सदी' में न लिखना भी तो एक क़िस्म की Snobbery है।'

कोमेला में रात के वक़्त दूर से सुरीले गानों की आवाज़ें आ रही थीं। 'यह ज़िला' एक पंजाबी फ़ौजी अफ़सर ने कहा, 'तांत्रिक रहस्य और जादू टोने का प्राचीन केंद्र है। हमारे जवान अक्सर कहते हैं, आधी रात के बाद, उनको एक ख़ूबसूरत लड़की सुर्ख़ मिट्टी के अकेले रास्तों पर चलती नज़र आती है, जो कुछ क़दम आगे जाकर काली बकरी में बदल जाती है।' पाँच मील दूर मीनामती की नीची-नीची पहाड़ियों पर बने प्राचीन बौद्ध राजाओं के महलों और स्तूपों पर पूनम की चान्दनी बरसती थी। मीनामी प्राचीन बंगाल के रहस्यों की एक और यादागर। पश्चिमी पंजाब से आये हुए साहित्यकारों के लिए पूर्वी बंगाल एक अनोखा संसार था।

कर्नाफ़ली के किनारे चटागाँग की एक हरी भरी पहाड़ी पर स्थित ब्रह्मो आश्रम के मैनेजर से मैंने और जमीला हाशमी ने भजन सुनने की फ़रमाइश की।

मैनेजर साहब बेहद ख़ुश लपक कर इसका इंतिज़ाम करवाने आगे बढ़ गये।

'बड़ी ग़लत बात है।' जावेद इक़बाल ने कहा, 'अगर इण्डिया में हिन्दू पर्यटकों की टोली किसी मस्जिद में जाकर, पेश इमाम से फ़रमाइश करे, मुसलमानों से नमाज़ पढ़वाकर दिखलाओ तो उनको कैसा लगेगा?'

'यह अनालोजी है।' मैंने कहा, 'सही नहीं।'

'बिल्कुल सही है।' जावेद ने जवाब दिया। हम सब मैनेजर साहब के पीछे-पीछे एक पगोडानुमा मन्दिर की ओर जा रहे थे।

यह ब्रह्मो पूजा स्थल एक गोल बारादरी नुमा कमरे पर आधारित था, जिसके मध्य में ओम का लौह प्रतीक गड़ा हुआ था। कमरे के चारों ओर बरामदा। आश्रम कॉलेज की कुछ लड़कियाँ कमरे में गयीं।

'ब्रह्मो लोग एकेश्वर वादी हैं।' मैंने इस्लामी साहित्य के एक अलमबरदार से कहा, 'अगर आप यहाँ दूर से खड़े होकर, उनका भजन सुन लें तो ज़्यादा गुनाह न होगा।'

लड़कियों ने हारमोनियम पर एक बंगला भजन गाना शुरू किया। सभी सज्जन बरामदे के नीचे हरियाली पर इकट्ठे होकर बातों में व्यस्त हो गये, मैं और जमीला बीबी बरामदे के दर में बैठकर भजन सुनने लगे। सिर्फ़ गुजराती साहित्यकार और पत्रकार फ़ख़्र मात्री (अब स्वर्गीय) बरामदे में आ गये। भजन ध्यान से सुनते हुए, उन्होंने अचानक ख़ुशी भरे लहजे में मुझसे कहा, 'मीराबाई' और उस पल वैष्णों गुजरात के पड़ोसी राजस्थान की मीरा ने फ़ख़्र मात्री से अपने किसी भजन के बंगला version के द्वारा कम्युनिकेट किया। जब मैं और जमीला भजन सुनने के बाद बरामदे से उतरे, शायद नासिर काज़मी ने इन्तिज़ार हुसैन से कहा, 'हमारी ख़तावीन (महिलाएँ) हिन्दू हो जाएँगी, बुद्धिस्ट हो जाएंगी, ईसाई हो जाएंगी, मुसलमान कभी न होंगी।'

आश्रम की पहाड़ी से नीचे आते हुए जावेद इक़बाल ने फिर दोहराया बहुत ग़लत बात थी, पर्यटकों की तरह आकर अल्पसंख्यक सम्प्रदाय के व्यक्तियों से फ़रमायश करना कि अपनी मज़हबी रस्में दिखाओ।

कॉक्स बाज़ार के रेस्ट हाउस के ड्राइंगरूम में एक सुबह में यह साहब दो नामीगिरामी प्रगतिशील साहित्यकारों के बीच सोफ़े पर बैठे थे। फ़रमाया, 'मार्कसिस्टों के बीच में इस्लाम सैंडविच हो गया।'

कॉक्स बाज़ार में समुन्दर के किनारे इन्तिहाई पिक्चरेसिक कॉटेजों की क़तार दूर तक चली गयी थी। अपनी रंगीन चोबी छतों और चोबी सौंदर्यीकरण

की वजह से किसी उत्तरी रूसी फ़ेंटासी के घर मालूम होते थे। उन कॉटेजों में बिजली की रौशनी नहीं थी और रात को लालटेन जलती थी और घुप अँधेरी सियाह रात में सामने समुन्दर गरजता था और तेज़ हवाएँ चलती थीं। यह तटीय कॉटेजें मुझे किसी उत्तरी रूसी परिस्तानी कहानी के घरौंदे प्रतीत हुए।

जमीला, हाजरा, ख़दीजा, तजम्मुल हुसैन, शाहिद अहमद देहलवी जमील जालिबी, जावेद इक़बाल, इब्ने इंशा, आली वग़ैरह-वग़ैरह को अपनी एकाकी कल्पनाओं में कुछ और प्रतीत हुए होंगे क्योंकि हर इंसान का निजी संसार अलग है। प्लेन जंगल में पोशीदा एक बुद्ध विहार के आँगन में नौजवान भिक्षु सुबह के समय बेंचों पर बैठे बर्मी अख़बारों के अध्ययन में व्यस्त थे। वह लोग हम लोगों के सामूहिक बौद्धिक ब्रह्माण्ड से एक बिल्कुल अलग संसार में मौजूद थे, जो उनके लिए इतनी ही valid और logic थी।

जिस शाम हम लोग चटागाँग वापस जा रहे थे, लोगबाग कॉक्स बाज़ार के इस सारी दुनिया में मशहूर तट पर टहलने के बाद, कुछ क़दम दूर हवाई अड्डे की तरफ़ रवाना हुए। 'चलो हम लोग रेत पर अपने-अपने नाम लिखते जाएँ,' किसी ने कहा। मैं और जावेद बहुत बड़े-बड़े शब्दों में गीली रेत पर नाम लिखने में व्यस्त थे। जब किसी ने आवाज़ दी, जल्दी चलिए, हम लोग तेज़ी से भागते हवाई अड्डे पर पहुँचे, जहाँ पी.आई.ए. का चार्टर्ड डेकोटा मुन्तज़िर खड़ा था। खदीजा हस्बे आदत होंठों-होंठों में कोई आयत पढ़ती एयरक्राफ्ट की सीढ़ी चढ़ीं

डेकोटा ज़मीन से बुलन्द हुआ और साहिल पर से उड़ते हुए ऊपर उठा। नीचे गीली रेत पर लिखे हुए नाम साफ़ दिखाई दे रहे थे। हवाई जहाज़ सुर्ख़ सूरज के सामने से गुज़रता एक चमकीले सुर्मयी परिन्दे की मानिन्द चटागाँग की तरफ़ परवाज़ करने लगा। पायलट ने मुझे और ख़दीजा को बंगाल की खाड़ी का नज़ारा करने के लिए कॉकपिट में बुलाया।

रेत पर लिखे नाम हवा ने बहुत जल्द मिटा दिये होंगे या पानी की मौजें उन्हें खा गयी होंगी। दस साल बाद हज़ारों ज़िन्दगियाँ इसी आसानी से धरती के इस टुकड़े में साहिल-ए-हस्ती से ग़ायब होने वाली थीं और वक़्त की रेत

मुसलसल उड़ती रहती है। नौदे राय ए कल भाँगे, ओकल गोड़े, अई तू नो देर खेला। नदी का यह किनारा टूटता है, वह किनारा बनता है, यही तो नदी का खेल है!

चटागाँग पहुँचकर एक टोली ने पानी के रास्तों से सुन्दरवन का रुख़ किया। आधी रात को जमीला बीबी सिलहट जाने वाली ट्रेन पर सवार हुईं। कुछ मिनट बाद दूसरी ट्रेन पकड़कर, मैं अकेली ढाका रवाना हुई।

सुबह सवेरे जब आँख खुली, कोपे कटा हुआ ढाका रेलवे स्टेशन से काफ़ी फासले पर खड़ा था। हल्की-हल्की बारिश हो रही थी और पटरियाँ उस चमकीले पानी में झिलमिलाती थीं। चारों तरफ़ सन्नाटा छाया हुआ था। तब मैंने एक बिहारी क़ुली को, जो पटरियाँ फलाँगता एक तरफ़ को लपका जा रहा था, आवाज़ दी, वह दौड़ा आया, मैंने दरवाज़े की चटख़नी अन्दर से खोलने की कोशिश की जो न खुली। उसने दरवाज़े को ज़ोर से धक्का दिया। सामान उतारकर फुर्ती से बाहर ले चला।

स्टेशन से बाहर निकलकर एक साइकिल रिक्शा में सवार हुई और न्यू सर्किट हाउस पहुँची। हाजरा और ख़दीजा कुछ दिन पहले चटागाँग से आ चुकी थीं। नारंगी और नीला हाउसकोट पहने अपने-अपने कमरे की खिड़की में खड़ी सुबह की चाय पीने में मसरूफ़ थीं और दरीचे के बाहर मगनोलिया के चौड़े पत्तों पर बारिश के क़तरे जगमगा रहे थे।

दरिया में आग

अप्रैल सबसे ज़्यादा बेरहम महीना है जो मुर्दा ज़मीन में सुर्ख़ रंग के फूल उगाता है और यादों की ख़्वाहिशों में रंग भरता है और बसन्त के बादलों के ज़रीये, बेहोश जड़ों को जगा देता है।

फिर 'चराग़-ए-लाला', 61-डी, गार्डेन रोड के बाग़ीचे में शमसुद्दीन माली के लगाये हुए कन्हार के फूल लहलहा रहे थे। ड्राइंगरूम के बाग़ीचे के बाहर खड़ा सायादार दरख़्त ज़र्द फूलों से लद चुका था। इतवार के दिन भाई के बच्चे गार्डन रोड आकर इमली के नीचे क्रिकेट खेलते और बच्चियाँ अपने स्कूल के क़िस्से सुनातीं। अम्मा के कमरे में भाई, भाभी, भाई उसमान हैदर आफ़न्दी, भाभी महमूदा, मुनव्वर मुमानी और दूसरे रिश्तेदारों की महफ़िल जमती।

जमीलुद्दीन आली, तैयबा बेगम व बच्चे, निजी मैदान के सामने की इमारत में थे। पड़ोस में शमसुल उलमा मौलवी मुमताज़ अली मरहूम की एक भांजी और अम्मा की पुरानी दोस्त मिसेज़ हमीदा इज़्ज़ुद्दीन अहमद रहती थीं, जो पुराने वक़्तों की डबल एम.ए. थीं। लालकुर्ती लखनऊ छावनी वाली अख़्तर मुमानी लाहौर से आकर बड़े बेटे स्कवैड्रन लीडर अय्यूब ख़ाँ के पास कोरंगी क्रेक में रहती थीं। वह और परवीन भाभी वहाँ से उसी तरह आतीं जैसे लालकुर्ती से फ़ैज़ाबाद रोड आया करती थीं। लाहौर से बाग़ो-बहार (ख़ुश-मिज़ाज) भाई हमीद अली तशरीफ़ लाते। अल्लन मामू और आसिफ़ा मुमानी हैदराबाद सिन्ध से आते रहते। घर पर सुबह से शाम तक आने वालों का ताँता बँधा रहता या अम्मा ख़ुद मिलने मिलाने चली जातीं। अब वह आसानी से चल फिर रही थीं।

चचा मुश्ताक़ अहमद ज़ाहिदी पी.ई.सी.एच.एस. में रहते थे। जब सितम्बर 47 ई. की एक सुबह नं. 4, पार्क साइड नॉर्थ, क़रौल बाग़ में उनकी बहुमूल्य लाइब्रेरी जली और उन्हें अपने परिवार सहित पुराने क़िले में पनाह लेनी पड़ी और वहाँ से कराची आये। 1960 ई. से ज़माना बहुत दूर रह गया था। मगर चचा मानसिक तौर पर अब तक 47 ई. से पहले की दिल्ली में शरण लिये हुए थे।

बड़े बेटे नूरुद्दीन अहमद दिल्ली में थे। चचा चची छोटे बेटे आसिफ़ ज़ाहिदी और उनके बीवी बच्चों के साथ कराची में रहते थे। उनके कमरे में दवाओं और दवा की शीशियों के अंबार लगे हुए थे। वह ख़ुद आराम कुर्सी पर बैठे पढ़ते रहते या 'इस्मत' और दूसरे रिसालों के लिए उजड़ी हुई दिल्ली के मुताल्लिक़ मज़मून लिखा करते। मैं अक्सर उनकी ख़िदमत में हाज़िर होती और घंटों उनसे बातें करती। भाई, जिन्होंने कराची में एकांत और कम बोलना इख़्तियार कर लिया था, सिर्फ़ चचा ज़ाहिदी से मिलने जाया करते थे। चचा बृद्धावस्था के आंतरिक अकेलेपन में दिन गुज़ार रहे थे, जब इंसान दुनिया से किनाराकश हो जाता है और दुनिया उससे। चचा के घर के सामने पी.ई.सी.एच. का नया क़ब्रिस्तान था, यानी No show, जिसमें कोई काम नहीं कर रहा।

चचा के घर के नज़दीक उनकी बेटी हुस्ना, नातिन हसीना उर्फ़ चुन्नी और उसके शौहर ड्रामानिगार अनवर इनायतुल्लाह (जो रेडियो में नौकर थे) रहते थे।

मध्य अप्रैल 1960 ई. के एक इतवार मैं चचा के यहाँ गयी। वह बरामदे में आराम कुर्सी पर बैठे थे, मुझे उस दिन चुन्नी के यहाँ जाने की जल्दी थी, जहाँ निसार अज़ीज़ बट्ट और नूरअफ़शाँ वग़ैरह लंच के लिए इकट्ठे होने वाले थे। चचा मुझसे कोई बात कह रहे थे, मैं घड़ी पर नज़र डालकर अचानक उठी। चचा चौंक पड़े, मैंने कहा, 'चचा मैं ज़रा चुन्नी के यहाँ जा रही हूँ।'

'अच्छा, कब आओगी?'

'चचा मैं लाहौर जा रही हूँ, तीन दिन के लिए। वापस आकर आऊँगी किसी रोज़।'

'अच्छा।'

'आदाब।'

'जीती रहो।' चचा ने ज़रा मायूसी के साथ फिर अख़बार उठा लिया और अपनी तनहाई में वापस चले गये। मैं जल्दी से बाहर निकली लेकिन चुन्नी के घर पहुँचकर ख़याल आया चचा यक़ीनन सोचते होंगे; जवान बूढ़ों के पास बैठकर अपना वक़्त ख़राब करना नहीं चाहते। उनकी अपनी दुनिया अलग है।

बहुत पशेमान (लज्जित) होकर मैंने तय किया कि लाहौर से लौटते ही चचा से मिलने आऊँगी।

वापसी पर लाहौर की फ़्लाइट देर से पहुँची, रात हो चुकी थी। मैंने अम्मा को ड्रग रोड एयरपोर्ट से फ़ोन किया; उन्होंने कहा कल भाई ज़ाहिदी का इन्तिक़ाल हो गया।

सुबह को मैं चचा के यहाँ गयी, जो अब 'मरहूम' हो चुके थे। उनकी आराम कुर्सी ख़ाली पड़ी थी, दवाओं और अख़बारों का अंबार उसी तरह कमरे में मौजूद था और एक खुली किताब के ऊपर पुराने फ़ैशन के केस में बन्द ऐनक। चचा सड़क के उस पार हाउसिंग सोसायटी के नये क़ब्रिस्तान में महवे ख़्वाब (चिर निद्रामग्न) थे। काँटों भरे क़ब्रिस्तान में चारों तरफ़ कॉटन ट्री के सफ़ेद फूल रूई के गालों की तरह उड़ रहे थे।

उस वक़्त उस शदीद शर्मिंदगी का मुझे अहसास हुआ, जो कुछ माह पहले अलीगढ़ से रवाना होने के बाद, महसूस हुई थी। शैख़ अब्दुल्लाह अपने लरज़ते हाथों से उठाकर मुझे जो किताबें दे रहे थे, मैं उन्हें आसानी से साथ ला सकती थी। कम से कम उन्हें खुश करने के लिए उस वक़्त ही उनसे ले सकती थी। पंद्रह दिन पहले चचा ज़ाहिदी के पास से अचानक उठकर, चुन्नी के यहाँ फ़ौरन पहुँचने की बजाय, कुछ देर बाद वहाँ जा सकती थी लेकिन वक़्त गुज़रने के बाद पछतावा और दुःख व्यर्थ थे। प्रिंसिपल मुश्ताक़ अहमद ज़ाहिदी ज़मज़म देहलवी 1898 ई. में अब्बाजान के साथ एम.ए.ओ. कॉलेज अलीगढ़ की बी.ए. क्लास में दाख़िल हुए थे। 23 अप्रैल 1960 ई. के दिन इस दुनिया से रुख़सत हुए। एक शम्अ रह गयी थी, सो वह भी...

इतवार की एक सुबह जमीलुद्दीन आली का फ़ोन आया, आपने आज का 'जंग' और मार्निंग न्यूज़ देखे?

'हमारे पास ये दोनों अख़बार नहीं आते; क्यों? क्या हुआ? ख़ैरियत?'

'अच्छा मैं अभी आता हूँ।'

कुछ मिनट बाद तशरीफ़ लाये। दोनों अख़बारों में एक ही साहब का जिनका नाम पहले कभी नहीं सुना था, एक लम्बा बेहूदा मज़मून 'आग का दरिया' पर प्रकाशित हुआ था, जो उपन्यास 'मक्तबा जदीद' लाहौर से तीन महीने पहले छपा था। दो अख़बारों में एक जैसा मज़मून उर्दू और अंग्रेज़ी में एक ही दिन छपना क़ाबिल-ए-ग़ौर मामला था। मैंने दोनों मज़मून पढ़े।

'यह कौन साहब हैं और यह किसकी साज़िश है, समझ में नहीं आता।' आली ने कहा।

'मैंने किसी का क्या बिगाड़ा है, साज़िश वाज़िश क्या होगी। इस क़िस्म के लोगों को इग्नोर करना चाहिए। मैंने कहा।

'नहीं, यह क़ाफ़ी ख़तरनाक साबित हो सकता है। मुफ़सिदों (शरारती तत्वों) के फ़ितनों से हमेशा ख़बरदार रहिए।

'लेकिन इस फ़ितना पर्दाज़ी की वजह ही क्या है?' मैंने ताज्जुब से पूछा।

अम्मा इत्मीनान से बैठी चाय पीती रहीं। उनके पलंग के नज़दीक लम्बे दरीचे के नीचे सोफ़े पर आली बेहद परेशान बैठे थे। अम्मा ने झुककर पलंग के नीचे से टोकरी खींचीं, जिसमें वह हमेशा मुलाक़ातियों के लिए केक, पेस्ट्री, दालमोठ वग़ैरह जमा रखती थीं और उसे 'कोरचा' कहती थीं, जो फ़ारसी लफ़्ज़ था और शायद पुरानी उर्दू में इस्तेमाल होता होगा। उन्होंने कहा, 'जब पर्दे की मुखालिफ़त में मेरे मज़मून छपते थे, मेरे ख़िलाफ़ मौलवी और बेहूदा लोग औल-फ़ौल मज़मून प्रकाशित किया करते थे। यह हमारे मुस्लिम समाज का पुराना वतीरा है और एक दूसरे पर कीचड़ उछालना, उर्दू लेखकों का महबूब मशग़ला है। इसकी फ़िक्र नहीं करनी चाहिए, लो मियाँ चाय पियो।'

'मैं गिल्ड की तरफ़ से उन साहब को नोटिस भेजता हूँ। आपने मज़मून सरसरी तौर से पढ़ा है; ज़रा ग़ौर से पढ़िए।' आली ने मुझसे कहा।

दूसरे दिन उर्दू मज़मून का बाक़ी विस्तृत भाग 'जंग' में प्रकाशित हुआ।

मुल्क और शहर में अच्छी ख़ासी सनसनी फैली। दोस्तों और शुभचिंतकों ने गार्डेन रोड आकर, उस मज़मून की वह इशाअत की और तरह-तरह की

तहलका मचा देने वाली दलीलें शुरू कर दीं। मुख़तार ज़मन ने अपने क़ानूनी मशवरे पेश किये। सब बेइन्तिहा परेशान और गुस्से में थे। रावलपिण्डी से एक दोस्त ने सूचित किया, मालूम हुआ है, यह साहब पहले किसी राज्य के मंत्री के पी.आर.ओ. थे और इससे पहले भी कुछ लोगों को ब्लैकमेल कर चुके हैं। ख़ुदा जाने।

आली ने कमाल अहमद फ़ारूक़ी (उर्फ़ बॉबी, जो लंदन से क़ानून पढ़कर, कब का वापस आ चुका था और बैरिस्टरी कर रहा था) से मशवरा लिया, उसके बाद राइटर्स गिल्ड की तरफ़ से जंग में एक एहतजाजी नोट छपवाया और मज़मून निगार को नोटिस भेजा। इस दौरान मज़मून निगार ने कुछ और लोगों से लिखवाकर या फ़र्ज़ी नामों से जंग में कुछ ख़त जवाब के तौर पर प्रकाशित किये कि गिल्ड कुछ अदीबों की मीरास बन गयी है। वग़ैरह-वग़ैरह।

वह एक अजीबोग़रीब मज़मून था, जिसमें यह भी इन्किशाफ़ किया गया था कि कम्युनिस्ट और नास्तिक कॉमरेड रशीद जहाँ, लेखिका की सगी ख़ाला थीं।

8 मई को मज़मून निगार ने उस मज़मून के मुताल्लिक़ लेखिका के नाम माफ़ीनामा लिखकर, मिर्ज़ा जमीलुद्दीन आली की ख़िदमते अक़दस में पेश किया और उसकी एक नक़ल जंग में प्रकाशित की।

तीसरे प्रहर को आली ख़ुशो-ख़ुर्रम तशरीफ़ लाये। 'मुग़ल बच्चा' मिर्ज़ा साहब ने फ़रमाया, जान पर खेलकर वचन निभाता है। याद कीजिए हुमायूँ ने राजपूत रानी के लिए क्या किया था।'

'जज़ाकल्लाह।' मैंने अर्ज़ किया। 'इसी वजह से फ़िदविया (लेखिका) फ़्यूडल मर्यादाओं की हमेशा से नामलेवा चली आती है।'

उस दिन से क़िस्सा रफ़ा-दफ़ा हुआ लेकिन बहुत जल्द रफ़्ता-रफ़्ता पाकिस्तान व हिन्दुस्तान में इस उपन्यास के मुताल्लिक एक अजीबोग़रीब myth तैयार होनी शुरू हुई।

जब भाईजान जरी अहमद सैयद ने कहा था, यह नॉविल वह शिरकते क़लम की तरफ़ से ख़ुद शाया (प्रकाशित) करेंगे। मैं मुसव्वदा (पांडुलिपि) लाहौर

छोड़ आई थी और सोचा था किताबत करवाने से पहले कभी लाहौर जाकर पुनर्निरीक्षण कर लूँगी।

भाईजान फ़ुर्सत न होने की वजह से 'शिरकते क़लम' शुरू नहीं कर पाये। एक बार लाहौर गई हुई थी, मकतबा जदीद लाहौर वालों का नं. 49 लॉरेंस रोड उसके मुताल्लिक़ फ़ोन आया। मुझे याद नहीं था कि मुसव्वदे पर नज़रे सानी (पुर्नावलोकन) नहीं की है। उसी दिन उसे उठाकर चौधरी रशीद अहमद के हवाले किया।

दिसम्बर 58 ई. में किताबत शुदा पंक्तियाँ कराची आईं। मैंने संशोधन शुरू किया और जो रद्दोबदल काँट-छाँट, जो हर मुसव्वदे में आमतौर से की जाती है और मसव्वदे में करनी चाहिए थी, वह पंक्तियों में की। कहीं-कहीं से वाक्य और पूरे-पूरे पैराग्राफ़ उड़ा दिये और कापियाँ लाहौर वापस भेज दीं। वह इसी तरह छप गयीं। लिहाज़ा किताब में जगह-जगह वाक्य और पैराग्राफ़ ग़ायब और ब्लैंक मौजूद। जब नॉविल के मुताल्लिक़ भाँति-भाँति की अफ़वाहें गर्म हुईं, उनमें एक अफ़वाह यह भी थी कि किताब को हुकूमत ने सेंसर किया है। (किसी की समझ में यह न आया कि छपाई के बाद कोई तहरीर पृष्ठ पर से ग़ायब नहीं की जा सकती।)

एक अध्याय में मैंने महज़ दो शब्द लिखे थे 'हिन्दुस्तान' और '1947 ई.' यानी थोड़े लिखे को बहुत जानिए लेकिन एक बूझ बुझक्कड़ ने अपनी टीका टिप्पणी में लिखा 'तक़सीम के मुताल्लिक़ पूरा बाब (अध्याय) मार्शल लॉ के सेंसर ने निकाल दिया, सिर्फ़ एक जुमला (वाक्य) बाक़ी बचा है।' सबसे ख़ौफ़नाक अफ़वाह हिन्दुस्तान में फैली, वह यह थी कि हुकूमते पाकिस्तान ने 'आग का दरिया' को BAN कर दिया है।

एक नामवर प्रोफ़ेसर आलोचक ने नॉविल पर एक तारीफ़ी मज़मून लिखा। उसमें बढ़ा-चढ़ा कर तारीफ़ के इस क़दर दरिया बहाये कि पढ़कर कोफ़्त हुई। मैंने शाहिद अहमद देहलवी से जो उस मज़मून को 'साक़ी' में शाया कर रहे थे, दरख़्वास्त की कि उसे शामिल न करें। शाहिद साहब बेचारे मान गये।

एक मुलाज़िम ने साक़ी के पुलन्दे खोले और तमाम कॉपियों में से वह तब्सरा (टिप्पणी) फ़ाड़कर अलग किया। दो माह बाद, जब जंग में वह नामाक़ूल मज़मून छपा और नामवर आलोचक ने देखा कि उस नॉविल के मुताल्लिक़ हवा का रुख़ बदल गया है; उन्होंने एक और तब्सरा लिखा और पिछली बार जितनी तारीफ़ें की थीं, इस बार 'आग का दरिया' में उतने ही कीड़े डाले। शाहिद साहब ने फिर मुझसे इसका ज़िक्र किया। मैंने कहा, 'इस बार आप ज़रूर इस मज़मून को छापिए। चुनाँचे वह मज़मून साक़ी में प्रकाशित हुआ।'

तलमीहात (किसी ऐतिहासिक घटना की ओर इशारों) और अलामतों (संकेतों) से साधारणतया अनभिज्ञता के कारण विभिन्न पत्रिकाओं में और भी अजीब-अजीब तावीलें की गयीं। लेखिका आवागवन में विश्वास रखती हैं, लेखिका बुद्धिस्ट हैं, हिन्दू हैं, इस्राईल परस्त हैं, वग़ैरह-वग़ैरह।

दूसरी रिवायत हिन्दुस्तान में यह तैयार हुई कि मुसन्निफ़ा (लेखिका) को इस नॉविल की इशाअत (प्रकाशन) के बाद पाकिस्तान में बेहद प्रासिक्यूट किया गया। उनका जीना दूभर कर दिया गया और बेचारी को भागकर हिन्दुस्तान में पनाह लेनी पड़ी और हिन्दुस्तान में यह अब तक मशहूर है कि पाकिस्तान में नॉविल Ban कर दिया गया था।

हमारे रेज़िडेंट फ़्लास्फ़र और ऑकलैण्ड मरहूमा के हुदी ख़्वाँ (प्रशंसक) बशीर ख़ाँ ड्राइवर (उनके ज़िक्र की ख़ैर रहे) बहुत गहरी बातें करने के आदी थे। अंग्रेज़ी में भी दख़ल रखते थे और शब्द Nonsense को 'नानसेन' तानसेन के वज़न पर अदा करते थे। एक बार दरयाफ़्त फ़रमाया 'जब दरिया में आग लगत है, मछलियाँ का करत हैं?' इस तवक़्क़ो में थे कि जवाब मिलेगा 'पेड़न पर चढ़ जात हैं' लेकिन सिर हिलाकर क़हक़हा लगाते और कहते 'कुछ का रोस्ट बन जात है, बाकी हवा में उड़ जात हैं।'

'आग का दरिया' के सिलसिले में, जो हवाइयाँ उड़ीं उस क़िस्म की थीं; यानी वही अच्छो वाले तीन जोड़ी से एक दर्जन सैण्डल्ज़।

नान सेन!

दूसरी Myth यह तैयार हुई कि इस किताब की रॉयल्टी ने दोनों मुल्कों में लेखिका को मालामाल कर दिया। इबरतनाक हक़ीक़त यह है कि दिसम्बर 59 ई. से लेकर आजतक मकतबा जदीद लाहौर ने बिल्कुल फ्री एडिशन इस नॉविल के प्रकाशित किये हैं और अट्ठारहवाँ डीलक्स एडिशन साठ रुपये क़ीमत का छाप चुके हैं।

हिन्दुस्तान में 61 ई. से अब तक कई जाली एडिशन लखनऊ, जालंधर और जम्मू से प्रकाशित हो चुके हैं और उन चारों को आज तक नहीं पकड़ा गया। आधुनिक उर्दू साहित्य के इतिहास में यह पहला बहुत अधिक प्रकाशित होने वाला उपन्यास है, जिसकी रॉयल्टी का एक पैसा लेखिका को आजतक नहीं मिला। मेरे हमवतन क़ायम चान्दपुरी पहले ही कह गये थे 'कि मैं यह करके फ़ज़ूली बहुत ज़ियाँ देखा।'

इससे पहले उर्दू उपन्यासों के शुरुआती दौर में लेखिका की वालिदा के उपन्यास 'अख़्तरुन्निसा बेगम' वग़ैरह और वालिदा की फूफी अकबरी बेगम (वालिदा अफ़ज़ल अली) का मशहूर 'गूदड़ का लाल' औरतों में इतने लोकप्रिय थे कि हिन्दुस्तान के तक़रीबन हर उर्दूदाँ घराने में वह मौजूद थे। मगर उन दोनों ख़वातीन ने फ़्यूडल बाँकपन की वजह से अपनी रचनाओं की रॉयल्टी लेना अपनी शान के ख़िलाफ़ समझा था। वह दूसरी बात थी। वह ज़माना वज़अदारी, ख़ुशहाली और मालदारी का था। यह ज़माना चोर पब्लिशरों की धाँधली, बेईमानी, चोरी और सीना ज़ोरी और बदतमीज़ी का है।

बातों-बातों में 'उदास नस्लें' के मुताल्लिक़ इंटरव्यू में लेखक ने इरशाद किया कि वह मुझे क़ाबिले ज़िक्र नॉविलिस्ट नहीं समझते। इस बयान की रौशनी में यही बात ताज्जुबखेज़ मालूम होती है कि 'उदास नस्लें' के कई अध्यायों में 'मेरे भी सनम ख़ाने' 'सफ़ीना-ए-ग़मे दिल', 'आग का दरिया' और 'शीशे के घर' के कुछ अफ़सानों के स्टाइल का गहरा चर्बा (ख़ाका) उतारा गया है। ज़रा से रद्दोबदल के साथ पूरे-पूरे जुमले (वाक्य) और पैराग्राफ़ तक वही हैं लेकिन आजतक सिवाय पाकिस्तानी व्यंगकार, मोहम्मद ख़ालिद अख़्तर के किसी एक

पाकिस्तानी या हिन्दुस्तानी आलोचक की नज़र इस तरफ़ नहीं गयी। न किसी ने इशारतन भी इसका ज़िक्र किया। क्या यह Male Chuavinism नहीं है?'

एक रिश्तेदार, जो हवाओं में उड़ता है, दो साल पहले कराची से टोकियो जाते हुए, सांताक्रॉज़ एयरपोर्ट बम्बई पर टिका। इस कारण कि वीज़ा न रखता था। एयरपोर्ट से मेरे दफ़्तर फ़ोन किया और बातों-बातों में बतलाया कि यू.एन. के एक सर्वे के मुताबिक़ पाकिस्तान में शाइरी की किताबों में इक़बाल और फ़ैज़ और फ़िक्शन में 'आग का दरिया मक़बूल तरीन (सबसे अधिक लोकप्रिय) किताबें हैं।

मन कि बिन्त-ए-बन्दे अली तिरमिज़ी एक दरवेश मिज़ाज मज़दूर क़लम की हूँ, एक बार फिर आलम-ए-तहैयुर (आश्चर्य के संसार) में हूँ।

पिक्चर विंडो

जून 1960 ई. के आख़िरी हफ़्ते में प्रोफ़ेसर ऑरनल्ड टवाइन बी लाहौर, पेशावर, काबुल जाते हुए, दो-चार दिन के लिए कराची ठहरे। सूचना व प्रसारण मंत्रालय ने अनवर क़ुरैशी (अबू) को उनका मेज़बान मुक़र्रर किया और उन्हें अबू के घर पर ठहराया। मेरी और माकी और अबू की ईद! पाँचों उंगलियाँ घी में और सिर कढ़ाई में। एक रोज़ उन्होंने कहा, 'आज मैं कहीं नहीं जाऊँगा। दिन भर घर पर रहकर, बस तुम लोगों से बातें करूँगा।'

वह एक विनम्र स्वभाव के भीमकाय विद्वान थे। इतिहास के विभिन्न विषयों पर गुफ़्तगू करते-करते पूछते, तुम्हारी क्या राय है? ...क्या मेरा ख़याल सही है ...अच्छा? ...मुझे यह नहीं मालूम था।

यह Genuine Humility केवल इस श्रेणी के विद्वान में हो सकती है। इबरानी, ईसाई, इस्लामी इतिहास पर मुझसे बातें करते पूछने लगे, 'मुलतान में मेरे हमनाम यूसुफ़ गिरवेज़ी का मज़ार है। तुम वहाँ गयी हो?'

'शाह दौला के चूहों' ने प्रोफ़ेसर ट्वाइन बी को बहुत विस्मित किया था। इतिहास के ताने बाने को मिलाकर इतिहास के संग्रहण में हैरतंगेज़ रब्त (सम्बन्ध) पैदा करना (जो पहले से मौजूद है, सिर्फ़ हम उसे नहीं पहचानते) प्रोफ़ेसर ट्वाइन बी का कमाल था।

लंच के बाद जब वह आराम करने अपने कमरे की तरफ़ जाने लगे, अबू ख़ुद एक अंग्रेज़, उसने अपने Clipped लहजे में कहा, ...प्रोफ़ेसर टी एट फ़ाइव...।'

प्रोफ़ेसर ट्वाइन बी ने सिर ख़म किया (झुकाया) और बेडरूम में चले गये। मैंने अबू से कहा, 'तुमने अच्छी पाबन्दी लगा दी। मुमकिन है, वह साढ़े पाँच बजे तक आराम करना चाहते हों।' अबू बोला 'प्रोफ़ेसर मेरी तरह अंग्रेज़ है। ठीक पौने पाँच बजे सोकर उठ जायेगा...।'

ठीक पाँच बजे प्रोफ़ेसर ट्वाइन बी ड्राइंगरूम में खड़े मुस्कुरा रहे थे।

रात के खाने के वक़्त तक हम तीनों ने फिर उनका सिर खाया। डिनर के बाद, रात गये तक वह बातें करते रहे। जब मैं चलने लगी, ज़ीना उतरकर नीचे आये, देर तक वहाँ बातें करते रहे। जब कार फाटक से निकली, वह ज़ीने के दरवाज़े में खड़े, हाथ हिलाकर ख़ुदा हाफ़िज़ कह रहे थे। उनके साथ गुज़रा एक-एक लम्हा हम लोगों के लिए तबर्रुक (प्रसाद) था। पेशावर पहुँचकर, प्रोफ़ेसर ट्वाइन बी ने हम तीनों को ख़त लिखे ...अफ़सोस! कि मेरे नाम उनका ख़त खो गया। उसमें लिखी हुई सिर्फ़ एक बात याद है...'मैं पेशावर यूनिवर्सिटी कैम्पस पहुँच गया हूँ...कैम्पस 'बहुत अच्छी अमेरिकन उक्ति है।'

पश्चिम वालों की पूर्व में involvement की एक सतह और थी। हमारी जर्नलिस्ट कज़न नश्शो (नौशाबा इताअत हुसैन) को हुकूमत ने कुछ दिन पहले मलिका एलिज़ाबेथ के साथ, पश्चिमी पाकिस्तान के दौरे पर भेजा था। (उसी ज़माने में शहज़ादी मार्ग्रेट और ग्रुप कैप्टन टाउन स्नेड का क़िस्सा चल रहा था। शहाब साहब सद्र अय्यूब के साथ लंदन गये थे, वापस आकर बताया, 'बकिंघम पैलेस में दावत थी। ग्रुप कैप्टन टाउन स्नेड भी मौजूद थे।' बेगम अय्यूब ख़ाँ ने चुपके से मुझसे पूछा, 'एही मुंडा ए जेह ने इन्ना रोल्ला पाया वा एह?' इस दौरे में मलिका ने, इंसानों से ज़्यादा घोड़ों में दिलचस्पी का इज़हार किया।

अब्बू का छोटा भाई ओमो (उमर क़ुरैशी) क्रिकेट का मशहूर टीकाकार, जो पहले कराची टाइम्स का एडिटर था, पी.आई.ए. का चीफ़ पब्लिक रिलेशंस ऑफ़िसर हो गया था। एक दिन उसने मुझसे और नश्शो से कहा, 'हम नये क़िस्म के हवाईजहाज़ उड़ा रहे हैं, तुम ज़रा पश्चिमी पाकिस्तान का चक्कर लगा आओ और हमारी वायुसेवा के महान गुणों पर एक लेख अंग्रेज़ी प्रेस के लिए लिख दो।'

सिर्फ़ चार साल पहले एयर होस्टेस लड़कियाँ भर्ती करने के सिलसिले में मुझे और रम्मी मियाँ और हसीना फ़ारूक़ (अब हसीना सहीब नक़वी) को कितनी दिक़्क़तें पेश आयी थीं लेकिन ज़माना तेज़ी से तरक़्क़ी कर रहा था। अच्छे ख़ानदानों की लड़कियाँ पी.आई.ए. में झुण्ड के झुण्ड शामिल हो रही थीं।

ज़िया मोहीउद्दीन की लड़की सरवर, जो नवाब भोपाल के घराने से ताल्लुक़ रखती थीं, कराची लंदन मेज़बानी की ड्यूटी अंजाम देती थी और कराची ढाका उड़ान के दौरान बंगाली में एनाउंसमेंट करती थी।

जिस समय नश्शो और मैं लाहौर एयरपोर्ट से आपा हम्मन के यहाँ नं. 49 लॉरेंस रोड पहुँचे, रात के ग्यारह बज चुके थे। गर्मियों का ज़माना था, बाग़ में रात की रानी ख़ुश्बू बिखेर रही थी। सब लोग बाहर लान पर मच्छरदानियाँ लगाये नींद में ग़र्क़ थे। पी.आई.ए. की कार की रौशनी पलंगों पर जाकर पड़ी। हम लोगों ने घास पर पहुँचकर, ज़ोर से अस्सलाम अलैकुम दाग़ा, सब हड़बड़ा कर उठ बैठे। एक मच्छरदानी में से आपा ज़हरा आँखें मलती प्रकट हुईं, जो कुछ दिन पहले अलीगढ़ से एक महीने के लिए तशरीफ़ लाई थीं। एक गर्म एशियाई दोपहर आपा हम्मन, आपा ज़हरा, नश्शो और मैं हिजाब इम्तियाज़ अली से मिलने नं. 140 ऐबट रोड गये। नश्शो अपने रिसाले 'वीमेंस वर्ल्ड' के लिए हिजाब का इंटरव्यू करना चाहती थीं।

बचपन के बाद उस दिन पहली बार मैं उनसे मिली और वह मुझे बहुत exotic मालूम हुईं। वह वाक़ई उर्दू अफ़साने व नॉविल में एक इंटरलू पर थीं। अपनी कोठी भी उन्होंने अपने अफ़सानों के स्टाइल में सजा रखी थी। उनका अदब एक फ़ेंटासी मुसन्निफ़-ए-गुलशन था। घर में बिल्लियों की रेलपेल, जिनका ज़िक्र मैं बचपन से अम्मा के नाम उनके खतों में सुनती आयी थी। हम लोग हस्बेमामूल अपनी निहायत चंडूख़ाने के मूड में थे। हिजाब के ड्राइंग रूम में पहुँचकर गम्भीर हो गये। नश्शो के सवालों के जवाब में उन्होंने कहा, 'मैं दो घण्टे पढ़ती हूँ, दो घंटे बाग़ में गुज़ारती हूँ, दो घंटे सोचती हूँ।'

मैंने पूछा, '...इतना सोचने के बाद आपने कोई फ़लसफ़ा-ए-हयात मुरत्तब किया होगा। (यानी कोई जीवन दर्शन क्रमबद्ध किया होगा।)'

कहने लगीं, 'इंसानी रिश्तेदारियों के मुताल्लिक़ बहुत सोचा है।'

अपनी 'साहित्यिक रचनाओं' के मुताल्लिक़ गुफ़्तगू करने से मुझे हमेशा चिढ़ रही है। जब लोग उनका ज़िक्र मुझसे करते हैं तो मैं आमतौर से बात

टाल जाती हूँ क्योंकि यह समय बर्बाद करना है लेकिन आप कोई बे इंसाफ़ी की बात कहें तो अलबत्ता फिर देखिए क्या होता है। मगर 'आग का दरिया' के तज़किरे ने मुझे बेपनाह बोर किया (और अब तक बोर कर रहा है।) इस बार लाहौर में एक डिनर पर किसी ने उस अध्याय का ज़िक्र किया, जो फ़ैज़ साहब ने पाकिस्तान टाइम्स के किसी संडे एडिशन में छापा था। मैंने फ़ैज़ साहब से कहा, 'उस अध्याय के साथ की तस्वीर में शाह नसीरुद्दीन हैदर निहायत चपड़क़न्नात लग रहे थे और लगता था, अभी डंड पेल कर चले आ रहे हैं...।'

फ़ैज़ साहब कहने लगे, 'भई बात यह हुई, हमने तुम्हें लिखा भी था कि वह हमारा चित्रकार पहलवान था, यानी बाक़ायदा अखाड़े का पहलवान! और तस्वीरें भी बनाता था।'

'यानी तू बहारे आलमे दीगरीं...' (यानी तू किसी दूसरी दुनिया की बहार...) मैंने कहा, 'किसी जंग वाले मज़मून का ज़िक्र किया। डिनर के बाद, जावेद मुझे और नश्शो को 49, लॉरेंस रोड पहुँचाने आये। नश्शो युनिवर्सिटी ऑफ़ वर्जीनिया की कोई बात कर रही थी।'

'उस पर याद आया...' मैंने कहा, 'यार लोगों ने यह भी मशहूर कर दिया है कि नॉविल वर्जीनिया वुल्फ़ की ऑरलेंडो से प्रभावित होकर लिखा है, हद है!'

इस पर याद आया ...जावेद ने कार बरसाती में रोकते हुए कहा, '... कल एक उर्दू दाँ कनाडियन ख़ातून कह रही थीं कि इसके पहले हिस्से में एक जगह हरमन हेस के सिद्धार्थ की झलक है।'

'इस पर याद आया कि मैंने सिद्धार्थ नहीं पढ़ी और दुनिया के किसी भी क़िस्से में, किसी भी क़िस्से की झलक हो सकती है। जब शाइरी अंग्रेज़ी में करती थी मारीपुर में, आग़ा अब्दुल हमीद ने एक नज़्म पढ़कर कहा था 'वाइन डार्क नाइट' हूमर के समय से इस्तेमाल की जाती है, इसे बदल दीजिए। अब 'वाइन डार्क' की उपमा जब उतरी, उसे मैंने बिल्कुल ओरिजिनल समझा। इसी तरह 'जब तूफ़ान गुज़र चुका' में देहरादून की एक नन, एक सर्द रात में बाहर ख़रगोशों की देखभाल करने के लिए जाती है और सर्दी लग कर मर जाती है।

फिर किसी ने बताया कि बिल्कुल ऐसा ही, एक नन का वाक़ेआ किसी ने लिखा है, विलायत में। तो अब सवाल यह है कि इसके मुताल्लिक़ क्या किया जाए।'

'सब ख़ुदवुजूदियत (स्व अस्तित्व) है।' नश्शो ने कहा।

'सब ख़ुदवुजूदियत है।' मैंने दोहराया।

चुनाँचे वुजूद की लहरों पर तैरते नश्शो और मैं, मरी, पिण्डी और पेशावर का चक्कर लगाकर कराची वापस पहुँचे।

कुछ दिन बाद अगस्त के महीने में जावेद इक़बाल, जो इस्लाम पर लेक्चर देने के लिए ऑस्ट्रेलिया आमंत्रित किये गये थे, सिडनी जाते हुए कराची आये।

एक इतवार को हम सब रशीद अहमद सिद्दीक़ी के बड़े बेटे इक़बाल रशीद (पेशे के लिहाज़ से बड़े 'साहब' क़िस्म के फ़र्म के एक्ज़ीक्यूटिव, प्राकृतिक रूप से पारम्परिक दार्शनिक) के यहाँ लंच के लिए इकट्ठे थे। बेहद पुरलुत्फ़ महफ़िल थी। जलालुद्दीन अहमद एक किताब 'ब्लैक मैजिक' का अध्ययन कर रहे थे। मैंने जावेद से कहा, 'आजकल पश्चिम में ख़ुदवुजूदियत के अलावा कैथोलिक वुजूदियत भी अच्छी जा रही है। आप इस्लामी ख़ुदवुजूदियत का लोकार्पण कर डालिए और उस पर ऑस्ट्रेलिया में लेक्चर दे आइए। उसके बाद हनफ़ी ख़ुदवुजूदियत, शिया ख़ुदवुजूदियत वग़ैरा के निचले चिंतनालय क़ायम किये जा सकते हैं। बहुत रौनक़ रहेगी...'

दर्शन शास्त्र में यह है कि कला और साहित्य की आलोचना की तरह जो चाहो कह दो, बात हमेशा निहायत वज़नी समझी जायेगी। मॉडर्न आर्ट पर बुक़राती आलोचना लिखने का मुझे ख़ुद बहुत ज़्यादा तजुर्बा था, जो मैं अक्सर अंग्रेज़ी में लिखती या ब्रॉडकास्ट करती थी। (इस्लामी नज़रियाती प्राचीनता परस्ती से हटकर जावेद ख़ुद बहुत नयी विचारधारा के आदमी थे। निहायत आधुनिक तकनीक के अफ़साने 'सवेरा' (लाहौर) में लिखे थे। बाद में इस स्वाभिमानी व्यक्ति की तबियत साहित्य की तरफ़ से हट गयी। आजकल कहा जा रहा है कि 'मॉडर्न' अफ़साने पिछले कुछ वर्षों में लिखे गये हैं।)

उन्हीं दिनों मैंने 'एक मुकालिमा' में सिब्ते हसन को 'कॉमरेड सिफ़त हसन' और जावेद को, डॉक्टर उक़ाब आफ़ाक़ी के रूप में पेश किया।

ऑस्ट्रेलिया रवानगी से पहले जावेद जब अम्मा से मिलने गार्डेन रोड आये, अम्मा हस्बेमालूम पलंग पर लेटे-लेटे उनसे मीर मज़हर अली और शैख़ नूर मोहम्मद के सियालकोट की बातें करती रहीं। यही बातें इनामुल्लाह मामू मरहूम के लड़के और हाज़िर मामू और उस गुमशुदा नस्ल के दूसरे नामलेवा करते थे, जिसे दुनिया की स्टेज से ग़ायब हुए भी ज़माना हो चुका था। वह लोग कब के जा चुके थे और हमारे घोड़े फाटक पर तैयार हैं और हम लोग, जो अभी सराय में मौजूद हैं, कितने मग्न।

उसी अगस्त में शाहिद अहमद देहलवी इंडोनेशिया जाने वाले थे, मैं सैर-सपाटे पर लंका। जमीला, जो अपने शौहर के साथ (जो समरसटा, ज़िला बहावलपुर के एक बेहद दौलतमंद सज्जादानशीं थे) कराची आयीं। एक रात जमील जालिबी ने अपने यहाँ फ़र्श पर दस्तरख़्वान बिछाकर, पुरानी दिल्ली के स्टाइल में दावत की। उस रात शाहिद अहमद देहलवी की सराय से रवानगी में सिर्फ़ कुछ ही साल बाक़ी रह गये थे।

लंका से वापसी पर आते जाड़ों, जब पूर्वी बंगाल में फ़िल्मबंदी मुमकिन हो सकती है, ढाका जहाँ रम्मी मियाँ जेनेवा से बदली होकर आ चुके थे और नये 'पौश' इलाक़े 'धान मंडी' की एक कोठी में रहकर ज़िलों को हेलीकाप्टर से सम्बद्ध कराने में मशग़ूल थे।

एक बार फिर कोमेला। विभाजन से पहले के गाँधी आश्रम में, जहाँ अब सिविल सर्विस एकेडमी क़ायम थी; सब्ज़े पर एक बंगाली विलेज डेवलपमेंट अफ़सर, कुछ देहाती गवैयों के साथ प्रतीक्षा में, बुनियादी प्रजातंत्रों से सम्बंधित फ़िल्म के लिए इन गवैयों की केस हिस्ट्री का अध्ययन। गवैयों के बाद एक क्लास में जाकर प्रशिक्षणरत सिविलियन नौजवानों से सम्बोधन। जेंटलमन क्या आप बता सकते हैं, सद्र अय्यूब ख़ाँ की बुनियादी जम्हूरियतों (प्रजातंत्र) के सिलसिले में आप लोग क्या करने वाले हैं।

एक बंगाली भाषण करने वाला, दो बंगाली तर्क-वितर्क, तीन-बंगाली, एजीटेशन, यहाँ पूरी क्लास मौजूद थी और विषय 'बुनियादी जम्हूरियत' (मौलिक प्रजातंत्र) बहुत शोर मचा। मैंने वाक़ई ख़ुद को लेक्चरर के रोल में उन सिविलियन छात्रों को डाँटते हुए पाया। '...सब एक साथ नहीं जेंटलमन! बारी-बारी। आप ...जी ...आपका क्या नाम है? अब्दुल मुजाहिद सरकार ...ख़ूब, आप फ़रमाइए।'

क्लास से बाहर आकर एक बंगाली नौजवान ने ख़ुश होकर कहा, 'आप क्या पिक्चर बनायेगा, यह प्रोग्राम तो हम लोग सबोताज़ कर चुका है।'

यही ख़ूबसूरत कोमेला 71 ई. में एक भयानक मैदाने-जंग में बदल जाने वाला था।

कोमेला से रवाना होकर नरसिंह दी, मौलवी बाज़ार, सिलहट, श्रीमंगल, फ़ंचू गंज, शमशेर नगर

श्रीमंगल के जाने पहचाने डाकबंगले पर पहुँचकर, सुबह-सुबह कज़न जमीला (पुत्री हाजी सैयद ख़लील अहमद बानी, एक आना फ़न्ड बराए-तामीर व मुरम्मत मसाजिद-ए-लखनऊ) ने जगाया। वह अपने बंगाली शौहर के साथ दूरदराज़ चाय बागान में रहती थी। उसके शौहर एक टी-स्टेट के 'बड़े साहब' थे। नाविलिट 'चाय के बाग़' के लिए मसाला।

एक बार फिर पाँचवीं या छठी मर्तबा चटागाँग, जो इस उपमहाद्वीप के हर अहम शहर की तरह दोहरी ज़िन्दगी गुज़ारता था, बर्तानवी दौर में दहशत पसन्द आन्दोलन का केन्द्र रह चुका था। सुना था, सैकड़ों नौजवान जेलों में बग़ैर ट्रायल बन्द थे।

और यही शहर पाकिस्तानी नौसेना और ईस्ट पाकिस्तान रेलवेज़ का बड़ा पुर फ़ज़ा मुस्तक़र (अड्डा) था और (बक़ौल अब्बास साहब, यहाँ की पहाड़ियाँ मिट्टी की और आदमी रेलवे के थे) अंग्रेज़ी फ़ौजी छावनियों की तरह, रेलवे अफ़सरों के रिहायशी इलाक़े निहायत खूबसूरत और शादाब बनाये गये थे। चटागाँग उपमहाद्वीप के हसीन तरीन रेलवे सेंटर्ज़ में से एक था, जहाँ बंगले दक्षिण पूर्वी एशियाई कोलोनियल स्टाइल के दिलफ़रेब नमूने थे और उनमें अम्मा

के दोस्तों की औलादों के कई कुनबे आबाद थे। लखनऊ के जज मसूदुलहसन की बेटी सुग़रा और उनके मियाँ मसूद रज़ा (सैयद काज़िम रज़ा और हाशिम रज़ा के छोटे भाई) प्रोफ़ेसर मिर्ज़ा मोहम्मद सईद की बहन भिन्नो ख़ाला की बेटी बेबी और उनके मियाँ मिस्टर तैयबजी, लखनऊ के इसहाक़ अली मिर्ज़ा (जो आलीजाह वासिफ़ अली मिर्ज़ा, नवाब बहादुर मुर्शिदाबाद मुक़ीम कलकत्ता के कज़न थे।) की लड़कियाँ ईदी और नौरोज़ी बेगम, जिनकी बड़ी बहन नियाज़नी बेगम, बन्नन बाजी की भावज थीं। (मीर कमालुद्दीन तिरमिज़ी की बेटी की नस्ल के एक फ़र्द आलीजाह मीर क़ासिम अली ख़ान, बंगाल के ट्रेजिक हीरो, जिनके कमसिन लड़के-लड़की गुल और सनोबर क़िला मुंगेर के मुहासिरे में जंगल में छुपे, बदक़िस्मत बाप के लिए शे'र की खाल ओढ़ कर खाना ले जाते हुए, लार्ड क्लाइव के एक अफ़सर की गोली का निशाना बन गये थे।

मीर क़ासिम अली ख़ाँ की औलाद शायद अब भी बिहार में मौजूद थी, मीर जाफ़र अली ख़ाँ मुर्शिदाबाद के नवाब। नवाब मोहम्मद रज़ा ख़ाँ, मज़फ़्फ़र जंग नायब नाज़िम-ए-बंगाल और टीपू सुलतान की औलादों और मटियाबुर्ज के शहज़ादों की तरह उन्नीसवीं सदी इम्पीरियल बर्तानवी बंगाल के रोमाँस के पले ये लोग, अपने पतनशील ट्रेजिक splendour के हाले में घिरे कलकत्ता में रहते थे। इन कुनबों के कुछ लोग, पूर्वी पाकिस्तान आ चुके थे। सिलहट में शहज़ादा शुजा के ज़माने के कुछ मुग़ल जागीरदार भी मौजूद थे और यह जेलों में बन्द राजनीतिक क़ैदियों की दुनिया से एक बिल्कुल अलग दुनिया थी और इसी बंगाल में मौजूद थी।

उन दिनों नौसेना के कमोडोर (अब एडमिरल) आसिफ़ अलवी और सईद बानो भी चटागाँग में रहते थे। इनका बेशतर ख़ानदान लखनऊ और काकोरी में मौजूद था। एक शाम सईद बानो के यहाँ (जो आई.टी. कॉलेज लखनऊ में मेरी हमजमाअत रह चुकी थीं) फ़िरंगी महल के हबीब मियाँ और दूसरे लखनऊ वाले डिनर पर इकट्ठे हुए और बहुत अच्छा वक़्त गुज़रा। तो ये यू.पी. के पश्चिमी पाकिस्तानी, सब बड़े इतमीनान से चटागाँग में ऊँचे औहदों पर होंकी डोरी बैठे अच्छा वक़्त गुज़ार रहे थे। सिलहट के चाय के बागान के ऊँचे अफ़सरों की

तरह और उनके अलावा ग़रीब या मध्यम वर्ग के मुहाजिर भी 'बिहारी' कहलाते थे, शहर बेशुमार मौजूद थे और किसी को मालूम न था कि कुछ साल बाद, सूरज सवा नेज़े पर आया चाहता है। ये ग़रीब 'बिहारी' मुसलमान बुरी तरह खानमाँ-बर्बाद होने वाले थे।

कराची वापस आकर मैंने सिलहट के परिदृश्य के साथ 'चाय का बाग़' लिखना शुरू किया; फिर उसे अधूरा छोड़कर, लंका की सेटिंग में 'सीता हरण' शुरू किया। एक दिन दफ़्तर में उसका एक अध्याय लिखते-लिखते अकबर के कुछ अशआर की ज़रूरत हुई। इब्ने इंशा को फ़ोन किया, 'वह क्या है?' मैंने दरयाफ़्त किया कि बेटा करले गर तू बी.ए. पास...?

इंशा ने फ़ौरन पूरी नज़्म फ़र-फ़र सुना दी, उसे लिखकर फ़ोन बन्द किया, कुछ मिनट बाद घंटी बजी। आली बोल रहे थे, फ़रमाया, 'आदमजी अदबी इनाम के जजों की कमेटी बन रही है; एवार्ड 'आग का दरिया' को मिलेगा।'

'इधर की दुनिया उधर हो जाए, मैं तो यह इनाम लेने से इनकार कर दूँगी।'

'यह क्या बोगस बात हुई?' आली ने पूछा। 'बोगस उनका प्रिय शब्द था।'

'अभी छह सात महीने पहले वह हंगामा बरपा हुआ था, अब लोग कहेंगे आँसू पोंछने के लिए इनाम दिया गया है। मुझे समझा है क्या हरचरण दास?'

'क्या क्या बोगस...'

'उससे ज़्यादा यह ...इस इनाम से बचने का नुस्ख़ा ख़ाकसार के पास मौजूद है। पूछिये ...क्या? ...नाचीज़ को जजों की कमेटी में शामिल कर लीजिए।'

तीन चार दिन तक इस मसअले पर आली से और भी झाँय-झाँय हुई और मौसूफ़ को आख़िरकार मेरी बात माननी पड़ी। मैं एवार्ड कमेटी में शामिल हो गयी जिसके सद्र बाबा-ए-उर्दू मौलवी अब्दुल हक़ थे सर्वसम्मति से आदमजी एवार्ड शौकत सिद्दीक़ी की 'ख़ुदा की बस्ती' को दिया गया।

दफ़्तर में एक दिन बिलालुद्दीन अहमद ने इत्तिला दी कि अफ़वाह है कि उनकी मामूज़ाद बहन सलमा सिद्दीक़ी ने कृष्णचंद्र से शादी कर ली या करने

वाली हैं और यह कि कृष्णचंद्र के इस्लाम धर्म क़बूल करने के बाद निकाह पढ़वाया या पढ़वाया जाएगा।

दफ़्तर के कमरे में उस वक़्त मौलाना आबिद शब्बर भी मौजूद थे। यह क़स्बा रुदौली ज़िला बाराबंकी के एक शगुफ़्ता मिज़ाज नौजवान मुजतहिद और ज़हरा मुमानी के रिश्तेदार थे और हमारे विभाग के अरबी रिसाले के शायद सम्पादक। फ़ौरन उनकी मदद से कृष्णचंद्र को मुबारकी का ख़त लिखा गया।

अल बिलाद-अल-कराशी (कराची शहर)

ब इस्मे सुबहाना (अल्लाह के नाम के साथ)

17, शाबान-अल-मोअज़्ज़म 1380 हिज्री सन्

प्यारे भाई साहब (साहित्य की उच्च श्रेणी पर प्रकाशमान) (ख़ुदा करे आपका मान बना रहे) अस्सलाम अलैकुम व रहमतुल्लाहि व बराकातहू। अलहम्दोलिल्लाह वल मिनह कि आप इस दुनिया में भी सुर्ख़रू रहे और आख़िरत की सुर्ख़रूई भी नसीब हुई। 'आमनाकुम व ज़ौजनाकुमुल जमीला अला हाज़ल मवासिलत क़दमातुमुल क़ैस व सलमा फ़ी असरना अंतुम अहमरनी हाज़ल आलम व जाअलल्लाह व जहकुम अहमर फ़ी दारल आख़िरह।'

अरबी से अनुवाद : (आप और आपकी बीवी इस तरीक़े पर जैसे हमारे ज़माने में क़ैस व सलमा हुए, आपको इस दुनिया में सुर्खरूई नसीब हुई और आख़िरत (अंजाम के लिहाज़ से भी सम्माननीय रहे) में भी सुर्खरूई नसीब हुई।)

सेंट्रल सेक्रेटेरियेट में पुराने ब्लाक के नज़दीक विभाग की एक आलीशान तीन मंज़िला नई इमारत का निर्माण किया जा चुका था और मेरा अलग दफ़्तर का लम्बा चौड़ा कमरा अब उसमें था। रुपये में सौ पैसे वाली करंसी जारी की जाने वाली थी। उसके प्रचार व प्रसार के लिए फ़िल्म। यह पाकिस्तान की पहली कार्टून फ़िल्म थी, जो मैंने तैयार करवाई। स्क्रिप्ट और कमेंट्री लिखी। चंद नौजवान जर्मनी से कार्टून फ़िल्म्स की ट्रेनिंग लेकर आ गये थे। उन्होंने बहुत अच्छी कार्टून फ़िल्म बनाई। एक हज़रत नूह की क़िस्म का बूढ़ा करंसी

ईजाद करने की फ़िक्र में समुद्र के किनारे तेज़ी से टहल रहा है, अचानक उसे कौड़ियाँ नज़र आ जाती हैं।

'अब बात हो रही है, दशमलब सिस्टम की और आप फिर ओरिजिन पर पहुँच गयीं।' फ़िल्म देखने के बाद, एक साहिब ने सिर हिलाकर कहा।

ओरिजिन तक पहुँचने की कोशिश से कोई फ़र्क नहीं पड़ता क्योंकि गिलास में रेत तेज़ी से गिर रही है।

लाहौर, नवम्बर 60 ई. नं. 49 लॉरेंस रोड में आपा हम्मन गाजर का हलवा बना रही हैं। नवाबज़ादा इम्तियाज़ अली ख़ाँ भाईजान और सिब्ते हसन से किसी बहस में मसरूफ़ हैं। छावनी में नसीमा मुमानी मामूजान के यहाँ, बेहद उदासी और रंजोग़म छाया हुआ है और नसीमा मुमानी मामूजान का बड़ा लड़का 'हनी' ब्लड कैंसर में मुब्तला है।

रात का वक़्त है, बाहर पाला पड़ रहा है। गहरे बेडरूम में आतिशदान के अन्दर आग रौशन। सोलह वर्षीय हनी पलंग पर लेटा है। अपनी चार वर्षीय बहन नताशा को, जिससे वह बेहद मोहब्बत करता है, उसने अपने नज़दीक लिटा रखा है। उसे मालूम नहीं कि वह मरने वाला है। जब अब्बाजान का इन्तिक़ाल हुआ, चन्दा मुमानी ने नं. 21, फैज़ाबाद रोड लखनऊ में दूसरी रात कहा था, काश! ऐसा हुआ करता कि एक आँधी चलती और उसमें सब एक साथ मर जाते। उसके कुछ बरस बाद, दूसरी आँधी चलती और दूसरी खेप एक साथ मर जाती। ताकि जाने वालों और पीछे रहने वालों को सदमे न उठाने पड़ते।

कराची में सर्दी की लहर दौड़ रही थी और कोयटा की बर्फ़ीली हवाएँ। नून मीम. राशिद न्यूयार्क से आये हुए थे; एक दिन बाग़ीचा देखकर बोले, 'आपने कितना अच्छा बाग़ीचा बनवा लिया।'

'बाग़बानी अम्मा का शौक़ है।' मैंने कहा। उस वक़्त बाग़ीचे में रंग-बिरंगे फूल खिले हुए थे और उन फूलों की तरह दुनिया में कैसे रंगारंग इंसान मौजूद थे, 'ग़ालिब' वाले सत्तर हज़ार इंसान।

ज़्यादातर इंसान स्वीट थे, कुछ क्रेक और थोड़े से क्रूक और कमीने और मुनाफ़िक़ (बाहर से कुछ, अन्दर से कुछ) और ऐसे लोग दुनिया में हर जगह पाये जाते हैं ...ऐ री माई कैसे-कैसे लोग।

इंसान के अलावा मकानों ने मुझे हमेशा फ़ेसीनेट किया। हर तरह के मकान, छोटे-बड़े, हवेलियाँ, बंगले, कॉटेज, फ़्लैट, झोंपड़े, सारी दुनिया में किंतने अरबों मकान हैं और उनमें लोग रहते हैं। हर मकान के अन्दर एक अलग दुनिया आबाद है।

महज़ इस तीन कुशादा कमरों, दो ग़ुस्लख़ानों, एक विशाल रसोई, एक बरामदे वाले ग्राउंडफ़्लोर फ़्लैट की अपनी अन्दरूनी दुनिया, लम्बे दरीचों, ज़र्द टाइलों वाला लम्बा बरामदा, जिसके एक सिरे पर ड्राइंगरूम था, जिसका एक दरवाज़ा बाहर ज़र्द टाइलों और सुर्ख़ मुंडेर वाले चबूतरे पर खुलता था। ड्राइंगरूम के दरीचे के बाहर अमलतास का दरख़्त खड़ा था। एक बरामदे के ड्राइंगरूम वाले सिरे पर ग़ुस्लख़ाना था, जिसकी खिड़की के बराबर शरीफ़े का दरख़्त था और शरीफ़ों पर हरे तोते बैठे रहते थे। फ़्लैट के पिछवाड़े धरती के विशाल टुकड़े पर ऊँचे-ऊँचे वृक्ष खड़े थे। उनके पीछे अहाते की ऊँची दीवार।

पतझड़ के मौसम में धरती का यह विशाल क्षेत्र, पीले पत्तों से अट जाता। दोपहर के सन्नाटे में शम्सुद्दीन माली की लम्बी झाड़ू सरसराने की आवाज़ आती थी। शबे मेहताब (चान्दनी रात) में उस पुरसुकून प्लाट पर इक्का-दुक्का सफ़ेद जंगली फूल नज़र आते। गर्मियों में वहाँ ख़ुश्क पत्ते उड़ते।

बरसात में जंगली घास अचानक उग आती और हाथ-हाथ भर ऊँची होकर हरी-हरी और तरोताज़ा नमीयुक्त हवा में चौड़ी नदी की तरह बहती और सामने के बाग़ीचे में साल के बारह महीने, शम्सुद्दीन ठीक दस बजे सुबह से एक बजे दोपहर तक क्यारियों में मसरूफ़ रहते और गुनगुनाते जाते और सेमल के दरख़्त के तने पर कुटकुटबढ़ैया खुट-खुट करती और झाड़ियों पर सफ़ेद और ऊदी और उनाबी तीतरियाँ मंडरातीं। जब हम यहाँ आए थे, यह फुलवारी बिल्कुल उजाड़ पड़ी थी।

फ़्रैंक लॉयड राइट के समकालीन जर्मन राजगीर फ़ान रो ने अमेरिका में पिक्चरविन्डो का प्रचलन किया, जिसके सालिम प्लेट गिलास में से बाहर बाग़ एक पेंटिंग की मानिंद नज़र आता है। या बाग़ कमरे का विस्तार प्रतीत होता है। अगर बाहर सैहन-ए-चमन मौजूद न हो तो दरीचे के पीछे एक बड़ी तस्वीर लगा दी जाती है या शीशे पर बाग़ का दृश्य इस तरह पेंट किया जाता है कि नक़्ल पर अस्ल का धोखा हो।

नं. 61, गार्डेन रोड पर खिड़कियों के सामने ऊँचे दरख़्तों पर ज़र्द और सुर्ख़ और सफ़ेद फूल खिले थे और उसके आगे मैदान था, जिसके चारों तरफ़ इसी क़िस्म की गुलाबी इमारतों में और भी इंसान रह रहे थे और दूर फाटक के बाहर सड़क पर ट्रैफ़िक रवाँ था और संसार के दृश्य क्या रंग-रंग के और हैरान कर देने वाले और दिलचस्प और दुःख भरे और दहशतनाक और जादू जगाने वाले थे और कैसे-कैसे लोग ...सत्तर हज़ार इंसान।

एक सुहानी सुबह नं. 61-डी, गार्डेन रोड पर शम्सुद्दीन माली क्यारियों में पानी दे रहे थे, जब अपने कमरे के दरीचे में खड़े-खड़े मैंने एकाएक तय किया कि अम्मा को इलाज के लिये इंग्लिस्तान ले जाना चाहिए और वहाँ अगर मुस्तक़िल क़याम किया जाए तो हर्ज नहीं। अम्मा से उनके कमरे में जाकर कहा, 'फ़ौरन तैयार हो गयीं', बोलीं, 'एंचोर लाइन को फ़ोन करो' अब्बाजान के लगातार सैर-सपाटों की वजह से वह एंकर लाइन से ख़ूब वाक़िफ़ थीं और उसे मज़ाक़ में एंचोर लाइन कहती थीं।

'तुम्हारे अब्बाजान के केबिन ट्रंक सारे बेचारी हस्सो के यहाँ लखनऊ में पड़े हैं, नये ख़रीदने होंगे।'

मैंने कहा, '...वह यहाँ होते भी तो इतने पुराने हो चुके होंगे कि काम न आते और बहरहाल इस स्टाइल के स्टीमर ट्रंक अब चलन में नहीं हैं।'

हसनैन मामू नाज़िमाबाद में शाहजहाँ और हसन अहमद मामू के यहाँ रह रहे थे। चन्दा मुमानी ने गार्डेन रोड आकर, उसी एहतियात और जाँफ़शानी से पैकिंग शुरू की, जिस तरह उन्होंने मई 43 ई. में नं. 21, फैज़ाबाद रोड

लखनऊ में की थी। मैंने छह, सात सौ किताबों को दो बड़े सन्दूक़ों में भरा। चार, पाँच सौ अपेक्षाकृत महत्वहीन पुस्तकें वहीं छोड़ीं। अम्मा ने चार्टर्ड बैंक जाकर, अपनी जिन्नाती अंग्रेज़ी लिखाई में ट्रैवलर चेकों पर दस्तख़त किये। अपने ख़र्चे पर विलायत का यह मेरा दूसरा सफ़र था।

भाई, भाभी और बच्चे कुछ दिन के लिए गार्डेन रोड आ गये। एक शाम जमील जालिबी अलविदाई दावत का खाना लेकर, गार्डन रोड आये। ख़ुदा हाफ़िज़ कहने वालों का हुजूम रोज़ बरोज़ बढ़ता गया।

23 फ़रवरी 61 ई. की सुबह एंकर लाईन के लक्ज़री लाइंस के केलेडवेना के डेक पर, कुलसूम भाभी कस्टम अफ़सर की सफ़ेद साड़ी का युनिफ़ार्म पहने, मेज़ पर बैठी मुस्कुरा रही थीं, जो 1938 ई. में एम.एल.ए. यूपी एसेम्बली के अधिवेशन के लिए, मुरादाबाद से नं. 01, राय बिहारी लाल लोड लखनऊ आया करती थीं।

जहाज़ की सीढ़ियाँ अभी सुनसान पड़ी थीं। ख़्वाजा मज़हरूल क़य्यूम ने अम्मा को डेक तक पहुँचाया। वह तेज़ नीली रेशमी साड़ी पहने इतमीनान से खटखट सीढ़ियाँ चढ़ती ख़ुद ही ऊपर पहुँच गयीं। वह विलायत जाने के ख़याल से बहुत ख़ुश थीं।

जहाज़ पर सुबह दस बजे से, रात के आख़िरी भोंपू तक रिश्तेदारों का ताँता बँधा रहा। लोग काफ़ी हैरान थे कि इतना बड़ा हुजूम किसे पहुँचाने आया है और मुस्तक़िल चला आ रहा है। जहाज़ का स्टाफ़ मुसाफ़िरों को पहुँचाने वालों को चार बजे की चाय से नवाज़ता था। चार बजे डाइनिंग हाल सादाते नहटौर व लाँकड़ी से भरा हुआ था। लाहौर से ख़ुदा हाफ़िज़ कहने के लिए आये हुए भाई हमीद अली और कुछ रिश्तेदार अम्मा के केबिन में मौजूद थे। अम्मा ने मेहमानों को ज़बर्दस्ती चाय पिलाने और ख़ातिरें करने का महबूब मशग़ला, वहाँ भी शुरू कर दिया। इतमीनान से आवाज़ दी, '...अहमद शाह, चाय लाओ...।'

अब मैं क्या देखती हूँ कि अहमद शाह बड़े ठाठ से, चाय की कश्तियाँ, पेंट्री से उठा-उठाकर सीढ़ियाँ चढ़ते, केबिन की तरफ़ बार-बार लिये जा रहे हैं।

मुसाफ़िरों के हुजूम और रवानगी की अफ़रातफ़री में उनसे किसी ने न पूछा कि ख़ान साहब आप कौन हैं और क्या कर रहे हैं।

रात के ग्यारह बजे जहाज़ के आख़िरी भोंपू के साथ, रिश्तेदार जहाज़ की सीढ़ियाँ उतरे। चन्दा मुमानी ने बहुत ख़ूबसूरत पेशावरी चप्पलें पहन रखी थीं। दिन में किसी वक़्त मैंने उनकी तारीफ़ कर दी थी। बरामदे में सबको ख़ुदा हाफ़िज़ कहने के बाद, मैंने केबिन में आकर देखा, वह चप्पल मेरे पलंग के नीचे मौजूद थे। मैं फ़ौरन बाहर गयी और रेलिंग पर जाकर देखा। नीचे लैम्प की रौशनी में, हसनैन मामू, मुनव्वर मुमानी, शाहजहाँ, फूल और सुरैया वग़ैरह के साथ-साथ चन्दा मुमानी ग़रारा पहने, सहज-सहज खुरदुरी ज़मीन पर नंगे पाँव चलती, फाटक की तरफ़ जा रही थीं।

अचानक पैरों तले इंजिन ने घड़घड़ाना शुरू कर दिया। 20 मई 1924 ई. को एस.एस. एक्योबेला पर इंग्लिस्तान जाते हुए, अब्बाजान ने अम्मा को लिखा था, 'फ़र्स्ट क्लास पारसनों और हिन्दू बीबियों से भरा पड़ा है। इससे अंदाज़ा होता है कि अब दौलत हिन्दुस्तानियों के पास आ रही है या ज़्यादा सही यह कि अब दौलत का सही इस्तेमाल उन्होंने सीख लिया है। सेकंड और थर्ड क्लास में अरब हैं, ईरानी हैं, हिन्दुस्तानी हैं।'

1924 ई. की पारसनें और हिन्दू बीबियाँ 'अपर क्लास' थीं। अब दौलत बाहर जाकर तिजारत करने वाले निचले मध्यम वर्ग और वर्किंग क्लास हिन्दुस्तानियों और पाकिस्तानियों के पास आ रही थी। 1961 ई. के बर्तानवी जहाज़ एस.एस. केलेडोनिया के फ़र्स्ट क्लास में, इंग्लिस्तान अमेरिका और कनाडा में बसे हुए, कुछ अनपढ़ पंजाबी और सिख और उनके परिवार सफ़र कर रहे थे। यह लोग डेक पर दरी बिछाकर, हीर गाते, संतरे के छिलके सारे में बिखेरते, ज़ोर-ज़ोर से ट्राँज़िस्टर बजाते और अंग्रेज़ मुसाफ़िर ख़ून के घूँट पीकर ख़ामोश रहते। किसी का राकिब, किसी का मरकब (किसी का सवार होने वाला, कोई सवारी)...।

1924 ई. में जो अरब और ईरानी थर्ड क्लास के मुसाफ़िर थे, उनकी औलाद आधी सदी बाद अपने-अपने पेट्रोडलार्ज़ के ज़रीये, आधी दुनिया को उलट-पलट कर देने वाली थी।

मेरी सुराही से...

'24 मई 1924 ई.'

'...अदन पर तीन कश्तियाँ मुसाफ़िरों की हमारे जहाज़ पर आयीं। गोरी औरतें, अंग्रेज़ी पोशाकें, आला दर्जे के फ़ैशनेबल सूट पहने मर्द, सिर पर तुर्की टोपियाँ, मैं समझा फ़र्स्ट क्लास के मुसाफ़िर हैं। सब तीसरे दर्जे में गये; ये सब यहूदी और यहूदनें थीं।'

1924 ई. का तुर्की टोपी पहनने और थर्ड क्लास में सफ़र करने वाले मध्यपूर्व का यहूदी और आज का मग़रूर इस्राईली। किसी का राकिब, किसी का मरकब, किसी को इबरत का ताज़ियाना।

जहाज़ पर तीसरे दिन अम्मा ने कहा, 'मैं तो ख़लता उतार, साड़ी बाँध, चार दफ़ा, डाइनिंग हाल नहीं जाऊँगी।' कप्तान से कहा, 'मेरे लिए खाना, चाय केबिन में भेजा करे।'

'वह आपको ख़ूब चलता-फिरता देख चुका है, हरगिज़ न मानेगा।'

'मानेगा कैसे नहीं, मैं तो केबिन ही में खाऊँगी।'

मजबूरन मैंने कप्तान से जाकर बात की।

पुराने स्टाइल के अंग्रेज़, तर्ज़े गुफ़्तगू में लखनऊ वालों की तरह बेहद अख़लाक़ और तहज़ीब बरतते थे और मुखातब (जिससे सम्बोधन किया जाए) की माँ या बीबी को 'लेडी मदर', 'लेडी वाइफ़' के अलफ़ाज़ से याद करते थे। वह बूढ़ा कप्तान बोला, 'लेकिन जहाँ तक मेरा ख़याल है, तुम्हारी लेडी मदर चलने-फिरने से माज़ूर नहीं हैं।'

'मैंने फ़्रैक्चर की दास्तान गोशगुज़ार की और बताया कि दिन में चार दफ़ा डाइनिंग हाल का ज़ीना चढ़ना, उतरना उनके लिए दुश्वार है।'

उसने कहा, 'ओह ...मुझे बेहद अफ़सोस है; तब तो मैं चीफ़ स्टीवर्ड से ज़रूर कह दूँगा।'

उसके बाद गवानी स्टीवर्ड चारों वक़्त चाय, खाने की कश्तियाँ, अम्मा के लिए केबिन में लाने लगा। तीन-चार पाकिस्तानी लड़के लड़कियाँ, जो डॉक्टरी और साइंस के उच्च प्रशिक्षण के लिए लंदन जा रहे थे और दो हिन्दुस्तानी लड़कियाँ, अरुंधति और अलवीरा उनके फ्रेंड सर्किल में शामिल हुईं। उन्होंने केबिन में मजलिसें सजानी शुरू कर दीं। फिर उन्होंने स्कॉटिश डॉक्टर से ताल्लुक़ात बना लिये, जो हर तीसरे दिन आकर ब्लड प्रेशर देखता।

पिछली मर्तबा जब मैं स्वेज़ से गुज़री थी, एंग्लो-फ्रेंच इस्राईली फ़ौजों ने अभी नहर स्वेज़ पर हमला नहीं किया था। अब नहर स्वेज़ का राष्ट्रीयकरण हो चुका था और पश्चिम वालों की आशाओं के विपरीत, नहर के मिस्री पायलट और इंजीनियर निहायत ख़ुश-अस्लूबी से और महारत से स्वेज़ में से जहाज़ों को ले जाने में मसरूफ़ थे। मौसियो डी एम्प का वह आलीशान मुजस्समा (मूर्ति), जिसने 1911 ई. में अब्बाजान को प्रभावित किया था, तोड़-फोड़ कर बराबर किया जा चुका था।

दूसरे दिन सुबह अम्मा डेक पर कुर्सी बिछाकर, बन्दरगाह की सैर में मशग़ूल हुईं। मैं, अलवीरा, अरुंधति और दूसरे मुसाफ़िर क़ाहिरा जाने के लिए जहाज़ से उतरे।

दिखलाइए ले जाके तुझे मिस्र का बाज़ार

हरे रंग की लग्ज़री कोच चेक पोस्ट की बेरौनक़, इमारत के सामने खजूर के झुरमुट में खड़ी झिलमिला रही थी। सामने की बारक में कुछ फ़ौजी खटखट करते सड़क पर आये और उचक कर एक ट्रक में बैठ गये। कोच का एक्टरनुमा ड्राइवर रंगीन रूमाल से अपनी बारीक मूँछें साफ़ करता, चायख़ाने से लौटा। सड़क के सिरे पर एक बालकोनी का दरवाज़ा खुला और सियाह फ्राक पहने एक मोटी औरत ने अख़बार का बड़ा सा पुड़ा बनाकर नीचे फेंक दिया, जो हवा में आहिस्ता-आहिस्ता तैरता हुआ, आकर फ़ुटपाथ पर गिर गया।

जेटी की सीढ़ियों पर से यह सारा मंज़र स्लो मोशन की ख़ामोश फ़िल्म सा प्रतीत होता था।

हम लोग लाँच में से कूद कर, गीले ज़ीने पर आ गये और चबूतरे पर चढ़े। लम्बे क़द के ट्रैवल एजेंट ने कोच का दरवाज़ा खोला और सिर ख़म करके मुस्कुराया। वह बढ़िया सूट पहने था और आँखों पर उसने बहुत फैले हुए गोगल्ज़ लगा रखे थे। उसका ख़ुशमिज़ाज असिस्टेंट, जिसके चेहरे पर चेचक के दाग़ थे, सबसे आख़िर में लगभग फुदकते हुए, आकर अगली सीट पर बैठ गया। कोच स्टार्ट करने के लिए, उसने अलअहराम का बूंगा बनाकर, एक्टरनुमा ड्राइवर के काँधे को खटखटाया। उसने एक उंगली में सोने की भद्दी सी अंगूठी पहन रखी थी, जिसमें सियाह पत्थर जड़ा था।

कोच बंदरगाह से निकली। बातों की भनभनाहट जारी थी, अलवीरा और डॉक्टर राय, चौधरी और अरुंधति, दोनों पाकिस्तानी डॉक्टर, पाकिस्तानी पंजाबी इंजीनियर और उसकी बीवी। बाक़ी सब अंग्रेज़ और यूरोपियन।

कोच शहर से निकलकर रेगिस्तान में दाख़िल हुई। अब क्षितिज के किनारे-किनारे दो पहाड़ियाँ नज़र आ रही थीं, जिनमें से एक की शक्ल एक लम्बी डरावनी ममी जैसी थी, जिसका प्रोफ़ाइल आकाश की ओर उठा हुआ था और पाँव दक्षिण की ओर फैले थे।

क्या हैरान कर देने वाली बात थी।

लम्बे एजेंट ने माइक्रोफ़ोन हाथ में लेकर, बोलना शुरू किया, 'आप लोग जब दस साल बाद यहाँ आयेंगे, उस वक़्त तक इंशाअल्लाह हमारा आसवान डैम तैयार हो चुका होगा और यहाँ से क़ाहिरा तक का यह अस्सी मील का सहरा, एक ज़रख़ेज़ सरसब्ज़ो शादाब इलाक़ा होगा।'

एक भद्दी सी इमारत, धूप में चमक रही थी। लम्बे एजेंट ने उस की तरफ़ इशारा करके कहा, 'हमारे एक बादशाह ने, जो हमारे और सब बादशाहों से ज़्यादा बेहूदा था, पिछली सदी में यह महल बनवाया था। हमारे उस नामाक़ूल हुक्मराँ ने एक किसान लड़की को यहाँ भेड़ें चराते देखा और उस पर आशिक़ हो गया। उसने कई लाख पौण्ड क़ीमत का यह महल, उस चरवाही के लिए बनवाया जबकि फ़लाहीन, रेगिस्तान की भूख में मरते रहे और रेतीली ज़हरीली हवाएँ, उन्हें अन्धा करती रहीं।'

'ताहा हुसैन...' मैंने बेसाख़्ता कहा।

मूँछों वाले असिस्टेंट ने मुड़कर ख़ुशी से मुझे देखा।

'शहज़ादी और फ़ोटोग्राफ़र का सनसनीख़ेज़ रोमाँस...' पीछे बैठी एक अंग्रेज़ औरत ने एक ज़नाना बर्तानवी पत्रिका का दूसरा पृष्ठ पलटा। महल पहाड़ियों के पीछे छुप गया। एकाएक सब ख़ामोश हो गये। अख़बारों और रिसालों के पृष्ठ खड़खड़ाते रहे; धूप तेज़ होती जा रही थी।

अचानक गहरा नीला समुद्र ठीक आँखों के सामने लहरें मारने लगा। शफ़्फ़ाफ़, ठंडा, नीलगूँ पानी, सहरा की तपती हुई ज़र्द रेत के सामने, उसकी नीलाहट और भी ज़्यादा भली और फ़रहत बख़्श लगी।

हम लोग इतनी दूर निकल आये मगर अभी तक समुद्र के किनारे-किनारे जा रहे हैं, अलवीरा ने विचार प्रकट किया; लम्बा एजेंट रेडियो ट्यून करने लगा।

'उम्मे कुलसूम' मैंने कहा।

मुँह पर चेचक के दाग़ वाले असिस्टेंट ने दोबारा मुड़कर, ख़ुशी से मुझपर नज़र डाली।

क़ाहिरा पहुँचकर हम लोग एक क़हवाख़ाने (कॉफ़ीहाउस) में गये। सैहन में कुर्सियाँ और मेज़ें लोगों से घिरी हुई थीं। मैं अरुँधति, अलवीरा और डॉक्टर राय चौधरी, एक कोने में बैठकर, सूडानी वेटर का इन्तिज़ार करने लगे। आँगन के उत्तरी सिरे पर एक बेहद हसीन लड़की हरे रंग के फ़्राक में मलबूस सफ़ेद हैट लगाये, बहुत से मर्दों के हुजूम में घिरी बैठी थी। हमारा लम्बा एजेंट भी वहीं पहुँचा हुआ था। वह मिस्री लड़की, लगता था VOGUE के किसी पृष्ठ से निकलकर आयी थी।

'यह कौन हो सकती है?' अलवीरा ने कहा।

'ताईस, तौबा करने से पहले...' मैंने जवाब दिया।

काफ़ी देर बाद, एजेंट हमारी तरफ़ आया। वह लड़की भी उसके साथ थी। वह एक छायादार वृक्ष के नीचे खड़ी हो गयी, जिसका आधा तना बर्तानवी स्टाइल के पिब में शामिल था। बार पर बैठे लोग, उसे देखकर मुस्कुराये। जवाब में वह भी मुस्कुरायी। एक सख़्त चेहरे वाली औरत, नक़ली ज़ेवर पहने तेज़-तेज़ क़दम रखती, पाओड रूम से निकली। हम तीनों साड़ीपोश लड़कियों को ग़ौर से देखा और बराबर की अँधेरी गली में उतर गयी।

हम लोग बाहर आकर कोच में बैठे।

उस वक़्त हमने पहली बार उस सुर्ख़ बालों वाली औरत को देखा। वह सबसे अगली सीट पर मौजूद थी, जहाँ मूँछों वाला असिस्टेंट बैठता था। उसने कत्थई रंग का मामूली कोट और स्कर्ट पहन रखा था। वह हमें देखकर एक दफ़ा मुस्कुराई; उसने पपोटों पर गहरा सब्ज़ रंग और पलकों पर सियाह रोग़न लगा रखा था। उस के जिस्म पर सबसे ज़्यादा अलग दिखाई देने वाली चीज़, उसके बाल थे। आग की तरह दहकते हुए, सुर्ख़ बाल। उसकी उम्र पैंतीस या चालीस साल की होगी मगर जिस तरह की ज़िन्दगी वह ज़ाहिर तौर पर गुज़ारती

थी, उसकी वजह से ज़्यादा उम्र की लग रही थी। नौजवानी में यह औरत भी सब्ज़ फ़्राक वाली 'ताईस' की तरह बेहद दिलकश रही होगी। वह जैसे ताईस का भविष्य थी।

अब सब्ज़ फ़्राक वाली लड़की भी अंदर आ गयी और लम्बे एजेंट के पास बैठ गयी। मूँछों वाला चेचक रू आदमी, सुर्ख़ बालों वाली के पास आ बैठा।

कोच रवाना हुई, सुर्ख़ बालों वाली ने तेज़-तेज़ लहजे में, मूँछों वाले से अरबी में कुछ कहना शुरू किया। मूँछों वाला हँस-हँस कर जवाब देता रहा। फिर उसने मुड़कर हम लोगों से कहा, 'यह मेरी बीवी है।' इस पर औरत और ज़्यादा ख़फ़ा हुई और उसने और भी ज़्यादा अरबी बोली।

डाउन टाउन क़ाहिरा पहुँचकर, हम लोग एक डिपार्टमेंटल स्टोर के सामने उतरे और तितर-बितर हो गये। कुछ देर बाद लम्बा एजेंट, बाक़ी लोगों का नेतृत्व करता, दूसरे आर्केड में से आता नज़र आया। 'ताईस' उसके साथ थी, 'ये कौन ख़ातून हैं?' अलवीरा ने पूछा।

'मेरी बीवी।' एजेंट ने इतमीनान से जवाब दिया।

अब सूरज ढल रहा था। अहराम के चारों तरफ़, जहाँ तक नज़र जाती थी, ख़ुशगवार धूप। क़ाहिरा के नागरिक, साइकिलों स्कूटरों और मोटरों पर लद कर हवाख़ोरी के लिए आये हुए थे। शहर की गगनचुम्बी आधुनिक इमारतों के बाद, अहराम एकदम छोटे-छोटे खिलौने प्रतीत हुए। अनगिनत मिस्री टेडी ब्वायज़ और टेडी गर्ल्ज़ अहराम पर चढ़ते, उसकी चोटियों की तरफ़ जा रहे थे या नीचे उतर रहे थे।

सबसे बड़े मक़बरे के दरवाज़े पर, एक ग़ुस्से से भरे लम्बे क़द के अबापोश गाइड ने हमें आ लिया। 'गुड इवनिंग मैडम! ईजिप्ट लाइक इण्डिया, वेरी ओल्ड कंट्री ...कम इन मैडेम, कम ऑन इन...।'

अन्दर अर्धप्रकाशमान ड्योढ़ी में एक भीड़ मौजूद थी। छतदार रास्ते में कुछ दूर जाकर, अलवीरा घबरा गयी। 'मेरा तो दम घुट जायेगा।' उसने कहा

और उलटे पाँव बाहर भागी। हुजूम ने धक्का देकर मुझे और अरूंधति को आगे बढ़ा दिया। हमने न चाहते हुए भी पतला लोहे का ज़ीना चढ़ना शुरू किया। नीचे पत्थर की चिकनी सुर्मयी दीवारें, तह दर तह अँधेरे कमरे। तीनों तरफ़ से दीवारें इस तरह झुकी आ रही थीं, जैसे दम घोंट देंगी। दीवारों में बिजली की रौशनी के ट्यूब लगे थे। अनदेखे माहौल में से हवा के अन्दर आने का आभास हो रहा था। चारों हाथों पैरों पर झुके ताकि सिर छत से न टकराये। हम लोग हाँपते-काँपते ऊपर चढ़ रहे थे मगर ज़ीना ख़त्म होने में न आता था। आगे और पीछे लोगों का एक हुजूम वहाँ ऊपर जाने की कोशिश में लगा था या नीचे उतर रहा था।

आख़िरकार हम ऊपर 'किंग्ज़ चैम्बर' तक पहुँच गये। उसकी पत्थर की सुर्मयी दीवारों वाले संदूक़नुमा कमरे में, पत्थर का ख़ाली ताबूत रखा था। कमरे में इतनी उमस थी कि बर्दाश्त से बाहर थी। मैं वहशतज़दा होकर, उलटे पाँव वापस भागी।

नीचे अहराम के बाहर धूप फैली हुई थी। नीला आसमान, परिन्दे, हरे-भरे दरख़्त, ताज़ा हवा; हवा कितनी बड़ी नेमत है।

'आपको मालूम होना चाहिए।' मैंने मुंडेर पर खड़े डॉक्टर राय चौधरी से ग़ुस्से से कहना शुरू किया, 'कि मैं पाँच हज़ार बरस के अन्धेरे और दहशत और गहरी तनहाई का सफ़र तय करके आ रही हूँ और मिस्र के अहराम एक अज़ीमुश्शान फ़्राड हैं।'

'टट, टट।' डॉक्टर राय चौधरी ने कहा और एक तरफ़ को मुड़ गये।

धूप मद्धम पड़ती जा रही थी। मैं वह टीला उतरकर सड़क पर आयी, जिसकी दूसरी जानिब फूलों के रंग के आसमान के सामने एकाएक अबुल हौल नज़र आ गया, वह शाम की लालिमा की रौशनी में ज़्यादा रहस्यमय, शान्त और आश्चर्यजनक प्रतीत हो रहा था। उसकी शिकस्ता मुस्कुराहट में नर्मी थी और दर्दमंदी और जाने क्या। हज़ारों बरस से वह दुनिया का इसी तरह नज़्ज़ारा कर रहा था या दि वेस्ट लैण्ड के टाइरेसस की तरह :

I, Tiresias

Perceived the scene and foretold the rest too awaited the expected guest, and I Tiresias have fore suffered all.

आसपास छोटे अहरामों के चारों तरफ़ उच्च वर्गीय मिस्री लड़के और लड़कियाँ शहसवारी करते फिर रहे थे।

रफ़्ता-रफ़्ता सूरज अबुल हौल के पीछे रेत में डूब गया और दक्षिण दिशा से एक इंसान दबे पाँव आया और स्फ़िनकिस के बाईं ओर खड़ा हो गया।

'लब्बैक स्फ़िनकिस ... (मैं आ रहा हूँ स्फ़िनकिस...) जूलियस सीज़र का सलाम क़बूल कर...'

इस दुनिया में पैदा होने की वजह से, जिन दुनियाओं से मुझे निष्कासित होना पड़ा, उनकी और ऐसे इंसानों की तलाश में, जैसा मैं ख़ुद हूँ, मैं देशों-देशों घूमा हूँ। मुझे रेवड़ और चरागाहें, आदमी और शहर दिखाई दिये लेकिन कोई दूसरा सीज़र न मिला। कोई इंसान अपना जैसा मुयस्सर न हुआ, जो दिन को मेरे कारनामे अंजाम देता और रात को मेरे जैसे ख़्वाब देखता। सामने की छोटी सी दुनिया में ऐ स्फ़िनकिस! मेरा मान उतना ही ऊँचा है, जितना तेरा इस लक़ो दक़ जंगल में है। मैं कर्म करता हूँ और हैरान रहता हूँ। तू देखती है और इन्तिज़ार में है। मैं ऊपर निगाह उठाता हूँ और मेरी आँखें चकाचौंध हो जाती हैं। नीचे नज़र करता हूँ और अँधेरे में डूब जाता हूँ। चारों तरफ़ देखता हूँ और हक्का-बक्का रह जाता हूँ जबकि तू लगातार सामने की ओर टिकटिकी बाँधे बैठी है, दुनिया से बाहर। खोई हुई दुनियाओं की तरफ़। उस गहवारे की दिशा में, जहाँ से निकलकर हम भटक गये।

स्फ़िनकिस! तुम और मैं नस्ल-ए-इंसानी के लिए अजनबी हैं लेकिन एक दूसरे के लिए अजनबी नहीं। 'रोम' एक दीवाने का ख़्वाब है, मेरी हक़ीक़त यह है। ये सितारों के जैसे तुम्हारे चराग़, मैंने गाल में, बर्तानिया में, हस्पानिया में, चिली में हर जगह देखे हैं। चराग़ जो पाताललोक में छुपे हुए हैं, किसी हमेशा रहने वाले निगहबान को, हमराज़ों से बाख़बर कर रहे हैं। उस हमेशा रहने वाले निगहबान का स्थान, मैं कभी न पा सका। वह आख़िरकार यहाँ मौजूद

है। मेरी ज़िन्दगी के स्थाई और हमेशा ज़िन्दा रहने वाले हिस्से का प्रतिबिम्ब। ख़ामोश, सोचता हुआ, रुपहले लक़ो-दक़ (सुनसान) जंगल में अकेला। स्फ़िनकिस, स्फ़िनकिस...

'बड़े मियाँ।'

'देवताओं...'

'भागो नहीं बड़े मियाँ।'

'बड़े मियाँ? ...मैं जूलियस सीज़र हूँ।'

'बड़े मियाँ।'

'स्फ़िनकिस...!' तुम अपनी सदियों की उम्र छुपाती हो। मैं तुमसे कहीं छोटा हूँ। यद्यपि तुम्हारी आवाज़ लड़कियों जैसी है।'

'जल्दी से ऊपर आ जाओ। वर्ना रोमन तुम्हें खा जाएंगे।'

'तुम कौन हो?'

'क्लयो...'

खट, खट, खट ...मैंने घबरा कर देखा। डॉक्टर राय चौधरी अबुल हौल के एक पंजे पर पाइप उलटा करके झाड़ रहे थे। अरुंधति टहलती हुई क़रीब आयी। ग्रे सूट में एक बुज़ुर्ग 'ओल्ड स्कूल' मिस्री जेंटलमन उसके साथ थे। उन्होंने अंग्रेज़ी में अपना परिचय कराया। डॉक्टर यूसुफ़ मुराद एक यूनिवर्सिटी में पोलिटिकल साइंस पढ़ाते थे। बड़े ही शाइस्ता और Elegant, तुर्की टोपी ओढ़े। वह नहास पाशा और वफ़्द पार्टी की गुमशुदा दुनिया से ताल्लुक रखते थे।

'मादमोज़ेल। अबुल हौल ने शायद आपको डरा दिया।' डॉक्टर मुराद ने नरमी से कहा, 'नहीं, जी हाँ, जनाब' 'मैंने कनफ्यूज़्ड होकर जवाब दिया।' दरअस्ल मैं यह समझी कि तूत अनख़ामून खटखट कर रहे थे। मैंने कुछ देर पहले अहराम से बाहर आकर, उनको फ़्राड कहा था और सम्भव है, वह आमन होतप तृतीय भी हो सकते थे या लार्ड किचनर। मैंने सोचते हुए इज़ाफ़ा किया।

'या जनरल गोर्डन...' प्रोफ़ेसर ने मुस्कुराकर कहा, 'सारे नाम अतीत में एक हो जाते हैं। हैं ना!' उन्होंने विराम लेकर कहा, 'वह एक पुराने दोस्त प्रतीत हुए। सारे अनजबी, वह सब लोग, जिनसे हम उम्र भर कभी नहीं मिलेंगे, हमारे दोस्त हो सकते थे।

'जी हाँ।' मैंने कहा, 'मिसाल के तौर पर नफ़रतती...'

'या क्वीन विक्टोरिया...' डॉक्टर राय चौधरी बोले।

प्रोफ़ेसर यूसुफ़ मुराद दर्दमंदी से मुस्कुराये, जैसे समझते हों।

'और जब इंसान मर जाता है तो वह और आज से पाँच हज़ार साल पहले मरे हुए लोग एक हो जाते हैं। हम जब ज़िन्दा होते हैं, सिर्फ़ उस वक़्त तक ही नये, भिन्न और आधुनिक रहते हैं। यह बहुत डरावना ख़याल हैं।' मैंने ग़मनाक आवाज़ में इज़हार-ए-ख़याल किया।

डॉक्टर मुराद नहास पाशा और गाँधीजी का ज़िक्र करने लगे। फिर उन्होंने बोनदोयाज़ कहा; शायद कभी न मिलने के लिए।

जामा मोहम्मद अली की मुंडेर से हमने शहर का नज़ारा किया। अलबानवी मूल के ख़दीव मोहम्मद अली, जो डेढ़ सौ वर्ष पूर्व मिस्र को तरक्क़ी के रास्ते पर खड़ा कर गया। क़ाहिरा चारों तरफ़ फैला था, ख़ूबसूरत, महान नगर, पश्चिमी क्षितिज पर अभी सुर्ख़ी बाक़ी थी। अल अज़हर की इमारत क़ुबती कलीसाओं के बुर्ज, न्यु कायरो के महल। जामा मोहम्मद अली के अहाते में पर्यटकों के लिए आमून रअ और रिया असीं की मूर्तियाँ बिक रही थीं। अज़ान की आवाज़ बुलन्द हुई और क़ाहिरा के आसमान के नीचे, संध्या की लालिमा और फैली हुई फ़ज़ा में देर तक लरज़ती रही; जिस तरह शफ़्फ़ाफ़ गुलाबी पानी में बिल्लोरीं संगरेज़ा फेंकने पर लहरों का दायरा दूर तक फैलता चला जाए।

हम लोगों ने शेपर्ड्ज़ होटल जाकर खाना खाया और बाहर आकर कोच में सवार हुए। सबसे आख़िर में सुर्ख़ बालों वाली औरत, अपनी जगह पर आ बैठी और उसने ज़ोर से क़हक़हा लगाया।

'यार मुझे तो डर लग रहा है।' अलवीरा ने चुपके से कहा।

'नॉन सेंस।' मैंने Bravado के साथ जवाब दिया। '...एक नशे में आउट क़ाहिरा की तवाइफ़ के साथ आदमी, रात के वक़्त सफ़र। किस क़दर एडवंचर्स बात है।'

कोच नील के पुल पर पहुँची, दरिया पर से गुज़रते हुए, सीट पर नीमदराज़ सुर्ख़ बालों वाली औरत के बाल हवा में उड़ने लगे और उसने उनकी बनावटी लहरों पर हाथ फेरा।

मेरी पड़नानी की पड़नानी स्याह बिल्ली थी। सफ़ेद पवित्र बिल्ली की बच्ची और नील दरिया ने उसे अपनी सातवीं बीवी बनाया। इसीलिए मेरे बालों में इतनी लहरें हैं और इसीलिए मैं मनमानी करना चाहती हूँ क्योंकि नील का पानी मेरी रगों में दौड़ रहा है।

'अब हम अलिफ़ लैला जा रहे हैं।' लम्बे एजेंट ने माइक्रोफ़ोन उठाकर एनाउंस किया।

'आहा, समीया गमाल!' मैंने मरी हुई आवाज़ में पूछा।

'जी हाँ! समीया गमाल...' मूँछों वाले असिस्टेंट ने मुड़कर, ख़ुशी से जवाब दिया; रेडियो पर चा चा चा शुरू हो गया।

सलोमी, जहाँ वह नाची, रक़्स में लैला रही, यह्या रहे, मूसा रहे, मैं हलाके जादूए सामरी लेकिन नहीं ख़्वाहाँ कोई यहाँ जिंसे गिराँ का। अज़ीज़-ए-मिस्र, ख़दीव नहास पाशा, डोरिया शफ़ीक़, रहस्यमय अब्दुल वहाब, सराब, सराब, सराब (मरीचिका)।

मसीह नासिरी, जनाब मरियम की गोद में ठुँसे, गधे पर सवार, हेरोड के ज़ुल्म से बचने के लिए मिस्र भागते चले आ रहे हैं। बैतुल्लहम का सितारा। लोग हैं कि लगातार इधर से उधर भागे फिर रहे हैं और मुल्कों और शहरों की दीवारें हैं कि ऊँची होती जा रही हैं। योगी एंड वी कोमियार युरोशलम और बर्लिन, फ़िलस्तीन से मिस्र, मिस्र से इस्राईल, इस्राईल से जोर्डन, मिस्र के

बाज़ार में यूसुफ़ का पटरा कर दिया। ख़ुदावन्दा-ख़ुदा मेरा गडरिया है, जो मुझे ख़ामोश पानियों के किनारे-किनारे ले जाता है, जो मुझे हरी घास पर आराम करवाता है और हालाँकि मैं मौत के साये की वादी में चलता हूँ। ...मिस्र के किनआन, फ़िलस्तीन से यूरोप, यूरोप से इस्राईल इस्राईल से जोर्डन। ग़ाज़ा में आदम के अन्धे पुत्र ...को नहीं सिर छुपाने का ठिकाना नहीं। एलोही, एलोही ...और मैं मौत के साये की वादी में चलता हूँ। मैं हर बुराई से डरा हुआ हूँ, मेरा प्याला लबरेज़ है।

बेचारे प्रोफ़ेसर यूसुफ़ मुराद कौन थे। मुसलमान, ईसाई, यहूदी...? अबुल हौल के तीनों दुखी बच्चों में से वह जो कोई भी थे उन्होंने टाइरेसिस की तरह पहले से सब दुःख भोग लिये थे और पेशीनगोई (Forecast) कर दी थी।

यहीं मक़बरा रास हुसैन है, अहले बला (परीक्षा ग्रस्तों) के क़िबला हुसैन।

अलिफ़ लैला की स्टेज पर आरकेस्ट्रा वाले ग़मज़दा शक्लें बनाये बैठे थे। नाइट क्लबों के साज़िन्दे आमतौर पर उदास सूरत होते हैं। रक़्स शुरू हो चुका था। एक दुबली पतली रक्क़ासा 'बेली डांस' के बारीक लहंगे में अर्धनग्न अपनी टाँगें हवा में उछालने में मसरूफ़ थी। हम चारों ने स्टेज के किनारे एक मेज़ के गिर्द बैठकर, बड़े स्टाइल से क़हवा मँगाया। यानी हमारी उम्र इसी तरह बेली डांस देखते और क़ाहिरा के नाइट क्लबों में रातें गुज़ारते बसर हुई है। उसके बाद बहुत सी रक़्क़ासाओं ने अपनी कला का प्रदर्शन किया। सबके पेट सफ़ेद जाली से ढके हुए थे।

'रमज़ान के महीने में यह बेहूदगियाँ, लाहौल वला क़ुव्वत। यह इस्लामी मुल्क है!' क़रीब की मेज़ पर बैठे पाकिस्तानी डॉक्टर ने कहा...

'लेकिन ये लोग अपने पेट नहीं हिला रही हैं।' शार्मेन ने मायूसी से कहा ...बेली डांस में पेट ही तो हिलाते हैं ना...?

'हम सुना है प्रेसिडेंट नासिर हुक्म दिये हैं कि उन लोग अपना बदन को यह करें। मने अपना बदन पहले जितना कमती छुपाता था, अब ज्यास्ती छुपायें, इसलिए नहीं सकतीं...' अरुंधति ने बंगाली उर्दू में जवाब दिया।

'क्या नहीं सकतीं?' मैंने दरयाफ़्त किया।

'पेट नहीं हिलाते सकतीं।' अरुंधति ने जवाब दिया।

'बेचारियों को सख़्त फ़्रस्टेशन होता होगा ...कि पेट ही नहीं हिला सकतीं...' मैंने कहा।

यह ज़्यादातर यूनानी लड़कियाँ थीं। इसके बाद दो लड़कियाँ और आयीं, जिनमें से एक चार्ल्स प्रथम की हमशक्ल थीं, दूसरी शक्ल से मासूम, बुद्धिमान और भावुक प्रतीत होती थी।

'किसी अच्छे ख़ानदान की लड़की मालूम होती है, बेचारी।' अलवीरा ने बेध्यानी से इज़हारे ख़याल किया।

'शुद्ध मिडिल क्लास प्रतिक्रिया। क्या दक़ियानूसी जहालत की बातें करती हो। अच्छा ख़ानदान, बुरा ख़ानदान, यह सब सर्मायादाराना, निज़ाम (पूँजीवादी व्यवस्था) की बरकतें हैं, बीबी। जहाँ इस धड़ल्ले से औरत का व्यापार किया जाता है। क्या तुम्हें मालूम है कि मास्को में नाइट लाइफ़ होती ही नहीं, सिरे से...?' मैंने काँटा हवा में लहराकर जवाब दिया।

एक गुदाज़ सी पुख़्ता उम्र औरत ने आकर 'या मुस्तफ़ा...' गाना शुरू किया और सारी रक़्क़ासाएँ स्टेज पर लौट आयीं और उसके साथ उस लोकप्रिय गीत में शामिल हो गयीं। अब रात के दो बज रहे थे; हम तीनों पाउडर रूम में गये और मिश्शनरी महिलाओं को सोफ़ों पर बेख़बर सोते पाया। अधेड़ उम्रों की बदशक्ल, बेरंग ख़वातीन (महिलाएँ) जो ऐनकें लगाती थीं, उनमें से एक तीस साल से मिर्ज़ापुर में रहती थी। एक ने ज़िन्दगी के पच्चीस साल, सियालकोट के एक धूल भरे क़स्बे में गुज़ार दिये थे। उन्होंने अपनी ज़िन्दगियों में क्या खोया था, क्या पाया था? और वह ख़ुर्रांट मुग़य्यना (गायिका), जो स्टेज पर या मुस्तफ़ा... गा रही थी ...उसने क्या खोया था...? क्या पाया था...?

'मिस गोर्डन ...उठिए...' अलवीरा ने सोफ़े के क़रीब जाकर, ग़ैर शऊरी तौर पर अपनी पुरानी 'स्कूल गर्ल्ज़ आवाज़ में बड़े आदर से कहा, ...उठिए' हम लोग वापस चल रहे हैं। वे चारों हड़बड़ाकर उठ बैठीं। हम सब बाहर निकल

आए। रात ठण्डी थी। सुर्ख़ बालों वाली औरत, कोच में पहले से आ बैठी थी। इतनी देर बाद उसे देखकर, अजीब रिश्ता सा महसूस हुआ, जैसे वह पुरानी दोस्त हो। उन अर्धनग्न मिस्री रक़्क़ासाओं के मुक़ाबले में तो वह अच्छी ख़ासी मौलवन लग रही थी। उसने दरवाज़ा ज़ोर से बन्द करके क़हक़हा लगाया; कोच रवाना हुई।

अब सड़कें ख़ामोश थीं, बाज़ार सुनसान हो चुके थे। कोच ने आबादी छोड़कर जंगल का रुख़ किया। सुबह के तीन बज रहे थे। स्वेज़ अस्सी मील दूर था। लोग सोने के ख़याल से सीटों पर नीमदराज़ हो गये। सन्नाटा छा गया। लम्बा एजेंट ड्राइवर के नज़दीक फ़र्श पर बैठ गया। सुर्ख़ बालों वाली औरत झुक कर आहिस्ता-आहिस्ता कुछ कहने लगी। वह शायद बहुत विस्तार से उसे कुछ बता रही थी। लगभग आधे घंटे तक, लम्बे एजेंट से कानाफूसी में मसरूफ़ रही।

एकाएक उसने फूट-फूट कर रोना शुरू कर दिया। लम्बा एजेंट और मूँछों वाला असिस्टेंट इतमीनान से बैठे सिग्रेट पीते रहे; फिर उसने भी एक सिग्रेट जलाया और आँसू पोंछे और सिर पीछे डालकर आँखें बन्द कर लीं।

सब लोग सो चुके थे। कोच गहरे सन्नाटे में से, बे आवाज़ ख़याल की तरह गुज़र रही थी। चारों तरफ़ विस्तार, अँधेरा और रेत के ज़र्रे थे। कोलतार की सीधी सड़क पर से गुज़रती हुई रौशन कोच के अन्दर, भिन्न-भिन्न राष्ट्रीयताओं और रंगों और धर्मों के विभिन्न संसारों से आये हुए और विभिन्न संसारों की दिशाओं में जाने वाले तीस मर्द और औरतें, कम्बलों में लिपटे आँखें बन्द किये सो रहे थे या अर्धनिद्रावस्था में जहाज़ पर वापसी का इन्तिज़ार कर रहे थे और सुबह का और ब्रेकफ़ास्ट के सुरीले बाजे का और रौशन समुद्र और अपने हमसफ़रों और रिश्तेदारों के मानूस (परिचित) चेहरों का, जो दोबारा उनको घेर लेंगे। वह सब इस समय से कुछ पहले खो गये थे, अनजबी शहर, भूत प्रेत ग्रस्त जंगल और रात और थकान और अर्धनिद्रा का यह जादू बहुत मुख़्तसर (छोटा) था, अभी यह टूट जायेगा।

जादू टूट गया। स्वेज़ की रौशनियाँ नज़र आने लगीं, दूर से अपना जहाज़ दिखाई दिया, जिसे देखकर ऐसी ख़ुशी हुई, मानो वह अपना घर था।

नीचे उतर कर, हम अपने पासपोर्ट लेने के लिए चेक पोस्ट की तरफ़ बढ़े, कोच ख़ाली हो गयी। सुर्ख़ बालों वाली औरत सबसे पहले उतर कर, एक तरफ़ को खड़ी हो गयी थी।

किसी ने उसे ख़ुदा हाफ़िज़ नहीं कहा, उसने किसी को ख़ुदा हाफ़िज नहीं कहा, वह किसी को देखकर मुस्कुराई भी नहीं। हम तीनों जेटी की तरफ़ जाने लगे तो उसने जल्दी से आगे बढ़कर फ़्रेंच में कहा, 'मादमोज़ेल, आपने एक पैकेट गिरा दिया।'

'मर्सी, मर्सी, बको।'

जवाब में उसने सिर ज़रा सा ख़म किया, मानो वह मिस्र की रानी थी। पवित्र दरिया की बेटी, जिसकी नसों में नील का पानी दौड़ रहा था। मिस्र की रहस्यमयी रातों की मलिका, जो अपनी शाही प्रतिष्ठा और अभिमान के साथ बाहर की दुनिया से आयी हुई, एक हैरतज़दा अजनबी का शुक्रिया क़बूल करती हो।

मुसाफ़िर सीढ़ियाँ उतर कर लाँच में जा बैठे। वह कोच के पास खड़ी रह गयी, वह और उसके दोनों साथी। लम्बा एजेंट, जो हर हफ़्ते सुब्हो शाम इसी तरह जहाज़ों पर आकर ग़ैर दिलचस्प, दौलतमंद, बेवकूफ़, सियाने, अक़्लमंद निराश, बेतुके, भाँति-भाँति के पर्यटकों को एक ही अंदाज़, एक ही तरह के शब्दों, एक ही तरह के परिचय के साथ, अपने शहर की सैर कराता है, जिसकी ख़ूबसूरत और कमसिन महबूबा, शहर में एक उच्चकोटि की तवाइफ़ है।

मूँछों वाला, स्टंट सुर्ख़ बालों वाली औरत, वह तीनों अस्सी मील के जंगल का फ़ासला तय करके, क़ाहिरा वापस जायेंगे। किस क़िस्म के घर, किस क़िस्म की सुबहें, किस क़िस्म की ज़िन्दगियाँ उनकी मुंतज़िर होंगी क्योंकि अब प्रभात का समय; समुद्री हवा बहुत ठण्डी थी। जहाज़ों और कश्तियों की रौशनियाँ मद्धम पड़ गयी थीं। केलेडोनिया दूर खुले समुद्र में एक विशाल, मज़बूत, भयावह चट्टान की मानिंद खड़ा था, उस पर लहराते हुए यूनियन जैक ने, मुसाफ़िरों को यक़ीन दिलाना चाहा कि संसार में अभी स्थायित्व शेष है; स्वेज़ के युद्ध के बावजूद।

रूद-ए-टेम्स (टेम्स नदी)

दूर से जबल-अल-तारिक़ नज़र आया। अम्मा बहुत बेचैन होकर खिड़की से लगी, उस चट्टान को देखती रहीं और इक़बाल के अशआर दोहराती रहीं। इस पूरी नस्ल को इक़बाल और इस्लामी इतिहास और इस्लामी नवीकरण के जज़्बे और अपने अतीत के उत्तराधिकार और उसकी दुःखद गुमशुदगी का बड़ा शदीद अहसास था। हालाँकि उन लोगों ने किसी स्कूल या कॉलेज में शिक्षा ग्रहण नहीं की थी। इस दौर की कोई लड़की मेरे ख़याल में जबल-अल-तारिक़ को देखकर प्रभावित नहीं होगी। शायद उसे इस चट्टान के अर्थों का ज्ञान भी न हो।

लेकिन उनकी नस्ल की यह दोहरी प्रवृत्ति अजीबोग़रीब थी, जिसमें 'क्लास' की दिलचस्पियों को भी दख़्ल था। मंज़िले-मक़सूद पर पहुँचने से एक रात पहले, फैंसी ड्रेस बाल के लिए अम्मा ने निहायत ख़ुशी के साथ, एक अंग्रेज़ औरत को, जिससे दोस्ती हो गयी थी, सूटकेस खोलकर अपनी एक साड़ी निकालकर दी और उससे बर्तानवी हिन्द के क्लबों का ज़िक्र, उसी नॉस्टेल्जिया से किया, जो कोलोनियल पूर्व के सम्बंध में उस अंग्रेज़ ख़ातून का अपना नॉस्टेल्जिया था।

सर्द अँधेरी रात में दहाड़ते समुद्र के क्षितिज पर इंग्लिस्तान का मद्धम तट प्रकट हुआ। किनारे पर गड़ी सर्चलाइट्स की तेज़ किरणें, अंधियारे आकाश को विभिन्न कोणों से काट रही थीं। अम्मा ने बरामदे में जाकर, बाहर देखा। समुद्री हवा के थपेड़े बहुत ठंडे और नम थे और उनमें समुद्री नमक रचा हुआ था।

केलेडोनिया लिवरपूल की बंदरगाह में लंगरअंदाज़ हुआ। घटाटोप बादल, सर्दी, बारिश की लगातार फुहारें। आहा! हम इंग्लिस्तान में मौजूद हैं।

रेसकोर्स के साइज़ का कस्टम्ज़ हाल, मुसाफ़िरों का बेतहाशा सामान उस अंबार में से अपनी किताबों के ट्रंक तलाश करके, थॉमस कुक द्वारा फिरोज़ जबीं के पते पर लंदन भिजवाने का इंतिज़ाम किया। उसके बाद अम्मा रेलवे स्टेशन का आधा फ़र्लांग लम्बा प्लेटफ़ार्म तय करके कम्पार्टमेंट में सवार हुईं। ट्रेन धुएँ से अटे स्लेटी लिवरपूल से निकली। बारिश थी, ट्रेन, शादाब सब्ज़ाज़ारों

में दाख़िल हुई। मद्धम सी धूप निकल आई। गाँव और क़स्बों के सुर्ख़ दोमंज़िला मकानों की छतें, उत्तरी सूर्य की किरणों में जगमगाने लगीं। जहाँ तक नज़र जाती थी, गुड़िया के घर जैसे मकान सब्ज़ाज़ारों पर बिखरे हुए थे और इंग्लिस्तान हमेशा की तरह शान्त और मनमोहक था।

लंदन में रसेल स्कवायर का एक होटल ...एक रोज़ फिरोज़ जबीं और राल्फ़ रसेल के साथ पड़ोस में युनिवर्सिटी जा रही थी, ओरियन्टल स्कूल की सीढ़ियों पर अज़ीज अहमद खड़े मिले। उन्हें कराची से आये कुछ समय गुज़र चुका था और अब कनाडा के लिए पर तोल रहे थे। कज़न महमूद अहमद ज़ैदी लंदन स्कूल ऑफ़ इक्नॉमिक्स से, कुछ साल पहले अमेरिका जा चुके थे...। तक़ी अहमद सैयद अभी तक बीबीसी में थे। कुछ दिन बाद उन्होंने कहा, यह होटल बहुत महंगा है; जब तक फ़्लैट मिले, अर्ल्ज़ कोर्ट के किसी होटल में आ जाइये, वहाँ रहकर मेडावेल के इलाक़े में मकान ढूँढ़ने में आसानी रहेगी।

'मिस्टर मोरगस्टन...?' मैंने पूछा।

'इस्राईल चले गये और आपका नं. 24 ग्रेवल पैलेस, सेंट जाँसवुड भी शायद किसी हिन्दुस्तानी ने ख़रीद लिया है। आप भी यहाँ एक मकान क्यों नहीं ख़रीद लेतीं?' तक़ी मियाँ ने कज़न आले हैदर की तरह इतमीनान से दरयाफ़्त किया।

'मकान ख़रीद लूँ?' मैंने हैरत से दोहराया।

'बहुत आसान बात है; हम सब ने ख़रीद लिये हैं।'

'मेरे बस का रोग नहीं। तक़ी मियाँ, उन लोगों की सूरतें ही और होती हैं, जो इस क़िस्म के माक़ूल काम करते हैं।'

'दूर-अंदेशी अच्छी चीज़ है।'

'मेरी नज़र हमेशा से कमज़ोर है।'

लंदन में काल्टेनों की यलग़ार की वजह से कलर प्रॉब्लम शुरू हो चुकी थी। सोहो के एक स्टेट एजेंट के दफ़्तर में एक पोस्ट दोलफिंडन रिपोर्ट। तेज़ तर्रार छोकरी ने एक लम्बी सूची पेश की; जिसके कुछ पतों के सामने (A)

लिखा था; यानी एशियाइयों के लिए। पिकेडली और ऑक्सफ़ोर्ड सर्कस में क़दम-क़दम पर परिचित हिन्दुस्तानी व पाकिस्तानी चेहरे नज़र आ रहे थे। अंग्रेज़ को उपमहाद्वीप से निकाल कर, गिरोह के हिन्दुस्तानी और पाकिस्तानी ज़ौक़ो-शौक़ से और कई बार ग़ैर क़ानूनी तरीक़ों से इंग्लिस्तान पहुँचकर, ब्रिटिश राष्ट्रीयता प्राप्त करने के हर सम्भव प्रयत्न में तल्लीन थे।

हम लोग रसेल स्क्वायर से अर्लज़ कोर्ट एक होटल में शिफ़्ट हो गये, जो इतना ही महंगा था। एक शाम अम्मा कमरे में मग़रिब की नमाज़ अदा कर रही थीं। मेड ने डाक लाकर दी; मैंने पहला ख़त खोला। कराची से किशवर ने इत्तिला दी थी, उसके वालिद, आपा सिद्दीक़ा के शौहर, भाई अहमद रशीद देहलवी का इंतिक़ाल हो गया। मैंने ख़ामोशी से वह ख़त जानमाज़ के पास रख दिया और बाहर चली गयी। भाई अहमद रशीद, अम्मा और अब्बाजान के एक चहीते भतीज-दामाद थे। वह हैंडसम, शानदार, रशीद भाई, अब हज़ारों मन मिट्टी के नीचे होंगे। क्या हैरत की बात थी कि आपा सिद्दीक़ी और रशीद भाई, एक शानदार ख़ुशशक्ल जोड़ा था।

'ऐ सर्वे बाग़े हज़रते मीरे जनाँ मुक़ाम ...हम तुमको आज देते हैं, अपने चमन का फूल।' 29 ई. में उनकी शादी पर अब्बाजान ने कहा था।

अम्मा ने नमाज़ ख़त्म की, ख़त पढ़ा और चुप साध ली।

उसी वक़्त तक़ी मियाँ आ गये; उन्होंने कहा। '...अमजद अली चार मकान ख़रीदकर बड़े लैंडलॉर्ड बन चुके हैं, उनका एक फ़्लैट बेनर वाटर में है। फ़ैज़ साहब उसमें रह चुके हैं, 58 ई. में।' फ़ौरन ले लीजिए, वर्ना उसमें कोई और Immigrant आ जायेगा।

'फ़ैज़ साहब उस में क्या कर रहे थे?' मैंने पूछा।

'ज़ेन पढ़ रहे थे! तक़ी मियाँ ने ख़ुश होकर जवाब दिया।'

'अगर वह ग्राउंडफ़्लोर पर नहीं है तो मैं नहीं जाऊँगी।' अम्मा ने हस्बे आदत शर्तें पेश कीं। 'और अटैच्ड बाथरूम होना चाहिए। कमरे बड़े हों। ये अंग्रेज़ अपने मुल्क में क्या छोटी-छोटी कोलकियों में रहते हैं।'

बीबीसी वाले मिस्टर अमजद अली के फ़्लैट नं. 33, सेंट स्टीवंज़ गार्डेन, बैनर वाटर में शिफ़्ट होने के बाद, मैंने एक शाम डिपार्टमेंट ऑफ़ एडवर्टाइज़िंग फ़िल्म्स एंड पब्लिकेशंस कराची को इस्तीफ़ा लिख भेजा। दस साल बाद, लंदन से उसी महकमे को, मेरे इस्तीफ़े का दूसरा ख़त जा रहा था।

'मुलाज़िमत का करियर हो तो ऐसा।' तक़ी मियाँ ने इज़हारे ख़याल किया। 'हालाँकि फ़ॉरेन एक्सचेंज अभी अच्छा ख़ासा मौजूद है लेकिन हम समझते हैं कि अब हमें यहाँ काम तलाश करना चाहिए; फ़िलहाल बीबीसी पाइंदाबाद ...' मैंने लिफ़ाफ़ा बन्द करते हुए कहा।

बीबीसी का पूर्वी विभाग, ऑक्सफ़ोर्ड सर्कस से ब्रॉडकास्टिंग हाउस, बुश हाउस, स्थानांतरित हो चुका था। उर्दू सेक्शन में सिद्दीक़ अहमद सिद्दीक़ी मरहूम की कुर्सी पर कोई और साहब बैठे थे। नूर मोहम्मद चौहान और मोहम्मद अली ख़ाँ मलीहाबादी का भी स्वर्गवास हो चुका था। आक़िल साहब और अमजद अली अभी मौजूद थे, बाक़ी नये चेहरे। यावर अब्बास, अब बीबीसी टेलीविज़न के कैमरामैन थे और एक गाँव में मकान बनावकर रहते थे। मैंने उन्हें अपने बरकती आगमन की सूचना दी।

एक दफ़ा मैंने अपने एक मज़मून में 'कल्चर और नहीं कल्चर' लिखा था; मतलब साफ़ था। यावर अब्बास बहुत ख़ुश होकर यह वाक्य दोहराया करते थे। अब उर्दू लिपि और अंग्रेज़ी भाषा में उनका ख़त पहुँचा।

24 अप्रैल 61 ई.

हेलो ऐनी! जस्ट रिसीव्ड योर लेटर। कम एण्ड स्पैंड दि डे विद अस ऑन सनडे। आई विल काल फ़ॉर यू इन माई कार एबाउट इन दि मार्निंग।

(Yani Das Baji) Ghausia Siddiqui aur Atiq bhi aa rahe hain, pahle tumhen lene पी.टी.ओ. aaoonga aur एन्ड फ़्रॉम योर प्लैस वी विल गो ओवर टॉपिक अप Ghausia विल बी नाइस टू सी यू। मच लुकिंग फ़ारवर्ड टू। वी विल हैव ए लाँग चैट ऑन सनडे (Yani Itwaar)

Niazmand Yawar.

ग़ौसिया, सिद्दीक़ अहमद सिद्दीक़ी मरहूम की बेगम का नाम था। यावर की बीवी अंग्रेज़ थीं, जिनसे यावर ने युद्ध के दौरान जापान में शादी की थी।

ज़िया मोहीउद्दीन न्यूयार्क ब्राडवे का हिट स्टार होने के बाद, अब साउथ किंग्ज़टन के एक बढ़िया फ़्लैट में रहता था। आले हसन शेंपर्डो बुश में अपने पुराने फ़्लैट में मौजूद थे।

लंदन में रहने वाले अम्मा के विभिन्न मुँह बोले भाइयों और बहनों की औलाद ने नं. 33, सेंट स्टीवंज़ गार्डेन आना शुरू किया। हाज़िर मामू के बेटे और भतीजे, ख़ाला उम्मत अल वही के साहबज़ादे और ज़ुबैर भाई, जो सिर्फ़ कुछ साल पहले कराची से यहाँ आये थे और एक बिल्कुल सेल्फ़ स्टाइल्ड टाइकून बन चुके थे, लंदन से बाहर उनका कंट्री हाउस था। एक शातो लक्ज़मबर्ग में रखते थे। ये लोग यक़ीनन हैरतअंगेज़ थे; बहुत ग़ौर किया लेकिन समझ में न आता था कि इस क़िस्म की कामयाबी किस तरह हासिल होती है।

एक शाम प्रोग्राम करके बीबीसी से लौटी। देखा कि मकान के सामने पाकिस्तानी हाई कमिश्नर की रोल्ज़ रायस खड़ी है। वर्दीपोश अंग्रेज़ शोफ़र पार्क की रेलिंग से टिका, दूसरी तरफ़ मुँह किये खड़ा सीटी बजा रहा था। मैंने दिल में कहा, ले भैया; अब आई आफ़त। इस्तीफ़े का ख़त पहुँचते ही मार्शल लॉ गवर्नमेंट ने कराची से हाई कमिश्नर निवासी लंदन को निर्देश दिया होगा कि पकड़ कर भिजवाओ वापस पाकिस्तान। जल्दी से दरवाज़ा खोलकर अन्दर गयी। गैलरी में दो मिनट ठिठक कर सोचा, अम्मा को किस तरह बताया जाए कि इंग्लिस्तान से डीपोर्ट करने का हुक्मनामा जारी हुआ है। डरते-डरते उनके कमरे में क़दम रखा। मध्य की मेज़ पर बहुत बड़ा गुलदस्ता और उस पर चौकोर नीला लिफ़ाफ़ा रखा था। इतने में ग़ुस्लख़ाने से प्रकट हुईं। कहा, '...बेचारी रूह अफ़ज़ा का ख़त आया है। जवाब के लिए ड्राइवर बाहर खड़ा है।'

'प्यारी ख़ालाजान...' 'भांजी' रूह अफ़ज़ा ने लिखा था '...कल बीबीसी में मिस्टर अमजद अली से मालूम हुआ कि आप लंदन तशरीफ़ लाई हैं...' वग़ैरह-वग़ैरह।

अम्मा ने कहा, '...ड्राइवर से कह दो कल शाम दोनो मियाँ बीवी आकर चाय पियें।'

अम्मा अपने प्रिय कार्य यानी दोस्तों को चाय पिलाने में व्यस्त हो चुकी थीं और यह डी पोर्टेशन का हुक्मनामा नहीं था।

रूह अफ़ज़ा बेगम, उन नजफ़ अली ख़ाँ मरहूम की नातिन थीं, जिनसे अब्बाजान ने 1908 ई. के देहरादून में पूर्व अमीर-ए-काबुल का चार्ज लिया था। रूह अफ़ज़ा बेगम के शौहर, जो शायद उनके कज़न थे, जब पैदा हुए थे, अब्बाजान के नाम पर उनका नाम रखा गया था। वह इस वक़्त बर्तानिया में पाकिस्तान के हाईकमिश्नर थे।

इतवार की शाम जब सज्जाद हैदर साहब और उनकी बेगम तशरीफ़ लाये, मोहल्ले का एक अंग्रेज़ डॉक्टर अम्मा का ब्लडप्रेशर देखकर वापस जाने की तैयारी कर रहा था। अम्मा ने मुझसे कहा, '...इसकी फ़ीस दे दो। मगर एक पाउंड से ज़्यादा मत देना। हर तीसरे चौथे दिन तो आयेगा।'

'यह नेशनल हेल्थ का डॉक्टर है, फ़ीस नहीं लेगा।' मैंने कहा।

'उससे मुफ़्त इलाज तो कराऊँगी नहीं। मैंने तो डॉक्टर होन को, जो इतने अच्छे दोस्त थे, हमेशा फ़ीस दी।'

सज्जाद हैदर साहब ने नेशनल हेल्थ स्कीम समझाने की नाकाम कोशिश की। इसी बीच डॉक्टर चलता बना। दूसरे हफ़्ते अम्मा चेकअप के लिए सरकारी एम्बुलेंस पर अस्पताल गयीं। वहाँ भी फ़ीस की समस्या सामने आई। कहने लगीं, 'बिल मुझे दिखाओ, यह विलायत है, बहुत महंगा इलाज होगा, फिर भी कहीं बहुत ज़्यादा न ऐंठ लें।'

मैंने दोबारा समझाया कि यहाँ सारा इलाज मुआलजा मुफ़्त होता है। कहने लगीं, 'मैं तो ख़ैराती अस्पताल में इलाज कराऊँगी नहीं।' बस इस दफ़ा तो आ गयी। अब फ़ीस वाले अस्पताल में जाया करूँगी।'

क़ुदरतुल्लाह शहाब आये।

उन्होंने भी नेशनल हेल्थ स्कीम के मुताल्लिक़ कुछ समझाया। अम्मा ने दरयाफ़्त किया, 'आप लोग इन्हीं ख़ैराती अस्पतालों में मुफ़्त के इलाज करवाते हैं?'

'बिल्कुल।'

अम्मा कच्ची गोलियाँ न खेली थीं, पूछा, 'फिर वह हार्ले स्ट्रीट वाले डॉक्टर क्या हुए?'

'वह सब स्पेशलिस्ट हैं और भारी फ़ीसें लेते हैं। आपको ख़ुदा नख़्वास्ता कोई ऐसा मरज़ तो है नहीं, जिसके लिए स्पेशलिस्ट की ज़रूरत हो।'

बड़ी मुश्किल से राज़ी हुईं लेकिन अब उन्हें मालूम हुआ कि जब भी मोहल्ले के डॉक्टर को फ़ोन करो उसकी अनुपस्थिति में संदेश रिकॉर्ड हो जाता है और वह या उसका साथी जल्दी पहुँच जाते हैं। यह इन्तिज़ाम बहुत भाया। ऊपर से एक दिन रूह अफ़ज़ा बेगम ने कहा, सज्जाद हैदर साहब लंदन से बाहर गये हुए हैं, आते ही पाकिस्तान हाउस के मेडिकल एडवाइज़र कर्नल फ़हीम को दिखलाएंगे।

डॉक्टरों की इस रेलपेल से अम्मा बड़ी खुश थीं। एक दिन, एक हिन्दुस्तानी सोशलिस्ट दोस्त मिलने के लिए आये। मैं बीबीसी गयी हुई थी, शाम को लौटी तो देखा आप परेशान हाल और दुःखी मन बावर्चीख़ाने के दरवाज़े में चायदानी लिये खड़े हैं और अम्मा के कमरे में सज्जाद हैदर साहब और रूह अफ़ज़ा चायनोशी में मसरूफ़। अम्मा इतमीनान से पलंग पर लेटी बातें कर रही हैं।

सोशलिस्ट दोस्त ने इशारे से मुझे बुलाया और गैलरी में ले जाकर आहिस्ता से कहा '...मेरे साथ आज ज़बर्दस्त एक्टिविटी हो गयी। मेरा नाम पाकिस्तान की ब्लैक लिस्ट पर ऊपर ही है। पाकिस्तानी हाई कमिश्नर भी इस बात से बख़ूबी वाक़िफ़ हैं। अभी कुछ ही माह पहले मैं अपने वालिद से मिलने लाहौर जाना चाहता था, वीज़ा नहीं मिला। अभी जब मैं यहाँ पहुँचा, आपकी वालिदा ने इतमीनान से कहा '...मियाँ ज़रा चाय तो बनाकर ला दो।' मैं पिछले एक घंटे से चाय बना बनाकर पाकिस्तानी हाई कमिश्नर को पिला रहा हूँ। केक पेस्ट्री की कश्तियाँ उठा उठाकर बावर्चीख़ाने से उनकी ख़िदमत में ले जा रहा

हूँ। हाई कमिश्नर साहब भी बहुत Awkward महसूस कर रहे हैं और मेरा कोफ़्त के मारे बुरा हाल है।'

मैंने चायदानी उनके हाथ से लेकर कहा, '...अब आप तुरन्त अन्डरग्राउंड हो जाइए।' वह सरपट बाहर भागे।

चंद मिनट बाद सद्र दरवाज़े की घंटी बजी, मैं बाहर गयी। सीढ़ियों पर जमीलुद्दीन आली खड़े थे।

'सीधा मास्को से आ रहा हूँ।'

'अल्लाह रहम करे, क्या आप भी कम्युनिस्ट हो गये?'

फ़रमाया, अस्तग़फ़िरुल्लाह! सख़्त बोगस सवाल है; मैं 'राइटर्ज़ गिल्ड' के सिलसिले में सारी दुनिया के साहित्यिक संगठनों का अध्ययन करने, सारे संसार के दौरे पर निकला हूँ...।'

उसी समय थामस कुक का ट्रक, फ़िरोज़ के घर से किताबों के भारी संदूक़ लादकर बेनर वाटर पहुँचा। ट्रक ड्राइवर गोरे ने अपने गोरे साथी की मदद से संदूक़ उतार कर मकान के सामने रखे और हाँपते हुए कहा, '...बहुत वज़नी हैं। वह एक निगर जा रहा है, उसे मदद के लिए बुलाता हूँ।'

एक वेस्ट इण्डियन हब्शी मज़दूर सिर झुकाए सड़क पर चला जा रहा था। लफ़्ज़ 'निगर' उसके कान में पड़ गया; उसने पलट कर गोरों को गाली दी। गोरा ट्रक ड्राइवर और उसका मेट आस्तीनें चढ़ाकर आगे बढ़े। पलक झपकते ही हाथापाई शुरू हो गयी। मैं जल्दी से एक बौबी को बुलाकर लाई। कुछ अर्सा पहले इसी इलाक़े में नोटिंग हिलगेट पर ज़बर्दस्त जातीय दंगे हो चुके थे। लेकिन लंदन में एशियाइयों की आबादी बढ़ती जा रही थी।

एक रात दस बजे दरवाज़े की घंटी बजी। सीढ़ियों पर आपा हम्मन भाईजान के बड़े बेटे उमर अजीज़ उर्फ़ मुन्नन (जो कुछ वर्ष पहले मारीपुर में बच्चों के फ़ैमिली क्रिकेट की कप्तानी करने के दूसरे दिन यहाँ आ गये थे) और पारे मियाँ खड़े थे।

पारे डॉक्टर सलाहुद्दीन हैदर, जो 53 ई. में कनाडा गये थे, उनसे पिछली बार मुलाक़ात यहीं शहर लंदन में हुई थी। अब वह मेकगिल यूनिवर्सिटी, मोंट्रियाल में पढ़ाते थे और एक लेथोइन लड़की से ब्याह कर चुके थे। उस लड़की के वालिद दूसरे विश्वयुद्ध से पहले बर्तानिया में मुल्क लेटोया के राजदूत थे और युद्ध के बाद स्वदेश जाने के बजाय कनाडा प्रवास कर गये थे। पारे 53 ई. के बाद अब पहली बार पाकिस्तान जा रहे थे।

दूसरे दिन इतवार था। पारे, मुन्नन, नक़ी सैयद, फ़िरोज़ और उसके शौहर नशेत मुखर्जी सब बावर्चीख़ाने में इकट्ठे थे। फ़िरोज़ खाना पकाने में मसरूफ़ थीं। कालबेल बजी, मुन्नन बाहर गये और हँसते हुए वापस आये, 'लम्बे-लम्बे पट्टे रखे दो, अंग्रेज़ लड़के इश्तिहार और पम्फ़लेट लिये बाहर खड़े हैं। हमसे कहा, तुम्हें मालूम है, अमेरिका और बर्तानवी इम्पीरियलिज़्म बहुत जल्द सारी दुनिया को न्युक्लियर बम से उड़ा देने वाली है। यह पढ़ो और काँगो और अलजीरिया को याद करते रहो।'

'नौजवान लेफ़्टविंग यहाँ बढ़ता जा रहा है।' तक़ी मियाँ बोले।

'पहले भी था...' मैंने कहा।

'जी हाँ, लेकिन उस वक़्त वियतनाम नहीं था...' मुन्नन ने कहा। '... नौजवान बग़ावत पर आमादा हैं। आप लोगों के ज़माने में आउट साइड का तसव्वुर पैदा हो चुका था, मगर उसके प्रैक्टिकल नमूने अभी सामने नहीं आये थे।

'न आर्थर वेस्कर जैसा यहूदी प्लेराइट, जो ईस्टएंड की वर्किंग क्लास ज़िन्दगी वेस्ट एंड की स्टेज पर दिखलाकर तहलका मचाता है। स्टेज, सिनेमा, साहित्य, सब तेज़ी से बदल रहे हैं। हम लोग वहीं के वहीं...।'

एक रोज़ रूह अफ़ज़ा हैदर ने अम्मा से कहा कि कुछ पाकिस्तानी बेगमात ने 'बज़्मे ख़वातीन (महिलाओं की सभा) क़ायम की है और उनसे मिलना चाहती हैं, वहाँ तशरीफ़ ले चलें। अम्मा ने जवाब दिया, 'बीबी मैं कहाँ जाती फिरूँगी, रहने दो। मैं तो यहाँ बस मलिका का महल और बादशाहों का क़ब्रिस्तान देखूँगी, उसके बाद पेरिस जाऊँगी...।'

फिर किसी ने अदबी महफ़िल (साहित्यिक गोष्ठी) में चलने को कहा, बोलीं '...मियाँ मैं कभी कराची की अदबी महफ़िलों में नहीं गयी। नये लिखने वालों का अंदाज़ और दिलचस्पियाँ और; मेरा और। हर लिखने वाले का एक ज़माना होता है; मेरा ज़माना दूसरा था, अब घटती का पहरा है, ...अच्छा बेटी फिरोज़ ...बादशाहों का क़ब्रिस्तान यहाँ से कितनी दूर है?'

नं. 33, सेंट स्टीवंस गार्डेन के बाहरी विशाल कमरे में आतिशदान पर वाटरलू की जंग की तस्वीर आवेज़ाँ थी। विक्टोरियन अलमारियों में ड्रेस्डन चाइना के चरवाहे बाँसुरी बजा रहे थे और नीले वलो पैटर्न की प्लेटें रखी थीं। खाड़ी वाले दरीचे के बाहर, कोंकणी ग्वाला अपने छकड़े पर सुबह के वक़्त, लम्बे अयालों वाला घोड़ा हंकाता गुज़रता था। दहलीज़ पर रखी दूध की बोतलों के पास बिल्ली तमीज़ से बैठी रहती थी। अम्मा के कमरे के नीचे बैक गार्डेन में सेब के दरख़्त के नीचे, मोहल्ले की बिल्लियाँ इकट्ठी होती थीं। पुराना लंदन अभी मौजूद था; लेकिन बदल गया था।

पड़ोस में एक वेस्ट इण्डियन इंजीनियर रहता था, एक शाम वह घर लौटा। अपने दरवाज़े पर खड़े किसी गोरे से लड़ पड़ा; मारा मारी शुरू हो गयी। तमाशा देखता रहा; फिर इतमीनान से टहलता हुआ आया।

एक शाम ब्रिटिश म्यूज़ियम की सीढ़ियाँ उतरते हुए, तक़ी मियाँ ने दरयाफ़्त किया, 'आपने ब्रिटिश राष्ट्रीयता प्राप्त करने के लिये आवेदन कर दिया...?'

'पण्डित नेहरू लंदन आने वाले हैं, उनसे मिलने के बाद ...मेरा ख़याल है, तक़ी मियाँ कि मैं यहाँ से इण्डिया जाती हूँ।'

'मैं समझता हूँ।' तक़ी मियाँ ने पाइप सुलगाते हुए हस्बे आदत अन्डर स्टेटमेंट दिया कि 'यह ख़याल बुरा नहीं।'

उस वर्ष यूरोप और इंग्लिस्तान में चिल्ले का जाड़ा पड़ा; फिर बहार आयी, मृदु सुखद; हल्की-फुल्की और सरकारी तौर पर गर्मियों का मौसम शुरू हो गया। नं. 33 के सामने सेंट स्टीवंस गार्डेन में छुपी हुई बुलबुल रोज़ाना शाम को गाने लगी। पार्क के दूसरी तरफ़ एक ऊँची भूरी दीवार के पीछे शायद

कोई कैथोलिक ख़ानक़ाह थी और बुलबुल शायद ख़ानक़ाह के बाग़ में गाती थी। बड़ी अजीब बात थी। एलियट ने लिखा था; सैक्रेड हार्ट, कॉन्वेंट के बाग़ में बुलबुलें गा रही हैं।

अम्मा ब्रान काइट्स में मुब्तला हो गयीं; ज़रा बेहतर होने पर उन्होंने कहा, 'यहाँ से जाने को तो जी नहीं चाहता मगर सर्दियों में फिर पड़ बाजूँगी। बर्फ़ पड़ेगी।'

मौक़ा-महल मुनासिब जानकर पूछा, 'इण्डिया चलिएगा?'

सारी उम्र अम्मा का यह वतीरा रहा कि मामूली से मामूली बात पर हुज्जत तकरार करती थीं। मगर मेरे ताज्जुब की इंतिहा न रही, जब कुछ पल ठहरने के बाद उन्होंने कहा, 'अगर तुम जाना चाहती हो तो चली चलूँगी। मगर मेरे ब्लड प्रेशर के लिए कराची की तरह मोतदिल (संतुलित) आबो हवा सिर्फ़ बम्बई की है। बम्बई में रहूँगी और किसी शहर में हरगिज़ नहीं रहूँगी। फ़िलहाल तो...' उन्होंने वज़ू के लिए उठते हुए कहा '...कराची जाऊँगी। एंचोर लाइऩ को फ़ोन कर दो।'

16
अध्याय

'ओल्ड क्योरोसिटी शॉप'[1] का आख़िरी नीलाम

अब्बाजान और अम्मा की सांसारिक पूँजी की अजीबोग़रीब और Bizarre तबाही की दास्तान अभी ख़त्म नहीं हुई। अब्बाजान की किताबें, जो जून 43 ई. में नं. 21, फ़ैज़ाबाद रोड से लालकुर्ती भिजवाई गयी थीं, अख़्तर मुमानी ने हिफ़ाज़त से रखीं। उनको अम्मा ने 45 ई. में आशियाना देहरादून के गोदाम पहुँचवा दिया। अगस्त 47 ई. में वह ज़ख़ीरा दूसरे सामान समेत, हाज़िर मामू के सामान के साथ, मालगाड़ी से सियालकोट रवाना किया गया। ट्रेन रास्ते में लुट गयी, बाक़ी कुछ सामान लालकुर्ती में मौजूद रहा। दिसम्बर 47 ई. में जब इब्राहीम मामू ने पाकिस्तान जाने की तैयारी की, अम्मा ने वह शेष जमा पूँजी लालकुर्ती से लाकर जापलिंग रोड हस्सो बाजी[2] के यहाँ रखवा दिया।

मेरे और अम्मा के हिन्दुस्तान वापस आने के बाद, हस्सोबाजी मुस्तक़िल लिखती रहीं, आकर अपनी चीज़ें ले जाओ, मैंने ध्यान नहीं दिया। अक्तूबर 67 ई. में अम्मा के इन्तिक़ाल से चार पाँच दिन पहले हस्सोबाजी का ख़त आयाः बीबी मैंने बीस बरस तुम्हारी अमानत की हिफ़ाज़त करी; अब मियाँ[3] यहाँ मुंतक़िल (शिफ़्ट) होने वाले हैं और वह बड़ा कमरा, जिसमें तुम्हारा सामान ताले में बन्द पड़ा है, उसकी ज़रूरत पड़ेगी। अपनी चीज़ें ले जाओ या अगर कहो तो उनको नीलाम कर दिया जाए।

मैंने जवाब दिया, सिवाय क्राकरी और कटलरी के सारी चीज़ें नीलाम कर दीजिए। वह सारा अंगड़-खंगड़ बम्बई में रखने की जगह कहाँ है। दरअस्ल मुझे मालूम ही न था कि बंडलों और संदूक़ों में क्या-क्या चीज़ें बन्द पड़ी थीं।

फ़रवरी 68 ई. में जब मैं लखनऊ गयी, हस्सोबाजी ने कहा '...अगर तुम सिर्फ़ चार रोज़ पहले आयी होतीं, तुम्हारी चीज़ें बच जातीं। तुम्हारी इजाज़त

---

1. चार्ल्स डिकेंज़ के एक नॉविल का नाम। देखिये वॉल्यूम 1 अध्याय दस 'ओल्ड क्योरोसिटी शॉप और पिलग्रिम्ज़ प्रोग्रेस।', 2. बेगम नज़ीर हुसैन, सर वज़ीर हसन की छोटी पुत्री।, 3. हस्सो बाजी के दामाद, छोटे महाराजकुमार महमूदाबाद।

का ख़त आ चुका था, फिर भी मैं चीज़ें रोके रही लेकिन पिछले हफ़्ते इक़बाल मंज़िल[1] का बहुत सारा सामान बेचा गया, उसके साथ ही तुम्हारे कुछ संदूक़ और बंडल जो बेहद बोसीदा (जर्जर) हो चुके थे, नीलाम वाला ले गया। एक बहुत बड़ी दरी किसी इमामबाड़े के लोगों ने ख़रीद ली। चीज़ें जो बिकीं, उनकी फ़ेहरिस्त यह है।' उन्होंने मुझे एक काग़ज़ थमा दिया और रोने लगीं।

'क्रॉकरी के साथ एक बक्स और था, उसमें पुराने ख़त थे। मुझे मालूम हुआ, नज़्र ख़ाला ने उन ख़तों को कितनी हिफाज़त से रखा था, वह मौजूद है।' हस्सोबाजी ने कहा।

मैंने उस नीलामघर का पता मालूम किया और पुरानी स्कूल फ़ेलो अज़ीज़ बानो दाराब (जो अब वफ़ा लखनवी के नाम से मशहूर शाइरा हैं।) के साथ शहर रवाना हुई। गली के नुक्कड़ पर एक शख़्स ने शंकालु दृष्टि से हमें देखा। पेच दर पेच गली बिल्कुल सुनसान पड़ी थी। शाम का अँधेरा छा रहा था और बूँदाबाँदी शुरू हो चुकी थी। गली का माहौल काफ़ी डरावना था। हम साइकिल रिक्शा एक जगह रुकवाकर पैदल इकसठ-बासठ करते हुए, एक मकान की ड्योढ़ी पर पहुँचे। अंदर से एक बुढ़िया ने सिर निकालकर भेड़िये जैसी आँखों से झाँका। फिर एक दोपल्ली टोपी चुग्गी दाढ़ी वाले बुज़ुर्ग प्रकट हुए। शक्ल से बिल्कुल फ़साना-ए-आज़ाद का एक अविश्वसनीय पात्र प्रतीत हो रहे थे। मैंने कहा, '...महाराजकुमार महमूदाबाद के यहाँ इक़बाल मंज़िल से जो सामान आप लोग यहाँ लाये हैं, उसमें से कुछ बाक़ी है या सब बिक गया?'

उन्होंने गहरी नज़रों से हमें जाँचा। सोचते होंगे दो अकेली बेपर्दा ख़वातीन महाराजा महमूदाबाद के यहाँ के माल को पूछती हैं, जाने क्या चक्कर है। तपाक से बोले, 'अन्दर तशरीफ़ लाइए।' आँगन में से गुज़रते हुए उन्होंने इत्तिला दी, '...आपको क्या ख़रीदना है? यहाँ बड़े-बड़े ताल्लुक़ेदारों के यहाँ की तोहफ़ा चीज़ें मौजूद हैं। अमेरिकन शौक़ से ख़रीदकर ले जाते हैं।'

झाड़ फ़ानूस से रौशन हाल में दाख़िल हुए। फ़र्श और अलमारियों में लुटे हुए ताल्लुकादारान-ए-अवध के नवादिर (बहुमूल्य वस्तुएँ) रखे हुए थे। मैंने वह

1. महाराजा सर अली मोहम्मद ख़ाँ (ताल्लुकेदार महमूदाबाद) की जूनियर रानी साहिबा और हस्सोबाजी की समधन का मकान।

फ़हरिस्त पर्स से निकाली, जो बेचारी हस्सोबाजी ने दी थी और उन चीज़ों की तलाश में नज़रें दौड़ाईं।

पीर-ए-फ़रतूत (बूढ़े लपटा) ने रुखाई से पूछा, 'आप अपना मक़सद बताइए।'

मैंने बेवक़ूफी से कहा, '...ये चीज़ें मैं वापस ख़रीदना चाहती हूँ।'

उनका रवैया फ़ौरन बदल गया, खंकार जवाब दिया। 'मुश्किल है। इक़बाल मंज़िल से जो सामान आया था, वह तो सारा हमारा एजेंट कहीं भिजवा चुका है। मैं मालूम करता हूँ।' और दूसरे कमरे में को बढ़ गये।

अचानक मेरी नज़र एक अलमारी पर पड़ी, जिसके एक तख़्ते पर कश्मीरी फ़्रेम में नाना नज़रुल बाक़र मरहूम लंदन में बैठे मुस्कुरा रहे थे। (उसी तरह के दूसरे फ़्रेम ख़ाली थे) मैंने शार्लोक होम्ज़ के अंदाज़ में बानो से कहा, 'ज़रा बड़े मियाँ को बुलाना।'

वापस आये। मैंने उस फ़्रेम की तरफ़ इशारा किया। बोले 'साहब, एक बक्स में से सिर्फ़ तस्वीरें ही निकलीं। उनके फ़्रेम भी गल सड़ चुके थे, हम तस्वीरों का क्या करते। जो फ़्रेम टूटे हुए नहीं थे, वह निकाल लिये; बक्स आँगन में फेंक दिया। निचले ख़ाने में कुछ किताबें भी थीं, दूसरी भाषाओं की।'

'किताबें! वह कहाँ हैं?'

'वह भी शायद हमारा एजेंट ले गया।'

बानो ने चुपके से कहा, 'यह गप्प है, इनको यक़ीन है कि तुम चौगुनी क़ीमत पर इनसे वापस ख़रीदोगी।'

'वैसे हमारे पास निहायत नादिर किताबें मौजूद हैं, अमेरिकन ले जाते हैं।'

मैंने चिढ़कर कहा, 'अमेरिकनों को थोड़ी देर के लिए भूल जाइए और वह बक्स जो आपने फेंक दिये हैं, वह दिखलाइए।'

उन्होंने एक छोकरे को आवाज़ दी, वह लालटेन जलाकर लाया और हमें दूसरे सैहन में ले गया।

अब रात का अँधेरा छा चुका था और हलकी-हलकी बारिश हो रही थी, अमरूद के दरख़्त के नीचे एक बकरी बंधी थी। उसके क़रीब बहुत सारा काठ

कबाड़ पड़ा था। लालटेन उठाकर अज़ीज़ बानो ने चारों तरफ़ देखा। दरख़्त के नीचे हमारे घर के पुराने संदूक़ ख़ाली पड़े थे।

अचानक मुझे एक दक़ियानूसी और शिकस्ता स्टीमर ट्रंक नज़र आया। उस पर एंकरलाइन का पुराना सुर्ख़ लेबल अब तक चिपका हुआ था। ट्रंक का ढक्कन अलग हो चुका था। ज़रा सी जुंबिश से वह अलग होकर ज़मीन पर गिर पड़ा। अज़ीज़ बानो ने लालटेन की लौ ऊँची की; ट्रंक की ऊपरी ट्रे में दूसरी तस्वीरों के ऊपर अम्मा का वह ब्राउन रंग का पोर्ट्रेट पड़ा था, जो 36 ई. में अब्बाजान ने देहरादून में एक अंग्रेज़ फोटोग्राफ़र से जस्ते पर Bas Relief की दुर्लभ तकनीक से बनवाया था। रिश्तेदारों की तस्वीरें कुछ पुराने रिसाले, सात आठ किताबें, जिनको कबाड़ी ने बिल्कुल बेकार समझकर फेंक दिया था। दूसरे केबिन ट्रंक में चीनी अतलस के दीमक लगे ड्रेसिंग गाउन, तुर्की लबादे, लेस के तार-तार पलंग पोश, कलाबत्तू की डवायल्ज़ वग़ैरह गिलहरी के गूदड़ के रूप में मौजूद थीं। इतने में वह साहब सैहन में तशरीफ़ लाये; मैंने हॉल में रखे हुए कश्मीरी फ्रेम और यह शिकस्ता ट्रंक उनसे ख़रीदे। छोकरे ने उन्हें बाहर ले जाकर साइकिल रिक्शा पर लादा।

तीन-चार संदिग्ध क़िस्म के आदमी अचानक दूसरे सैहन में से प्रकट हुए। बानो ने घबराकर कहा, 'अब यहाँ से फ़ौरन निकल चलो...।'

बड़े मियाँ ड्योढ़ी तक आये और फिर कहा, 'मेरे पास कुछ नादिर (दुर्लभ) किताबें मौजूद हैं; तुर्की, अरबी, फ़ारसी...।'

पुरअसरार (रहस्यपूर्ण) हज़रात बड़े ग़ौर से हमें देख रहे थे। बेइंतिहा नर्वस होकर, मैं और बानो बाहर गली में उतरे। रिक्शा वाला स्टीमर ट्रंक लादकर साथ-साथ चला। बारिश थम चुकी थी; गली में सन्नाटा छाया हुआ था। एक जगह पर दो साइकिल सवार लोफ़रों ने जानबूझ कर अपनी साइकिलें रिक्शा से टकरा दीं और उतरकर एक दूसरे से झगड़ने लगे। हमने और तेज़ी से चलना शुरू किया। गली इतनी लम्बी थी कि ख़त्म होने में न आती थी। यह शाम भी कहाँ हुई।

विज़िटिंग कार्ड्ज़

'मौत के एक सौ हाथ हैं और वह एक हज़ार रास्तों पर चलती है, वह सबकी नज़रों के सामने आ सकती है या चुपके से आकर निकल जाती है। वह कान में कोई बात कहती आती है या खोपड़ी पर अचानक चोट के रूप में उतरती है। इंसान रात को चराग़ लेकर चलता है लेकिन नाले में डूब जाता है। दिन दहाड़े सीढ़ियाँ चढ़ता है और एक जर्जर सीढ़ी पर से उसका पाँव रपट जाता है; खाना खाने बैठता है और...[1]

ज्ञानद्वार मौला अली ने कहा था, जो कुछ मैं जानता हूँ, अगर तुम पर ज़ाहिर कर दूँ, तुम्हारा दिल दहल जायेगा, बावले हो जाओगे।

दिसम्बर 1963 ई., एज़ाज़ हैदर उर्फ़ मुन्ने मियाँ पुत्र सैयद एजाज़ हैदर मरहूम, उम्र चालीस साल, शगुफ़्ता मिज़ाज शादी शुदा, नवाब शाह (सूबा-ए-सिंध) में एयरोड्रम बनवाने में मसरूफ़। मौत का रास्ता, शहर की एक सुनसान सड़क, अँधेरी रात, हवाई अड्डे की ज़मीन के मुआवजे के मुताल्लिक़ ज़मीन के मालिकों का हुकूमत से झगड़ा। मुन्ने भाई रात के वक़्त क्लब से वापस आ रहे हैं। रास्ते में सनसन गोलियाँ चलती हैं। लहूलुहान, ख़ुद जीप चलाते अस्पताल पहुँचकर दम तोड़ देते हैं और आपा फ़ातिमा ख़ातून का नौजवान इंजीनियर बेटा यूसुफ़, कोयटा में खदान की दुर्घटना में।

और जुलाई 1968 ई. : डॉक्टर मुज़फ़्फ़र अली नक़वी उर्फ़ अदरी पुत्र ग़ज़नफ़र अली नक़वी (लड्डन मामू) शिक्षा पी.एच.डी. मानचेस्टर, मशग़ले : पश्चिमी क्लासीकी संगीत, तैराकी, उम्र 36 साल, शगुफ़्ता मिज़ाज, शादी-शुदा, मौत का रास्ता, वाल्गा नदी, रूस, चान्दनी रात, कराची से अल्लन मामू का ख़त 'क़यामत गुज़र गयी, अदरी वैज्ञानिकों की एक कॉन्फ्रेंस के लिए रूस गये थे। मास्को के उत्तर में कोई जगह दबना है, वहाँ कॉन्फ्रेंस थी। वहीं एक रात वाल्गा में तैरने गये; ज़िन्दा वापस न आये। रूसियों ने सर्चलाइट्स लगाकर

1. टी.एस. इलियट 'कलीसा में क़त्ल' (अनुवादक : क़.ह. 'नया दौर' कराची, 1960 ई. में प्रकाशित)।

दरिया खंगाल डाला; सुबह को लाश मिली। मियाँ सलमान[1] को मास्को ट्रंककॉल किया। सलमान आजकल वहाँ पाकिस्तानी राजदूत हैं। मियाँ अली नवाब, जो अब कर्नल हो चुके हैं, एक मिलिट्री मिश्शन के साथ उस वक़्त मास्को में थे, वह ताबूत के साथ गये। बेचारे सलमान ने लाडले भांजे का जनाज़ा कराची भिजवाया ...रुबाब[2] की बहुत बुरी हालत है। डॉक्टर रज़ीउद्दीन सिद्दीक़ी ने उसे इस्लामाबाद यूनिवर्सिटी में लेक्चररशिप ऑफ़र कर दी है। भाभी की हालत देखी नहीं जाती। सल्लो उन्हें अपने साथ अस्कंदरिया ले गयी हैं। सल्लो और डॉक्टर शब्बर हसन आजकल अस्कंदरिया में हैं। बुढ़ापे में मुझे होनहार भतीजे का ग़म देखना था। जब चाँद छुपेगा तो उजाला न रहेगा...

दुआगो, तुम्हारा ग़मज़दा मामू, अल्लन।

अक्तूबर 1969 ई. प्रोफ़ेसर तहव्वर अली नक़वी (अल्लन मामू) कराची का एक अस्पताल।

मई 1973 ई. जवाँसाल सैयद मज़हर इमाम (नूरअफ़शाँ के शौहर) लंदन का एक अस्पताल।

दो दूरदराज़ बुज़ुर्गों की ख़तो-किताबत...

सैयद फर्रुख़ हैदर नवाब शम्साबाद (ज़िला फ़र्रुख़ाबाद, यू.पी. इण्डिया) बनाम मैजर सैयद आले हसनैन, कराची।

1914 ई. या 15 ई. में वालिद के साथ महमूदपुर गया था। तुम गेंद से खेल रहे थे, मैं भी खेलने लगा। फिर वालिद साहब के साथ शिया कॉलेज के जलसे में लखनऊ गया। नज़्र बाजी हिल्टन लेन में रहती थीं। वापसी में स्टेशन पर तुम गैस के ग़ुब्बारे लेकर आये, जिनका उस ज़माने में मुझे बहुत जुनून था। फिर तुम 1918 ई. में शम्साबाद नन्हीं बेगम[3] वालिदा, फूफ़ा माशूक़ अली ख़ाँ के साथ वालिद की ताज़ियत (शोक जताने) के लिए आये। उसके बाद

1. सलमान अहमद अली।, 2. ओरी की दुल्हन, लड्डो फूफी की लड़की वर्तमान निवासी कनाडा।, 3. नवाब सैयद आशिक़ हुसैन ख़ाँ (महमूदपुर) की बेगम। नवाब ज़ादा माशूक़ अली ख़ाँ की शादी नवाब फ़र्रुख़ हैदर की फूफ़ी नवाब सलतनत आरा बेगम से हुई थी।

पंजाब में अपने ताया फ़ैज़ुल अस्करी के साथ रहते थे। यहाँ तक कि अलीगढ़ का ज़माना आ गया और हम प्याला व हमनिवाला (एक साथ खाने-पीने वाले) बने।

अगर हिसाब लगाओ तो इन बातों को आधी सदी बीत गयी मगर कल की बातें लगती हैं। ग़ौर करो हम कहाँ से कहाँ पहुँच गये। मैं तो चलते-चलते थक गया। अब आराम करने को दिल चाहता है, मालूम नहीं मंज़िल कब आयेगी।

अल्लन कहाँ हैं, अलीगढ़ में हौला-ख़ब्ता (चंचल) क़िस्म के लड़के थे, अब संजीदगी आ गयी होगी। भाई तुमने क्या मज़े की बात लिखी कि हश्र (क़यामत) में सबको अपनी-अपनी पड़ी होगी। कौन किसको पहचानेगा और कौन किससे मिलेगा...

फ़र्रुख़ हैदर, शम्साबाद

23 मार्च 1972 ई.

यह ख़त ऐनी बेटी के ज़रीये तुमको कराची भिजवा रहा हूँ।

भाई फ़र्रुख़ हैदर!

भाई! मरहूम[1] को रब्बुल इज्ज़त जवारे रहमत में जगह दे और हश्रो नश्र (अल्लाह के सामने हिसाब-क़िताब) मोहम्मद (स.) व मोहम्मद (स.) की संतान के साथ हों, आमीन। उनकी ग़लतियाँ और गुनाह कुछ हों तो मुआफ़ फ़रमाए। बन्दा मजबूर है और गुनाह से महफ़ूज़ नहीं, सिवाय पवित्र इमामों (और बुज़ुर्ग हस्तियों) के जिनकी बरकत वाला व्यक्तित्व मासूम है और गुनाह, बुराई आदि से पाक-साफ़ है।

जिनसे मैं ख़त लिखवाता था, वह नवम्बर 1972 ई. को अल्लाह को प्यारे हो गये। अब जिस तरह भी मुमकिन हो, तुमको और ऐनी को ख़ुद लिखता हूँ। अभी तक ज़िन्दा हूँ, अगर न रहा तो शायद तुमको इत्तिला भी न पहुँचे। यह कशमकश कम हो, रास्ते खुल जायें, सेहत हो जाए और चलने फिरने के क़ाबिल हूँ तो कोशिश करूँगा कि लब्बैक कहने से पहले तुम सबसे मिल लूँ।

1. नवाब सल्तनत आरा बेगम।

बुज़ुर्गों की क़बरों पर फ़ातिहा पढ़ लूँ। भाई मेरे, इस दुनिया में क्या रखा है। कुछ भी नहीं, जो करना था कर लिया, जो होना था हो गया, जो बोया था काट रहे हैं। बक़ौल मिर्ज़ा मरहूम[1] '...एक मर्गे नागहानी और है।'

उसके लिए हर वक़्त तैयार हूँ, जब बुलावा आ जाए, उसके हुक्म पर अमल करूँगा। ख़ुदा हाफ़िज़ व नासिर,

मोहताजे दुआ
हसनैन

यह आज लिख लिया, आज इसे जद्दा पोस्ट करूँगा, वहाँ से एक रिश्तेदार ऐनी बेटी के पते पर बम्बई भेजेंगे, वह तुमको फ़र्रुख़ाबाद रीडायरेक्ट करेंगी, 'अल्लाह, अल्लाह, क्या इन्क़िलाब है।'

मार्च 1975 ई., स्वर्गवास मैजर सैयद आले हसनैन; कराची का एक अस्पताल।

1967 ई. से 1977 ई., सैयद निसार हैदर ज़ैदी, इलाहाबाद; बेगम नज़्र सज्जाद हैदर, बम्बई; बेगम फ़ातिमा सुग़रा वहीदुद्दीन हैदर, कराची; बेगम निसार फ़ातिमा एजाज़ हैदर, कराची; बेगम हमीदा निसार हैदर ज़ैदी, इलाहाबाद; बेगम वहीदा नसीरुद्दीन हैदर, लाहौर; सैयद लुक़मान हैदर, कराची, क़ब्रिस्तान, ख़ुदा के घर के पिछवाड़े के आँगन हैं।

प्रेषक : सैयद सुलतान हैदर (रम्मी मियाँ)
बी.आई.ए.
अलहमरा स्ट्रीट, बैरूत
27, मार्च 1974 ई.

ऐनी बीबी, जीती रहिए!

हादिसात (दुर्घटनाओं) और वाक़िआत की तेज़ रफ़्तारी से जी घबरा जाता है। हाल ही में दो बार लुक़मान भाई की बीमारी के सिलसिले में कराची

1. मिर्ज़ा ग़ालिब।

जाना हुआ। बड़ी तकलीफ़ में थे, 65 ई. से दिल की तकलीफ़ में मुब्तला थे, ऑपरेशन के लिए डॉक्टरों ने कई साल पहले मशवरा दिया था मगर व स्टेट बैंक पर बोझ बनना नहीं चाहते थे। तबीयत में क़ुदरती तौर से बेचैनी थी। दिल की बीमारी और बेचैनी दोनों ने मिलकर अपना काम दिखाया।

हम लोग इतवार को कराची से चेहलुम में शरीक होकर बैरूत वापस आये। पारे और उनके अहलो-अयाल (सम्बंधियों) से मिलना हुआ, जो कनाडा से आये हुए थे। पूरे इक्कीस साल बाद पार्टनर से मुलाक़ात हुई। कराची में वही चेहरे थे, वही शहर, लेकिन हालात कितने बदल गये और किस तेज़ी से बदल गये हैं कि यक़ीन नहीं आता।

मज़हर मियाँ रुख़सत हुए, फूफीजान, ख़ालाजान रुख़सत हुईं, लुक़मान भाई रुख़सत हुए। एक साल में ये क़ीमती पुरख़ुलूस हस्तियाँ हमसे जुदा हो गयीं। अल्लाह तआला उन सबके तुफ़ैल हमारी भी एडवाँस बुकिंग और रिज़र्वेशन जन्नत में कर दे तो अच्छा है। सुना है आजकल बड़ा रश जा रहा है। बड़ा Demand है ...हम पेकिंग (बीजिंग) से दोबारा जेनेवा गये। वहाँ से बैरूत आये। यहाँ हम लेबनान, जॉर्डन, सीरिया, साइप्रस और यूनान के लिए रीजनल मैनेजर हैं। आपसे बातें करने के लिए नूह़ (अलैहिस्सलाम) की उम्र चाहिए। कुछ दिनों के लिए बैरूत आ जाइए, वक़्त तेज़ी से गुज़र रहा है।

रम्मी

ख़्वाजा ग़ुलाम मोहम्मद हाज़िर, नौजवान ख़्वाजा मज़हरुल क़य्यूम नौजवान विंग कमांडर आज़म जान, सैयद हमीद अली और उनके छोटे भाई।

मजलिस तरक़्क़ी-ए-अदब
2, क्लब रोड, लाहौर
6, जून 1968 ई.
ऐनी बहन, तस्लीम!

मेरी दिली ख़्वाहिश थी कि सैयद साहब की सारी रचनाएँ मजलिस-ए-अदब के क्लासिकी सिलसिले में शामिल करूँ। इस सिलसिले में आपकी राय में

जो कुछ, जिस तरह करना मुनासिब हो, लिख भेजिए। मैं दिली ख़ुशी से उस पर अमल करूँगा। उनकी किताबें, जो ग़ैरज़िम्मेदार पब्लिशर बहुत बेएहतियाती से छाप रहे हैं, ख़ुशनुमा टाइप में छापूँगा।

मैंने मीर अफ़ज़ल अली[1] के मुताल्लिक़ अपनी तक़रीर रेडियो से हासिल करने की बहुत कोशिश की, मगर अफ़सोस। कामयाबी न हुई। रेडियो के दफ़्तर की इमारत बदल चुकी है। पुरानी तक़रीरों के अंबार छत तक पहुँचे हुए हैं। रेडियो वाले सन के साथ यह मालूमात भी माँगते हैं कि तक़रीर किस महीने में हुई। मेरी याद्दाश्त कमज़ोर हो गयी है; न सन् याद है, न महीना। रेडियो के कई दोस्त तक़रीर तलाश कर चुके हैं मगर अब तक कामयाबी न हुई। आज ग़ुलाम अब्बास साहब को कराची ख़त लिख रहा हूँ; मिल गई तो ख़िदमत में इरसाल करूँगा।

बीबी[2] अपने ख़त के जवाब के इन्तिज़ार में हैं...

वस्सलाम

आपका, सैयद इम्तियाज़ अली ताज

(सारांश)

हत्या, इम्तियाज़ अली ताज ...अप्रैल 1907 ई.

लाहौर
8 फ़रवरी 69 ई.
मोहतरमा मोअज़्ज़मा
सलाम मसनून!

आपका हक़ है। चग़ताई आर्टिस्ट की हर तखलीक़ विद्वान इस्तेमाल में लायें और किसी दूसरे की एक न सुनिए। आपके ख़त[3] से एक देरीना आरज़ू पूरी होती है; आपका नियाज़।

---

1. मैंने 'कारे जहाँ दराज़ है' (प्रथम पुस्तिका) की तैयारी शुरू कर दी थी और इम्तियाज़ भाई से अफ़ज़ल ख़ालू मरहूम के मुताल्लिक़ मालूमात मंगवाई थीं।, 2. हिजाब इम्तियाज़ अली।, 3. मैंने इलस्ट्रेटेड वीकली ऑफ़ इण्डिया में चग़ताई साहब की कुछ तस्वीरें कोरी प्रोड्यूस करने की इजाज़त माँगी थी, अफ़सोस कि मेरी चग़ताई साहब से कभी मुलाक़ात न हुई।

आपकी तक़्लीफ़ पाकिस्तान की मिलकियत है और इससे इनकार नामुमकिन है। आपकी वालिदा मोहतरमा के इंतिक़ाल पर अपने तास्सुरात का इज़हार किया था। उनकी शख़्सियत, उनका ख़ुलूस नाक़ाबिले फ़रामोश था (भुलाने लायक़ नहीं था)। बहन आमना बेगम मजीद मलिक को लिखा था। वह तो अपनी धरती की माता है।

मैंने तीन तस्वीरें शबीह-ए-ग़ालिब की सूरत में बनाई हैं। एक एचिंग और दो रंगदार। उनमें मौलाना अबुल कलाम आज़ाद का भी कुछ हाथ था लेकिन काम न आई। एचिंग तो मैंने लाला मालिक राम को भेज दिया है। वह भी कोई नुमाइश क्रमबद्ध करना चाहते हैं। एक तस्वीर और विस्तृत मज़मून 'नक़ूश' लाहौर को लिख दिया है। वक़्त नहीं, वर्ना ओरिजनल भेज देता, फिर आपको अपने मज़मून से यक़ीनन और भी इतमीनान होता। 'मुरक़्क़ा-ए-चग़ताई' से जो डिज़ाइन, जो तस्वीर आपके काम न आ सके इस्तेमाल में लाएँ, इससे मुझे भी तिस्कीन होगी (सुकून मिलेगा) नक़्शे-चग़ताई की एक प्रति अलग रजिस्टर्ड पार्सल कर रहा हूँ।

वस्सलाम

मुख़लिस चग़ताई

लाहौर

10 मई 1969 ई.

मोहतरमा मोअज़्ज़मा

सलाम मसनून!

यह कोई नई बात नहीं कि नक़्शे चग़ताई किसी के हाथों शिकार हो गया। वक़्त पर न मिलने का सदमा है। आज दोबारा एक और कॉपी इंडोर्स करके इरसाले ख़िदमत (सेवा में प्रेषित) है। वसूल हो जाए तो इत्तिला ज़रूर दें। इस दफ़ा मैंने आपको अपने चार ओरिजिनल एचिंग भी भेजे हैं, जो आपको एक फ़नकार की याद दिलाते रहेंगे। बहुत क़ीमती बहुत प्यारे हैं; फ़्रेम करवाकर किसी दीवार पर आवेज़ाँ फरमायें।

अभी-अभी मालूम हुआ है कि कोई अख़बार, रिसाला, किताब न हिन्दुस्तान जा सकती है और न आ सकती है, इसलिए आपकी तमाम चीज़ें बेगम ख़दीजा उमर को पहुँचाई जा रही हैं ताकि किसी प्रकार आप तक ठीक-ठाक पहुँच सकें।

वीकली का पर्चा मुझे मिल गया था। मैंने एक मज़मून 'मुरक़्क़ा-ए-चग़ताई, ग़ालिब के चित्रांकित एडीशन के मुताल्लिक़ 'नक़ूश' ग़ालिब नम्बर में लिखा है। नज़र से गुज़रे तो ज़रूर पढ़ें। मुझे जब मौक़ा मिलता है, आपके साहित्य से लाभान्वित होता हूँ। ख़ुदा ने आपको आपके वालिद, वालिदा बुज़ुर्गवारों की तरह एक ऐसी इनफ़िरादियत (एकाकीपन) बख़्शी है, जो आपको हमेशा ज़िन्दा रखेगी।

वस्सलाम, चग़ताई[1]

(स्वर्गवास अब्दुर्रहमान चग़ताई, लाहौर 17 जनवरी 1975 ई.)
नं. 10, अलीपुर रोड, दिल्ली
31 मई 1970 ई.

अज़ीज़ी (मेरी प्रिया) दुआ!

बली के इन्तिक़ाल को अब छह महीने से ज़्यादा हो गये लेकिन मुझे कल का वक़ेआ मालूम होता है। तुम्हें तो मालूम है कि उन्होंने किस तरह अपनी ज़िन्दगी त्याग और कुरबानी के साथ गुज़ारी। अपनी अंग्रेज़ियत को न केवल त्याग दिया और भुला दिया बल्कि अपने आपको ख़ालिस हिन्दुस्तानी और मुसलमान बना दिया।

मालूम नहीं तुम्हारा मज़हब के मुताल्लिक़ क्या नज़रिया है। मैं तो इस्लाम पर पूरा यक़ीन रखता हूँ, इसलिए मुझे बहुत इतमीनान है कि बल्ली को दफ़्न के लिए निहायत आला मुक़ाम मिला है।

शायद तुम्हें याद होगा कि लाल क़िला और जामा मस्जिद के दरमियान, एक मशहूर दरगाह हज़रत शैख़ कलीमुल्लाह शाहजहानाबादी की है, जो ख़्वाजा-ए-देहली के नाम से भी मशहूर हैं। उनके क़रीब में मज़ार के अहाते के

---

1. चग़ताई मरहूम मेरे लिए अमले चग़ताई (चित्रांकित इक़बाल का कलाम) रख गये थे, जो उनके साहबज़ादे ने कुछ समय पहले। अली सरदार जाफ़री के हाथ मुझे भिजवाया।

अन्दर उनको दफ़्न किया गया है। यह मौलाना अबुल कलाम आज़ाद की क़ब्र से, जो गवर्नमेंट ने बनवाई है, कुछ गज़ क़िले की दिशा में एक ऊँचे स्थान पर है और उसके सामने एक Sunken बाग़ है, जो मेरे मेयर रहने के ज़माने में शुरू हुआ था और जिसे मैंने ही शुरू किया था और जो अब बन कर तैयार हुआ है और दिल्ली के मौजूदा दौर के बेहतरीन बाग़ों में से है। ग़रज़ यह कि निहायत पुर फ़ज़ा और यादगार जगह है और हर वक़्त हमारे रास्ते में है, तो इतनी दूरी भी नहीं है।

उम्मीद है तुम बख़ैरियत होगी।

दुआगो

नूरुद्दीन

वफ़ात नूरुद्दीन अहमद, 14 दिसम्बर 1974 ई.; अहाता शैख़ कलीमुल्लाह शाहजहानाबदी में बल्ली भाभी के नज़दीक सुपुर्दे ख़ाक किये गये।

शाइर ने तारीख़े वफ़ात कही : 'मर गया दार[1] से दुनिया को बचाने वाला।'

'जवारे कलीमे ख़ुदा में है दफ़्न
अक़ीदत की निस्बत हुई कामयाब।'

(अहाता शैख़ कलीमुल्लाह में दफ़्न हैं, श्रद्धा का सम्बन्ध सफल हुआ।)

'साफ़-साफ़ कहने वाले, सत्यवादी, ख़ुदातरस, दरवेशाना सिफ़त में आज़ाद, मौलाना हिफ़्ज़ुर्रहमान और रफ़ी अहमद क़िदवाई के उत्तराधिकारी। उसूल परस्ती की वजह से, आज़ाद हिन्दुस्तान में बड़ा से बड़ा औहदा (पद) मिल सकता था, जो क़बूल न किया। ...हमारा सहारा चला गया।' दिल्ली के मुसलमानों ने कहा।

1937 ई. कौशिक, क़रोलबाग़[2] दिल्ली। चचा मुश्ताक़ अहमद ज़ाहिदी के डाइनिंग रूम के आतिशदान पर एक बड़ी तस्वीर। एक खुशशक्ल नौजवान और एक नौउम्र, रंगीली और हँसमुख अंग्रेज़ महिला।

1974 ई.; अहाता शैख़ कलीमुल्लाह शाहजहानाबादी में दो मज़ार...

1, फाँसी का तख़्ता।, 2. देखिये वॉल्यूम 1, अध्याय-9, जरसे ग़ुंचा की सदा।

तेहरान

एक दिसम्बर

ऐनी बी! आप क्या आईं और क्या गयीं; कुछ पता न चला। पाकिस्तान से कुछ अख़बार आये तो मुस्तफ़ा ज़ैदी मरहूम की ख़ुदकुशी या क़त्ल की और अधिक विस्तृत जानकारी नज़र से गुज़री। उनके तराशे (अख़बारों की कटिंग) भेज रहा हूँ। शायद ये अख़बार आपके दफ़्तर में आते हों और आपकी नज़र से गुज़रे हों। बहरहाल एहतियातन आपके अध्ययन के लिए मुनसलिक (Attached) हैं। क़त्ताला-ए-आलम (किसी सुन्दरी) की तस्वीर भी है।

मौजूदा प्रोग्राम के मुताबिक़ 14 फ़रवरी को बम्बई पहुँचूंगा। वीज़ा के लिए दरख़्वास्त दे दी है। जब यक़ीन हो गया तो और लिखूँगा।

मुख़लिस
राशिद

तेहरान

10 फ़रवरी 1971 ई.

ऐनी बी! ...ख़ुदा आपको ख़ुश रखे, तीन महीने हुए, जब वीज़ा के लिए दरख़्वास्त दी थी। अब तक कोई जवाब नहीं मिला और अब जबकि दोबारा बेहूदगी शुरू हो गयी है, वीज़ा क्या मिलेगा। आप फिर तेहरान कब आ रही हैं। मैं 14 मार्च को पाकिस्तान जा रहा हूँ, 19 अप्रैल को वापस आ जाऊँगा। अगर उन तारीख़ों को ध्यान में रखते हुए, तेहरान आयेंगी तो दोबारा मुलाक़ात का मौक़ा निकल आएगा।

मुख़लिस! नून-मीम-राशिद

स्वर्गवास : नून. मीम. राशिद, लंदन, 19 अक्तूबर 1975 ई.

बिस्मिल्लाह

दिनांक 3 अगस्त 1972 ई. दरियाबाद, ज़िला बाराबंकी

जज़ाकल्लाह

वस्सलाम

दुआगो
अब्दुल माजिद।[1]

तारीख़ : 21 अप्रैल 1973 ई.
अजीज़ा सल्लमाहा, अस्सलाम अलैकुम!
माहनामा 'आजकल' 10 अप्रैल, नंबर ...शाबाश...
पृष्ठ 7, हाशिया[2] और विस्तृत विवरण की विनती है...
वस्सलाम
दुआगो
स्वर्गवास, अब्दुल माजिद दरियाबादी
6 जनवरी 1977 ई.

कराची
9 मई 1975 ई.
ऐनी बेगम, आदाब!

कुछ दिन हुए पदमा का ख़त आया, जिसमें आपके अनुवाद[3] का तराशा लिफ़ाफ़े में था। पदमा से हमारी ख़तो-किताबत है। मासूम सी ख़तो-किताबत, जैसी अंडर ग्रेजुएट लड़के, लड़कियों में होती है और जैसी कि हमारी उम्र का तक़ाज़ा है। होश की मंज़िल को पहुँचेंगे तो इन झमेलों और मोहमाया से गुरेज़ करेंगे। लो एक क़िस्सा सुनो।

पिछले महीने मारीपुर जाना हुआ, अपने अदनी साथ ले गये। वहाँ उनके पीर रहते हैं, बाबा ज़हीन शाह ताजी। तसव्वुफ़ और क़व्वालियों के अथाह सागर के तैराक। मेरे दिल में अभी वह कैफ़ियत नहीं थी इसलिए जैसा गया था, वैसा लौट आया। रास्ते से गुज़रते हुए, जिसकी शक्ल अब बिल्कुल बदल गयी है। पहली बार आपके यहाँ मारीपुर जाना याद आया। 25 बरस पहले अय्यूब अहमद

1. अब्दुल माजिद दरियाबादी।, 2. जब कारे जहाँ दराज़ है वॉल्यूम 1 'आजकल' में क़िस्तों में छपना शुरू हुआ।, 3. मैंने 'उर्दू की आख़िरी किताब' का जो इंशा ने कराची से भिजवाई थी, सारांश व अनुवाद करके इलस्ट्रेटेड वीकली ऑफ़ इण्डिया में प्रकाशित किया था।

किरमानी के साथ। फिर उधर जाने का मौक़ा न मिला था। अब हमारी उम्र में 25 बरस और बाक़ी नहीं हैं कि तीसरी बार जायें; और जायें तो क्यों जायें।

आपने बड़ा करम किया कि मेरे मज़मून का तर्जुमा (अनुवाद) किया और मुद्रण के गहनों से सुसज्जित भी किया। ज़िन्दाबाद, कुछ जगह हिन्दुस्तान के, कुछ नामों का ज़िक्र आया तो आप डंडी ज़रूर मार गयी हैं। सो, यह संगत का प्रभाव है। अब किताब को हिन्द पाकेट बुक वाले छाप रहे हैं। उसके जैकेट के लिए आप कुछ लिख दें। बशर्ते यह कि undiluted प्रशंसा में हो तो आदाब बजा लाऊँ। यह वाक्य 'शर्त यह' अकारण ही लिख दिया।

मैं जानता हूँ, जितने आलोचक पैनी नज़र रखते हैं, वह मेरी प्रशंसा पर मजबूर हैं। बहुत से नासमझ और कम नज़र भी होते हैं, जिनको मेरी तहरीर में कोई ख़ूबी नज़र नहीं आती।

एक पूरा सेट अपनी किताबों का, एक बीबी के हाथ आपके लिए भेजा कि बरेली जाकर डाक के सुपुर्द कर दें। उन बीबी ने वहाँ जाकर, चारपाई पकड़ ली, घुटने पर चोट लगी। जाने किसकी आँखें फोड़ने के लिए मारा होगा। उस किताब के अतिरिक्त, मेरे सफ़रनामे हैं। आवारागर्द की डायरी, दुनिया गोल है, इब्ने बतूता के तआक़ुब में, चलते हो तो चीन को चलिए। इतने सफ़रनामे हो गये हैं कि अब कहीं बाहर जाता हूँ तो Immigration वाले हलफ़नामा लेते हैं कि आकर सफ़रनामा नहीं लिखूँगा। पिछले साल तीन बार जापान गया। हर बार मुसाफ़िर के तौर पर दिल्ली के ट्रांज़िट में थोड़ी देर को उतरता हूँ और हैरत व हसरत का मारा फिर जहाज़ में आ जाता हूँ। देखिए कब रास्ते खुलते हैं, कब कोई उपाय निकलता है।

किया था, रेख़्ता पर वह सुख़न का
सो अब ठहरा है फ़न हमारा

संडे के संडे एक कॉलम 'जंग' अख़बार में लिखता हूँ। इतना अच्छा होता है कि अपने हाथ चूम लेने को जी चाहता है। बार-बार पढ़ता हूँ लेकिन जी नहीं भरता। साथ के कॉलम में मिर्ज़ा जमीलुद्दीन आली का आलिमाना और विद्वतापूर्ण कॉलम होता है। संजीदा और बूढ़े लोग, उनका कॉलम पढ़ते हैं। क़ौम के दर्द

में डूबा हुआ और इस्लाम के नशे में सरशार होता है। वैसे यह हमारे अज़ीज़ यार आजकल नेशनल बैंक ऑफ़ पाकिस्तान के एक्ज़ीक्यूटिव वाइस प्रेसिडेंट हैं। बड़े धाँसू बैंकर गिने जाते हैं।

'क्या उर्दू की आख़िरी किताब' में से एक-आध क़िस्त वीकली में और हो सकती है? आप जानती हैं, मुझे शोहरत की तमन्ना नहीं लेकिन क़ारईन (पाठकों) के ज़ोरदार इसरार (आग्रह) का क्या किया जाए। इन कुछ वर्षों में बहुत कुछ अदब-ए-आलिया (उच्चतर साहित्य), इस फ़क़ीर के क़लम से सरज़द हुआ (लिखा गया), वह अंग्रेज़ी भाषा में आपकी पत्रिका की शोभा बढ़ाने और सर्कुलेशन घटाने के लिए समय-समय पर भेजा जा सकता है। जी कड़ा करके जवाब दीजिए। यूँ तो सफ़रनामों में भी आपको बहुत लूलूए लाला (फूल में लगे मोती) मिलेंगे। वह नज़्म आपको मिली 'यह बच्चा किसका बच्चा है?' और भी बहुत उच्चकोटि की रचनाएँ हैं। सुनने वाले में धीरज रखने का माद्दा हो ...योग्य वह अयोग्य कार्यों हेतु याद कीजिए।

न्याज़केश
इब्ने इंशा

11 जून 1975 ई.

'उर्दू की आख़िरी किताब' के लिए लम्बा या छोटा, या लम्बा-छोटा या छोटा-लम्बा पेशलफ़्ज़ आमुख, भूमिका; परिचय, फ़ौरन तुरन्त लिख भेजें, मेरे ख़त-पत्र का जवाब भी ज़रूर दें।

(मैंने मसरूफ़ियत की वजह से न ख़त लिखा, न किताब का परिचय। ख़याल यह था कि इब्ने इंशा कहीं भागे थोड़ी जा रहे हैं। कभी भी उनके लिए कुछ लिख देंगे। यह क्या मालूम था कि इंशा के ख़त बहुत जल्द एक तबर्रुक (प्रसाद) मालूम होंगे। इंशा ने जो किताबें मुझे भिजवाई थीं, वह भी आजतक नहीं मिलीं।)

लंदन
31 मार्च, 1977 ई.
ऐनी बेगम!

ताज़ातरीन ख़बर यह है कि हम भी यहाँ आ गये हैं। आये तो हैं तीन साल के लिए लेकिन इतनी इस्तक़ामत (मजबूती) हम में नहीं है, देखिये कब भागते हैं। काम हमारा इण्डिया ऑफ़िस लाइब्रेरी से मुताल्लिक़ है। किसी दफ़्तर वफ़तर की पाबन्दी नहीं है। आप से मुलाक़ात की संभावनाएँ ज़रा रौशन समझिए। बाक़ी इंक़िलाबाते ज़माना का क्या लिखिए। अस्करी[1] का मालूम हो गया होगा, पेरिस में प्रेस कौंसलर हैं। आली एमेम्बली के लिए भुट्टो के टिकट पर खड़े हुए थे। जमाअते इस्लामी और युनाइटेड फ्रंट ने हरा दिया। शहाब साहब इस्लामाबाद में हैं।

अब आप चंडूख़ाने सुनाइये। सहाब क़िज़िलबाश रोज़ाना मिलती हैं। अच्छा अब हमारा मजमूआ 'इस बस्ती के एक कूचे में' क़बूल करो और इसे पसंद करो।

इब्ने इंशा

वफ़ात इब्ने इंशा, लंदन का एक अस्पताल

11 जनवरी 1978 ई.

बचपन में अब्बाजान ने मुझे एक कहानी सुनाई थी और उससे पहले कहा था, 'हम जो बात कहें आप उसके बाद पूछिए फिर...?'

'बहुत अच्छा।' मैंने जवाब दिया था।

'एक किसान था, उसने अपने कोठे में बहुत सा अनाज भर रखा था।'

'फिर?'

'कोठे में एक मोखा था'

'फिर?'

'एक चिड़िया अन्दर आयी, दाना खाया और फुर्र से बाहर निकल गयी।'

'फिर?'

'दूसरी चिड़िया आई, उसने दाना उठाया और फुर्र से उड़ गयी।'

'फिर?'

'तीसरी चिड़िया आई, चौथी चिड़िया आई, पाँचवीं चिड़िया आई, दाना खाया और फुर्र।'

1. कमांडर अस्करी (पुत्र सईद)।

'फिर?'
'फ़ुर्र।'
'फिर?'
'फ़ुर्र।'

मैं बहुत जल्द पैदा हो गया था या तुम देर में पैदा हुए। मैं जा रहा हूँ और तुम दाख़िल हो रहे हो। तुम्हारे लिए बाग़ रौशन है और क़िले के अन्दर ज़ियाफ़त (खाना) तैयार। तुम नवआगंतुक मेहमान हो और मेरे रवानगी के घोड़े तैयार हैं। मैं इस महल और बाग़ से अच्छी तरह वाक़िफ़ हूँ। अगर ज़रा पहले आ गये होते, तुमको इसकी सैर करा देता। चमनिस्तान में गुलाब खिल रहे हैं। तो मुझ जाने वाले के लिए सिर्फ़ एक गुलाब तोड़ दो। यह महल अब तुम्हारा है और मैं बहुत दूर जाने कहाँ जा रहा हूँ और रुख़सत के वक़्त के लिए एक जाम ले आओ और जब तुम भी रवाना हो चुके होगे तो मैं रास्ते में कहीं तुम्हें मिलूँगा।[1]

लोग धनक की तरह ग़ायब।

एक पश्चिमी लेखक ने लिखा है कि क़ब्रों के शिलालेख वह विज़िटिंग कार्ड हैं, जो दुनिया में आने वाले अपने पीछे-पीछे छोड़ गये और लाखों करोड़ों पिण्डों और दुनियाओं और Anti worlds के इस अथाह विस्तार और अनन्त में क्या इंसान की दुनिया और क्या इसकी ज़िन्दगी। कि ज़िन्दगी बिन उद्देश्य का कूच करना!

कराची के एक फ़ैशनेबल रिहायशी इलाक़े में सज्जाद हैदर यलदरम रोड और लुक़मान हैदर एवेन्यु बना दी गयी हैं।

इमाम ज़ैनुल आबिदीन, कितना रोये, सारी उम्र रोते गुज़री और ज्ञानद्वार मौला अली ने कहा था, जो कुछ मैं जानता हूँ, अगर उसका छोटा सा भाग भी तुमको बता दूँ, तुम्हारा दिल दहल जायेगा, बावले हो जाओगे।

ऐ रब्बुल आलमीन, ऐ रब्बुल आलमीन...

---

1. हेनरी दान डाइक की एक नज़्म।

तेरे शब-ओ-रोज़ की और हक़ीक़त है क्या

सितम्बर 1973 ई., शहर मुरादाबाद से महमूदपुर माफ़ी तक, जहाँ कच्ची सड़क थी, वहाँ कोलतार के राजमार्ग पर यू.पी. रोडवेज़ ट्रांस्पोर्ट की बसें रवाँ हैं। पश्चिमी उत्तर प्रदेश के सब्ज़ इन्क़िलाब (हरित क्रांति) की बदौलत, हद्दे नज़र तक हरे-भरे खेत लहलहा रहे हैं। मिनी बस में, मेरे बराबर बैठे हुए कज़न ने कहा, 'बाजी यह सारा इलाका हमारा था।'

मालूम है, वह ख़ुदाया! यह ज़मीन तेरी नहीं, तेरे आबा (पूर्वजों) की नहीं, तेरी नहीं, मेरी नहीं, यू.पी. और सारे हिन्दुस्तान में मुस्लिम उद्योग कर्मियों का एक मालदार और प्रगतिशील वर्ग पैदा हो चुका है।

दूर से नवाब सैयद आशिक हुसैन ख़ाँ और नवाब सैयद इब्राहीम हुसैन ख़ाँ, स्वर्गवासियों के पुश्तैनी क़िले के लाल पत्थर के बुलन्द व बाला खण्डहर नज़र आते हैं। बस महमूदपुर के बाज़ार में रुकती है। उसके बाद आगे ऐतिहासिक क़स्बे सम्भल (पूर्व मुख्यालय क्षेत्र सूबा अकबराबाद) की तरफ़ चली जायेगी। नवाबज़ादा कज़न और मैं उतरकर, एक साइकिल रिक्शा पर सवार होते हैं। यहाँ पर्देदार मोटरों पर और पर्देदार बहलियों पर आया करते थे। मैं खुले मुँह इतमीनान से, बस्ती में से गुज़रती, खण्डहरों के नज़दीक एक बाक़ी बचे साबित और सालिम महल के फाटक पर पहुँचती हूँ। कोई इस बेपर्दगी पर ताज्जुब नहीं करता। अगर इब्राहीम मामू की ज़िन्दगी में इस तरह आती, वह ज़मीन खोदकर ज़िन्दा दफ़्न कर देते। नवाब सैयद हाशिम अली ख़ाँ मरहूम ड्योढ़ी पर मौजूद हैं। अन्दर महलों में मुख़्तसर पैमाने पर फ़्यूडल कारख़ाना अभी जारी है। बाहर ट्रैक्टर खड़े हैं।

अन्दर दालान में तख़्त पर एक अंग्रेज़ मिश्शनरी, बुढ़िया से बातें कर रही हैं। बुढ़िया मिस ब्लेयर एक अंग्रेज़ कर्नल की बहन है, जो मुद्दतों से महमूदपुर में रहती आयी है।

'रूस में' भाई हाशिम अली ख़ाँ की बड़ी बहन, मेहदी बेगम बाजी मुझे इत्तिला देती हैं। 'बन्ने भाई का इंतिक़ाल हो गया। जनाज़ा दिल्ली ले आये हैं।'

मेहदी बेगम के शौहर सैयद वक़ार हुसैन, रज़िया सज्जाद ज़हीर के एक सम्भली कज़न थे। दूसरे दिन उनका लड़का, सोयम में शिरकत करके, दिल्ली से वापस आता है।

'वह मरहूम तो कम्युनिस्ट थे, मज़हबी रसूम (धार्मिक संस्कार) अदा की गयीं या नहीं?' कोई पूछता है।

'जी हाँ, सारी मज़हबी रसूम अदा की गयीं।' अक्कन मियाँ जवाब देते हैं।

'अल्लाह मग़फ़िरत करे, बहुत नेक आदमी थे।' बेगम बाजी कहती हैं।

बन्ने भाई जिस इन्क़िलाब के ख़्वाब देखते रहे, वह तो आया नहीं लेकिन मार्कसिस्ट ऐतिहासिक नज़रीये के कुछ प्रभाव नज़रों के सामने मौजूद हैं। कुछ क़दम के फ़ासले पर स्थित क़िला महमूदपुर, हैदरी मुमानी के पाकिस्तान जाने के बाद, कस्टूडियन ने ले लिया, रफ़्ता-रफ़्ता खण्डहर हो गया, छतें गिर गयीं, दालानों, ऐवानों, सैहनों, दीवानख़ानों और तुर्की हम्मामों में घना जंगल उग आया। कमरों में स्वतः उगने वाले ज़र्द और सफ़ेद जंगली फूल और तरोताज़ा ऊँची-ऊँची घास लहरें मार रही हैं। 'सैयद महमूद दर मुल्क बंगाला मरातब याफ़्त दबवतन रसीद द बूबकी व जटपुरा वग़ैरा नहज मोज़ा रा मख़लूत करदह। महमूदपुर ब इस्मे ख़ुद कर्दद। पिसरश सैयद दाऊद क़िला व दीगर इमारात आँजा बना साख़्त। हम बमिस्दाक़ आसार पदीदस्त सनादीद अजम रा।'

फ़ारसी से अनुवाद : सैयद महमूद ने बंगाल में पद प्राप्त किये और बूबली जटपुरा वग़ैरह को मिलाकर, महमूदपुर अपने नाम पर रखा; उसके बेटे दाऊद ने उस जगह क़िला और दूसरी इमारतें बनवाईं और कहा जाता है कि उन खण्डहरों से अज्म (ईरान) के क़िलों की निशानियाँ प्रकट होती हैं।

सत्रहवीं सदी से 1952 ई. तक, यहाँ फाटक पर नौबत बजती थी और हाथी झूमता था।

'बकरी की छींक' कुँअर साहब[1], मीर नज़रुल बाक़र ने कुँअर महेश प्रसाद से कहा था।

मुरादाबाद, 'कोठी मीर क़ाइम अली' के सामने आले ज़हरा नानी मरहूमा की 'अटारी' में अब नवाबज़ादा सैयद हिमायत अली ख़ाँ पुत्र नवाब सैयद हामिद अली ख़ाँ पुत्र नवाब सैयद आशिक़ हुसैन रहते हैं। 'अटारी' के एक ऊपरी कमरे में, जिसमें अम्मा लखनऊ या देहरादून से आकर रहा करती थीं। एक अलमारी में कुछ पुरानी दस्तावेज़ें अब भी पड़ी हैं। मैं हस्बे-आदत पुराने काग़ज़ात की टोह में एक बस्ता खोलती हूँ। ईस्ट इण्डिया कम्पनी की हुकूमत का स्टैम्प पेपर General Treasury–1825 ई.।

मन कि सैयद मोहम्मद दाऊद अली ख़ाँ, वलद सैयद मोहम्मद नजमुद्दीन अली ख़ाँ, मरहूम साकिन व रईस महमूदपुर का हूँ। जो मैं बरज़ा व रग़बत (ख़ुशी और रज़ामंदी से) अस्बाते हवास अपने के (अपने होशो हवास में) अपनी तमाम (जागीर का विवरण) मय जायदाद वाक़े बलदा मुरादाबाद (शहर मुरादाबाद में स्थित जायदाद समेत) हयात अपनी सैयद मोहम्मद अली ख़ाँ पिसर अहद अल वारिस अपने को क़ाबिज़ व मुतसर्रिफ़ कर दिया है (अपनी ज़िन्दगी में, अपने एक बेटे सैयद मोहम्मद अली ख़ाँ को क़ाबिज़ कर दिया है, व दे दिया है) लिहाज़ा मैं इक़रार करता हूँ और लिखे देता हूँ कि मुझ फ़क़ीर के जुमला तमाम ... (सभी) मगर... (जायदाद का विवरण) वाक़े सिरसी, इमामबख़्श, कनीज़ क़ाबिज़ और दख़ील रहे ...मुबलिग़ तीन रुपये तनख़्वाह बरख़ुरदार सैयद मोहम्मद अली ख़ाँ वारिस (उत्तराधिकारी) जायदाद का इमामबख़्श कनीज़ को हीन-ए-हयात ज़िन्दगी भर, उसके देता रहे। आदि, इत्यादि। तहरीर (लिखा हुआ) 25 दिसम्बर 1856 ई.।

प्वाइंट मिला, रुपये की क़ीमत इतनी ज़्यादा थी कि तीन रुपये माहवार पेंशन। अकबर शाह द्वितीय के वलीअहद (क्राउन प्रिंस) ज़फ़र की सरकार से, उनके उस्ताद जौक़ को, सिर्फ़ चार रुपया माहाना तनख़्वाह मिलती थी।

---

1. हज़रत अली का क़थन, 'ख़ुदा की क़सम दुनिया मेरे नज़दीक बकरी की छींक से भी तुच्छ है। देखिये वॉल्यूम 1, अध्याय-5, 'फ़्लाइंग आफ़रीदी'।

नवाब सैयद मोहम्मद अली ख़ाँ ने अपने नाती सैयद माशूक़ अली ख़ाँ की पैदाइश के जश्न में गाने वाली, एक नामी तवाइफ़ को इनाम के तौर पर वह पूरा बाग़ अता कर दिया था, जिसमें वह दावत मुनअक़िद की थी। (भोज का आयोजन किया था।) मुरादाबाद में वह आजतक 'तवाइफ़ का बाग़' कहलाता है।

नवम्बर 1890 ई. का एक दावतनामा, बनाम सैयद मोहम्मद अली ख़ाँ।

'आली जनाब, रिफ़अत मआब, नवाब मोअल्ला अलक़ाब अमीर कबीर वाइसराय हिन्द व गवर्नर जनरल बहादुर किशवर-ए-हिन्द दाम इक़बालहू का दरबार व मुक़ाम आगरा मुनअक़िद (आयोजित) होगा। अगर कोई काफ़ी वजह माज़ूरी व मजबूरी की न हो तो आप भी इस दरबार में शरीक हों।'

दूसरा प्वाइंट; यानी एक नेटिव रईस के नाम मोहज़्ज़ब (सभ्य) हुक्मनामा। 'अगर कोई काफ़ी वजह माज़ूरी व मजबूरी की न हो।'

एक और कार्ड : मुशफ़िक़ व मेहरबान सैयद मोहम्मद अली ख़ाँ साहब सल्लमहू तआला बाद शौक़े मुलाक़ात ...शरीफ़ बाद, जो कि दरबार-ए-आली जनाब मुस्तआब-ए-मोअल्ला अलक़ाब जनाब लेफ़्टिनेंट गवर्नर व चीफ़ कमिश्नर बहादुर मुमालिक मग़रिबी व शिमाली अवध दाम इक़बालहू... 11 मार्च 1893 ई. ब मुक़ाम ज़िला बाँस बरेली क़िस्मत रूहेलखण्ड मुनअक़िद होगा। लिहाज़ा मुतसिद मुंशी (लिखने वाला), बख़िदमत मुख़लिस हूँ कि तारीख़-ए-मज़कूर अस्सद्र ब मुक़ाम मज़कूर (ज़िक्र की हुई जगह-जगह) पहुँचकर शरीक-ए-दरबार अज़मत मदार हों। इतलाअन (सूचना के लिए) हवाला ख़ामा मोअद्दब निगार ...निशात बाद मोअर्रख़ा 23 फ़रवरी 1893 ई.। राक़िमुश्शौक़ मिस्टर अर्म हार्डी साहब बहादुर। कलक्टर ज़िला मुरादाबाद।

(मोहर)

नन्दलाल माथुर

हेड क्लर्क

कलक्टर्ज़ आफ़िस, मुरादाबाद

तीसरा प्वाइंट। हाकिम-ए-वक़्त की तरफ़ से ख़त लिखने वाले मुंशी नंदलाल माथुर के पूर्वज, इसी शहर मुरादाबाद में मुग़ल हुकूमत के मुरासले,

इसी अंदाज़ से फ़ारसी में तहरीर करते होंगे और ख़त का उर्दू स्टाइल वही था, जिसमें हमारे शैख़ माड़े ख़ाँ ने ग़दर के दौरान, नहटौर से एक हिन्दू चौधरी साहब को रुक़्क़ा भेजा था। (वॉल्युम एक देखिए)

बस्ते में एक और इश्टाम (स्टाम्प) पेपर बरामद हुआ। अम्मा के कारिन्दे की तरफ़ से लिखा गया। ब क़लम हसनैन मामू, तारीख़ 4 नवम्बर, 1931 ई.। उसे पढ़कर, मैं एक पल में 1936 ई. में जा पहुँची। अटारी से कुछ क़दम के फ़ासले पर, आले मुस्तफ़ा मामू का मकान। मरहूम बस्ता खोलकर, अम्मा से कहते हैं। 'नज़्र बेगम यह लो तुम्हारी कोठी के मुक़दमे के काग़ज़ात।'

'बाजी तुम्हारी कोठी की नींव को चींवटे खाये डाल रहे हैं।' हसनैन मामू की आवाज़। 'ऐ हे यहाँ तो भैरों नाच रहा है।' मुनव्वर मुमानी की आवाज़[1] आले मुस्तफ़ा मामू बस्ते से इश्टाम पेपर निकालकर, दस्ती ऐनक दाहिनी आँख के सामने करके पढ़ना शुरू करते हैं।

दस्तख़त, एम. मेक्लेज़ आई.सी.एस. तारीख़ आवेज़ाँ किये जाने के इत्तिला नामे के तख़्ता-ए-इत्तिला (सूचना-पट) पर 4 नवम्बर 1931 ई. मौलवी ज़हीर आलम वकील, ब अदालत जजी मुरादाबाद। मुसम्मात नज़्र ज़हरा डिग्रीदार बनाम मुसम्मात इमाम बान्दी उर्फ़ अछिया बेगम वग़ैरह।

मन (मैं) कि सैयद अहमद अलीख़ाँ वलद सैयद असद अली ख़ाँ क़ौम सैयद, साकिन (निवासी) मुरादाबाद मोहल्ला मुग़लपुरा हिस्सा अव्वल (भाग प्रथम) कार्कुन (कर्मी) मुसम्मात नज़्र ज़हरा बिन्त (पुत्री) ख़ानबहादुर सैयद नज़रुल बाक़र मरहूम ज़ौजा (पत्नी) सैयद सज्जाद हैदर, हाल वारिद कोहे अलमोड़ा (वर्तमान में आया हुआ, अलमोड़ा पहाड़) का हूँ। चूँकि मुताबिक़ डिग्री व नक़्शा के क़ुरआ रंग सुर्ख़ मिनजुमला (सभी में से) एक कोठी मुंदर्जा ज़ैल हस्बे ज़ैल ज़ाब्ता (नीचे लिखी हुई और नीचे लिखे नियमानुसार) मुसम्मात नज़्र ज़हरा डिग्रीदार मार्फ़त अदालत मुंसिफी मुरादाबाद के पा लिया। इसलिए यह दख़्लनामा लिख दिया ताकि सनद रहे और वक़्ते ज़रूरत काम आवे।

---

1. वॉल्यूम - 1, अध्याय-9, 'सोहनी'।

तफ़्सील (विवरण) हदूद अर्बा (चौथाई) जायदाद, जिसमें से क़ुर्आ रंगे सुर्ख़ पर दख़्ल पाया, कोठी पुख़्ता ज़नाना मकान समेत और धराशायी दुकानों व पाईंबाग बड़े दरवाज़े समेत, जो कि पूर्व की दिशा में है, सभी सम्बन्धित वस्तुओं सहित, मुरादाबाद मोहल्ला, फ़ैज़गंज क़िले वाली मस्जिद के पीछे। दस्तख़त सैयद अहमद अली ख़ाँ बक़लम ख़ुद (अपने क़लम से) ब ख़त्ते उर्दू शिकस्ता (उर्दू शिकस्ता लिपि में) तहरीर ब तारीख़ 4 सितम्बर 1931 ई. ब क़लम सैयद आले हसनैन तहरीर हुआ। गवाह सैयद आले हसनैन वकील मुरादाबाद। गवाह ख़ान बहादुर नवाब सैयद आशिक़ हुसैन ख़ाना (घर) महमूदपुर माफ़ी ज़िला मुरादाबाद।

'अम्मा, हम यह गुड़िया का फ़्राक ले लें?' मैं कहती हूँ।

'ले लो।' मीर क़ायम अली की जायदाद में से शायद यही चिन्दी तुम्हारी क़िस्मत में लिखी है।[1]

कोठी मीर क़ायम अली क़िले की मस्जिद से लगी हुई, उसकी मलकिन मुसम्मात नज़्र ज़हरा पत्नी सज्जाद हैदर मरहूम के पाकिस्तान जाने के बाद, सरकार के हक़ में ज़ब्त हुई। कस्टोडियन से हासिल करके, पंजाबी मालिक ने उसे गिरा दिया और उसकी जगह, नई दो मंज़िला कंक्रीट की इमारत बना ली। उस ऐतिहासिक कोठी की फ़क़त ऊँची चहारदीवारी और फाटक बाक़ी रह गया है। बकरी की छींक; कुँअर साहब!

बचपन में चन्दा मुमानी ने, अटारी के दालान में रात के वक़्त, मुझे चिड़िया के बच्चों के मुताल्लिक़, एक कहानी सुनायी थी। चिड़िया फ़रियाद करती है। आग लगी, जल जायेंगे रंग, चूँ, चूँ, चूँ। पानी पड़ा बह जायेंगे रंग, चूँ, चूँ, चूँ। आँधी चली उड़ जायेंगे रंग, चूँ, चूँ, चूँ।

चौक सादात लॉकड़ी में आग़ा कर्बलाई मरहूम वाला आबाई (पुश्तैनी) इमामबाड़ा, अब शिया वक़्फ़ बोर्ड लखनऊ की तहवील में है। आले मुस्तफ़ा मामू और मुनव्वर मुमानी का मकान भी खण्डहर हो गया, मुनव्वर मुमानी कराची चली गयीं। उससे लगे हुए मीर मेहदी अली और नानी अशरफ़जहाँ के मकान

1. वॉल्यूम - 1, अध्याय-9, 'सोहनी'।

में नवाब और सैयद इब्राहीम हुसैन ख़ाँ मरहूम के एक नाती दामाद ने बर्तनों का कारख़ाना क़ायम कर लिया है और बग्घियों के लैम्प अमेरिका एक्सपोर्ट कर रहे हैं, जिनका आजकल वहाँ क्रेज़ है।

नवाब सैयद आशिक हुसैन मरहूम के जिस मकान में हसनैन मामू और चन्दा मुमानी की शादी 32 ई. में रची थी, उसमें अब नवाब सैयद हामिद अली ख़ाँ (पुत्र नवाब सैयद आशिक़ हुसैन ख़ाँ मरहूम) के नहटौरी दामाद, सैयद हुसैन मेहदी रिज़वी एडवोकेट रहते हैं। इक़बाल की 'असरार-ए-ख़ुदी' का कविता के रूप में उर्दू अनुवाद लिखने में मसरूफ़।

अब सवाल यह पैदा होता है कि ज़िन्दगी की कड़वी सच्चाइयों का फ़लसफ़े और मेटॉफ़िज़िक्स से क्या सम्बन्ध और किस तरह की मुताबिक़त (सामंजस्य) है। एक नवाबज़ादा कज़न, कार्ल मार्क्स का अध्ययन कर रहा है।

कुछ लोग, इक़बाल के फ़लसफ़े में ज़िन्दगी का हल तलाश करते हैं।

मोहल्ला लॉंकड़ी वालान से काफ़ी फ़ासले पर शहर के एक घनी आबादी वाले मोहल्ले नवाबपुरा में एक बड़ी हवेली है, उसमें हमारी फूफी अप्पी के साहबज़ादे, बहाउद्दीन अहमद रहते हैं। उनकी शादी नहटौर से बाहर मुरादाबाद के पुराने ज़मींदार ख़ानदान में हुई है। भाई बहाउद्दीन ने नहटौर में आमों का बाग़ बेचकर बर्तनों की क़लई का छोटा सा कारख़ाना क़ायम किया है, जिसे चलाने की नाकाम कोशिश में लगे हुए हैं। उनके ससुर की हवेली भी जर्जर हो चुकी है क्योंकि उनकी आमदनी भी जागीर से बन्द हो गयी है।

भाई बहाउद्दीन, अपनी पाकिस्तानी छोटी बहनों फ़हमीदा यूनुस और ज़ुलेख़ा ज़की सैयद के ख़त मुझे दिये हैं; जो लंदन से रीडायरेक्ट होकर आये हैं। फ़हमीदा एयरफ़ोर्स में स्क्वैड्रन लीडर है और बंगलादेश की जंग के बाद से, दोनों मुल्क़ों के घाट वार-पार बन्द हैं।

भाई बहाउद्दीन एक ज़माने में बेहद पुरमज़ाक़ (सुरूचिपूर्ण) ज़िन्दादिल और चुटकुलेबाज़ नौजवान थे। इन्तिहाई मोहब्बत करने वाले आदमी हैं और हम सारे

बहन भाइयों के चहीते। हमारे लड़कपन में वह हमको क़िरात (अरबी स्टाइल) से अपना 'हुक़्क़ानामा' सुनाते थे और हम लोग हँस-हँस कर लोट जाते थे।

'भाई बहाउद्दीन हुक़्क़नामा सुनाइए।' मैं ज़िद करती हूँ। 'वही अलहुक़्क़ता वल चिलम व फ़र्शी तड़ू तड़ूका व कड़ू कड़ूका व तम्बाकू ख़मीरा ला पाव व क़ुव्वता फ़क़त दाल मसूरा। और वह क्या था, जो पारे मियाँ, बंगाली मौलवी साहब का मीलाद शरीफ़ पढ़ा करते थे। एक्टा ज़ोंगल, ज़ोंगल में एक टा पोखर, पोखर में एक टा फ़तर, फ़तर में एक टा मेंडोख़ और वह मेंडोख़ बोला, या नबी सलाम अलैका। 'देखिए हमें कितना याद है।'

'बीबी क्या सुनाएँ, वह सब बातें अब भूल चुके।' वह पानदान खोलकर, गिलौरियाँ बनाना शुरू करते हैं। सियादत में आब रिफ़अत पनाह सादुल्लाह फ़िदवी औरंगज़ेब व फ़र्रुख़सियर बादशाह ग़ाज़ी के ये दो अफ़सुर्दा अहफ़ाद। भाई बहाउद्दीन और मैं तज़किरानवीस चुपचाप बैठे, पान नोशजान करने में मसरूफ़ हैं। धरा है, सामने एक पीकदान, एक तम्बूल।

इक़बाल, कार्ल मार्क्स, बाल योगेश्वर।

रस्पना नदी : दिसम्बर 1974 ई., उत्तर प्रदेश सरकार के पर्यटन विभाग के निमंत्रण पर मैं जीप, स्टेशन वैगन द्वारा कुमायूँ और गढ़वाल का दौरा करती देहरादून पहुँचती हूँ। विभाग के विनम्र और सभ्य डिप्टी डायरेक्टर सुरेशचंद्र (जो क़स्बा शेरकोट, ज़िला बिजनौर के एक माथुर कायस्थ हैं।) सरकारी फ़ोटोग्राफ़र और एक चपड़ासी पर आधारित स्टेशन वैगन देहरादून में दाख़िल होकर, बालयोगेश्वर के नये महल के सामने से गुज़रती है। देहरादून का यह रावत बच्चा, अमेरिका का अरबपति बेबी गौड़ बन चुका है। ऋषिकेश, हरिद्वार, देहरादून, हर जगह निर्वाण तलाश करते पश्चिमी लड़के और लड़कियाँ नज़र आ रहे हैं।

डालनवाला की एक सड़क पर से गुज़रते हुए, अचानक एक फाटक पर 'डॉक्टर पी.सी. सेन' बोर्ड दिखलाई देता है। मैं उतरकर अंदर जाती हूँ।

मिसेज़ होन बहुत दुबली और कमज़ोर हो चुकी हैं, उनके साहबज़ादे ब्रिगेडियर होन, जो भाई के दोस्त और क्लासफ़ेलो थे, पूछते हैं 'मुस्तफ़ा कहाँ हैं? और क्या कर रहे हैं?' मैं बताती हूँ।

'तुम्हारी अम्मा कैसी हैं?' मिसेज़ होन दरयाफ़्त करती हैं।

'उनका 67 ई. में इन्तिक़ाल हो गया, बम्बई में, 14 अक्तूबर 67 ई.।'

मिसेज़ होन जो उर्दू लिपि में लिखा पढ़ा करती थीं, अफ़सुर्दगी से बाहर बाग़ पर नज़रें जमा देती हैं। एक वक़्त था, जब अम्मा और मिसेज़ होन देहरादून की सबसे ज़्यादा ख़ुशलिबास और फ़ैशनेबल लेडीज़ कहलाती थीं।

आतिशदान पर डॉक्टर होन का रंगीन पोट्रेट रखा है, उनको गुज़रे भी मुद्दतें हो गयीं।

मैं कैमरा संभालकर उठती हूँ।

'इतनी जल्दी कहाँ जा रही हो?' मिसेज़ होन पूछती हैं।

'धूप जाने वाली है, मैं ज़रा अन्दर रोड जाकर, आशियाने की तस्वीर खींच लूँ। मैं एक किताब लिख रही हूँ, उसके लिए चाहिए।'

'आशियाना!' मिसेज़ होन कहती हैं 'अब वहाँ नहीं है।'

'कहाँ चला गया?'

'कस्टोडियन से लेने के बाद, नये मालिक ने उसे गिराकर, उसकी जगह नया मकान बना लिया है।'

एक ज़माने की रौ, जिसमें न दिन है, न रात।

अन्दर रोड पर आशियाने का फाटक। सामने का बाग़ और ऑर्चर्ड काट डाला गया है। सपाट मैदान पर बजरी बिछी हुई है। नई नकोर सफ़ेद रंग की कोठी। मैं और मिस्टर सुरेशचंद्र और फ़ोटोग्राफ़र अहाते में दाख़िल होते हैं। नई इमारत के बराबर में, जहाँ पहले हमारे बावर्चीख़ाने का भाग था, कुछ कुर्सियाँ पड़ी हैं, मेज़ पर चाय का सामान रखा है। होत की जोत है; शलवार क़मीज़ पहने और शाल लपेटे एक मोटी ताज़ी महिला, कोठी के अन्दर से बरामद होती हैं।

'आओ बहन जी आपने किससे मिलना है?'

'जी किसी से नहीं, हम लोग एक और कोठी की तलाश में ग़लती से यहाँ आ गये, मुआफ़ कीजिएगा।'

'कोई गल नहीं जी, आओ बैठो चाय पियो।' वह पंजाबी अख़्लाक़ और बेतकल्लुफ़ी से कहती हैं।

'जी नहीं, शुक्रिया! हमें मसूरी पहुँचना है, बहुत देर हो जाएगी।'

'इतनी सर्दी में, इस वक़्त मसूरी जा रहे हो आप लोग? कहाँ से आ रही हैं आप?'

'बम्बई से।'

'ओफ़्फ़ोह! इतनी दूर से? तब तो ज़रूर बैठो बहन जी, आराम करो। मेरे हज़बैंड अभी आते होंगे, चाय शाय पियो, अपना ही घर समझो।'

हम लोग उनको शुक्रिया अदा करके बाहर आते हैं। बाहर फाटक पर आशियाने की तख़्ती उसी तरह मौजूद है।

डूबते सूरज की रौशनी में, मैं उस तख़्ती की तस्वीर उतार लेती हूँ।

लेकिन बकरी की छींक की अक्कासी (छायांकन) भी की जा सकती है?

गाँगन नदी

यह गाँगन मेरी नदी है, जो ज़िला बिजनौर में तहसील नजीबाबाद की तराई के जंगल से निकलकर, क़स्बा नहटौर से गुज़रती, ज़िला मुरादाबाद में दाख़िल होती है। वहाँ इसके किनारे लाँकड़ी आबाद है। इलाक़ा महमूदपुर में से बहती हुई, जाकर शहर मुरादाबाद से ज़रा आगे रामगंगा में मिल जाती है। केवल पैंतालीस मील लम्बी नदी, इसकी यात्रा बहुत छोटी है और अपने स्रोत से ताज़ा-ताज़ा निकलती साफ़ शफ़्फ़ाफ़ नहटौर पहुँचती है।

गिरिजा, हेमावती नदियाँ जब तक पहाड़ों से नीचे उतरती हैं, पवित्र रहती हैं। मासूम शीलपुत्रियाँ बर्फ़ की बेटियाँ पू०वि० मैदानों से गुज़रकर, समुद्र तक जाते-जाते दुःखद, गंदले और दूषित हो जाते हैं। अपनी लम्बी यात्रा की समाप्ति पर दरिया समुद्री दलदल बन जाता है। दरिया का और इंसान की ज़िन्दगी का सफ़र एक जैसा है लेकिन गाँगन पौने दो हज़ार मील दूर, पूर्वी समुद्र तक जाने का इरादा ही नहीं रखती। साल के घने जंगलों में आगे जाकर, ख़ामोशी से रामगंगा में शामिल हो जायेगी। एक संतुष्ट, दौलतमंद, विनम्र प्रकृति की शान्त नदी।

नहटौर में इस पर पुल बँधा है और किनारों पर स्नान घाट हैं और शिवालय, ख़रबूज़े के खेत, गाँगन हमारी नदी है। नहटौर के मुसलमानों और त्यागी ब्राह्मणों और केहड़ राजपूतों और जैनियों की घरेलू नदी। इस उपमहाद्वीप के बड़े-बड़े दरिया, बड़ी-बड़ी दास्तानें सुनाते हैं। इस छोटी सी नदी ने अब तक आपको इस छोटे से क़स्बे की कहानी सुनाई क्योंकि इसकी भी एक कहानी थी। सत्रहवीं शताब्दी के एक गुमनाम अंग्रेज़ पादरी ने इंग्लिस्तान के किसी सरसब्ज़ क़स्बे में, अपने गिरजाघर के अन्दर बैठकर लिखा था।

'अपनी सच्चाई को शान्ति और विस्तारपूर्वक बयान करो और दूसरे की सुनो। चाहे वह लोग ग़ैर दिलचस्प और अल्प ज्ञानी ही क्यों न हों क्योंकि उनके पास भी उनकी कहानी मौजूद है।'

रामगंगा और गोमती मेरे दूसरे दरिया हैं मगर उन्हें सब जानते हैं। बेचारी गाँगन मशहूर नहीं है, यद्यपि उसकी दूसरी शाख़ मालन ऐसी ख़ुशनसीब थी कि महाभारत में उसका ज़िक्र आया है और कालीदास शकुंतला नाटक में उसे अमर कर गये। अपने-अपने भाग्य की बात है।

तो गाँगन के पास भी एक क़िस्सा मौजूद था, उसे मैंने लिखा।

दिल्ली से नहटौर की ओर आते हुए, क़स्बे के पास राजमार्ग के दोनों तरफ़ कमल से भरी झीलें और आम और जामुन के मनोरम बाग़ वाटिकाएँ। मुरादाबाद से आने वाली ट्रेन, सुबह तड़के के वक़्त धामपुर के छोटे से रेलवे स्टेशन पर पहुँचने से पहले, सरशार खेतों और शादाब बाग़ों में दाख़िल होती है। सदा सुहागिन और बाँस के झुण्ड, साल के दरख़्त, झीलें, काठगोदाम से लेकर देहरादून तक का यह सारा तराई के नीचे का इलाक़ा, अपने मनोरम दृश्यों के लिए मशहूर है। धामपुर से सात मील दूर चाँद, सूरज, सितारों, नीले आसमान या संध्या की लालिमा या बादलों से भरी गाँगन। उसके किनारे आम के बाग़, झोंपड़े, मन्दिर, बाज़ार, बस्ती, मोहल्ला सादात सै दरी। ग़ले के अन्दर झील जोहड़ी।

जनवरी 75 ई. की एक बर्फ़ीली शाम, झील जोहड़ी के किनारे स्थित मस्जिद मीर बन्दे अली तिरमिज़ी में से, अंसारी साहेबान मग़रिब की नमाज़ अदा करके बाहर आ रहे हैं। बैठक सैदरी के सामने, उसके नये मालिक की एम्बेसडर कार खड़ी है। एक मालदार जुलाहे के ऊँचे मकान पर टेलीविज़न का एन्टिना। उनका टेलीविज़न सेट, नब्बे मील दूर दिल्ली के टीवी प्रोग्राम धुँधले-धुँधले प्रतिबिम्बित कर लेता है।

ये ग़रीब मिस्कीन जुलाहे, जो पहले 'रईयत' कहलाते थे और गली में से कोई मीर साहब गुज़रते हों तो रास्ता छोड़कर एक तरफ़ दुबक जाँ थे और सलाम अलैकुम की बजाय, मीर साहेबान को 'हज़रत सलामत' और 'सलाम मालिक' कहें थे, अब दबंग आवाज़ में 'अस्सलाम अलैकुम मीर साहब' कहते, आत्मविश्वास से सिर उठाये, आगे निकल जाँ हैं। जोशीले समाजी इन्क़िलाब!

सादात (सैयदों) की छोड़ी हुई जायदाद के मकानात, उन्होंने ख़रीद लिये हैं, जिनमें पावरलूम और करघे लग गये हैं।

सत्रहवीं सदी में इसी झील जोहड़ी के किनारे, महापूर्वज मीर मोहम्मद तक़ी का मकान था और सड़क के उस पार उनकी बनवाई हुई कारवाँ सराय। इन तीन सदियों में आबादी गंगा की बाढ़ की तरह बढ़ गयी और कितनी ग़ुरबत! सराय में ग़रीब परिवार आबाद हैं। सैकड़ों हिन्दू, मुसलमान बच्चा नहटौर की गलियों में रिल रहा है। 'मदरसा फ़ैज़ुलउलूम व यतीमख़ाना व मुसाफ़िरख़ाना, मोहल्ला पीर शहीद कलाँ में देवबन्द के फ़ाज़िल, बेहद ग़रीब नौजवान मौलवी इन्तिहाई कम तनख़्वाहों पर बेहद ग़रीब बच्चे पढ़ा रहे हैं।'

और नये मानदंड, हाफ़िज़ मोहम्मद इब्राहीम इन्टर क़ॉलेज में मुसलमान लड़कियाँ coeducation में शिक्षा प्राप्त करने में मसरूफ़ और नयी आर्थिक उन्नति, जैन साहूकारों के क़स्बे से बाहर टेक्सटाइल फ़ैक्टरी। हमारे जुलाहों के नये बढ़िया छपे हुए कपड़े, यूरोप और अमेरिका एक्सपोर्ट किये जा रहे हैं।

महावटें शुरू हो गयी हैं। बरगद के दरख़्त के नीचे मियाँ साहब की सरसब्ज़ दरगाह, पानी में भीग रही है। जुलाहे और कारीगर छतरियाँ लगाए, ईंटों के फ़र्श की लम्बी गली में से गुज़र रहे हैं। अलतमश बादशाह के दौर से सूफ़ियों ने तराई में इस्लाम की तब्लीग़ शुरू की थी। ख़्वाजा बदरुद्दीन (जिनके लिए कुमायूँ के मुस्लिमों का विश्वास है कि हिमालय पर्वत की एक चोटी पर बद्रीनाथ अस्ल में शैख़ बदरुद्दीन का मज़ार है।) ख़्वाजा उसमान शैख़ अहमद नहरावली, जो पार्चाबाफ़ (जुलाहे) थे, ये तीनों मेहनतकश बुज़ुर्ग रस्सियाँ बँटते थे और कपड़ा बुनते थे और उन्होंने केहड़ में धर्म को फैलाया था।

मोहल्ला क़ाज़ियान में पंद्रहवीं सदी के क़ाज़ी चमन के घर से लगा वह मकान है, जिसमें क़ाज़ी चमन के दामाद हमारे महापूर्वज मीर हसन तिरमिज़ी आकर रहे थे। मुग़ल काल से पूर्व के एक हाउस होल्डर का घर। यह मकान मीर हसन की औलाद की एक शाखा ने अब तक आबाद कर रखा है। ज़्यादातर हिस्से का दोबारा निर्माण किया जा चुका है। पंद्रहवीं सदी की सिर्फ़ एक दीवार

बाक़ी है। सामने अमरूद का दरख़्त, दालान में दो लम्बे-चौड़े तग़ार रखे हैं। उसी तरह के तग़ार, मैं समरक़न्द म्यूज़ियम मैं देख चुकी हूँ। सामने मोहल्ला तीरगराँ में मीर हसन के वफ़ादार तीरगर की औलाद आबाद है।

इस प्राचीन क़स्बे नहटौर और उसके एक प्राचीन मोहल्ले को, मैंने इस किताब के लिए अपनी सामाजिक रिसर्च का केंद्र बनाया था। उस सामाजिक तस्वीर को इतिहास की रौशनी में देखिए तो कुछ दिलचस्प बातें मालूम होंगी। मध्यपूर्व से पश्चिमी किनारे तक 'इस्लामी सभ्यताओं के राज़दाराना Interiorised मकानात' के सम्बन्ध में प्रोफ़ेसर ओलीग ग्रेबर[1] 'बेतदार और कुनबा, जो पूर्वी सामाजिक रहन-सहन का केंद्र था, ख़ावर मियाना (मध्य पूर्व) की दसवीं से तेरहवीं सदी ईसवी तक की प्राथमिक तस्वीरों और लेखों से उनका अंदाज़ा होता है।

कमरों के दरमियान दरवाज़ों के बजाय, पर्दे, सादा छतें, नक़शीन दीवारें, ज़ीने के नीचे घड़ा। बच्चों के लिए ड्योढ़ी में निजी पाठशाला, ड्योढ़ी का लम्बा अँधेरा गलियारा या अर्धअंधकारमय हाल (तो भाई अमीर हैदर के मुबारक महल के अर्धअंधकारमय हाल) के बाहर गली में लोगों की मुसलसल आमदो रफ़्त (आवागमन)। सौदा बेचने वाले, दरवेश, अजनबी, मुसाफ़िर, क़िस्सागो, जायदाद की मुक़दमेबाज़ियाँ, ख़ासतौर से साँझी दीवार के सिलसिले में। मीर-ए-मोहल्ला (मोहल्ले का मुख्या) आमतौर पर शरीफ़ या रईस या इज़्ज़तदार Blood nobility वाले लोग बनाये जाते थे। रफ़्ता-रफ़्ता आले-रसूल (मोहम्मद स. की संतान) मीरे मोहल्ला, (बनाये जाने लगे)।

मुक़ामाते हरेरी[2] में क़ाज़ी को मालदार अरब दिखलाया गया है। तो पंद्रहवीं सदी लोधी हिन्दुस्तान में हमारे क़ाज़ी चमन अरब मूल बस्ती-बस्ती मशहद, क़बे, मज़ार, ईरान में इमामज़ादे, तो नहटौर में महज़ पाँच दरगाहें। सरायें, शिफ़ाख़ाने, मस्जिदें, मदरसे, पुस्तकालय, मालदार शहरियों की दीनदारी के दृश्य। पब्लिक इमारतों पर 'अलमलिकुल्लाह' खुदा हुआ कि हर चीज़ अल्लाह

---

1. प्रोफ़ेसर ओलीग ग्रेबर (हारवर्ड यूनिवर्सिटी) 'शहर और शहरी' 'दि वर्ल्ड ऑफ़ इस्लाम' बर्नार्ड लुईस द्वारा क्रमबद्ध।, 2. बग़दाद स्कूल 1237 ई., यानी यह तस्वीरें हलाकू ख़ाँ के हमले से सिर्फ़ 21 वर्ष पहले बनायी गयी थीं।

की है। शहर के बाहर कारवाँ सराय। मीर मोहम्मद तक़ी की कारवाँ सराय, दीनदारी और पाकबाज़ी; सो अब भी नहटौर में नमाज़ियों से मस्जिदें आबाद।

और हालाँकि नहटौर का यह अर्धग्रामीण समाज, औद्योगिक युग में पहुँच चुका है। हरेरी के मुक़ामात की तस्वीरों से इसका ताल्लुक़, एक हद तक अभी मौजूद है और सिर्फ़ कुछ साल और बाक़ी रहेगा।

और मुझे सोलहवीं सदी मुग़लकाल का अबुल फ़ज़ल फ़ैज़ी का फ़तेहपुर सीकरी का घर हमेशा Haunt करता है, उसके कमरे, ठंडा पीछे वाला तहख़ाना, जहाँ वह लोग गर्मियों में रहते थे। कमरों की दीवारों में छोटी-छोटी अलमारियाँ और पंजाब और यूपी के क़स्बों और छोटे शहरों से गुज़रते हुए अचानक दिलावेज़ मेडिवेल मकान नज़र आ जाते हैं और उनकी ख़ूबसूरत ड्योढ़ियाँ और शहनशीं।

मैं पिछले साल नहटौर आकर, इस किताब के लिए तस्वीरें खींच चुकी हूँ। इस बार भी भाई अमीर हैदर और भाई कमाल अहमद और भाई शमीम हुसैन ज़ैदी मेरे साथ गलियों से गुज़रते, मोहल्ले में जगह-जगह ले जाते हैं। हैरान बच्चों का ग़ोल पीछे-पीछे चल रहा है। किसी विदेशी टूरिस्ट की तरह अचानक किसी जगह ठिठक कर, मकानों की तस्वीरें लेती जाती हूँ। इस क़स्बे में मुग़ल निर्माण शैली के दिलनशीं (मनमोहक) नमूने मौजूद थे।

एक गली के सिरे पर एक पिक्चरेसिक फाटक अचानक सामने आ जाता है। तेज़ सब्ज़ घास का टुकड़ा और सरो के दरख़्त! मानो उन्नीसवीं सदी के किसी तुर्की अफ़साने का इंटीरियर। यह मकान मैं बाकू, सोवियत आज़रबाइजान और समरक़न्द और पुरानी दिल्ली और लाहौर और मुलतान और पूर्वी ईरान के शहरों, गनाबाद और बर्जन्द में देख चुकी हूँ। निर्माण शैली और एक ख़ास सांस्कृतिक माहौल और एथोस और मेल्यो की झलक, कहाँ से कहाँ जा पहुँचती है और मुकम्मल ख़ामोशी। दास्तान-ए-अहदे गुल रा, अज़ नज़ीरी।

'यह भी त्यागी हुई जायदाद है।' भाई अमीर हैदर की ग़मगीन आवाज़।

और एक ख़ालिस हिन्दुस्तानी देहाती स्टाइल का मकान। भाई रज़ाउद्दीन हैदर, जो फ़र्रुखसियर बादशाह ग़ाज़ी की बुज़ुर्गों को दी हुई, जागीर मिलक

की बाक़ी बची ज़मीन पर सैर करते हैं। मोहल्ले की दूसरी झील माहीगीरान के किनारे ड्योढ़ी में भैंसें, अन्दर कच्चे दालानों और कोठों में अनाज, आँगन में चक्की। यहाँ भाई रज़ाउद्दीन हैदर की भानज बहू, पोलिश मूल की यहूदी अमेरिकन लेखिका, लिन्डा न्यूयार्क से आकर रहती है। वह और उसका शौहर ख़ालिद ख़ानदान-ए-नहटौर की अपनी शाख़ और उसके पाकिस्तान से जाने के सम्बन्ध में एक अलिफ़ लैलवी उपन्यास 'रेफ़्यूजी' लिखते हैं और रोज़ाना धामपुर टैक्सी भेजकर, ताज़ा डबलरोटी मंगवाते हैं। अमेरिकन मालदारी नहटौरी नेटिव्ज़ के लिए हैरतंगेज़। जिस तरह आधुनिक पाकिस्तानी रियासत, वहाँ से लौटकर आने वालों के लिए आश्चर्य का कारण।

आख़ोंद इमामबख़्श के मकान के दरो-दीवार में और छतों पर ऊँची घास और सफ़ेद रेशमी पौधे उग आये हैं। अट्ठारहवीं सदी में यही मकान, एक आम मुग़ल राजपूत मेनातोर का इंटीरियर रहा होगा। दरवाज़ों और बालाख़ानों के दरों पर चिक़ें या छींट के मोटे पर्दे। सफ़ेद नक़शीन दीवारों के ताक़चों में गुलदान, ख़ासदान, इत्रदान, ऊद जलाने का बर्तन या सुराहियाँ, महताबी पर चान्दनी का फ़र्श, रंगीन पायों वाले पलंग, गाव तकिये, पीढ़ियाँ, कम से कम फ़र्नीचर, ऊपर शामियाना सैहन की दीवार के ऊपर झुकी आम की डालियाँ। या यही मकान क़ालीनों की फ़रावानी (बहुलता) के साथ, एक ईरानी मेनातोर का इंटीरियर बन सकता था।

हमारे यहाँ मकान आख़ोंद इमामबख़्श, हवेली जलालुद्दीन हैदर, मस्जिद सैदरी, दूसरी इमारतों और मालदार कलालों के संग-ए-सुर्ख़ (लाल पत्थर) के मक़बरों में राजपूत मोटिफ़ भी मौजूद हैं।

1975 ई. आख़ोन्द इमामबख़्श के घर पर ग़रीबी बरस रही है और बेपनाह वीरानी। एक पूर्व ज़मींदार, जो कुछ महीने पाकिस्तान में गुज़ार कर आये हैं, अँगनाई में पड़े खाट पर बैठकर, मुझे कराची की अलिफ़ लैला सुनाते हैं। 'बीबी! आपको भाई नसीरुद्दीन हैदर मरहूम का पुराना मुलाज़िम अब्दुर्रहमान याद है?'

'जी हाँ, ख़ूब याद हैं। उनकी बीवी ग़ौरिया इतनी स्मार्ट थीं कि हम लोग उसे लेडी अब्दुर्रहमान कहते थे।'

'जी हाँ, वही। तो अब्दुर्रहमान के लड़कों ने दुबई, कुवैत जाकर, ख़ूब पैसा कमाया। कराची में कोठी बनवा ली। carved फ़र्नीचर से उसे सजाया है। पिछले दिनों लाहौर में भाभी वहीदा बीमार थीं। कराची में अब्दुर्रहमान मौत के मरज़ में मुब्तला, रोज़ाना अपने बेड साइड टेलीफ़ोन से लाहौर अच्छो बीबी के यहाँ ट्रंककॉल करके, भाभी वहीदा की ख़ैरियत दरयाफ़्त करता था।'

'यह तो ख़ुशी की बात है। क्या ग़रीबों को हमेशा ग़रीब रहना चाहिए?' मैं दरयाफ़्त करती हूँ। अब्दुर्रहमान के बेटे मेहनतकश वर्ग से निकलकर, अब नये मालदार वर्ग में शामिल हो चुके हैं। अब्दुर्रहमान में अपने पुराने आक़ाओं के लिए फ़्यूडल वफ़ादारी मौजूद थी। वर्गों और इंसानों और इंसानों और इंसानी रिश्तेदारियों के बदलते हुए ग्राफ़।

एक रिश्तेदार, जो यूपी ट्रांस्पोर्ट कम्पनी में क्लर्क है, साइकिल ड्योढ़ी पर रख, अस्सलाम अलैकुम का नारा लगाता है, जो सुन्नते रसूल है। किसी के घर में दाख़िल होओ तो बाहर से आवाज़ दो ...फिर वह अन्दर आकर दूसरी खाट पर बैठ जाता है। पाकिस्तान रिटर्नड अफ़सुर्दा बुज़ुर्ग कहते हैं, 'कराची में मैंने रिश्तेदारों की कोठियाँ देखीं; एक से एक महलनुमा आलीशान। बाग़ फ़व्वारे, बरसाती में दो-दो इम्पोर्टेड एयर कंडीशन्ड मोटरें। कमरों में झाड़फ़ानूस, वाल टू वाल कार्पेट, टेलीविज़न। सब आये दिन उम्रा और हज करने जाते हैं और हज करके आते हैं तो सैर तफ़रीह के लिए यूरोप, अमेरिका। माशाअल्लाह, माशाअल्लाह और लंदन तो उन सबके लिए, घर आँगन बन गया है।'

'आपको भी पाकिस्तान चला जाना चाहिए था।' मैं कहती हूँ।

'क्या जाते, अब बहुत देर हो गयी।' वह अफ़सोस से जवाब देते हैं।

नगड़दादा आख़ोन्द इमामबख़्श के बोसीदा मकान की दीवारों में उगी घास, हवा में फ़ादर टाइम की दाढ़ी की तरह लहरा रही है। अब्बाजान और उनके बहन भाइयों ने अपना बचपन इसी घर में गुज़ारा था, इसी आँगन में उछलते कूदते थे। इसी ज़ीने में आँख मिचोली खेलते थे। दालान के दर के अन्दर, क़तार में बिछे पलंगों पर सोते थे। सुबह-सुबह उनकी नौजवान माँ सईद बानो

बेगम इस दर में उकड़ूँ बैठकर, उन शोर मचाते बच्चों के मुँह धुलाती होंगी। एजाज़, सुग़रा फ़ातिमा, सज्जाद, नसीर, जल्द ही ये होनहार बच्चे, बीसवीं सदी में दाख़िल होने वाले हैं।

दूर शिवालिक की पहाड़ियों और ढाक और साल और शीशम के जंगलों और गाँगन नदी पर से बहती हवा आकर, उस नीम-शिकस्ता (अर्ध जर्जर) भूरे मकान की राजपूत शैली की खिड़कियों से टकरा रही है। पाकिस्तान की सैर करके आये हुए, अफ़सुर्दा बुज़ुर्ग उठकर, इशा की नमाज़ के लिए बाहर चले जाते हैं। गली की कीचड़ उलाँघते हैं। सिर झुकाये मस्जिद मीर बन्दे अली तिरमिज़ी का रुख़ करते हैं। शायद उनको इस बात का भी दुःख है कि इस मस्जिद की देखभाल, अब ख़ुशहाल जुलाहों के हाथ में है।

यह कैसा घपला है, क्या हुआ था? इतिहास बड़े बड़ों को ग़च्चा दे गया। बाहर झील जोहड़ी पर बड़ा सन्नाटा छाया हुआ है। परदादा मीर अहमद अली वाली पिलखन हवा में सरसराती है। जवाब शायद उसे भी मालूम नहीं। मौसमे बहार (बसंत ऋतु) में ढाक और महुवा और कचनार फूलों से लद जायेंगे।

उत्तर प्रदेश में पावर कट की वजह से नौ बजे रात से अँधेरा छा जाता है। इस घुप अँधेरी रात में अब्बाजान की इकलौती फूफी उम्मे सईद बेगम की बड़ी कोठी के कमरे बहुत सुनसान मालूम होते हैं। पीछे की तरफ़ मियाँ साहब की दो सौ साल पुरानी दरगाह और ज़्यादा रहस्यमयी। घुप अन्धेरी रात ख़ालिस वक़्त है। महाकाल जैसी रातों में मालन गाँगन के किनारे बुतों में छिपे ताँत्रिक जोगी अपने देवी देवता जगाते हैं और दरगाहों में बैठे, रहस्यों के ज्ञाता अमलयात करने में मसरूफ़। तो हम सब लगातार सारी ज़िन्दगी अपने-अपने अमलयात में मसरूफ़ उनके परिणाम देखने के इन्तिज़ार में रहते हैं और आशान्वित और हैरान।

दिल्ली में मेरी एक दोस्त रहती हैं, सुरैया हसन, कॉन्वेंट की तालीमयाफ़्ता और मॉडर्न। इण्डियन आर्मी के मैजर महमूद हुसैन की बेगम हर साल अपनी औलाद से मिलने जाती रहती हैं। साथ ही बड़ी अल्लाह वाली भी हैं और लम्बी नमाज़ों और वज़ीफ़ों की आदी। एक बार कहने लगीं, 'मैं जायदाद के मुक़दमों

की कामयाबी के लिए एक जलाली वज़ीफ़ा पढ़ रही थी, जो मुझे बख़्श दिया गया है। हज़रत महबूबे इलाही के मज़ार के नज़दीक आधी रात को वज़ीफ़े में मशग़ूल थी। पता है मवक्किल तरह-तरह की शक्लों में आकर डराते हैं ताकि आमिल अपना वज़ीफ़ा छोड़ दे, वर्ना मवक्किलों पर उस काम का बोझ पड़ता है। तो मैं वह वज़ीफ़ा पढ़ रही थी, तब अचानक बहुत लम्बा व्यक्ति प्रकट हुआ। कोट पतलून, सिर पर सोला हैट, दहकता हुआ चेहरा आग की तरह सुर्ख़। बड़े बड़े दाँत, हँस रहा था, पहले उसने मज़ार का तवाफ़ (वृत्त) किया फिर आकर मेरे क़रीब बैठ गया, और बार-बार अंग्रेज़ी में पूछे, "what are you Praying?" फिर किसी अजनबी भाषा में बेथकान बोलने लगा; और साथ-साथ हँसता भी जाए। मैं बिल्कुल न डरी और मैं भी उसे देखकर जवाब में हँसी। फिर मैंने हुज़ूर के मज़ार की तरफ़ तवज्जोह की और हुज़ूर से दरख़्वास्त की, इसे आप संभालिए। वह इसी तरह बोलता रहा; मैंने परवाह नहीं की, वज़ीफ़ा जारी रखा, आख़िर वह बोर हो गया। हाथ झाड़े और उठकर चला गया।'

सोला हैट पहने मवक्किल, आतिशीं चेहरा, कितनी भयावह कल्पना है, हैबतनाक, जितना इस पर ग़ौर कीजिए। और तरह-तरह के मवक्किल सारी ज़िन्दगी डराते रहते हैं और अजनबी भाषाएं बोलते हैं और हँसते हैं।

घुप्प अँधेरी रात, लैम्प की रौशनी में डिनर फिर अन्धेरा। सुबह चार बजे से आस-पास करघे चलेंगे, फिर अज़ान की आवाज़ बुलंद होगी और बाग़ों में नीला उजाला फैलेगा, जो मरियम की चादर का रंग है। अभी अन्धकार का दरिया बह रहा है और उसमें इमारतें, पिछले इंसानों के हैरान ख़्वाब वहम की तरह मौजूद हैं।

दरबार-ए-उज़्ज़ाम का बाक़ी बचा जर्जर फाटक और मीर बन्दे अली तिरमिज़ी की एक बहुत पुरानी हवेली (जिसके एक तहख़ाने में अंग्रेज़ परिवार और दूसरे में फाँसी के सज़ायाफ़्ता बाग़ी अहमद अली ग़दर के दौरान रुपोश रहे थे) जो अब मलबे का ढेर है; वह तहख़ाने उसी तरह मौजूद हैं, उनमें कूड़ा करकट भरा है। ऊपर की इमारत गिर जाए, तहख़ाने बाक़ी रहते हैं; यद्यपि उनमें काठ कबाड़ जमा हो सकता है।

ख़ानबहादुर सैयद जलालुद्दीन हैदर मरहूम की छोड़ी हुई जायदाद 'हवेली' में भी पारवरलूम चल रहे हैं।

एक अस्सी वर्षीय बुज़ुर्ग रिश्तेदार ने कल मुझे बड़े एहतमाम से ख़तोकिताबत का एक फ़ाइल दिखाया। 'बीबी! मैं मिसेज़ इन्दिरा गाँधी से ख़तो-किताबत (पत्राचार) कर रहा हूँ। इस हवेली को कस्टोडियन से जुलाहों ने ख़रीद लिया था; उसे वापस कर दिया जाए, उसमें यलदरम कॉलेज और लाइब्रेरी क़ायम करूँगा।'

दुःखद! यह बुज़ुर्ग बर्तानवी क़स्बे नहटौर को 'सरकार सम्भल मुज़ाफ़ सूबा अकबराबाद' लिखते रहने वाले ख़्वाबपरस्तों (सपनों में खोये रहने वालों) की संतान हैं।

दादाजान की हवेली के नज़दीक मीर बन्दे अली तिरमिज़ी के एक बेटे ख़ानबहादुर सैयद अबुल हसन के विशाल दो मंज़िला मुबारक महल में उनकी औलाद रहती है। उसके पीछे की ओर ख़ानबहादुर जलालुद्दीन हैदर के सबसे छोटे बेटे ख़ानबहादुर डॉक्टर वहीदुद्दीन हैदर की त्यागी हुई जायदाद। कोठी में सरकारी दवाख़ाना क़ायम है। उसके बराबर जलालुद्दीन हैदर के बहनोई और खालाज़ाद भाई डिप्टी सैयद सग़ीर हुसैन की ये कोठियाँ। जिन डिप्टी साहब मरहूम की बेटी हमीदा बेगम और दामाद सैयद निसार हैदर ज़ैदी पुत्र ख़ानबहादुर डॉक्टर कर्रार हैदर मरहूम अब तक पुराने ज़मींदाराना कर्रोफ़र से रहते थे। इन दोनों के हाल ही में देहावसान के साथ ख़ानबहादुरों का वह समाज जो 1857 ई. के बाद यहाँ वुजूद में आया था, ख़त्म हुआ।[1]

बड़ी कोठी, नशेमन का बेहद लम्बा-चौड़ा पाईन बाग़ जिसमें आम और नाशपाती और शरीफ़े और फ़ालसे और युकेलिप्टिस के झुण्ड सरसराते थे और गुलाब और बेले के तख़्ते महकते थे और फूँस के समर हाउस में बैठकर जिगर मुरादाबादी शे'र कहने के लिए चिंतन करते थे, वह बाग़ एक उजाड़ सपाट मैदान है। चची वहीदा के भट्टे की कुछ ईंटें मैदान के किनारे पड़ी हैं, उन पर W.B. बना हुआ है यानी 'वहीदा बेगम।' वहीदा बेगम जो सरहद पार लाहौर के एक क़ब्रिस्तान में अपना आख़िरी घर बनाने वाली हैं।

1. वॉल्यूम 1, अध्याय'12, 'नसीहत का कर्णफूल'।

काई आलूद संगो ख़िश्त का वक़्त (काई लगे ईंट पत्थर का समय)

सैयद जर्रार हैदर पुत्र सैयद निसार हैदर ज़ैदी व हमीदा बेगम और ज़हरा जर्रार हैदर पुत्री सैयद नसीरुद्दीन हैदर व वहीदा बेगम जो नाती और नातिन डिप्टी सग़ीर हुसैन और उम्मे सईद के हैं, हाईकोर्ट की छुट्टियों में इलाहाबाद से नशेमन आते हैं। ये दोनों इतिहास के मार्कसिस्ट नज़रीये के समर्थक हैं। इस समय वह लोग इलाहाबाद में हैं। सब तरफ़ ख़ामोशी छायी हुई है।

ड्राइंग रूम से लगे कुतुबख़ाने (लाइब्रेरी) में पुरानी किताबें रखी हैं। विक्टोरियन दौर की अंग्रेज़ी और उर्दू किताबें। नहटौर के सैयदों के मुताल्लिक़ एक प्राचीन लेखागार।

'दर बाब सैयद मोहम्मद यहया मोहद्दिस : (सैयद मोहम्मद यहया मोहद्दिस के अध्याय में) शहीदी दिवस 165 स्थान जर्जान (यह साहब अरब फ़ौजों के साथ जार्जिया तशरीफ़ ले गये होंगे।) सैयद अहमद, लेखक इरशादुत्तालिबीन। सैयद उमर; लेखक; तफ़सीर बहरुल हक़ाइक़।'

मोहम्मद हसन निसाब जो बहुत बूढ़े हो चुके हैं, आँखों से कम सुझाई देता है अपने पोते का हाथ थामे मुझसे मिलने आते हैं। 'बीबी!' सब पाकिस्तान चले गये, उन्हें गये हुए भी मुद्दत गुज़र गयी, जब से हम फ़ाक़े कर रहे हैं। आपके यहाँ की वह शादियाँ ख़्वाबो-ख़याल हो गयीं, जिनमें हम दूल्हा-दुल्हन के शजरे (वंशावलियाँ) ज़बानी सुनाकर अपनी रोज़ी रोटी कमाते थे। सदियों तक आपके यहाँ हमारा यही काम रहा, अब क्या करें? हमारे लड़कों ने फ़ैक्टरियों में नौकरी कर ली है।'

'अच्छा किया, शजरे सुनाने की क्या तुक थी।' फ़ुलाँ, पुत्र फ़ुलाँ पुत्र फ़ुलाँ कोई चीज़ नहीं, मगर इस राजपूत मूल के बूढ़े मुसलमान भाट को कौन समझाये।

एक नौजवान रिश्तेदार, सैयद फ़रहत हुसैन साइकिल रिक्शा चलाता है; फ़ुलाँ पुत्र फ़ुलाँ, पुत्र फ़ुलाँ पुत्र फ़ुलाँ। मोहम्मद हसन निसाब के जाने के बाद पाँच अन्धी धुन्दी मिरासनें टटोलती-टटोलती आकर आँगन में मौलसिरी के पेड़ के नीचे बैठ जाती हैं। सरवरी मिरासन की रिश्तेदार; नहटौर की आख़िरी

मिरासनें। 'बीबी, अब रेडियो गुम हो रहा है, आप सब पाकिस्तान चले गये।' वही मर्सिया! 'और हमारे लड़के ख़ुद को मिरासी नहीं कहलवाना चाहते, क़ारखानों में मज़दूरी कर रहे हैं।'

'अच्छा कर रहे हैं।' फिर मुझे ख़याल आता है लेकिन इन मिरासनों के फ़न का ख़ातिमा हुआ; जैसे इनसे पहले डोम, भाँड और नक़्क़ाल गये, जो हमारे बचपन तक मौजूद थे और एकाकी कलाकार थे।

पाम के वृक्षों वाले मर्दाने आँगन में मिस्त्री मुबारक हुसैन, मुझसे मिलने आते हैं। बूढ़े, ग़रीबी से ग्रस्त, लगभग दृष्टिहीन इन्क़िलाबी, जो अपना ख़ुशहाल कारोबार तज कर भगत सिंह से जा मिले थे और नहटौर के दूसरे इन्क़िलाबियों के साथ 1920 के दशक की दहशत पसन्द तहरीक में हिस्सा लिया था।[1] आज इनका नाम भी कोई नहीं जानता।

एक बूढ़ी सेविका, जिसकी कमर कमान की तरह झुक गयी है, नशेमन के लेडीज़ कोर्टयार्ड के शागिर्दपेशे की एक कोठरी की दहलीज़ पर चुपचाप बैठी रहती है। झुकी-झुकी आकर कहती है, 'बीबी कॉलेज पढ़कर आ गयीं? अच्छो बीबी ने भी कॉलेज पास कर लिया? वह कब आयेंगी? और हुस्ना बीबी, अज़रा बीबी, हम्मन बीबी, तुफ़ैल बीबी, नफ़ीसा बीबी; वह लोग कब आयेंगी?' उस बूढ़ी को वक़्त के गुज़रने का बिल्कुल अहसास नहीं क्योंकि बूढ़ों का अन्दरूनी टाइम सिस्टम बिल्कुल भिन्न होता है।

चचा निसार मरहूम के पुराने 'मैजर डोमो' हाफ़िज़ लतीफ़ इन कोठियों और आम के बाग़ों और ज़मीनों की देखभाल करते हैं। हाफ़िज़ जी पहले डॉक्टर मुख़्तार अहमद अंसारी मरहूम के मुलाज़िम थे। 'डॉक्टर साहब का चलती ट्रेन में इन्तिक़ाल हो गया। हाफ़िज़ जी कम्पार्टमेंट में साथ थे। उनका सिर गोद में लिये बैठे रहे थे; जब तक ट्रेन कई घंटे बाद अगले स्टेशन पर पहुँची। डॉक्टर अंसारी अब्बाजान और चचा नसीर के दोस्त और चची वहीदा के चिकित्सक थे। उनके इन्तिक़ाल के बाद हाफ़िज़ जी हमारे यहाँ आ गये। ख़िलाफ़त आन्दोलन के क़िस्से सुनाते हैं, जो अब अफ़सानवी दौर प्रतीत होता है।

---

1. देखिये Volume 1 अध्याय-10।

नगीने के हाफ़िज़ मोहम्मद इब्राहीम अलीगढ़ में चचा निसार मरहूम के क्लासमेट थे। दादा सग़ीर हुसैन मरहूम ही ने, जो हर क़ाबिल के पारखी थे, उनको राजनीति में जाने की राय दी थी और बाद में शदीद सियासी इख़्तिलाफ़ात (अत्यधिक राजनीतिक विरोध) के बावजूद हाफ़िज़ इब्राहीम ने मरते दम तक चचा निसार से दोस्ती निभाई।

नहटौर टाउन एरिया कमेटी का हाईस्कूल सर विलियम म्योर के नाम पर क़ायम था, जो आज़ादी के बाद हाफ़िज़ मोहम्मद इब्राहीम इंटर कॉलेज बना। और वह गवर्नर जनरलों की दुनिया; लार्ड डलहौज़ी (मीर बन्दे अली तिरमिज़ी के भाई मीर नबी बख़्श, जिनकी तस्वीर सुलतान आरा मुमानी के दादा नवाब सैयद अहमद अली के एलबम में मौजूद है, जो उन्होंने उर्दू में दस्तख़त करके नवाब को दी थी। 'लार्ड मेव गवर्नर जनरल 1868, 4 नवम्बर (फ़ोटोग्राफ़र क्लारिंगटन, रीजेंट स्ट्रीट, लंदन)।'

चुनाँचे ग़दर का शैख़ माड़े ख़ाँ और गवर्नर जनरल डलहौज़ी और मेव और म्योर और विलिंगडन लेनलिथगो और अली बन्धु और मुख़तार अहमद अंसारी, मिस्त्री मुबारक हुसैन और बाबा ख़िज्र अन्डरग्राउंड दहशत पसन्द लीडर, हाफ़िज़ इब्राहीम; मुस्लिम लीग ज़िन्दाबाद।

और अब सामने सड़क की दीवार पर बड़े-बड़े उर्दू अक्षरों में लिखा है, नूरुल हुदा (सी.पी.आई.) को वोट दीजिए।

बाबुल के बादशाह बख़्त नुस्र के महल की दीवार पर क्या लिखा था, जिसे क़ैदी दानियाल नबी को पढ़ने के लिए बुलाया गया था?

डाइनिंग रूम में प्राचीन काल की एक यादगार केवल एक चोबी तख़्ते से बनी, बेहद लम्बी दुर्लभ डाइनिंग टेबल पर रात का खाना चुनते हुए एक और फ़्यूडल मुलाज़िम मुझसे कहता है, 'बीबी! अगर बुरा न मानिए तो एक बात कहूँ, गवर्नमेंट ने भंगी चमारों का दिमाग़ ख़राब कर दिया है, सब हमारी बराबरी करना चाहते हैं।'

सुबह हुई घर-घर स्वादिष्ट खाने पकने शुरू हो गये, ग़रीब अमीर, मध्यमवर्गीय सब हद से ज़्यादा अच्छे खानों के शौक़ीन। इसी ज़बान के

चटख़ारे ने तबाह कर दिया। मुसलमानों की सभ्यता तुआम परस्त (आहारवादी) है और काव्यवादी नहटौर की बज़्मे यलदरम साप्ताहिक और एक वार्षिक आल इण्डिया मुशायरा आयोजित करती है।

सवेरे से हल्की-हल्की बूँदाबाँदी हो रही है, जाड़ों का बूँद सावन। मैं मर्दानी कोठी के उस बरामदे में, जिसका रुख़ मौलसिरी वाले ज़नाने आँगन की तरफ़ है, तख़्त पर बिछे ईरानी क़ालीन के ऊपर ख़स्ताहाल शाही हुक्मनामे[1] फैलाकर उनकी नक़्ल करती हूँ।

तख़्त, ईरानी क़ालीन, शाही हुक्मनामे, सुबहानअल्लाह।

बराबर के बरामदे के सामने पुराना बूढ़ा मुलाज़िम कालू खुर्पी लिये घास खोद रहा है।

तो सवाल यह है कि ख़िलाफ़त-ए-राशिदा (हज़रत मोहम्मद स. के उत्तराधिकारी) के शुरूआती सोशलिज़्म और जिस अज़ीमुश्शान (बहुत शानदार) मुस्लिम कल्चर के हम नामलेवा हैं, उसकी जाहपरस्ती, समृद्धि और निर्धनता का यह अन्तर और हम इस यूनिवर्सल सभ्यता के पाले हुए और प्रशंसक। एक पहलू सूफ़ीवाद और धार्मिक प्रवृत्ति और ख़ुदातरसी और सीधापन और शाइस्तगी और दूसरा पहलू शक्ति और वैभव, ख़र्चीलापन, धूम धड़क्के तकल्लुफ़ात का शौक़, अकड़ और टें।

और यह बूढ़ा कालू इसी तरह सिर झुकाये, घास खोदता रहेगा लेकिन नूरुल हुदा को वोट नहीं देगा और इसकी संतान का मार्गदर्शन करने वाला भी कोई नहीं।

इस अभागे उपमहाद्वीप की आज़ादी को तीस साल होने को आये, अब तक कुछ न हुआ, क्यों न हुआ, इस सूरते हाल (परिस्थिति) का ज़िम्मेदार कौन है? वही बदहाली, वही वर्गीय अंतर, वही सब कुछ। सिर्फ़ नाम और पद बदल गये। गवर्नर जनरल लार्ड मेव के अंग्रेज़ उत्तराधिकारियों की जगह लाखों करोड़ों के वारे न्यारे करने वाले रिश्वतख़ोर, तीनों देशों में। और मिस्त्री मुबारक हुसैन फ़ाक़े कर रहे हैं।

---

1. वॉल्यूम 1, वक़ाया आलमगीरी, अध्याय-1।

बारिश तेज़ हो जाती है। हाफ़िज़ लतीफ़ साये की तरह अन्दर जाकर गहरे विक्टोरियन ड्राइंगरूम की दरवाज़े खिड़कियाँ खोल देते हैं। सारे में गहरा सन्नाटा छाया हुआ है। आत्मीयता और सत्य के अथाह भेदों की ख़ामोशी। बाहर पाम के पत्तों की सरसराहट और सुर्ख़ गुलाबों पर बारिश की गिरती बूँदों का लम्हा। रौशन प्रकाशमान, तृप्त, पाकीज़ा, शुद्ध।

मौलसिरी वाले आँगन के सिरे पर गुलाब की क्यारियों के उधर, ज़नानी कोठी के एक कमरे में चची वहीदा और फूफी हमीदा (जिनके विवाह 13 ई. और 14 ई. में हुए थे। Teen Ager वहीदा बेगम नहटौर (जिनका रोज़नामचा 1911 ई. के 'इस्मत' में छपता था) के दहेज के बर्तन इसी तरह बन्द रखे हैं। भारी बेकार दहेज फ्यूडल परम्परा का एक प्रतीक। उनकी लड़कियों के दहेजों के बर्तन दूसरे कमरों में बन्द हैं। हुस्ना, अज़रा, हुमैरा, ज़हरा; वह लड़कियाँ भी दादियाँ-नानियाँ बन गयीं।

झुटपुटे के वक़्त झील जोहड़ी के किनारे खड़े होकर कान लगाओ। पाँच शताब्दियाँ झुककर बातें करती प्रतीत होंगी। ज़रा सुनो, पानी तो लगातार गिर रहा है।[1]

बीबी मेहरून्निसा कैथली, ताफ़्ता के सुर्ख़ वस्त्र धारण किये। पालकी उनके फाटक के अन्दर गयी, ज़मीन के अन्दर उतर गयी।

बीबी जावेद दौलत! हालते शुमा चै तूरी ख़ानम?
बीबी गुल रुख़! गुल चेहरा ख़ातून माहनूर बेगम।

एक लक्कड़ पर बैठा मक्कड़ दिन भर में रत्ती-रत्ती खाये तो पाँच सौ वर्ष में कितना खाये?

ईदगाह के जंगल में सैयद हसन तिरमिज़ी का मज़ार। नया लिपा-पुता, चान्दनी में चमक रहा है। बंजारा चाँद तैरता-तैरता जलालुद्दीन हैदर के मकान पर आ गया। आकाश की खिड़की में रखा कमल प्रकाशमान हुआ, रौशनी

1. देखिये वॉल्यूम 1, अध्याय-1,'बाग़ी सिपाही'।

उसकी चार सुनसान बुर्जियों पर पड़ी, जो वह अपने चार बेटों की बीवियों के लिए बनवा गये थे। मसरूर फ़ातिमा, निसार फ़ातिमा, नज़्र ज़हरा बेगम, वहीदा बेगम, फ़ातिमा सुग़रा।

पाँचों की पालकियाँ ज़मीन के अन्दर उतर गयीं।

तेरार बरस की नींव, घास का लम्हा।

बीबी जावेद दौलत! हाले शुमा (बीबी जावेद दौलत तुम्हारा क्या हाल है)

तजदीदुल ख़ल्क़ (मनुष्यों का नवीकरण)

अब्र-ए-नौबहार

'कारे जहाँ दराज़ है,' वॉल्यूम 2 की पाण्डुलिपि में कुछ खड़पड़ हुई। काग़ज़ात सरसराये और तेज़ आँखें और मूँछें चमकीं। वह मारीपुर के प्यानो में रहने वाला मोटा चूहा था, जो इतने समय बाद अचानक प्रकट हुआ था। मैंने आँखें मलकर उसे देखा। बिरादरे मूश[1] (चूहे) ने उस वक़्त सेंट फ़्राँसिस के काल से तीन सौ वर्ष आगे, यूरोपियन पुनर्जागरण का लिबास पहन रखा था। उसके चौड़े छज्जे के हैट पर बड़ा सा नीला पर लहरा रहा था। हैट उतारकर अपना सियाह मख़मली क्लॉक घुमाते हुए, उसने बड़े शेक्सपियराना अंदाज़ में सलाम किया और मूँछों में मुस्कुराया। मैंने पलक झपकी तो वह स्पेसियस सूट में नज़र आ रहा था और उसने चाँद के मुसाफ़िरों का बिल्लोरीं कवच पहन रखा था। मैंने ग़ौर से देखा, काँधों की पट्टियों पर एक तरफ़ अमेरिकन स्टार एण्ड स्ट्राइप्स दूसरी तरफ़ रूसी दराँती और हथौड़ा और CCCP के प्रतीक।

'सेनोर! तुम तो बड़े चलते पूर्ज़े निकले, मगर तुम अपनी टोपी पर अशोक चक्र और चाँद सितारा भी साथ-साथ लगाओ तो कुछ बात बने।' मैंने कहा।

वह 'कारे जहाँ' के अंबार पर चढ़कर दो टाँगों से खड़ा हो गया। मैं समझ गयी, वह अपने प्रवचन देने वाला है।

'स्नेक्टस, स्नेक्टस, स्नेक्टस, स्नेक्टस' उसने गिरजाघर की सी गूँज के साथ कहा।

'क़ुद्दूस, क़ुद्दूस, क़ुद्दूस' मैंने दोहराया।

'तुम पर सलामती हो, सिस्टर व वुमन! तुमने अभी एक अध्याय पहले क्या फ़ुज़ूल बात लिखी है कि दुनिया बड़ी बे वक़अत (अप्रतिष्ठित) है और ज़िन्दगी बेमक़सद (ध्येय रहित)?

'है तो सही अगर क्षितिजों के परिदृश्य में देखो।'

'नान सेन' उसने बशीरख़ाँ की आवाज़ में कहा।

---

1. वॉल्यूम 2, अध्याय-14, खण्ड-8 चैम्बर म्यूज़िक।

'ज़रा दुनिया के ख़ौफ़नाक हालात पर नज़र करो, सुबह का अख़बार पढ़ो।' मैंने जवाब दिया।

'तुमने इतना लम्बा क़िस्सा महज़ नहटौर और लाँकड़ी और महमूदपुर का लिख डाला। इससे क्या नतीजा बरामद होता है?'

यह नतीजा बरामद होता है कि इंसानियत मुस्तक़िल तरक्क़ीपज़ीर (प्रगतिशील) है। वर्ना आदम (अ.) की संतान अभी सहराओं जंगलों में ख़ाक उड़ा रही होती।

'लेकिन इंसान के अन्दर अभी जंगली दरिन्दा।'

'मत भूलो कि सेंट फ़्रान्सिस ने एक भेड़िये को अभी बापटिस्म दिया था।'

'दुनिया के सियासी हालात देखो।' मैंने दोहराया, 'ये सारे सियासी 'इज़्म' पक्षपात, झगड़े, दिमाग़ के अन्धेरे और जाले। ये सब अपनी जगह हैं मगर 'ह्यूमन डिसेंसी' अस्ल चीज़ है। तुमने इस किताब में हर तीसरे इंसान को 'बेहद स्वीट' लिखा है। यानी काफ़ी इंसानों में तुम्हें ह्यूमन डिसेंसी मिली, बस वही अस्ल चीज़ है और हिम्मत और हौसला; उन्हीं के बलबूते पर दुनिया और आगे बढ़ेगी।'

'भाई चूहे तुम तो निहायत Pompous गुफ़्तगू करने लगे।'

अब वह बड़ी बुक़रातियत (दार्शनिक स्टाइल) के साथ उन तस्वीरों को उलट-पलट कर देख रहा था, जो मैंने इस किताब में शामिल करने के लिए एलबमों से निकाली थीं।

'मनुष्य के विवेक की प्रगति बराबर जारी है।' डॉक्टर मूशंकी नाक पर ऐनक जमाकर बोले। 'अगर अरस्तू या शैख़ सादी टेलीफ़ोन या टेलीविज़न या हवाई जहाज़ ही देख लें तो उनकी घिग्घी बँध जाए।'

'क्या शैख़सादी या शेक्सपियर आज के किसी टेक्नोक्रेट के मुक़ाबले में कम अक़्ल थे?' मैंने बहस की।

'तुमको मालूम है, कम्प्यूटर किस तरह काम करता है?'

'हरगिज़ नहीं, न यह कि आदमी चाँद पर किस तरह पहुँच गया।' मैंने जवाब दिया।

'दुरुस्त! यह साइंस का ज़माना है।' डॉक्टर माउसबर्ग ने बच्चों की तस्वीरें फ़र्श पर फैलाईं। 'राहील, रोशंक, जोनो, युनिवर्सिटियाँ उनके रिकॉर्डों से भरी हुई। लड़कियाँ आजकल बड़े अजीबोग़रीब विषय पढ़ रही हैं और उसने पाकिस्तानी अख़बारों की सुर्खियाँ दोहरायीं। नूरूलऐन, शहनाज़, नाहीद, जलाल हैदर तीन बहनें और एक भाई जिन्होंने सी.एस.पी. के मुक़ाबलों में कामयाब होकर नया रिकॉर्ड क़ायम किया।' 'और ये सारे स्पेस एज के बच्चे।' कोस्मोनोट मूशोफ़ ने कहा। 'मनसूर, अदनान, सज्जाद और उनकी सारी नस्ल, अतीत के Hang-ups से मुक्त।' अब वह मॉडर्न अमेरिकन उक्तियाँ इस्तेमाल कर रहा था।

'क्या यह स्पेस एज वाले जज़्बात को नहीं समझेंगे? या इससे अगली पीढ़ी?' जज़्बों, नज़रियों और रवैयों के ग्राफ़ ज़माने के साथ बदलते जाते हैं।' डॉक्टर माउसबर्ग ने जवाब दिया। 'Genes' एक हों मगर दिमाग़ माहौल बनाता है। मिसाल के तौर पर...' प्रोफ़ेसर मोशोफ़ ने कहा। परदादी शरीफुन्निसा बेगम और दुश्का हैदर सैयद। शरीफुन्निसा बेगम को शायद उर्दू लिखना भी नहीं सिखाया गया था। दुश्का बेगम ने लंदन स्कूल ऑफ़ इक्नामिक्स से The Communist International in India the 1930's पर पचास हज़ार शब्दों का थेसिस लिखकर डी. फ़िल प्राप्त किया (और दूसरी बात यह कि पचास हज़ार शब्द, कम्युनिज़्म इन इण्डिया, शब्द, शब्द, शब्द।)

और आपकी भतीजी नाहीद हैदर सी.एस.पी. टैक्स एडमिनिस्ट्रेटर ट्रेनिंग सेंटर, यूनिवर्सिटी ऑफ़ सदर्न कैलीफ़ोरनिया, लास एंजलेस या मिसेज़ हुमा हैदर हसन कथक नृत्य की उस्ताद या सबीहा ज़ैदी हारवर्ड से बायो केमेस्ट्री में पी.एच.डी.। ये सब नौजवान ख़वातीन शरीफ़ुन्निसा बेगम की नगड़पोतियाँ, वह शरीफुन्निसा, जो नहटौर से सिकन्दरपुर के रास्ते में दुधमुँहा बच्चा, पर्देदार बहली से फिसल कर गिर गया तो चुपकी बैठी रहीं कि आवाज़ की बेपदर्गी न हो। अगर शरीफ़ुन्निसा बेगम या सईद बानो बेगम आपको या अच्छो, नूरअफ़शाँ या इन नई पौध की लड़कियों को देख लें तो उनकी भी घिग्घी बँध जाये और वह केवल सौ वर्ष पहले मौजूद थीं।

सौ वर्ष में दुनिया कहाँ से कहाँ जा पहुँची; तो ख़याल फ़रमाइए कि अब जिस तेज़ रफ़्तार से तरक़्क़ी की जा रही है। अगले सौ वर्षों बाद के हालात अगर आप या अच्छो या नूरअफ़शाँ देख पावें तो आप तीनों की घिग्घी बँध जावे। अगर आप 2078 ई. में मौजूद हों। हालाँकि आप और आपकी कज़न लोगों की तरह आपकी इस नयी पीढ़ी की लड़कियों का भी फ़्लर्टेशन का ख़ाना खाली है। शायद सौ बरस बाद भी आपकी लड़कियों का यही हाल हो।

'बहरहाल, इससे ज़रा हटकर, अब साहित्य को ले लीजिए। जो कहानियाँ आपकी भतीजियों नूरुल ऐन और शहनाज़ ने अपने लड़कपन में 'साक़ी' में लिखीं, उनका मुक़ाबला मिसाल के तौर पर तफ़सीर-ए-बहरुल-हक़ाइक़ से कीजिए, जो आपके किसी दादा-पड़दादा ने मध्ययुग में लिखी थीं या शहनाज़ हैदर का यह अफ़साना' हज़रत मूश बिजनौरी ने एक पुराना रिसाला उठाकर पढ़ना शुरू किया।

शायद यह लोग कूए बहाराँ से आये हैं।[1]

रात के अँधेरे में लरज़ती एक आवाज़ ऐसी गूँजी, जो दरअस्ल बिल्कुल बेआवाज़ थी।

सुबह होगी, दोपहर होगी।
ज़िन्दगी दूभर होगी, दूभर होगी ज़िन्दगी।

समुद्र और धरती पर लिपटा अँधेरा जम्हाई लेकर अचानक उठ बैठा और रास्ते की ओर तकने लगा। जिधर एक बूढ़ा जिसकी सुर्ख़ीपन लिये बूढ़ी दाढ़ी नीचे आकर पतली हो गयी थी और उसके सिर के साधारण से कंपन से भी ज़ोर-ज़ोर से हिलती थी, वह और एक लड़का, दोनों एक बड़े शहर की तरफ़ जा रहे थे।

'शायद तूफ़ान भी आये। परिन्दे अभी से जाग उठे।' बूढ़े ने लहरें मारते समुद्र की ओर देखकर विचार प्रकट किये। जिस पर सफ़ेद बुर्राक़ परिन्दे अर्ध अंधकार में तेज़ी से चमक जाते थे।

'अभी और कितना सफ़र बाक़ी है?' नौजवान ने उकताकर पूछा।

---

1. लेखिका शहनाज़ हैदर 'गुफ़्तगू' में प्रकाशित बम्बई 1968 ई.।

'उतना ही जितना मेरी दाढ़ी ने मेरी जवानी से लेकर आजतक तय किया है।' बूढ़े ने इतमीनान से जवाब दिया। नौजवान ख़ामोश हो गया।

वह ख़न्नास बुड्ढा मर गया?' नौजवान ने चलते-चलते एकाएक पूछा।

'हाँ।' उसके बूढ़े साथी ने बदस्तूर सिर झुकाये हुए कहा।

फिर वह दोनों काफ़ी देर तक ख़ामोशी से चलते रहे और पुल की ऊँचाई पर आकर लोहे के जंगले से टेक लगाकर बैठ गये। नीचे फैले विस्तार में रेल की पटरियाँ धुँधलके में लहरा रही थीं और कभी-कभी आसमान के सफ़ेद परिन्दों की तरह चमक उठती थीं।

सुबह आहिस्ता-आहिस्ता प्रकट हुई। निद्रामग्न धरती के चारों ओर सियाह हाले पड़े हुए थे। बूढ़े ने नौजवान की तरफ़ देखा और बोला 'ज़िन्दगी एक लम्बी कहानी है, जिसे मैं संक्षेप में बयान कर दूँ; अब समझना तुम्हारा काम है।'

नौजवान, बूढ़े के और क़रीब सरक गया। नज़दीक सोये हुए दो आदमी अँगड़ाइयाँ लेकर उठ बैठे। ये भी और सब की तरह लामकाँ (शून्य) से आये थे। चुनाँचे उनकी मेहरो मोहब्बत धरती के उस टुकड़े के लिए थी, जिसने उन्हें कायनात (ब्रह्मांड) की रात में पनाह दी थी।

बूढ़े ने उस रात मुझसे कहा, 'तुम लड़की लेलो, मगर मुझे बाहर जाने के लिए रुपया चाहिए।' सुर्ख़ दाढ़ी वाले ने बहुत आहिस्ता से जंगले पर झुके ज़ैतून के सख़्त पत्तों को हिलते देखकर कहा, जिनके चारों तरफ़ अब टिड्डे फुदकते फिर रहे थे। फिर धीरे-धीरे उसके चेहरे पर तनाव की सी स्थिति उत्पन्न हुई। सुबह तेज़ होती गयी; सूरज साफ़ होकर जगमगा उठा। तीनों आदमी ख़ामोश बैठे सुर्ख़ दाढ़ी वाले के शब्दों के ताने बाने में उलझे, उससे निकलने की कोशिश करने लगे।

'लड़की ख़ुश हो गयी होगी।' नौजवान ने उत्सुकतावश पूछा।

'हाँ, मगर ऐसी कोई ख़ास नहीं। मेरे पास था रुपया, उसके बाप ने कुछ ज़्यादा रक़म तो न माँगी थी' वह फिर ज़रा देर को रुक गया। सामने खड़े हुए

लक़्क़ोदक़ सुनहरे मकान के ऊपर से हवा अब ज़ैतून के पत्तों को छूती हुई, टकरा-टकराकर गुज़र रही थी। मकान के अन्दर लोग चलने फिरने लगे। नीचे शायद रेलगाड़ी के आने का वक़्त भी हो चला था।

'तुमको पसंद थी वाह?' नौजवान ने जंगले के तारों से टेक लगाते हुए पूछा।

'हाँ, अच्छी ख़ासी थी। उसने कहा था कि अगर मैं तैयार न हूँ तो वह मेरी अपनी ख़ुशी के लिए ख़ुद रुपये दे देगी, मगर मैंने उसे मना कर दिया, सख़्ती से, उस रात वह बहुत रोयी भी।' एक झटके से बूढ़ा खामोश हो गया। नीचे का कोहरा, तेज़ नीली फ़ज़ा में धुएँ की तरह विलय हो रहा था।

'मैंने कहा, 'मैं तुमको ख़रीद नहीं रहा।' बूढ़ा जल्दी से बोला। नौजवान ने सिर हिलाया।

बुड्ढा मेरी बात मान गया, मगर मुझे ताव आ चुका था; चुनाँचे मैंने उसे कोई जवाब न दिया। क्यों? तुम लोगों का क्या ख़याल है, मेरी आन रही ना?'

'अगर तुम आन को ख़ुशी पर क़ुरबान कर देते तो क्या बुरा था?'

'हाँ, मेरा दिल ख़ुशी के तक़ाज़े कर रहा था, मगर मेरे दिमाग़ में ख़न्नास भरा था।'

'मगर बाबा, इंसान ख़ुशी के एक पल के लिए अपना सब कुछ क़ुरबान कर सकता है।' नौजवान मुस्तैद होकर बोला।

बूढ़े ने ठंडी आह भरी और ख़ामोश हो गया।

'अब वह आ गयी है शायद।' नौजवान ने दरयाफ़्त किया।

'हाँ', बूढ़ा बोला।

सामने पुल पर से बग्घी में एक जोड़ा गुज़र गया। खिड़की में मुँह दिये, एक बूढ़ी बैठी थी, जिसके चेहरे पर कुछ ख़ुशगवारी और कुछ नागवारी के आसार थे। माथे पर शिकनें पड़ी थीं। होंठ सख़्ती से भिंचे थे और रुख़सारों (गालों) पर उसके झुर्रियाँ इस तरह पड़ी थीं, जैसे बढ़िया सफ़ेद रेशम को बेदर्दी से ख़राब कर दिया गया हो। उसके सफ़ेद और सियाह बालों की फुहार, उड़-उड़कर उसके

नयनों पर, उसके नथनों पर आ रही थी। उसकी आँखें बेरंग और धुँधली थीं; मुख़्तसर यह कि वह दुनिया की हर हसीन और जवान लड़की का अंत थी।

बूढ़े की आँखों में चमक पैदा हुई और उस चमक के साथ ही तुरन्त उसकी आँखें बेआब (जल-रहित) हो गयीं। वह जल्दी से बोला, 'चट्टान पर से समुद्र की लहर एक पल में गुज़र जाती है।'

नौजवान उसे तकता रहा।

'अब मैंने तुम्हारे हर सवाल का जवाब दे दिया।' बूढ़े ने कहा और उठने के लिए लकड़ी संभाली।

दूसरे, दोनों आदमी चुपचाप बैठे, बूढ़े की बेतुकी बातें सुनने के बाद, झुँझलाकर जाती हुई बग्घी को बेपर्वाई से देखने लगे और अंगड़ाई लेकर फिर सो गये।

हज़रत मूश बिजनौरी ने रिसाला रखकर, पान की गिलौरी नोश की और सिग्रेट सुलगाया। मैंने कहा, 'लेकिन हज़रत क्या यह सच्चाई नहीं कि बहरुल हक़ाइक़ अपनी जगह पर मौजूद है? यहीं पर मेरा और आपका बुनियादी इख़्तिलाफ़।'

'इन बच्चियों ने अफ़साना निगारी (कहानी लेखन) क्यों न जारी रखी?' हज़रत मूश बिजनौरी ने मेरी बात काटी।

'वह लोग अपने दादा यलदरम की तरह अदालत, कचहरी और सरकारी मुलाज़िमत की फ़ाइलों में खो गयीं लेकिन मेरी बात का जवाब इनायत हो। 'बहरुल हक़ाइक़' तब्दील हो चुका है?'

'बेशक, वह वक़्त याद करो शहर 'कोल' में शैख़ अब्दुल्लाह और सज्जाद हैदर और उनके नवयुवक साथी, एक ज़नाना मिडिल स्कूल क़ायम करने की भागदौड़ में लगे थे। वही शहर कोल है और सज्जाद हैदर के भाई नसीर हैदर की नवासी (नातिन) हुमा हैदर, एनसीसी में क़वायद परेड करने के बाद, कथक सीखती है और लड़कों के मुक़ाबले में बेतबाज़ी (अंताक्षरी) की ट्राफ़ियाँ जीतती

है जबकि उसकी वालिदा और ख़ालाओं ने मजबूरन सियाह बुर्क़े का युनिफ़ार्म पहनकर, इसी यूनिवर्सिटी में पढ़ा था। दूसरी नवासी, राना आपके नक़्शेक़दम पर चलकर, मॉडर्न चित्रकारी करती है और अंग्रेज़ी में आधुनिक शाइरी।'

'आधुनिकता के आन्दोलन, पश्चिमी आर्ट और साहित्य में सौ साल ज़्यादा से जारी हैं और राना और ज़ेबा की माएं, आपा अज़रा और अच्छो अलीगढ़ के बाद पश्चिम युनिवर्सिटियों में भी पढ़ चुकी हैं।'

'हाँ, लेकिन बिज़नेस एडमिनिस्ट्रेशन नहीं। जो ज़ेबा मेक गिल में पढ़ रही है, विषय बदल गये हैं। पारे का बेटा आधा यूरोपियन, पियानिस्ट सिकन्दर हैदर मोंट्रियाल में इलेक्ट्रोनिक सितार भी पसंद कर सकता है। फ्रेन्ट्रिज़ ऑफ़ नॉलिज बड़े से बड़े होते जा रहे हैं और यह सारी नई पीढ़ी जल्द ही इक्कीसवीं सदी में पहुँचने वाली है। दुनिया को बाक़ी रहना चाहिए।' साथी मूश ने कहा। शान्ति की फ़ाख़्ता उसके कन्धे पर आ बैठी।

एक रंगीन तस्वीर में सबीहा ज़ैदी उर्फ़ रानी, ईस्ट एण्ड वेस्ट यूनिवर्सिटी के कैम्पस में खड़ी थी, 'होनोलूलू 1966 ई.।' ब्रादर मूश ने सीटी बजायी। 'यह बच्ची नूरअफ़शाँ की छोटी बहन बस्ता उठाकर नादिरा मिर्ज़ा के साथ, रोज़ाना सुबह मारीपुर के सेंट पैट्रिक्स स्कूल जाया करती थी और नादिरा ने फ्रांस की ग्रेनोबेल यूनिवर्सिटी से तुलनात्मक भाषायी शिक्षा में डिग्री। सैयद मुस्तफ़ा आलम, कप्तान मर्चेंट नेवी, मोमन्तो।' सीवर मूशियोली ने दोबारा सीटी बजायी। 'मैं चूहा हूँ मगर हाथी की स्मरण शक्ति रखता हूँ। यह साहबज़ादे अब कहाँ हैं?'

अपना जहाज़ लिये पश्चिमी किनारे के समुद्रों में घूम रहे हैं।

'रात को ये डंडा लेकर, मुझे और मेरे ख़ानदान को प्यानो से निकाला करते थे। Ship's Captain! Aye-Aye-Sir उसने नेवी का सैल्यूट झाड़ा, अजब कॉमेडियन चूहा था, अब वह समुद्री सलाम के लिए फिर अटैंशन खड़ा हो गया।' कमांडर खुर्शीद ज़ैदी! डीफ़ेंस अताशी, पाकिस्तानी एम्बेसी कोलम्बिया। यह बच्चा मारी की खाड़ी में रबर की डोंगियाँ तैराता था और कर्नल हातिम ज़ैदी, स्टेशन कमाण्डर पेशावर छावनी और कर्नल असलम ज़ैदी, जो ढाका के

पतन के बाद, दो साल हिन्दुस्तान में युद्ध बन्दी रहा। अफ़सोस, अफ़सोस! मूश ने अफ़सोस से सिर हिलाया। 'आह! क्या अलमिया (दुःखद स्थिति) है! क़ौमों का अलमिया। आह!' अब वह उर्दू की अदबी ज़बान (साहित्यिक भाषा) बोल रहा था। फिर उसे याद आया, 'अरे असलम; यह आइक्रीम का शौक़ीन बच्चा मारीपुर में से आइसक्रीम की बाल्टियाँ उठवाकर लाता था और हिन्दुस्तान में जंगी क़ैदी कर्नल असलम ज़ैदी, एक ही बच्चा है? बहरुल हक़ाइक़।

और उमर अज़ीज़ सैयद उर्फ़ मुन्नन, कम्प्यूटर साइंटिस्ट नयूयार्क और आमिर अजीज़ सैयद उर्फ़ मश्शन, एडवोकेट लाहौर हाईकोर्ट। चंगा जी, असी फ़ेर तो एडी जनरेशन दी गल कराँगे। एह मुन्डा, डॉक्टर सलाहुद्दीन हैदर उर्फ़ पारे मेक गिल यूनिवर्सिटी मोंट्रियाल, कम्प्यूटर टेक्नोलॉजी डिपार्टमेंट का पहला नॉन व्हाइट चेयरमैन और उर्दू अरबी फ़ारसी स्क्रिप्ट जनरेटिंग सिस्टम का अविष्कारक है। यह जनाब फ्रेंच भाषा में अपने विषय पढ़ाते हैं और सोरबोन पेरिस के विज़िटिंग प्रोफ़ेसर।

बराये फ़ौरी इशाअत (तुरन्त प्रकाशन के लिए)

ओटावा, 26 फ़रवरी 1972 ई.

ज़्यादातर पश्चिमी भाषाओं में अक्षरों की शक्लें शब्दों में शामिल होकर भी बरक़रार रहती हैं। उर्दू, फ़ारसी, अरबी में औसतन एक अक्षर की चार शक्लें बनती हैं। मेकगिल यूनिवर्सिटी के डॉक्टर एस.एस. हैदर का इलेक्ट्रॉनिक स्क्रिप्ट जनरेटिंग सिस्टम हर शब्द में अक्षर की पोज़ीशन पहचान कर वांछित शक्ल बना देता है। यह छोटा सा काला डिब्बा टाइप राइटर, टेलेक्स, कम्पोज़िंग वग़ैरह के साथ अटैच्ड किया जा सकता है और इसने उर्दू स्क्रिप्ट की ख़ूबसूरती को बरक़रार रखा है। यह मशीन टेलीकम्यूनिकेशन और कम्प्यूटर Input, Output के लिए भी इस्तेमाल की जा सकती है। मध्यपूर्व में जो न्यूज़ नेट वर्क फैलने वाला है, उसके सिलसिले में इसके मुताल्लिक़ गुफ़्तो शुनीद (वार्ता) की जा रही है।'

ब्रादर मूश ने ऐनक उतारकर मूँछों पर हाथ फेरा और नये सिरे से एलबम की तरफ़ मुतवज्जोह हुए।

'कैप्टन अली नवाब फ़ॉरेन ब्राफ़ेस्टिवल, इंग्लिस्तान। अब जनरल अली नवाब! बोज़ोर मोन ज़नराल।' मोन फ़्रेर मोसियो मोशे ने सैंडहर्स्ट के बजाय, St. Cyr के अंदाज़ में कहा। 'आपा नफ़ीसा के यहाँ फ़ैंसी ड्रेस।

एक जनवरी 1951 ई., महमूद अहमद ज़ैदी, अब फ़ुल प्रोफ़ेसर इक्नॉमिक्स यूनिवर्सिटी ऑफ़ मस्नीसोटा। अर्थशास्त्र पर कई पुस्तकों के लेखक। ऑस्ट्रेलिया और यूरोप की युनिवर्सिटियों में विज़िटिंग प्रोफ़ेसर जौली गुड।' ब्रादर मूश ने लम्बा सांस लेकर आख़िरकार एलबम बन्द किया। और यूँ कहने लगे। 'तुम से अगली पीढ़ी स्पेस एज की है, तुम लोग न्युक्लियर दौर में परवान चढ़े हो। हीरोशिमा तुम्हारे लड़कपन का वाक़ेआ है और तुम लोग 47 ई. का Holocaust भी झेल गये और हाइड्रोजन बम के साये में ज़िन्दा रहे और तुम लोगों ने इतिहास के चैलेंज को क़बूल किया और तुम लोग बुरे नहीं गये।' अब वह प्रोफ़ेसर आर्नल्ड टवाइन बी लग रहा था।

'दरअस्ल तुम्हारे बाद वाली इस नई पौध को तो हिन्दुस्तान व पाकिस्तान बने बनाये मिल गये। क्या तुम्हें वह वक़्त याद नहीं, जब 49 ई. में कमसिन नूरअफ़शाँ ने मारीपुर में, एयरफ़ोर्स अस्पताल का फ़ैमिली विंग तने तन्हा सेट अप किया था।

आसिम फ़्लैट 16/3, ऑफ़िसर्ज़ रेज़िडेंस मारीपुर में एयरोनॉटिकल इंजीनियरिंग की मोटी किताब ख़ुद बैठकर पढ़ते थे क्योंकि पढ़ाने वाला कोई न था। वह एक नये जन्मे, बे सरोसामान मुल्क का प्राथमिक दौर। आज नूरअफ़शाँ कराची में अपना निजी नर्सिंग होम और अस्पताल। आसिम बरसों से लंदन में पी.आई.ए. के इंजीनियरिंग विभाग के इंचार्ज। मिडिलसेक्स के उनके मकान में मेहमानों की इतनी रेलपेल रहती है कि मेज़बानों को ख़ुद मालूम नहीं होता, कौन आया कौन गया और आसिम उसी तरह नग़मा सरा' (गाना गाते हैं)

"Melody Subsists" मैंने कहा।

'और' साथी मोश ने बात जारी रखी 'और नज़रियाती जद्दोजोहद के उस शुरू के दौर में, अय्यूब अहमद किरमानी की बेबाक पत्रकारिता।'

'1956 ई. में अय्यूब भाई की ट्रेजिक मौत[1] पर, फ़ैज़ साहब ने लिखा था।' 'जमेगी कैसे बिसाते याराँ' मूश ने दोहराया 'कि शीशा-ओ-जाम बुझ गये हैं। सजेगी कैसे शबे निगाराँ कि दिल सरे शाम बुझ गये हैं। वह तीरगी है, रहे बुताँ में, चराग़े रह है, न शम्ए वादा, किरन कोई आरज़ू की लाओ कि सब दरोबाम बुझ गये हैं।

बहार अब क्या करेगी आके कि जिनसे था, जश्ने रंगो नग़्मा

वह गुल सरे शाख़ जल गये हैं, वह दिल तहे जाम बुझ गये हैं।

अचानक मैंने गरज कर कहा, 'बोल कि सच ज़िन्दा है अब तक, बोल कि लब आज़ाद हैं तेरे।' क्या तुम्हें याद नहीं कज़न नौशाबा उर्फ़ नश्शो और उसके शौहर इक़बाल बर्नी, एडिटर 'आउटलुक' की बहादुरी का क़िस्सा, अय्यूब ख़ानी मार्शल लॉ के दौर में? न हो नौमीद।'

और नश्शो अब ख़ुद अपनी एडवरटाइज़िंग एजेंसी, क्लीन कॉपी, वेरी क्लीन कॉपी। जर्नलिस्ट वाल्टर हाउसमैन ने पेंसिल कान के पीछे वापस रखी और कुछ मिनट कमर के पीछे हाथ बाँध कर इधर-उधर टहले और फिर फ़रमाया 'जैसा कि मैंने पहले कहा था, तुम्हारी जनरेशन बहुत अच्छी गयी, अब अपने दोस्तों को लो :

यूनुस एम. सईद, अपना अंग्रेज़ी प्रेस चलाता है और जलालुद्दीन अहमद, क़ाहिरा में प्रेस कौंसिलर। अनवर क़ुरैशी, रूसी मामलों का एक्सपर्ट और माकी क़ुरैशी, नामी अंग्रेज़ी कवयित्री। मुसर्रतजहाँ तैमूरी बर्की, डी.ए.एफ.पी. की उच्चाधिकारी और जावेद इक़बाल, अब मिस्टर जस्टिस इक़बाल जज लाहौर हाइकोर्ट। ज़िया मोहीउद्दीन टेलीविज़न पर 'ज़िया मोहीउद्दीन शो' में तब्दील हो चुका है। मिर्ज़ा जमीलुद्दीन आली, नेशनल बैंक ऑफ़ पाकिस्तान के एक्ज़ीक्यूटिव वाइस प्रेसिडेंट। डॉक्टर जमील जालिबी, साहित्यिक इतिहासकार और एजाज़ बटालवी, यू.एन.ओ. में पाकिस्तान के नुमाइंदे और भुट्टो की सज़ाए मौत के मुक़दमे का पब्लिक प्रोसीक्यूटर और आफ़ताब अहमद, ऊँचे दर्जे का इक्नोमिस्ट

---

1 देखिये अध्याय 14, 'शाह जो रिसालो' अय्यूब अहमद किरमानी मरहूम का यह मर्सिया 'दस्ते तहे संग' में शामिल है।

और तजम्मुल हुसैन और मैजर इब्नुल हसन और बॉबी फ़ारूक़ी भी बहुत अच्छे जा रहे हैं और जमीला हाशमी और ख़दीजा, हाजरा और निसार अज़ीज़ बट उम्दा नॉविलों की लेखिका।

'शहाब, जो हर दौर में राष्ट्राध्यक्ष के सेक्रेटरी रहे, जनरल यहिया ख़ाँ को उनके माक़ूल मशवरे पसन्द न आये। शहाब साहब किसी तरह पाकिस्तान से निकलकर, पेरिस पहुँचे, वहाँ से अब (किसी को दुःख न देने वाले) क़ुदरतुल्लाह शहाब, अचानक एक रहस्यमय मुहिमजू की हैसियत से प्रकट होते हैं।

किसी उपाय से यह इस्राईल पहुँचते हैं, वहाँ किसी तरकीब से अरबों की ख़स्ताहाली की फ़िल्म खींचते हैं। वापस पहुँचकर, वह फ़िल्म, युनेस्को वालों को दिखाते हैं, जिसके आधार पर पी.एल.ओ. के डेलीगेशन को पहली बार पश्चिम में समर्थन प्राप्त होता है। यासर अराफ़ात के कहने पर शहाब साहब को पाकिस्तान वापस आने की इजाज़त मिलती है। अब यह इस्लामाबाद में अपनी सवानेह हयात (जीवनी) लिखने में मसरूफ़ हैं।

'और कमांडर अस्करी (पुत्र सईद) पेरिस में प्रेस कौंसिलर हैं।' मैंने एक ख़त, इण्डियन जर्नलिस्ट दिलीप मुखर्जी के हाथ तुमको भेजा था, एक 72 ई. में न्यूयॉर्क से। सिंगापुर में एक कॉन्फ्रेंस के लिए आया हूँ। बड़ी लड़की की शादी हो चुकी है। मैं अब बहुत कम लिखता हूँ, सिवाय मॉर्निंग न्यूज़ के साप्ताहिक कालम के।

तुम्हारी किताबों के जाली एडिशन, यहाँ धड़ाधड़ बिक रहे हैं। आजकल कराची की लिट्रेरी क्वीज़ फ़हमीदा रियाज़ हैं, जिनसे शायद तुम इंग्लिस्तान में मिली होगी। जमीलुद्दीन आली क़ौमी तराने (राष्ट्रीय गीत) लिख रहे हैं। नदीम क़ासमी लाहौर के इन्टलेक्चुअल्ज़ के Doyen बन गये हैं। (फ़ैज़ बहुत प्रो मास्को और बहुत काहिल हैं) नफ़ीस आर्थर, रानी और उनके बच्चे बख़ैरियत हैं। लाहौर में अच्छो और चचीजान से मेरी मुलाक़ात होती रहती है। सिंगापुर इस शहर से इतना मुख़तलिफ़ (भिन्न) हो गया है, जहाँ मैं पहली बार, एक नौजवान आर्मी पी.आर.ओ. की हैसियत से आया था, कहानियों का पुलन्दा साथ लाया था।[1]

1. कमांडर हसन अस्करी (पुत्र सईद) अंग्रेज़ी से अनुवाद व सारांश।

'लाहौर।'

अज़ीज़ा तुम्हारा लिखा, यहाँ पहुँच रहा है, तुम्हारा लिखा, वहाँ नहीं पहुँच रहा, यह तहरीर[1] जो मुक़ामे इबरत है, बतौर ख़ास तुम्हें भिजवा रहा हूँ, पढ़ो और इबरत पकड़ो। (इससे सबक़ हासिल करो)

मन न करदम शुमा हज़र बकुनीद (मैंने नहीं किया मगर तुम इन बातों से परहेज़ करो)

तुम्हें ख़त लिखने को बहुत जी चाहता है लेकिन ख़त कम अज़ कम सौ, दो सौ पृष्ठों का होना चाहिए, इससे कम में क्या बात होगी।

अज़ीज़ी (मेरी प्यारी) क़ुर्रतुलऐन हैदर! तुम जहाँ कहीं भी हो, वापस आ जाओ, तुम्हें कुछ नहीं कहा जायेगा।

'कारे जहाँ दराज़ है' 'नक़ूश' में क़िस्तवार पढ़ता हूँ। यह क़िस्सा अगर तुम न लिखतीं तो बोरिंग हो जाता।

मगर गुल बदस्ते तू अज़ शाख़े ताज़ा तर मान्द।

(मगर तेरे हाथ में फूल देखकर लगता है जैसे शाख़ से ताज़ा-ताज़ा टूटा है।)

हम तुम्हारे ख़त के मुंतज़िर हैं और तुम्हारे तो हैं ही

'एजाज़।'

कराची, 6 जनवरी 77 ई.

बॉबी फ़ारूक़ी काफ़ी अर्से से बैरुत में रहा। अब भी इस्लाम उसका मुख्य विषय है।[2] तुम्हारी किताबें यहाँ फ़ैंटास्टिक क़ीमतों पर बिकती हैं। 'आग का दरिया' की क़ीमत साठ रुपये है। मुझे यक़ीन है, तुमको रॉयल्टी का एक पैसा

1. 'पाकिस्तान के मुआशरे (समाज) पर मार्शल लॉ के असरात' (प्रभाव) लेखक एजाज़ हुसैन बटालवी। एक निबन्ध जो क़ायदे आज़म सेमिनार में सादिक़ हुसैन क़ुरैशी गवर्नर पंजाब की अध्यक्षता में 4 जनवरी 1975 ई. को लाहौर में पढ़ा गया।, 2. देखिये अध्याय-12, 'दरवेशाने ग़ोग़ाई'।

न मिलता होगा। नासिर शम्सी अभी डी.ए.एफ़.पी. में हैं। क़य्यूम साहब और सिकन्दरा लंदन में हैं। मिस टी. (अब मिसेज़ बर्की) डी.ए.एफ.पी. की डायरेक्टर हैं। माया जमील और जमील भाई।

माकी कुरैशी का लम्बा ख़त बिरादर मूश ने हाथ से रख दिया और ज़रा उदासी से बोले, 'यह तो आजकल की ख़बरें हैं लेकिन वह लोग कहाँ गये, जो पाकिस्तान नया-नया बना था और मेवचल हाउस कराची के फ़्लैट नं. 9 में, संदूक़ों पर आकर बैठा करते थे।[1]

शाहिद अहमद देहलवी और राज़िकुल ख़ैरी और सैयद हमीद अली और शाइस्ता इकरामुल्लाह, जो अम्मा से मिलने आते थे। वह कराची और आज का कराची एक भिन्न संसार है।

डॉक्टर शाइस्ता सोहरवर्दी इकरामुल्लाह से मैं, 48 ई. के बाद से आजतक नहीं मिली। इस दौरान में उन्होंने पाकिस्तान का एक पूरा दौर देख लिया, जिस तरह इससे पहले एम्पायर का आख़िरी दौर देखा था। अगर वह अपनी याद्दाश्त लिखें और अपने सोहरवर्दी ख़ानदान की दास्तान तो किसी क़दर फ़ैसिनेटिंग हो। अपने कुनबे की कुछ बुज़ुर्ग बीबियों, ख़जिस्ता अख़्तर सोहरवर्दी, लेडी अब्दुल्लाह, अलमामून सोहरवर्दी, बेगम शेरे बंगाल फ़ज़लुल हक़ वग़ैरा के मुताल्लिक़ उन्होंने एक किताबचा लिखा था, जो मुझे कुछ साल पहले ऑस्ट्रेलिया से भिजवाया था। इण्डियन सिविल सर्विस के इकरामुल्लाह साहब बर्तानवी दौर में इण्डिया हाउस लंदन में तैनात थे।

मई 37 ई. में शाइस्ता आपा ने शाह जार्ज षष्टम के जश्ने ताजपोशी में शिरकत की थी और उसमें हिन्दुस्तान के नुमाइंदे, चौधरी सर ज़फ़रुल्लाह ख़ान थे और लाहौर में अफ़ज़ल ख़ालू नं. 18, वारिस रोड पर अम्मा से कहते थे 'ज़फ़रुल्लाह ख़ाँ लंदन गये हुए हैं।' (इसे विषय के अनुरूप, शब्दों का प्रयोग कहते हैं) और 1940 ई. में शाइस्ता इकरामुल्लाह ने लंदन स्कूल ऑफ़ ओरियन्टल स्टडीज़ से उर्दू में डॉक्टरेट किया। दौराने जंग में इकरामुल्लाह साहब नई दिल्ली में थे।

---

1. वॉल्यूम 2, अध्याय-12 'तारे हरीरे दो रंग'।

47 ई. के बाद, कराची में फ़ॉरेन सेक्रेटरी और फिर बाहर हाई कमिश्नर और राजदूत और शाइस्ता आपा यूएनओ में पाकिस्तान की नुमाइंदा और मराक़श (मोरोक्को) में राजदूत और उनकी लड़की सरवत की शादी जॉर्डन के क्राउन प्रिंस शहज़ादा हसन से हुई तो इसकी ख़ुशी में कराची वालों ने शहर में चराग़ाँ किया और हाल ही में, जब सरवत अपने शौहर के साथ, हिन्दुस्तान के दौरे पर आयी थी तो किसी अख़बार ने यह न लिखा कि वह चीफ़ जस्टिस हिदायतुल्लाह की भतीजी और कलकत्ते के सोहरवर्दी ख़ानदान की नवासी (नातिन) है और इकरामुल्लाह साहब का इंतिक़ाल हो चुका है और कराची में शाइस्ता आपा अकेली हैं। एक पूरा दौर, तीस वर्ष।

काशाना, क्लिफ़्टन, कराची
12 अप्रैल, 78 ई.

मेरी प्यारी ऐनी! दुआ,

जबसे तुम यहाँ से गयी हो, तुम्हें कितनी ही दफ़ा ख़त लिखना चाहा लेकिन न लिख सकी। जब तुम्हारी मम्मी गुज़री हैं (अर्थात देहावसान हुआ है), उस वक़्त बहुत दिल चाहा लेकिन उन दिनों ख़तो-किताबत बन्द थी। मैं तो यह लिखना चाहती थी कि तुमसे मुझे मोहब्बत है। मुझे तुम्हारे वालिदैन (माता-पिता) से बड़ी अक़ीदत (श्रद्धा) थी। 'ख़यालिस्तान' मैंने ग्यारह-बारह साल की उम्र में पढ़ा था और फिर बार-बार पढ़ा। 'गुलिस्तान' में उस लड़की के घर का नाम 'काशाना' था। मैंने अब्बाजान से कहकर, अपने घर का नाम 'काशाना' रखवाया। वह घर लाखों, करोड़ों घरों की तरह छूट गया। जिसकी याद में कराची के घर का नाम भी 'काशाना' रखा था।

तुम चली गयीं। हमने तुम्हारी क़द्र नहीं की; तुम्हारे जाने से हम एक बेशक़ीमती चीज़ से महरूम हो गये। मैं अक्सर राज़िक़ुल ख़ैरी साहब से तुम्हारी ख़ैरियत पूछती रहती हूँ। बेचारे बहुत बूढ़े और कमज़ोर हो गये हैं। मैं अक्सर हिन्दुस्तान आने का इरादा करती हूँ लेकिन मुसलसल परेशानियाँ इसकी इजाज़त नहीं देतीं। तीनों लड़कियाँ बाहर हैं, मेरा लड़का मरीज़ है, पुराने नौकर नहीं रहे, न कोई रिश्तेदार कि उन पर छोड़कर आऊँ; लेकिन फिर भी अबके जाड़ों

के शुरू में आने का इरादा है। कलकत्ता और नागपुर मेरा मैका और ससुराल हैं। बम्बई में मेरे दो देवर, अहमदुल्लाह और पूर्व चीफ़ जस्टिस हिदायतुल्लाह हैं। अहमद की बीवी, पारसन, और मेरी बहुत दोस्त हैं, काफ़ी दिलचस्प हैं, दिल चाहता है, उनको तुमसे मिलवाऊँ।

निशात रहमान के ज़रीये यह ख़त भिजवा रही हूँ।

फ़क़त तुम्हारी

शाइस्ता आपा

(सारांश)

'और मेहर जबीं और मिनहाज, जो बरसों से वियाना में हैं और पत्रकार अहमद हसन पिण्डी और...।' ब्रादर मूश की आवाज़ अचानक ऊँची हो गयी। 'ज़िन्दगी का जुलूस अनंत है, रास्ते में मोड़ आते हैं, सुरंगें, दर्रे, घाटियाँ, पर्वतमालाएँ। जुलूस के कुछ टुकड़े, अचानक नज़र से ओझल हो जाते हैं। रास्ता तय करते-करते फिर सामने आ जाते हैं। कंटरबरी के पिलग्रिम, जो सराय में जमा अपनी-अपनी कहानियाँ सुना रहे हैं, सबका अहाता करना मुमकिन नहीं।

'हाँ।' मैंने कहा। 'जब अम्मा का इंतिक़ाल हुआ, किसी शहज़ादा मोहम्मद ज़ियाउल मलिक रियासत चितराल का ख़त 'इस्मत' में छपा था। कि 'मोहतरमा नज़्र सज्जाद हैदर की मोहब्बत तो चितराल के पहाड़ों में भी थी।' तो इंसान कहाँ-कहाँ बिखरा हुआ है। अपनी तहरीरों में अपने दोस्तों और रिश्तेदारों के हाफ़िज़े (यादों) में, ख़ुद दूरदराज़ के ख़तों की यादों में।'

'हाँ', ब्रादर मूश ने जवाब दिया। वह सफ़वी ईरान या मुग़लिया हिन्द (मुग़ल काल के हिन्दुस्तान) के चित्रकार या तुर्की या जार्जिया के मुसव्वर (चित्रकार), जो अनगिनत ख़ाके बनाते थे, बाग़ों में, बारादरियों, बनों, जंगलों, शिकारगाहों में खड़े और बैठे लोग, आपस में बातें करते। या रोम या जॉर्डन के उमवी (बनी उमैया से सम्बंधित) जंगली महल या बाज़न्तीम के फ़्रंसीको, या प्राचीन मिस्र के या अजन्ता के, या हरीरी के स्थानों के चित्रों के एलबम या यूरोप के चित्रकारों की तस्वीरें, उनके मर्द, औरतें, बूढ़े, जवान, बच्चे, वह सब

और उनकी सोसायटी और महफ़िलें और कुनबे—उन सबके मॉडल सचमुच के इंसान थे और वह लोग सब इन तस्वीरों में मौजूद हैं।

एक-एक लम्हा, दृश्य एटीट्यूड, शब्द, वाक्य, संवाद; दिन-दिन से बात करता है और रात, रात को विद्वता सिखाती है और कोई नहीं जानता कि इन चीज़ों का अंजाम कहाँ है।

मूश ने एक गहरी सांस ली और फिर बोला, 'और Genes का सफ़र जारी रहेगा। अब्बू और माकी की पंद्रह वर्षीय बच्ची, 9 साल की उम्र से लिख रही है और ढाई सौ पृष्ठ की किताब लिख चुकी है। ईनिड, एज़ाबेला थोबरन कॉलेज में कारमन मीरांडा का लिबास पहन कर, इसी तरह गाकर, तहलका मचाती थी। उसका लड़का कराची से जाकर, लंदन में पोप सिंगर बन गया। यह फ़हरिस्त बहुत लम्बी है।'

'अब हम इन मुआमलात पर बिल्कुल दूसरे ज़ाविये (कोण) से रौशनी डालेंगे।' डॉक्टर मूशकी ने पहलू बदल कर बात जारी रखी। 'हमने तुम्हारे रिश्तेदारों और दोस्तों और उनकी औलाद के कारनामों का ज़िक्र किया। शायद तुम्हें मालूम हो कि हम अमेरिकन एक्सपर्ट्स ने, इंसानों को दो वर्गों में बाँट दिया है।'

Achiever और Non Achiever और मोरल इस सारी स्टोरी का यह था कि इंसान को एक विषय में दिल लगाना चाहिए न कि हर फ़न मौला। किसी एक चीज़ पर पित्ता न मारा गया। आपकी यह कमज़ोरी मुश्ताक़ अहमद ज़ाहिदी मरहूम ने बहुत पहले पहचान ली थी और उसमें आगे यह कि वह जो आपके बहनोई जरी अहमद सैयद कहा करते थे कि बस एक आँच की कसर।'

'वाह! किताबें जो लिख लीं, इतनी सारी।' मैंने बुरा मानकर कहा।

'ख़ैर वह किताबें, जैसी लिखीं सो लिखीं।' हवापुर यूनिवर्सिटी के प्रोफ़ेसर और हवाई यूनिवर्सिटी के विज़िटिंग प्रोफ़ेसर, जदीद नक़्क़ाद (आधुनिक आलोचक) डॉक्टर मूशुज़्ज़माँ क़ातई (काटने वाले चूहे) ने जवाब दिया, 'हम यह टॉपिक चेंज करें?'

'नहीं, फ़रमाइए।'

'इंसान के या कोई एकेडमिक कारनामे हों या वह समाजी तौर पर Upwardly Mobile हो।'

'अफ़सोस कि अपवार्डली मोबाइल होने का मेरा मिज़ाज नहीं।' मैंने मुँह लटकाकर जवाब दिया।

'अगर इंसान हद से ज़्यादा Disorganised हो और आलस्य और Tact और Ambition (महत्वाकांक्षा) की कमी...'

'ये चार तत्व हों तो...' मैंने ख़ुश होकर बात काटी।

'तो कारे जहाँ रा निको!' (तूने दुनिया का क्या अच्छा काम किया) वह झुँझलाकर गरजा।

'मिस्टर वूडी एलेन! अब मैं आपको एक फ़्यूचर शॉक दूँ?' मैंने शिष्टता से दरयाफ़्त किया।

'अजी मैं ख़ुद भविष्य से निकल कर आया हूँ। मैं वक़्त हूँ, जो ज़िन्दगी का काग़ज़ कुतरता रहता है।' उसने डरावनी आवाज़ में कहा और एक पुरानी अपूर्ण पाण्डुलिपि दराज़ से निकाली। 'यह क्या है? फेंटासी, साइंस, फ़िक्शन?' उसने झुँझलकार पूछा।

'नहीं, दरअस्ल हुआ यह कि 1960 ई. में, डी.ए.एफ़.पी. में अपने कमरे में बैठे-बैठे मैंने तफ़रीह में एक मज़मून (निबन्ध) 'उर्दू अदब के पिछले चालीस साल' लिखा था; यानी जो 1999 ई. में लिखा गया था। एक सुबह कमांडर अस्करी पुत्र सईद, जमीलुद्दीन आली और तजम्मुल हुसैन दफ़्तर में आ गये। उन्होंने वह मज़मून पढ़ा और बहुत ख़ुश हुए। फिर वह मज़मून पड़ा रहा, उसे छपवाने की नौबत नहीं आयी। आउट ऑफ़ डेट हो चुका है, बहुत से पृष्ठ खो गये। कल्चर ट्राँसफ़र उसका विषय था।'

'हूँ!' प्रोफ़ेसर मूश ने नाक पर ऐनक जमाकर, पढ़ना शुरू किया।

1999 ई.

1984 ई. भी गुज़र गया। मैं इस वक़्त दक्षिणी प्रशान्त महासागर के एस्ट्रो स्टेशन नं. 16 पर अपने रॉकेट की प्रतीक्षा में, आईलैंड की एक लड़की के साथ बैठा, भोजन के कैपसूल खा रहा हूँ। सारे संसार में 'विश्व सभ्यता के पिछले सौ वर्ष' और 21वीं सदी के स्वागत समारोहों की वजह से ज़्यादा चहल-पहल है। इस स्पेस स्टेशन पर भी रिसर्च स्कॉलर्ज़ का आवागमन जारी है, जो विभिन्न विद्यालयों की तरफ़ जा रहे हैं।

कैपसूल निगल चुकने के बाद, स्गर्ड एक काग़ज़ पर कुछ लिखने लगती है। मैं ग़ौर से देखता हूँ, वह लिपि उर्दू है। स्गर्ड 'उर्दू अदब के पिछले चालीस साल' पर काम करने, आउटर मंगोलिया जा रही है। 'जब मैं बहुत छोटा था, एक शाम अपने फ्लॉडलफ़िया के पेंट हाउस में, पोप को एक कोने में आँसू पोंछते देखा। वह एक अजनबी स्क्रिप्ट में लिखे, कुछ ख़त पढ़ते जाते थे और रो रहे थे। मुझसे कहने लगे, 'तुम्हारी दादी के ख़त हैं, जो मेरे नाम, नहटौर से आया करते थे। तुम इन ख़तों को न पढ़ सकोगे। बेटा, वक़्त और इतिहास का एक सितम यह भी है कि इंसान एक-दूसरे के लिए गूँगे हो जाते हैं।'

पोप एक नौउम्र विद्यार्थी की हैसियत से 1948 ई. में नहटौर से अमेरिका आ गये थे (नहटौर उत्तरी भारत का, एक धूल में अटा फ़ैक्ट्री टाउन है, जो आधी सदी पहले सरसब्ज़ो शादाब छोटा सा ख़ूबसूरत क़स्बा था)

स्गर्ड और मैं सम्भवतः उस मिड सेंचुरी युग को नहीं समझ सकते। वह युग हमारे पूर्वजों के लिए बहुत सब्र आज़मा (संयमपूर्ण) रहा होगा, जो न्युक्लियर बम के साये में ज़िन्दा थे। ख़ासतौर से पश्चिमी साहित्य का अध्ययन कीजिए तो पता चलता है कि क्या-क्या रूहानी दहशत, उस वक़्त छायी हुई थी लेकिन वह दौर भी, जो लगभग पच्चीस साल बाद ख़त्म हो गया। बर्तानिया के 'परेशान नौजवान', आख़िर में पक्के टूरी बन चुके थे।

आधुनिक शैली के मकान आख़िर-आख़िर में ऐसे बनने लगे थे, जिनमें दीवारें नहीं होती थीं। मॉडर्न थियेटर में, आख़िरी ज़माने में स्टेज बिल्कुल ख़ाली रहता था, हॉल भी ख़ाली रहता था। मॉडर्न नॉविल और शाइरी की किताबों में, मुखपृष्ठ पर सिर्फ़ किताब और लेखक का नाम, अन्दर सब पृष्ठ सादे या

ज्योमेटरी की कुछ शक्लें। मॉडर्न स्कल्पचर में पुराने जूते, मोज़े और टूथ ब्रश वग़ैरा इतने इस्तेमाल किये गये कि कबाड़ी की दुकानें, आर्ट स्टूडियो दिखाई देने लगीं।

कलाकारों को तब तस्वीरें और मूर्तियाँ बनाने से, इस तरह छुट्टी मिली तो उन्होंने दाढ़ियाँ मुंडाईं। चारख़ाने की जैकेट और कॉर्डराय की पतलूनें पहननी छोड़ दीं। महिला फ़नकारों ने अपने बालों में कंघी की और आर्टिस्ट लोग हिरण की खालें ओढ़ कर जंगलों की तरफ़ निकल गये। उनके क़ाफ़ले के क़ाफ़ले, एक ज़माने में इंडीज़ और हिमालय और एल्प्स के ग़ारों में उतरते नज़र आते थे।

सुना है, एक आध आर्टिस्ट, अब भी ऑस्ट्रेलिया की तरफ़ ज़िन्दा है। ऑस्ट्रेलिया के मूल निवासियों और न्यूज़ीलैण्ड की मावरी गवर्नमेंट ने, जब से सफ़ेद क़ौमों को अपने वतन से निकाला है, वह ख़ालिस 'ब्राउन ऑस्ट्रेलिया' पॉलिसी पर अमल कर रहे हैं। उस सफ़ेद फ़ॉम आर्टिस्ट को भी दिन के समय, सिडनी में प्रवेश करने की आज्ञा नहीं। वह परमिट लेकर हफ़्ते में एक बार तम्बाकू ख़रीदने शहर में आता है और सूरज ढलने से पहले अपने ग़ार में वापस चला जाता है।

जब मैंने अपने पोप की मातृभाषा पढ़नी शुरू की तो मुझे अंदाज़ा हुआ कि वह संसार की सबसे बदक़िस्मत भाषा थी कि बहुत झगड़े फ़साद उसके मुताल्लिक़ हुए। एक वक़्त था कि दिल्ली वाले लखनऊ वालों से और लखनऊ वाले लाहौर वालों से रूठे रहते थे। फिर पंजाब वालों ने बताया कि दरअस्ल उर्दू पंजाबी ही की एक बिगड़ी हुई शक्ल है। भाषाओं के ये झगड़े उपमहाद्वीप में इस तरह ख़त्म हुए कि नई नस्ल अमेरिकन बोलने लगी थी या कॉलेज की लड़कियाँ उर्दू इस तरह बोलती थीं, 'मैंने आज पिंक लिपस्टिक पहना है। मैं प्यानो खेल रही थी, जब मैंने कहा कि मैंने अपना दिमाग़ तब्दील कर दिया है तो उसका चेहरा गिर गया।'

आपको यह जानकर ताज्जुब होगा कि अमेरिकन को एक ज़माने में 'अंग्रेज़ी' कहा जाता था। इंग्लिस्तान में, जहाँ अब सिर्फ़ अमेरिकन ही बोली जाती है (सिवाय ऑक्सफ़ोर्ड और कैम्ब्रिज के कोनों खदरों में ज़िन्दा कुछ

दक़ियानूसी बुड्ढों के, जो ज़बान और मुहावरें का रोना रोते रहते हैं) यह भाषा आज से कुछ साल पहले तक अंग्रेज़ी कहलाई, हद यह कि ब्रिटिश पार्लियामेंट के एक्ट के द्वारा, शाह चार्ल्स तृतीय ने इसका नाम बदलकर 'अमेरिकन' कर दिया। भाषा के लिये परम्परा की निरंतरता आवश्यक है। जहाँ निरंतरता नहीं, सभ्यता नहीं होगी।

मैं और स्गर्ड इस समय स्पेस रॉकेट स्टेशन के रेस्टोरेंटों में कॉफ़ी पी रहे हैं। रेस्तोराँ के विशाल बिल्लोरीं गोले के बाहर शून्य में चारों तरफ़ जाने वाले स्पेसशिप, ज़न-ज़न करते गुज़रते जाते हैं। स्गर्ड चुपकी बैठी नज़दीक चाँद को देख रही है। उसका ख़याल है, चाँद और सितारों की मजलिस में उसके साथ बैठकर मुझे रोमांटिक हो जाना चाहिए। 1999 ई. आ गया। मगर औरत की ज़हनियत नहीं बदली।

'स्गर्ड!' मैंने कहा, मेरे लिए कॉफ़ी बनाओ, और सुनो : ऐ इश्क़ अजी आओ महाराजों के राजा! दंडवत है तुमको।

'इंशाअल्लाह ख़ाँ?' स्गर्ड ने पूछा, स्कालर लड़की है, फिर उसने कहा, 'मगर क्या अजीबोग़रीब इमेजरी थी, उर्दू शाइरी की। सुनो :

बहार आख़िर हुई है क़द्र की तुरबत पे मेला है,
यहाँ बेड़ी बढ़ाने को हरेक दीवाना आता है।

'तुमने इस सदी के उर्दू शाइर पढ़े।'

'हाँ पुराने और नये दोनों।' उसने बैग से फ़ेहरिस्त निकाली।

'सुनो!'

Mr. Liver of Moradabad

Mr. Herat of Shahjehanpur

Mr. Seperation of Gorakhpur.

और एक पाकिस्तानी नौजवान शाइर

Mr. Beloved Autumn.

मैं चुपका हो रहा।

1947 ई. के बाद हर उर्दू साहित्यकार ख़ुद को बेहद हस्सास (भावुक) और कोलेन विलसन वाला आउट साइडर समझने लगा था और ख़वातीन (महिलाएँ) उर्दू अफ़साने के मैदान में पेश-पेश (आगे-आगे) थीं। उस दौर की लड़कियाँ मेरी समझ में न आयीं। मेरी एक बड़ी उम्र की फूफी बताती हैं कि उनकी साथी लड़कियाँ रेडियो सीलोन पर हेमंत कुमार के गाने सुन सुनकर रोमांटिक हुआ करती थीं या इस क़िस्म के ख़याली रोमाँस लिखती थीं कि एक हैंडसम फ़ौजी या आर्टिस्ट सामने वाली कोठी में वायलन बजाता था। और उससे ग़मनाक़ या सुखद इश्क़ हो जाता था। इस क़िस्म की ख़याली लवलाइफ़ उन लोगों की थी।

एक और क़िस्म क़ुर्रातुलऐन हैदर के अफ़सानों की थी, जो पहले किसी की समझ में न आते थे। कहते हैं कि ज़िया मोहीउद्दीन नाम के उस दौर के मशहूर अदाकार ने उनको ललकारा कि तुम आम जनता की समझ में आने वाले अफ़साने लिख ही नहीं सकतीं। उन्होंने अपना पहला सीधा सादा अफ़साना 'पतझड़ की आवाज़' से काग़ज़ की शोभा बढ़ाई।

हाल ही में मुझे मालूम हुआ कि उनकी एक सहेली जमीला हाशमी, अल्लाह के करम से अभी हैं और अपनी ख़ानक़ाह को समर सट्टा से एल्प्स पहाड़ पर ट्राँस्फ़र कर चुकी हैं। समर सट्टा नाम पड़ने की वजह यह नहीं थी कि वहाँ लोगबाग गर्मियों के मौसम में बैठकर सट्टा खेलते थे बल्कि वहाँ एक दरगाह थी, जिसके सज्जादानशीं से 1960 ई. में जमीला बीबी ने ब्याह किया था। चुनांचे मैं इटालियन एल्प्स के एक गाँव पहुँचा और एक इस्लामी दरगाह के दरवाज़े की घंटी बजायी। जमीला हाशमी की बूढ़ी सेक्रेटरी बाहर आयीं। ऊँचा सुनती थीं, मैंने कहा, 'जमीला बीबी से शरफ़े-मुलाक़ात हो सकता है?'

'एतकाफ़ (एकान्तवास में पूजारत) में हैं।'

'अच्छा तो आप ही क़ुर्रतुलऐन हैदर के मुताल्लिक़ कुछ बता सकती हैं?'

'कौन?'

'क़ुर्रतुलऐन हैदर।'

'क़ुतबुद्दीन ऐबक?' उन्होंने कान पर हाथ रखकर सवाल किया। मैं मायूस होकर अपने राकेट की तरफ़ वापस गया।

उर्दू फ़िक्शन में (अगर मैं क़ुर्रतुलऐन हैदर की ज़बान इस्तेमाल करूँ) ज़्यादातर पात्र वशी वाशी थे। एशिया का अदीब आमतौर से जैसी मामूली कम हिम्मत सीमित, मजबूर, जिन्दगियाँ गुज़ारता था, उसी की झलक उसके साहित्य में नज़र आती थी। आर्ट, अदब, थियेटर, हर जगह ओरिजनैलटी बहुत ही कम। पूर्व वाले ज़्याँ पाल सार्त्र, पिकासो, एगमार बरगमाँ, बैकेट, काकतो, आर्थर मिलर, फ्रांसो असागाँ और कॉलेन विलसन पर सिर धुनते थे और...

मून फ्रेर मूश ने अपनी काली फ्रेंच बेरे उतारकर अपनी काली चौड़ी बो टाई पर हाथ फेरा और पाण्डुलिपि कुतरने में मसरूफ़ हो गये। यानी सिम्पलिज़्म की भाषा में समझाया कि हर तहरीर का अंजाम यह है।

मुझे इस डिकेडेंट वेस्टर्न यूरोपियन के निराशावाद पर बहुत ग़ुस्सा आया। मैंने कहा, 'यह मज़मून मैंने अट्ठारह साल पहले लिखा था और अजीब बात यह है कि इस दौरान में नहटौर और लाँकड़ी और महमूदपुर की नयी पौध, आधी से ज़्यादा पश्चिमी देशों में सेटल हो चुकी है।'

'तुम लोग भी फुट लूज़ हो चुके थे। पारे मियाँ कैनेडियन हैं, महमूद ज़ैदी अमेरिकन। रम्मी ऑस्ट्रेलियन, तक़ी मियाँ बर्तानवी; क़ौमियतें (राष्ट्रीयताएँ) बदल गयीं।'

'हाँ, और अब शाहजहाँ और हसन अहमद मामू की लड़कियाँ स्वीडन में हैं। ज़रा सोचो, क़िला महमूदपुर से स्टॉकहोम और ज़हूर मामू के लड़के फ्रांस के शहरी। बहुत लम्बी सूची है और उनकी तरह हज़ारों नौजवान इण्डिया और पाकिस्तान के, पश्चिम और मध्यपूर्व में हैं।'

'फ़ुट लूज़ या बुलन्द हौसला?'

चूहा उचक कर एक बुकशेल्फ़ में रखे तज़किरा-ए-मख़दूम जहानियान जहाँ गश्त पर जा बैठा और बोला, 'क़ुरआन शरीफ़ में आया है कि ख़ूब सैयाहत (सैर-सपाटा) करो। इसी हुक्म पर अमल करके मेडिवल अरब सारी दुनिया में फैल गये।'

'या अख़ी, या शैख़ुल मूश' (ऐ मेरे भाई, ऐ बुज़ुर्ग चूहे) मैंने जवाब दिया। इस उपमहाद्वीप में लाखों, करोड़ों हिम्मत वाले नौजवानों को यह अवसर प्राप्त नहीं। मत भूलो तवारश मूशोफ़ कि हम लोग इतनी देर से महज़ एक Privileged वर्ग के लोगों की विभिन्न पीढ़ियों का ज़िक्र कर रहे हैं।

'तूरा एश एयना हैदर वा।' इस मामले के लिए तुमको और अधिक रिसर्च करना होगी।' चूहे ने कहा और एक ख़याल की तरह जैसे अचानक प्रकट हुआ था, उसी तरह छलाँग लगाकर ग़ायब।

मैं दश्ते-लूत[1] के किनारे खड़ा हूँ। किस तरफ़ जाऊँ, मौत कहीं भी, किसी रास्ते से आ सकती है। चमकीले ख़ंजर का वार, ज़हर का बिल्लोरीं प्याला, ज़िंदाँ (कारागार) के दरवाज़े पर जल्लाद की दस्तक (खटखट) उड़ते हुए, विमान में हाइजैकर का बम, शहरी गोरिल्ला का आक्रमण। वातावरण के प्रदूषण से पैदा हुई, भयंकर बीमारियाँ, सियासी, धार्मिक भाषायी दंगे, युद्ध, न्युक्लियर धमाका।

मुमकिन है, ज़िन्दा भी रह जायें; फ़रात से जेहूँ और जेहूँ से जमना और जमना से गाँगन तक का रास्ता, कुछ कम दुश्वार था?'

अल्लाह की दुनिया बहुत बड़ी है और दश्ते-लूत के किनारे, तेल की पाइप लाइन जारी है।

रब्बुल मशरिक़ैन व रब्बुल मग़रिबैन (पूर्वों व पश्चिमों को पालने वाले) की दुनिया, बड़ी हैरान कर देने वाली है। कौन-कौन किधर निकल गया, कैसी-कैसी अनजबी क़ौमों के बीच जा बसे। एक वक़्त था कि हम मीर हसन तिरमिज़ी के वंशज, क़स्बा नहटौर ज़िला बिजनौर में ख़ामोशी से रहते थे।

1. देखिये वॉल्यूम 1, अध्याय-1, 'फरात व जेहूँ'।

सामने दीवार पर दानियाल नबी को नज़र आने वाले रहस्यमय अक्षरों की मानिंद, ईसवी और हिज्री कैलेंडर टँगा हुआ है। उस पर एक चट्टान और फलों की तस्वीर के ऊपर लिखा है। 'और तुम अपने परवरदिगार (ईश्वर) की किन-किन नेमतों (पुरस्कारों) को झुटलाओगे।'

आज इस जिल्द दोम (वॉल्यूम 2) का अंतिम पृष्ठ लिखने की तारीख़ 21 अगस्त 1978 ई. 16, रमज़ानुल मुबारक 1398 हिज्री अनुसार। केवल सवा साल बाद 1980 ई. होगा और पाँच साल बाद जार्ज ओरोवेल का 1984।

1180 ई. में मीर कमालुद्दीन तिरमिज़ी ने अपने शहर तिरमिज़ को ख़ैरबाद कहकर, अपना सफ़र शुरू किया था।

दरिया नवर्द मुग़न्नी का गीत
(माँझी का गीत)

दोस्तो, जिल्द अव्वल (वॉल्यूम 1) में 740 ई. से 1947 ई. तक की दास्तान ताजिक मूल के कहानी कहने वाले ने मेडिवेल (मध्ययुगीन) इतिहासकार, सूफ़ी तज़किरानिगार, दरबारी ख़बरें लिखने वाले, फ़्यूडल दास्तानगो, विक्टोरियन नॉविलिस्ट सियासी कालम लिखने वाले और उर्दू अफ़सानानिगार (कहानीकार) के रूप में आ आकर आपको सुनायी।

1948 ई. से 1978 ई. तक का क़िस्सा अपना और पाकिस्तानी रिश्तेदारों और दोस्तों का, जिल्द दोम (वॉल्यूम 2) में लिखा गया। जिल्द सोम (वॉल्यूम तीन) में 1962 ई. से अब तक दास्ताने किशवरे हिन्द यहाँ के अज़ीज़ रिश्तेदारों और दोस्तों की, ऊपर वाले स्टेज डायरेक्टर ने अगर चाहा तो पेश की जाएगी।

जब कराची में अमेरिकन कालगर्ल एनी ओकले के मुताल्लिक़ Annie get your gun नामी म्यूज़िकल आया था। नाचीज़ (मुझ) को उसी तरह सम्बोधित किया जाने लगा था। तो तरह-तरह के एडवंचर्स की समाप्ति पर वाइल्ड वेस्ट की रिवायत (परम्परा) के मुताबिक़ कालगर्ल घोड़े पर सवार, गिटार बजाती टेक्नी-कलर शफ़क़ (सूर्यास्त के बाद की लालिमा) में चली जाती है।

या ख़च्चर पर बैठी कंटरबरी की सुस्तगामिनी पिलग्रिम या मीर मोहम्मद तक़ी की सराय, नहटौर का भाट दास्तानसरा[1] या शहर तिरमिज़ से बाहर जेहूँ पर फ़िक्र की कश्ती-ए-नाज़ुक रवाँ और नदी-नदी, समुद्र-समुद्र घूमने वाला ताजिक़ क़िस्सा ख़्वाँ[2] ऊद[3] उठाकर...।

❐❐

---

1. दास्तान सुनाने वाला।, 2. क़िस्सा सुनाने वाला।, 3. एक सुगन्धित लकड़ी।